한낮의 열기

한낮의 열기

The Heat of the Day

엘리자베스 보엔 지음   정연희 옮김

이 책은 실로 꿰매어 제본하는 정통적인 사철 방식으로 만들어졌습니다.
사철 방식으로 제본된 책은 오랫동안 보관해도 손상되지 않습니다.

찰스 리치에게

서문

로이 포스터[1]

이 책은 전쟁과 스파이 활동과 런던을 다룬 소설로 유명하다. 시간과 장소가 분명히 제시되어 있는데, 〈1942년 9월의 첫 번째 일요일〉에 시작하고 거의 정확히 2년 뒤에 끝난다. 이야기의 중간중간에 전쟁 관련 소식이 삽입되어 절정에 해당하는 부분의 시간을 표시해 준다. 프랑스가 함락되고 있던 당시 스텔라는 로버트를 만나 연인이 된다. 그리고 이야기의 중심이 되는 부분에서 스텔라는 아일랜드에 가 있는 기간에 영국군이 알알라메인[2]에서 승리했다는 소식을 듣는다. 로버트와의 관계가 절정에 이르는 시기가 영국군의 북아프리카 상륙 시기와 겹친다. 루이의 아이는 노르망디 침공 시기에 태어난다. 런던은 전투가 일어나는 무대 — 전시의 〈그 특별하고 심령적인 런던〉 — 지만, 또한 세계 대전은 여기저기서 진행 중이다. 한편 이 소설은 더 넓은 범위에서 동맹에 대해 다루고 있는데, 거기에는 특이하지만 논리적으로 아일랜드

---

1 아일랜드의 문학가이자 역사학자. 이하 모든 주는 옮긴이의 주이다.
2 이집트 북부에 위치한 지중해 연안의 도시.

가 포함된다. 보엔이 등화관제가 실시된 깜깜한 런던에 남은 사람들을 〈수비대 사회〉라고 묘사하는 것은 우연이 아닌데, 아일랜드에서 보엔 자신이 속한 지배 계급[3]을 일컬을 때 자주 쓰던 표현이 그것이기 때문이다. 그리고 또한 이 책은 그 나름으로 유령 이야기다.

『한낮의 열기』는 보엔에게 그녀의 다른 작품들을 뛰어넘는 성공을 안겨 주었지만, 이 소설이 쉽게 쓰인 것은 아니었다 — 아마 아주 많은 부분이 강렬한 개인적인 경험에서 비롯했기 때문일 것이다. 그녀는 1944년 여전히 폭탄이 떨어지고 있는 동안 이 소설을 쓰기 시작했고, 완성된 원고를 안전하게 보관하기 위해 런던 밖으로 보냈다. 그녀가 쓴 편지를 보면, 〈순전한 멜로드라마〉(그녀에게는 새로운 출발이었다)를 발표하는 것에 대한 걱정을 드러내다가, 갑자기 분위기가 유머러스하게 바뀐다. 이 소설은 1949년이 되어서야 출간될 준비를 마쳤고, 이미 신화가 된 듯한 한 시대의 묘하고 화려한 분위기를 복원시키면서 발표되자마자 엄청난 찬사를 받았다. 작가 자신에게 이 작품은 자신이 여태 살아온 것보다 더 강렬하게 느끼고 지각하고 경험한 한 시기를 떠올리게 하는 것이었다. 그리고 그것은 ARP[4] 감시원으로 일한 것과 처칠 정부를 위해 아일랜드 파견 임무를 맡았던 것뿐

---

3 원문에 쓰인 표현은 Ascendancy로, 이는 Protestant Ascendancy를 줄여 말한 것이다. 17세기에서 20세기 초 아일랜드의 지주, 개신교 성직자, 전문직 종사자, 기성 교회(성공회, 아일랜드 교회 또는 영국 교회)의 일원으로 구성된 정치적·경제적·사회적 지배 계급을 의미한다.

4 Air Raid Precautions, 공습경보.

아니라, 전쟁 중에 젊은 캐나다 외교관 찰스 리치를 만나 깊은 사랑을 나눈 경험으로 이루어졌다. 스텔라는 보엔과 나이가 같고, 로버트는 리치와 나이가 같다(나이 차이도 같다). 리젠트 파크의 집은 보엔 자신의 집과 같은 위치다(보엔은 1944년 폭격으로 쫓겨날 때까지 그 집에서 꿋꿋하게 살았고, 리젠트 파크의 〈보엔〉 자신이 살던 구역에서 가장 늦게 떠난 사람이 되었다). 그리고 그녀는 이 소설을 찰스 리치에게 헌사했다. 그녀의 글은 강력하게 충전된 힘을 통해, 전시 동맹의 친밀하면서도 낯선 관계를, 공습이 휩쓸고 지나간 다음 날 아침 그을린 목재와 쟁그랑거리는 유리창의 풍경을, 어디를 가든 걸어 다닐 수밖에 없는 새로운 습관을, 〈캔버스 같은 비영구성〉의 삶 속에서 느껴지는 불확실한 흥분을 재창조한다.

누군가는 〈전쟁은 어쨌거나 존재하지 않은 어떤 것도 시작하지 않았다〉라고 말한다. 하지만 전쟁은 뭔가의 온상이 된다. 〈그 이것the this과 그 저것the that 사이의 막을 얇게 만든다.〉 불길하면서도 해방적인 전시 런던은 보엔에게 소설의 이상적인 지형이 되어 주었다. 그녀의 작품에는 막 쪼개지기 시작한 표면 아래 사물들의 균열에 대한 집착이, 가치의 하락과 붕괴의 과정이, 상처와 배신에 대한 심리가 이미 드러나 있었다. 건물의 침하는 반복적으로 나타나는 이미지다. 전쟁의 시기를 다룬 놀라운 단편 「신비한 코르」에서 보엔은, 라이더 해거드가 쓴 『그녀』— 어린 보엔의 상상력에 불을 붙인 그 책은 그녀에게 부적처럼 남았다 — 에 나오는 달빛을 받은 파괴된 도시처럼, 협곡 같은 거리와 초현실적인 공간적 틈이 있는 밤의 런던을 그려 내고 있다. 스텔라가 로버트와 혹은 그의 네메시스[5]이자 도플갱어인 해리슨과 함께 걸어가는 런던에서, 깜깜한 거리는 영화적 효과를 내고, 사악한 적이 머리 위에서 맴돌고 있다는 감각은 이 상황이 실제로 일어나고 있는 것인지에 대한 의문을 일으킨다. 따라서 언어는 긴장되고 불안하고 조마조마하다.

그녀가 걸음을 멈추었다. 그가 〈OPEN〉이라고 쓰인 어둑한 간판이 붙은 문을 밀었다. 안으로 들어가니 빛이 돌계단 위를 비추었고, 그가 계단으로 그녀를 데리고 내려갔다. 다 내려가자 그가 또 하나의 문을 열어 주었고, 그녀는 그보다 앞서서 오늘 밤 이전에는 존재하지 않았을 것 같은 분위기의 바 혹은 그릴로 들어갔다. 그녀는 먼저 카운터에서로 팔꿈치가 닿을 만큼 가깝게 한 줄로 자리를 잡고 앉아 뭔가를 먹는 사람들의 뒷모습을 물끄러미 쳐다보았다. 등 아래로 쭉 내려오는 지퍼가 달린 옷을 입은 여자는 척추가 양철로 된 것처럼 보였다. 녹색 염료 색깔의 양상추 잎 한 장이 얼룩덜룩한 고무 재질의 바닥에 떨어져 있었다. 핀 스트라이프 무늬 슈트를 입은 남자는 그 옆모습에서도 한쪽 어깨에 묻은 페이스 파우더의 얼룩이 충분히 보였다. 바 스툴 아래 개 한 마리가 앉아서 천천히 제 몸을 긁고 있었는데, 한 번씩 간격을 두고 부르르 떨 때마다 목줄

5 그리스 신화에 나오는 율법의 여신으로, 절도와 복수를 관장하고 인간에게 행복과 불행을 분배한다고 한다.

이 돌아갔고, 귀밑에 있던 목줄의 황동 단추가 하나씩 보이지 않게 되면서 그 자리에 황동 이름표가 나타났다. 하지만 지금 그녀가 읽을 수는 없었다. 그녀가 시선을 돌릴 때마다 세부적인 부분이 묘하게 부각되었다 — 그녀는 술이 가득 담긴 잔 두 개를 테이블로 가져가는 남자가 인상을 잔뜩 찡그린 채 입술 사이로 담배를 거의 다 타들어 갈 때까지 물고 있는 모습에 주목했다. 각자가 이런저런 눈에 띄는 특이함으로 인간이라는 사실을 저버리지 않았다. 이곳에 사람이 아주 많은 건 아니었는데도, 그녀가 북적거리는 듯한 위협적인 느낌을 받은 건 이 때문이었을 것이다. 조명이 굉장했는데, 낮고 하얀 천장에 꽉 박아 넣은 하얀 알전구로 묘사될 수 있는 것보다 훨씬 강렬했다 — 이 안에서 그림자는 하나도 살아남을 수 없었다. 모든 그림자가 샅샅이 색출되어 죽임을 당했다.(373~375면)

부스러지기 쉬운 치장 벽토를 바른 런던의 집들이 몸서리를 치고 균열을 일으키고 그냥 사라져 버릴 때, 포위된 수도 바깥의 얼핏 평온해 보이는 세상은 새롭게 상징적이고 중요한 의미를 띤다. 서리에 있는, 로버트의 끔찍한 어머니가 사는 〈홈딘〉을 찾아간 것은 분위기 전환을 훨씬 넘어서는 뭔가를 제공한다. 에드워드 시대[6]의 잉글랜드 남부에, 괴물이 〈부

<hr>

6 빅토리아 여왕이 1901년 사망하면서 빅토리아 시대가 끝나고, 그 직후 에드워드 7세가 왕이 된 시점부터 제1차 세계 대전이 발발하기 직전인 1914년 까지의 시기를 말한다.

화)한다고 알려진 그곳에 자리한 그 집 자체가 〈남자를 잡아먹는 동물〉 같다. 영원히 매매 중인 그 집을 이루고 있는 것은 모든 면에서 철저히 가짜다 — 필요 없는 계단, 모서리, 벽감, 벽난로 옆에 만들어진 앉는 자리는 반역자를 길러 냈을 법하다. 앵글로아일랜드인[7]인 친척 네티가 정신적 혼란을 겪고 있는 다른 상류층 사람들과 함께 피난처로 삼은 〈위스티리어 로지〉 또한 마찬가지로 상징적이다. 그곳은 **정신이 흐릿한** 사람들을 위한 그럴듯하고 아늑한 안식처로, 약간 사악한 느낌을 주는 그곳 주인들은 그 장소를 있는 그대로 설명하려하지 않는다. 연속성과 진실성을 상징하는 집은 마운트 모리스로, 스텔라의 아들이 그 아일랜드 사유지를 물려받게 되면서 스텔라는 이 책의 핵심 부분에서 그곳을 방문한다. 〈전쟁의 바깥에 있는 것은 또한 현재의 바깥에 있는 것처럼 보였다.〉 하지만 그렇지 않다. 사실 (아일랜드는 중립이긴 하지만) 이 쇠락한 집은 미래에 대한 가능성과 싸움을 통해 쟁취해야 하는 세상을 상징한다.

마운트 모리스가 있는 곳이 아일랜드라는 것은 우연이 아니고, 그 집에 대한 묘사가 아일랜드 코크에 있는 보엔의 집 〈보엔스 코트〉를 연상시킨다는 것도 우연이 아니다. 전쟁 중에 보엔은 아일랜드로 가서 아일랜드인의 태도, 사기(士氣), 정치에 관한 기밀 보고서를 화이트홀[8]에 보냈다. 여기에는 아일랜드의 중립성에 대한 강력한 옹호가 담겨 있다(소설 속

---

7 아일랜드의 19~20세기 앵글로·색슨족 혈통이자 그 후예인 민족적·사회적·종교적 계층을 가리키는 말로, 대부분이 아일랜드 성공회를 따랐다.

에서는 커즌 프랜시스가 이와 비슷하게 그 사실을 이해하지 못하는 잉글랜드에 있는 친척에게 아일랜드의 중립성을 옹호한다).마운트 모리스의 집사인 도너번은 전쟁 활동에 대한 신념이 확고하다. 코니와 루이(보엔이 ARP 감시원으로 근무하면서 만난 사람들을 바탕으로 만들어 낸 인물)가 런던 여자들을 대표하는 것처럼, 그는 싸움을 통해 뭔가를 쟁취해야 한다는 입장을 대표한다. 전쟁이 보엔의 소설에서 촉발시킨 에너지의 분출은 이미 그녀의 감정이 강하게 표출된 가족사인 『보엔스 코트』와 아일랜드에서 보낸 어린 시절에 대한 회고록인 『일곱 번의 겨울』을 탄생시켰다(두 책 모두 1942년에 출간되었다). 이 책들에서 그녀는 자기 가족과 같은 처지의 17세기 〈농장주〉 가족의 배경에 존재하는 재산 강탈과 그들에 대한 반감의 역사를 정면에서 다루면서도, 그녀 같은 사람들이 스스로를 아일랜드인으로 볼 필요성과, 독립한 아일랜드가 그 자체를 복잡한 역사적 유산의 일부로 볼 필요성을 모두 강조했다.

마찬가지로, 그녀가 아일랜드 문학잡지인 『더 벨』에 기고한 당시의 글과 그녀의 고전적인 전시 단편들을 보면, 소속감과 충성심과 아일랜드인이라는 정체성에 대한 그녀의 질문이 제기되어 있다. 『한낮의 열기』는 이 영역 또한 깊이 다루고 있다.

이 책은 내용뿐 아니라 형식에서도 장벽을 무너뜨렸다. 다

---

8 영국 중앙 부처와 공무 조직을 일컫는 말이자, 영국 런던에 관청이 밀집해 있는 거리를 가리키는 명칭이다.

시 아주 아일랜드적인 방식으로, 보엔은 움직임과 회피를 극대화하는 전략으로서 언어를 구사한다. 전시 런던의 변화하는 세계가 그녀의 어조로 복제된다. 풍부한 내러티브 속으로 관용적인 표현이 침투하고, 대화는 위험해지거나 전도되거나 질문하는 형태가 된다. **부주의한 말은 목숨을 앗아 갈 수 있다.** 한편 이 소설은 아름다운 대칭을 유지한다 ─ 절정 부분에서 두 건의 만남이 밤사이 동시에 일어나는데, 바에서 해리슨과 스텔라와 루이가 만나는 것과 홈딘에서 로버트와 그의 어머니와 누이가 만나는 것에서 이러한 대칭성을 찾을 수 있다. 그것은 이중적인 의미로 가득하다. 스텔라와 루이는 모든 차이에도 불구하고 해리슨이 지적하듯 쌍둥이처럼 비슷하다. 해리슨과 그의 추적 대상인 로버트는 심지어 이름이 같다. 누구도 어딘가에 〈속하지〉 않는다. 하지만 두 사람 다 어떤 의미에서 스파이다. 해리슨은 〈파리에 온 독일인처럼〉 ─ 관광객이 아니라 침입자라는 의미로 ─ 스텔라의 표면적으로 우아한 삶을 보며 깜짝 놀란다. 반쯤 불미스러운 과거, 정착하지 않는 생활, 약간 모호한 면, 사색적인 지성, 그녀를 제대로 〈반영〉하지 않는 가구로 채워진 아파트로 묘사될 수 있는 스텔라는 보엔이 만들어 낸 주인공 중에서 단연코 기억에 남는 인물 중 하나다. 로더릭이 그의 어머니를 두고 늘 〈당신이 하고 싶은 대로〉 했다고 말하자 도너번은 다시 본질적인 면을 말한다. 〈어머니는 늘 자신이 할 수 있는 것을 하면서 살아오셨군요. 어떤 일을 경험하셨는지 몰라도, 어머니는 아주 온화한 분이십니다.〉 하지만 또한 스텔라는 신중하게 반복되는 표현에 의하면, 〈길을 잃은 영혼〉이다.

　전쟁이 사람들을 그렇게 만들고, 사람들은 그것에 저항하려 한다. 무엇보다 이 책은 사람들을 서로 묶어 주는 끈에 관한 소설이다 — 공격을 받는 민간인들은 같은 경험을 공유하면서 단련되고 날카롭게 벼려지고 강해진다. 사람들이 거리에서, 대피소에서, 공원 연주회장에서 서로 가까이 있는 모습이 꾸준히 반복적으로 나타난다. 루이는 〈모방의 대상으로 삼을 누군가를 찾아〉 런던을 여기저기 돌아다니고, 또한 같이 있을 사람을 찾는다. 사람들이 서로에게 스며든다는 발상이 되풀이된다. 그리고 모든 사람이 살아 있는 것은 아니기에, 이 지점에서 유령이 끼어든다.

　죽은 사람들은 영안실에, 혹은 폭포처럼 쏟아진 돌무더기 아래에 있었고, 그 익명의 존재감 — 오늘 죽은 사람으로서가 아니라 어제 살아 있었던 사람으로서 — 은 런던 전역에서 느껴졌다. 그들은 몇 명인지 헤아려지지 않은 채 무더기로 도시의 낮을 통과해 옮겨졌고, 그러면서 사람들이 보고 듣고 느끼는 모든 것에 자신들의 뜯겨 나간 감각을 스며들게 했으며, 그 모든 것에 그들이 기대했던 내일을 — 죽음만큼 갑작스러운 것은 없기에 — 그렸다. 삶이었던 일상에서 제외된 그들은 자신들의 부재를 그 일상에 낙인처럼 찍었다 — 죽은 사람이 누군지 모른다면 당신은 어떤 계단이 오늘 아침 누군가가 더는 오르지 않게 된 계단인지, 혹은 거리 모퉁이의 신문 가판대에 어떤 얼굴이 나타나지 않았는지, 혹은 귀가하는 인파 속에서 오늘 저녁 적어도 한 사람이 타지 않아 더 가벼워진 기차나 버스가 어떤 것인지 알지 못하는 것이다.

누군지 모르는 이 죽은 자들은 죽었기 때문이 아니라, 자신들이 익명으로 남았다는 사실 때문에 남겨진 산 자들을 책망했다. 죽음은 어느 밤에든 공유될 수 있지만, 익명성은 이제 수습될 수 없는 것이었다. 그들이 살아 있었다는 것을 신경 쓰지 않는다면, 그들을 애도할 권리는 누구에게 있는가? 그러니 먹고 마시고 일하고 돌아다니고 멈추기도 하는 사람들 사이에서, 여전히 시간이 남아 있는 동안은 무관심을 깨부수자는 본능적인 움직임이 일어나기 시작했다. 산 자와 죽은 자 사이의 벽이 얇아지듯, 산 자와 산 자 사이의 벽이 덜 단단해졌다. 9월의 그 투명함 속에서 사람들은 투명해졌고, 그들의 위치는 심장의 더 어두워진 팔딱거림을 통해서만 알아낼 수 있었다. 저녁이 되면서 하늘이 처음에는 파리해지고 이어 더욱 창백해질 때 서로 모르는 사람들이 거리 모퉁이에서 그날 밤 죽지 않기를, 더욱이 익명으로 죽지 않기를 빌어 주며 〈굿 나이트, 행운을 빌어〉 하고 말해 주었다.(158~159면)

해리슨이 바로 유령과 같은 존재로, 그는 나타났다 사라지고, 어디서나 잘 수 있으며, 혹은 아무 데서도 자지 않는다. 그에게는 연속적인 존재성이 없다(〈그가 누구야?〉 로버트가 묻는다). 스텔라가 아일랜드에서 돌아온 운명의 날에는 로버트가 빌린 자동차조차 추적당한다. 「악마 연인」이나 「행복한 가을 들판」 같은 보엔의 전시 단편들은 초자연적인 주제로 끊임없이 되돌아간다. 『한낮의 열기』도 이와 비슷하게 기묘한 분위기를 자아낸다. 거기서 세상은 망자들이 자신들의 〈뜯겨 나간 감각〉으로 대기를 끊임없이 재충전하는, 뭔가에 홀린 세상이다. 보엔은 전쟁이 어떻게 사회적 한계뿐 아니라 심령적인 한계도 해체하는지를 그려 냈다. 〈나는 뭐랄까 꼭, 다른 모두와 하나라고 느꼈다. 이따금 내가 어디서 멈추고 다른 누군가가 어디서 시작하는지도 잘 알 수 없었다. (……) 벽들이 허물어졌다. 우리는 서로 몰랐지만, 서로를 느꼈다. 우리 모두는 너무도 비정상적인 상태에서 살았다.〉

제목에서 짐작할 수 있듯, 『한낮의 열기』는 전투에서의 연합과 동맹에 대한 인상을 감상이나 자축에 빠지지 않고 강렬하게 되살려 낸다. 사건은 시간이 갑자기 부채처럼 펼쳐지고 유럽을 위한 투쟁이 결말로 치닫는 마지막 부분에서만 급속히 전개되고, 동맹국들의 조직적인 전쟁 활동에는 〈우리〉라는 단어가 고집스럽게 사용된다. 그때가 되면 더 큰 문제들이 승리 속에서 명확해진다. 보엔 자신은 그로부터 한참의 시간이 지나, 이 소설에서 다룬 주제들이 압축된 자신의 전시 단편들을 돌아보며 이렇게 말했다. 〈이 시기의 모든 작가는 각 개인의 개별적인 외침을 알고 있었다. 그리고 작가들은 모든 사물, 이미지, 장소, 사랑, 기억의 파편에 대해 남자든 여자든 상관없이 열정적인 애착을 느낀다는 것을 알고 있었다. 그로 인해 각자의 운명이 발견되고, 확정되는 것 같았

다. (……) 전시에 나는 그런 특정한 사례를 통해 일반적인 흐름 속에서 고압 전류를 느꼈다.〉

1

그 일요일, 저녁 6시부터 빈의 어느 오케스트라가 연주하고 있었다. 야외 연주회를 하기에는 늦은 계절이었다. 잔디밭 무대 위로 이미 낙엽이 흩날리며 떨어지고 있었다 — 여기저기서 잎은 죽어 가는 것처럼 비빔 소리[1]를 내며 나뒹굴었고, 음악이 연주되는 동안 더 떨어졌다.

주변 잔디밭보다 경사진 아래쪽에 위치한 야외 공연장은 무성한 잡목과 키 큰 나무 몇 그루가 벽을 이루고 있었다. 위쪽으로는 윗가지 울타리와 출입구가 있었는데, 지금은 출입구 두 개가 다 열려 있었다. 비탈 아래로 오케스트라가 바라보이게 줄지어 놓은 의자들은 아직 천천히 채워지고 있었다. 여기, 소리가 퍼지지 않는 움푹 꺼진 공간에서는 음악이 공원 깊숙이 이동하지 못했다 — 하지만 요행히 빠져나간 소리는 힌트를 주려는 듯 공기를 교란해, 낮은 언덕이나 장미 정원, 호수를 빙 두른 산책로에 있던 사람들은 뭔가 중요한 것

---

[1] 숨을 들이쉴 때 허파 꽈리가 늘어나면서 나는 소리로, 늙거나 허약하거나 폐렴에 걸린 사람의 가슴에서 들리는 소리를 말한다.

을 놓치고 있다는 느낌에 이끌려 천천히 공연장을 향해 걸어갔다. 그중 상당수는 출입구 앞에서 걸음을 멈추고 주춤거렸다 — 그들이 두고 온 모든 것이 햇빛 속에 있었지만, 한편으로 음악의 발원지인 이 낮은 지대의 공간은 또한 황혼의 발원지기도 했다. 전쟁을 겪으면서 사람들은 낮과 여름을 숭배하게 되었고, 밤과 가을은 적이 되었다. 그리고 한동안 여기서 공연이 열리지 않았던 탓에, 연주회가 막 시작되었을 무렵에는 숲이 우거진 이 퇴색한 공연장에 고립감과 그사이 음악이 채워질 시간이 없어 형성된 텅 빈 느낌이 감돌았다. 공연장이 완전히 그늘진 곳에 있지는 않았다 — 저무는 햇살이 검을 휘두르듯 공연장 안 여기저기를 가로지르며 나뭇가지에 불을 붙이고 줄을 이룬 의자와 얼굴과 손에 내려앉았다. 각다귀가 진동하고 담배 연기가 스러졌다. 햇빛은 아주 약하고 아주 극적이고 아주 노란 색깔이어서, 곧 해가 저물 것이 분명했다. 저녁이 물살처럼 밀려오고 있었다. 유리처럼 투명한 어둠이 이미 오케스트라 뒤쪽 잡목림에 드리워 또 다른 무대 요소가 되었고, 어둠 속에서 잎사귀 하나하나의 윤곽선이 선명히 드러났다.

일요일은 구름 한 점 없이 눈부시게 화창했다. 이제 오후의 활활 타오르는 청록색 하늘이 그 색깔을 잃으면서 투명해지기 시작했다. 공연장을 에두른 나무들 위에서부터, 색깔만이 아니라 시간도 슬며시 사라지고 있었다. 음악 — 왈츠, 행진곡, 활기찬 서곡 — 이 이 시간 없는 장소를 호령하기 시작했다. 사람들의 얼굴에서 불확실한 표정은 사라졌다. 영웅적인 행진곡이 연주되자 사람들은 고개를 들었고, 오페라에 대한 추억이 떠오르자 얼굴에 무의식적인 미소가 피어났다. 왈츠가 연주되는 동안에 여자들은 이유 없이 감성에 젖어 눈물을 글썽거렸다. 처음에는 한 음 한 음에 한 방울 한 방울씩 흐르다가, 음악이 감각과 신경과 바싹 메말라 있던 환상에 스며들면서 줄줄 흘러내렸다. 처음에는 신기루로 느껴지던 것이 점점 강력해져, 리젠트 파크 한복판의 이 허름한 빈터에 앉은 초라한 런던 사람들과 추방당한 외국인들에게 하나의 우주가 되었다. 해가 졌고, 이날은 1942년 9월의 첫 번째 일요일이었다.

짝을 지은 연인들은 둘만 보낸 하루에 지쳐, 자신들이 아닌 이 다른 요소 안으로 들어가는 것이 즐거웠다. 다시 서로를 쳐다보는 시선에는 새로워진 사랑의 눈빛이 떠올라 있었다. 엄마로 사는 것에 지친 어머니들은, 자식들이 그들을 잊듯 자식들을 잊었다 — 한 여자는 아기를 인형인 양 안고 있었다. 서로 냉담하게 붙어 앉아 있던 부부는 조금씩 떨어져 앉기 시작하면서 각자 순수한 시절에 마음속으로 간직한 꿈을 다시 떠올렸다. 해가 진 뒤에도 의자에 앉아서 마지막까지 돌아가지 않은 노인들은 다른 어느 시절에도 내보이지 않았던 노곤한 모습으로 그들이 지나온 세월을 무모하게 황혼에 드러냈다.

이들은 영국인이었다. 외국인들로 말할 것 같으면, 어떤 사람들은 음악을 아주 잘 알아서 모든 음을 예상하는 것 같았고, 또 어떤 사람들은 눈을 감은 채 앉아 있었고, 또 어떤 사람들은 가슴속에서 참기 어려운 감정이 일어난 것처럼 뒤를 흘끔 돌아보거나 하늘을 향해 불쑥 고개를 들었다. 그들의 얼굴에는 깊은 잠에 빠졌다가 깨어났을 때처럼 현실이 믿기지 않는다는 표정이 한두 번 떠올랐다. 하지만 대부분의 사람들은 앉아서 계속 연주를 들었고, 극기심만 더 단련되었다.

청중의 일부는 혼자였다. 혼자 온 사람들 중에는 일요일마다 습관적으로 오는 사람들이 있었고, 그와는 달리 이번 일요일에 우연히 온 사람들도 있었다. 처음 온 사람들의 얼굴에는 우연히 음악을 맞닥뜨린 데 대한 놀라움이 나타나 있었다. 많은 사람들에게 연주회는 대체로 어디에 있어야 할지에 대한 해결책이 되었다. 누군가는 이 장소에서 뭔가가 계속 진행 중이라는 사실에 편안함을 느꼈다. 다른 사람들 사이에 끼어 앉아 있는 것이 혼자 걸어다니는 것보다 나았다. 마지막 순간에 연주회가 그날 하루에 정점을 찍으며 의미를 부여했다. 끝을 향해 치달으면서, 일요일의 아름다움이 — 소중히 간직한 야망도, 의지할 친구도, 떠올릴 연인도 없는 사람들에게는 — 부질없다는 생각을 가슴속에 일으키는 순간이 있었기 때문이다.

다른 사람들을 따라 아무 생각 없이 공연장으로 들어왔다가, 이제 자리를 잡고 앉아 아무것도 묻지 않는 사람들도 있었다. 뭔가 치유되지 않는 강박에 사로잡혀 있는 사람도 한두 명 보였다 — 예컨대 오케스트라에서 비탈 중간까지 올라간 줄의 바깥쪽 끝에 민간인 복장을 한 영국인 남자가 앉아 있었다. 그의 왼쪽으로는 체코 군인이, 오른쪽으로는 코트를 입고 모자를 쓰지 않은 여자가 각각 빈 의자를 하나씩 사이에 두고 앉아 있었다. 그 남자는 지나치게 조용했고, 체념보다는 비밀스럽게 행동하는 분위기를 풍겼다. 몸은 앞으로 숙인 채 발을 벌려 풀밭 위를 짚고, 팔꿈치는 무릎 위에 얹고, 주먹 쥔 오른손으로 왼 손바닥을 꾹 누르고 있었다. 모자는 눈이 가려지게 앞으로 눌러썼다. 찡그린 얼굴로 자기 손을 골똘히 내려다보는 모습에서, 음악은 그에게 자신의 고착된 생각과 함께 흐르는 동행 이상은 아니라는 것을 알 수 있었다. 그는 분명히 여기서 뭔가를 기다리고 있었다. 그게 뭔지 몰라도 해답이 발견될 때까지 그는 자세를 바꾸지도, 떠나지도 않을 터였다. 그럼에도 소리는 그에게 필요한 환경이 되어 있었다. 소리 안에서 생각하기 시작하자, 소리 없이는 생각할 수 없었다 — 한 곡이 끝나고 박수 소리가 울려 퍼질 때마다, 그는 발밑에서 잔디밭이 들썩인 것처럼 충격과 혼란에 빠진 기색으로 날카롭게 고개를 들었다. 그러고는 〈당신 뭐 하는 거요? **계속** 연주해요〉 하고 말하는 듯 찡그린 얼굴을 지휘자 — 그 순간 돌아서서 청중을 향한 채 인사를 하며 천천히 지휘봉을 내려 옆구리에 붙였다 — 에게 홱 돌렸다. 그리고 중간중간 음악이 멈출 때마다 처음 잠깐은 거기 있는 다른 모두를 비난하는 듯 억울하게 미끼가 된 표정으로 주변 사람들을 둘러보았다.

그런 표정이 반복되자, 처음에는 누구의 시선도 끌지 못하다가 어느 순간 주목의 대상이 되기 시작했다. 사람들의 호

기심을 끌었고, 누군가를 잠복해서 기다리는 덫이 되었다 ─
그러다 마침내 누군가가 걸려들었다. 그의 오른쪽에 앉은 사
람이 불쑥 입을 연 것이었다.

「방금 연주된 곡은 일곱 번째 곡이에요.」

그는 언짢다는 듯 대번에 반대쪽으로 고개를 돌렸다.

「이거, 프로그램 볼래요?」

「괜찮아요.」그가 말했다. 누가 말을 걸어오자 그는 담배를
피우려던 걸 기억해 낼 정도로 정신이 번쩍 들었다. 그는 더
듬더듬 담뱃갑을 찾아 담배 한 개비에 불을 붙이고, 양쪽 무
릎 사이로 성냥을 떨어뜨린 뒤 한쪽 발을 옮겨 불을 눌러 껐
다. 그 모든 것을 하는 동안 그녀 쪽은 돌아보지 않았다.

그녀가 대번에 상처를 입은 목소리로 말을 이었다.「그래
요. 그냥 당신이 알고 싶을지도 모른다고 생각했죠.」

그는 담배를 한 모금 빨고 체코 병사 옆을 한동안 응시하
는 것으로 답했다. 그 열의 맨 끝에서 잠목림 뒤로 일몰의 마
지막 불꽃이 침묵의 소리를 내며 일렁였다.

「혹시 당신이 그렇게 생각했다면…… 난 당신에게 그냥 말
을 건 게 아니었어요.」

「내가 무슨 생각을 했다는 거죠?」

「오, 맞군요! 괜히 말을 걸었네요.」

「알겠어요. 그럼 그건 이 정도로 해두죠.」

그녀는 그가 손목시계를 흘끔 쳐다보는 모습을 지켜보면
서, 이동할지 말지 시간을 따져 보는 것 같다고 생각했다. 하
지만 오케스트라는 악보를 넘기면서 사람들의 주의를 끌고

다시 연주를 시작하려는 듯 보였다 — 이제 바라건대 더는 성가신 일이 없기를 바라는 마음으로 그는 처음으로 말을 건 그 사람을 돌아보았다. 그냥 보는 정도가 아니라 빤히 보았는데, 이 여자에게는 의뭉스러우면서도 올바른 편에 서고 싶어 하는 열렬한 욕구가 엿보였다. 어떤 행동도 동기와 무관하지 않고 어떤 동기도 두 번 검토할 필요가 있다고 보는 것이 그가 들인 마음의 습관이었다. 그의 시선과 그녀의 시선이 이미 익숙해진 느낌으로 마주쳤다. 그녀의 집요함과 그의 무례함이 두 사람 사이에 일종의 유대감을 형성했고, 이제 곧 작은 소란이 일어날 것 같았다.

그가 마주한 여자는 스물일곱 살 정도로 보였는데, 풀밭에 오래 누워 있다가 일어난 것처럼 머리카락은 헝클어지고 여전히 약간 위를 올려다보는 표정이었다. 퉁방울눈은 아닌 큰 눈은, 여름에 거칠게 탄 얼굴에서 색깔이 옅어 보였다. 지붕 없는 공연장의 위쪽 조명이 그녀의 눈을 강하게 비추었다. 이마, 코, 광대뼈는 얼굴의 면적을 차지할 뿐이었다. 오로지 입만이 그냥 지나칠 수 없는 유일한 부분이었다. 큰 입은 가장자리, 오로지 가장자리에만 얼마 남지 않았을 립스틱이 두껍게 발려 있었고, 가짜 윤곽선을 서툴게 그려 넣은 안쪽으로는 입술이 바깥으로 뒤집혀 살이 드러나 보였다 — 도톰하고 은밀하고 자칫하면 상처를 입을 듯 피부가 얇고 새로 돋은 버섯의 아랫면처럼 갈색이 도는 부드러운 핑크색이었다. 햇볕에 거칠어진 얼굴의 눈처럼 옅은 색깔이었다. 그에게 강렬한 인상을 주고 감동을 일으킬 만한 입술이었지만, 다만 그런 일은 없었다. 지금은 다물고 있지만 수다스러운 그 입은 이야기를 한다기보다 불쑥 내뱉는 입, 가벼우면서 요령 없는 입일 수밖에 없었다.

그녀는 인조 낙타털 코트를 입고 있었는데, 땅거미가 내리는 서늘한 시간이라 깃은 올려 세웠고 꼬고 앉은 무릎을 코트 자락으로 완전히 감싸고 있었다. 한쪽 손은 주머니에 들어가 있었고, 무릎 위에 놓인 프로그램 귀퉁이를 잡고 있는 반대쪽 손은 마디가 두드러져 보였다. 그리고 이따금 엄지와 검지로 마찰음을 내며 노란색 종이를 비볐다. 갈색과 흰색으로 된 구두는 형편없진 않으나, 지나치게 닳아서 모양이 망가져 있었다. 맨살이 드러난 발등에는 핏줄이 불거져 보였다. 맨다리에는 부드러운 솜털이 잔뜩 돋아 있었는데, 부석(浮石)을 이용해 제거하거나 면도를 한 적이 한 번도 없었음을 보여 주었다. 앉아 있는 자세에서, 그리고 그 자세에서 보이는 그녀의 몸에서 우아하지 않다기보다는 어설픈 청소년기 이전의 힘이 느껴졌다. 첫눈에 보기에 그녀의 인상은, 러시아를 이상적으로 여기는 풍조가 정점에 이른 그해 여름, 압도적인 숫자의 런던 여자들에게서 보이는 그런 분위기였다 ─ 소련의 당원 스타일을 재빠르게 따라 하는 것 말이다. 혹은 적어도 그녀가 보여 주고자 한 효과는 그것 같았다. 하지만 그것은 성공적이지 않았고, 좀 지나친 것 같기도 했다. 그게 아니라면, 그와 시선이 마주친 그녀의 시선에서 그 의도된 솔직함이 왜 그렇게 자신 없어 보였겠는가? 그리고 햇볕에 탄 그녀의 뺨이 왜 불안하게 타올랐겠는가? 그녀의 어딘가가 단단하지 않은 것이었다. 그에게 말을 건 것은, 그리고 또 한 번 건 것은 자신이 한 번도 되지 못한 모습에 대한 과감한 시도였다. 음악적으로 사위는 햇살 속에서 그녀의 자기중심성에, 혹은 외로움에 뭔가 위기가 찾아온 것인가? 자기중심성일 가능성이 더 컸다. 그녀가 확고히 하고 싶어 하는 것은 성별이 아니라, 자아였다.

두 사람이 의자를 사이에 두고 서로 쳐다보는 데 1, 2초가 걸렸다. 그동안에 그녀는 서른여덟이나 서른아홉 살쯤으로 보이고, 회색 정장과 줄무늬 셔츠 차림에 진청색 타이를 매고 갈색 중절모를 쓴 남자를 보았다. 그녀가 끌렸던 주된 이유는 그의 무의식적인 모습 때문이었다. 그 모습은 음악이 연주되는 내내 짓고 있던 찡그린 표정처럼 이제 사라지고 없었다. 그 자리에는 그녀가 좋아하지 않는, 일종의 편협하고 얼마간 일상적인 조심성이 들어와 있었다. 그의 〈흥미로운 면〉 — 그것은 그의 옆모습이 만든 거짓말이었던가? 아니, 그건 아니었다. 이제 그녀가 그를 정면에서 보게 되자 호기심을 끄는 또 다른 특성이 나타났다. — 그의 한쪽 눈이 반대쪽 눈보다 더 두드러지게 위쪽에 자리를 잡았거나 아니면 더 높이 움직였다. 그가 쳐다볼 때의 이 시간차, 혹은 불균형이 그녀에게는 그가 두 번 쳐다보는 — 한 번 쳐다보고, 동시에 다시 확인하는 — 인상을 주었다. 그의 이마는 가려져 있었고, 눈썹은 눌러쓴 중절모의 그림자 안에 들어가 있었다. 코는 뼈대가 굵었다. 조금 있는 콧수염은 짧게 깎아 그저 그런 모양새였다. 그의 입 모양이 — 그가 예의를 차리기보단 마지못해 담배를 빼낸 입 모양이 ― 다시 말을 해야 하는 상황이 생긴다면 아무 말도 보태지 않겠다는 의사를 표명했다. 그것은 그 뒤에 문이 있는 얼굴이었다 ― 사진에 찍힌 햇살처럼 이 어스름한 빛 속에서 실내에 있는 듯하면서도 동시에 비바람을 맞은 듯하고, 전달하려는 뜻이 없진 않아도 감정은 배제한 듯 전혀 느껴지지 않는……. 그녀의 표정이 일그러졌다고 말하는 것만으로는 충분치 않을 것이었다. 그녀의 시선은 담배를 쥐고 있는 그의 얼룩진 손가락 두 개를 마지막으로 쳐다본 뒤 아래로 떨어졌다.

「우리 전에 만난 적이 없던가요?」 어쨌거나 이 질문을 곰곰이 생각해 본 듯한 어조로 그가 마침내 말했다.

「만났다니, 무슨 뜻인가요?」

「그러니까, 우리가 서로 모르는 사이인가요?」

「나는 당신을 몰라요.」 그녀가 말했다. 「나는 심지어 당신이 누군지도 몰라요.」

「그럼 됐습니다.」 (그럼에도 그는 확신이 들지는 않는 것 같았다.)

「왜요.」 그녀가 덧붙였다. 「당신은 특별한 **사람인가요?**」

「하하. 아닙니다. 아니에요. 유감스럽게도 아니군요.」

「한 가지는 확실히 알아요. 나는 전에 이 공원에서 당신을 본 적이 없다는걸요.」

「그래요. 그랬을 겁니다.」

「여기 온 적이 없다는 뜻인가요? 물론 지금은 당신을 당연히 알죠. 나는 사람 얼굴을 잊어버리지 않거든요. 당신은 어때요?」

「잊어버릴 수도 있겠죠.」 그가 생각해 본 뒤 말했다.

「그건 아마 당신이 생각을 너무 열심히 해서 그럴 거예요. 잘 알아차리지 못하는 거요. 악단이 이렇게 연주하는데도 당신은 한 음도 제대로 못 들었죠?」

「그러니까 당신은, 내가 그 음악이 뭔지 알고 싶어 할 거라고 생각한 모양이군요?」

그 말이 너무 모호하게 받아들여져서는 안 되므로, 그의 어조는 친절하게 대할 마음이 없다는 자신의 의도가 분명히 드러나도록 충분히 친절하지 않았다 — 그리고 그러는 데 성공했다. 그녀가 주머니에 넣었던 손을 꺼내 자신을 보호하려는 듯 가슴 앞에서 양쪽 팔을 포갰다. 그녀는 양팔로 친 바리케이드 뒤에서 마음이 불안정하게 흔들리는 것을 느꼈고, 죄를 지은 것처럼 그녀의 손에서 빠져나온 프로그램이 바닥으로 떨어졌다. 그녀는 목을 옆으로 살짝 틀어 코트 깃 안에 들어가게 하고는 그저 이렇게만 불평했다. 「당신은 나를 계속 난처하게 만들고 싶은 모양이군요.」

「당신을?」 그가 한쪽 눈을 오케스트라에 둔 채 — 연주가 왜 **멈췄지**? — 뚝뚝 끊기는 불안한 하품을 하느라 고개를 뒤로 젖혔다.

「내 말이 어떻게 들리든 간에 그건 **나도** 어쩔 수가 없어요. 나는 항상 진실을 말하거든요. 왜냐하면 나는 —」

「오, 조용히 해요.」 그가 고개를 홱 돌렸다. 「그쳤어요!」

그랬다. 음악은 그 순간 잠시 허공에 걸려 있다가 이제 가벼운 굉음과 함께 멈추었다. 청중은 숨을 내쉬고 앉은 자세를 가다듬었다. 그사이에도 무대에서는 저녁이 깊어지고 있었다. 저녁의 냄새가 더 뚜렷해지면서 잡목림 아래에서 슬금슬금 새어 나오고, 사람들이 밟고 다닌 풀밭 위로 피어올랐다. 곧 담배의 발간 불빛이 보일 것이었다. 무대 위에서 검은색 옷을 입고 앉아 한 덩이를 이룬 연주자들의 모습이 유령의 얼굴과 손을 붙여 놓은 것 같았다. 그들은 저 멀리서 시계가 울릴 때까지 연주를 계속할 것이었다 — 하지만 얼마나 오래? 그들은 얼마나 더 오래 악보를 볼 수 있을 것인가? 점점 비어 가고 있는 의자를 보며 사람들은 그것을 궁금해했다.

루이 루이스 — 그날 저녁에 그녀의 이름을 물어보는 사람은 없을 것이었다 — 는 포갰던 팔을 풀고 다시 코트로 몸을 감쌌다. 그녀는 그 상태로는, 절대로 그 상태로는 떠날 수 없었다. 그래서 빈 의자 위로 몸을 기울이고 시무룩하게 **속삭이는 목소리로** 말했다. 「생각할 게 더 남았어요?」

그녀가 생각하는 걸 불가능하게 만든 것이었다. 공개적인 자리에서 생각하는 것은 그 사람을 노출시킬 수 있다는 부조리함, 누군가가 그 부조리함으로 스스로를 노출시켰다는 사실을 그에게 어리석은 방식으로 알려 준 사람이 그녀가 아니었는가? 그녀는 관찰자인 그에게, 관찰당하고 있다는 느낌을 아주아주 크게 일으킨 것이었다. 감정적 사고를 새롭게 접한 그는 그저 새로움만 인지하다가, 자신이 처음으로 부주의한 모습을 보인 이 순간에, 이제 그 위험의 전체 양상을 보게 되었다. 그래서 그는 생각하는 사람의 모습을 **연기했다.** 그는 이제 작위적인 행동 말고 더 나은 행동은 할 수 없었고, 얼마나 성공적인지 판단하기 위해 그 행위를 반복했다. 바로 그가 무의식적으로 하는 손동작이었다. 원래 그의 것은 아니었고, 아버지가 하던 동작을 기억해 낸 것이었다 — 하지만 그에게 쓰일 때를 줄곧 기다리고 있었을 것이다. 그랬다. 그날 저녁 이처럼 전에 없이 그의 몸 안에서 강조할 필요가 생기자, 그는 그 손동작에 의지하기 시작했다. 그랬다. 엄격한 의미에서 한 번도 **생각해 보지** 않은 상황이 벌어지자 그럴 수밖에 없었던 것이다. 머릿속을 가열하고 두뇌 회전을 빨리해도 소용없고 무턱대고 질주해도 막다른 골목에 이르자, 그는 스스로를 조롱했다. 그는 아직 **어딘가**에 이르지 못한 적이 없었다. 이리저리 궁리해서 — 지금까지는 그렇게 하면서 늘 침착했다 — 자신도 만족하고 궁극적으로 성과도 있는 책략을 찾아내지 못한 적이 없었다. 아직 돌파구나 우회로, 심지어 다른 길이 없을 때 빠져나가는 길을 발견하지 못한 적이 없었다. 하지만 이 경우에 그가 생각하고 있는 대상은 한 여성이었다.

그 여자는 그에게 가라고, 떨어져 있으라고 했다. 그게 그가 할 수 있는 최선이라고, 지난번에 그녀가 그렇게 말했다. 그녀는 그가 무엇을 하리라고 예상했는가? 그녀는 그가 무엇을 했건 그렇게 하리라 예상했다. 하지만 사실 그녀는 그가 무엇을 할지 전혀 몰랐다. 그런데 그가 뭔가를 하긴 했는가? 그렇다면 그냥 계속하면 되지 않겠는가? 그녀는 이렇게 이야기를 끝냈다. 「미안한데, 그냥 당신에게 끌리지 않아요. 우리가 왜 서로의 시간을 낭비해야 하죠? ……당신에겐 뭔가가 있거나 아니면 뭔가가 없을 텐데, 그게 뭔지는 모르겠네요.」

하지만 그는 다 끝난 게 아니었다.

그는 그날 저녁 다시 한번 그녀의 아파트로 찾아갈 생각이었다. 사실 시계가 8시를 알릴 때 그녀의 집에 찾아가겠다고 미리 말해 두었다. 준비한 말도 있었다 — 단지 고민이 되는 것은 그 말을 정확히 어떤 식으로 꺼낼 것인가였다. 그는 연주회장에 앉아서 그녀를 만나기 전에 그 답을 찾아내기를 바랐던 것이다.

루이는 이 연주회장에 음악이 너무 넘치는 것 같았다. 그녀는 생각에 빠진 이 남자에게 관심을 두기 전에 그랬던 것처럼 멍하게 앉아 음악을 들었다. 다시 그러는 것 말고는 할 일이 없었다. 멍한 상태는 별반 달라지지 않았다 — 그가 그녀를 쳐다보게 만든 것 정도로 만족했을 뿐, 그녀는 대화를 돌이켜 보지도, 그 대화의 끝이 어떠했는지, 혹은 자신의 태도는 어땠는지 자문하지도 않았다. 그와 달리 그녀는 그 대화가 자기를 어디로 데려갈지, 혹은 데려가지 않을지의 관점에서 상황을 보지 않았다. 그녀의 목표는 자기가 루이라는 것을 느끼는 것이었다. 그녀는 대체로 그 목적을 이루기 위해 자신이 그 상황에서 어떤 말이나 행동을 할 수 있었는지를 나중에 굳이 애써 되돌아보지 않았다. 그녀도 불안을 느꼈지만, 늘 원인은 없었다. 없기를 바랐다. 그녀의 내면에서는 한 번도 검열이 일어난 적이 없었고, 남편인 톰이 없는 지금 — 그는 입대했다 — 자신이 이상한 것인지 아닌지 알아낼 방법이 없었다. 아마 그녀가 모르는 사람들에게 말을 거는 것은 **그들**의 생각이 어떤지 알아보고 싶어서였을 것이다 — 그런데 이 마지막 남자에게서 그가 좋은 평가자는 아닐지도 모른다고 생각하게 될 만큼 이상한 면을 보았던 것이다. 이럴 때 그녀는 종종 당혹감을 느꼈지만, 왜 이런 일이 일어났는지를 자문할 만큼 그 감정을 길게 끌지 않았다. 런던에 의지할 곳 없이 홀로 남겨진 그녀는 모방의 대상으로 삼을 누군가를 찾아다녔지만 허사였다. 그녀는 누가 됐건 스스로 확신을 지닌 채 한길을 가는 사람에게 애착을 형성할 준비가 되어 있었다. 아니, 그럴 수 있기를 간절히 바랐다.

톰은 징집되어 해외로 나간 상태였다. 그가 인도에 있다는 것을 어찌어찌 알게 되었다. 집으로 보낸 편지에서 그는 그녀가 잘 지내기를 바라고 착한 여자이기를 바란다는 희망을 표현했다. 이 내용에 그녀는 어떻게 답해야 할지 아무 생각이 들지 않았고, 그래서 답장하지 않았다. 그녀는 그들이 결혼 생활을 하던 집인, 칠컴 스트리트에 있는 작은 아파트 건물들 중 한 채의 2층에 있는 더블룸 아파트에서 계속 살았다. 그리고 런던 내에서 집과 너무 멀지 않은 다른 구역의 공장에서 매일 일했다. 칠컴 스트리트에 있는 집의 월세를 꼬박꼬박 내기 위해, 그녀는 톰의 동의를 구해 폭격으로 돌아가신 부모님이 물려준 돈을 일부 빼 썼다. 그녀는 늦은 나이에 결혼한 부모님에게서 태어난 외동딸이었다. 부모님은 애시퍼드에서 작은 사업 혹은 가게를 운영했는데, 장사가 잘돼 가게를 팔고 은퇴할 수 있었다. 그래서 루이가 열 살 때, 이미 가족이 행복한 휴가를 보낸 적이 있는 바닷가 실온시로 이주했다. 그 노부부는 브리튼 전투 동안 실에서, 가족이 아주 즐거운 시간을 보낸 실온시의 작은 주택에서 목숨을 잃었다. 1939년 초반에 톰과 결혼한 루이는 그 당시 런던에 있었다. 그 결혼에 모두 놀랐고, 누구보다 그녀 자신이 놀랐다 — 실제로 가정생활의 이점과 모든 면에서 가족이 주는 공고함은 그녀의 마음을 안정시켜 주었다. 그녀는 결코 나쁘지 않은 배우자였다 — 아내가 된 그녀로 말하자면, 진지하고 진취적인 젊은 기술자 톰은 그 자체로 공고한 사람이었지만 만화를 유독 좋아했다고 추정할 수 있었다. 톰이 실에서 휴가를 보낼 때 그들은 우연히 만났다 — 그가 그녀에게 말해 주거나 그녀가 그에게 물어본 것도 아닌데, 그녀는 **어떻게** 그가 품었던 환상에 꼭 들어맞았을까. 켄트주에서 태어나고 자란 그녀는 톰이 신부로 데려가기 전까지 런던에는 당일 표로 몇 번 다녀왔을 뿐이었다. 그녀는 지금까지, 그러니까 지난 몇 년 동안 런던을 한 번도 떠나지 않았고, 이제 달리 갈 곳이 없었다.

이성적으로 이해하려고 하면, 그녀가 칠컴 스트리트에 남게 된 것은 행운이었다. 징집된 남자의 아내 중 원래 살던 곳에 남게 된 사람은 드물었다. 하지만 칠컴 스트리트에 집을 마련한다는 발상은 가장 좋은 시절에 톰이 간직하고 있던 것이었고, 인도로 가면서 톰은 그 마음도 가져갔다. 그녀의 입장에서는 지금 상황이 어떻든 간에 매일 아침 그 집에서 나오는 게 기뻤다. 그녀는 방 — 앞방과 뒷방이 톰이 커튼을 달아 놓은 아치문으로 서로 통했다 — 을 잘 관리하지 않았고, 튀르키예 문양의 리놀륨은 광택을 잃었으며, 침대는 그녀가 집에서 나갈 때 어질러진 어질러진 상태 그대로였다. 아마도 밤새 그렇게 차가웠던 것에 대한 복수였을 것이다. 그녀는 매일 저녁 공장에서 돌아오면 이런저런 방법으로 그 시간을 버텼다 — 이번 여름의 모든 화창한 저녁에는 공원을 산책하는 방법이 있었다. 비가 올 때는 영화관에 가서 앉아 있거나 침대에 누워 톰의 빈자리 옆에서 깊고 짧은 잠을 연속적으로 청했다. 이런 상태로 비 내리는 날의 황혼에 취한 그녀는 거의 늘 바닷가에서 보낸 어린 시절의 감각 속으로 돌아갔다. 푸딩처럼 폭신한 아스팔트가 깔린 뜨거운 산책로에 발뒤꿈치가 쑥쑥 들어가는 감각을, 맨살이 드러난 팔을 팔꿈치까지 비에 젖은 능수버들 속으로 집어넣는 감각을 다시 한번 느꼈다. 그녀는 조약돌의 냄새를 맡았고, 파도가 조약돌을 핥는 소리를 들었다.

시간에 관한 루이의 시각은 유아적인 수준에 머물러 입체적인 시각이 부족했다. 그녀는 그때와 지금을 같은 차원에서 보았다. 그 둘은 같은 것이었다. 그녀에게는 모든 일이 동시에 일어나는 것처럼 느껴졌다. 그래서 그녀가 뭔가 미뤘을 때는 달력이나 시계를 반신반의하는 곤란한 심정으로 그런 것이었다. 지금 그녀의 몸은 어두워지는 비탈에서 의자에 앉아 음악을 듣고 있었지만, 마음은 사실 그날 오후에 산책했던 공원의 장미 정원에 가 있었다. 햇살이 내려와 호수가 눈부시게 반짝거릴 때, 크고 공처럼 둥근 장미는 오늘 두 번째

개화의 정점에서 더욱 강렬히 불타오르고 있었다. 화단 사이로 잔디가 자란 땅을 천천히 걸으면서 계속 허리를 숙여 꽃잎을 만졌고, 그때마다 거칠어진 손끝에 보드라운 감촉이 스며들었다. 그녀는 무엇보다 줄기에서 장미꽃 두세 송이를 꺾고 싶은 유혹을 느꼈다. 혼자였다면 질끈 꺾어 버렸겠지만, 공군인 남자 친구가 같이 있어 차마 그러지 못했다. 그녀는 모든 남자가 톰처럼 일방적으로만 즐겁다는 사실을 알아냈다 — 그들의 입술이 당신의 입술에서 떨어지자마자 그들은 다시 도덕에 대해 지껄이기 시작하는 것이었다.

그녀가 그의 관심을 딴 데로 돌리려고, 심지어 한번은 깜짝 놀란 시늉을 하며 하늘을 올려다보았다. 「저것 **봐**, 저기 풍선 줄이 풀렸어!」

하지만 그는 아주 잠깐 쳐다보았다. 「그럴 리 없어.」 그가 너그럽게 말했다.

「오, 그럴 수도 있어!」

그는 그녀의 팔을 잡은 엄지로 팔꿈치 안쪽을 꾹 눌러 그러지 말라고 표시할 뿐이었다.

「누군가가 그러는 걸 남편이 봤대.」 그녀가 말을 꾸며 냈다. 「나한테 그렇게 말했어.」

「남편이 당신한테 별소리를 다 했나 보군.」

톰을 조롱하는 말에 그녀의 얼굴은 발개졌다 — 장미를 보고 있던 그녀가 고개를 홱 돌렸고, 저항의 의미로 공군에게 잡힌 팔 안쪽 근육에 힘을 주었다. 그와 그녀는 이미 그날 오후의 대부분을 누워서 보낸 둔덕 비탈의 호랑가시나무 아래로 되돌아갔다. 여기서 그녀는 다시 한번 바닥에 코트를 깔았고, 그는 얼마간 무심하게 그녀의 귀 뒤쪽을 풀잎으로 간질이기 시작했다. 그들 주위로 잔디밭에 군데군데 몸을 뻗고 태양의 마지막 노란빛을 간청하는 다른 연인들이 누워 있었다. 톰이 큰 애착을 느꼈던 이곳에 그녀는 일종의 신앙심으로 다른 남자를 데려왔다. 그렇게 함으로써 톰을 위한 일요일을 보낸다고 느꼈다. 그녀는 나무를 물끄러미 올려다보았다.

「간지럽지 않나 봐?」 공군이 불만스러운 투로 말했다.

「뭐가, 내가?」

「그거야 당신이 알겠지.」 그가 풀잎을 던지며 말했다. 「당신은 아는 게 없어?」 그가 몸을 돌려 다시 등을 대고 땅에 누웠고, 두 눈 위에 한 손을 툭 얹었다. 그 순간 그녀는 그의 생김새가 기억나지 않아, 그의 손 아래가 어떤 모습일지 상상하며 돌아누웠다. 그의 태도에 뭔가가 더 드러나기 시작했다—그가 말했다. 「아까 어디 산다고 했지?」

「음, 내가 말한 적은 없어.」

「그래도 어딘가 살고 있을 거 아니야. 좋은 집도 있을 테고. 당신같이 괜찮은 여자라면 말이야.」

「오, 있지.」 그녀가 생기 있게 말했다.

「그래?」 그가 흥미가 생겼는지 그녀를 쳐다보려고 손의 방향을 바꾸고 고개를 돌렸다. 「그래도 외롭긴 하겠지. 혼자서만 지내잖아.」

그녀는 화가 났고, 꺾지 못한 장미가 떠올랐다. **그러니까** 이 남자가 뭔데 이래? 「외롭지 않아.」 그녀가 곧바로 말했다. 「이모와 같이 살거든. 이모가 나하고 같이 사는 거지만.」

「이봐.」 얼굴이 벌게진 공군이 말했다. 「갑자기 이모라니 또 무슨 소리야?」

「이모는 환자야.」 루이가 더욱 빠르게 대꾸했다. 「불쌍한 분이시지. 밖에 나가지도 못하고.」

공군이 그녀를 더 강렬하게 쳐다보았다. 「저기 말이지.」 그가 말했다. 「같이 집에 가서 그 할망구를 만나는 게 어때?」

루이는 일어나 앉으면서 머리에 붙은 잔가지를 떼어 냈다. 「당신이 내 이모에 대해 그런 식으로 말할 자격은 없지.」 그녀가 말했다. (〈톰에 대해서도.〉 그녀가 속으로 덧붙였다.)

「내게 이모가 없는 것처럼 당신에게도 이모 같은 건 없겠지.」 공군이 성적인 분노로 표정이 굳어져 말했다.

「내가 어떻게 알아.」 그녀가 대답했다. 「당신한테 이모가 있는지 없는지.」

「성질나네.」 그가 일어나 앉으며 말했다. 「이게 다 당신이 외롭다고 해서 시작된 건데. 내 오후만 날렸잖아.」 그가 일어서서 군복 상의를 끌어 내리고 주머니를 탁탁 쳤다. 그리고 마지막으로 허리를 숙여 바지에 묻은 이끼를 손으로 털었다. 「전쟁에 나가 싸우는 남편을 두고, 부끄러운 줄 알아야지.」

「오, 맙소사.」 루이가 낙담해서 말했다. 「대체 뭐가 문제야?」

「이제 그만 가봐야 할 시간이군.」 그가 냉담하게 말했다.

「그래도 좋았잖아.」 그녀가 그 자리에 슬프게 누운 채 성큼

떻게 그런 일이 있을 수 있는지 의아하다는 듯 어리둥절한 눈빛으로 그를 보았다. 그가 빠르게 걷기 시작했고, 그녀도 발걸음을 재촉했다. 길이 갈라졌지만, **그들**은 갈라지지 않았다 — 그녀는 그의 옆에서 계속 씩씩하게 걸음을 옮겼다. 참기 어려울 정도로 짜증이 난 그는 결국 거칠게 말했다.

「내가 하려고 했던 말은 이거예요. 내가 당신이라면, 집으로 **가겠다고요**. 저기, 이러다가 조만간 골치 아픈 일이 생길 거예요. 이렇게 누군가를 졸졸 쫓아다닌다면 말이죠. 사방에 이상한 사람들이 깔렸어요.」

「그러니까, **당신**도 의외로 이상한 사람일 수 있다는 건가요?」

「어느 쪽으로 **가요**?」 그가 갑자기 걸음을 멈추고 물었다. 「어느 쪽? — 어느 쪽이든.」 그녀가 생각에 빠져 있었던 듯 놀란 어조로 말했다. 그들은 그 아름다운 출입문을 지나 있었다. 그리고 그들은 나무와 철책을 끼고 있는 짧고 구불구불한 언덕길을 걸어 내려갔다. 그 길은 대저택 진입로 분위기가 나는 순환 도로로, 내부 구역에서 외부 구역으로 이어졌다. 눈앞으로 여전히 저 멀리 숲이 있는 듯한 착각이 들었고, 영묘한 푸른색과 청동색 공기 속으로 섭정 시대[2] 테라스 주택들 — 반쯤 파괴되었고, 하늘보다 색깔이 조금 더 옅었다 — 의 꼭대기가 솟아 있었다. 집들은 골조만 남아 있었다. 검고 비어 있는 창문의 무심함이, 창문이 바라보지만 정말로

<hr />

2 영국의 왕 조지 3세가 정신 이상 증세의 악화로 통치하기 어려워지자, 황태자가 섭정한 1811년부터 1820년까지의 시기를 말한다.

보고 있지는 않은 것 같은 그 장면에, 움직임에, 공원에, 저녁에 드리워 있었다. 알아채지 못한 사이 어느새 런던이 그들 뒤에 있었다. 걸음을 옮기며 집들과 마주하는 이 순간은 다른 시간대에 속한 것 같았다 — 하지만 건너편에서 그와는 모순되게도 세인트메릴본 교회의 시계가 8시를 알리는 종을 치기 시작했다. 종소리의 첫 음이 울리는 동안 루이와 그녀의 동행은 서로 떨어져 — 그는 반감을 지닌 채로 — 신경이 융합되는 느낌을 경험했다. 그가 연석에서 내려와 길을 사선으로 건넜고, 그녀는 뒤를 쫓아갔다. 「나는 당신 이름을 몰라요.」 그녀가 말했다.

「모르겠죠. 알아야 합니까?」

그녀는 몹시 당황한 듯 보였다. 「오, 글쎄요. 그냥 내가 생각하기론…….」

「음, 그 문제는 내가 어떻게 해줄 수 없군요. 8시예요.」

「오.」루이가 자책하듯 외쳤다. 「당신 데이트!」

길의 끝은 명확했다. 그녀는 마지막으로 고개를 돌려 큰 입을 벌린 채 쳐다보고는 놀라울 정도로 완벽하게 사라졌다. 그는 그제야 주머니를 털린 것은 아닐지 의심하는 표정으로 서 있다가 곧 반대 방향으로 걸어갔다.

2

스텔라 로드니는 자신의 아파트 창가에 서서 블라인드 줄을 만지작거리고 있었다. 그녀는 고리를 만들어 그 안으로 거리를 내다보거나, 줄을 손가락에 빙빙 돌려 감아 도토리처럼 보이는 그 손가락으로 창유리를 톡톡 쳤다. 눈에 거슬리는 색깔의 암막 블라인드는 위쪽에 있는 롤러가 예쁜 장식천으로 가려져 있었고, 얼마간 내려진 채 한쪽 천장의 끝에서 방 안을 가로질러 그림자를 드리웠다. 한편 다른 창문의 블라인드는 올려져 있었다. 그녀는 그 불규칙한 모양새를 바로잡지 않았다. 아마 그 효과, **보잘것없고** 초라한 모양새가 얼마간 그녀의 기분과 일치했기 때문일 것이다.

만나고 싶지 않은 사람을 기다리는 것보다 더 기운 빠지는 일은 없었다. 그녀가 창가에서 한 이런 바보 같은 놀이는 해리슨이 자신을 바람맞힌 것일 수 있다는 생각에서 비롯한 혼란스러운 감정을 드러낸 것이었다 — 그녀는 마음이 아주 불안했고, 그 모든 일을 경험하는 동안 몹시 위축된 기분이 들었으며, 감정을 추스르고 싶다는 생각도 들지 않을 만큼 화가 났다. 그는 처음부터 그녀가 느끼는 모든 것에 대해 아무런 영향을 받지 않는 듯 보였다 — 이렇게 아무렇지 않게 다시 나타나는 것은 수치스러운 일이라는 것을 그에게, 그를 위해서라도 알려 줄 수 있을까? 그는 다시 자기 방식을 밀어붙이고 있었다.

8시를 알리는 종소리가 들린 뒤로 몇 분이 지났다. 그녀는 그가 와야 할 시간이 지났는데도 오지 않는 이유가 궁금했다. 그는 대체로 시간 약속을 잘 지켰고, 시계 장치에 부착되어 움직이는 것처럼 약속된 시간이 만드는 진동과 함께 나타났다. 8시는 그가 선택한 시간이었고, 그녀를 데리고 저녁을 먹으러 갈 생각이 아니라면 바보 같은 선택이었다 — 그녀는 어떤 일이 있어도 그와는 같이 저녁을 먹지 않겠다고 말할 참이었지만, 그가 그 말을 하지 않아 그렇게 말할 기회조차 얻지 못했다. 하지만 이미 그의 주장이 관철되었고, 지금 그가 오는 중이었으며, 이것이 그의 방식이라면 시간에 대해 왈가왈부하는 것은 무의미해 보였다. 이날 저녁에 당장 알아내야겠지만, 그가 이렇게 새롭게 권력자처럼 구는 이유가 뭔지 알아낼 때까지 그녀는 다시 언쟁은 하지 않기로 결심했다. 전화로 이야기할 때, 그의 목소리는 지나치게 조용했다. 그것은 뭔가 불확실한 위협이 있다는 암시였다 — 그녀는 그를 알게 될 기회를 회피해 왔기 때문에 불리한 입장에 있었다. 지금 이렇게 되고 보니, 그의 위협이 얼마나 유효할지, 혹은 위협의 성격이 어떤 것일지 그녀로서는 알 길이 없었다. 자기주장을 관철시켰으니 그는 — 그녀는 곰곰이 생각해 보았다 ─ 조금 늦는 것쯤은 별로 개의치 않는지도 몰랐다. 흔히 적(敵)에 대해 생각할 때 그러듯, 그녀는 그에게 미묘한 특징을 부여했는데, 다시 생각해 보면 그의 경우에는 해당되지 않는 것 같았다.

불과 30분 전까지만 해도 그녀는 적어도 저항하고 싶었다. 그녀가 이 공간을 조금이라도 다르게 만들었다면, 그건 다 자신이 신경 쓰지 않는다는 걸, 그도 이미 알고 있겠지만, 그를 신경 쓰지 않고, 그가 하는 다른 말을 신경 쓰지도 않는다는 걸 보여 주기 위해서였다. 그녀는 자기가 사는 방식이 자연스럽고 느긋하다는 걸 보여 주려고 거리 쪽으로 난 현관문은 잠그지 않았고, 계단 맨 위에 있는 그녀의 아파트 문은 조금 열어 두었다. 그는 혼자 알아서 찾아오면 될 것이었다. 도중에 마주칠 일도 없고, 심지어 초인종 소리에 묻어나는 고압적인 면을 느끼지 않아도 되고, 그가 보여 줄 수 있는 최고의 얼굴을 보기만 하면 되는 것이었다. 그녀의 아파트는 웨이머스 스트리트에 있는 이 꽤 오래된 건물의 꼭대기 층에 있었는데, 다른 층들은 전문 직종 ─ 병원이나 치과 ─ 이 사용하고 있어 주말에는 비었다. 그래서 그녀의 아파트 아래로는 지금 다 비어 있었다. 지하층을 쓰는 관리인들은 일요일 저녁에는 거의 늘 외출했다. 침묵이 계단을 타고 올라와 살짝 열린 문을 통해 그녀의 집 안으로 들어왔다. 사람들이 떠난 거리에서 침묵이 창문을 통해 집 안으로 올라왔다. 사실 이날 이 시각의 이 장면은 폭력적인 상황이 일어나기에 더없이 완벽한 배경이었다 ─ 하지만 그런 일은 일어날 것 같지 않았다. 그녀는 처음부터 그에게서 뭔가 극단적인 것을 지속적으로 억누른 자가 지니게 되는 고요함을 알아차렸다. 지금까지는 그랬다. 하지만 오늘 아침 전화 통화에서 그 고요함은 극단 그 자체가 되어 있었다.

이제 시계가 울렸으니 어떤 발걸음 소리든 그의 것이 아닐 리 없었다. 그 순간 발소리가 들렸고, 그녀는 손가락에 감았던 줄을 풀었다. 손에 나선형의 붉은 자국이 남았다.

스텔라 로드니는 전쟁이 시작되었을 때 자신이 마지막으로 살았던 집을 포기하고 다른 장소에 가구를 보관한 뒤 가구가 딸린 이 아파트에 들어왔다. 1940년 늦가을이 되기 전까지는 런던에 있는 하숙집들에서 지냈다. 여기 웨이머스 스트리트에서 그녀는 다른 누군가의 빈틈없는 취향에 둘러싸여 짜증이 났다. 평화롭던 지난해에 다시 꾸민 실내에서 유행이란 게 멈추어 있던 시점의 흔적이 엿보였다 — 이 방이 그녀의 것이 아니라는 사실을 모르는 사람이라면, 그녀의 취향이 이례적이라고 착각할 만했다. 민감한 흰색 계열의 벽에는 런던 날씨의 모든 변덕스러운 변화가 미세하게 기록되었다. 의심의 여지 없이 비싸고 완벽한 구성의 짙은 유리 그림 한 세트 — 섭정 시대 여신 같은 여자들의 모습이 담겨 있었다 — 가 벽을 빙 두른 채 걸려 있었다. 깃털 문양이 새겨진 친츠 천을 씌운 안락의자와 소파는 최근 들어 약간 더러워져 원래의 정교함이 더 두드러졌다. 낮은 탁자 주변에는 설화석고로 만든 키 큰 램프가 서 있었고, 램프갓은 하야스름한 바탕에 가는 줄무늬가 있는 것이었다. 창문들 사이에 우아한 접이식 책상이 있었고, 그 위에는 그녀가 이번 주 초에 꽂아 둔 장미가 담긴 그릇이 있었다 ─ 오늘 꽃잎이 떨어지기 시작했다. 그녀의 책 일부는 아치형으로 들어간 벽 선반에, 그녀의 것이 아닌 책들 사이에 꽂혀 있었다. 그리고 그로 푸엥 자수가 놓인 천 소재의 스툴이 두 개 있었다. 문 바로 안쪽으로 돌출된 벽에는 격식이 느껴지는 소파가 놓여 있었다. 양단을 씌웠고, 양쪽 끝에 쿠션이 쌓여 있었으며, 한 사람이 몸을 완전히 뻗고 누워도 될 만큼 충분히 길었는데, 심지어 키가 아주 큰 사람이 누워도 될 것 같았다.

전기 벽난로 위 선반에는 아직 액자에 넣지 않은 사진 두 장이 비스듬히 놓여 있었다 ─ 두 남자 중 젊은 쪽이 스텔라의 아들인 로더릭으로, 스무 살이었다. 사진 위로 거울이 걸려 있었다 ─ 해리슨이 정말로 계단을 올라오는 발걸음 소리가 들리자, 그녀는 거울을 쳐다보았다. 자기 모습을 본 게 아니라, 뒤쪽으로 이 방의 문이 애초 계획대로 잘 열려 있는지 살펴보려는 생각으로 그저 현실로부터 한 걸음 떨어져 이 장면을 본 것이었다. 하지만 아직 아니었다. 그는 여전히 작은 현관에서 뭔가에 부딪히며 중절모를 내려놓고 있었다. 그 때문에 그녀에게 다시 생각해 볼 시간이 생겼다 ─ 결국 그녀는 그를 마주 보기 위해 다시 휙 돌아섰다. 팔짱을 낀 채 어두운색 드레스 소매 위에 손가락을 얹었고, 그 상태로 꼼짝도 하지 않고 가만히 서 있었다. 그렇게 하고 있으면, 그가 들어올 때 움직이기를 전적으로 거부하는 그녀의 태도에 뭔가 역동적인 분위기가 감돌 것이었다.

그녀의 얼굴은 쳐다보는 각도에 따라, 우울하게도 보이고 건방지게도 보이는 그런 매력적인 얼굴이었다. 눈동자는 회색이었다. 눈을 가느스름하게 뜨면 대체로 깊은 생각의 황혼에 잠겨 있는 것처럼 보였다. 그런 분위기, 즉 **아리에르 팡세**[1]의 느낌에 모호하게 말하는 입이 어우러졌다. 타고나기를 하얗고 곱고 보드라운 피부가, 하얗고 곱고 보드라운 화장에도 투명하게 비쳐 보였다. 그녀는 젊어 보였다 — 무엇보다 그녀가 여전히 삶과 행복하고 감각적인 관계를 유지하고 있다는 인상을 주었기 때문이다. 자연은 황갈색인 그녀의 머리카락 한 부분에, 혹은 한 타래에, 혹은 한 귀퉁이에 친절하게도 하얀 칠을 해놓았다. 이마에서 뒤로 매끈하게 넘긴 그 흰 날개는 그녀의 바람대로 인위적으로 그렇게 한 것같이 보였다 — 다른 여자들이 어디서 머리를 했느냐고 물었다. 그녀는 사람들의 흘끔거리는 시선에 익숙했다. 하지만 오로지 그것만이 그녀에게서 눈에 띄는 부분이었다. 그녀의 모습은 처음 보고 나면 그 이후로 당신 안에서 점점 커질 수 있었다. 계속 알고 지내게 되면 심지어 더욱 커질 수도 있었다. 그녀의 옷은 그녀의 몸과, 그녀의 몸은 그녀의 자아와 잘 어울렸고, 전반적으로 매력적이고 편안한 분위기였다.

자신의 세대보다 한두 살 어린 그녀는 제1차 세계 대전 바로 직후에, 훗날 본인들이 기회를 놓친 세대라고 느끼게 될 세대와 함께 성장했다. 그녀는 어린 시절에 여기저기서 지금은 전례 없는 시대라는 말을 들었다 — 하지만 그렇게 따지

1 arrière pensée. 프랑스어로 〈속마음〉, 〈저의〉라는 뜻.

면 그녀의 경험도 전례 없는 것이었다. 그녀가 전에는 살아 보지 않은 것이었다. 일찍 결혼했지만 일찍 파국을 맞았고, 그것은 그녀에게 용기를 주는 일이 아니었다. 하지만 그녀는 마음의 평정을 얻기 위해 노력했다. 부족하지만 강인한 태도를 보이려고 애썼다. 부모님은 돌아가셨다. 두 오빠는 그녀가 아직 학교에 다닐 때 플랑드르에서 전사했다. 이혼하자마자 남편이 죽는 바람에 아이러니하게도 이혼은 거의 즉시 불필요한 것이 되었고, 그녀는 아들과 함께 남겨져 두 사람의 생계를 책임져야 했다. 절박하지는 않아도 돈이 문제였다. 이 전쟁이 시작되었을 때 학생이던 로더릭은 이제 군인이었다 ─ 그녀라고 해서 성공하거나 실패할 기회, 집으로부터 해방될 기회, 런던에 와서 일할 기회가 감사하지 않은 것은 아니었다. 전쟁이 벌어지는 동안 그녀는 여기저기 옮겨 다녔고, 중간중간 외국에서도 살았다. 지금은 두세 개의 언어와 두세 개의 나라에 대해 잘 안다고 말할 수 있었다 ─ 그녀는 자신이 어떤 일에 가장 유용하게 쓰일지에 대해 알고 있었고, 그 일에 지원하려면 누구에게 도움을 청해야 할지에 대해서는 더욱 잘 알았다. 그녀의 배경에는 관계, 인맥, 그리고 적어도 전에 알던 친구들이 있었다. 그래서 지금 그녀는 Y.X.D.라는 이름으로 더 잘 알려진 기관에 고용되어 비밀스럽고 까다로우며 중요하지 않은 것은 아닌 일을 하고 있었다. 1940년 이후 유럽의 입장 때문에 그 일의 중요성은 점점 커졌다. 다른 많은 사람들과 마찬가지로 그녀에게도 경계하는 습관이 생겨났고, 그것이 그녀의 기존 성향을 더욱 강화시켰다. 다른 사람에게 부탁하는 일은 결코 많지 않았다. 그 대가로 상대가 부탁해 오는 게 싫었기 때문이다. 아니면 그건 상황 때문이었을까? — 그녀는 기질적으로 이야기하는 것을 좋아하고 감정 기복이 있었다. 지나칠 정도로 관대하고 활발했고 감정을 느끼지 못하는 사람이 아니었다. 전적으로 존경할 만한 사람은 아니었지만, 하긴 누가 그렇겠는가?

그녀는 이제 해리슨이 들어오는 모습을 지켜보며 서 있었다.

「안녕하세요?」 그가 말했다.

「안녕하세요.」

「몇 분 늦었군요. 공원에서 하는 연주를 들었습니다.」

왠지 모르지만 그 말은 놀라웠다. 그녀가 말했다. 「오, 그랬나요?」

해리슨은 돌아서서 문을 닫으려다 말고 물었다. 「다른 사람이 또 오는 건 아니죠?」

「아니에요.」

「알겠습니다. 그런데 아래 현관문은 잠그지 않았던데, 제대로 된 건가요?」

「그렇다고 볼 수 있죠. 당신을 위해 열어 뒀거든요.」

「고맙군요.」 그가 감동한 듯 말했다. 「그래서 제가 닫았습니다 — 그것도 제대로 된 건가요?」

그녀는 침묵 속에서 그가 이쪽으로 오기를 기다렸다. 침묵이 그보다 더 도움이 될 수 없었다. 문에 대한 의문이 해소되자 그는 체스를 둘 때 말의 연속적인 이동에 대해 고민하듯 카펫을 내려다보고, 그들 사이에 존재하는 거리를 보았다.

그가 살짝, 아니 겸손한 얼굴로 찡그린 채 의자에서 탁자로, 탁자에서 스툴로 내리깐 시선을 지그재그로 이동했다. 그는 그 시선을 뒤로한 채 한 걸음씩 앞으로 이동했다. 그리고 담배 상자 옆에서 걸음을 멈추었고, 그걸 보고 생각이 났는지 자기 담배를 꺼냈다. 「피워도 되겠습니까?」

「그러세요.」

「피울래요?」

「괜찮아요 ── 그럼 당신은 더 일찍 올 수도 있었겠군요?」

「음, 때마침 상황이 전개되기로는 그럴 수도 있었겠지만, 우리가 8시라고 했기 때문에 그 약속을 지켰습니다. 그보다 일찍 오면 당신이 불편할 수도 있을 것 같아서요.」

「당신이 온다는 것 자체가 편하진 않았어요.」

해리슨은 성냥을 내려놓을 곳을 찾아 주위를 둘러보며 말했다. 「하하 ── 음, 당신은 내가 아는 사람들 중에서 가장 솔직한 사람이군요! 가령 내가 7시쯤 **찾아왔어야** 할까요?」

「네. 그랬다면 나는 지금쯤 이 만남을 끝내고 기뻐했겠죠.」

그가 그녀를 똑바로 쳐다보았고, 이번에는 상대를 미치게 만드는 그 작고 자족적이고 간결한 웃음소리를 내지 않았다. 「음……」 그가 말을 시작하려다가 멈추었다 ── 누군가는 어쩔 수 없이 멈춘 거라고 생각했을지 모른다.

그녀가 말을 계속했다. 「달리 어떻게 생각할 수 있었겠어요? 지난번에 내게서 그런 말을 듣고도 ── 그런 못된 말을 억지로 할 수밖에 없었지만 ── 여기 다시 오겠다고 꿋꿋이 말할 수 있는 사람은 당신밖에 없을 거예요!」

그가 말했다. 「당신은 마치 규칙이 있는 것처럼 말하는군요. 내가 아는 건 그저 당신과 나 사이에 아주 미묘한 뭔가가 있다는 겁니다. 당신은 그걸 모르더라도 말이에요. 그리고 나는 좀처럼 틀리지 않아요. 어쨌거나 ―」그가 말을 마무리했다. 「당신이 이게 좋다고 말했죠. 당신이 8시라고 했어요.」

이제 그녀가 말할 차례였다. 「음……」팔꿈치 위로 쭉 뻗은 손가락에 힘을 주면서, 그녀는 그에게서 시선을 돌려 길 건너 창문을 바라보았다. 이 시간쯤에는 하얀 커튼에 연보라색이 도는 갈색 황혼이 장방형으로 그려졌다. 그가 암시적인 위협으로 이 만남을 강요했다고 지적한다면, 그녀의 삶에서 **어떤** 것이든 위협은 힘을 가질 수 있다는 것, 혹은 어쨌거나 맥락을 만든다는 것을 인정하는 셈이었다. 그녀가 말했다. 「나한테 할 말이 있다고 하지 않았어요?」

「대화를 하고 싶다고 말했죠 ― 그런데 여기 재떨이는 없습니까?」그가 한 손을 컵 모양으로 오므려 담배 아래를 조심스럽게 받치고 걸어갔고, 벽난로 앞에 깔린 러그에 이르자 그녀의 어깨 근처로 벽난로 선반에 놓인 재떨이에 담뱃재를 털었다. 「아름답네요.」그가 부드럽게 말했다. 「당신이 가진 모든 것이 아주 아름답군요.」

「뭐가요?」그녀가 날카롭게 말했다.

「심지어 이 재떨이도.」그가 손가락 끝을 빙 돌려 재떨이의 가장자리를 어루만졌다. 그건 아무 중국인 가게에서나 살 수 있는 평범하고 작은 에나멜 꽃무늬 재떨이였다.

「그건 내 것이 아니에요.」그녀가 파르르 몸을 떨었다. 「이 집에 있는 건 어느 것도 내 것이 아니에요.」

당연히 방 안에는 다른 재떨이도 많이 있었다. 그녀는 그 책략을 무시함으로써 그것이 발휘되지 않게 했다. 그가 자리를 옮겨 거울과 사진들을 마주 보고 섰다. 그녀는 계속해서 창밖을 바라보았다 — 하지만 그녀의 고요하고 무신경한 모습은 더욱 경직되고 작위적으로 보일 뿐이었다. 그가 전혀 예상하지 못한 행동을 했다 — 돌아서서 램프를 켠 것이었다.

「켜도 괜찮죠?」

괜찮냐고? 그게 오히려 그녀의 긴장을 풀어 주었다. 그러자 창문에 커튼을 꼭 쳐야 할 필요가 생겼다. 이쪽 창문에서 저쪽 창문으로 이동하고, 블라인드 줄을 당기고, 접힌 부분을 정돈하면서 그녀는 자신이 이렇게 놓여난 상황을 정말로 반긴다는 것을 들키지 않으려고 애썼다. 그녀가 램프를 하나 더 켠 다음 주위를 둘러보았다. 그는 사진에 시선을 고정하고 있었다. 「아주 인상적입니다.」 그가 말했다. 「이 사진들을 더 자세히 보고 싶었어요.」

「전에도 봤잖아요.」

「이 사진들은 늘 흥미로워요. 그중 한 사진은 더.」

「로더릭 사진이요?」

「글쎄요. 실제 모습은 본 적이 없어서 — 아니, 다른 사진을 말한 겁니다.」

스텔라는 책상을 향해 돌아서서 서랍을 열고 자기 담배를 한 개비 꺼냈다. 그녀는 여전히 그에게 등을 돌린 채로 허리를 숙여 천천히 — 마침내 충분히 무심하게 말할 수 있게 되기까지 — 담배에 불을 붙였다.「오, 그를 알아요?」

「그에 **대해서는** 알죠 — 얼굴은 알아요. 하지만 사람들이 만났다고 말하는 그런 관계라고 할 수는 없겠군요 — 그는 나를 모를 거예요. 매력적인 사람이죠 — 적어도 나는 그렇게 생각합니다.」

「그래요?」그녀가 스툴에 앉아 접이식 책상의 펼쳐진 쪽에 놓인 편지들 사이에 팔꿈치를 얹었다. 편지를 비스듬하게 느긋이 쳐다보면서, 그녀가 역시 느긋이 말을 이었다.「오, 그를 어딘가에서 봤군요?」

「그게 전부입니다. 가끔은 혼자 있는 걸 봤고, 또 가끔은 당신과 같이 있는 걸 봤죠. 솔직히 말하면 나는 당신을 만나기 전에, 그와 같이 있는 당신을 먼저 봤어요.」

「그런가요?」그녀가 대수롭지 않다는 듯 말했다.

「네. 그래서 당신이 이 기분 좋은 아파트에 처음으로 나를 데려왔을 때, 이 사진을 보고도 전혀 놀라지 않았어요.〈이런 우연이. 네, 우리 둘 다 그를 알고 있군요!〉거의 그렇게 말할 뻔했죠.」

「그런데 왜 말하지 않았죠?」

「아시다시피 사람 일은 절대 모르니까요 — 당신이 내가 좀 밀어붙인다고 생각했을 수도 있고. 게다가 생각을 속에 담아 두는 게 내 습관이기도 하고요.」

「알겠어요. 하지만 그걸 생각이라고 할 수 있나요? 아주 많은 사람들이 서로 알고 지내잖아요.」

「당연히 그렇습니다. 하지만 그 사람이 누구냐에 따라 다르죠.」

그의 짝짝이 눈은 램프 불빛이 만드는 고리 너머로 그녀의 시선과 마주쳤고, 그는 표정 변화를 들키지 않으려고 더 강렬하게 쳐다보았다. 「그 한 사람이 당신이라면 무엇이든 생각이 되죠.」그가 말했다. 「오늘 오후에 처음 만난 여자가 나보고 얼굴을 잘 잊어버리는 편인지 묻더군요. 나는 가끔 그렇다고 대답했죠. 그 말은 거의 사실이지만, 흥미를 끄는 얼굴의 경우에는 결코 잊지 않아요. **저기 —**」그가 사진에 시선을 보내며 말했다. 「그 경우에 해당하는 얼굴이 여기 있군요.」

「정말인가요? 로버트 켈웨이가 우쭐할 일이네요.」

해리슨이 무시하는 듯한 웃음소리를 냈다. 그리고 말했다. 「내 이름을 말한 적 있어요?」

「그가 당신 이름을 내게 말한 적 있느냐는 뜻인가요?」

「아니요. 당신이 내 이름을 그에게 말했느냐고요.」

「모르겠어요. 그랬을 수도 있겠죠. 정말로 기억이 안 나요.」그녀는 잠시 말을 멈추고 담뱃불을 비벼 껐다. 「저기.」그녀가 말했다. 「당신이 오늘 저녁에 여기 오겠다고 했잖아요. 무리하게 밀어붙였다고 해도 과언은 아닐 텐데 — 내게 긴급하게 말할 게 있다고 했어요. 정확히 무슨 말을 하려고 온 거죠?」

「사실 그 말을 하려고 계속 기회를 노리고 있었습니다. 이제 말해야 할 때가 됐는데, 어떻게 말을 꺼내야 할지 잘 모르겠군요.」

그녀는 멍하니 앉아 있을 수밖에 없었다. 뭔가 강조하려 할 때 목소리를 높이는 대신 낮추는 것이 해리슨의 요령이었다. 이제 그는 극도로 조용히 말했다. 「누구와 알고 지내려면 좀 더 조심해야 할 거예요.」

「일반적으로?」 스텔라가 그와는 대조적으로 높고 차가운 목소리로 대꾸했다.

그가 지시에 따라 움직이는 것처럼 사진에 시선을 고정했다. 「특정한 사람을 두고 한 말이라고 해야겠군요.」

「하지만 조심하고 있어요. 예컨대 나는 당신을 알고 싶지 않았어요.」

그가 담배를 두세 모금 더 빨아들인 다음 — 어쩌면 마음을 진정시키기 위해서였을 테고, 어쩌면 아니었을 것이다 — 여전히 얼굴을 찡그린 채 집중한 표정으로 중국산 재떨이에 담뱃재를 좀 더 털었다. 그녀가 아는 한 그의 마음은 뿌옇고 탁한 물이 담긴 유리병이었고, 그 안에서는 아마도 아주 이상한 물고기가 멀뚱히 쳐다보다가 방향을 바꿔 빙빙 맴돌 것이었다. 그녀는 자신의 손목시계를 흘끗 보고, 다시 편지들을 보고, 소름이 돋는 것을 느끼며, 긴장해서 나오려던 하품을 삼켰다.

「내가 한 말은 그런 뜻이 아닙니다.」 그가 말을 계속했다. 「당신이 누군가를 알고 싶을 때 더 조심해야 한다는 겁니다. 당신이 말한 것처럼 나에 대해서는 지금까지 그게 적용되지 않았군요. 좋습니다. 그 정도로 하죠 — 지금은 말이에요. 내가 당신과 같은 부류가 아니라서 당신이 나를 피하는 걸 테니까요. 뭔가 빠져 있는 느낌이라고 해서 당신이 나에 대해 캐낼 수는 없어요. 동의합니다. 그런 게 있어요 — 당신이 알고 싶다면, 뭔지 말해 줄 수 있어요. 아니, 그냥 말해 줄게요 — 허세입니다. 그게 나를 구성하는 요소에서 빠져 있습니다. 예를 들면, 이런 거예요. 어느 화창한 날에 당신이 나를 돌아보며 이제 더는 못 참겠다고 말하는 거죠 — 그러고 나서 당신은 그걸로 다 끝났다고 생각합니다.」

「네, 맞아요. 대부분이 그렇겠죠.」

「당신이 아는 대부분이요. 내게는 그저 당신이 한마디 더한 것에 불과합니다.」

「나로선 어쩔 수 없어요.」 스텔라가 말했다. 「그게 내가 하고 싶은 말이에요. 당신은 모든 사람이 가식적이라 생각하는 건가요?」

「**내가** 가식적이라고 생각합니까?」

「생각해 본 적 없어요. 나는 당신이 뭘 하든 관심 없어요.」

「나도 그래요.」 그 말이 떨어지자마자 해리슨이 만족스러운 듯 말했다. 「나도 내가 뭘 하든 관심이 없어요. 그래서 그게 가능한 거죠 — 허세가 없는 것!」

「나라면 감정을 못 느끼는 거라고 말하겠어요.」 그녀가 딴데 정신이 팔린 채 말했다. (그녀는 속으로 생각했다. 〈결국 이게 다야?〉 그는 기껏 거래의 마지막 흥정, 그녀의 〈관심〉을 끌려는 마지막 시도에서 이렇게 떠보고 저렇게 협박하면서 자기 방식을 밀어붙이거나 물러서려는 것인가? 하지만 다시 생각해 보면 — 이것이 요점인데 — 그는 그녀가 멜로드라마적인 두려움을 품고 있다는 것을 어떻게 알아냈을까? 그는 그녀가 막연한 위협에 취약한 여자라는 것을 어떻게 알아냈을까?)

「네, 그거예요.」 그녀가 말을 이었다. 「당신은 감정을 이해하지 못해요.」

「나는 섬세한 감정을 이해하지 못해요 — 당신이 말하는 게 그런 거라면요. 섬세한 감정을 가지려면 시간이 필요합니다. 내겐 시간이 없어요 — 시간 없이도 가질 수 있는 것을 가질 시간만 있군요. 내 말을 이해하겠어요? 당신이나 당신이 어울리는 부류는 — 이렇게 말해도 된다면 — 세상을 돌아가게 만드는 건 사랑이라는 환상을 여전히 품고 있는 것 같아요. 내게는 그게 계획의 진행을 방해하는 요소 같은 거죠.」 그가 그녀 옆으로, 그녀의 머리 뒤에 만들어진 그림자로 시선을 돌렸다. 「당신은 당신이 알고 싶은 사람들을 믿고 싶은가요?」

「그런 것 같은데, 왜요?」

「내가 그들 중 한 명에 대해 한두 가지 이야기를 해주면, 당신은 깜짝 놀랄 테니까요.」

「뭐, 그렇다면 당신은 — 사설탐정인가요?」 그녀가 신경질적인 느낌 없이 진심으로 웃었다. 「미리 말해 줘야 할 것 같아서요.」 그녀가 말했다. 「우리가 더 나아가기 전에 이 말은 해야겠어요. 나는 당신이 제정신인가 종종 궁금해요. 그러니까 지금도 궁금하다는 뜻이에요 — 아시다시피 나도 처음엔 당신이 당연히 정상이라고 생각했죠.」

「이번에도 솔직하군요. 하하.」 해리슨이 말했다. 「네, 그날 참 대단했죠. 하지만 우리는 그 오해를 깨끗하게 풀었는데요.」

「나는 잘 모르겠군요.」

「당신이 지금 특별히 궁금한 건 어떤 부분입니까?」

「모르겠어요. 글쎄, 어떤 의미로는 전쟁이겠죠.」

「오, 전쟁 말인가요? 네, 전쟁은 재미있죠 — 모두 이편 아니면 저편이라는 점에서요. 자, 내 담배를 한번 피워 봐요!」

그가 자기 담뱃갑을 열고 그녀에게 다가왔다. 그것은 진찰실이나 변호사 사무실에서 책상 위로 담배를 밀어 주는 것만큼이나 최면적이었고, 바로 그 반항적인 복종에서 그녀는 한 개비를 받아 들었다. 그가 담뱃갑을 다시 주머니에 넣고 성냥을 켰다 — 하지만 어설픈 손길에 불꽃이 흔들렸고, 그녀는 매정하게 물러나 그의 흔들리는 손을 물끄러미 바라보았다. 그도 자기 손을 관찰했다. 「네, 재미있군요. 그러니까 이런 일은 한 번도 없었어요.」 그가 말했다. 「여기 당신하고 같이, 이렇게 우리 둘만 있어 그런가 봅니다. 우리가 티격태격하는 것뿐이라고 해도 — 저기 말이죠, 내게 맞서는 게 당신 본성이라면 내게 맞서요. 내가 원하는 건 당신 본성이니까 — 있는 그대로의 당신 말이에요.」

「당신이 원하는 게 정확히 뭔가요?」

「당신이 내게 틈을 주는 것. 여기 오고, 여기 있고, 여기서 나가고, 이따금 — 동시에 늘. 흔히 하는 말로 당신 삶 속에 있는 것 — 있는 그대로의 당신 삶요. 다만 —」 그가 이 부

분이 가장 핵심이라는 듯 말을 멈추고 스스로를 가다듬은 뒤,
그때부터 어조를 바꾸어 말했다. 그는 벽난로로 돌아가 사진
을 집어 들고 벽을 향하게 돌렸다. 「다만 ─」 그가 말했다.
「그 정도까진 바라지 않아요. 사실 그런 건 전혀 바라지 않아
요. 더 이상은.」

그가 지금 자기가 하는 말을 자기 귀로 들으면서도 그런
말을 한다는 게 그녀는 믿기지 않아, 거의 놀란 것 이상의 표
정으로 그를 쳐다보았다. 그는 분명 그녀가 멍한 표정을 연
기하고 있다고 생각했을 것이다. 「우리 시간을 낭비하지 말
죠.」 그가 말했다. 「**나는** 그게 어떤 건지 압니다. 그 일에 대해
좀 확인해 봤어요.」

그녀가 관심 없다는 듯 말했다. 「사람들 대부분이 아는 것
같은데요.」

「대부분은 그 절반도 모르죠 ─ 사실 아무도 몰라요. 당신
은 당연히 모르고.」

「내가 뭘 모르죠?」

「내가 아는 것.」

「그게 뭔지 물어보길 바라나요?」

「그러지 않는 게 좋겠군요. 그냥 힌트만 얻는 게 좋겠어요.」

「아니면 당신은 이걸 협박 시도라고 부를 건가요, 그래
요?」 그녀가 말했다.

그가 곁눈으로 그녀를 쳐다보았다.

그 순간 그녀가 발끈 화를 내며 물었다. 그녀는 긴장과 분
노로 하얗게 질려 있었다. 「나보고 하나의 우정을 깨고 다른

우정을 시작하라는 말인가요 — 당신하고? 게다가 그 두 가지를 동시에 당장 하라는 건가요? 정부의 명령에 대해서보다 더 묻지 말고, 요즘에 식료품점을 바꿀 때보다 덜 고민하고, 모자를 바꿔 쓸 때보다 덜 소란스럽게 하라는 건가요? 당신 말대로라면, 이보다 더 간단한 건 없겠네요 — **내가** 감정이라고 부르는 건 전혀 고려되지 않은 채로. 그렇더라도 감정에 지나지 않아 보이는 그것 때문에 유감스럽게도 나는 시간을 조금 낭비해야겠네요. 시간을 낭비하지 않기를 바란다고, 당신은 그 점을 아주 분명히 해뒀죠. 당신은 계속해서 뭔가, 그 밖의 모든 걸 배제해 버리는 **뭔가**에 대한 힌트를 주고 있어요. 물론 그건 당신 스스로 드러내듯이, 당신이 자신을 아주 예외적인 사람으로 본다는 것일 수도 있고요. 아니, 아니, 당신은 뭔가 더 있다는 걸 전달하고 싶은 것 같아요. 그렇다면 뭐죠? 뭔가요? 나는 당신이 뭘 말하려고 하는지 알아야겠어요. 당신이 몰래 숨기고 있는 그걸 알아야겠어요. 당신이 말하려는 게, 내가 당신이 하라는 대로 해야 한다는 거겠죠 — 〈**그게 아니면**〉, 〈그렇지 않다면〉……? 음, 그렇지 않다면 뭐죠?」

「재미있군요.」해리슨이 말했다. 「당신이 〈당신이 말하려는 게〉라고 말을 시작하니 공원에서 만난 여자가 생각나네요. 예컨대 〈하늘이 정말로 파랗군요〉하고 내가 말하면, 그녀는 듣자마자 〈당신이 말하려는 게, 하늘이 파랗단 거죠?〉라고 말하는 식이었죠.」

「그거라면 놀랍지도 않네요. 당신이 하는 말은 일반적인 내용이라도 뭔가 앞뒤가 안 맞는 것처럼 들리거든요 — 아니면 그렇게 말하려고 애쓰는 걸 수도 있겠죠. 하지만 내게 겁을 주려는 거라면 더 확실하게 해야 할 거예요.」

「음, 유감스럽게도 그건 이미 얼마간 성공한 것 같군요. 우리가 통화할 때 당신 목소리가 흔들렸거든요.」

「당신이 게슈타포처럼 전화하니까.」 그녀가 웃으면서, 혹은 하품을 하면서 말했다.

「내가 당신에게 주고 싶지 않은 인상이 있다면 바로 그걸 겁니다 — 그럼 당신은 세상에 무서운 게 하나도 없습니까?」

「요즘 누가 그런 말을 할 수 있겠어요?」 그녀가 얼른 똑바로 앉고는 한쪽 무릎 위의 원피스 자락을 가다듬었다. 「분명한 건 —」 그녀가 말을 계속했다. 「바보만이 아무 때건 그런 말을 할 거란 거죠. 무서운 게 없는 사람이 어디 있겠어요? 하지만 우린 이렇게 말하는 법을 배우죠. 〈그런 일은 일어나지 않아.〉」

「아, 하지만 일어나죠.」

그녀가 눈을 치떴다. 그가 말했다. 「주변만 둘러봐도.」

「그렇죠, 전쟁. 하지만 나는 일반적인 삶에 대해 말한 거였어요.」

「차이가 뭡니까? 생각해 보면, 전쟁은 이미 없었던 일을 시작한 게 아니에요 — 전쟁은 우리 중 다른 편에 선 사람들을 올바르게 돌려놓는 거죠. 내가 말하고 싶은 건, 당신은 무슨 일이 일어나지 않는다는 전제하에 살아왔어요. 반대로 나는 무슨 일이 일어나지 않기보다는, 일어난다는 전제를 받아들인 거고요. 따라서 지금 당신의 견해는, 내가 줄곧 가져온 견해입니다. 그렇다고 내가 더 유리한 위치에 있다는 건 아니지만, 〈이 지점에서 내가 중요해진다〉라고 느낄 수밖에 없군요.」

「다른 말로 하면, 이건 사기꾼들의 전쟁이다?」

「나라면 그렇게 말하지 않겠습니다. 물론 전쟁에 관한 거지만, 무엇보다 중요한 건, 내가 사기꾼이 아닌 시대가 되었다는 거죠. 나로서는, 내 계산으로는, 줄곧 내가 좀 이상해 보이는 그리 좋지 않은 시대였거든요. 내 입장에서는 상황이 더 나아졌다고 볼 수 있다는 거예요. 모든 것이 합산된 결과가 바로 내가 만들어 낸 것이 되는 거죠.」

「그렇다면 당신이 내게 말하고 싶은 게, 당신 자신에 관한 건가요?」

해리슨은 분명 얼굴을 붉히는 유형이 아닌 것 같았지만, 순간적으로 그의 표정이 변했다. 다른 사람이었다면 억울한 마음에 피가 쏠려 얼굴색까지 변했을 것이다. 「사실 그건 아닙니다 ― 미안하군요.」 그가 간단하게 말했다. 「대체로 〈나 자신〉은 내가 하는 말의 주제는 아니에요. 하지만 그게 당신의 관심을 끈다면 그럴 수도 있겠죠 ― 그게 그러니까, **그럴 수도** 있다는 겁니다.」 그는 다시 얼굴을 찡그리며 덧붙였다. 「내가 나만의 장소를 원한다는 게 그렇게 이상한 일인가요?」

「가장 이상해 보이는 건, 당신이 그런 곳을 만들려고 하는 방식이에요.」

그는 그녀가 무심코 던진 생각의 뭔가에 이끌린 것처럼 고개를 돌려, 거꾸로 놓인 사진의 뒷면을 응시했다. 「그 사람에 대한 이야기가 기분 좋지 않았겠죠, 그래서 화가 났나요?」 그가 말했다. 「그런 거라면 이 말은 해야겠는데 — 당신에게 작별 인사를 하는 것보다 더 나쁜 일이 그에게 일어날 수 있어요.」

「오, 기대되는데요.」 스텔라가 아주 여유로운 태도로 말했다. 하지만 그녀는 이내 고단함과 불쾌감과 불신과 지루함이 누적된 기분과 무엇보다 계속 불친절하고 억지로 빈정대는 모습을 보인 데서 비롯한 긴장된 분위기로 그를 쳐다보았다. 그가 머뭇거리며 콧수염을 — 그 속에 뭔가 결정적인 순간에 그의 입을 확 벌어지게 할 스프링이 숨겨져 있기라도 한 것처럼 — 만지작거렸다. 그녀가 그를 유심히 쳐다보았다.

「그에게 많은 일이 일어날 수 있습니다.」 그가 말했다. 그녀는 대꾸하지 않았다. 그가 말을 계속했다. 「어느 순간에라도 — 그러면 너무 안타깝겠죠? 반대로 그런 일이 일어나지 않을 수도 있어요. 당신과 내가 상황을 조율할 수 있다면, 그 상황도 조율될 수 있을 거예요.」

「무슨 말인지 모르겠어요.」

「사실은 우리 친구가 바보짓을 하고 있어요. 그 바보짓이 그가 모든 것을 걸 만한 일인가, 그 점을 언급하고 싶군요.」

그녀가 날카롭게 말했다. 「그가 돈 문제에 얽혀 있나요?」

「그렇게 간단한 문제가 아닙니다. 이 이야기는 아름다운 이야기와는 거리가 멀 텐데요. 그래도 듣겠어요?」

「당신 마음대로 해요.」

해리슨이 목을 큼큼 풀었다. 「당신도 이유를 알겠지만, 전부 다 말해 줄 수는 없습니다.」 그가 말했다. 「사실 그 이야기를 다 하고 나면 그는 지금 있는 곳에 없을 겁니다 ― 그럼에도 우리가 할 수 있는 뭔가가 있어요. 아시다시피 그는 육군성 소속이죠 ― 그게 아마 당신이 아는 전부일 겁니다. 그가 평소에 어떤 사회적 관계에서든 신중하지 않았다고 생각할 이유는 전혀 없죠. 당신은 그가 어떤 일을 하는지에 대해 대충 알고 있을 거예요. 하지만 그가 더 많은 정보를 주지는 않았을 것 같군요. 안타깝게도 그는 다른 쪽에 훨씬 더 많은 정보를 주고 있습니다. 우리는 누수가 일어나는 곳을 추적했어요 ― 간단히 말해서, 그가 맡고 있는 일의 핵심이 적에게 흘러가고 있어요. 상당히 오랫동안 그런 의심을 받았고, 이제 기정사실로 알려졌죠.」

「터무니없는 소리예요.」 그녀가 끼어들었다.

「중요한 건, 지금은 일부러 그를 놔두고 있다는 겁니다. 문제는 그를 얼마나 더 그렇게 둘 것인가 하는 거죠. 그대로 두고 그가 갈 수 있는 데까지, 우리가 그의 연결책을 알아낼 때까지 가보자는 주장이 있어요. 우리가 추적하는 게 아주 큰 단위라면, 당신의 친구는 작은 피라미에 불과합니다. 그를 지켜보는 눈이 있어요 ― 사실 내가 지켜보고 있죠. 그를 지켜보는 데는 보상이 있습니다 ― 이미 말했듯, 나는 그를 좋아하게 됐어요. 그에게 무슨 일이 일어나면 한편으로 마음이 안 좋을 겁니다. 하지만 솔직히 말해서, 그런 일이 일어날 수도 있겠죠 ― 왜냐하면 아시다시피, 여기 다른 쪽에서는 그를 당장 연행하자고 주장하고 있으니까요. 그는 자기가 원하는 것의 절반도 수행하지 못했지만, 그래도 **얼마간** 해를 끼치고 있어요. 그런 경우, 우리는 그 다른 주장에 따라 우리 입장을 조정해야 할 겁니다. 하지만 어떤 사람들은 이렇게 말할 거예요. 그가 **그** 부정한 짓을 하는 걸 멈추게 하고 우리 손실을 막으려면, 그를 당장 연행해야 한다고······. 나는 어떤 쪽이냐 하면, 열린 마음을 유지하고 있습니다.」

「그런데 당신의 마음이 열려 있다는 게 그렇게 중요한 건가요?」

그가 겸손하게 말했다. 「음, 그렇다고 말할 수 있겠네요. 지금이라면 내가 저울을 이쪽으로도, 저쪽으로도 기울게 할 수 있으니까요. 내가 올려 보내는 자료에 따라 상황은 달라질 수 있습니다. 당신이 내 말을 알아듣는다면······ 나는 내 판단을 이용합니다. 내 판단을 조금 더 **이용해 볼 수** 있겠죠 예컨대, 그와 관련해서 아직 제출하지 않은 자료가 상당수 있어요. 보내야 하는 자료입니다 — 하지만 결심이 확실히 서지 않아요. 당신이 도와줄 수도 있겠죠?」

그녀가 그를 쳐다보고는 웃기 시작했다.

「내 선에서 한동안은 **유보할 수** 있습니다.」 그가 내면의 논쟁을 치열하게 추구하는 사람의 분위기로 말을 이어 갔다. 「그렇게 하면 아무 일도 일어나지 않을지 모르죠 — 이 모든 쇼는 끝날 겁니다. 그는 어떤 이유로 생각을 바꿀 테고, 스스로의 의지로 이 작은 게임을 그만둘 겁니다. 그가 그냥 운이 좋을 수도 있는 거고요. 앞날은 알 수 없는 거니까요. 어쨌거나 희망은 있습니다 — 그가 문제를 일으키지 않고 조금만 더 **버틸 수** 있다면. 그리고 그게 나한테 달려 있다고 말할 때, 나는 오히려 당신한테 달려 있다고 느낍니다.」

「네, 잘 알겠어요.」

그가 안도하며 말했다. 「정말인가요?」

「완벽히 잘 알겠어요. 내게 유쾌하지 않은 연합을 형성해서 한 남자가 자기 나라를 자기 뜻대로 팔아먹도록 내버려두란 거군요.」

「표현이 좀 거북하군요.」 해리슨이 시선을 내리깔며 말했다.

「지금 우리가 같은 남자에 대해 이야기하고 있는 거라면, 그걸 어떻게 표현하는지가 더 중요할 것 같네요. 내 생각이 확실히 맞았어요 — 당신은 미친 **사람이에요.** 이런 이야기는 언제 지어낸 거죠?」

그가 모호하게 대답했다. 「내 말이 이해되지 않습니까?」

「유감스럽게도 그래요.」

「자, 왜 그런 거죠?」

「음, 처음부터 끝까지, 내 생각엔 말이 안 되니까요. 당신 말이 이치에 맞았던 적이 없어요. 로버트나, 내가 로버트에 대해 알고 있는 이 세상 모든 정보는 차치하더라도, 그냥 믿음이 안 가는 사람이 있는데, 바로 당신이 그런 사람이에요.」

「음, 모르겠군요……」 그가 말했다.

「뭘 모른다는 거죠?」

「당신이 알아듣게 만드는 방법 말입니다. 당신에게 증거를 보여 줄 수는 없어요 ─ 이미 말한 걸로도 충분히 깊어요.」

「네, 정확해요!」 그녀가 크게 외쳤다. 「뭔가가 더 필요하다면, 바로 그걸 거예요. 이 이야기가 한순간이라도 진실이라면, 당신이 한순간이라도 스스로가 암시하는 그런 사람이라면, 당신은 내가 곧장 그 이야기 전부를 로버트에게 말하리란 걸 알겠죠. 그러면서도 내게, 하고많은 사람 중에 내게 그이야기를 하겠어요? 물론 나는 어쨌거나 그에게 그냥 웃긴이야기를 하듯 말하겠죠. 달리 뭘 기대하겠어요?」

그녀는 면전에서 그렇게 말했고, 그의 얼굴은 풍선으로 가볍게 한 대 얻어맞은 정도의 모욕을 당한 표정으로 바뀌었다. 하지만 그는 여전히 돌처럼 냉정하고 확신에 차 있고 어떤면에서 미워할 수는 있으나 무시할 순 없는 원숙한 표정을유지했다. 그가 말했다. 「기대라고 했나요? 나는 당신 같은사람이라면 머리가 더 좋을 거라 기대했습니다. 그에게 경고한다? 안타까운 일이 되겠군요 ─ 하지만 나한테는 그렇지않죠. 그가 이 사실을 알게 되었다는 것이 알려지면, 그는 더이상 우리에게 유용한 존재가 아닐 겁니다. 그렇게 되면 그는 분명 연행될 거예요. 아니, 그의 친구로서 나는 단연코 그렇게 두지 않을 겁니다.」

「그렇다면 나는 당신의 말을 받아들이고, 질문은 더 하지않고, 로버트와 헤어지면 되나요?」

「그게 그에게 가장 좋을 겁니다.」

「그렇군요. 하지만 잠깐만요 ─〈그가 이 사실을 알게 되었다는 것이 알려지면〉? 누가 아는 거죠 ─ 더욱이 누가 어떻게 알게 된다는 거죠?」

「그거야 너무 뻔한 일 같은데.」 그가 거의 섬세한 어조로 말했다. 「그 이야기를 꺼내면, 당신은 그가 웃어넘기거나 ― 아니면 이렇게 말해 볼까요 ― 키스로 넘겨 버릴 거라고 예상할 테죠. 당신의 마음을 좋고 편하고 지금 상태 그대로 유지하게 해주려고 말이에요. 의심의 여지 없이, 그가 우리 두 사람이 생각하는 그런 사람의 반절이라도 된다면, 아마 그럴 거예요. 그의 머릿속에는 당신이라는 존재보다 더 많은 것이 있다는 사실을 잊지 마요. 그가 당신과 내가 오늘 저녁에 나눈 대화를 전해 듣고 그 핵심을 파악하면, 정말로 그가 자신이 다니는 길을 좀 바꿀 거라는 생각은 들지 않나요? 특정한 한두 곳 정도라도? 활동 시간이 바뀌고 활동 구역이 바뀔 거예요 ― 그러지 않을 리 없어요. 반드시 그럴 겁니다. 그의 출몰지 한두 곳이 익숙한 그의 얼굴을 보지 못하게 될 테고, 그는 친구 한두 명을 싸늘하게 대하기 시작할 테고, 그런 일들이 생기겠죠. 조금이라도 방향을 바꾸지 않으려면, 한 남자가 인간으로서 낼 수 있는 것보다 더 큰 용기가 필요할 겁니다. 나는 누가 자기를 지켜보고 있다는 걸 알게 됐을 때 자기 행동을 바꾸지 않는 남자를 지금까지 한 번도 본 적이 없어요. 누군가 자기를 지켜보고 있다는 걸 알게 되면, 사람은 누구나 다르게 행동합니다. 바로 그런 변화를 지켜보는 거죠. 그는 그런 비밀 정보를 넘겨받은 걸 대번에 드러낼 겁니다. 만약 그렇다면 어떻게 될까요? 그는 순식간에, 그 비밀 정보를 다른 데 넘기기도 전에 연행될 겁니다……. 내가 당신이라면 그에게 아무 말도 하지 않을 거예요.」

「음, 고맙군요. 하지만 내가 그에게 〈하려던 걸 계속하되 다만 조심해. 하던 대로 계속하려면 아주 조심해야 해〉라고 말하는 걸 뭐가 막을 수 있을까요?」

「전혀, 아무것도 없죠.」해리슨이 재빨리 대답했다. 그리고 어깨를 으쓱했다. 「만약 그렇다면, 당신이 그를 아주 잘 알고 있다는 사실에 걸고 모험을 해보는 거죠. 물론 나는 단지 제삼자로서 말하는 겁니다. 그가 상당한 용기를 지닌 사람인 건 분명해 보이지만 — 이 일에는 더 큰 용기가 필요해요. 최고의 연기가 필요할 겁니다. 당신은 그가 얼마나 대단한 배우가 될 수 있을 것 같아요?」

그녀는 이상하게 움찔했다. 「배우? 하고많은 사람 중에 내가 그걸 어떻게 알겠어요? 나와 같이 있을 때 그는 연기를 할 이유가 전혀 없었는걸요.」

「그랬겠죠.」그가 생각에 잠기며 말했다. 「그랬죠. 없었을 겁니다.」

「없었어요.」

「사랑에 빠진 연기를 할 수 **있다면**, 어떤 일이 생겨도 빠져 나갈 수 있을 만큼 충분히 뛰어난 배우일 겁니다.」

「내 생각에도, 내 생각에도 그럴 것 같군요.」그녀가 고개를 돌리며 말했다.

해리슨은 잠시 기다렸다가 더욱 재빨리 말했다. 「이 정도로 정리하죠. 그는 배우 같은 건 아니다.」

그냥 단순한 질문이 아니었다. 아마도 그녀의 가장 여린 부분을 건드린 것에 대해 그가 느끼는 양심의 가책을 드러낸 것이었다. 그리고 이렇게 간접적으로 드러낸 것은 더없이 효과적이었다. 그러고 나서 그는 다시 어색한 침묵에 빠졌고, 그것으로 그녀가 이미 분명히 보여 준 것을 증명한 셈이 되었다 ── 그녀에게는 처음부터 혐오스럽고 충격적이었던 대화 전체에서 그녀의 심기를 불편하게 하려면 한마디면 된다는 사실을. 입을 꾹 다문 채 조용히 흥얼거리면서 마음의 안식을 찾은 것처럼, 해리슨은 지금 대화의 주제인 그 남자를 아주 잘 알고 있을 그 방을 둘러보았다. 사실 그는 스텔라만 빼놓고 모든 곳을 보았다. 그리고 마침내 말했다.

「하지만 그 모든 것에 대해서라면, 나는 당연히 내 일을 잘 진행하고 있습니다. 내가 말하고 싶은 건, 당신이 그 사람을 파멸시킨다면 내 기분이 좋지 않을 거라는 겁니다. 놀랄 일은 아니지만, 사람들은 종종 너무 큰 기대를 거는 누군가에 의해 파멸해요. 물론 나는 당신으로 하여금 내 충고를 따르게 할 수는 없어요 ── 이 문제에서 내 입장이 조금 이상해 보이기는 하겠군요. 그저 내가 당신을 찾아와 〈로버트는 정리하는 게 낫겠습니다〉 하고 말한 정도로 해두죠. 단지 친구로서 하는 말이라는 걸 이해해 주길 바랍니다. 그렇지 않다면야, 나는 그에게 아무런 반감이 없어요. 당신은 아니라고, 그가 잘못된 행동을 할 리 없다고 말하겠죠. 그러니 당신이 그런 엄청난 위험을 감수하겠어요?」

「위험이라면 당신이 한 말을 그에게 전하는 거요? 설마 그럴 리가.」그녀가 너무 순순히 말하자 그는 그녀를 미심쩍게 쳐다보았다. 그의 생각이 맞았다. 그녀는 그의 말을 듣고 있지 않았던 것이다 — 혹은 전부 다 듣지는 않았던 것이다. 생각이 곁길로 빠진 그녀는 해리슨의 말을 더 이상, 다시 들을 필요가 없는, 정말로 없는 것 같은 지점에 다다랐다. 그녀는 이제 완전히 새로운 어둠이 깃든 전투적인 눈빛을 반짝거리며 그의 눈을 집요하게 쳐다보았다. 「당신 입장이 이상하다고요? 하지만 당신은 아주 친절했어요 — 당신은 나를, 로버트를, 당신 말고 모두를 생각했어요. 이제는 마땅히 우리가 당신을 생각해야 하는 시간이에요. 오히려 당신이 위험에 처한 사람 아닌가요 — 당신이 정말로 스스로가 암시하는 그런 사람이라면요? 내가 알기로 당신은 그럴 거예요 — 사실 안 그럴 이유가 있겠어요? 당신은 다른 방식으로 설명될 수 있는 사람이 아니에요. 당신이 온종일 공원에 앉아 있었다고는 믿을 수 없어요. 당신은 자신이 하는 일에 대한 정보도 결코 먼저 준 적이 없죠. 요즘은 누구나 무슨 일이라도 해야 하고, 대부분의 경우에 무슨 일을 하는지 묻지 않아요. 그렇다면 당신이 반(反)스파이라는 걸 — 이중 스파이 같은 거라고 이해할게요 — 그리고 공식적으로 고용된 사람이란 걸 사실로 받아들이기로 하죠. 만약 그렇다면, 이런 걸 물어봐도 된다면, 당신은 무슨 일을 **하고 있는 거죠**? 당신은 고용된 사람이고 신임도 받고 있는데, 굳이 무리해서 당신이 이 나라와 우리가 하고 있는 전쟁에서 굉장히 위험한 뭔가를 감수하려 한다고, 혹은 그 뭔가의 주변에서 일하고 있다고 내게 말해 준다는 건가요 — 기억해요, 나는 절대 묻지 않았어요. 당신은 몇 명인지 모를 사람들이 연루되었을 정보의 누수를 추적해 왔거나 지금 추적하고 있겠죠. 그게 **사실이라면** 아주 중요한 걸 테고 — 중요한 거라면 핵심적인 전제 조건은 절대적인 비밀 유지, 침묵을 지켜야 하는 거겠죠? 하지만 오, 아니요. 당신은 저울의 기울기를 결정할 힘이 당신에게 있다고 떠벌리지만 — 아니, 점잖게 표현하지만 — 당신에게 그런 힘이 주어졌다면, 내가 아는 바로는, 어마어마한 책임을 짊어져야 해요. 그래야 그런 힘을 가질 수 있어요. 당신이 스스로가 암시하는 대로 심지어 핵심 인물일 수도 있겠죠. 잘 알겠어요. 그렇다고 해도 — 그래서요? 당신의 행동이 나는 너무 놀랍네요. 이 나라를 위해 복무하는 게 정말로 그렇게 나쁜 일인가요? 뭐 하자는 거죠? 자신이 원한다고 생각하는 여자를 차지할 목적으로 먼저 이 집에 오겠다고 해서, 이 정보를 가지고 거래를 시도하는 건가요? 당신이 알고 있는 걸 이용해 협박하려고 하는군요. 내게 당신의 애인이 되어서 내가 관심이 있는 남자, 당신이 일러 주기로 이 나라에 위협이 되는 남자를 나보고 매수하라는 거군요. 그게 당신이 제안하는 건데 — 내가 틀렸으면 그만하라고 해요. 잘 알겠어요. 당신은 계속 〈우리〉라는 말로 강요하는데 — 당신의 〈우리〉가 내겐 〈그들〉이에요. 〈그들〉은 그 일에 대해 어떤 관점을 취할까요? 내가 당신을 고발하지 않아야 할 이유가 있나요 — 당신이 가장 중요한 시기에 공적인 비밀을 애정 문제에 이용하려고 했다고? 기꺼이 당신이 원하는 여자가 되겠다고 말할 수는 없어요. 더욱 중요한 점은, 나는 그런 시도가 먹히는 여자가 아니라는 거예요. 만약 내가 뭔가를 고발하기로 결심한다면, 그게 제자리를 찾아갈 수 있게 신중을 기해야겠죠. 나는 어디로 가야 할지 모르는 여자가 아니에요. 당신이 그랬죠, 내가 로버트를 파멸시키면 당신 마음이 좋지 않을 거라고. 내가 당신을 파멸시키면 당신 마음은 어떨까요?」

해리슨은 그 말을 듣는 내내 인내와 감탄이 깃든 눈빛으로 스텔라의 얼굴에서 시선을 떼지 않았다. 그녀가 말을 멈추자 그는 조금 놀라며 정신을 차렸다. 「전적으로 당신 말이 맞아요.」 그가 동의했다.

그녀는 평소보다 더 똑바로 앉아, 손이 떨리는 것을 느끼고는 무릎에 올려놓은 손을 꼭 눌렀다.

「아니면, 당신 말이 맞을 수도 있다고 해야 할까요? 당신은 머리가 최고로 좋은 사람입니다. 그게 내가 좋아하는 점 중 하나죠. 하지만 말하자면, 한 가지 문제가 있어요.」

「오, 뭐죠?」

그가 따뜻하게 말했다. 「당신이 말한 게 다 괜찮게 들립니다 — 당장 가서 그 말대로 해도 될 것 같아요. 하지만 이런 문제가 있죠 — 당신의 친구에 대해 캐낸 사람이 나뿐일 것 같습니까? 만약 그렇다면 나는 더 분명히 말했겠죠. 물론 나는 그렇게 한 것 같습니다만. 아니요, 나를 내쫓는다고 해서 그에게 불리한 상황이 종결되진 않아요. 사실대로 말하자면, 역효과를 낼 겁니다. 이렇게 말해도 된다면, 당신은 아주 매력적인 여자일 뿐 아니라 공식적으로 마음이 아주 여린 사람으로 알려져 있어요. 그러니까 — 어떻게 말해야 할까요? —

우리의 친구와 관련된 문제에서는 말이죠. 로버트에 대한 당신의 관심은, 그와 관련된 다른 모든 사항과 함께 꽤 오랫동안 다른 곳에서도 관심사가 되었어요 — 그래요, 당신을 만나기 전까지 나도 그 특정한 이야기를 최신 소식까지 꽤 잘 알고 있었다고 말할 수 있겠군요. 당신은 어디로 가야 할지 안다고 말하고, 나도 그 점에 대해서는 의심하지 않지만 — 당신이 거기로 찾아갔을 때 거기 있는 누군가가 당신이 **곧장** 거기로 왔다고 생각할까요? 당신이 로버트에게 가서 그 말을 전하지 않았더라도, 거기선 당신이 그랬을 거라고 생각할 겁니다 — 여자란 늘 그렇다, 그런 식이죠. 비밀이 무심코 발설되었을 것이다, 게임은 끝났을 것이다. 오, 맞아요. 당신은 악수를 하고 진심으로 고맙다는 말을 들으면서 문가지 배웅을 받겠지만 — 나는 이렇게 말하겠어요. 실제로 당신이 택시를 타기도 전에 그 말이 새어 나가고, 당신의 친구 로버트는 이미 한참 전에 그를 보내 버려야 마땅하다는 의견을 냈던 여러 사람들(나는 아니라고 말하겠습니다) 속에 가 있을 겁니다. 펑, 분명 당신은 그를 조금이라도 더 오래 자유롭게 내버려두자는 쪽으로 유일하게 가능했던 주장이 사라지는 것을 보게 될 겁니다. 나도 가고 그도 가는 거죠. 하지만 그건 물론 당신에게 달려 있습니다.」

「내가 의무를 다했어야 하는군요.」

「아, 나라에 대해서요?」 그가 깜짝 놀랄 만큼 간단히 요점을 파악하며 말했다. 「정확해요 — 당신 말이 맞아요. 그리고 말이죠.」 그가 덧붙였다. 「당신이 지극히 맞는 말을 해서 우리가 전에 이 이야기를 나누지 않았었나 하는 생각까지 드네요. 당연하지만 당신이 이 나라에 대해 생각한다면, 우리는 처음으로 돌아가 이 문제 전체를 다시 살펴봐야 할 겁니다. 내가 말하려는 건, 그게 모든 걸 얼마간 다른 관점에서 보게 할 거라는 거예요. 따라서 그게 당신의 생각이라면 ─」

「음, 그렇지 않아요. 만약 그렇다면 ─」그녀가 말했다.「당신은 내가 양심을 당신의 뜻에 맡겨야 한다고 생각해요?」

그 말에 그는 어떤 의견도 없는 것 같았다. 아니면 어쨌거나 별 관심을 보이지 않는 듯했다. 그가 그녀의 시계를 미심쩍게 쳐다보더니 자기 손목시계를 확인했다.「이렇게 시간이 늦었다니, 당신은 알았는지 몰라도 난 전혀 몰랐네요!」

「몰랐어요?」

자정이었을 수도 있고 ─ 심지어 심야의 시간대에서 가장 활기가 없고 환각을 불러일으키는 새벽이었을 수도 있다. 이 시간대가 되니 그녀는 피곤의 모든 단계를 지나 내면의 진공 상태로 들어갔고, 배고픔도 잊었다. 그녀는 그가 이곳에 잠시라도 더 머물지 않기를 바라는 것 말고는 아무것도, 아무것도 바라는 것이 없었다. 떨림조차 멎을 만큼 힘이 다 빠져버린 그녀의 손가락은 서로 닿는 것조차 느끼지 못한 채 무릎 위에 무기력하게 아무렇게나 놓여 있었다. 그리고 지금은 등받이 없는 스툴에 너무 오래 앉아 있던 탓에 척추가 아팠다. 머릿속은 텅 비어 있었다.

「더 할 말은 없어요?」그가 말했다.「만약 없다면 ─」

「당신이 엄포를 놓는 게 아니란 걸 내가 어떻게 알죠? ─

사실 그러고 있다는 걸 알지만.」

그가 일어서서 얼굴을 찡그리고는 콧수염을 가볍게 만졌다. 「네, 어려운 문제죠, 당연히.」 그가 감정을 실어 말했다. 「그렇다고 해도 당신이 소란을 일으키지 않고 어떻게 ─ 그러니까 나에 대해 ─ 확인하겠다는 건지 잘 모르겠군요. 하늘이 무너져 내리지 않고서야. 아주 조심해야 할 겁니다.」

「난 여전히 당신이 사기꾼이라는 걸 확인해 줄 누군가가 있을 거라고 생각해요.」

「문제는, 모두가 입을 꾹 닫고 있다는 거죠.」

「하지만 나는 아는 사람이 많아요!」 그녀가 처음으로 신경질적으로 말했다.

해리슨이 어깨를 으쓱했다. 「다시 말하지만, 그건 전적으로 당신에게 달려 있어요. 그렇게 해요.」

어떤 감정이든 드러내는 것은 모든 것을 다 드러내는 것과 같을 수 있다. 스텔라가 일어서서 벽난로 선반으로 걸어갔고, 무표정하게 해리슨 옆으로 손을 뻗어 로버트의 사진을 다시 한번 방 안을 향하게 돌려놓았다. 「그리고 다음에는 내 물건에 손대지 마요!」 그녀가 말했다. 그리고 얼마 안 되는 거리에서, 그녀는 극단적으로 분노한 상태로 그를 똑바로 쳐다보았다. 그들은 아주 가까운 거리에서 시선을 마주하고 있었다. 실제로 한 대 때리기 직전과 키스하기 직전은 얼굴색에 거의 차이가 없다. 그녀와 그 사이의 무시할 수 있을 만큼 작은 공간이 이제 두 존재의 강렬한 눈빛으로 완전히 채워졌다. 그 짧은 순간에 해리슨의 눈동자에는 뭔가 말이 없고 집요하고 사랑스럽지 않은 것 — 그게 그 남자였다 — 이 나타났다. 그것은 위기였다. 그의 낮은 감정 지능에서 비롯한 위기 — 오늘 저녁에는 처음이었지만, 그녀에게는 처음이 아니었다 — 였고, 머리가 좋지 않은 누군가에게는 머리에 폭풍이 일 정도로 불안을 일으키는 것이었다.

그 순간 긴장이 깨졌다. 그는 그녀를 만지려고 하진 않았다. 그녀는 팔을 흔들어 옷소매를 제자리에 돌려놓은 뒤 한쪽 팔꿈치로 벽난로 선반을 짚고 손바닥 얼굴을 받쳤다. 그리고 그를 멍하니 쳐다보았다. 그는 초조한 듯 연달아 담배를 피우다 잠시 멈춘 틈에 천천히 주머니에 손을 넣었다. 「그리고 우리 문제는 찬찬히 생각해 봐요.」 그가 말했다.

「내가 당신을 사랑할 일은 결코 없어요.」

「나는 사랑을 받아 본 적이 한 번도 없습니다.」

「놀랍지도 않네요!」

「이제 할 일은, 서로를 알아 가는 겁니다.」

「아직도 내가 당신 말대로 하리라 기대하진 않겠죠?」

그가 부드럽게 말했다. 「그게 내가 바라는 바죠.」

「로버트를 다시는 보지 않는 것?」

그 말에 그는 물러섰다. 「아니면 — 그건 좀 의심을 사지 않을까요? 지금 상황이라면, 천천히 헤어지라고 제안했어야 하는군요.」

「그런 거군요. 알겠어요 — 당신은 사랑에 대해 많이 아나요?」

「꽤 많이 관찰했죠.」

「내게 시간을 얼마나 줄 건가요?」

「저기 말이죠.」 그가 말했다. 「당신이 그런 식으로 말하는 게 싫군요.」

「한 달?」

「좋습니다. 당신이 괜찮다고 하면, 이따금 들러도 되겠습니까?」

「상황이 어떻게 돌아가는지 보려고?」

「당신이 마음의 결정을 내렸을 수도 **있으니까.**」

「그럼 그동안엔 아무 일도 일어나지 않을까요?」

「그럴 가능성이 크다고 거의 확실히 말할 수 있겠네요 ─ 그리고 지금은 ─」

「지금은 뭔가요?」

「저녁을 좀 먹는 건 어때요?」

「사양할게요.」 그녀가 대화를 끝내는 어조로 말했다.

그가 낙심한 표정을 지었다. 「오, 하지만, 그게, 그게 ─ 식당을 예약해 뒀어요. 뭔가 문제가 있나요? 화난 건 아니죠? 먹을 수 없어요? 배고프지 않아요?」

「그냥 집에 있겠어요.」

「오, 그런 거군요, 그런 거죠 ─ 집에 있겠다? 집에 있겠다, 누구 때문에?」

그때 전화벨이 울렸고, 그가 먼저 그 소리를 감지했다. 그는 벨이 울리기 직전에 진동을 느끼는 그런 사람 중 하나였다. 그녀가 침실에 전화기가 있다는 것을 깨닫기도 전에 그가 공간을 나누는 문 쪽으로 고개를 획 돌렸다. 같은 가능성을 떠올리며, 그들은 시선을 교환했다 ― 두 사람 사이에 이미 뭔가 공모가 형성된 것처럼. 그녀는 고개를 숙인 채 그 자리에 계속 서 있었고, 전화벨은 계속해서 두 번씩 울렸으며, 해리슨은 그 암호를 익히려는 것처럼 유심히 들었다.

「저기, 좀 받아요. 왜 안 받죠?」 그가 마침내 말했다.

그녀가 휙 돌아서서 다른 방으로 들어갔고, 경멸스럽다는 듯 문을 열어 두었다. 거울 뒤로 아직 커튼을 치지 않았고, 창문은 잿빛으로 반짝거렸다 ― 그녀는 침대 발치를 돌아 베개 끝에, 방금 떠나온 장면에 등을 돌린 채 앉았다. 그녀는 어둠 속에서 수화기를 집어 들었는데, 그 동작에서 어느 시간, 심지어 아주 깊은 밤에도 더듬어 찾지 않고 습관적으로 전화를 받을 수 있는 사람의 확신이 엿보였다. 눈을 뜨기도 전에 손은 표적에 닿았을 것이다. 정신이 미처 들기도 전에 귀는 그녀가 처음 듣는 말을 들을 준비가 되어 있었을 것이다. 심지어 그녀가 처음 내뱉은 말에 아직 끝나지 않은 꿈의 안개가 드리워 있을지라도. 그것을 의식한 채 다른 방에 서 있던 해리슨은, 기계적인 사물에 대한 이 기계적인 반사 작용을 보며, 시(詩)에 대해 생각할 때 처음 연상되는 것을 ― 그녀의 삶을 ― 떠올렸다. 그는 보이지 않는 장면에 격분해서 자기도 모르게 〈그렇다면 **그게** 그런 모습일 수 있겠군!〉 하고 생각했다. 그러는 동안 램프가 켜진 응접실에서, 그는 두 발을 벌리고 선 채 파리에 온 독일인처럼 주위를 두리번거렸다.

「여보세요?」 그녀가 목소리를 확인시켜 주기 위해 말했다. 누군지 몰라도 A 버튼[2]을 미처 누르지 못한 모양이었다. 「오

— 너 — 오, 아들! 너로구나? 얼마나 오래? ······그래도 그게 어디야. 하지만 왜 미리 말하지 않았어? 뭘 좀 먹기는 했어? ······응, 유감스럽게도 그게 최선 같구나. 집에 먹을 게 없는 것 같아. 미리 말해 줬으면 좋았을 텐데······ 그런 다음 곧장 여기로 오겠다고? ······물론 당연하지. 바보 같은 소리를······ 응, 지금은 있지만 곧 갈 거야······ 아니, 네가 아는 사람은 아니고······ 곧, 가능한 빨리!」

그녀는 전화를 끊었지만, 침실에 커튼을 치려고 계속 남아 있었다. 커튼 고리가 레일 위를 휙휙 옮겨 가는 소리와 함께 그녀의 기분도 풀리고 가벼워져 종달새처럼 솟구치는 것 같았다. 그녀는 화장대에 불을 켜고 노래를 흥얼거리며 조용히 머리를 매만졌다. 해리슨은 이끌린 듯 문을 향해 걸어갔고, 그 앞에 가만히 서 있었다. 그리고 눈으로 방 안을, 붙박이 찬장을, 새틴이 깔린 나지막한 침대를, 빛이 반짝거리는 거울에 비친 그녀의 얼굴을 탐색했다. 그가 말했다. 「음, 끝났군요. 늘 그렇게 놀란 목소리인가요?」

「놀랐을 때만요.」 그녀가 돌아보며 대답했다. 「아들 전화였어요. 휴가 나왔다고.」

「오호.」

「런던에 방금 도착했대요. 지금 기차역에 있어요. 여기로 오는 길이에요.」

2 과거에 공중전화를 이용할 때, 동전을 넣고 다이얼을 돌린 뒤 상대가 전화를 받으면 전화를 건 사람이 A 버튼을 눌러야 통화를 계속할 수 있었다. 상대가 전화를 받지 않거나 통화 중이면 B 버튼을 눌러서 돈을 돌려받았다.

3

　로더릭은 미리 알리지 않고 집에 돌아온 적이 없었다.

　그날 밤 10시 15분 전에 거리 쪽 현관문에서 초인종이 울리는 소리가 들렸을 때, 스텔라는 수납장에서 막 담요를 꺼내고 있던 참이었다. 해리슨과 이런 식으로 작별하는 게 아니었다면, 그가 아래층으로 내려갈 때 그의 등 뒤에 대고 이렇게 외쳤을 것이다. 〈로더릭이 올 테니 문을 잠그지 마요!〉 지금으로서는 해리슨이 웨이머스 스트리트로 나서기 전 밖에서 잠깐 걸음을 멈추고 문이 잘 닫혔는지 확인하는 소리를 듣는 것만으로도 짜증이 났다. 그는 사라졌다 — 하지만 어느 것도, 심지어 문을 여는 것 조차 간단한 일이 아닌 시기에, 그는 그런 통과 행위에 생명을 불어넣은 셈이었다. 로더릭이 초인종을 울리자, 그녀는 끌어안고 온 담요를 아들이 잘 소파에 내려놓았다.

　어쨌거나 그녀는 로더릭을 맞으러 계단을 내려갔을 터였다.

　음모를 꾸미는 사람처럼 건물 현관문을 열어야 하는 시간이었다. 빛이 계단으로 새어 나가는 건 곤란했다. 로더릭은

큰 장비를 메고 있어서 — 그는 한때 〈쥐덫만 빼고 전부 있어
요. 그것도 없으라는 법은 없죠〉 하고 말했다 — 어머니가 문
을 잡아 주는 동안 몸을 돌려 간신히 들어왔다. 그들은 서로
부둥켜안았다. 그녀는 아들을 다시 만나자 이토록 행복한 기
분이 든다는 데 놀라서 감탄사를 내뱉었다. 계단을 반쯤 올
라갔을 때 그가 말했다. 「숨이 차 보여요.」

「살이 찌고 있나 봐.」

「그건 아니길요.」 로더릭이 진지하게 말했다.

「들어가자.」 그녀가 계단 맨 위에서 말한 뒤 걸음을 멈추
고 층계참의 전등을 껐다. 그리고 로더릭이 현관의 네모난
공간에서 허리를 숙이고 짧게 깎은 머리를 드러내며 어깨에
멘 장비를 벗는 모습을 지켜보았다. 그는 서툰 동작으로 툭
툭 부딪치며 그녀로서는 무엇인지 알 수 없는 장비를 멍에
벗듯 풀어 놓았고, 그러면서 동물적인 인내심을 보였다. 그
는 물건의 일부는 쌓아 놓고 나머지는 시야 밖으로 차버린
뒤, 양철 군모를 작은 대리석 탁자 위에 탁 소리가 나게 내려
놓았다. 이제 남은 공간이 너무 좁아서, 그녀가 들어가려면
그가 먼저 응접실로 들어가야 했다. 그래서 그는 주위로 불
이 켜진 하얀 램프와 짙은 유리 그림에 비친 불빛 그림자를
망연히 응시하며 응접실에서 기다렸다. 이곳은 집처럼 보이
지 않았고, 뭔가 다른 것 — 어쩌면 이야기처럼 보였다.

그녀가 들어와서 말했다. 「로더릭, 뭘 먹긴 했겠지? 네가
전화한 뒤로 걱정이 되기 시작했어. 최근에는 거의 모든 가
게가 일요일에 문을 닫거든.」

「프레드가 포크파이를 파는 술집을 알고 있었어요.」

「프레드가 같이 왔니?」

「네. 프레드는 우드레인에 있는 결혼한 누이 집으로 갔어요.」

「커피를 좀 내려 줄까 생각하고 있었는데?」

「케이크는 없어요?」 로더릭이 조심스럽게 물었다.

「그런 건 없어. 아들, 네가 하루 전에만 알려 줬어도.」

「모든 것에 변수가 너무 많아요 — 목욕해도 돼요?」

「그럼. 어서 하렴. 그 사이에 나는 커피를 내릴게.」

로더릭은 욕실 문을 조금 열어 두었다. 수증기가 모락모락 피어올라 스텔라가 있는 주방으로 흘러갔다. 그러는 동안 퍼컬레이터[1]가 부글부글 끓는 소리를 내기 시작했다. 조금 지나 그가 외쳤다. 「실내 가운은 있어요?」 그녀는 고리에서 로버트의 실내 가운을 내려 수증기 벽을 뚫고 로더릭에게 던져 주었다. 그녀와 로더릭은 한 가족으로서, 커피를 진하게 마시는 것을 좋아했다. 그래서 아들이 목욕을 마치고 나와 문에 기대고 섰을 때 그녀는 여전히 퍼컬레이터를 지켜보며 서 있었다. 이 주방은 부동산 중개인들의 설명에 따르면 보조 주방이었다. 전자레인지, 싱크대, 냉장고 사이에는 늘씬한 사람 한 명이 서서 움직일 수 있는 정도의 공간이 있었다. 다른 모든 주방 가구는 위로 걸거나 아래에 맞춰 놓도록 만들어져 있었다. 로더릭은 자기는 어떤 역할도 할 것이 없어 보이는 주방의 모습에 감탄했다 — 번쩍거리고 수술실 같아 보이는 이곳이 그가 어머니가 일하는 모습을 본 최초의 주방이

---

1 커피를 끓이는 기구.

었다. 그녀가 손을 뻗어 올려 컵을 집으며 말했다. 「몸은 다 닦았니?」

「닦고 있어요.」

「이제 좀 더 너다워 보이는구나.」

「더 저답게 보인다고요?」 로더릭이 흥미와 호기심을 보이며 물었다. 그는 그 말의 의미가 무엇일지 기억해 보려고 애썼다. 그러면서 긴 나무 단추가 달린 로버트의 알록달록한 실크 가운을 내려다보며 생각에 잠겼다. 심지어 얼굴을 찡그리며, 방금 배 위로 단단하게 조인 끈의 한쪽 끝을 비틀어 당겨 보기도 했다. 당연하게도, 실내 가운은 아무 단서도 주지 않았다. 그의 골격에서 잘록하게 들어간 부분에 복잡한 주름이 잡혔지만, 젖은 부분에는 겹겹으로 들러붙었다. 어머니의 의심이 맞았다. 물기를 완전히 다 닦지 않은 것이었다. 「어딘가 제 파자마가 있을 텐데요?」 그가 말했다. 「물론 없어도 괜찮아요.」

「아니야, 있어. 당연히 있어야지 — 분명 네가 여기 어딘가 뒀겠지?」

스텔라는 언제건 부엌일을 나쁘지 않게 하는 편이었지만 늘 그렇진 않았고, 이런저런 생각으로 끊기곤 했다. 오늘 밤 그녀는 빠른 속도로 일을 마쳤지만, 순서가 틀렸다. 여기저기서 사기 컵을 찾고, 스푼을 찾으려고 달그락거리고, 지난주에 배급받은 설탕[2]이 그릇 안에 말라붙어 긁어내다가 쟁반

2 제2차 세계 대전 당시 영국에서는 버터, 우유 등과 함께 설탕도 배급 물자 중 하나였다.

이 있어야 한다는 사실을 깨달았다. 쟁반은 로더릭의 머리 위에 있는, 벽에 내단 선반에 있었다. 하지만 이 발에서 저 발로 무게를 옮기면서 문틀에 다시 기대선 맨발의 그에게는 그녀의 모든 동작이 매력적이고 민첩해 보였다. 마침내 그는 그녀가 종종 취하는 자세로 서서 휴식을 취했다. 이렇게 집에 올 때마다 그는 육체적으로 어쩔 줄 몰라 하다가 그녀의 태도를 모방하는 것으로 자신이 행동하고 쳐다보고 서 있는 — 심지어 **존재**하는 — 방식을 스스로에게 공급했다. 그의 몸은 당장 원래의 모습을 회복하진 못해도, 적어도 군인 같지 않게 느슨하고 자연스러운 모습을 흉내 낼 수 있었다. 그리고 그는 이런 태도를 통해 자신의 방식을 하나씩 되찾아 나갔다. 각각의 태도가 어머니가 기억하는 로더릭, 혹은 보고 싶어 한다고 느껴지는 로더릭으로 돌아가는 단서나 이정표로 작용하는 것처럼. 그는 스텔라의 모습에서 자기는 두고 떠났으나 그녀는 간직하고 있는 정체성의 일부를 되찾았다. 일차적인 탐색은 스텔라로 인해 시작되었다. 그녀만이 그에게 잃어버린 것과 달라진 것을 의식하게 했다. 그와 그녀가 공통으로 가지고 있는 모든 것을 강조하는 것이 그의 무의식적인 목적이었다. 그리고 이것은 번번이 효과가 있었다. 그녀는 매번 안심했다. 로더릭이 그녀와 아주 비슷한 모습으로 머물러 있는 한 그녀의 품을 벗어나 — 그에게 어떤 일이 일어나든, 어떤 일이 벌어지든 — 다른 어딘가로 옮겨 갈 가능성은 적어 보였다. 전투복을 입은 군인과 마주할 때마다 그녀를 괴롭히는 것, 그녀의 표정에 떠오르는 것은 군대가 그를 지워 버리려 할지 모른다는 두려움이었다. 진행 과정에서 존재는 처리될 테고, 그녀가 그것을 막기 위해 할 수 있는 일은 없었다. 그녀의 아들이 사라져 버릴지도 몰랐다. 그가 전투에 투입되기 전까지는 아직 여러 달이 남았을 것이다. 그녀가 아들의 죽음을 그려 보거나 두려워한 것은 아니었다. 그녀는 그의 삶 속에서 일어날 해체가 두려웠고, 그 해체는 결코 회복되지 않을 것이었다.

군대에서 보낸 몇 달 동안 그는 집에서 보내는 시간이 많을 때는 당연하게 여기던 것에 더 주목하게 되었다. 그것은 어머니가 형성하는 특정한 기후였다. 그 기온과 기압을 측정할 사람은 로버트를 제외하면 없었다. 그 기후 속으로 다시 들어가고 영향을 받는 것은, 그녀를 사랑하지 않는다면 기운이 빠지는 일이었다. 그는 군인이 되어 훈련을 받으면 사고가 단선화되고 감정이 마비될 거라고 각오했었다 — 하지만 그에게 다른 일이 맡겨졌다 한들 그가 무엇을, 정말로 무엇을 더 잘할 수 있었겠는가? 그는 열일곱 살이었고, 전쟁은 다른 대안이 가능하지 않다고 선을 그었다. 막연한 마음으로 그는 군인이 되어야겠다고 생각했다. 그리고 이제 군인이 되었다. 옥스퍼드에서 공부한 그 한 해는 의미를 잃었다 — 어떤 의미든 찾으려 한다면 재앙이 될 수도 있었다. 이제는 다른 역할이 있어도, 그 일을 할 능력이 없다는 사실이 그를 더 괴롭혔을 것이다. 모두가 같은 경험을 하고 있었다. 스텔라의 마음속에 그림자처럼 남아 있는 대안들은 그녀를 괴롭히는 한 그를 괴롭힐 뿐이었다. 그는 전쟁이 세상에 가하는 잔

인함을 볼 수는 있었지만, 느낄 수는 없었다. 그는 지금까지 세상의 볼모가 된 적도 없었고, 경고가 주어진 뒤에는 세상사에 적극적으로 참여하지도 않았다.

이날 저녁 그를 더 괴롭힌 것은, 그의 파자마가 사라졌을지도 모른다는 사실이었다 ─ 어머니의 집에서 그의 것이라고는 그것이 유일했다. 그는 이곳으로 오는 길에 그 파자마에 대해 생각했고, 심지어 프레드에게 그 이야기를 하기도 했다. 스텔라가 그들이 살던 집을 포기했을 때, 그의 다른 소지품은 전부 보관 장소로 보내져 불확실한 상태가 되었다.

그와는 대조적으로, 로더릭은 이제 자신이 한 번도 보지 못한 사유지의 주인이 되었다. 지난 5월에 그는 아버지의 친척에게서 아일랜드 남부에 있는 집, 마운트 모리스를 물려받았고, 3백 에이커의 땅이 딸려 왔다. 아직 공증은 받지 못했는데, 아마 마운트 모리스의 위치 때문에 일 처리가 지연되는 모양이었다. 법적으로 그 사유지는 아직 그의 소유가 되는 과정에 있었다. 사적으로는 그가 유언의 효력을 알게 된 그날부터 그의 소유가 되었다 ─ 유산은 유언자의 죽음만큼이나 뜻밖이었다. 그때까지 로더릭이 그 집에 대해 알고 있던 건 그저 부모님이 그곳에서 신혼을 보냈다는 사실뿐이었다. 마운트 모리스는 상서롭지 못한 곳이라고 말할 수 있었다. 왜냐하면 그 결혼에서 태어난 아이는 그 혼자뿐이었는데, 그가 세 살이 되기 전에 결혼 생활은 파경을 맞았다. 아버지와 어머니의 이혼, 그리고 아버지의 죽음이 아주 짧은 시간 차를 두고 일어나서, 아들인 그가 어느 일이 먼저 일어났는지 확신하려면 추론 과정을 반복해야 했다. 그 문제에 마음이 쏠릴 때마다 그 과정을 다시 거쳐야 했다. 마운트 모리스에 살았던 친척 프랜시스 모리스는 그 뒤로는 로더릭과 그의 어머니의 삶에서 아무런 역할도 하지 않았다.

마운트 모리스를 소유하고 있다는 사실은 로더릭에게 강력한 영향을 미쳤다. 그 사실은 그에게 역사적인 미래라고 부를 만한 것을 갖추어 주었고, 그것은 나날이 커졌다. 그 집은 그의 애착 형성 능력이 점점 커지던 시기에 나타나 그 욕구를 충족시켜 주었다. 더욱이 그 집은 지리적으로 전쟁의 바깥에 있었기 때문에 또한 현재의 바깥에 있는 것처럼 보였다. 그에게 상상 속의 삶, 공상의 중심은 사람이 아니라 집이 되었는데, 그것을 환상이라고 부르는 것은 현재 상황으로는 그것이 현실이 될 수 없었기 때문이었다. 잠재적이고 최면적이고 강력한 이 환상은 하루하루 당면하는 삶을 묵묵히 받아들일 수 있게 해주었다. 그가 환상을 찾아냈는지 환상이 그를 찾아냈는지, 환상이 그에게 자양분을 주었는지 그가 환상에 자양분을 주었는지는 말할 수 없었다. 그 환상은 대상이 없기에 욕망에 이르지는 않았다. 그를 속이거나 긴장을 조성하지 않았기에 환각을 일으키지도 않았다. 지금 그는 군대에 있었고, 환상이 일상 이면에 자리한 진공의 자리들을 채워주었다. 환상은 잠들기 전 가사 상태에서 가장 생생하고 만족스러웠다. 하지만 낮의 환상은 그가 무슨 일이 — 잡역, 조사, 혹은 단순한 정찰이 — 더 일어나기를 온순히 무력하게 기다려야 하는 긴 시간을 다채롭게 해주었다.

그는 군대에서 그럭저럭 맡은 바를 하는 몽상가 중 한 명으로 알려졌다. 그는 어머니가 자신이 군대에 간 사실을 유감스러워하는 것이 유감스러울 때는 분발해야겠다는 마음이 들었다. 그를 만나는 순간마다 어머니의 눈이 외쳤다. 〈그들이 네게 무슨 짓을 하고 있는 거니?〉 그녀는 큼직한 전투복의 칼라에서 삐져나온 아들의 목이 얼마나 연약하고 순진하고 우스꽝스럽고 아이처럼 가느다란지 보았다. 그리고 자신만큼이나 섬세한 얼굴의 윤곽선 위로 거칠어진 피부 결을 보았다. 그리고 그녀는 짧게 깎아 뿌리 쪽이 뻣뻣해진 머리칼을 통해 그의 두상 골격을 보았다. 그녀의 눈처럼 그의 눈도 안구에 박힌 형태가 강렬해서 진짜 눈처럼 느껴지지 않았다. 그 눈은 지금 그가 어떤 사람이고 어떤 옷을 입고 있는지를 감안하면 시대착오적으로 보였다. 요즘 그는 큼직한 카키색 군복의 빈 부분을 몹시 채우고 싶다는 듯 거의 비둘기처럼 가슴을 내밀고 다녔다. 그리 성공적이지는 않았다. 지나치게 야위어 가는 몸은 뜻대로 다루어지지 않았고, 뼈대는 너무 가늘어서 멋대로 움직였고, 거추장스러운 장비를 벗으면 큰 군화만이 그를 땅에 붙박아 놓은 것 같았다. 그가 어떤 형태로든 좀 더 군인 같아 보였다면, 그녀는 좀 더 침착하게 받아들였을지도 모른다 — 진정한 변화가 일으키는 권위를 느낄 수 있었을지도 모른다.

그러므로 아들의 변칙적인 모습을 보면서, 스텔라는 자신이 지금 어디에 있는지 더 이상 알 수 없었다. 아들도 지금 자신이 어디에 있는지 알고 있으리라고, 그녀는 믿지 않았다.

예컨대 그녀는 실제로 한 번도 로더릭에게 군대에 있는 게 좋은지 물어본 적이 없었다. 그래서 로더릭은 다른 남자의 실내 가운을 입고도 자기가 좀 더 자기 같아 보인다는 사실에 안도했다. 잠시 후 그녀가 컵이 담긴 쟁반을 건네며 말했다. 「이걸 저 방으로 가져갈래?」

「어디 놓을까요?」

「네가 놓고 싶은 곳에.」

「네, 엄마. 그럴게요.」로더릭이 참을성 있게 말했다. 「하지만 평소에 놓던 자리가 있을 것 같은데요?」

「어디든.」 그녀가 그의 말을 알아듣지 못하고 다시 말했다.

그가 한숨을 쉬었다. 이 집에는 방에 이름이 없었다. 방이 두 개뿐이어서, 지금 있지 않은 방은 어디든 〈저 방〉이었다. 그에게는 응접실로 보이는 방으로 들어가면서, 로더릭은 쟁반을 들고 서서 다시 방 안을 둘러보았다. 의자와 탁자 사이 어딘가에는 습관의 흔적이 남아 있을 테고, 그것을 찾아내기만 하면 될 것이었다. 그는 어머니가 어떤 습관적인 행동도 하지 않고 철저히 외롭게 지내는 모습은 상상할 수 없었다. 프레드와 다른 친구들은 모두 가정생활에는 권위주의가 필요하다는 입장이었다. 그들이 가장 바라지 않는 것이 예절이 지켜지지 않는 집이었다. 그 순간 로더릭은 쟁반을 내려놓을 만한 곳이 한 군데도 없다는 사실에 어리둥절했다 ─ 그는 탐정이 된 듯 자리에 앉았던 흔적이 가장 많은 안락의자와 가장 최근에 사용된 재떨이를 찾아 여기저기 살폈다. 벽난로 선반에 놓인 꽁초가 수북한 작은 중국산 재떨이가 마음에 걸렸다—누가 그렇게 오래 서서 담배를 피웠던 거지?

그는 찾기를 포기하고 쟁반을 바닥에 놓은 뒤 침대로 사용하게 될 소파 가장자리에 앉았다. 그가 발에 가시가 박힌 남자의 자세로 한쪽 발을 들고 만지면서 발가락 하나를 유심히 살폈다. 「티눈이 생겼어요.」 그가 소리쳤다.

「뭐가 생겼다고?」

「아, 아무것도 아니에요.」 그가 이미 심드렁해진 목소리로 말했다. 그는 두 다리를 소파 위로 들어 올려 길이를 가늠해 본 뒤 가운으로 몸을 다시 잘 감쌌고, 양단 쿠션으로 팔을 올려놓을 받침대를 만든 뒤 쿠션 두 개는 발치에 던졌다. 「뭐 하세요?」 그가 외쳤다. 「저는 이만 자야 할 것 같아요.」

어머니가 커피를 들고 들어와 쟁반을 찾으며 소리쳤다. 「정말이지, 아들!」 그러고는 쟁반을 스툴 위로 옮겼다. 그녀는 스툴을 소파 옆으로 끌어당겼다. 「네가 먹을 게 좀 있으면 좋으련만.」 그녀가 말했다. 그리고 소파 끝에 있는 그의 발치에 앉으면서 쿠션을 집어 들어 자기 등허리에 받쳤다. 그녀의 주의가 한곳에 쏠렸다. 「뭐니, 로더릭, 그거 **티눈** 아니야?」 그녀가 유심히 쳐다보며 말했다.

「아까 그 말을 한 거였어요.」

「발이 추우면, 담요를 갖고 올게.」

「엄마는 티눈하고 동상이 헷갈리나 봐—가지 마세요!」 그가 덧붙였다. 「이제 우리는 같은 배를 탔어요.」

「무슨 말이니—어떻게?」 그녀가 놀라며 말했다.

「강물 위에 띄운 보트 안에서 각각 양쪽 끝에 앉아 있는 것과 같아요.」

「우리가 강에서 보트를 탄 적이 **있었던가** ― 있었니?」

「마운트 모리스에는 강 위에 띄울 보트가 있나요?」

「강만 기억나. 가을이었어.」

「그래도 보트가 있을지도 모른다고 생각하는 거죠? 지금쯤은 타르를 바르거나 구멍을 메워야 할 수도 있어요 ― 누군가가 그걸 손봐야 하지 않을까요? 다음번에 엄마가 변호사들에게 편지를 보낼 때 ―」

「아니.」 그녀가 단호하게 말했다. 「그건 정말로 기다려 봐야 할 것 같아. 우리는 거기 보트가 있는지도 확실히 모르잖아 ― 이 커피 마시면 못 잘 것 같니?」

「뭐든 잠을 막진 못하죠.」 로더릭이 작은 컵에 대고 조심스럽게 입바람을 불며 말했다. 「그냥 충분히 오래 깨어 있고 싶어요. 알고 싶은 게 너무 많거든요 ― 예컨대 무슨 일이 일어나고 있는 거죠?」

그녀가 손가락을 자신의 머리카락 속에 넣고 빠르게 훑어내렸다. 「왜 무슨 일이 일어나야 하는 거지?」

그는 당연하게도 놀란 표정으로 그녀를 쳐다보았다. 「저는 그저 엄마가 마지막으로 편지를 보낸 이후를 말한 거예요.」 그가 말을 멈추고 시선을 쟁반에 고정했다. 「아까 엄마가 그렇게 말한 것 같은데…….」

「무슨 말?」

「먹을 게 전혀 없다고요. 그런데 이 비스킷 세 개는 뭔가요?」

「오, 당연히 너 주려고. 그런데 아쉽게도 좀 눅눅한 것 같구나.」

로더릭이 조금 맛본 뒤 다 먹어 치웠고 가슴팍에 떨어진 부스러기를 집어냈다.「여기 왔다 간 사람, 제가 모르는 사람 같은데 누구예요?」

「언제?」

「방금요. 오늘 저녁에 제가 전화를 걸었을 때요. 엄마가 회사에 있을 때 목소리로 받았어요. 표가 나요. 흥미로운 새 친구를 사귀셨어요?」

「아니야, 그냥 해리슨이라는 이름의 남자였어.」

「장례식에 왔던 남자 말이로군요 — 그 사람이 무슨 일로 왔어요?」

「나를 만나러 온 거였어.」

「하지만 엄마는 그 남자가 방문 판매원이라고 말했던 것 같은데요?」

「그런 인상을 받아서 그렇게 말했을 뿐이야.」

「아무튼 오늘은 일요일이니 그 사람도 쉬겠네요. 방문 판매원이 아니라면 뭘 하는 사람이에요?」

「로더릭, 네 장교 임관은 어떻게 되고 있니?」

로더릭이 팔꿈치 밑에 쿠션을 다시 놓았다.「무슨 뜻이에요?」그가 말했다.

「아직 아무 말이 없니?」

「그런 말을 들었다면 제가 더 놀랐겠죠. 그럴 일이 있겠어요? 만약 계급장을 달게 된다면 제가 더 놀랄 일일 텐데 —

프레드는, 그 친구는 한 달 전에 계급장을 달았어요. 엄마 기분은 이해해요. 제가 엄마 형제들 같지 않아서 정말, 정말 죄송하지만, 지금 상황이 그래요. 엄마가 그걸 바란다면 정말로 열심히 노력하겠지만, 지금은 군대가 엄마 시대와는 많이 다른 것 같아요. 모든 면에서 변수가 너무 많아요. 이렇게 말해야겠네요. 저도 마운트 모리스에 정착할 때 〈대위〉로 알려지면 좋겠지만, 그러려면 많은 시간이 필요할 것 같아요.」

「네 장교 임관이 어떻게 될지 궁금해. 내가 로버트에게 말했는데 ―」

「오, 그렇군요. 로버트는 어떻게 **지내요**? 잘 지내겠죠?」

「아주 잘 지내지. 이번 주말에는 어머니 집에 갔어.」

「제가 그런 것처럼.」 로더릭이 다정하게 말했다. 하지만 그 나이 든 남자를 떠올리면서, 그는 로버트의 실내 가운을 입은 자기 모습을 근심스럽게 내려다보았다. 커피를 흘렸을지도 모른다는 생각이 들었지만, 맨가슴에 작게 한 줄기 흐른 정도라 안심했다. 그는 어머니가 장교 임관에 대해 물어본 이유가, 그렇게 느닷없이 물어본 이유가 궁금했 ― 어머니는 대체로 그 주제에 아주 우회적으로 접근하거나 넌지시 이야기를 꺼내곤 했다. 어머니의 태도로 미루어 보아 감정이 격앙된 것은 분명해 보였지만, 그것은 뭔가 다른 문제 때문이었다. 지금 어머니가 장교 임관 이야기를 꺼낸 것은 화제를 전환하려고 그런 것이거나, 무의식적인 복수 ― 그가 뭔가로 그녀의 신경을 건드리고 짜증이 나게 했기 때문에 그녀도 그의 신경을 건드리고 짜증이 나게 하려고 뭔가 말을 하는 것 — 를 하기 위해서였다. 어느 쪽이든 무엇 때문이지? 로더릭이 스텔라를 올려다보았다. 그는 스텔라에 관한 한 지적인 성찰보다는 어린 짐승의 막 생겨나는 직관의 시선을 갖고 있었다 — 스텔라는 그가 보트라고 말한 소파 끝에서 자세를 살짝 바꾸었다.

그 환상의 현실이 이 방의 비현실보다 나았다. 보트를 타면 오로지 빛, 공기, 물, 그리고 맞은편에 앉은 상대의 얼굴만으로도 행복했다. 소파에서는 사방이 뭔가 부족하게 느껴졌다. 이 소파는 벽에 붙은 채 카펫 위에 놓여 있었지만, 환경이랄 게 없었다. 공습 이후 도로변에 노출된 버려진 가구일 수도 있었고, 혹은 어딘가 알려지지 않은 해안에서 범람한 물에 떠내려온 것일 수도 있었다. 그가 어머니에게 돌아온 것은 더 나은 무언가를 갈구했기 때문이었다 — 이 만남은 성격상 본질을 찾기 위한 몸부림이었고, 그렇기에 그 본질이 존재해야 했다. 주변 환경은 자비롭지 않았다. 그런 경우에 희망을 품어 볼 수 있는 것은 익숙한 것들의 음악이었다. 사랑은 고립되는 것을, 혼자 남아 허공에 외치는 것을 두려워한다 — 처음에 사랑은 종종 말하기보다는 먼저 들으려 한다. 심지어 연인들도 이것을 느낄 수 있다 — 호텔 방에 위축되지 않은 열정이 얼마나 많은가? 아들과 어머니 사이에 그들이 공유해 온 모든 사물이 부재한다는 사실이 과도한 긴장을 형성했다. 아마 그가 쿠션을 만진 것은 적어도 그런 사실에 적응하려는 시도였을 것이다. 스텔라와 로더릭은 각자의 방식으로 오늘 저녁이 지금 그들이 가지고 있는 것 이상의 생명력을 요구한다고 느꼈다. 그들은 그날 저녁에 그냥 살아 온 대로 살 수 있기를 바랐을지도 모른다.

두 사람 다 인간이라는 사실에, 어머니와 아들이라는 사실에 내재한 위대함을 느꼈다. 그가 집으로 돌아온 것은 존귀한 책에, 그들 자신보다 더 큰 주제를 다룬 책에 한 장(章)을 보탠 것과 같았다. 그들만이 그걸 그렇게 보지 못했을 뿐이다. 하지만 신의 관점에서는 그 역시 그런 한 장이었을 것이다. 그들이 관련된 곳에서는 모든 소비에 대한, 무엇보다 감정의 소비에 대한 금지, 억제, 경고가 그들을 제한했다. 경계심이 시심(詩心)을 몰아냈다. 감정을 느끼는 것을 주저하다가 더 이상 느낄 수 없는 순간이 왔다. 전쟁이 그렇게 만들고 있는 것인가? 매일 밤낮으로 존재는 조금씩 소진되어 갔다 — 당신은, 당신 자신은 어떤 순간에 의해서만, 오늘 밤 같은 만남에 의해서만 무슨 일이 일어나고 있는지 인식할 수 있었다.

스텔라와 로더릭은 서로에게 본능적인 상실감을 확장하지 않을 만큼 너무 친밀했고, 그들의 친밀감은 어떤 장면을 연출할 수 없을 만큼 너무 정직했다. 그들의 문제는 그들만의 것이라면 별로 중요하지 않게 — 비슷하게 낭만적인 두 본성이 낭만적으로 실망한 것으로 — 넘겨 버릴 수 있었다. 하지만 그 이상이었다. 그들에게 그것은 세상이 빈곤해졌다는 신호였다. 둘 다 남은 이야기가 많지 않았고, 그들이 앉아 있는 이 방에서 말을 하는 것은 아무것도 없었다. 불이 타오를 때처럼 아주 작은 사물들이 내보내는 신비한 파동도 멈춘 듯했다. 실제 불의 전기적인 요소가, 수직으로 솟구쳐 오르는 뜨거운 입술이 방의 빈 끝을 향해 소리 없이 웃었다. 램프 불빛보다 얼마간 높은 곳에서, 그림자가 반쯤 드리운 높이에서 사진들은 어둡고 살아 있지 않은 두 개의 사각형 물체였다. 커튼으로 가려진 창문 밖으로 저 아래 다른 거리들로 이어지는 거리에서, 침묵은 청각으로 인식되는 암흑이었다.

그것은 불완전한 침묵, 그저 소리에 대한 저항이었다 — 런던 내부의 긴장이 끊이지 않고 발생하고 또 발생하는 것처럼. 들리거나 들리지 않거나, 전쟁 중인 이 도시는 공회전을 하고 있었다 — 이 구역에서, 그리고 인접한 거리에서 사적으로 이동하는 차들의 유입이 사라져도, 주변부에서는 늘 멈추지 않는 펌프질처럼 혈관 같은 거리를 통과해 혈관 같은 대로로 진입하는 주요 차량의 삐걱거리는 소리가 들렸다. 게다가 그게 전부가 아니었다. 그 소리를 배경으로 택시가 포화 속을 달리듯 질주하는 소리가 전경(前景)에서 들렸다.

이 방에는 한 가지가 더 부족했다. 시간에 대한 불안이었다. 이 안에서는 시간과 계절에 대한 감각이 차단되었다. 시계 외에는 말하는 것이 없었다. 스텔라가 맞춤 블라인드를 내리고 그 위로 방음 커튼을 치는 순간 낮은 사라졌다. 이제 어떤 것도 그 자리를 차지하지 않았다. 모든 틈이 막혔다. 어둠은 한 점도 들어올 수 없었다 — 방은 인위적인 빛으로 봉쇄된 채 과장되고 사색적인 상태를 유지했다.

그럼에도 어떤 일이 일어났다 — 접거나 펼칠 수 있는 책상 위 그릇에 담긴 장미에서, 펼친 쪽 책상에 놓인 스텔라의 편지들 위로 꽃잎이 한 장 한 장 떨어졌다. 로더릭이 그것을 지켜보았다. 그녀도 고개를 돌려 그가 무엇을 보고 있는지 쳐다본 뒤 같이 지켜보았다. 이윽고 그녀가 말했다. 「저걸 보니 생각나네 ― 이번 주에 커즌 프랭키의 변호사들에게서 편지가 세 통 더 왔어. 네게 보여 줘야겠다. 내가 한 통에 답장을 다 썼어.」

「제가 미성년자라서 엄마가 많이 성가시겠어요.」 로더릭이 말했다. 「하지만 시간이 해결해 줄 거예요.」 그가 소파에서 몸을 일으키며 물었다. 「정말로 중요한 서류에 서명해야 하는 단계는 아직 아니죠? 지금까지는 제가 언제 소유권을 **갖게** 될지 알 방법은 없는 것 같아요.」

「이런 속도라면 네가 여든은 돼야 알 수 있을 것 같구나.」

「프레드는 그 과정 전체가 더 간단해야 한다고 확신하던데 ― 엄마가 종일 집에서 저 대신 편지만 쓰고 계신 건 아니죠?」

「아니야, 아니지. 다른 편지도 몇 통 썼어 ― 네겐 긴 편지를 썼고. 한 가지 신경 쓰이는 건, 네가 올 줄 모르고 내가 오늘 하루 휴가를 냈다는 거야. 내일은 출근해야 해. 넌 뭘 할 거니?」

「아, 그렇군요. 어쩔 수 없죠. 그리고 엄마가 일요일에는 집에 있는 게 더 자연스러운 것 같아요 ― 그럼 엄마는 불쌍한 해리슨 씨가 왔을 때 편지를 쓰고 있었던 거네요?」

「왜 〈불쌍〉하지?」

「음, 한 가지 이유는 엄마가 그에게 술을 주지 않은 것 같단 거에요. 어쨌거나 잔이 보이지 않네요. 엄마가 그를 싫어

하는 건가요, 아니면 그가 술을 안 마시는 건가요?」

「그건 아니야.」

「그런데도 그는 계속 여기 있었던 거고요.」로더릭이 생각에 잠긴 채 벽난로 선반에 놓인 재떨이를 흘끗 쳐다보며 말했다. 「엄마한테 반한 모양이네요.」

스텔라는 커피 잔을 내려놓고 소파에서 일어서서, 마운트모리스 편지에 대해 뭔가 말하면서 책상으로 걸어갔다. 억지로 해리슨의 말을 들으면서 억지로 앉아 있었던 이 방 그 자리에 대한 혐오감을 극복하는 데 로더릭의 존재감이 무의식적인 도움을 주었다. 그녀에게 절대적으로 필요한 일이었다. 그녀가 해리슨의 말을 들으면서 팔꿈치를 내려놓았던 자리에 놓여 있는 서류와 편지마저 오염된 듯 느껴졌다. 심지어 그의 말을 듣는 도중에 이따금 반짝 눈길이 갔던 미사여구가 들어간 문구만 봐도 움찔했다. 더욱이 서류들은 그녀가 그날 오후에 놓아둔 대로가 아니라 좀 흐트러진 듯 보였다 — 그녀가 전화를 받는 동안 해리슨이 분명 빠르게 **훑어보았을** 것이다. 그녀는 죄다 불태워 버리고 싶었다 — 그 아름다운 생의 끝에 이곳에 떨어진 장미 꽃잎에게는 미안하지만, 그녀는 책상에서 꽃잎을 세차게 쓸어 냈고 그 바람에 다른 꽃잎마저 떨어졌다.

「그래도 내일 저녁에 엄마를 볼 시간이 좀 있을까요?」로더릭이 말하는 소리가 들렸다.

로더릭이 런던에서 하룻밤 더 지낸다는 것은 당연히 로버트와의 만남을 미루어야 한다는 것을 의미했다. 생각해 보면,

로더릭이 없었더라도 그녀는 다른 핑계를 찾아야 했을 것이다. 그들이 다시 만나기 전에 생각해야 할 게 좀 있는데, 생각하는 것은 무엇보다 그녀의 능력을 넘어서는 일 같았다. 그러니, 그렇다면, 그녀는 실제로 생각이 다 **정리될** 때까지 로버트를 다시 만나지 않을 것인가? 그럼 그녀는 로버트를 다시는 만나지 못할지도 몰랐다.

「런던을 가로질러 왔는데, 그 정도도 알고 싶어 하면 안 돼요?」로더릭이 스텔라가 앉아 있던 자리에서 두 발을 다시 꼬며 물었다. 「그가 이미 한잔하고 왔을 거라고 말했어야 하나 봐요.」

「누구, 해리슨? 아니야, 그 사람은 공원에서 연주를 듣고 있었대.」

「아, 여기 사람들은 여전히 일요일 저녁에 거길 가요?」로더릭이 그렇게 물으며 자신도 민간인으로 지낸 시간이 있었음을 입증했다. 「하지만 그것도 곧 중단되겠네요. 겨울이 오고 있으니까요.」

「그래, 곧 겨울이 오겠지.」그녀가 그에게 보여 주어야 할 편지를 애매하게 만지작거리며 말했다. 「겨울이 오고 있을 거야.」

「이 꽃이 사실상 거의 마지막 장미겠네요.」그가 그 점을 지적하며, 스무 살이기에 가능한 애상과 쾌락이 뒤섞인 표정으로 책상을 바라보았다. 「엄마, 그렇게 거칠게 다루면 안 될 것 같아요.」

「아직 9월밖에 안 됐어.」그녀가 날카롭게 말했다. 「여기,

읽어 볼래?」

그는 변호사의 편지에 손을 뻗었지만, 여전히 말을 이어 갔다. 「그러면 그는 음악을 좋아해요?」

「맙소사, 로더릭. 해리슨 이야기만 자꾸 하는구나! 너 무슨 문제 있니? 그 사람이 얼마나 따분한 사람인지 모르겠니?」

「그럼 왜 그를 이 집에 들였어요?」

「너도 사람들이 어떻게 집에 찾아오는지 알잖니.」

「주택에 계속 찾아온다는 건 알아요. 하지만 아파트에도 계속 찾아오는 줄은 몰랐어요. 그게 아파트의 특징이라고, 엄마가 저번에 말했잖아요.」

그녀는 다시 소파에 앉더니 화난 듯 쿠션을 집어 들었고, 무의식적으로 그것을 방패처럼 들고 말했다. 「너 커서 깡패가 되진 않을 거지?」

그는 웬만해서 화가 나지 않았고, 이번에도 그랬다. 「하지만 저는 늘 엄마에게 관심이 있었어요. 예전엔 엄마 친구 대부분을, 적어도 그분들에 대해 알았죠. 가끔 그분들이 지금 어디 있는지 궁금해요.」

「그럼 너는 그 사람들을 전부 과거형으로 두겠다는 거니?」

「오, 아니에요.」 로더릭이 다시 한번 놀라며 말했다. 「제가 과거형 안에 있는 거 같은데요.」 그 말과 함께 그는 잠자리에 들 준비를 하기 시작했다. 그는 양팔을 포개 편안하게 가슴에 올린 채 누워 있었고, 머리를 뒤로 젖혀 천장의 깊숙한 음각 부분을 올려다보며 하품을 한 뒤라 입은 약간 벌어져 있었다. 「담요가 있다고 했나요⋯⋯?」

그녀는 그를 쳐다보며 다시 말했다. 「내일 일은 정말 미안해.」

「자야겠어요, 보다시피.」 그가 완전히 무심한 태도로 말했다.

「하지만 내일 종일 잔다는 건 아니겠지 ── 어떻게 그러겠어?」

「엄마는 제가 그럴 수 있다는 걸 모르네요.」

「그건 너무 낭비 같아서.」

「뭘 낭비하는 건데요?」

그녀는 확신이 없어 보였다. 「낭비……」 그녀가 잠시 눈을 감았다. 그러고는 또렷한 목소리로 말했다. 「친구들을 만나는 건 어때? 데이비드를 만날 수도 있고. 일전에 허겁지겁 길을 건너와 네가 어디 있는지 묻더라. 그리고 버스에 타고 있는 해티를 봤는데 아주 잘 지내는 것 같았어.」

「저는 데이비드나 해티에게 아무런 반감이 없어요.」 로더릭이 조용히 말했다. 「하지만 그 애들에게 할 말은 한마디도 없어요.」

「그 애들은 그렇게 생각하지 않을 것 같은데.」

「왜요? 그럴걸요. 프레드는 그래요.」

「오, 잘 알겠어.」 어머니가 말했다. 「네가 일어날 수도 있으니까, 돈은 좀 있어?」

「그건 중요해요.」 그가 이마에 주름을 잡으며 인정했다. 「음, 혹시 모르니까 중요할 수 있다고요. 그러니까 제 말은, 혹 가능하면 ──」 그가 이날 저녁에 처음으로 뭔가 억제하는 기색을 내보였다. 「하지만 됐어요.」 그가 계속 말했다. 「다시 생각해 보니, 엄마가 내일 저녁에 같이 식사할 시간이 있을 것 같지 않은데요? ……시간이 있었다면 어디 가서 저하고 그럭저럭 괜찮은 식사를 했겠죠.」

「로더릭, 그보다 더 내가 원하는 건 없어.」 언제 해도 자연스러운 그 대답이 이번에는 겁이 날 만큼 진실이었다. 그것은 꿈만 같고 — 그 꿈이 사실상 얼마나 오래 지속되겠는가? — 욕망을 거꾸로 투사하는 일이었다. 「그때쯤엔 네가 일어났을 거라고 믿어도 될까?」 그녀가 말했다.

「음…… 네.」 그가 한숨을 쉬며 말했다. 「그러면 아주 좋겠네요. 가능하면 우리가 돈을 좀 빌릴 수 있으면 좋겠어요.」

로더릭과의 우정은, 그가 어렸을 때부터 확실히 일방적인 관계로 보였다. 그는 누구를 보더라도 무심했다. 혹은 그럴 수 있는 한 무심하게 반응했다. 그가 예의 바르고 즐거워하는 모습을 보일 때면, 그런 반응은 그 사람을 즐겁게 해주거나 애착을 형성하려는 반응으로 잘못 이해되었다. 스텔라는 그가 관심사를 형성하려는 듯 보이는 것들에 희망적인 의견을 말해 봤자 어리석은 일이 되리라는 것을 알고 있었지만, 속상해하지는 않았다. 그가 해리슨이 주장하는 대로 그런 허세 없는 사람이라면, 그것은 사람들과의 관계에서 그를 더 수동적으로 만들 뿐이었다. 그가 새로운 이야기를 듣고 싶어 하고 그것이 새로운 우정이라는 위장된 형태로 드러날지라도, 탓할 사람은 로더릭이 아니라 속은 쪽이었다. 그는 지금 일어나고 있는 일에 대한 호감이나 호기심을 그것이 자신에게 일으킬 거부감 — 더욱이 그것이 일으킬 게 분명한 불신 — 과 연결시켰다. 대체로 그는 지금 일어나고 있는 일에 호의적이었지만, 이미 일어난 일이 더 완성된 것이라 여겨 선호했다. 지금까지 그의 마음은 움직이는 것에서 끌어당기는 힘을 느껴 보지 못했기 때문에 한 번도 다른 데로 옮겨 가지 않았다. 그의 집중력은 그 전체로서 무서울 만큼, 혹은 무시할 수 없을 만큼 발휘될 수도 있겠지만, 지금까지는 온전히 사용된 적이 없었다. 그의 동기는 숨어 있다고 말하기엔 너무 직접적이었다. 그는 정원에 개울이 흐르거나, 베지 않은 풀밭에 가상의 뱀들이 돌아다니거나, 수납장에 잡다한 수집품이 있거나, 유령이 출몰하는 방이 있거나, 모형 철로가 있거나, 재미있는 삼촌이 있거나, 비밀 서랍이 달린 책상이 있는 가족들과 차를 마시는 것을 좋아했다. 그리고 그런 가족의 아이들을 우쭐하게 해주거나, 완고하고 내성적인 방식으로 그들과 가까이 지냈다 — 어쨌거나 그걸 타산적인 애정이라고 비난할 수는 없었다.

스텔라는 로더릭이 어린아이 같은 취향을 지녔다고 탓할 수 없었다. 그건 공정하지 않은 비난이었다. 그를 외동으로 만든 사람이 바로 그녀 아니었는가? 대부분의 아이들이 그랬듯 그 역시 어린 시절에 사람보다 사물이나 신화를 더 좋아했다. 그녀의 막연한 걱정은 그가 이 단계를 벗어나지 못했을 때 시작되었다. 예전에는 또래보다 더 나이 들어 보였다면, 이제 더 어리게 느껴졌다. 그녀의 불안은 자책과 뒤섞였다 — 그녀가 개인적으로, 그리고 자신이 속한 시대의 도구로서 그에게서 박탈한 세상을 로더릭이 너무 중요시하면 어쩌지? 예컨대 그는 유기적인 가정생활을 중시했을 것이다. 그녀는 로더릭에게서 아버지를 빼앗았을 뿐 아니라, 스스로도(그녀와 함께 로더릭도) 아이 아버지의 친척들과 소원해졌다. 그녀는 로더릭이 추상적이지만 사회에 대한 높은 이상을 추구할 준비가 되었다는 것을 알아차렸다 — 그가 아기였을 때 그녀는 그림이 그려진 부채를 폈다 접었다 하면서 놀아 주었다. 추정컨대, 무리를 짓고 자리를 잡은 채 동작이나 화환으로 연결된 그 **상류 사회**의 인물들이 보여 주는 모습을 보고도, 그는 결코 그 내면을 간과하지 않았다. 연약한 상아색 부챗살로 이루어진 그 부채는 이제 접혀 있었다. 그녀는 대화 중에 그 부채를 상상으로 되살려 낼 때 그가 가장 행복해하는 것 같다고 느꼈다.

그랬다. 그가 사람에 대해 좋아하는 부분은 질서를 갖추어 정렬할 수 있다는 것이었다. 정형화된 양식을 이상적인 것으로 여기는 그의 모습 또한 최근에 그의 어머니를 놀라게 했다. 그녀는 한동안 사춘기가 되면 그가 더 까다로워지겠지만 덜 이상해 보일 거라고 생각했다 — 하지만 그가 군에 입대했을 때 사춘기는 아직 그런 식으로 작용하지 않았다. 그에 앞서 그녀는, 스스로 사랑받기를 기대하면서도 자신들이 좋아하는 것을 정형화된 양식 없이, 더욱이 그의 관점에서 비상식적으로 하는 사람들과 그가 자꾸 부딪히는 것을 보았다……. 그녀는 로더릭이 달라져야 한다고 느꼈는데, 혹은 그렇게 느끼는 것 같았는데, 그렇다면 군대가 그를 변화시킬까 봐 두려워하는 것은 얼마나 어리석은 일인가!

「음, 네 휴가잖아, 아들.」 그녀가 말했다. 「네가 하고 싶은 대로 해.」

로더릭은 어머니가 지금까지 담요에 대해 잊고 있다는 사실을 상기시켜 주기 싫었다 — 하지만 자연이 대신 말해 주었다. 그가 재채기를 두 번 한 것이다. 그 소리에 그녀는 깜짝 놀랐다. 그가 손수건을 찾으려고 포갠 양팔을 펴서 몸 아래 쿠션들 속을 뒤적였고, 이어 소파 틈새로 손을 집어넣었다. 하지만 거기서는 아무것도 나오지 않았다. 「어.」 그가 말했다. 「아니면 이 주머니 안에 있나?」 그가 실내 가운의 미끄러운 주머니 안으로 손을 쑥 집어넣었고, 그러자 무슨 소리가 나면서 **뭔가**가 만져졌다. 두 사람 다 종이가 지친 듯 부스럭거리는 소리를 들었다 — 접힌 지 오래된 그 종이는 시간이 지나면서 모서리가 마모되고 실크 가운 안에서 체온에 닿아 흐물흐물해져 있었다. 로버트의 가운 주머니에서 소리가 나자 스텔라는 깜짝 놀랐다. 그녀가 자제할 수 없는 강렬한 눈빛으로 아들의 눈을 살폈다. 「편지?」 로더릭이 모호하게 말했다. 그가 종이를 꺼내 손에 쥔 채 빤히 쳐다보면서 모호한 태도로 빙빙 돌렸다.

「그건 네 것이 아니야.」 그녀가 날카롭게 말했다. 「다시 넣어 둬.」

「엄마가 보관하는 게 어때요? 다시 빠져나올지 모르잖아요.」

「이번에는 **빠져나온** 게 아니었어.」 그녀는 그 말을 하지 않을 수 없었다.

「하지만 그럴 가능성은 늘 있죠. 그건 누구도 몰라요.」

그녀가 말했다.「도대체 무슨 뜻이니?」

「음, 누구도 모른다고요. 누가 뭘 집어 들지 어떻게 알겠어요? 로버트가 맡은 일은 아주 중요하지 않아요?」

그녀가 과잉되게 태연한 미소를 짓고는 그에게서 종이를 뺏어 와 찢어 버리려고 했다.「저기요!」그가 말렸다.「그거 엄마 것도 아니잖아요.」

「대단한 것일 리가 없어.」

「그럼에도 갖고 있을 만한 가치는 있어요.」그가 엄숙하게 말했다.

「오래된 버스표나 빈 성냥갑, 투앤드일레븐스리에서 뭔가를 사고 받은 영수증, 전보가 왔던 봉투도 그럴 만한 가치는 있어.」

「하지만 엄마가 꼭 봐야 할 것 같은데요.」

「정말?」그녀가 가장자리가 더러워진 두 번 접힌 종이를 엄지와 다른 손가락으로 핀셋처럼 잡고 비웃듯 말했다. 그녀는 로더릭의 시선이 유예된 냉정한 호기심을 담은 눈빛으로 자신에게 머물러 있는 것을 알아차렸다. 두 사랑 사이를 자연스럽게 구분하는 그 회피성 때문에, 지금까지 그녀는 로더릭이 자신과 로버트에 대해 어떻게 생각하는지, 혹은 생각하지 않는지 차마 물어보지 못했다. 로더릭이 아무 생각도 하지 않는 데 성공했을 수도 있었다. 그런 거라면 두 사람 모두에게 위기 상황이었다. 마치 유명한 경기를 배경지식 없이 구경하러 와서 점수를 파악하고 규칙을 이해하려고 애쓰는 사람처럼, 그는 그녀가 지금 어떻게 하려고 하는지 지켜보고 있었다 ── 분명 사랑의 특권이 얼마나 멀리까지 가는지 알고 싶은 것이리라. 그는 로버트의 가운 주머니에서 나온 이 종이가 그녀에게도 중요한지, 혹은 중요하게 여겨지는지 보려는 것이었다. 종이를 찢어 버리는 미친 쇼를 해서 상황을 악화시킨다면 얼마나 큰 실수가 될 것인가. 그녀와 로더릭 사이의 모든 예의, 그 기분 좋고 지속적인 모든 것이 그 순간 안으로 휘말려 들어간 것 같았다 ── 그 안에서 그녀는 **그런 것들**은 생각조차 할 수 없었다.

그녀의 엄지와 다른 손가락 사이에 있는 그것은 다이너마이트였다. 그녀가 이 종이 때문에 겁을 먹었다는 사실 ──〈로더릭도 그것을 알아차렸을까?〉하고 그녀는 염려했다. 비밀스럽게 접힌 이 반쪽짜리 회청색 종이가 의심의 덩어리가 되었다 ── 죄의식도 그녀의 것, 저속함도 그녀의 것이었다. 그녀는 무엇이 가능하다고 느꼈는가? ── 그리고 어떻게 그렇게 느꼈는가?

그녀는 로더릭이 동년배의 숙맥인 양 웃으면서 이렇게 말했다.「이런 편지는 늘 여자에게서 온 것일 수 있거든.」

그가 순진하게 말했다.「오, 제 생각은 안 그런데, 엄마는 그렇게 생각하나요? ── 아니요, 대화 중에 해둔 메모일 가능성이 더 커 보여요.」

「하지만 누구든 왜 대화를 하다 메모를 해두지?」

「왜냐고요. 엄마, 하지만 정말로 ──」그가 더 강조해서 말하려고 소파에서 힘주어 일어나 앉으며 소리쳤다. 「대화는 이 전쟁에서 가장 중요한 거예요! 저도 그건 알아요. 상대와 내가 해야 하는 건 무엇이든 서로 이미 말한 뭔가의 결과예요. 우리가 대화 없이 얼마나 멀리 갈 수 있을 것 같아요? 그리고 엄마는 정말로 로버트가 함께 있는 누군가와 대화에 **대한** 대화를 하지 않을 거라고 생각해요? 설사 로버트 본인이 대화를 하지는 않더라도요?」

「잘 알겠어. 아주, 아주 잘 알겠다. 그도 대화를 하겠지.」

「그리고 만약 그렇다면,」 로더릭이 좀 누그러져 다시 누우며 말했다. 「그가 요점을 기록하는 사람이었을 수도 있죠.」

하지만 그녀는 특정한 대상 없이 계속 앞을 응시하고 있다가 갑자기 물었다. 「너는 뭔가를 들으면 그걸 그대로 믿니?」

「무엇을 들었고 누가 말했느냐에 따라 다르죠.」

「당연하지. 하지만 대체로?」

「음, 저는 듣는 이야기가 많진 않아요. 사실, 프레드가 그러는데요, 뭔가 **들었는데** 수상하게 여겨지면, 직접 알아보고 그걸 믿으래요. 어떤 게 사실이라면, 알아보면 1마일은 다 퍼져 있대요. 하지만 누군가가 무리해서 뭔가를 알려 준다면, 프레드는 그가 뭔가 개인적인 목적을 품은 사람일 거라고 했어요.」

「네가 들은 이야기가 네가 아는 사람에 대한 거라면?」

「만약 그렇다면, 무슨 말을 듣는다는 게 과연 가능할까요? 내가 그 사람을 제대로 알고 있다면, 그 사실을 이미 알고 있겠죠 ─ 그럴 것 같은데요. 내가 들은 내용이 사실이라면, 그건 전혀 새로울 게 없겠죠. 새로운 것이면서 사실로 밝혀진다면, 결국 내가 그 사람을 제대로 알지 못했다는 걸 인정해야겠죠.」

「모든 게 아주 간단한 것 같구나.」

「음, 그런 거죠. 간단해요.」 하지만 그는 스텔라의 얼굴을 자신 없이, 생각에 잠겨 쳐다보면서 그 말에 단서를 달았다. 「뭐든 복잡한 문제라면 답을 들으려고 저를 찾아와도 소용없을 거예요.」 그가 그녀에게 경고의 뜻으로 말했다. 「저는 엄마하고 프레드 말고는 누구도 잘 몰라요.」

「아마 프레드는 그 종이를 어떻게 해야 하는지 알겠지?」

「그냥 원래 있던 자리에 돌려놓는 게 최선 아닐까요?」 로더릭이 스스로를 괴롭히듯 집요하게 한참 코를 킁킁거려 콧속을 말끔히 비운 뒤 덧붙였다. 「저는 그저 손수건을 찾고 있었을 뿐이에요. 단지 못 찾은 거죠. 엄마 걸 하나 써도 될까요? 모노그램이 수놓인 좋은 손수건 말고요.」

그녀가 고개를 끄덕였다. 그리고 재빠르게 종이를 펼쳤다. 이제 그녀는 그 안에 적힌 내용을 별 관심이 없는 듯 침착하고 아주 사무적인 느낌으로 훑어보았다. 「아무것도 아니야.」 그녀가 말했다. 「우리가 짐작한 것처럼.」 그녀는 그것을 느긋이 한 번 찢고, 느긋이 한 번 더 찢은 뒤 일어서서 옷에 떨어진 종잇조각을 바닥으로 떨어냈다.

「쓰레기통이 필요하겠네요.」 로더릭이 말했다.

하지만 그녀는 담요와 손수건을 가져오려고 이미 노래를 흥얼거리며 그 자리를 떠난 뒤였다. 로더릭이 코를 푸는 사이 그녀는 그를 위해 그날 밤 잠자리를 마련해 주었다. 세인 트매릴본의 시계가 자정을 알릴 즈음 소파는 그만의 침대가 되었다. 이 방과 저 방을 나누는 문을 통해, 그는 여전히 수면 위에서, 여전히 떠 있는 느낌으로 어머니가 느릿느릿 움직이는 소리를, 유리판을 깐 탁자 위에 진주 목걸이를 또르르 놓는 소리를, 작은 병이나 통의 뚜껑을 내려놓는 소리를 들었다. 그녀는 발을 차서 신발을 벗었고, 봉에 걸린 옷걸이들이 덜커덕거리게 원피스를 걸었다. 곧 그는 자신이 현실에서 들은 것과 꿈에서 들은 것을 구분할 수 없게 되었다. 그러니 그녀가 조용히 〈로더릭?〉 하고 말했을 수도 있고, 말하지 않았을 수도 있었다 — 하지만 뭔가가 그를 깨웠다. 그녀가 그의 옆 스툴 위에 둔 램프를 켜놓은 것이었다. 천장에 맺힌 물방울이 그 순간 커지거나 바르르 떨리는 것 같았다 — 지진 이야기는 으레 그렇게 시작된다. 하지만 이번에는 단지 졸음에 겨운 런던이 전류를 발생시키면서 몸서리를 치는 것일지 몰랐고, 그 메아리는 그의 이완된 팔다리를 통과했다.

램프의 현란한 갓이 그의 눈과 같은 높이에 있었다. 그 너머에서 잠이 밀물처럼 밀려오자 방 안의 사물이 잠기고 흐려졌다. 램프를 끄려면 그저 한 손을 내밀면 되지만, 한동안 그는 약에 취한 사람처럼 더없는 행복감과 무력감을 느끼며 가만히 누워 램프를 응시했다 — 마침내 감탄사 같은 한숨과 함께, 그가 소파 등받이 쪽으로 돌아누웠다. 그는 팽팽한 양단에 이마를 박은 채 잠이 들었다.

다른 방에서 전화벨이 정확히 한 음 울렸다. 스텔라가 급히 낮은 목소리로 전화를 받았다. 「돌아왔어?」 그녀가 말했다. 「그런데 저기, 지금은 통화할 수 없어. 로더릭이 여기 와서 자고 있어 — 내 생각엔…… 나도 몰랐어. 오늘 저녁에 왔어. …… 48시간.」

4

로더릭은 장례식 — 친척인 커즌 프랜시스 모리스의 장례
식 — 에 왔다는 남자인 해리슨에 대해 당연히 잊고 있었다.
스텔라가 그를 처음 만난 것은 넉 달 전 장례식에서였다. 추
모를 위해 마련된 소규모의 가족 모임에서 그를 아는 사람은
물론이고, 그가 누군지, 어떻게 그곳에 오게 되었는지 아는
사람은 아무도 없었다 — 엄격히 가족만의 장례식이었다. 검
은색 옷을 입은 그 불청객은 교회 안에서 뒤쪽 자리에, 친척
들이 차지한 가장 뒤의 줄보다 더 뒤쪽 자리에 긴 의자 하나
를 독차지하고 앉아 있었다. 그 후 일행이 무덤가에서 흩어
져 묘지 입구의 지붕 달린 문을 통과하고 마을 거리를 걸어
갈 때, 사람들은 그가 행렬의 꼬리에 따라붙은 것을 알게 되
었다. 스텔라가 처음으로 본 그의 모습은 — 흘끗 돌아본 모
습은 — 무덤 위를 두루미처럼 뛰어넘는 모습이었다. 특실에
뷔페로 된 점심 식사가 차려져 있는 호텔로 걸어가면서, 그
가 아마 프랜시스 모리스가 아닌 다른 사람의 장례식인 줄
안 모양이라는 말이 나왔고, 사람들이 그것에 대해 소곤거렸

다. 그가 착각으로 경건한 의무를 이행하고 있다는 생각은 당혹스러웠지만, 누구도 가서 그에게 말해 주려고 하지 않았다.

스텔라는 해리슨의 존재로 분위기가 전환된 것이 대체로 고마웠다. 그녀에게 그날은 마음이 편치 않은 하루였다. 새 교외 주택지에 있는 이 지난 세상의 중심지로 기차를 타고 와야 했을 뿐 아니라, 한때 인척 관계였던 사람들에게 어떻게든 얼굴을 내비쳐야 했기 때문이다. 그녀는 짧은 결혼 생활이 재앙적인 종말을 맞은 뒤로 그들 중 누구 하나 본 적이 없었고, 그들도 그녀를 본 적이 없었다. 그들이 그녀에게 싸늘하게 대하는 데는 뭐가 되었든 이유가 있었고, 정말로 그랬다는 것이 이날 대체로 입증되었다.

그녀는 장례식에 아예 참석하지 않을 뻔했다. 그녀로서는 신혼여행이 끝나갈 무렵, 커즌 프랜시스의 아일랜드 집 계단에서 작별 인사를 한 것이 마지막 인사였다면 가장 행복했을 것이다. 그가 죽었다는 소식은 반갑지 않은 기억을 휘저어 놓은 것 이상은 아니었다 — 그녀가 그에게 느끼는 비애감, 그보단 죄책감이 깃든 관심이라고 말하는 것이 맞을 텐데, 그것은 죽은 사람에 대해 한동안 느끼는 그런 감정이었다. 그의 실제적인 죽음이 그를 다시 살려 놓았다 — 안구 안에서 빠르게 움직이는 유리 같은 회색 눈동자, 활짝 웃는 다정한 미소, 들쑥날쑥 자라난 희끗한 콧수염. 그의 제스처와 억양은, 다시는 보고 들을 수 없다는 사실 때문에 선명한 인상으로 되살아났다. 그녀는 프랜시스 모리스가 살아 있을 때는 완전히 연락을 끊고 지냈다. 심지어 그가 이곳에서 갑자기 죽었다는 말을 듣기 전까지 그가 잉글랜드에 왔다는 사실조차 몰랐다.

그녀가 장례식에 온 것은, 장례식이 열릴 예정이라는 것을 알리는 변호사의 편지에서 마지막 문단에 반드시 아들과 함께 참석해 달라고 쓰여 있었기 때문이었다. 그런 연유로 그녀는 그 초대에 놀랐다. 하지만 장례식에 간 또 다른 이유가 있었는데, 그녀가 커즌 프랜시스를 다른 아일랜드인들과 마찬가지로 장례식에는 빼놓지 않고 참석하는 정이 많은 사람으로 기억하고 있었기 때문이었다. 그들이 함께 지내는 동안 그는 중절모를 쓰고 까마귀처럼 온통 검게 차려입고는 먼 거리를 이동해 장례식에 세 번이나 참석했다. 그의 죽음 자체가 아니라, 그가 어디서 어떻게 죽었는지 그에 대한 부당함이 그녀의 마음을 아프게 했다. 전쟁 때문에 그의 시신이 아일랜드로 돌아가는 것은 현실적으로 불가능했다. 고향에 있었다면 그의 장례식 행렬은 그 길이가 1마일은 되었을 것이다. ─그는 존경받는 지주였다. 그러니 이웃 하나 없는 이곳에서 죽은 것은 그에게도 뜻밖이었을 것이다. 그는 심지어 잉글랜드의 어느 지역에도 친척이 거의 남아 있지 않았다. 짧은 시간 내에 일어난 발작과 죽음 이후, 그의 변호사들은 ─그의 더블린에 있는 변호사들의 런던 대리인들은─ 전화를 받고 장례식에 대한 책임을 맡은 뒤, 커즌 프랜시스에게 가장 사교적인 하루가 되어야 할 그날에 몇 가지 수수하고 빈약한 절차를 준비했다. 상주는 없었고, 관계가 명확히 규정되지 않은 일가친척 중에서 누구 하나 부각되지 않았다. 참석자들 사이에 특별히 중요한 인물이 없다는 사실이 점점 더 곤란하게 느껴졌다. 장례식을 주도할 사람도 없거니와 애도의 중심도 없었다. 그들은 변호사가 몰아가는 대로 따라갈 뿐이었다.

커즌 프랜시스가 위스티리어 로지에서 심장 마비로 죽었다는 사실도 곤란하기는 마찬가지였다. 모든 일을 쉬쉬 덮어두어야 했다. 그의 죽음은 자칫 닥터 트링스비 부부가 보살피는 조용하고 판명되지 않은 정신 질환자 여섯 명의 평온한 삶을 위태롭게 만들 수 있었다. 그들 중에는 죽은 남자의 아내인 네티 모리스도 있었다. 그 끔찍한 사건 전체가 사람들의 방문을 반대하는 트링스비 부부의 편견을 입증해 주었다. 그들은 전쟁을 핑계로 꽤 오랫동안 커즌 프랜시스가 찾아오는 것을 막을 수 있었다. 그들은 그가 오면 당황스러운 일이 일어날 거라고 생각했다 ── 그리고 실제로 그렇게 되었다. 다행히 그 일은 신속하게 처리되었고, 그러는 동안 거기서 지내는 가엾은 사람들은 각자 방에 머물도록 안내받았다. 가장 먼저 방에서 빠져나오려던 사람은 누군가가 천국으로 갔다는 말과 함께 가로막혀 응접실에 들어가지도 못했다. 커즌 네티는 뭔가 공예품을 만드느라 바쁜 데다 기대하는 것도, 추측하는 것도 없어 아무 이야기도 전해 듣지 못했다. 그녀는 커즌 프랜시스가 방문한다는 사실을 잊었을 뿐 아니라, 때마침 이따금 경험하는, 자신에게 남편이란 존재가 있다는 사실조차 인식하지 못하는 그런 행복한 한때를 즐기고 있었다.

커즌 네티는 자기 자리에서 아주 잘 지내고 있었다. 그녀는 남편의 얼굴을 보면 그가 자신을 데려가려 온 것이라고 두려워했을 것이므로, 그녀의 입장에서는 하늘이 도와준 셈이었다. 그렇지 않았다면 바다를 건너야 한다는 두려움이 온전히 되살아났을 터였다. 위스티리어 로지에서 여러 해 동안 방해받지 않고 살아온 지금이 훨씬 그녀답다고, 트링스비 부부는 확신했다. 그녀는 인생에서 아마 지금만큼 행복했던 적이 없었을 것이다. 커즌 프랜시스가 찾아온다는 소식에, 그녀의 좋은 친구들인 트링스비 부부는 자신들의 노력이 무너질지 모른다고 전망했다. 그 문제 전체에서 노인의 고집은 ─ 지금 다시 생각해 보면 ─ 심지어 그의 죽음보다 더 설명하기 어려웠다. 죽음의 원인은 부검을 통해 밝혀졌으나 어떤 것도 그의 고집을 합리적으로 설명하지는 못했다. 한두 달 전까지만 해도 그는 환자의 이상적인 남편이었다 ─ 다른 곳에 살면서 조용히 (사무 변호사들을 통해) 돈을 꼬박꼬박 내는 사람이었다. 트링스비 부부의 견해로는 어떤 식의 방문도 완벽히 잘 흘러가리라고 기대할 순 없었다. 커즌 프랜시스의 방문은 위스티리어 로지에 대참사를 일으킬 뻔했지만, 그 상황을 아슬아슬하게 모면했다. 하지만 그가 불쌍한 네티의 방으로 올라가는 계단에 발을 내려놓기도 전에 응접실에서 죽음이 그를 덮쳤다.

커즌 프랜시스가 기차역으로 돌아가려고 부른 택시가 그의 시신을 수습하러 온 구급차 바로 뒤에 도착했다. 환자들의 방 창문으로 죽음기에서 흘러나오는 음악이 두 대의 차를 맞아 주었다. 이번 달에는 이 집의 이름과 같은 꽃[1]이 피어, 크림색 치장 벽토를 바른 집 앞면에 연보라색 물방울이 흘러내리는 듯한 인상을 주었다. 늦은 오후의 햇살이 응접실에 급하게 친 푸른색 커튼을 강렬하게 비추었다. 닥터 트링스비는 택시를 그냥 돌려보내는 것이 속상했다. 요즘 같은 때에는 환자들을 차에 태워 외출하는 것이 쉽지 않았기 때문이었다. 커즌 프랜시스의 시신이 마침내 수습되자 트링스비 부부는 앉아서 서로를 쳐다보았다. 그것을 기점으로 분위기는 그들이 더 이상 뭔가 할 이유가 없다는 쪽으로 바뀌었다. 죽은 남자의 변호사는 평소 커즌 네티와 관련된 모든 문제를 처리하고 철저하게 살피면서 그들의 계좌에 돈을 넣어 주던 사람이었다. 그들은 줄곧 연락하고 지내온 터라, 변호사에게 이미 전화를 해둔 상태였다. 변호사는 트링스비 부부를 높이 평가했고, 그들도 그를 높이 평가했다. 변호사는 그들이 가장 바라는 점을 당연히 알아차렸을 것이다. 바로 어떤 상황에서도 장례식이 위스티리어 로지에서 〈열려서는〉 안 된다는 것이었다. 다음 날이 되자, 트링스비 부인은 꽃집에 전화를 걸어 아름다운 화환을 주문할 만큼 기력을 회복했다 — 그 화환은 커즌 네티가 보내는 것이었지만 한편으로 커즌 네티가 봐서는 안 되는 것이었다. 트링스비 부인은 화환에 카드도 끼워 넣었다.

　　사랑하는 아내로부터

1　〈위스티리어〉는 밝은 보라색의 등나무꽃을 가리킨다.

동이 트고 어둠이 물러날 때까지

스테이션 호텔을 설득하면 가벼운 점심 뷔페 자리를 마련할 수 있을 거라고 제안한 사람이 트링스비 부인이었다.

트링스비 부인이 예상치 못하게 — 그리고 그것은 좋은 의도로 받아들여졌다 — 장례식에 나타났다. 더욱이 가장 안정적인 환자 두 명을 데리고 왔는데, 애도 행렬에 참여하는 적은 수의 추모자를 늘리기 위해서였다. 두 사람은 이것이 죽음을 맞이한 어느 신사의 장례식이라는 말밖에 듣지 못했고, 조용히 시간을 보내면서 어떤 질문도 하지 않았다.

커즌 프랜시스가 위스티리어 로지를 찾아간 것은 단순히 고집의 문제가 아니라 명예의 문제였다. 그가 잉글랜드까지 간 진짜 목적은 이 전쟁에서 그 나라에 복무하기 위해서였다 — 그의 나라가 참전을 꺼린 것은 그에게 큰 타격을 주었지만, 그렇다고 그는 결코 포기하고 주저앉지 않았다. 열정과 의무감을 지닌 채 마운트 모리스에 묶여 있던 그는 에이레[2]가 결정을 번복하기까지 2년 반을 기다렸다. 독일 침공에 대한 희망이 그 기간의 일부를 버티게 해주었지만 — 그는 마운트 모리스의 대로들을 돌아다니며 대전차 장애물을 팠다 — 그럴 거라는 희망이 줄어들면서 직접 행동에 나서기로 결심한 것이었다. 이제 에이레 국민이 잉글랜드로 이동하는 것을 금지하는 쪽으로 규정이 강화되었으므로, 그가 너무 오래기다린 것일 수도 있었다. 점점 광적인 태도를 보이면서 모

2 아일랜드의 옛 이름.

122

든 방법과 인맥을 다 시도한 끝에 커즌 프랜시스는 〈동정심〉을 얻는 것만이 출국 허가를 받을 수 있는 유일한 방법임을 알아냈다 ─ 병든 아내를 방문한다는 핑계를 대는 것이었다. 따라서 그는 그 방문에 대한 외부의 반감과 방문 자체의 무의미함을 애써 무시했다. 트링스비 부부가 보내온 편지의 어조에는 화가 났지만, 네티를 내버려두는 편이 낫다는 트링스비 부부의 생각에는 심정적으로 동의할 수밖에 없었다. 하지만 예순다섯 해를 살아오는 동안 거짓 핑계로는 무엇 하나 얻은 적이 없었기에, 그는 자신의 가치관에 따라 위스티리어 로지 방문을 생략할 수 없었다. 아일랜드 신사로서의 명예는 그에게 엄격한 주인과 같은 것이었다 ─ 그는 쓴 약을 먼저 삼킨 뒤, 즉 네티를 방문하는 일을 해치운 뒤 자기만의 시간을 갖기로 했다. 그래서 그는 런던의 어느 호텔에서 자신이 지인으로 여기는 영향력 있는 사람들에게, 그리고 영향력이 있으리라고 생각되는 지인들에게 편지를 쓰면서 하루를 보냈다. 그러고는 한 가지 약속을 지킨 뒤 다음 날 아침에 홈 카운티[3]로 가는 기차를 탔다. 이쯤에서 몇 시간 동안 시내를 벗어나 있으면 편지가 무르익을 시간은 충분히 벌 수 있을 것이었다. 물론 그사이에 누가 전화를 걸어온다면 유감스러운 일이었다. 그는 전화가 오면 8시까지 돌아온다고 말하라고 호텔에 일러두었다.

  그의 편지를 받은 사람들은 『더 타임스』 부고란을 통해 답

─────────

  3 런던을 둘러싼 지역을 가리키는 말로 버크셔주, 에식스주, 켄트주 등 여러 주에 걸쳐 있다.

장을 해야 하는 곤란한 상황을 면했다는 것을 알게 되었다. 부고에 〈급사〉라는 단어를 써넣은 것과 사망 장소를 밝히지 않은 것 때문에 일부 사람들 사이에서 커즌 프랜시스가 폭격으로 죽은 게 아니냐는 말이 나돌았다. 그것은 적의 공세가 심하지 않았던 한 달 동안, 아주 최근에 자신의 안전한 해안을 떠나온 불쌍한 늙은이에게 특히 가혹해 보였다. 그렇지 않았다면, 여느 상황에서라면 그리 유명하지 않은 아일랜드의 늙은 지주의 죽음이 그만큼 큰 감정을 불러일으키지는 않았을 것이다. 또한 그들은 과부가 된 여인이 편지를 받을 만한 상태가 아니라는 사실을 떠올리며 마지막으로 안도의 한숨을 내쉬었다. 무엇보다 고마운 것은 장례식이 엄격히 비공개로 진행된다는 암시였다.

스텔라는 시간과 장소에 대한 통보를 받은 몇 안 되는 사람 중 하나였다. 변호사의 편지는 전쟁 전의 주소로 보내졌다가 다시 현주소로 발송되어 장례식 전날 저녁에야 간신히 도착했다 — 그녀는 그것을 로더릭에게 연락하려고 시도조차 하지 않은 것을 정당화하는 이유로 이용했다. 로더릭이 그렇게 촉박한 통보를 받고 친척의 장례식에 참석하기 위한 휴가를 얻을 수 있을 것 같지 않았다. 그녀 자신이 휴가를 얻는 것만으로도 충분히 어려웠다. 그럼에도 그녀는 커즌 프랜시스가 **죽었다**는 사실을 로더릭에게 알렸어야 했다 — 그곳으로 가는 기차를 타고 절반쯤 갔을 때에야 그런 생각이 떠올랐다. 커즌 프랜시스는 적어도 이름이 알려진 사람이었고, 그녀의 아들은 이름을 중시했다 — 로더릭이 커즌 프랜시스와 유일하게 관계가 있다면, 그것은 로더릭이 그의 집 지붕 아래에서 잉태되었다는 사실이었다. 그 문제의 진실과 마주하자, 그녀는 로더릭과 함께 장례식에 가는 게 내키지 않았다 — 그녀가 냉대를 받고, 심지어 외면당하는 모습을 아들에게 들키기 싫었다. 게다가 그들이 로더릭을 아버지 없는, 나쁜 어머니의 아들이라며 걱정하는 눈빛으로 보는 것도 싫었다. 누군가가 여전히 **몰락한** 것으로 여겨질 수 있는 세상을 그녀는 대체로 무시했지만, 아직 완전히 그러지는 못했다.

그녀는 혼자서 냉정을 유지하며 체면을 지키기를 바랐다. 기차가 역에 가까워지면서 속도를 늦추자, 그녀는 급히 핸드백에 달린 거울에 자기 모습을 비춰 보고 태연한 표정을 — 심지어 필요하다면 **뻔뻔한** 표정을 — 지어 보았다. 그녀가 입고 온 런던의 검은색 정장은 수수하고 광택이 나지 않는 것이었지만, 어쩐지 애도하는 것처럼 보이는 데는 완전히 실패한 복장이었다. 어쨌거나 기차 안에는 그녀와 같이 장례식에 가는 사람은 없어 보였다. 다른 사람들은 시간적인 여유를 넉넉히 두었을 것이다. 그녀는 기차역에서 교회로 가는 도중에 헤매는 바람에 간신히 늦지 않게 도착할 수 있었고, 하이힐을 신어 또각거리며 중앙 통로를 걸어갈 때는 어쩔 수 없는 홍조가 뺨에 활활 올라오는 것이 느껴졌다. 몇 사람이 고개를 반쯤 돌렸고, 그 상태로 멈추었다. 그녀는 튤립과 하얀 라일락 꽃다발을 들고 갔지만, 수줍어서 그때까지는 커즌 네티의 화환만으로 장식된 채 뚜껑을 열어 둔 관 위에 그것을 내려놓지 못했다.

누구인지 알려졌다는 의미에서 범죄자인 그녀는, 누구인지 알려지지 않았다는 의미에서 마찬가지로 범죄자인 해리슨을 알아차릴 수밖에 없었다. 로더릭을 데려오지 않은 것이 참 잘한 일이었다고, 그녀는 생각했다.

하지만 유언장 내용을 알게 된 뒤에는 자기 생각과는 달리 그게 아주 잘못된 일이었다는 걸 알게 되었다. 교회에서 밖으로 나가는, 흔들리는 장례 행렬의 맨 앞에 섰어야 할 사람은 로더릭이었다. 아들 없는 남자에게 상속자로 지명됨으로써 그의 아들 자격을 얻은 로더릭이, 방금 판 외로운 무덤가에 가능한 한 가까이 서 있어야 할 사람이었다. 커즌 프랜시스는 마운트 모리스와 그 땅을 로더릭에게 남겼다 — 유언장에 〈옛 전통을 이어 가는 것을 노력함에 그 자신의 방식으로 해나가기를 희망하며〉라고 쓰여 있었다. 과부가 된 커즌 네티에게 평생 제공될 자금으로 신탁되지 않은 재산은 곧바로 로더릭에게 돌아갈 것이었다. 그 나머지 부분은 나중에 받게 될 것이었다. 아주 많지는 않았다.

변호사가 그녀를 따로 데려가 그 말을 해준 것은 물론 그들이 호텔에 도착한 뒤였다. 그때까지 변호사는 양치기 개처럼 돌아다니면서 주도자로서 그림자 역할을 했고, 소수의 추모자들 사이를 오가면서 각자에게 해줄 즉흥적인 말을 생각해 냈다. 누군가에게는 그 자리가 도무지 끝날 것 같지 않았다. 기차 운행 빈도가 점점 심각하게 줄어, 상행선이든 하행선이든 앞으로 출발하려면 두 시간 넘게 기다려야 할 것이었다. 따라서 슬퍼하는 참석자들을 환경에 적응하게 만들고,

적어도 뷔페로 차려진 점심을 먹으면서 좀 더 머물도록 유도해야 했다. 솔직히 이곳에는 교회 말고는 감탄하며 구경할 만한 것이 별로 없었다 — 그리고 그때쯤에는 이미 교회도 볼 만큼 보았다. 적어도 변호사는 그렇게 말했다 — 트링스비 부인은 좀 더 지역적인 자부심을 드러내며 거리를 따라 역사적인 장소들을 짚어 주었다.

시내 중심가는 비어 있었다. 오늘은 더 이상 다른 일은 일어나지 않을 것이었다. 정오 전에 주부들이 몰려와 가게들을 싹 털어 갔기 때문에, 왜 이 가게들이 아직 열려 있는지 궁금할 정도였다. 생선 가게 대리석 상판에는 비늘 한두 개가 붙어 있었다. 빵집 유리 선반에는 흥미로운 빵 부스러기들이 다양하게 떨어져 있었다. 과일 가게 주인은 비워진 지 한참된 가판대에, 판지로 부채처럼 만든 바나나와 〈승리를 위해 땅을 파라〉[4]라는 문구가 적힌 포스터를 올려 두었다. 채소 가게 궤짝은 어쨌거나 충분히 깊이 파내지 못한 사람들이 남긴 흙을 제외하면 모두 비워져 있었다. 정육점은 자주색 고기 살점이 붙은 뭔지 모를 관절 부위를, 이것을 사 가는 사람은 없을 거라고 확신하며 보란 듯이 진열해 놓았다. 유제품 가게에는 자기로 만든 소 모형만이 덩그러니 놓여 있었다. 식료품상 주인은 돈이 들지 않는 배짱으로, 전시용 상자와 통을 훼손되지 않게 쌓아 두었다. 사탕 가게의 진열창으로는 전쟁 전 금발 미녀를 잘라 낸 지저분한 마분지 사이로 색이

---

4 제2차 세계 대전 당시 영국 농림부가 생활이 팍팍한 배급제 시대에 자신이 먹을 것을 직접 재배하여 먹을 것을 장려한 캠페인 문구이다.

바랜 리본을 묶어 놓은 전시용 초콜릿 상자들이 보였다. 신문이 없는 신문 가판대에는 성난 붉은 분필로 성냥도 매진이라고 쓰여 있었다. 공중전화 부스 안에는 전화를 덜 사용할 것을 요구하는 공지가 나붙어 있었다.

태양은 빛나지 않았다. 그리고 5월에 종종 그렇듯, 낮아진 하늘과 저 멀리 잉크처럼 푸른 연기가 자욱한 어둠에는 뭔가 불안한 느낌이 감돌았다. 보도를 따라 늘어선 윗가지를 쳐낸 나무들의 잎이 부자연스러운 녹색으로 빛났다. 누군가는 미래와 질서와 활기가 부족한 상황에 대해 경고하는 묘석만 남겨 두고 교회 묘지를 떠난 것 같았다. 감사하게도, 어쨌거나 장례식에 온 사람들은 이곳 주민들이 아니었다. 그들은 가게 앞을 지나면서 어두운 유리창에 비친 자신들의 어두운 모습을 흘끔거렸고, 고요함 속에서 이곳에는 서지 않는 급행열차가 본선을 따라 요란하게 달려가는 소리가 들렸다.

「이곳엔 실제로 군인이 많아요.」 트링스비 부인이 그들을 데리고 차가 다니지 않는 거리를 건너면서 말했다. 「그들은 늘 관심의 대상이죠. 제가 보살피는 분들이 군인을 좋아해요. 그분들은 지금 식사 시간이겠네요.」

스텔라는 아직 자신이 상속자의 어머니로서 거기에 와 있다는 것을 알지 못했으므로, 그녀의 차례가 되어 변호사가 다가와 뭔가 말해 주었을 때 기뻤다. 누가 옆에 와서 같이 걷는 것이 좋았다. 그녀가 혼자 걷지 않았던 순간이 있다면, 그것은 단지 우연이었다 ─ 트링스비의 환자 한 명이 그녀와 나란히 걸었는데, 보도를 올라갔다 내려갔다 하면서 말은 하지 않았다. 거리와 그날 하루, 그리고 무엇보다 무덤에 대한 기억을 물리치려고 애쓰면서 — 그녀가 보기에 그들은 무덤에 대해 몹시 부끄러워하면서 황급히 등을 돌려 버린 것 같았다 — 그녀는 로버트에 대한 생각으로 버텼다. 변호사가 그녀 바로 옆으로 다가와 고개를 숙여 인사하며 로더릭이 오지 못한 것을 참으로 애석하게 생각한다고 말했을 때, 그녀는 그날 두 번째로 로더릭은 군대에 있다고 말했다. 변호사는 두 번째로 고개를 숙이며 믿기 어렵다는 듯 이 말을 받아들였고, 나중에 좀 더 이야기를 나누자고 했다. 그녀는 즉시 아주 불안한 표정이 되었다. 하지만 변호사는 뭔가를 떨쳐 버리려는 듯 목청을 가다듬은 뒤, 저 낯선 사람이 누군지 혹시 아느냐고 물었다.

「전혀요.」 그녀가 뒤를 돌아본 뒤 말했다. 「다른 사람들도 모른대요?」

「그런 것 같군요. 그리고 저 사람은 제 명단에 있는 누구와도 연락하는 사이가 아니고요.」

「설마.」 스텔라가 모호하게 말했다. 「그러면 저 사람은 뭐하러 왔을까요? 아마 『더 타임스』에서 부고를 본 거겠죠?」

「하지만 『더 타임스』에 장례식 시간과 장소에 대한 정보는 없었어요. 장례식이 엄격히 사적인 것이어야 한다는 전반적인 느낌에 따라서요.」

「하지만, 맙소사.」 스텔라가 외쳤다. 「**누구**의 전반적인 느낌이죠? 누구라도 커즌 프랜시스가 교수형을 당했다고 생각하겠어요! 저는 그분이 이 모든 걸 쉬쉬하며 진행하길 바라진 않았을 것 같거든요. 저라면 그분이 떠나는 길에 배웅해 드리고 싶을 것 같아요.」

「이 모든 일이 닥터 트링스비 부부에게는 아주 힘든 일이 었어요.」

「하지만 커즌 프랜시스에게는 정말로 더더욱 힘든 일이었을 거예요.」

입을 꾹 다물고 있던 변호사가 입술을 떼어 말하기 시작했다. 「하지만 친애하는 부인……」 그러고는 잠시 멈추고 스텔라의 눈치를 살핀 뒤 다시 말하기 시작했다.

「저도 감정을 고려합니다.」 그가 말했다. 「저라고 감정이 없지 않아요. 그렇지만 이런 위치에 있다 보니, 그리고 모리스 씨와 가까운 친인척이 바라는 게 뭔지 모르다 보니, 닥터 트링스비 부부의 이해관계를 무시할 수가 없었습니다. 그분들이 보살피는, 판명되지 않은 정신 질환자들에 대한 책임은 늘 민감한 문제거든요. 저는 그분들이 위스티리어 로지를 운영한다는 사실만으로 그런 질책을 받아서는 안 된다고 믿습니다. 그래서 그 시설에 더는 방해가 되지 않도록 그곳을 안전하게 보호하는 일에 힘쓰고 있어요. 더욱이 달갑지 않은 선전에 대해서는요.」

「오.」

설명이 길어지자 부담스러워진 스텔라는 변호사에게서 시선을 돌려 나란히 걷고 있는 사람 — 미스터 딕[5]과 마찬가지로 모자를 쓰지 않은 트링스비의 환자 — 을 흘끗 보았다. 문득 한 가지 생각이 머릿속을 스쳤다 — 그녀가 말했다. 「그 모르는 사람이 위스티리어 로지 사람들 중 한 명일 수도 있 겠네요?」

「오?」 변호사가 말했다. 「아……」 그가 즉시 그 문제를 확 인하러 트링스비 부인에게 다가갔다. 그가 스텔라에게 사실 을 알려 주러 돌아오지 않아서, 그녀는 해리슨을 계속 트링스 비의 환자 중 한 명으로 보았다. 그녀는 호텔에서 해리슨이 커피를 들고 다가왔을 때도 계속 그런 관점으로 그를 보고 있 었다. 어떤 생각은 잔디밭에 피는 민들레처럼 끈질기게 떠오 른다. 민들레 머리를 뽑아도 뿌리는 남아서, 잔뿌리가 땅을 뚫고 내려가 심지어 다시 싹이 돋는다. 해리슨의 묘한 분위기 에 대한 논란의 여지가 없는 그 느낌은 장례식이 있던 그날부 터 시작된 것이었다. 말을 중단하는 그의 습관은 분명 몸속의 경련 때문인 듯했다. 그의 지나치게 고요한 동작은 어떤 대가 를 치르더라도 그 중요성을 감추려 하는 것 같았다. 동시에 양쪽 눈으로 상대를 바라보는 그의 통일되지 않은 방식 ― 이런 것들은 그 후로 여러 달에 걸쳐 그녀가 처음에 한 생각 을 지지해 주었다. 그는 상어가 배를 쫓듯 장례식을 쫓아왔 다. 그녀는 그 뒤로도 이따금 그에게 말했다. 「처음에 나는 당 신이 당연히 미친 사람인 줄 알았어요. 지금도 내가 틀렸다고 확신할 순 없네요.」

조문객 행렬이 호텔에 다다르자 변호사는 곧바로 스텔라

5 찰스 디킨스의 소설 『데이비드 코퍼필드』에 등장하는 인물로, 소설에 서 미스터 딕은 현명한 바보이자 권력자에 대한 존중을 표하기 위해 모자를 벗는 인물로 등장한다.

를 무리에서 떼어 데려갔다. 그들만 있을 장소가 없어서, 그는 그녀를 계단 아래 공간으로 데려갔다. 그는 걸려 있는 비옷들에 둘러싸인 채 그녀에게 커즌 프랜시스의 유언장이 지닌 효력에 대해 알려 준 뒤 그녀의 손에 타자한 사본이 든 봉투를 쥐여 주었다. 그녀가 곁눈질을 하며 물었다. 「하지만 이걸 모든 사람 앞에서 읽어 주어야 하지 않나요?」 변호사는 말했다. 「그렇게 해달라고 하는 사람이 있으면 기꺼이 그렇게 할 겁니다. 하지만 당신도 알고 나도 알듯이, 이 유언장은 여기 있는 누구에게도 영향을 미치지 않아요. 당신이 말한 것처럼, 아드님이 여기 올 수 없었던 것이 유감일 뿐입니다. 그에 반해, 아드님이 아직 미성년자이고 당신이 후견인이므로, 당분간 이 유산에 대해서는 당신도 동등한 수준의 관심을 보여야 합니다.」

「네, 당연히 알겠어요.」

그녀는 자기 기분을 잘 모르겠고 로더릭이 어떻게 느낄지도 궁금한 채로, 마음이 동요된 상태에서 위층 특실에 모여 있는 무리에 다시 합류했다. 나머지 사람들을 새로운 시선으로 둘러보며, 그들이 유언장에 쓰인 내용을 알게 되면 자신을 새로운 시선으로 볼 거라고, 그녀는 생각했다. 누구의 얼굴도 분명하게 보이지 않았다. 적갈색 벽으로 된 실내는 구름이 짙게 드리운 흐린 날의 야외 같았다. 창문에는 촘촘한 철망 블라인드가 절반만 내려져 있었고, 한쪽 창문으로 밤나무가 그 한들거리는 밀랍 같은 꽃들과 함께 방 안을 가로질러 반사된 청록색 형체를 더러워진 거울에 던져 놓고 있었다.

그리고 사라진 무도회장의 유물인 높고 넓은 거울에는 뷔페 테이블 주변을 침울하게 돌아다니고 있는 로더릭 아버지의 친척들 또한 비쳐 보였다. 트링스비 부인은 해리슨에 대한 오해에 언짢아져서, 변호사에게 해리슨은 전혀 자기 집에 데리고 있을 만한 사람으로 보이지 않는다고 말했다. 그리고 몹시 소중히 여기는 두 사람을 그 불청객으로부터 가능한 한 멀리 떼어 벤치에 나란히 앉혔다. 그러고는 다른 사람들 사이를 돌아다니다가, 이따금 샌드위치를 더 가지고 벤치로 갔고, 다른 사람들에게 들리게 그들이 즐거운 시간을 보내기를 바란다고 말했다.

스텔라가 방 안에 들어오자마자 해리슨이 커피 잔을 들고 다가왔다. 「다른 걸 원하면 여기 포트와인도 있는 것 같군요.」그가 말했다.

「이거 아주 맛있어 보이네요.」그녀가 커피를 받아 들고 모호한 미소를 지으며 말했다.

「아니면 슬쩍 가서 바에 뭐가 있는지 보고 오는 건 언제든 할 수 있죠.」

「고맙지만 괜찮아요. 이걸로도 정말로 아주 좋아요.」그녀는 그 자리를 떠나려고 했지만, 그가 샌드위치 접시를 내밀며 다시 그녀를 가로막았다. 「그 불쌍한 어르신에게 이런 송별은 가당치 않아요. 모든 것을 고려해 볼 때, 이런 곳에서 끝을 맞이하다니요!」

「위스티리어 로지 말인가요?」

「음, 그러니까 ─ 정신 병원 말이죠! 그가 조금이라도 재

133

미를 느꼈다면……」

그녀가 얼굴을 찡그리며 샌드위치를 베어 물었고, 적어도 그 순간에는 생각을 바꾸려고 해보았다. 그래서 처음 출발한 곳으로 되돌아갔다. 어디도 아닌 곳으로. 그녀가 말했다. 「오, 그러면 그분을 알아요?」

「그럼요.」 그가 서글프지만 기운을 내려는 듯한 눈길로 그녀를 쳐다보며 말했다. 「그렇지 않다면 누가 이런 장례식에 나타나겠습니까?」

「저야 알 수 없는 일이죠, 정말로.」

「당신은 내가 누군지 모르겠군요?」

「알려고 해본 적도 없는 것 같은데요 — 커즌 프랜시스를 오랫동안 뵙지 못해서 그분이 누구를 아는지 전혀 몰라요.」

「솔직히 말해서, 저도 바다 건너에 살다 보니 더는 몰랐어요.」 해리슨이 재빨리 대꾸했다. 「아일랜드와는 발을 끊고 지냈나요? 나는 그분을 거기서 알게 됐죠. 그분의 집은 참 오래되었어요 — 조금만 벗어나면 사람들이 자주 지나다니는 길이 나오고요! 거기 가면 대단한 환대를 받죠 — 아주 동양적으로! 그렇습니다, 친애하는 프랭키 어르신과 나는 멋진 시간을 보냈습니다. 내가 당신 이름을 얼마나 자주 들었는지 알게 되면 깜짝 놀랄 거예요 — 내가 제대로 봤다면, 당신은 로드니 부인이 맞지요?」

「맞아요.」 그녀가 전혀 즐겁지 않은 표정으로 말했다. 그러고는 빠져나갈 길을 찾으려고 방 안을 둘러보았다. 그녀가 체념한 듯 덧붙였다. 「아일랜드 출신인가요?」

「거기로 가곤 했죠.」

「낚시하러?」

「안타깝게도 그럴 시간은 없었네요.」

그녀도 그건 아닐 거라고 생각했었다. 그녀는 두 번째 추측으로 넘어갔다. 그가 신사적인 타입의 외판원일 거라는 생각이었다 — 그 역시 나름으로 핵심을 공략하는 것이었다. 그녀는 그가 작은 차를 몰고 유유자적 돌아다니다 어느 시골 집의 계단을 무작정 올라가 집주인에게 여기 집이 아주 좋다고 호언하는 모습을 그려 볼 수 있었다. 커즌 프랜시스는 새 발명품에 대해 늘 호의적이었지만, 마지막에 가서는 그 이점을 누리는 것을 꺼렸다. 난방, 조명, 배관에 관한 한 그는 마운트 모리스를 거의 원상태로 유지하려고 했다. 그의 농장은 재미있는 곳이었고, 땅은 그의 할아버지 시대에는 알려지지 않은 몇 가지 보조 기구로 관리되었다 — 그럼에도 불구하고 시스템, 장비, 부속품, 도구, 노동을 줄여 주는 온갖 기계 장치에 그는 매료되었다. 그는 광고에서 본 거의 모든 장비에 대해 더 상세한 정보가 담긴 책자를 보내 달라고 편지를 써 보냈다. 그는 공기 순환 장치, 방에서 방으로 연결되는 전화기, 전기 식기세척기, 불연성 지붕을 사용 기한을 넘기기 전까지 사용해 보았다. 어느 판매원이라도 그가 〈흥미〉를 자극하기 쉬운 사람인 반면, 설득하기는 불가능한 사람이란 걸 깨달았을 터였다. 그는 그들 사이에서 그들의 시간을 낭비하기로 유명한 사람일지도 몰랐다.

「그래요. 그분은 그곳에 무척 아름답고 오래된 집을 갖고 계셨죠.」그가 눈앞에서 훤히 보는 듯 말해서 그녀는 깜짝 놀랐다. 「그리고 지금 그 집을 아드님이 물려받았다고 알고 있는데요?」

그의 태도에 너무 기분이 상해서 그가 그 사실을 알고 있다는 데 놀랄 틈도 없이 그녀가 말했다. 「그런 것 같아요. 맞아요.」그러고는 다시 실내를 빠르게 둘러보았다. 그녀는 자신이 이 사람에게 들러붙은 모양새라고, 어느 모로 보나 여기까지가 한계라고 생각했다. 그러다 걱정하는 눈빛의 폴 대령과 시선이 마주쳤고, 잠시 그 상태로 있었다. 그사이 해리슨이 그녀와 있는 동안 처음으로 웃음소리를 내뱉었다. 「내가 당신을 찾아낸 것이 좀 놀라운가 보군요.」그가 말했다. 「일반적으로 이런 장례식에서 서로 소개하고 소개받는 경우는 없으니, 이런저런 정보를 종합해서 알아내죠 — 그건 그렇고, 내 이름은 해리슨입니다. 솔직히 말해서, 여기 당신일 것 같은 사람은 아무도 없어요 — 당신을 극구 칭찬하는 말을 자주 들은 나로서는 말이죠.」

그녀가 그를 쳐다보지 않고 큰 소리로 중얼거렸다. 「그분이 나를 기억하고, 나를 여전히 좋아하고, 내 이야기를 즐겨하는 걸 알았더라면! 그분을 만나 뵈러 자주, 아주 편하게 갈 수 있었을 텐데 — 혹은 그분이 원했다면 로더릭을 보낼 수도 있었을 텐데!」

「그렇죠.」해리슨이 거들먹거리며 동의했다. 「안타까운 일이에요, 정말로. 그런 생각은 종종 너무 늦게 떠오르죠.」

그녀의 눈에 눈물이 그렁그렁 차올랐다. 그 순간부터 그녀는 그를 미워했다.

　그가 말을 계속했다. 「그런데 요전 날 런던에서 프랭키 어르신을 만났을 때 ―」

　「그분을 만났어요? 이번에 ― 그분이 여기로 건너온 뒤에요?」

　「음, 그렇죠?」

　「우연히 만난 건가요?」

　「그럴 리가 ― 약속을 한 거였어요. 그분이 다음 날 여기, 이곳에 오기로 되어 있다고, 불쌍한 할멈을 만나러 갈 거라고 말한 게 그날이었죠. 그분이 런던으로 돌아오면 다음 날 아침에 내가 일어나자마자 전화를 드리기로 하고, 우리는 헤어졌어요. 전화를 드렸을 때는 상황이 이미 급박하게 돌아갔고요. 호텔에서는 그분이 돌아가셨다는 소식을 방금 들었다고 했어요. 그리고 더 말해 주기로, 그분의 변호사들이 뒤처리를 맡았고, 그들의 지시로 그분의 방을 잠갔다고 했어요. 그분한테 내 물건이 좀 있어서 참 난감했죠. 당연히 나는 그리로 갔지만, 관리 팀은 꿈쩍하지 않았어요. 그때 생각했죠. 〈음, 이제 내가 할 수 있는 일은 마지막 절차까지 불쌍한 어르신 옆을 지키는 거겠구나.〉 그 다음엔 당연히 이런 질문이 떠올랐죠 ― 하지만 **어디에서**? 간단히 말하면, 상황을 짜맞춰 봤어요. 요즘 런던에는 매장지가 부족하다고 하고 시신을 아일랜드로 보내는 건 망설여질 테니, 이곳이 아닐까 추측했는데 맞았어요. 물론 그걸 확인하는 데 애를 좀 먹었지만 말입니다.」

「틀림없이 상당히 애를 먹었겠군요.」

「그러고는 생각했죠.」 그가 말했다. 「어쨌거나 못 갈 게 뭐야? 오래된 친구인데.」

그녀는 그 대답이 왠지 모르게 자신을 질책한 것도, 설득한 것도 아닌 것 같아서 그 이유를 생각해 보려는데, 그 순간 폴 대령이 포트와인 잔을 들고 다가왔다. 그녀가 보낸 난민 같은 시선의 표적이 된 폴 대령은 이 여인과 나머지 사람들을 갈라놓는 만(灣)을 건너려고 한동안 기회를 노리다가, 마침 그의 아내인 모드가 트링스비 부인과 대화를 시작하자 그 기회를 붙잡은 것이었다. 그는 정중하면서도 단호하게 어깨를 움직여, 스텔라와 해리슨 사이를 파고들었다. 해리슨이 곧바로 자리를 떴다. 폴 대령은 그녀가 자기를 기억하지 못할 거라고 말했다.

「당연히 기억하죠!」 스텔라가 말했다. 「여전히 그 사랑스러운 사모예드 강아지들을 사육하세요?」

「히틀러 때문에 당분간은 휴업이죠. 포트와인 좀 마시지 않겠어요? ……유감스럽게도, 당신이 맞아요.」 폴 대령이 고개를 가로저었다. 「프랭키가 우리 장례식을 해줬다면, 이보다 훨씬 더 나았을 것 같거든요. 모든 걸 감안해 볼 때 이 사무 변호사 작자가 최선을 다한 것 같진 않네요 ─ 게다가 지나치게 독단적으로 처리하려는 것 같고요. 이 트링스비 부부에 대해서는 과하다 싶게 신경을 쓰는 것 같은데 ─ 그가 그곳에 돈을 투자했다고 생각할 수도 있겠죠? 그리고 그는 오늘 누가 여기 오고, 누가 오지 않는지도 확실히 모르는 것 같은데 ─ 예컨대, 당신 아들은 여기 오지 않은 것 같은데, 그런 가요?」

「네. 그 애는 제때 휴가를 낼 수 없었어요.」

「이렇게 혼자 여기까지 오다니 아주 용감하군요.」폴 대령이 해리슨의 뒷모습을 유심히 바라보며 덧붙였다.「저 사람이 당신 친구인가요?」

「아니요.」

「여하간 아닐 줄 알았어요.」그가 큰 소리로 말했다 ─ 모드가 반대쪽을 보고 있었기에 더 다정하게 말했다.「저 사람이 누군지 당신이 전혀 모른다고 해도 놀랄 일은 아니지요 ─ 그러니까, 여기 온 다른 사람들보다 더 모른다고 해도.」

「자기 이름이 해리슨이라고 했어요.」

「그게 많은 걸 말해 주지는 않는군요.」

그녀도 동의했다. 폴 대령이 말을 이어 갔다.「그가 귀찮게 굴지는 않았습니까?」

「그렇지는 않았어요.」

「자기가 뭘 하려고 여기 왔는지는 말하지 않았겠지요?」

「아일랜드에서 커즌 프랜시스와 알게 됐다고 했어요.」

「아일랜드? 그 불행한 나라는 지금 상황이 아마 예전 같지 않겠지요. 하지만 그 사람이 아일랜드인이라고 믿으라는 건 아니겠지요! 그럼 거기 왜 갔답니까, 궁금하군요.」

「그 이유는 말하지 않은 것 같아요.」

「사기를 치러 갔다고 해도 놀랍지 않겠네요.」

「커즌 프랜시스가 그에 대해 모든 걸 알고 있었던 것 같

139

아요.」

「사기를 치는 걸 보고도 사기인 줄 모르는 게 프랭키의 특징이죠.」폴 대령이 말했다.「어느 선까지는 어떤 이야기라도 들었을 테죠. 아직 태어나지 않은 아기처럼 순진한 사람이었어요. 한편으로 기억이 체를 칠 때처럼 술술 빠져나가는 사람이었죠. 분명 이 남자를 만난 적이 있다는 사실조차 까맣게 잊었을 거예요.」

「그랬을 리 없어요.」스텔라가 온화하게 말했다.「두 사람이 바로 전날 런던에서 약속을 하고 만났다고 하던데요.」

「그게, **이번**은 아니겠지요?」폴 대령이 안색을 바꾸며 말했다.

「해리슨 씨는 그랬다고 하더군요. 커즌 프랜시스가 여기로 오기 전날에 만났다고요.」

「믿기지 않는데요! 약속을 하고? 런던에서 만났다고요? 뭐죠, 프랭키가 이 나라에 왔다는 걸 아무도 몰랐어요. **당신**은 들었어요? — 못 들었겠군요. 모드와 나도 못 들었고. 그리고 오늘 아침에 알아낸 바로는 여기 참석한 다른 사람들도 마찬가지로 까맣게 몰랐다던데요. 솔직히, 내가 크게 한 방 맞은 게 그 때문이었어요 — 프랭키가 잉글랜드로 오면서 내게 아예 알리지 않았다니! 그와 나는 아시다시피 — 아니, 모를 수도 있겠군요. 그렇죠, 당신이 어떻게 알겠어요? — 어린 시절에 함께 자랐어요. 한때는 형제 같은 사이였죠. 피는 물보다 진하다, 세상이 어떻게 변해도 말입니다. 당신도 내 나이가 되면 추억을 소중히 여기게 될 거예요.」폴 대령이 이미 기분이 상한 표정으로 잠시 말을 멈추더니 얼굴을 찡그리며 목소리를 더욱 낮췄다.「최근에 한두 가지 일로 이런 의문이 들었어요. 불쌍한 네티가 그 가여운 상황을 질질 오래 끌면서, 프랭키가 어떤 식으로든 좀 불안정하게 되지 않았을까 하는 생각 말이에요. 거기 더해 아일랜드에 이 혼란스러운 문제가 생긴 거죠 ─ 내가 어렸을 때는 그보다 더 용감한 나라가 없었는데 말이죠. 옛 시절을 생각하면 그렇다는 게 아니라, 저항 세력에 고삐를 내주게 되면서! 하지만 다시 생각해 보면, 프랭키가 있었죠 ─ 노새처럼 고집 센. 그의 뿌리가 거기라는 점을 감안해야 해요. 그런데 그가 아주 예민해졌더군요 ─ 음, 이렇게 말하고 싶지는 않지만! 예컨대 지난 크리스마스에 매년 한 번씩 보내는 편지를 쓰고 있는데, 빈정거리고 싶은 걸 참을 수가 없더군요. 그건 내 실수 같지만요. 나는 이렇게 썼습니다. 〈요즘 네 소중한 나라가 자랑스럽겠구나.〉 믿을지 모르겠지만, 그 편지를 받자마자 그는 내 머리통이 날아갈 만큼 빠르게 속사포처럼 답장을 보내왔어요 ─ 이러쿵저러쿵 또 어쩌고저쩌고 거의 민족주의적인 어조로 말이죠. 심지어 모드도 말했어요. 〈음, 프랭키의 유머 감각이 사라지고 있어.〉 당시에는 모드의 말에 동의하는 것 이상으로는 크게 생각하지 않았다고 말해야겠군요. 지금에야 ─ 그러니까 그 뒤로 ─ **당신**은 내가 그에게 마음의 상처를 줬다고 생각하지는 않겠죠? 우리는 몹시 흥분해서 다툰 적이 많았죠. 어쨌거나 우리가 이렇게 오래된 사이인데도 그가 이번에는 내게 한마디도 없이 잉글랜드로 왔다는 것, 그것만큼은 변함없는 사실입니다. 하지만…… 커피 더 마시겠어요?」

「정말 고맙지만, 괜찮아요.」

「당신도 나처럼 괜찮은 점심 식사가 필요한 것 같군요. 이런 아침은 사람을 몹시 지치게 하고, 생각이 많아지게 하죠. 어쩌면 내가 상황을 왜곡해서 보는 걸까요? 아니, 누가 뭐라든 그건 프랭키답지 **않았어요**. 내가 정말로 알고 싶은 게 또 하나 있는데 ── 그 집은 어떻게 되는 건가요?」

스텔라가 눈을 치켰다. 「제 아들이 물려받았어요.」

「정말인가요? 그래요……?」 폴 대령이 그 말을 천천히 음미했다.

「프랭키가 상황을 그렇게 봤다면 더욱 안타깝군요.」 그가 말했다. 「오늘 당신의 아들이 여기 올 수 없었다는 사실이 말이에요.」 그가 말했다. 그의 푸른 눈에 생각하는 표정이 떠올랐다. 그가 상속자의 어머니를 가식 없이 염려하는 눈빛으로 바라보았다. 「흰 코끼리[6]라. 그 청년은 그걸로 뭘 할까요?」

「아직 그 애는 아무것도 모르고, 저도 아무 생각이 없어요.」

「**그의** 시대가 가장 원하지 않을 게 그 집이죠. 나야 옛 시절에 거기서 더없이 행복한 시간을 보냈습니다만. 지금도 그 집이 눈에 선하네요. 막대기와 돌멩이 하나까지. 하지만 받아들여야죠. 모든 게 과거의 것이라는 걸. 괜찮아요, 마운트모리스가 그냥 사라진다고 생각하는 편이 내겐 더 낫습니다.」 폴 대령이 단호하게 목소리를 높이고 어깨를 쫙 펴며 말했다. 「아울러 나라면 그 청년에게 거길 처분하라고 충고하

6 돈은 많이 들고 쓸모는 없는 것을 말한다.

겠어요 — 당장 팔라고 말이죠. 그가 그곳에 붙들리기 전에. 그의 나이라면, 시대의 흐름에 동참해야죠. 거기 사용된 목재는 전부 치면 상당한 액수를 받을 수 있을 겁니다. 그가 당장 해야 하는 건 그 집의 지붕을 철거하는 일이에요. 아니면 손쓸 새도 없이 어느 순간 풀썩 내려앉을 거예요. 내가 그러더라고 전해 주세요.」

「그럴게요. 하지만 결정은 그 애의 몫이겠죠.」

「음, 그러고 보니! — 프랭키가 당신 아들을 만나는 기쁨을 누린 적이 있었는지 모르겠군요?」

「두 사람은 만난 적이 없어요. 그리고 로더릭은 마운트 모리스를 본 적도 없고요.」

「분명한 건 말이죠, 가장 좋은 건 감상이 개입되지 않아야 한다는 겁니다.」

「네, 그런 것 같네요.」그녀가 슬프게 동의했다.

「감상은 악마와 같아요.」폴 대령이 말했다.「이렇게 말해도 된다면, 솔직히 감상이 술이나 여자보다 더 많은 남자들의 삶을 엉망으로 만들었죠. 하지만 당신 아들 로버트 —」

「로더릭.」그녀가 무표정하게 고쳐 주었다.

「죄송하군요. 로더릭에게 — 그나 그의 세대에게 감상은 아무 쓸모가 없을 겁니다. 앞으로 그들이 원하는 건 가벼운 여행 같은 걸 거예요. 어쨌거나 미래는 그들의 손안에 있죠.」

「만약 그렇다면, 그들은 어떻게 가볍게 여행할 수 있죠?」

폴 대령은 당황한 것 같았다.「음, 미래는 그들의 것이죠. 그들이 미래를 어떻게 만들어 가는지 볼 수 있을 때까지 나는 여기 살아 있지 못하겠지만 — 가만있자 — **당신**은 마운트 모리스를 알겠지요?」

「예전에 알았어요. 빅터와 제가 거기로 신혼여행을 갔어요.」

그는 물기 어린 눈망울로 자신을 곁눈질하는 그녀의 눈이 희생자의 눈인지, **팜 파탈**의 눈인지 판단이 잘 서지 않았다. 그는 그 이야기 전체를 알지 못했고, 알고 싶지도 않았다. 들리는 이야기는 이랬다 — 결혼하고 2년쯤 뒤에 스텔라 로드니가 남편에게 이혼을 요구했다. 그녀의 삶에 다른 누군가가 있었을 거라고밖에 생각할 수 없었다. 하지만 상처를 받은 빅터는 최후까지 돈키호테의 면모를 보이며 이혼해 주었다. 그런 부당함은 아이의 양육권이 그녀에게 주어지면서 정점을 찍었고, 모드 폴 무리가 이끄는 빅터의 집안에서 그녀는 영원히 증오의 대상으로 남았다. 빅터는 스텔라를 떠받들었다고 알려져 있었는데, 얼마나 잘못된 일인가! 결혼을 앞둔 1914년 전쟁에서 그는 여전히 골칫거리인 부상을 끌어안고 건강이 불안정한 상태로 돌아왔는데, 회복이 필요한 남자를 그녀가 내팽개친 것이었다. 그럴 가치도 없는 여자 때문에 그는 아내와 아들, 가정을 잃었다. 법원에서 판결이 확정되고 3주 만에 그는 자신이 안식처로 삼은 곳에서 죽었다. 전쟁 중에 그를 돌봐 준 적이 있는 친절한 중년 여인의 집에서였다. 모드와 그 집안사람들에게 유일하게 만족스러웠던 일은, 스텔라가 빅터의 삶을 희생해 선택한 누군지 모르는 그 남자가, 자유로워진 그녀를 더 이상 원하지 않는다는 것이었다. 들리는 바에 따르면, **그녀**는 아들을 데리고 외곽의 작은 집들을 전전하면서, 모드 폴이 추정하기로 연간 9백 파운드 정도의 수입으로 살아가고 있었다. 그녀가 과부 가옥[7]에 살 때 집주인과의 사이에 염문이 있었다는 소문을 제외하면, 좋은 소문이든 나쁜 소문이든 그외의 소문은 거의 들리지 않았다. 먼 옛일인데도 그녀가 장례식에 등장하자 유감스럽게도 그들은 그 모든 이야기를 샅샅이 긁어냈고, 오늘은 또 어떨지 전혀 알 수 없었다.

하지만 폴 대령은 그녀가 여기 온 것이 용감한 일이라고 생각하지 않을 수 없었다. 적어도 그가 아는 한 **팜 파탈**과 시선을 마주쳐 본 적은 한 번도 없었기에, 그는 자기가 지금 그 순간을 경험하고 있다는 걸 알 방법이 없었다. 그가 그녀에게 진심으로 이야기하고 또 그럴 수밖에 없는 것이 프랭키의 죽음으로 인한 충격 때문인지 아닌지는 알 수 없었다. 그녀는 분명 뻔뻔한 사람은 아니었다. 그는 이제 더 이상 그녀의 눈을 쳐다보지 않고, 나이의 흔적이 보이지 않는 그녀의 목에 걸린 진주 목걸이를 쳐다보면서, 이런저런 소소한 이야기를 했다. 그녀는 용감한 정도가 아니었다. 그녀는 내내 안타까워하면서 불쌍한 노인 프랭키를 매장하는 이 빈약하고 조악한 자리에 기품을 더했다. 그녀를 방치해 해리슨을 상대하도록 놔둔 건 말도 안 되는 일이었다. 그가 말했다. 「음, 내가 할 수 있는 일이 있다면…….」

「지금은 정말로 몹시 담배가 피우고 싶어요.」

7 죽은 남편의 유산에서 아내가 받는 몫 중 토지에 딸린 작은 가옥을 말한다.

스텔라는 어쩌다 보니 해리슨과 함께 런던으로 돌아가게 되었다. 그녀가 알게 된 바로, 폴 부부는 반대 방향이었다. 그의 여정에는 미들랜드[8]가 포함되었다. 폴 대령과 나눈 긴 대화 덕분에 당분간은 그녀의 체면이 섰다. 그 뒤로 친척 서너 명이 그녀에게 고개를 까딱하거나 그녀와 짧은 대화를 나누었다. 하지만 아쉽게도, 인사를 하거나 대화를 나눈 사람 중 누구도 런던행 기차를 타지 않았다. 기차역 플랫폼 반대편에서 가깝게 모여 냉랭한 대화를 나누고 있는 사람들은 끝까지 어느 것도 하지 않은 사람들이었다. 해리슨으로 말하면, 그는 호텔 바에서 뛰쳐나와 기차역으로 향하는 어느 길목에서 늦지 않게 스텔라를 따라잡았다. 그가 말했다. 「다행이군요. 그러니까 집으로 돌아갈 때 우리는 같은 방향이군요…… 1등석 흡연석?」 기차가 들어올 때 그가 물었다.

그녀가 말했다. 「나는 3등석이에요.」

「오, 자 — 프랭키를 추억하며, 비용은 신경 쓰지 않기로 하죠!」 기차에 탄 뒤, 그는 돈만큼의 가치를 얻은 듯한 분위기로 그녀의 표에 대해 — 그녀가 보기에는 그 자신의 표에 대해서도 — 차액을 지불했다. 「매일 이런 일이 생기긴 않죠.」 그가 1파운드 지폐에 대한 거스름돈을 주머니에 찔러넣으며 유쾌하게 말했다. 「줄곧 만나고 싶던 누군가를 만나는 것 말입니다. 아드님도 이 자리에 올 수 있었다면 좋았을 텐데요 — 알았다면 꼭 왔겠죠. 그를 만날 수 있었다면 좋았

8 영국 잉글랜드의 중부 지방을 가리키는 말로. 버밍엄, 코번트리, 레스터, 노팅엄 등을 비롯한 공업 도시가 집중되어 있다.

을 거예요. 어쩌면 우리가 만날 자리를 마련해 볼 수도 있 겠죠?」

「로더릭은 지금 군대에 가 있어서 집에 없어요.」

「혼자서 지내는군요 ─ 그런가요?」 해리슨이 말했다.

「당신이 왜 내 아들을 만나고 싶어 하는지 도무지 모르겠 어요.」

「일단 분명한 건, 당신의 아들이잖아요?」

이 말에 대꾸할 이유가 전혀 없어, 그녀는 폴 대령이 그의 담뱃갑에서 꺼내 그녀의 담뱃갑에 넣어 준 담배 한 개비에 불을 붙이는 일에 몰두했다. 해리슨의 담뱃갑이 휙 밖으로 나왔지만 살짝 늦어, 분한 악어의 입이 다물리듯 탁 닫혔다.

「그리고 또 한 가지는 ─ 이 이야기가 당신에게는 이상하 게 들릴까요? ─ 내가 보기엔 아드님이 프랭키 어르신이 남 긴 전부 같아요.」

「오!」 그녀가 훨씬 덜 차갑게 말했다.

「나는 그렇게 봅니다. 한편으로 문제가 또 있어요. 하하 ─ 이제 내가 골칫거리가 되리라는 생각은 하지 마세요! 나는 정말이지 내 물건을 되찾고 싶어요. 아까 말했듯, 호텔에 다 른 처리될 것들과 함께 단단히 보관되어 있어요. 그건 곤란 하지 않더라도 아주 긴 설명이 필요한 일이 될 수도 있어요. 그들이 어떤 식인지 알잖아요, 그 변호사들 말입니다. 그들 은 털끝만큼도 신경을 안 씁니다. 아드님이 잔여 유산[9]의 상 속자라는 거 알고 있는데 ─」

9 유언장에서 분배된 자산을 제외하고, 남은 모든 자산을 말한다.

「커즌 프랜시스의 물건에 접근할 수 있는 사람들이 그 집 행자들 아닌가요? 당연히 그들을 찾아가 봐야 할 것 같은 데요?」

「맞는 말이에요. 물론 그들을 찾아가야죠. 하지만 여기서 우리는 또 다른 곤란한 문제에 부딪히게 됩니다 ― 그 물건 이 **내 것이라는** 걸 밝힐 증거가 없어요. 난데없이 나타나 그렇 게 주장하면 그 집행자들이 나를 좀 수상하게 보겠죠. 그들 을 탓할 수 없어요. 내가 봐도 수상해 보이니까. 프랭키 어르 신이라면 인도 국왕처럼 내 보증을 서주셨을 겁니다 ― 하지 만 다시 생각해 보면, **그분이** 우리와 함께 살아 있었다면 이 런 문제 자체가 생기지 않았겠죠. 상황이 이러니 내 처지가 짐작이 가죠? 아드님이 같이 가서 나를 안다고 말해 주면 ―」

「하지만 로더릭은 당신을 몰라요.」

「네, 하지만 그때쯤엔 알겠죠. 혹은 당신이 나를 안다고 말 하면 ―」

「미안하지만, 그건 사실이 아닌 것 같은데요.」

「하하 ― 하지만 바라건대, 빠른 시일 내에 그걸 사실로 만 들면 될 것 같은데요?」

그녀는 자신이 그의 바람을 공유하지 않는다는 것을 가능 한 모든 방법으로 ― 그가 진지하게 몸을 앞으로 기울일 때 무심코 몸을 뒤로 뺀다거나(그는 돌아가는 길에 마주 보고 앉는 구석 자리를 잡았다), 옆으로 휙휙 지나가는 풍경을 본 다거나, 딴생각에 빠져 심지어 놀란 내색도 하지 않는다거나 하는 식으로 ― 알렸다. 분위기가 나아질 때까지 조금 기다린 뒤에 그녀가 말했다. 「나는 아직 당신이 모리스 씨의 방에 뭘 놔뒀는지도 몰라요. 무슨 물건 인가요? 사업 설명서? 아니면 견본 같은 것?」

「맙소사, 아니에요 ─ 그냥 종이 한두 장입니다.」

이 정도로 무례하게 구는 경우는 좀처럼 드문 그녀가 이렇게 말했다. 「아마 시를 쓰나 보죠?」

그가 찡그렸다고 보기는 어려운 눈으로 스텔라를 빤히 쳐다보며, 그 말을 좋게 해석해 대답했다. 「그건 내 일과는 거리가 머네요. 네, 그냥 어르신을 즐겁게 해드리려고 적어 뒀던 겁니다. 기억하겠지만, 그는 정확하고 자세한 정보를 얻는 데는 호랑이 같은 분이었죠.」

「모든 게 머릿속에 남아 있다면, 다시 쓰면 되지 않아요?」

「음, 일부는 내가 쓴 거지만, 일부는 어르신이 써주신 거였어요. 우리는 서로 쓴 걸 교환했습니다. 그리고 그걸 내가 다시 작업해서 둘 더하기 둘이 넷이 되는 걸 보여 드렸죠. 그 이야기 전체를 듣고 싶다면, 그러니까 이런 건데 ─」

「아니에요, 그런 수고를 끼치고 싶지는 않아요. 그 이야기는 유언 집행자들을 위해 간직해 두세요.」

「그렇다면, 우리는 다시 출발점으로 돌아가는 겁니다.」

정말로 그런 것 같았다. 한 가지 사실만이 그녀가 활기를 되찾게 해주었다. 그들이 런던에 가까워지고 있는 것 같다는 사실이었다. 광고판이 더 빈번하게 나타났다. 십자 무늬의 정원 울타리가 나타났다. 주된 철로를 따라 파괴의 잔재가 줄줄이 나타나기 시작했다. 길 양옆으로 교외 지역이 더 복잡해지면서, 그녀는 위축감이 줄어들고 훨씬 더 대담해졌다. 기차에 그들만 타고 있는 건 아니었지만, 해리슨이 한쪽 다리를 내밀고 있는 방식이나, 더욱이 그녀에 대한 고착적이고 강압적인 태도 때문에 그녀는 줄곧 다른 승객들과 차단된 느낌이었다. 그런 모습이 사람들의 주의를 끌지 않았으리라고 기대할 수는 없었다. 하지만 이제 곧 킹스크로스역에 도착할 것이었다.

「아니요. 내가 어떻게 당신을 도울 수 있을지 모르겠어요.」 그녀가 단호하게 말했다. 「당신이 커즌 프랜시스를 안다는 건 알겠지만, 어쨌거나 그 이야기는 언제든 본인이 직접 해도 되잖아요.」

「오, 물론이죠.」 해리슨이 동의했다. 「물론입니다.」

「그게 당신에겐 성가신 일인가 보군요.」

「그 이상일 수 있죠.」

「그래요?」

「그게 당신과 이야기를 나눌 길을 터주었으니까요.」

그녀가 목소리를 반쯤 높여 냉랭하게 말했다.

「내가 조금 아는 집행자에게 편지를 써 보낼 수는 있겠네요. 그리고 당신은 그들에게 모리스 씨가 보낸 편지를 보여주면 되지 않나요? 런던에서 만나기로 한 그 약속에 대한 편지 말이에요.」

「그거 좋은 생각이군요.」 그가 두 눈에 존경의 눈빛을 담아 그녀를 쳐다보았다.

킹스크로스역에서 그녀는 그를 따돌리는 데 성공했다. 혹은 성공했다고 생각했다. 그는 택시를 잡으려고 그녀보다 앞서 걸었다. 그녀는 사람들을 헤치며 지하철을 타러 내려갔다. 그녀가 그를 다시 떠올리는 일은 없을 것 같았다 — 곰곰이 따져 보니 그가 집행자들과 그 문제를 처리하는 데 자신이 관여할 이유가 없었다. 그는 그녀의 집 주소를 몰랐다. 그녀의 이름은 런던 전화번호부에 올라 있지 않았다. 그래서 이틀 뒤 저녁에 해리슨이 전화를 걸어와 그녀가 집에 무사히 도착했기를 정말로 바란다고 말했을 때, 그녀는 짜증이 나기보단 말 그대로 깜짝 놀랐다. 그 두 가지 감정은 더 지배적인 걱정거리 때문에 다시 음지로 들어갔다 — 로더릭이 장례식에 대해 미리 듣지 못한 것에 진심으로 화가 **난** 것이었다. 그녀는 로더릭이 그렇게 격한 감정을 느낄 수 있다는 걸 전혀 몰랐었다. 아들의 마음을 풀어 주어야 할 뿐 아니라 필요한 사무적인 이야기를 나누어야 해서, 그녀는 다음 쉬는 날에 로더릭을 만나러 또다시 기차를 타고 부대 근처로 갔다. 그 전에 그녀는 그에게 커즌 프랜시스의 유언장 한 부를 보냈다. 그에게는 그들이 만나기 전에 먼저 그것을 충분히 이해할 시간이 필요했다.

로더릭은 그렇게 했는가? 약속된 날 오후에 그들은 찻집에서 탁자를 사이에 두고 마주 앉았다. 로더릭은 얼굴을 찡그린 채 여러 번 살펴본 유언장을 펼쳤다. 그의 시선이 타자한 문서를 따라 내려가다가 한 행에서 멈추었다 —「여기요, 이 부분에서 엄마의 생각을 알고 싶어요. 마운트 모리스와 그 토지와 그 밖에 이런저런 재산을 친척인 로더릭 버넌 로드니에게 물려줄 거라고 말하는 부분에서, 그분은 〈옛 전통을 이어 가는 것을 노력함에 그 자신의 방식으로 해나가기를 희망하며〉라고 썼어요 — 변호사들은 **왜** 늘 쉼표를 생략할까요?」

「그들이 쓰는 내용은 쉼표 없이도 명확히 전달되어야 하니까.」

「음, 이 경우에는 그렇지 않은데요. 커즌 프랜시스는 어느 쪽 의미로 **쓴** 걸까요?」

「어느 쪽의 의미라니, 아들?」

「그분이 의미한 게, 나 자신의 방식으로 해나간다는 건가요, 아니면 나 자신의 방식으로 옛 전통을 이어 간다는 건가요?」

스텔라는 무슨 말인지 이해하지 못한 채 고개를 숙인 로더릭의 바짝 깎은 정수리로 시선을 돌렸다. 「내 생각에는, 궁극적으로 둘 다 같은 말 같은데?」 그녀가 그냥 말을 던져 보았다.

「궁극적으로 어떤지를 묻는 게 아니에요. 그분의 뜻을 알고 싶어요.」

「알아. 하지만 가장 먼저 할 일은, 네가 정말로 결정을 내려야 한다는 거야.」

「제가 무슨 결정을 내려요? 그분이 결정하셨잖아요. 그 집은 제 것이라고.」

「네가 그걸 어떻게 할지 생각해야 한다고.」

「하지만 그분이 어느 쪽 의미로 말한 건지 알고 싶어요. **그**

게 전통인 한은 내가 하고 싶은 방식대로 해나가면 된다는 건가요? 아니면 그가 한 것 같은 방식으로 해나가는 한 〈전통〉은 내 생각대로 해석해도 좋다는 뜻인가요?」

「네겐 당숙이 한 분 더 있어, 로더릭. 폴 대령이라고. 장례식에서 그분이 말씀하셨는데 ──」

「네, 엄마, 네. 하지만 폴 대령은 신경 쓰지 마세요. 우리가 알아내야 하는 건, 커즌 프랜시스의 뜻이에요. 그것에 따라 제가 어떻게 할지가 완전히 달라질 수 있어요.」

「죽은 사람에게 너무 큰 영향을 받아서는 안 돼! 결국 사람은 자기가 살 수 있는 방식대로 살 수 있을 뿐이야. 대체로 한 사람이 **살아갈 수** 있는 방식은 한 가지뿐이야 ── 그리고 그건 종종 고인을 실망시키는 걸 의미하지. 그들은 그게 우리에게 어떤 건지 전혀 몰라. 그들이 살아 있었다면 아마 스스로를 실망시켰을지도 모르지.」

「커즌 프랜시스도 그랬을 거라고 생각할 만한 이유가 있나요?」

「대부분의 사람들이 보기에 그는 자신에게 실망한 사람이었던 것 같아.」

「커즌 네티는 정신이 이상해졌어요. 아일랜드는 싸우는 걸 거부했고요. 하지만 그게 그가 스스로에게 실망했다는 의미는 아니에요.」 로더릭이 유언장을 접어 다시 봉투에 넣으면서 결론을 내렸다. 「그 문제는 이 정도로 두죠. 저는 이미 마음의 결정을 내렸어요.」

「폴 대령은 네가 정말로 신중히 고민해 봐야 한다고 생각하는 것 같아.」

「고민했어요.」

「폴 대령은 네가 거기 붙들려서는 안 된다고 생각해.」

「프레드의 견해는 정확히 그것과 반대예요.」

「한동안 넌 거기 갈 수 없을 거야 — 거긴 에이레에 있어. 너는 영국인이고, 게다가 군인이잖아.」

「어쩔 수 없는 일이죠. 마운트 모리스가 달아나지는 않을 거예요.」

「하지만 그러는 사이 지붕이 내려앉을지도 몰라. 나무가 바람에 쓰러지거나.」

「그럴 것 같지는 않은데요.」로더릭이 평온하게 말했다.

5

로더릭에게 유산의 의미는 스텔라에게 로버트의 의미와 같았다 ─ 살아가는 장소의 의미였다. 연인들은 2년 동안 밀폐된 세상을 공유했고, 아무것도 아닌 것에 대해 쓴 이상적인 책처럼 그 자체의 내면적인 힘으로 그 자리를 지켰다. 그들은 1940년 9월에 런던에서 처음 만났다. 그때 로버트는 됭케르크[1] 전투에서 부상을 당해 병원에 입원했다가 퇴원한 후 육군성으로 들어갔다. 무릎에 부상을 입었고, 걸음걸이에 다리를 절뚝인다고 할 수 있을 만한 불균형한 흔적이 남았다. 그는 다시 현역 군인은 될 수 없을 것 같았다. 그의 일정하지 않은 걸음걸이는 명예롭지만 기묘한 데가 있어 시시때때로 달라졌다. 어떤 때는 그런 건 존재하지도 않는다는 듯 제어할 수 있었고, 또 어떤 때는 조급한 듯 과장되게 절뚝거렸는데, 큰 키 때문에 더욱 과장된 모습으로 보였다. 그녀는 그의

---

1 프랑스에서 가장 북쪽에 있는 도시로 지리적으로 런던에 더 가깝다. 제2차 세계 대전 중인 1940년에 아르덴 고지를 이용해 넘어온 독일군에 포위당한 영국군과 프랑스군이 이곳에서 영국으로 탈출했다.

걸음걸이가 일정하지 않은 데는 말을 더듬는 사람들처럼 심령적인 원인이 있음을 알아냈다 — 그건 그가 그날 스스로를 부상자로 느끼는지 그렇지 않은지에 달려 있었다. 그녀는 그걸 알고 그는 모른다는 사실은 그들의 친밀감을 구성하는 데 아주 깊은 요소였기 때문에, 그녀는 그를 1940년 이전에 만났다면 그들 사이에 그 불분명한 무릎 대신 무엇이 자리를 잡았을지 궁금했다. 그들이 처음 만나고 몇 번은, 그녀는 그 절뚝거리는 걸음을 알아차리지 못했다 — 혹은 막연히 알아차렸고, 그것을 그냥 런던이 전반적으로 흔들리거나 자신의 마음이 흔들려서라고 생각했다.

런던에 첫 공습이 있었던 그 아찔한 가을이 지나는 동안, 그들은 처음에는 그렇게 자주 만나지 않았다. 어느 계절도 그보다 더 생생하게 느껴진 적이 없었다. 누군가는 그 시적인 느낌을 죽음의 느낌으로 받아들였다. 매일 하루가 파괴된 잔해의 연기로 그을린 아침 안개에서 피어올라, 안개가 사라진 뒤 반짝거리는 햇살에서 정점을 이루었다. 일몰의 마지막 순간과 공습경보를 알리는 첫 음 사이, 어두워지는 저녁의 유리 같은 긴장감이 미묘하게 그려졌다. 깨어나는 순간부터 혀와 콧구멍에 매운 자극이 느껴졌지만, 그 때문에 가을의 달콤함이 줄어들지는 않았다. 그리고 그을린 먼지가 내려앉고 연기가 엷어지면, 낮 시간을 공포로부터 벗어나 순수하고 호기심 가득한 휴일로 바라보고 싶다는 생각이 점점 커졌다. 런던 전역에서 위험 지구의 표시로 밧줄을 쳐놓은 곳은 고요에 휩싸인 듯 숭고한 섬이 되어, 밧줄 앞에 모인 사람들은 그 반대편의 햇볕이 드는 텅 빈 공간을 바라보며 감탄했다. 차단된 주요 도로를 우회하여 샛길로 들어서는 차들, 소박한 창문과 조용한 문 앞을 멈춤 없이 환등상처럼 흘러가는 대형 트럭과 버스와 밴과 마차와 택시가, 런던의 유기적인 힘에 대한 압도적인 감각을 만들어 냈다 — 여기 어딘가에 무거운 움직임이 끓어오르고 솟구치고 가둬지지 않은 채 새로운 물길을 만들고 나아가게 하는 원천이 있었다.

이 무렵에는 런던의 토양 자체가 더 많은 힘을 생성하는 것 같았다. 공원에는 커다란 벨벳 같은 와인색 달리아가 피어 있었고, 노란 잎사귀 하나하나가 태양을 향해 완벽하게 잎맥을 뻗은 나무들은 지금이 가장 아름다운 시간임을 공공연히 선포했다. 시한폭탄 때문에 갑자기 문을 닫은 공원 — 빈 덱 체어[2]에 나뭇잎이 나뒹굴고 눈부시게 고요한 호수 위로 새들이 날아다녔다 — 은 여전히 빙 둘린 철책 사이로 신기루 같은 휴식의 풍경을 보여 주었다. 사람들은 이 모든 것을 매일 아침 머릿속이 약간 어지러운 채로 바라보았다. 구경꾼들은 잠을 자지 못해 영혼이 빠져나간 듯 보였다.

사실상 휴일은 없었다. 아무리 어지러워도 자유롭게 돌아다닐 수 있는 사람은 몇 명 없었다. 지난밤과 다가올 밤은 매일 정오에 팽팽한 아치를 그리며 만났다. 일하거나 생각하는 것은 고통스러운 일이었다. 사무실에서, 공장에서, 관청에서, 가게에서, 주방에서 시간이 오후마다 뜨겁고 노란 모래처럼 서서히 빠져나갔다. 피로만이 단 하나의 현실이었다. 잠을

2 주택의 발코니나 수영장 등지에서 널리 사용되는 긴 접이의자.

잔다는 건 감히 상상조차 할 수 없었다. 병원에서는 부상자들과 죽어 가는 자들이 오늘 밤 무너질지 모르는 벽 위로 햇살의 변화를 무심히 지켜보고 있었다. 집을 잃은 사람들은 대피소로 가 앉아 있거나, 더 나쁘게는 동물적인 고집으로 이미 존재하지 않는 것을 찾아 발길을 되돌렸다. 그중에서도 죽은 사람 대부분은 영안실에서, 혹은 폭포처럼 쏟아진 돌무더기 아래에서 그 익명의 존재감 — 오늘 죽은 사람으로서가 아니라 어제 살아 있었던 사람으로서 — 을 런던 전역에 드리웠다. 그들은 몇 명인지 헤아려지지 않은 채 무더기로 도시의 낮을 통과해 옮겨 갔고, 그러면서 사람들이 보고 듣고 느끼는 모든 것에 자신들의 뜯겨 나간 감각을 스며들게 했으며, 그 위에 그들이 기대했던 내일을 — 죽음이 그만큼 갑작스러울 수는 없기에 — 그렸다. 삶이었던 일상에서 제외된 그들은 자신들의 부재를 그 일상에 낙인처럼 찍었다 — 죽은 사람이 누군지 모른다면 당신은 어떤 계단이 오늘 아침 누군가가 더는 오르지 않게 된 계단인지, 혹은 거리 모퉁이의 신문 가판대에 어떤 얼굴이 나타나지 않았는지, 혹은 귀가하는 인파 속에서 오늘 저녁 적어도 한 사람이 타지 않아 더 가벼워진 기차나 버스가 어떤 것인지 알지 못하는 것이다.

누군지 모르는 이 죽은 자들은 자신들이 죽었다는 사실 때문이 아니라, 익명으로 남았다는 사실 때문에 남겨진 산 자들을 책망했다. 죽음은 어느 밤에든 공유될 수 있지만, 익명성은 이제 수습될 수 없는 것이었다. 그들이 살아 있었다는 것을 신경 쓰지 않는다면, 그들을 애도할 권리는 누구에게 있는가? 그러니 여전히 먹고 마시고 일하고 돌아다니고 멈추기도 하는 사람들 사이에서, 아직 시간이 남아 있는 동안은 무관심을 깨부수자는 본능적인 움직임이 일어나기 시작했다. 산 자와 죽은 자 사이의 벽이 얇아지듯, 산 자와 산 자 사이의 벽이 덜 단단해졌다. 9월의 그 투명함 속에서 사람들은 투명해졌고, 그들의 위치는 심장의 더 어두워진 팔딱거림을 통해서만 알아낼 수 있었다. 저녁이 되면서 하늘이 처음에는 파리해지고 이어 더욱 창백해질 때 서로 모르는 사람들이 거리 모퉁이에서 그날 밤 죽지 않기를, 더욱이 익명으로 죽지 않기를 빌어 주며 〈굿 나이트, 행운을 빌어〉 하고 말해 주었다.

두 번의 가을이 더 지나면, 1940년의 그 가을은 평화와는 더욱 멀어진, 묵시적인 계절로 여겨질 것이었다. 행성의 어떤 회전도 삶과 죽음의 그 특별한 결합을 다시 데려오지 못할 것이었다. 그 특별하고 심령적인 런던은 영원히 사라질 것이었다. 더 많은 폭탄이 떨어지겠지만, 이 도시에는 떨어지지 않을 것이었다. 전쟁은 지평선에서 지도로 옮겨 갔다. 그리고 더 이상 전쟁을 보거나 듣거나 냄새 맡지 않게 된 지금, 전쟁에 대한 무감각한 적응이 시작되었다. 첫 세대의 폐허는 청소되고 보강된 뒤 풍상에 시들기 시작했고, 낮에는 그것이 장면의 표준으로 자리를 잡았다. 2년 뒤에는 위험 없는 9월의 밤이 폐허를 지웠다. 이 폐허의 새롭고 메아리 없이 잠식하는 성질에서, 당신은 말라리아 같은 몹시 독한 것만을 들이마셨다. 이제 좌절, 상실, 교착은 거의 눈에 띄지 않게 서로를 키웠다. 날마다 새로운 소식이, 이제 더는 반향이 없는 의식 속에 못을 하나씩 더 박았다. 어디에나 누가 말해 주지도 않고 듣기를 바랄 수도 없는 한층 심각한 분위기가 무겁게 걸려 있었다. 이곳은 빛이 없는 터널의 중간이었다. 신념은 구호로 추락하여 사람들의 시선을 끌도록 필사적인 어휘로 재작성되었고, 매번 광고판이나 기념물의 기저에 더욱 눈에 띄게 나붙었다. ……아니, 그것들의 외적인 질서에는 미덕이 전혀 없었다. 내면의 근원에서 뭔가 끌어낼 것이 있는 사람은 행복할지어다.

스텔라에게, 로버트를 알게 된 초기는 바스락거리는 잎들 사이로 쓸리는 깨진 유리의 잘랑거리는 얼음 같은 소리와 매일 아침 맑게 되는 그을린 상쾌함을 연상시켰다. 그녀는 1940년의 가을을 오로지 감각으로 되돌아볼 수 있을 뿐이었다. 생각이란 걸 했더라도 되살릴 수 없었다. 그녀는 아들이 떠난 뒤 이제 런던에 남은 불특정한 누구라도 사랑할 수 있을 것 같던 가벼움을 기억하고 있었다 — 그런데 어느 아침 눈을 떴을 때 그 가벼움이 사라졌다. 눈을 뜨기 직전의 순간에, 그녀가 절망적이고 환각적이고 선명하게 로버트의 얼굴을 본 그날 아침이었다. 그녀가 눈을 떴을 때, 로버트는 자신이 죽었다고 확신하는 얼굴로 햇살 속에서 방 안을 유심히 둘러보고 있었다. 어쨌거나 **뭔가** 결정적인 일이 일어났다. 그해 가을 그녀는 어느 광장에 있는 하숙집에서 지내고 있었다. 침실 창문을 들어 올리고 — 이틀인가 사흘 전 밤에 유리가 깨져서 창문은 무게 없이 유령처럼 스르륵 올라갔다 — 그녀는 창밖으로 몸을 내밀어, 철책 바로 안에서 갈퀴와 손수레를 가지고 무심히 일하고 있는 광장 정원사를 불렀다. 노인은 어젯밤 폭탄이 어디에 떨어졌는지 알고 있는가? 그는 어떤 사람들은 킬번에 떨어졌다고 하고, 또 어떤 사람들은 킹스크로스에 떨어졌다고 하더라고 말해 주었다. 그녀가 외쳤다. 「그럼 웨스트민스터는 아닌 거네요?」 하지만 그는 어깨를 으쓱한 뒤 다시 등을 돌렸다. 태양이 맞은편 지붕의 윤곽선 위로 높이 떠 있어서, 스텔라는 자신의 손목시계를 보았다 — 그랬다, 태양이 맞았다. 그녀가 늦잠을 잔 것이었다. 지금까지 그녀가 아는 누구에게도, 혹은 안다고 생각하는 누구에게도 아무 일도 일어나지 않았다 — 하지만 오늘은 어떤 충격 때문에 온몸이 욱신거렸는데, 면역력이 떨어진 탓인지도 몰랐다. 실재하지 않는 창문, 광장 교회의 고요한 경내, 화장대 위로 날려 오는 모래, 그 모든 것이 처음으로 불길하게 느껴졌다. 그녀는 고장 난 전화기에 몇 번이나 손을 뻗었다. 가만히 서 있는 것이 조금이라도 시간을 번 것이었다면, 눈부신 햇살 속에서 서둘러 옷을 입으려고 하면서 그녀는 그 시간을 써버렸고, 한편으로 결코 생각이라고 할 수 없는, 그녀의 머리가 만든 내면의 뭔가는 일종의 감금된 홍얼거림으로 느껴졌다. 이 초조함이 정말로 피로감 이상은 아닌 걸까?

프랑스의 함락 이후 더한 손실이 있을 것 같지는 않아 보였다. 그녀가 그 심리적 타격에서 회복하지 못한 그해 남은 여름 내내, 그리고 런던에 공격이 감행된 이 가을까지 쭉, 그녀는 더 이상 잃을 것이 없는 구경꾼처럼 살았다. 숨이 다한 것처럼 감정이 빠져나갔다. 자신의 삶에서 휴가를 받은 느낌이었다. 이 9월의 공습 내내 그녀는 경외심과 흥분, 기껏해야 일종의 연민 — 이를테면 비싼 옷의 찢어진 조각 하나가 눈물을 끌어내는 정도의 참으로 아주 작은 연민 — 이라는 추상적인 감정에 빠져 있었다. 직장에서 일하는 것이 그녀를 북돋아 주었고, 일하지 않을 때는 그녀처럼 기분이 최고조에 다다라 있는 친구와 즐거운 시간을 보냈다 — 런던에 계속 남아 있는 사람들의 기질이 담겨, 사회는 사랑스러운 것이 되었다. 밤마다 서로에게 둘러싸인 이들의 존재는 그 안에 기쁨의 이상적인 모습이 담긴 듯 유동적이고 편안해 보였다. 이들은 무너져 외풍이 드는 주택의 방이나 거주자들이 달아난 아파트 구석에 텐트를 치고 살았다 — 대체로 악한 이들이 남고 선한 이들이 떠났다고 정리할 수 있었다. 이곳은 원하는 대로 살아가는 한 종류의 부(富)와 회복력으로 구성된 새로운 사회였다 — 위험한 기후가 맞는 사람들이었고, 심지어 모두가 조금씩 비슷해 보이기 시작했다. 같은 고도, 같은 태양과 눈 속에서 운동을 즐기는 것처럼, 혹은 프랑스 남부의 같은 해안에 나란히 누워 몸을 태우는 것처럼. 그 즐거움은 바로 그들의 불확실하고 위험한 상황과 배경이 캔버스처럼 일시적이라는 것, 그리고 그들이 할 일이 없다는 사실에서 기인했다 — 사람들은 물고기 떼처럼 술집과 식당으로, 클럽으로, 각자가 사는 장소로 시끄러운 밤을 헤치며 돌아다녔다. 얼굴들이 나타나고 사라졌다. 용감한 분위기, 결혼하지 않는 분위기가 퍼져 있었다. 나라 전역에 — 스스로 추방

된 자들과 불안한 자들, 이용당한 자들과 안전한 자들 사이에 ― 런던에서는 모두가 사랑에 빠져 있다는 소문이 나돌았다 ― 그 말은 사실이었지만, 사람들이 의미하는 바와는 달랐다. 런던에는 모든 것이 충분했다 ― 관심, 술, 시간, 택시, 무엇보다 공간이 많았다.

스텔라와 로버트는 둘 다 그 친밀하고 느슨한 작은 수비대 사회에 이끌렸고, 그 사회로 들어간 이상 만나지 않을 수 없었다. 그들은 어느 술집 아니면 클럽에서 ― 시간이 지나자 그들은 어디였는지 기억하지 못했다 ― 처음으로 서로 얼굴을 마주했다. 두 사람 다 기분이 좋은 상태였고, 즉석 만남이 그 기분을 더해 주었다. 그 순간의, 그리고 그 순간을 위한 삶의 특징이 타인에 대해 별로 알지 못하면서 잘 안다는 것이었다. 미래에 대한 공백이 과거에 대한 공백으로 상쇄되었다. 삶의 이야기는 불필요한 잉여의 무게로 여겨져 떨어져 나갔다 ― 이것은 서로 다른 이유로 그녀와 그에게 적합했다. (그가 전쟁 전에 해외에서 살았고 아버지나 아버지의 친구가 하는 사업의 지부를 맡아 일했다는 정보는 나중에 서서히 알게 된 것이었다.) 처음 보았을 때 그들은 서로의 얼굴에서 섬광처럼 빛나는 가능성과 수수께끼 같은 배경을 보았다. 거울에 반사된 조명 빛에 그 신비로운 푸른색이 더욱 강렬해진 그의 시선이 그녀의 이마에서 천천히 뒤로 넘겨지는 하얀 머리칼 몇 가닥을 좇는 동안, 그녀는 어느새 이 남자에 대해 탐구하기 시작했다. 아니, 그보다는 이미 탐구하는 중이었다 ― 이 남자는 대화를 즐기고 쉽게 흥분한다. 그녀는 자신을 이 자리로 데려온 친구에게 작별 인사를 할 때만 이 남자에게서 시선을 뗐다.

아주 형식적인 그 작별의 제스처는 시간이 더 지나기 전까지는 깨닫지 못하는 마지막 순간의 모습이었다. 그 제스처의 대상은 그 장소와 거기 있는 모든 사람, 지금까지 그녀의 삶으로 여겨진 모든 것을 포함했다. 그것은 여객선을 타고 망망대해를 건너려 하면서 처음이자 마지막으로 흔드는 손이었다. 스케치처럼 빠른 그녀의 손동작은 예언적인 모습으로 기억되었다. 그녀는 영원히, 사진을 보듯, 올라간 자신의 손을 다른 누군가의 손처럼 보게 될 것이었다. 조명과 얼굴의 흐릿한 배경이 된 미끄러져 내려온 팔찌와 흘러내린 소매는 그녀의 단단함을 나타내는 자취이자 마지막 표시였다. 그녀는 로버트에게 돌아갔다 ― 둘 다 잠시 숨을 고르고, 기대에 찬 눈빛으로 서로의 입술을 응시했다. 두 사람은 기다렸다가 동시에 말을 해서, 서로의 말을 듣지 못했다.

머리 위에서는 적의 비행기가 밤의 깊은 어둠 속을 투투투투 느리게 돌다 발포할 준비를 했다 ― 목표물이 될 만한 지점이 보이면 홀린 듯 코를 들이밀고 잠시 멈추었다가 그곳을 겨누었다. 폭격은 쾅 때리고 쿨럭 기침하고 구역질하는 소리를 냈다. 이 안에서는 거울에 비친 불빛이 흔들렸다. 이제 고대하는 침묵 속에 폭탄이 휘파람 소리를 내며 수직으로 흔들흔들 내려왔다. 폭발의 충격과 함께, 아직 남은 폭발음 속에서 실내의 네 벽이 날카로운 소리를 내며 수축했다가 배를 내밀듯 팽창했다. 병들이 유리 위에서 춤추었고, 시야가 왜

164

곡되었다. 폭발음이 사그라지면서 쪼개진 건물이 와르르 무너지며 포효했다. 어딘가 직격탄을 맞은 것이었다.

그것은 오롯이 한순간에 일어난 파괴였다. 그와 그녀는 활강이 멈출 때까지 꼼짝하지 않고 서 있었다. 두 사람 다 무슨 말을 하고 있었는지, 혹은 무슨 말을 하려고 했는지 이제 기억하지 못했다. 대부분의 첫마디는 별스럽지 않은 속성을 지닌다. 그들의 상실된 첫마디는 상실된 단서로서 의미를 지니기 시작했다. 그들은 그다음에 말한 것, 그 대신에 말한 것은 잊었다. 어떤 질문은 대화를 시작할 때 하지 않으면 나중에도 하지 않게 된다. 그래서 그들은 그 질문을 영원히 하지 않았다. 첫 만남의 맨 윗부분이 떨어져 나갔다 — 나중에 그들은 그 사실 때문에 서로를 조금 봐주게 되었다. 결국 그들에게는 동류임을 알아본 데서 오는 고조된 흥분 말고는 그 처음의 시간을 영원히 간직하게 해주는 것이 아무것도 없었다. 그리고 만남의 비중이 너무 커져 더 이상 우연에 맡길 수 없는 시간으로 접어든 이후에도, 그들은 여전히 서로 비슷하다는 이유로 서로를 좋아했다. 그들이 서로에게 끌린다는 사실에는 끌림에 **내재하는** 기쁨이, 서로 기분을 맞춰 주는 것이나 불확실한 모든 것에 내재하는 기쁨이 개입했다. 그들 사이에는 쌍둥이 남매 같은 공모가 존재했는데, 적어도 사랑에 관해서만큼은 동일한 기질이 쌍방에서 활짝 피어났다. 그들을 둘러싼 모든 것에서 감정이 최고조에 다다랐던 그 전례 없는 가을에 그들은 자신들의 심장이 뛰는 것도 잘 느끼지 못했다. 서로를 알게 된 뒤 그 처음 몇 주 동안 그들은 시간이 얼마나 남았을지, 자신들이 얼마나 오래 살아남을지도 알지 못했다. 하늘에서 벌어지는 유별난 전투가 그들을 얼어붙게 했다. 그들은 사랑에 빠진 그날 저녁에 영원히 머물렀을 수도 있었다.

스텔라가 잠에서 깨어 상실에 대한 불안을 느끼고 의미로 가득한 눈부신 하루를 맞이한 그 10월의 아침까지 이런 일이 계속되었다. 깊이 가라앉아 있던 어떤 꿈이 밤사이 뭔가를 이루었다. 잠의 망토 아래에서 어떤 경험이, 로버트의 얼굴이 그녀에게 초자연적으로 가까워진 상태에서 끝났다. 잔다고 해도 체념한 채로 잠드는 밤이 몇 날 연속 이어졌고, 체념한다는 것은 그 자체로 지치는 일이었다. 하지만 어떤 종류의 잠도 그녀가 자신과 어제 사이에, 그리고 참으로 자신과 오늘 사이에 느낀 거리감을 설명해 주지는 않았다. 그녀가 보고 만진 어떤 것도 심지어 그 자체의 현실을 보여 주지 않았다. 손목시계가 시간을 속이는 것 같았다. 그녀는 시계가 밤사이 시간을 잃었고, 지금은 한낮이나 오후일지도 모른다고 생각했다 — 그녀가 급히 거리로 나가 처음으로 한 행동이 주위를 둘러보며 헛되이 공공의 시계를 찾는 것이었다. 출근할 때면 모든 것이 움직임을 완전히 멈춘 것처럼 보여서, 그녀는 전쟁이 어찌어찌 멈춘 건 아닌지 자문했다 — 그녀는 잠에서 깨어난 뒤로 그 늙고 과묵한 정원사 말고는 누구와도 대화를 나누지 않았다. 불가능한 것은 없었다 — 어쨌거나 그녀는 지각이었다. 그녀는 택시를 세운 뒤 올라탔다.

그녀가 자리에 앉고 10분 뒤에 로버트가 전화를 걸어왔다. 그들은 같이 점심을 먹기로 했다. 그는 안타깝게도 그들이 자주 가던 레스토랑이 오늘 아침에 문을 닫았다고 했다 ─ 그 거리는 봉쇄되었다. 시한폭탄에 대한 무의미한 조치였다. 그들은 어딘가 다른 곳에서 그들이 좋아하는 방식을 다시 시도해야 했다. 그가 제안한 장소는 어쩌다 그녀가 한 번도 가보지 않은 곳이었다. 여러 친구들의 여러 이야기 속에 등장하던 곳이라 이름은 익숙했지만, 허구의 경계선 너머에 있었다 ─ 그러다 보니 그곳으로 가는 길에 그녀는 어느 책의 한 페이지 안으로 들어가 거기 나온 만남의 장소로 가는 것 같은 기분이 들었다. 그렇다면 로버트는 사실상 허구의 인물이 었는가? 그녀는 레스토랑으로 가는 길에 그들의 짧고 무겁지 않은 과거를 돌아보았다. 경비원이 그녀를 빙빙 도는 회전문으로 안내했다. 로비에서 로버트가 그녀를 마중하러 나왔다. 그녀는 그의 절뚝거리는 걸음걸이를 보고 깜짝 놀랐다 ─ 오늘따라 유난히 절뚝거려서, 그가 말을 하기 전까지는 다른 누군가처럼 보였다.

햇빛과 조명 빛이 눈부시게 뒤섞인 가운데, 그들은 벽을 등진 채 벨벳 의자에 나란히 앉았다. 종업원이 테이블을 그들이 앉은 방향으로 밀어 주었고, 그것은 문이 닫히는 것처럼 느껴졌다. 문 안쪽에는 서로를 살짝살짝 자꾸 돌아보는 것이 조금은 강요되는 분위기가 있었다. 마티니가 나오자 로버트는 눈을 찡그린 채 뿌연 잔을 손가락으로 매만졌다. 그 순간 그가 불쑥 말했다. 「당신이 여기 온 게 정말 기뻐. 정말이지 당신한테 무슨 일이 생긴 줄 알았어.」

「왜 그런 생각을 했지?」

「그런 일은 정확히 내게도 일어날 수 있으니까.」

그녀는 침울한 소년을 어설프게 모방하는 것 같은 이 평소답지 않은 그의 반응이 그녀를 웃게 하려고 일부러 그런 것인지 잠시 고민했다. 담배를 입에 물고 기다리면서 — 그는 불을 붙여 주기 직전에 말을 시작했다 — 그녀는 그를 머뭇머뭇 쳐다보았다. 그는 라이터에 엄지를 대고 있었다. 극장에서 영사기 고장으로 한 장면이 어색하게 스크린에 얼어붙은 것 같았다.

여기, 그녀가 눈을 뜨기 전에 본 그 얼굴이 있었다. 창백했지만 병적이지는 않았고, 햇볕에 그을린 색조가 빠지면서 원래 색을 되찾은 그런 느낌이었다. 인상적인 하얀 얼굴에 머리카락과 눈썹은 그리 짙어 보이지 않았고, 콧수염도 없었다. 얼굴에는 음영만이 뚜렷하게 나타나 있었다. 그의 점토 같은 카키색 제복은 얼굴 생김새를 투명하게 부각시켰고, 그 순간 긴장감에 사로잡힌 표정이 엿보였다. 그의 특징 중에서 가장 기이한 백열(白熱)의 느낌은 그 순간 그의 시선이 돌아가 있어 약하게 느껴졌다 — 불꽃처럼 얇고 푸르스름한 색조가 빠져 있었다. 그녀를 쳐다보지 않으려고 하는 시간이 길어지자, 그것은 어떤 시선이라기보다는 오히려 공언이 되었다. 더 이상 할 말이 없다는 사실이 그의 입술 선을 돌처럼 굳게 했고, 그 입 모양 자체로 의사 표시가 되었다.

그의 눈과 입과 이마에서 고스란히 나타나는 그의 본성을 볼 수 없게 되자, 그녀는 처음으로 그 힘을 느꼈다. 익숙하지 않은 모습에서도 익숙한 것은 — 그의 자세, 길고 좁은 형태의 머리와 손, 젊음은 ― 유령처럼 지속되었다. 뭔가 침울하고 단단하고 서정적인 것이, 이미 30대로 접어든 그의 모습에서 조금 더 날카로워졌을 뿐이었다. 그는 스텔라보다 다섯 살, 혹은 여섯 살 어렸다.

레스토랑 벽에 걸린, 햇살을 받아 빛나는 도금된 시계는 런던의 다른 시계들처럼 충격을 받아 멈춰 있었다. 그녀가 장갑을 찾기 시작하고 그가 테이블을 밀어내려고 할 때 그들의 손목시계가 ― 앞으로 그 시계들은 결코 서로 완벽하게 맞지 않음으로써 자체적인 어떤 관계를 맺는다 ― 각각 2시 반을 기준으로 1분이 빠르고 1분이 늦은 것을 발견했다. 그날의 2시 반은 그녀로서는 이미 늦게 시작했지만 두 사람 모두에게 늦게 끝난 하루를 의미했다.

열정은 습관을 경계해야 하지만, 그럼에도 습관은 사랑의 가장 달콤한 부분이다. 1940년 이후 2년 동안 그와 그녀는 지붕을 공유하는 것만 빼고 모든 면에서 같이 살아가는 관계로 발전했다. 그들은 곧 서로의 하루와 같이 보내지 않은 저녁에 대해서 속속들이 예측할 수 있게 되었고, 그러다가 만나서 이야기를 짜맞추었다. 헤아려 보면 완전히 그들끼리만 보낸 한 주는 많지 않았지만, 그 자석 같은 시간이 나머지 시간에서 아주 많은 것을 끌어냈기에 완전히 잃은 것은 없었고, 허비된 것도 거의 없었다. 그의 경험과 그녀의 경험을 떼어내 말하기가 점점 더 어려워졌고, 그 뒤의 모든 것이 축적되어 공통의 기억이 되었다 ― 비록 따로 지내고 결정하고 행동했을지라도, 그렇게 해야만 했을지라도. 혼자서 한 모든 일은 행위의 환영에 지나지 않게 되었다. 그들은 함께 지내게 될 때까지 다시 삶을 기다렸고, 그들이 중단한 자리에서 다시 삶을 시작했다. 그러면 두 배가 된 인식, 맞물린 감정이 작용하여 주변을 강화했다 — 그들이 보고 알고 서로에게 말하는 어떤 것도 하찮게 다뤄지지 않았다. 모든 것이 사랑의 연속적인 이야기로 짜여 들어갔다. 그리고 꼭 그만큼, 불완전하게 아는 것과 말로 하지 않은 것에서 실체와 그림자와 일관성을 지속적으로 얻어 나갔다. 당연하게도 그들은 서로에게 모든 것을 말하지 않았다. 모든 사랑은 그 자체로 시와 연관된다. 각각의 사랑은 자신과 관련된 것에만 빛을 비춘다. 그 바깥에 있는 것은 중요하지 않은 것들을 모은 고물 폐기장과 같다.

스텔라가 광장에 있는 하숙집에서 나와 길 건너 웨이머스 스트리트에 있는 아파트로 옮겨 간 것은 그 첫 번째 겨울이 지나는 동안이었다. 거기서는 밤이 되면, 신(新)섭정 시대 양식의 값싸고 화려한 실내 장식이 일으키는 짜증이, 아래로 텅 빈 건물 전체가 다 그들의 것이 된다는 사실로 상쇄되었다. 어둠이 내리면, 이제는 움직이거나 들을 사람이 없는 진찰실 문 앞을 하나씩 지나며 한 층 한 층 계단을 올라갔다 — 그녀와 로버트가 함께 돌아왔을 때, 침묵은 몇 층 깊이로 서 있었다. 그것이 반복되면서 그런 귀가 — 현관 매트에 떨어져 있는 편지를 그냥 놔둔 채 그 위로 넘어가는 것, 이미 밤과 함께 검어진 창문을 서둘러 커튼으로 가려 버리는 것, 로버트가 기다리고 있는 어둠 속 깜깜한 길을 지나 그녀의 손가락이 전등 스위치를 찾는 것 ― 의 경험이 점점 마법적인 성격을 띠어 갔다. 한편 어떤 만남도 다른 만남과 완전히 똑같지는 않았다.

초기에 연인들이 한집에서 같이 살지 않는 이유는 로더릭 때문이었다 ― 로더릭이 아니었다면, 포위된 도시가 사생활에 무관심하고, 폐허 속에서는 모든 존재가 미약하고 모호할 뿐이라는 사실이 그 일을 훨씬 수월하게 만들었을 것이다. 하지만 스텔라의 아들이 옥스퍼드에서 유령 같은 한 해를 보낸 뒤 군대에 가게 되었을 때, 그녀와 로버트는 전쟁이 시간을 바로 그런 것으로 만든 만큼 〈당분간〉 그간의 방식을 유지한다는 결정이 이미 마음속 깊이 내려졌다는 것을 깨달았다. 임시와 보류와 유예를 특징으로 하는 전시(戰時)보다 낭만적인 사랑에 더 좋은 것은 없을 터였다. 두 연인은 우편물 주소를 합치는 것에 대한 대화를 나누면서도 결혼에 대해 이야기하는 것만큼이나 심각하지 않았다 ― 그들은 이 밀물과 썰물도 없고 최면적이며 미래도 없는 하루하루를 떠다니면서 지금 그대로 행복했다.

그것은 꿈 이상이었다. 더욱이 점점 자라나고 미소를 짓는 관심이었고, 마음의 평정이 날마다 더 확고해지는 것 같은 행복이었다. 처음으로 함께 삶을 발견하는 것은 만만찮은 일이었지만, 그 이상으로 삶을 밝혀 주었다. 거기에는 경외심이라는 요소가 있었다. 기적적으로 방해 없이, 사랑의 계획은 그 자체로 풀려나갔다. 시련의 시간이 찾아올 법했지만,

그런 것은 결코 오지 않았다. 그 일요일에 해리슨이 저녁에 찾아오기 전까지 시련이 다가오고 있다는 조짐은 전혀 없었다.

그 훼손된 일요일 밤에, 로더릭이 웨이머스 스트리트로 예고 없이 찾아온 일은 스텔라가 바랐던 두 가지 효과를 가져왔다 — 해리슨을 최전선에서 밀어내는 것, 그리고 그와의 대화가 일으킨 연기가 가라앉을 만큼 충분히 오래 로버트와 떨어져 있는 것이었다. 그 연기가 증발해 버릴 수는 없었다. 그리고 로더릭의 휴가가 끝나고 영원처럼 느껴졌던 시간이 지난 다음 연인들이 다시 만났을 때는, 그 만남의 분위기에 어울리지 않는 것은 제거될 수밖에 없었다. 두세 밤이 지난 후에야 그녀는 자신의 아파트에서 그와 다시 함께 있게 되었다. 그녀가 불쑥 말했다. 「오, 그리고 지난 일요일에 로더릭 말고 해리슨이라는 남자도 여기 왔었어.」

「어떤 남자?」 로버트가 집중하지 않은 채 말했다.

「장례식에 왔던 그 남자.」

「뭐, 그 남자가 또? 성가시게 구네. 당신 그 사람한테 평생 붙들려 있겠는데.」

「그렇게 생각할 수도 있지. 런던이 아주 작아졌으니까 — 남아 있는 곳마다 해리슨이 나타날 수도 있고.」

「우리가 그와 한 번도 마주친 적이 없었나?」

「의식한 적은 결코 없었어. 하지만 그는 우리를 봤다고 생각해. 당신을 안다던데.」

「나도 그를 알았으면 좋겠네 — 하지만 아니, 믿기 어려울지 몰라도 나는 그런 이름의 사람은 몰라. 그 남자, 사시라고 했나?」

「엄밀히 말해서 사시는 아니야 ── 양쪽 눈을 동시에 다르게 쓴다고 해야 하나. 그리고 말하는 게 좀 비현실적이고.」

「이상한 사람이네. 하지만 어쩔 수 없지.」

「뭘 어쩔 수 없지?」

「아직 그가 어떤 사람인지 전혀 모르겠어. 그렇게 특별한 사람 같진 않아. 당신은 그 사람이 외판원은 아닐 거라고 했는데, 뭐라고 했는지는 기억이 안 나.」

「그냥 외판원은 아니라고만 말한 것 같은데…… 그래, 그는 늘 돌아다니는 사람이지.」

「어쩌면 그는 사람들이 조심성 없이 나누는 대화에 귀를 기울이나 보지.」 로버트가 안락의자에 깊숙이 앉아 있다가 휙 몸을 일으키고 벽난로 위 거울에 비친 자기 모습의 한 부분을 유심히 쳐다보았다. 「이 타이를 버릴 때가 된 것 같은데.」 그가 말했다. 「당신도 동의해?」

그녀가 대답했다. 「그렇다면 누가 조심성 없이 이야기를 한다는 거지?」

「모두가, 내 생각엔. 당신도 **내가** 어떻게 말하는지 알잖아.」

「난 당신이 나한테 어떻게 말하는지만 알지. 나는 고려 대상이 아니야.」

「그럼 당신이 직접 해리슨에게 물어보지 그래? 그가 나를 안다고 하니까 ── 저기, 당신의 새 친구에게 관심이 없는 건 아니지만, 나는 당신이 이 타이에 좀 더 관심을 가져 주면 좋겠어.」 그가 타이를 당겨 풀었고, 다시 의자에 앉아 램프 아래에서 유심히 살펴보았다. 「좀 오래됐지?」 그가 말했다. 「솔직히 그런 것 같지 않아?」

그가 타이를 그녀에게 건넸다. 그녀는 말했다. 「응, 좀 그런 것 같네.」

「해리슨의 타이는 어때 ─ 좋아?」

「건성으로 반응하지 마, 로버트.」

「그건 전혀 아니었어. 지금까지 파악하기로 그는 완벽히 매력적인 사람일 수 있겠는데. 양쪽 눈을 동시에 쓰는 거라든가 ─ 당신이 말하는 걸 들으면, 누구든 당신이 지금까지 애꾸눈이나 넬슨 제독[3]하고 같이 산 줄 알 거야.」

그녀가 눈을 찡그린 채 타이를 쳐다보며 말했다. 「제대로 볼게…….」

「그래. 이건 중요한 문제거든.」

「문제는 ─」 그녀가 타이를 손에 든 채 그의 옆에 무릎을 꿇고 앉으며 외쳤다. 「난 사실 당신 타이에 대해선 판단을 못 내리겠어. 내가 당신에 대해…… 예컨대 누가 당신에 대해 뭔가 말도 안 되는 소리를 했을 때 판단을 내릴 수가 없듯이 말이야.」

「그냥 그런 사람들에게 꺼지라고 하면 안 되나 ─ 안 그래?」

「그게 말이 안 되는 소리라는 걸 내가 어떻게 알지?」

3 영국의 해군 제독인 넬슨은 전투에서 오른쪽 눈의 시력을 잃었다.

「그럼 그냥 이 타이에 대해 말해 줄 순 없어?」

「그래, 당신 말이 맞는 것 같아. 그건 버려야 할 것 같네.」 그녀가 타이를 쳐다보지도 않고 손가락으로 만지작거리며 말했다. 「그러니까 잊지 않고 타이를 하나 더 사게 되면 ─ 다른 타이가 없다면 말이지.」

「당신 슬퍼 보이는데.」 로버트가 그녀의 얼굴을 내려다보며 말했다. 「무슨 생각을 하고 있는 거야 ─ 〈무덤에 타이 하나를 들여놓았다〉? 아니면 누가 나보고 양다리를 걸쳤대?」

「아니. 그런 거였어?」

「아니지. 무엇보다 내가 그럴 시간이 어디 있어?」

「오, 로버트. 시간 이야기가 나와서 말인데, 우리가 할 수 있겠다고 한 거, 언제 할 수 있지? ─ 당신 어머니 집에 가서 하루 보내기로 한 거 말이야.」

「맙소사.」 그가 외쳤다. 「내가 방금 거기서 돌아왔어! 다음에 갈 때 같이 가자 ─ 당신이 여전히 원한다면. 그런데 거긴 왜 가자는 거지?」

「왜, 가면 안 돼?」

「그런 게 아니라, 그냥 가봤자 의미가 없다는 거지. 아버지가 돌아가시지 않았다면 달랐겠지만 말이야. 하지만 지금 거기 있는 두 사람은, 당신도 알다시피, 당신이 그들을 만나고 싶다면 ─ 좀 소란스러워도 괜찮다면 말이지.」

「그들이 나를 좋아할까?」

그가 곰곰이 생각해 보았다. 「좋아하지 않을 이유가 없지. 그들이 누구도 좋아한 적이 없다는 것만 빼면 말이야. 아니,

지금 말하는 건 내가 **누구든** 집에 데려가면 소란스러워진다는 거야. 당신이 당신답기 어려울걸. 당신과 나는 인상을 남기는 데 익숙해져 있어. 당신이 그 최소한의 기대를 버리지 못한다면, 그날은 완전한 실패작이 될 거야. 그런데 가서 뭘할 속셈이야? ─ 연구? 내 신상 조사?」

「당연하지.」그녀가 말했다.

그가 손을 내밀어 그녀에게서 타이를 다시 받아 가며, 동시에 말했다. 「하지만 이걸 다시 매는 데 무슨 의미가 있을까.」

6

로버트의 어머니를 방문한 것은 몇 주 뒤였다. 그와 그녀가 홈 카운티 어느 역에 도착해 기차에서 내린 것은 10월 초순의 토요일 오후였다. 그는 빠르게 걷는 몽유병자처럼 그녀를 선로 위의 육교로 안내했고, 그러는 동안 스텔라는 계속 다른 플랫폼을 둘러보면서 역의 이니셜이 적힌 허름한 의자들과 로버트의 소년 시절부터 거기 계속 있었을 에나멜을 칠한 녹슨 광고판, 그리고 여행을 삼가라고 당부하는 새 포스터를 흘끔거렸다. 그녀는 양심을 걸고 거의 여행을 하지 않았고, 그건 칭찬받을 만한 일이었다. 지난 5월 장례식에 다녀온 뒤로 런던을 한두 번밖에 떠나지 않았다. 기차역에 오니 런던행 기차를 타려고 해리슨과 함께 기다렸던 때가 생각났다. 그때가 연상된 것은 건축 양식 때문이라기보다(이 기차역 건물은 다른 회사에서 만든 것으로, 단호하게 고딕 양식을 따랐으며, 짙은 보라색이 아닌 노란색 벽돌을 썼다) 그 위치 때문이었다. 두 건물 다 높은 언덕에 자리 잡고 있었는데, 낮은 위치에 올망졸망 모인 지붕과 길과 나무와 교차하고 있었다. 플랫폼에서 내려다보면, 전혀 일관성은 없지만 안정감을 주는 영국적인 삶의 한 형태가 보였다. 플랫폼 자체에 만족스러운 마음으로 저녁에 귀가하는 가장의 흔적이 남은 듯 보였다 — **이곳**에서는 누구도 집안일 말고 다른 일은 하지 않았다. 스텔라의 마음속에서 두 역은 또한 가장 가슴 아픈 두 계절의 전형이 되었다 — 봄에, 그리고 가을에 만물은 당신의 감각에 그 신비로움을 전보로 보낸다. 진부한 것은 없다. 더욱이 이 시기에는 전쟁 중이라는 사실 때문에 어떤 평화로운 장면도 유리를 통해 보는 것 같았다.

5월의 그날은 날씨가 우울하고 변덕스럽고 구름이 잔뜩 끼어 있었지만, 10월의 이날은 흥분될 만큼 화창했다 — 그리고 그녀는 여기에 해리슨이 아니라 로버트와 함께 있었다.

그들은 택시에 올라탔고, 택시는 로버트가 예약이라도 해놓은 것처럼 전혀 놀란 기색 없이 기차역이 있는 언덕을 내려가 트링스비 부부가 사는 고장과 뭔가 연관성이 있을 것 같은 가게들 앞을 지나갔다. 켈웨이 부인의 집인 홈딘은 기차역에서 3마일은 떨어져 있었다. 스텔라는 자기 팔을 로버트의 팔에 걸고 소리쳤다. 「물어본다는 걸 깜박했네 — 그들에겐 뭐라고 말했어?」

「우리가 시골로 산책하러 간다고.」

「미리 알았으면 다른 신발을 신고 올 걸 그랬어. 이 신발을 신고도 걸을 수 없는 건 아니지만, 바보 같아 보이잖아.」

로버트가 걱정하는 기색 없이 그녀가 내민 발을 흘끗 보고 말했다. 「어네스틴은 그만큼 섬세하지 않아.」

「하지만 어쨌거나 그녀가 나를 어떤 사람이라고 생각하겠어?」

「누나 머릿속에, 당신이 관공서에서 일하는 사람이란 걸 단단히 심어 준 것 같아. 그리고 우리가 토요일 오후마다 여기저기 돌아다닌다는 말도 했고.」

「그러니까 누나가 뭐라고 해?」

「〈하이킹 말하는 거구나〉라고 하던데. 어머니가 어떻게 생각하는지는 전혀 몰라. 가서 봐야지.」

「그럼 우리가 산책을 해야 한다는 거지?」

「그러면 좋겠지 ― 잊지 마, 기차 시간 전까지 몇 시간이 남았어.」

홈딘이 가까워지고 있다는 것을 알아차릴 수 있는 첫 번째 단서는 〈주의: 보이지 않는 진입로가 있음〉이라고 쓰인 안내판이었다. 이 안내판은 상록수가 띠처럼 열을 이루어 자란 곳에 튀어나와 있었고, 그 위쪽으로는 아름다운 활엽수가 자라고 있었다. 뒤로 물러나는 것처럼 보이는 나무들이, 그렇지 않았다면 하얗기만 했을 대문에 흥미로운 그림자를 드리워 깊이감을 만들었고, 또한 그렇지 않았다면 텅 비었을 도로의 이 지점에 왜 집이 나타나는지에 대한 유일한 이유가 되어 주었다. 관리인 오두막은 없었고, 하얀 말뚝 위에 우편함이 있었는데, 켈웨이 씨 집 입구를 장식한 액세서리 정도로 보였다. 그리고 우편함이 짓고 있는 희미한 미소는 홈딘이 이 지역 우체국에서 이 편의 시설을 얻어 내려고 애써서 승리했다는 사실을 여전히 드러내고 있었다. 여기서 로버트는 택시를 세웠고, 그들은 내렸다. 가져온 짐이 없어서, 현관까지 택시를 타고 갈 필요가 없다는 데 스텔라도 동의했다.

진입로에 심긴 상록수들 사이로, 작은 방목장과 잔디밭 너머로 홈딘의 모습이 처음으로 보였다. 1900년경에 지어졌을 그 집은 영주의 저택처럼 상당히 컸고, 박공지붕에 넉넉한 3층 높이였다. 또한 창문은 내민창과 프랑스식 창문이 혼합된 목골 구조였고, 두세 개의 발코니가 딸려 있었다. 정면에는 군데군데 지금은 핏빛으로 붉게 물든 아메리카담쟁이덩굴이 치렁하게 내려와 있었다. 창문 아래로 길을 빙 두른 화려한 형태의 화단에서는 본능적으로 베고니아에 눈길이 갔다 ― 화단 한두 곳에 정말로 늦게 핀 장미도 아직 남아 있었다. 다른 화단에는 더 공손한 느낌의 채소가 초승달 모양과 별의 꼭짓점 자리에 빼곡히 자라고 있었다. 화단을 돌아가면 곧바로 잔디밭이 삐뚤삐뚤 줄무늬 형태로 깎여 있었다. 아마 어네스틴이나 아이들이 그렇게 해놓았을 것이다. 나무들을 배경으로 테니스장 건물과 퍼걸러[1], 해시계, 바위 정원, 비둘기장, 땅속 요정 석상, 시소, 한곳에 모아 둔 시골풍의 의자들, 새들의 수반이 눈에 띄었다. 스텔라는 거기서 눈을 뗄 수 없었지만 할 말은 전혀 생각나지 않았다. 로버트도 무슨 말을 할 이유가 전혀 없어서, 그들은 서로를 방해하지 않았다. 그러다 누군가가 가막살나무 뒤에서 진입로로 튀어나와 깔깔 웃으며 그들 앞을 막아서는 바람에 그녀는 깜짝 놀랐다.

「오, 안녕, 어니.」 로버트가 말했다. 「지금 어디 가려고?」

1 정원에 덩굴 식물이 타고 올라가도록 만들어 놓은 정자나 길.

어네스틴이 대답했다. 「택시는 어쩌고?」

「돌려보냈어.」

「그럼 당연히 걸어왔겠구나.」 어네스틴이 말했고, 자신이 그 상황을 즉시 파악한 데 더욱 즐거워하는 듯 보였다. 그녀는 기선을 제압하려는 듯, 로버트가 미처 소개를 시작하기도 전에 스텔라의 손을 덥석 잡았다. 「음, 단연코.」 그녀가 말했다. 「최고의 날씨에 잘 맞춰 왔군요. 이 주변에 그림 같은 풍경은 없지만.」

스텔라는 어네스틴이 남동생인 로버트보다 나이가 열두 살쯤 더 많다는 것을 알고 있었다. 지금은 남편과 사별했지만, 그녀는 남편 성을 따라 깁 부인이었다. 그녀와 로버트 사이에 애머벨이 있었는데, I.C.S.[2]와 결혼한 애머벨은 전쟁으로 발이 묶여 인도에 있었다. 애머벨의 자식들은 홈딘에서 할머니와 이모의 보살핌 아래 안전하게 지내고 있었다 — 졸리프 집안의 이 아이들은 남매였는데, 아마도 오후에 뭔가를 하기로 한 모양이었다. 어네스틴의 아들인 크리스토퍼 로빈은 이번 가을에 울리치에 있었는데, 그곳을 아주 좋아했다. 그는 로더릭과 같은 나이로 군인이었고 역시 외동아들이어서, 스텔라는 이곳에 오면서 그것이 두 어머니 사이의 접점이 될 수 있으리라 기대했다. 막상 어네스틴과 얼굴을 마주하니, 이제 그녀는 로버트가 왜 그리 낙관적이지 않았는지 알 것 같았다. 어네스틴의 생김새는 하나하나 뜯어보면 로버

---

2 Indian Civil Service. 대영 제국이 인도를 통치하던 시기의 고위급 공무원을 말한다.

트의 얼굴과 그리 다르지 않았지만, 합쳐 놓으니 약간 개처럼 보였다. 얼굴은 길었고, 몸통은 짧았다. 얼굴과 몸 모두 호리호리했다. 그 순간에 가만히 서 있는데도 진동하는 에너지가 느껴졌고, 그 소리가 거의 귀에 들릴 정도였다. W.V.S.[3] 제복을 입은 모습이 전시(戰時)에 중요한 활동을 하지 못하게 되었거나 그들 때문에 스스로 하지 않은 분위기를 더해 주었다. 하지만 스텔라의 생각에 어네스틴은 언제든 그런 모습일 것 같았다. 그녀가 어느 한때 사랑하고 결혼하고 아이를 낳았다는 것이 환상 같았다. 그녀는 분명 그 모든 시기를 겪어 온 것이 전혀 유감스럽지 않은 듯한 인상을 주었다. 스텔라에게서 로버트에게로 시선을 돌렸을 때 어네스틴의 표정에서 인간적인 관심의 부재가 엿보여, 스텔라는 깜짝 놀랐다. 그녀는 추가적으로 더 해야 할 것이 있는지 확인하려고 공지문을 열심히 살펴보고 있었는지도 몰랐다.

「음, 로버트.」 그녀가 말했다. 「머티킨스가 거실에 있어. 물론 택시 소리가 들리기를 기대하고 있겠지만.」 그녀는 웃다가 멈춘 지점에서 다시 웃기 시작했고, 이번에는 몇 음 더 높여 웃었다. 그러더니 스텔라에게 말했다. 「우리가 오늘 아침에 무슨 이야기를 했느냐면, 로버트를 걷게 하려면 다리에 총을 쏘면 된다고! ─ 음, 나는 얼른 가봐야겠다. 두 사람, 차마실 때 보자고.」 어네스틴은 불필요하게 애를 쓰며 그들에게서 떨어져 나와 대문을 향해 달려갔고, 두 사람은 집으로

3 Women's Voluntary Service. 제2차 세계 대전이 발발하기 직전인 1938년에 결성된 여성 민방위 자원봉사 단체.

걸어갔다.

스텔라가 말했다. 「어네스틴은 뭐 때문에 웃고 있었던 거야?」

「오, 그냥 웃는 거야.」

「하지만 우리와 만나기도 전에 웃고 있었던 것 같은데.」

「그러면 아마 우리를 먼저 봤나 보지.」

스텔라가 잠시 생각한 뒤 물었다. 「〈머티킨스〉는 뭐지?」

「우리 엄마. 우리는 그렇게 불러.」

홈딘의 거실은 현관에서 아치 구조물을 통해 안이 들여다보였다. 아주 큰 창문이 세 개 있었지만, 오크로 만든 고가구를 들여놓아 아주 검은 느낌에 고급 갈색 벽지를 발랐으며, 구리 셔닐사로 만든 커튼을 쳐서 창문으로 들어오는 빛을 거의 남김없이 흡수했다. 식탁, 요리 운반용 승강기, 업라이트 피아노 같은 마호가니 가구 몇 점은 다른 방에서 꺼내 온 것 같았고, 한편으로 괘종시계는 늘 여기 있었던 것 같았다 ─ 시간이 그 재깍거림을 막아 버렸다. 거실에 실내의 모든 것이 집약된 듯했는데, 그 느낌은 출구와 아치형 통로와 바깥 전망의 개수 때문에 줄어드는 게 아니라 오히려 더 커졌다. 위에서 조명이 비추고 공간이 허락하는 한 한껏 복잡한 요소를 넣은 계단은 모든 것의 한복판으로 쿵 떨어지는 느낌이었다. 외풍을 막으려는 목적이 분명해 보이는 가림막이 여기저기 다양한 높이로 세워져 있었다. 스텔라는 로버트의 어머니를 만난다는 데 잔뜩 긴장해서, 처음에는 어느 쪽을 봐야 할지 알 수 없었다. 작은 그릇에 담긴 큰 오렌지색 달리아가 사

183

전에 준비된 미끼인 양 그녀의 주의를 끌었다. 그녀는 소리보다 더 강한 침묵에 이끌려 재빨리 고개를 돌렸다 — 켈웨이 부인이 한 손에 뜨개질감을 든 채 이미 의자에서 일어나 있었다.

그의 어머니는 체구가 어네스틴보다 몇 치수는 작은 듯 보였다. 그녀가 빈손을 키 큰 아들의 어깨에 닿게 들어 올렸다. 로버트가 고개를 숙였고, 이미 그 자리에 숱하게 키스를 했다는 사실을 증명하듯 그녀의 입술이 잠시 그의 뺨에 머물렀다. 그녀가 말했다. 「로버트……」

「머티킨스……」 그가 조금 더 밝은 목소리로 대답했다. 그리고 덧붙였다. 「머티킨스, 이쪽은 로드니 부인이에요.」

「로드니 부인?」 켈웨이 부인이 스텔라를 미심쩍게 쳐다보며 말했고, 이어 그들은 악수했다. 「그런데 택시는 어떻게 됐니?」 그녀가 로버트에게 말했다.

「대문 앞에서 돌려보냈어요.」

「어네스틴이 택시가 오는지 계속 듣고 있었어. 진입로로 내려가면서 너희를 놓치지 않았어야 할 텐데?」

「네. 도중에 어네스틴을 만났어요 — 살짝 **정신없어** 보이던데요.」 그가 말했다 — 이 사실을 처음 깨달은 것처럼.

「토요일 오후잖아.」 켈웨이 부인이 말했다. 그리고 거실 가운데에 자리를 잡아 스텔라가 보지 못했을 리 없는 안락의자에 다시 앉았다. 전략적으로 여기 둔 것이었을까? — 그 자리에서는 창문 세 개를, 그리고 벽난로 양 옆으로 창틀이 납으로 된 작은 창문들도 다 통제할 수 있었다. 부인의 크리스털 뜨개바늘이 날아오르듯 휙휙 움직였다 — 부드럽고 가볍게, 스스로의 의지로 움직이듯이. 그녀가 말했다. 「너희가 진입로를 걸어오는 모습을 보지 못했다면, 기차를 놓친 거라고 걱정하기 시작했을 거야.」

「로드니 부인이 시골길을 걷는 걸 좋아해요.」

켈웨이 부인이 잠시 스텔라의 발을 쳐다보았다.

「런던을 빠져나오니 정말 좋네요.」 스텔라가 말했다. 「게다가 저는 가을이 정말 좋아요.」 그러고는 앉지 않을 이유가 없어서, 의자에 앉았다.

「그러게요, 오늘은 완연한 가을 날씨로군요. 전쟁 중이라 런던에는 거의 가지 않죠. 이유 없이 이동하는 건 삼가라고 하니까요. 나는 걷는 건 좋아하지 않지만, 뜨개질은 늘 즐겨해요. 게다가 지금 손자는 군대에 가 있고.」

「오, 제 아들도 그래요!」

「가끔 이게 얼마나 오래 지속될지 생각하죠.」

「그만하죠.」 로버트가 외쳤다. 「군대에 가는 게 큰일도 아니고, 당연히 로더릭과 크리스토퍼만 군대에 가는 것도 아닐 테니까요!」

켈웨이 부인은 표정을 바꾸지 않고 말했다. 「군대를 말한 게 아니었어. 전쟁을 말한 거지.」 뜨개바늘이 한 줄의 절반쯤 가 있는 것을 보면서 그녀가 덧붙였다. 「〈로더릭〉이라니, 누구지?」

「로드니 부인의 아들이에요.」

「오.」 켈웨이 부인이 전보다 덜 다정한 듯한 목소리로 말했다.

　자신과 로버트의 어머니 사이에는 어디에도 희극적인 요소가 들어설 자리가 없다는 것을 스텔라는 이해했다. 이제 떨림은 가라앉고, 그녀는 자신의 존재감에 대한 순간적인 단절을 느끼며, 위압적인 아름다움의 축소판인 그 얼굴을 마주보고 있었다. 켈웨이 부인의 짙은 머리칼은 회색이 언뜻언뜻 드러나는 정도였지만, 그 부드러움은 다이아몬드 커팅을 한 듯한 생김새를 더욱 부각시켰다. 이마, 코, 입술은 냉혹해 보일 만큼 섬세했고, 그림자 없이 선명했다. 어니의 시선에 무신경함이 담겨 있다면, 어머니의 시선은 말 없는 강박을 보여 주었다. 그러니까 그녀가 왜 말을 **해야** 하는가? 그녀는 필요한 모든 것 — 자신에 대한 자기만족적인 미스터리 — 를 가졌다. 소통을 바라지 않는다는 게 그녀가 단어를 경멸적으로 사용한다는 데서 드러났다. 거실은 그녀의 본성이 축적되다가 지금의 모습이 된 것이었다. 그녀가 선택하고 축성을 내린 곳은 실내였다 — 참으로 그녀는 밖으로 나갈 이유가 없었다. 여기 자신이 앉아 있는 자리에 앉아, 가끔은 이것저것 구비된 잔디밭을 내다보고, 가끔은 심지어 쳐다보지도 않으면서, 그녀는 홈딘을 구상했다. 이곳은 마법에 걸린 숲이었다. 그녀의 위력이 하얀 대문에서 끝난다면, 세상도 그곳에서 끝났다.

　그녀는 뜨개질한 회색 투피스를 입고 있었는데, 스타일이나 품질로 봤을 때 전전(戰前) 시대의 것으로, 목 부분은 레이스를 접어 부드럽게 처리한 것이었다.

로버트는 어머니와 스텔라 사이에 계속 서 있었다 ── 스텔라가 고개를 들자 사진처럼 번들거리는 어둠을 배경으로 그의 금발 머리가 보였다. 벽난로를 등진 그의 태도나 여자와 여자 사이를 쉽게 오가는 그의 시선을 보면, 이런 만남의 자리가 그에게는 일상적인 일이라고 생각될 수 있었다. 키, 무심함, 공정성은 아버지에게서 물려받았을 것이다 ── 그것을 제외하면, 다른 것은 얼마나 더 있는가? 그가 말했다. 「음, 저희는 이만 나가도 될까요?」

켈웨이 부인이 말했다. 「곧 차가 나올 거다.」

「그러면 차를 마시기 전에 가볍게 걷고, 본격적으로 걷는 건 나중에 하면 되겠죠?」

그들이 창문으로 보이지 않는, 거의 심령적으로도 보이지 않는 곳으로 나왔을 때 그가 말했다. 「어머니가 정말로 무례한 분이 아니고, 그보단 무의식적이라고 할까?」

스텔라가 의아해했다.

「당신은 그렇게 생각하지 않아?」 그가 물었다.

「음, 무엇보다 먼저, 어머니는 내게 사악한 느낌이었어. 하지만 당신은 느끼지 못했겠지.」

「오, 나는 항상 느껴.」

「런던에서 당신은, 어머니가 소란을 피울 수도 있다고 말했어. 지금까지 그런 낌새는 전혀 없던데.」

「아니, 내가 말한 건 **그들이** 소란을 피울 거라고. 지금까지 당신은 한 명씩 봤잖아. 엄마도, 어네스틴도 혼자서는 소란을 피우지 않아. 사실 엄마는 시위를 한 거였어. 엄마가 당신한테 자기 이야기를 많이 했잖아.」

「그게 평소와 다른 거야?」

「내가 그걸 어떻게 알겠어? 여기 낯선 사람은 거의 찾아오지 않아. 그리고 어니하고 나하고 아이들은 이미 그 이야긴 들었고.」

「그러니까 내가 낯선 사람인 거네?」

「그렇지, 그렇게 볼 수 있지.」

스텔라는 그녀의 존재를 전혀 개의치 않는 조랑말이 있는 작은 방목장에 눈길을 주며 말했다. 「그런데 아이들은 어디 있어?」

「토요일 오후니까 ─ 차 마시는 시간에는 볼 수 있을 거야.」

아이들, 켈웨이 부인, 로버트, 스텔라가 마호가니 식탁에 둘러앉았다 ─ 빈 식탁이 매트와 접시, 켈웨이 부인의 맞은 편에 있는 다기가 담긴 옻칠한 차반, 번과 빵 한 덩이와 오랫동안 그렇게 둔 듯한 썰지 않은 케이크, 입맛을 돋우는 인스타티아자두잼 한 병으로 되살아났다 ─ 어네스틴이 황급히 들어와 빵을 썰기 시작했다. 그리고 칼의 평평한 면에 빵 조각들을 올려 한 바퀴 돌렸다. 「이런.」 로버트가 자기 빵을 가져가며 말했다. 「로드니 부인과 내가 우리 버터를 챙겨 온다는 걸 깜박했어.」 그 말에 스텔라는 버터가 놓인 모양새에 주의를 돌렸다. 가족 각각이 각자의 몫으로 배급받은 버터가, 각자의 접시 앞으로 각기 다른 색깔의 자기로 만든 조가비 그릇 안에 담겨 있었다. 오늘은 한 주의 배급이 시작되는 유혹적인 날이었다. 그 주가 끝날 때쯤 무절제하게 먹은 결과가 평가될 것이다. 레스토랑을 드나들며 어디든 매이지 않고 혼자 지내는 것이 익숙한 런던인의 생활 습관 때문에 스텔라는 국내 전선[4]의 실상을 잘 알지 못했다. 왠지 모르게, 각기 다른 색깔의 조가비 그릇은 다른 어떤 것보다 그녀의 기분을 초라하고 우울하게 만들었다. 하지만 그녀는 화려하고 솔직하고 아름다운 그 조합에 감탄하지 않을 수 없었다. 그녀는 재빨리 자신은 차를 마시지 않겠다고 말했다.

「내 버터를 좀 나눠 줄게요.」 어네스틴이 말했다. 「하지만 그러면 당신이 불편해질 뿐이겠죠.」

로버트가 번을 가져와 반으로 쪼갠 뒤 인스타티아자두잼을 두껍게 발랐다. 「어, 저거!」 그의 조카 피터가 처음으로 입을 열었다. 여자아이인 앤이 말했다. 「런던에서는 그렇게 먹어요? 잼을 아주 많이 쓰겠네요. 정말 아주 많이.」

「암시장이 있어.」 로버트가 입 한쪽으로 비밀스럽게 말했다.

어네스틴은 그 말을 웃어넘기면서 경고하는 투로 말했다. 「우리는 모든 걸 통째로 삼킨다는 걸 기억해.」 그녀가 덧붙였다. 「우리가 영웅 숭배 사례가 된 것 같아 유감스러운데.」 앤은 눈을 아래로 내리깔았고, 화가 나서 얼굴이 서서히 붉어졌지만 묵묵히 참았다. 졸리프가의 아이들은 각각 아홉 살, 일곱 살이었는데, 몸집이 더 작았을 때 털실로 뜬 저지 스웨터를 입고 있었다. 두 아이 다 솔직하고 자부심이 강해 보였

4 전시에 국내에 남아 일하는 사람들을 말한다.

다. 앤의 가슴팍에는 개 모양의 분홍색 플라스틱 브로치가 꽂혀 있었다. 피터는 암호 같은 문자가 적힌 팔찌를 자랑스럽게 내보이고 있었다. 「로버트 삼촌이 결국 교도소에 가게 될지도 모르잖아요!」

「그러면 네가 나를 보러 와야겠구나.」

대화가 선을 넘고 있었다. 앤의 격앙된 반응에 저지 스웨터 올이 팽팽해졌다. 「곧 울음이 터지는 걸 보겠는데.」 어네스틴이 말했다. 켈웨이 부인이 그 아이를 찬찬히 쳐다보았지만, 이 말 말고 달리 할 말을 찾지 못한 것 같았다. 「번거로운 일이 아니라면 할머니에게 빵을 좀 주지 그러니.」—「오, **머티킨스**, 제가 안 **드렸어요?**」—「이번에는 안 줬어, 어네스틴. 처음엔 내가 이야기를 쏟아 내느라 그랬고, 나중엔 네가 버터 이야기를 하느라 그랬지.」 스텔라가 피터를 돌아보았다. 「네 팔찌에 있는 그 글자가 무슨 뜻인지 말해 줄래?」

「아줌마는 못 들어 본 걸 거예요.」 피터가 로버트의 시선을 붙들려는 시도를 포기하지 않은 채 짤막하게 말했다. 「로버트 삼촌, 택시를 대문에서 돌려보냈다고 해도 기름을 많이 절약해 준 건 아니에요. 다시 차를 돌리기 전에 1마일은 더 가야 했을걸요. 여기까지 왔다면 문 앞에서 아주 쉽게 차를 돌릴 수 있었을 텐데.」

「다시는 그러지 않기로 이미 결심했어.」 로버트가 말했다.

「우리는 송곳 같은 눈을 가지고 있지.」 어네스틴이 말했다. 「피터, 이 영감쟁이야, 그 팔찌는 대문 **밖까지** 하고 나가진 않는 거다?」

「우리는 정체를 숨기고 있거든요.」

「숨겼든 안 숨겼든, 내가 항상 무슨 말을 하는지 알잖아. 놀이는 놀이지만, 이 전쟁은 정말로 심각한 거야.」

「알아요, 어니 이모.」

「그리고 로드니 부인에게 차를 좀 더 드시고 싶은지 여쭤 봐. 〈그래〉라고 하면, 부인의 컵을 이리 건네주고. 스푼은 떨어뜨리지 마.」

「로드니 부인은 오후에 마시는 차는 좋아하지 않나 봐.」 켈웨이 부인이 보고 있다가 한마디 했다.

「오, 하지만 저는 차를 아주 많이 **마셔요**. 그러니까 직장에서 들인 나쁜 습관이에요.」

켈웨이 부인이 물끄러미 바라보았고, 그 나쁜 습관이 이 경우에만 한정되는 것인지 궁금한 듯했다. 그리고 곧 말했다. 「우리는 이제 차를 하루에 한 번만 마셔요. 그렇게 하지 않으면 손님을 대접할 만큼 충분하지 않아서요. 주중에는 딸이 W.V.S.에서 차를 마시는 일이 많아서, 아이들이 없었다면 나는 차를 마시지 않으려고 했을 거예요. 이 식탁에서 오후에 차를 마시는 일이 전과 같지 않아졌지만, 우리가 오후 티타임 때 쓰던 접이식 탁자는 자리를 마련하기 위해 치워야 했죠. 피아노를 응접실에서 빼서 여기로 옮겨야 했거든요. 앤이 추운 데서 연습하는 걸 그냥 둘 수는 없었으니까요. 그 애는 자기 할아버지 같아요. 연료가 부족하다는 말을 듣고 나서 이 공간이 가장 중심이 되는 곳이라 모두 여기서 지내기로 했어요. 내 딸은 모자를 벗을 새도 없이 여기저기 돌아다니느라 추위를 느끼지 않고, 아들은 런던에서는 전쟁을 알아채지 못할 거라고 하더군요. 유감스럽게도 여기는 전혀 달라요. 물론 전에는 아들이 아주 많은 일을 겪었죠. 우리가 말하고 싶은 만큼보다 더 많은 일을.」 그녀가 로버트를 쳐다보며 덧붙였다.

스텔라가 로버트를 쳐다보지 않으면서 말했다. 「그런 것 같았어요.」

「여기선 그런 이야기는 안 해요.」 어네스틴이 말했다. 「그렇지 않니, 얘들아?」

앤이 말했다. 「로버트 삼촌이 특별히 비밀로 하는 것 같진 않은데요.」

로버트가 칼로 케이크를 썰려고 하면서 말했다. 「그렇지, 누구도 내가 비밀스럽다곤 말하지 못할걸. 누나 문제는 다른 사람 말을 절대 안 듣는다는 거야. 내가 누나한테 됭케르크 후퇴에 대해 말해 줄 수 없는 건 아무것도 없어. 그런데 우리가 새 케이크를 사야 할 때가 된 것 같지 않아?」

「하지만 아직 그것도 다 안 먹었는걸.」 어네스틴이 반대했다. 「로드니 부인도 분명 우리를 있는 그대로 받아들일 거야.」

「로드니 부인은 다행스럽게도 케이크를 먹지 않네.」

「맙소사, 왜요?」 앤이 스텔라를 돌아보며 소리쳤다. 「케이크를 먹으면 살이 찔까 봐요?」

「〈맙소사〉는 너보다 나이 많은 사람에겐 쓰는 게 아니야. 로드니 부인에게는 케이크를 먹고 싶지 않으면 먹지 않을 자유가 있지. 바로 그게 내가 잉글랜드와 독일의 차이라고 생각하는 점이야.」

피터가 스웨터 안에서 몸을 꼼지락거리며 말했다. 「나치는 케이크를 **강제로** 먹일 거예요.」

아들의 마지막 말 이후로 그의 얼굴에서 멀찍이 얼음처럼 투명한 시선을 거두지 않던 켈웨이 부인이 말했다. 「하지만 그 후퇴는 이제 지난 일이 됐지.」

차를 마시는 동안 해가 지고 있었고, 그 화학적인 노란 햇살에 집의 경계에 심긴 나무들은 더욱 강렬해 보였다. 사물의 반사상이 잔디밭을 가로질러 거실로 들어와 실내 그림자에 반짝거리는 셀룰로이드 같은 얇은 막을 입혀 주었다. 스텔라는 이것이 지금 **자신**이 헤쳐 나가야 하는 순간이라고 되뇌면서 식탁 모서리를 엄지로 꾹 눌렀다 — 그녀는 기절하기 직전의 순간처럼 모든 것을 점점 어두워지는 망원경을 통해 보고 있는 것 같았다. 유약을 바른 찻주전자에 반사된 창문의 상을 응시하는 것으로 다시 눈의 초점을 맞춘 뒤, 그녀는 탁자 맞은편에 앉은 로버트를 다시 쳐다보았다. 그는 두 조카 사이에 앉아 있었다. 늦은 오후가 그의 푸른 눈동자에 박혀, 그는 천연색 영화에 나오는 젊은 남자처럼 보였다. 그와 그녀 사이의 흐름이 차단되는 것, 그것은 그녀가 예상한 일이었다. 따분하고 무감각하고 심지어 기괴하기까지 한 분위기, 그것도 이미 예견했다. 하지만 그들이 홈딘을 찾아온 것이 적절한지에 대한 이 예상치 못한 꺼림칙함은 무엇 때문일까? 이 무모한 방문은 재미없고 허세뿐이라 충분히 별로였고, 그들 자신과 관련시켜 말하자면 더욱 깊은 수준에서 부적절한 것이었다. 그들 사이에 놓인 다기와 다과가 준비된 켈웨이 부인의 차 탁자보다 더 심령적인 것은 없었다. 하지만 그 티 테이블 자체만으로도 충분했다. 잉글랜드인은 별나다고, 그녀는 스스로에게 말할 수밖에 없었다 ― 잉글랜드가 아닌 다른 곳이 어떨지는 그녀도 알지 못했다. 켈웨이 부인이 이끄는 이 가족을 단순히 중간 계급이라는 말만으로 설명할 순 없었다. 그렇게 말하면 무엇의 중간 계급이냐는 질문이 남기 때문이었다. 그녀는 켈웨이 집안이 허공의 중간에 걸려 있다고 보았다. 그들에게 더 이상 아무것도 남지 않았을 때, 그들이 그렇게 걸려 있으리라는 것을 그녀는 그려 볼 수 있었다. 자신들의 상태에 대해 늘 흔들림이 없는 채로. 재정 상태는 가늠할 수 없었다. 그들이 주는 인상은 도덕적이라는 것이었다.

로버트와의 유대 관계가 모호한 것과는 별개로, 홈딘에서 스텔라는 이질적인 것과 섞이는 데에서 오는 모든 형태의 불안과 불확실성을 느꼈다. 그녀는 로버트와 마찬가지로 정박지에서 풀려났다. 하지만 그녀가 남긴 것이 떠난 뒤에 사라지는 동안, 그가 남긴 것은 배제되지 않을 터였다. 삶은 지금까지 그녀에게 버려진 과거만큼 낙관적인 것을 주지 않았다. 그녀의 혈통은 예상치 못하게 많은 세대를 죽음으로 몰아간 계급 ― 최근까지 땅을 소유했고, 여전히 다시 모으는 중인 상류계급 ― 의 그것이었다. 잔디밭으로 이어지는 아름답고 방치된 대문과 교회 벽을 빙 둘러 반복적으로 나오는 기념비는, 아무리 먼 이야기가 되었다 하더라도 그녀가 미혼 시절에 쓰던 성(姓)에 일종의 배경이 되어 주었다. 어느 정도 지위가 있는 가정에서 태어났지만, 그녀는 지금 자신의 지위에 대해서는 좀처럼 자문하지 않았다 — 더욱이 지위 그 자체에 대해서는 전혀 생각하지 않았다. 반면 켈웨이 부인과 어네스틴에게는 그들이 차지한 그들만의 자명한 지위가 있었다.

어네스틴이 그 특유의 요란한 웃음을 터뜨리는 바람에 생각은 더 이어지지 않았다. 스텔라가 이 집을 구경하고 싶어 한다는 로버트의 말에 대한 반응으로 나온 웃음이었다. 하지만 그들은 지금 곧 산책하러 나가야 하지 않는가? 그건 당연히 그렇지만 집을 먼저 봐도 되지 않겠느냐고, 그가 대답했다. 어네스틴은 더 늦어지면 해가 질 거라고, 적어도 지기 시작할 거라고 지적했다. 해는 그렇게 서두르지 않는다고, 로버트가 주장했다. 하지만 로드니 부인은 — 이 시점에 어네스틴이 스텔라를 돌아보았다 — 이 집이 겉보기에는 고풍스러워 보여도 실제로는 오래되지 않았다는 걸 **알아차렸는가**? 오크 기둥은 아주 솔직하게 말하면 모조였다. 더욱이 — 만약 스텔라의 마음에 이런 희망이 흘러든다면 — 홈딘은 세를 놓은 적이 없었고, 앞으로도 놓지 않을 것이었다. 스텔라는 그런 것은 바라지 않는다고 대답했다. 어네스틴은 그렇다면 — 물론 **자기**는 상관없지만 — 왜 화창한 오후를 낭비하느냐고 말을 이었다. 로버트는 화난 게 분명한 모습으로, 스텔라가 실내 장식에 관심이 있어서라고 말했다. 그 말에 켈웨이 부인이 즉시 말했다. 「유감스럽게도 여기 그런 건 전혀 없어. 너희 아버지는 늘 모든 걸 단순하지만 보기 좋게 하려고 했지. 게다가 전쟁 때문에 더 좋은 방들은 문을 닫아 놓았고.」

「그러면 스텔라에게 내 크리켓 사진들을 보여 줄게요.」

「맙소사.」 어네스틴이 킥킥 웃었다. 「로드니 부인이 너를 아주 허세가 심한 사람으로 생각하지 않을까?」

「우리가 같이 가도 돼요?」 아이들이 소리쳤다.

「안 돼.」 삼촌이 말했다. 「잔디밭에서 운동을 하지 그러니?」

「그럼 삼촌은 우리를 못 보잖아요.」

「창밖을 내다보면 되지.」

꼭대기 층에 있는 로버트의 방으로 올라가는 계단에서 스텔라가 말했다. 「당신 때문에 나를 엄청 주제넘은 사람으로 생각하겠어.」

「아니었어? 하지만 당신이 나쁜 인상을 심어 주었다고 생각하진 마. 장담하건대 아무 인상도 남기지 않았을 테니까.」

로버트의 방은 다락이어서 확실히 이점이 있었다. 창문은 박공지붕에서 아주 넉넉한 자리를 차지했고, 경사진 천장은 머리 위로 둥글려 있어 낭만적인 텐트 같은 데다 흐릿한 빛이 들어왔다. 수직 공간을 이루는 벽에는 인상적인 마호가니 가구가 놓여 있었다. 흠집 없는 표면은 그가 얼마나 성숙한 아이였는지에 대한 증거가 되어 주었다. 그가 소년기에 자기 방에서 아래층으로 내려가지 않으려고 한 건 분명 그가 하고 싶은 대로 하게 놔두었다는 의미로 보였다. 남자들이 좋아할 만한 물건은 그를 위해 위층으로 올려 두었다. 그 물건에서 소년다운 허구가 엿보였다. 편안한 책상용 의자는 쿠션 자리가 색이 바래지 않은 푸줏간 주인의 앞치마 색깔인 파란색이었고, 회전 램프는 의자의 팔꿈치 자리에 차렷 자세로 서 있었다. 강렬하고 새로워 보이는 튀르키예산 사각 카펫은 리놀륨이 깔린 바닥을 장식했다. 그가 한때 몹시 아꼈거나 아꼈을 동전과 새알, 화석, 나비를 넣어 둔 유리 상자는 시선을 끄는 지점에 못 박힌 듯 놓여 있었다. 벽난로 선반 위에는 고리나 브래킷으로 걸어 둔, 은이나 다른 재료로 만든 트로피들이 피라미드 모양을 이루고 있었다. 그리고 뭔가 더 강렬하게 눈에 띄는 것이 있었다 — 예순, 혹은 일흔 장의 사진이었다. 맨 아래 스냅 사진에서 시작해 그 위로 단체 사진까지, 크기와 무게에 따라 두꺼운 종이에 붙이거나 액자에 담겨 두 벽면에 걸쳐 조밀한 배열로 걸려 있었다. 모든 사진에 로버트가 등장했다. 독사진도 있고 친구들이나 지인들이나 친척들과 같이 찍은 사진도 있었는데, 그의 나이대 별로 다 있었다.

「어쩜 로버트⋯⋯.」 스텔라가 잠시 침묵을 지키다 말했다.

「무슨 말 하려는지 알아⋯⋯.」

「한 번도 내게 말하지 않았어 — **당신**이 이걸 다 걸진 않았지?」

「아니야 — 하지만 보다시피 내가 떼어 내지도 않았지.」

「그러면 당신 어머니가 이랬어? — 어니가?」 그녀가 너무했나 싶은 마음에 덧붙였다. 「그들이 당신을 정말로 아주 좋아하나 봐.」

「그렇다면 이걸 아래층으로 옮겼겠지. 아니, 그들은 내가 나 자신을 아주 좋아하기를 바라는 거야.」

「그래도⋯⋯.」 그녀는 전시된 사진들을 돌아다니면서 보기 시작했다. 그에게는 어떤 의미일지 몰라도, 그녀에게는 차려 놓은 만찬과 같았다. 그의 마지막 말을 생각해 본 뒤 그녀가 말했다. 「하지만 당신이 <u>스스로</u>를 좋아하는 것 같진 않아.」 그녀는 플란넬 테니스복을 입은 그가 여름 원피스를 입은 키 크고 예쁜 여자와 팔짱을 끼고 있는 확대된 스냅 사진 앞에 멈춰 섰다. 「이 사람이 데시마야?」 (그는 데시마라는 여자와 잠깐 약혼했었다.)

「맞아.」 로버트가 자기 어깨 너머로 흘끗 쳐다보며 말했다.

스텔라는 데시마의 사진을 고리에서 떼어 내 조명 가까이로 가져갔다. 「내가 보기엔, 그녀에게 문제가 있는 것 같진 않은데.」

「그런 건 없었어. 그녀는 그저 내 문제와 맞닥뜨렸을 뿐이지.」

「한편으로 놀라운데.」 그녀가 말했다. 「그들이 이 사진을 떼어 내지 않았다는 게 말이야.」

「내가 플란넬 테니스복을 입은 사진이 그거 말고 없어서겠지.」

그녀가 사진을 고리에 걸고 다시 방 안을 둘러보았다 — 이번에는 풀 먹인 흰색 커버를 모서리까지 모두 덮어 놓은, 좁고 빙하 같은 침대를 보았다. 침대 옆 네오셰러턴풍 책 보관함[5]에 있는 책들은 방치되면서 알 수 없는 분비물이 생겨

5 셰러턴은 영국의 가구 제작자로, 그의 양식을 본떠 바닥이 V 자형으로 된 보관함을 말한다.

서로 붙어 버린 인상을 주었다. 높은 서랍장 위에는 뒷면에 모노그램이 새겨진 브러시가 짧고 빳빳한 솔을 아래로 한 채 높이 솟아 있었다. 모든 것에 먼지 한 톨 없었다. 그 순간 새로운 공기가 모든 위험 요소를 데리고 들어왔다 ─ 그가 창문을 연 것이었다. 그녀가 외쳤다. 「로버트, 이 방은 비어 있는 것 같아!」

「이보다 더 비어 있다고 느껴질 순 없을걸. 이 안에 다시 들어올 때마다 내가 존재하지 않는다는 느낌에 뺨을 맞는 기분이야 ─ 내가 지금 존재하지 않을 뿐 아니라 한 번도 존재하지 않았다는 느낌. 정말로 그래서 당신하고 여기 들어온 게 몹시 이상해.」

「그런데 **이때** ─ **이때** ─ 그리고 **이때** 당신은 뭘 하고 있었어?」 그녀가 사진을 짚어 가며 말했다. 「아니면 어쨌거나 당신이 한 것처럼 보이는데, 누가 했던 거지?」

「그렇게 물을 수 있지. 나는 지금도 전혀 모르겠지만, 그때는 더더욱 몰랐던 것 같아. 얌전하게 앉혀 놓은 벌거벗은 아기인 내가 모피 러그를 움켜잡고 있는 모습이 토너먼트 대회 우승컵을 보고 싱글거리는 모습만큼이나 무의미하게 느껴져. 아니면 반바지를 입고 톰프슨과 함께 바위에 올라서 있는 나, 교회 바깥에 애머벨의 결혼식 안내인으로 서 있는 나, 어니의 래브라도종 개에게 목줄을 채워 주는 나, 키츠뷔엘에 놀러 간 나, 데시마와 함께 있는 나, 피크닉 바구니를 옆에 놓은 나, 데즈먼드의 말과 함께 있는 나만큼이나……..」

「하지만 그런 순간도 한때는 의미가 있었을 텐데.」

「가짜야. 지금 내 생각으로는, 누군가가 태어난 뒤부터 어떤 행동을 쭉 해오는 게 범죄라면, 여기 이게 내 범죄 기록이야. 누군가를 미치게 만드는 데 그 사람이 잠을 자야 하는 방의 사방에 그 사람이 한 거짓말을 잔뜩 걸어 놓는 것보다 더 좋은 방법이 있을까?」

「그건 아니지.」 그녀가 말했다. 「벽면 두 개뿐인걸.」

「뭘 하려고 했든, 마찬가지 아니야?」

그녀는 편안하게 자기 팔을 그의 팔에 끼고 말했다. 「아니, 그들은 이 방을 당신이 죽은 것처럼 만들어 놓은 것뿐이야.」

「젠장, 스텔라. 이 정도로 충분하지 않아?」

그녀는 사진에서 물러나 서랍장으로 걸어갔고, 단단한 손잡이를 잡고 서랍 하나를 열었다. 그러고는 좀약 냄새를 맡으며 맨 위에 접어 올려놓은 종이를 보고 감탄했다. 「양말이네.」 그녀가 종이 아래를 들여다보며 말했다. 「정리가 참 잘돼 있어. 로더릭이 어네스틴을 조금만 닮았어도.」 그녀가 서랍을 닫고 한숨을 쉰 뒤, 의자와 어울리는 쿠션을 댄 창가 자리로 가서 앉았다. 그리고 열린 창문의 턱에 한쪽 팔꿈치를 올리고 생각에 잠긴 채 저만치 있는 로버트를 쳐다보았다.

「당신이 정말로 궁금한 건 뭐지?」 그가 말했다.

「차를 마실 때 당신이 계속 그러도록 내가 유도한 건지, 아니면 여기선 당신이 늘 **앙팡 테리블**[6]인지. 어니가 자신의 래브라도를 어떻게 했는지. 그리고 특히 당신 아버지는 어떤 분이셨는지. 당신하고 같이 찍은 사진에서는 아주 좋은 분

---

6 enfant terrible. 프랑스어로 〈무서운 아이〉라는 뜻.

같았는데.」

「아버지는 ─ 어니의 래브라도? 그 개는 뮌헨 주간[7]이 반쯤 진행됐을 때 죽었어. 그런 큰 개들은 민감하지. 알지 못해도 느끼거든 ─ 아버지에 대해서도 마찬가지였어. 사실 **아버지**가 돌아가신 게 엄청난 안도감을 줬어. 그러니까 내게는. 그래, 내가 아버지하고 찍은 그 모든 사진을 봐! 우리는 서로에게 끌리면서도 당혹스러워했어 ─ 그리고 물론 이 집에서 함께한 시간이 아주 많았지. 뭔가 기대하는 게 있었어. 나는 어느 쪽을 봐야 할지 모를 때가 아주 많았고, 돌이켜 보면 아버지도 그랬던 것 같아. 사실 당시에 나는 그 사실을 깨닫지 못했던 것 같지만.」

「그래서 당신은 어디를 봤어?」

「선택지가 없었어. 아버지가 눈을 봐야 한다고 해서 서로 계속 눈을 쳐다봤어. 우리가 말 그대로 맞물린 시선을 뗄 수 없을 때는 경련이 일어나듯 어색한 분위기가 됐어. 지금도 아버지 홍채의 혈관을 지도로 그려 보일 수 있어. 눈에 보이는 다른 건 물론이고, 젤리 같은 그건 그 뒤부턴 아주 쳐다보기도 싫어 ─ 내가 당신 눈을 잘 안 쳐다보는 거 눈치챘나? ─ 당신 **눈을** 쳐다보는 건 완전히 다른 경험이야. 당신이 나방처럼 눈을 깜박이거나 나른하게 뜨고 있는 게 처음 만났을 때 매력적으로 보였다기보단 나를 안심시켜 줬어 ─ 당신은 몰랐겠지만 나는 우리가 점잖은 척하는 부분에서 비슷하다

7 독일 뮌헨에서 1938년 9월 30일에 영국, 프랑스 제3공화국, 나치 독일, 이탈리아 왕국에 의해 체결된 뮌헨 협정을 말한다.

고 느꼈어. 아버지 안에서 용수철이 끊어지듯 탄력이 사라진 걸 보지 않는 게 불가능했어. 적어도 내가 안 볼 수는 없었어. 그게 아버지에게 어떤 영향을 미쳤는지 나 스스로 자문하곤 했는데, 짐작할 수 있겠어? ── 그런데 무슨 문제 있어?」

「아무 문제 없어.」

「당신이 말수가 적어진다는 건 생각이 많아진단 거지.」그가 그렇게 말하고는 방 안을 돌아다니다 걸음을 멈추고 나방과 동전을 담아 둔 상자를 응시했다. 「하지만 당신은 내 아버지를 좋아했을 것 같아. 아버지는 외모가 준수해서, 종종 수치심을 느끼는 순간에도 품위를 지키며 스스로 위안을 삼을 수 있었지. 그래, 당신이, 당신 같은 사람이 내 아버지를 사랑했다면 ── 하지만 아니, 어느 때건 그런 일이 때맞춰 일어나는 경우는 상상할 수 없지. 내가 기억하기론 어느 때라도 언제건 너무 늦었을 거야 ── 그리고 아버지의 관점에서 그보다 더 자신을 과시하는 일이 일어났으리라곤 상상할 수 없어. 그게 보상이 됐을 거야. 아버지는 한 가지를 제외하고 모든 면에서 무력했는데, 그게 나와의 관계에서 드러났지. 우리가 이 집에 있는 동안은, 내가 아버지에게 일어났으리라고 생각하는 일을 말할 수 없어. 아버지는 어니의 래브라도가 스스로 목줄에 들어가 묶이곤 했던 것처럼 스스로 자신의 결혼 생활에 들어가 묶였어. 하지만……」

「앤이 아버지와 **비슷해**?」

「앤?」그가 멍하니 말했다. 「왜?」

「당신 어머니가 앤이 당신 아버지와 비슷해서, 앤이 계속

202

연습할 수 있게 피아노를 거실로 옮겼다고 말한 것 같은데.」

「오, 맞아. 아버지는 늘 악보를 보지 않고 연주하려고 했지. 앤은 피아노를 제대로 연주하는 법을 배우고 있지만, 잘하진 못해. 당연히 어머니의 **불합리한 추론**이 다른 사람은 보지 못하는 연결점을 찾아내려고 한 거지. 아버지에게는 사업적 재능이 있었어. 그렇지 않았다면 우리가 지금 이 자리에 있지 못했겠지. 그래, 아버지는 비교적 젊은 나이에 은퇴할 정도로 경제적 여유가 있었어 ── 뭘 바랐을까? 그는 내 출발을 지원하는 것으로 아버지의 의무를 다했고, 두 딸이 결혼할 때는 정착금으로 상당한 액수의 돈을 줬어. 나중에 불황이 시작되자 아버지가 투자한 곳도 타격을 입었지만, 그렇게 심한 건 아니었어. 어머니가 살아오던 대로 살 수 있을 만큼 충분한 돈도 남겨 줬고.」

「당신한테는 얼마나 남겨 주셨어?」

「착수금으로 1만 파운드. 어머니가 받은 건 어머니 마음대로 할 수 있어. 이 집만 빼고. 이 집은 어머니가 돌아가실 때 여전히 집안 소유면, 어네스틴과 내가 물려받게 돼.」

「이 집이 여전히 집안 소유가 아닌 게 된다면, 그건 왜 그렇지?」

「오, 그게, 집을 내놓았어. 사실상 집은 늘 내놓은 상태지. 우리가 여기로 이사 오고 한두 해가 지나서 중개인에게 내놓았어. 아버지가 집을 싫어하게 된 건 아니었지만, 그냥 자신이 또 다른 변화를 원하리란 걸 내다본 거지. 사실 라이게이트 외곽에 있는 페어리라는 집을 염두에 두고 있기도 했고.

하지만 이 집을 사려는 사람은 아무도 없었고, 그러는 사이 다른 누군가가 페어리를 샀어. 나는 치슬허스트 근처 엘름스 필드라는 집에서 태어났어. 그 집에서 이 집으로 이사하기 전에 우리는 메도크레스트라는 또 다른 이름의 집에서 살았는데, 그 집은 헤멀헴프스테드 외곽에 있었고. 당신 눈에는 그 집들이 페어리까지 포함해서 아주 똑같아 보일 거야 — 하지만 페어리는 나도 본 적이 없고, 꿈으로 남아 있지.」

「페어리에서 살다 나온 사람이 홈딘을 갖게 되면 기뻐했을 것 같은데.」

「어딘가에서 뭔가가 틀어졌어. 우리는 불리한 입장에 처했지. 사람들이 더 이상 자신들에게 뭐가 좋은지 몰랐거나, 우리가 욕실이 부족한 집을 너무 비싸게 불렀거나. 우리는 살 때 금액보다 더 받지 못하면 차라리 죽는 게 낫다고 생각했지. 당신도 상상할 수 있겠지만, 그럼에도 그건 모욕이니까.」

「하지만 방금 어니가 홈딘은 세를 놓지 않는다고 딱 잘라 말했잖아.」

「전적으로 맞는 말이야. 세는 놓지 않아, 파는 거지. 명성이라는 관점에서는 무한한 차이가 있어. 전쟁이 일어나기 몇 년 전부터 집을 보러 오는 사람들의 발길이 멈췄고, 이제 귀찮은 일은 없어. 그럼에도 우리는 그게 너무 속상해서, 우리끼리도 그 얘기는 절대 안 해. 그건 단순히 아버지가 저지른 또 하나의 실수였어. 아니, 오히려 우리가 과거에 그렇게 느끼곤 했다고 말하는 편이 더 맞겠다. 지금은 다행히 전쟁이 우리의 체면을 살려 줬지. 이 집에서 늘 불편하게 살았어. 이제 그럴 수밖에 없게 된 거지.」

「그럼에도 그건 얼마나 슬플까.」 그녀가 말했다. 「분명 아주 불안할 것 같은데?」 그녀는 창밖을, 잘 관리되지 않은 정원을 내려다보았다. 지금은 작은 요정과 새 물통과 통나무 벤치가 목적 없이 서성이는 듯 보였다. 이 다락 높이에서는 나무 꼭대기 사이로 내려다볼 수 있었다. 숲 같은 조밀함에 대한 환상은 사라졌다. 잎이 떨어지고 있는 나무들이 하늘을 배경으로 나달나달한 모습으로 서 있었다. 떼까마귀는 보이지 않았다. 투명한 황혼을 통해 바라보는 잔디밭 화단의 형태는 영구적이지 않아 보였고, 파리해진 장미는 올해 핀 꽃이어서가 아니라 **이곳**에 핀 꽃이기에, 마지막 꽃이기에 더 오래 머물고 있는 듯 보였다. 그녀가 물었다. 「이 꽃들은, 누구라도, 이런 곳에서 어떻게 살 수 있지? 끝을 내야 한다는 이야기가 오랫동안 오간 이런 곳에서 말이야.」

「오, 하지만 늘 다른 어딘가가 있을 테니까.」 그가 느긋하게 말했다. 「모든 것은 옮겨질 수 있어. 자물쇠, 가축, 큰 통. 결국 여기 있는 모든 것도, 다시 옮겨진다는 의도와 함께 다른 데서 여기로 옮겨진 거야 ─ 무대 배경이 이 극장에서 저 극장으로 옮겨 다니는 것처럼. 다른 데서 다시 조합해도 같은 환상을 보게 되지.」

「당신은 이걸 환상이라고 하는 거야?」

「환상이 아니면 뭐가 이런 강력한 힘을 갖겠어?」 그가 꽤나 조심성 없는 동작을 했다 ─ 그러고는 그들 사이의 틈을 좁히려는 듯 그녀 옆에 있는 창가 자리에 털썩 앉아 그녀의 손을 잡아 올렸다. 창문 아래에서 뭔가 움직이는 게 느껴져, 스텔라는 다시 고개를 돌려 아래를 내려다보았다. 두 아이가 잔디밭에서 그들의 시야 안으로 씩씩하게 걸어 들어온 뒤 위를 쳐다보고 운동을 하기 시작했다. 「오, 저기 아이들이 있어.」 그녀가 외쳤다. 「당신이 아이들이 하는 걸 보겠다고 약속했잖아.」

앤과 피터는 그 약속이 지켜지고 있다는 것을 알아차렸다. 그 사실은 삼촌의 창문을 다시는 올려다보지 않겠다는 단호한 의지의 표시로 이마가 붉어지고 턱이 단단해지고 시선이 고정되는 것을 통해 드러났다. 위에서 내려다보니 아이들은 아연을 도금한 불가사리처럼 보였다. 스텔라는 로버트의 손을 턱 아래로 잡은 채 아이들이 하는 것을 지켜보았다. 그러면서 그와 아이를 낳았으면 좋겠다는 바람에서 그 아이들은 어떤 모습일지에 대한 호기심으로 생각이 옮겨갔다. 로버트가 갑자기 〈숨을 참지 마!〉 하고 소리를 질렀다. 그 말에 앤의 입이 벌어졌다 — 그러고는 공기가 빠진 듯 허물어지며 비틀거리다 잔디밭에 쓰러져 헐떡거렸다. 하지만 피터는 로버트가 〈그 정도면 충분해〉 하고 말할 때까지 계속했다. 스텔라는 뭔가 해야 할 것 같아 신경질적으로 박수를 보냈지만, 로버트를 포함한 모두의 태도에서 부적절한 반응이라는 것이 분명해졌다. 「오, 어쩌지.」 그녀가 말했다. 로버트가 말했다. 「신경 쓰지 마.」

「더워, 더워!」 앤이 숨을 할딱거렸고, 누운 채로 들썩거리는 가슴팍에서 저지 스웨터를 잡아 올렸다. 「우리는 삼촌이 산책하러 나갔을까 봐 걱정했어요.」

「그래도 어쨌거나 우린 이렇게 했을 거예요.」 피터가 말했다. 「한다고 했으니까.」

「우린 전에도 이걸 했어요. 할머니만 원했지만.」

「아무도 저울에서 빠져나온 반 온스짜리 추를 못 찾았어요.」

「할머니는 삼촌에게 런던에서 부쳐 달라고 부탁할 소포의 무게를 재고 싶어 했거든요.」

「그래서 삼촌이 런던에서 무게를 재야 할 거라고, 할머니가 그러셨어요.」

「여기서는 그 추를 못 찾아서 무게를 잴 수 없대요.」

처음에 두 아이는 숨이 차서 말을 잘 하지 못했지만, 이제는 앤이 다시 기력을 회복하고 몸을 일으켜 세웠다. 어쨌거나 두 아이 다 원래 모습으로 돌아와, 로버트의 창문 아래에 서서 캐럴을 부르는 사람들처럼 활기차게 고함을 지르고 있었다. 아이들은 그냥 말하는 것보다 이런 일에 더 잘 맞는 듯했다. 둘 다 차 마시는 시간에는 시무룩한 모습이었다. 그들이 멈출 것 같지 않자 로버트와 스텔라는 왕족이 미소 띤 얼굴로 발코니에서 서서히 멀어지는 것을 흉내 내거나, 더 좋은 방법으로는 창가에서 공중에 싱긋 미소를 남기고 떠나는 체셔 고양이를 모방하는 수밖에 없었다. 정말로 그럴 생각이었는데, 어네스틴이 불쑥 들어와 그들 뒤에서 소리를 지르는 바람에 스텔라는 화들짝 놀랐다. 「그럼 그렇지, 여기 있었구나!」

「응, 여기 있어, 어니.」로버트가 말했다. 「왜?」

「난 둘이 산책하러 나간 줄 알았는데, 아이들이 소리를 지르는 걸 듣고 상황을 추리해 본 거야. 너희를 놓치지 않아서 정말 다행이야 — 머티킨스가 런던에서 소포를 부쳐 줬으면 하던데.」

「이곳 우체국에 무슨 문제가 있어?」

「아무 문제 없어.」어네스틴이 성실하게 대답했다. 「하지만 당연히 일요일에는 문을 열지 않지. 하지만 런던에선 여니까.」

「그런 말은 처음 들어 보는데.」

「음, 머티킨스가 여는 데가 **몇 군데** 있대. 그리고 알다시피, 요즘은 매 순간이 중요하잖아. 로드니 부인은 분명 괜찮다고 할 거야.」

「제가 부칠게요.」스텔라가 말했다.

「하지만 이 모든 걸 우리가 출발할 때까지 좀 기다렸다 하면 안 되나?」로버트가 말했다.

「첫째.」어네스틴이 설명했다. 「마지막 순간엔 거의 늘 마음이 급하고, 그땐 설명할 시간이 없어. 둘째, 내가 늘 바쁘게 돌아다니고. 그래서 상황이 덜 복잡할 때 말하는 게 더 좋겠다 싶었어. 작은 문제가 생겼거든 — 머티킨스의 작은 저울에 사용하는 반 온스짜리 작은 추가 사라졌어. 우리가 여기저기 뒤져 봤지만 안타깝게도 찾지 못했지. 그 때문에 머티킨스는 자기가 소포에 우표를 충분하게 붙였는지 전혀 확신하지 못하고 있어. 그건 늘 알아내기가 아주 어려워. 너도 알겠지만, 머티킨스가 다른 사람에게 빚지는 걸 싫어하잖아. 혹시 모른다면서 소포에 3페니를 더 얹어서 계단 아래에 있는 오크 서랍장 위에 올려놓으라고 했어. 우체국에서 소포 무게를 쟀는데 머티킨스가 결국 우표를 부족하게 붙인 게 아니라면, 다음번에 그 3페니를 돌려주면 될 테고, 그렇게 하면 아주 분명하지?— 모든 게 계단 아래 오크 서랍장 위에 놓여 있을 거야. 지금 내가 내려가서 그 일을 처리할 참이야. 그럼, 로버트, 네가 잊지 않을 거라고 믿어도 될까? 아니면 너한테 상기시켜 주라고 아이들에게 일러둘까?」 그녀는 빠르게 창문으로 걸어가 바깥을 내다보았다. 「아니, 그건 안 되겠다.」 그녀가 말했다. 「아이들이 사라져 버렸네 — 하지만 아마 어디 다른 데 있을 거야. **네가** 언제든 아이들보고 상기시켜 달라고 말하면 되겠네. 그런 다음에, 나가는 길에 머티킨스에게 아이들한테 상기시켜 달라고 **부탁해 뒀다고** 꼭 말씀드려. 아니면 궁금해하실 테니까. 지금 거실에 계셔. 물론 너희가 떠날 때는 어쨌거나 배웅하러 나오시겠지만, 머티킨스가 뭔가를 더 마음속에 담고 있는 건 누구도 바라지 않으니까. 물론 너희가 **어디로** 산책하러 간다는 건지 나는 당연히 몰라, 로버트. 하지만 어디로 가든 서두르는 게 좋을 거야. 그러니까 당장 출발해야 한다고. 아니면 거짓 핑계로 불쌍한 로드니 부인을 여기 데려온 셈이 될 테니까.」

스텔라가 말했다. 「제 잘못이에요. 제가 이 사진들을 다 구경하느라고요.」

「그래요, 은하수처럼 찬란하죠. 안 그래요?」 어네스틴이

말했다. 「로버트는 늘 사진을 잘 찍었는데, 내 아들 크리스토
퍼 로빈은 자기 삼촌과는 다르게 카메라만 보이면 달아나네
요. 하지만 이 사진들에는 하나하나 추억이 깃들어 있죠 —
또 삐뚤어졌네!」 그녀가 외쳤다. 그리고 얼른 가서 몇 개를
바로잡았다. 「이 사진들을 어떻게 한 거니, 로버트?」 그녀가
스텔라를 돌아보며 덧붙였다. 「로버트가 말하던가요, 여긴
내 여동생 애머벨, 저 아이들 엄마죠. 결혼하기 전에 로버트
하고 같이 골프를 치러 갔을 때인데. 애머벨은 인도에 간 뒤
로 체중이 많이 줄었어요. ……그리고 이건 아버지가 병들기
직전이고. 아버지는 활력이 넘치고 재미있는 분이었는데, 어
떤 면에서는 로버트가 아버지를 닮았죠……. 그리고 저 불쌍
한 녀석이 내 개고.」

「네, 로버트가 말해 줬어요.」

「이 개는 인간 본성에 대한 훌륭한 믿음을 갖고 있었어요.」
어네스틴이 처음으로 감정을 드러내며 말했다. 「물론 우리한
테 올 때 강아지였고, 우리 중 누구도 이 개를 실망시킨 적이
없다는 게 다행이었죠. 종종 생각하는 건데, 만약 히틀러가
이 개의 눈을 쳐다봤다면 이야기는 완전 달라졌을걸요 — 그
런데 무슨 소리지, 전화가 왔네! 누가 나를 찾나 보다!」

로버트와 스텔라는 어네스틴이 먼저 내려간 뒤 좀 있다가
아래층으로 내려갔다. 켈웨이 부인이 거실 한복판에서 뜨개
질을 하다가 고개를 들었다. 「멀리 갈 시간은 안 될 거야.」 그
녀가 말했다. 스텔라는 오크 서랍장에서 스카프와 장갑을 챙
기면서 소포와 그 위에 놓인 1페니 동전들을 보고 잠시 숨을

참았다. 하지만 말은 하지 않았다. 그녀와 로버트가 현관으로 나오자, 아이들이 침착해 보이려고 애쓰며 집 모퉁이를 돌아 지그재그로 걸어왔다. 「같이 가도 돼요?」 그들이 물었다.

「안 돼.」로버트가 말했다.

「숲을 통과할 생각이에요?」

「그럴 것 같은데.」

「사실 우리는 거길 채굴한 척하고 있어요.」

「그러면 우리가 폭파되어 날아가 버린 척하면 되겠구나.」

「오.」그들이 의아한 듯 말했다.

두 어른은 정원을 가로질러 걸어갔고, 스텔라는 어쩐지 아이들에게 죄책감이 들어서 돌아볼 엄두가 나지 않았다. 로버트가 절뚝거리며 걸어갔다.

7

로버트는 9시에는 근무지로 돌아가야 했다. 그들은 역에서 돌아오는 길에 소호에서 일찍 저녁을 먹었고, 거리 모퉁이에서 굿 나이트 인사를 나누었다. 스텔라는 혼자 집으로 걸어왔다. 시골이 런던까지 그녀를 쫓아와 불만을 품은 유령처럼 그녀의 흔적을 뒤밟으면서 도시의 실상을 드러내는 것 같았다. 그녀 주위로 실체가 없는 어둠이, 바람이라고는 할 수 없는 공기 흐름에 실려 빠르게 깔렸다. 숲에서 날려 온 나뭇잎의 파편이 보도에 닿는 그녀의 발꿈치 소리를 줄어들게 했다. 지하층에서 가을의 퀴퀴한 냄새가 올라왔다. 훼손된 건물 위쪽으로 헐거워진 홈통이 이따금 나뭇가지처럼 머리 위에서 삐걱거렸다. 그 모든 것이 연인들이 함께 보내야 하는 〈굿나잇〉이 중단된 것과 함께, 그녀의 감수성을 절정으로 끌어 올렸다. 하늘에는 구름이 살며시 큰 덩어리로 모여 느리게 움직이고 있었다. 그녀는 모자를 쓰지 않은 채 걸었고, 빗방울이 한두 번 — 한 방울씩, 불길하고 따뜻하게 — 이마에 떨어졌다. 그녀는 서쪽으로, 찢기고 창백해진 늦은 밤을 향해 걷고 있었다 — 저 멀리까지 지나다니는 사람은 얼마 없고 길을 건너는 사람은 하나도 없이 활동을 멈춘 거리가 그렇듯, 골치 아팠던 하루의 골치 아픈 여파가 그녀의 마음을 내리눌렀다. 평화로운 시기에는 불 켜진 창문과 가을날 늦은 저녁 도시의 불빛만큼 위안이 되는 것은 결코 없었다. 불안한 어둠과 함께 런던에 정적이 깔리고 있었다. 여기저기 문 입구에 지켜보는 듯한 형체들이 서 있었다. 혹은 토요일이 끝나 가는 이 시점에 남은 활력의 전부를 키스에 쏟아붓는 엉겨 붙은 연인들이 있었다.

그녀는 런던을 점령하고 있는 것이 국가가 아니라 점령된 유럽이라는 기분이 들기 시작했다 — 수상하게 듣는 모습, 은밀한 동작, 무거운 마음. 오늘 밤 정복된 땅들은 한 권역의 날씨로 묶였다. 적이 물리적으로 가까이 있다는 사실이 — 수도와 해안 사이, 해안과 해안 사이는 얼마나 가까운가! — 손에 만져질 듯 뚜렷하게 느껴졌다. 오늘 밤 이곳과 그곳 사이를 가로막은 안전 막이 걷혔다. 위험과 슬픔의 숨결이 해안에서 해안으로 막힘없이 이동했다. 머리 위로 드리운 구름의 긴장감이 런던과 파리를 불안하게 연결했다 — 심지어 지금 바로 이 순간에 저기 다른 도시에서 한 여자가 그럴지 모르는 것처럼, 그녀는 어떻게 행복하기를 기대할 수 있었는지 자문하면서 얼마간 위안을 찾았다.

그녀는 종일 쓰고 다닌 모자를 손에 들고, 같은 손 손가락을 고리처럼 구부려 켈웨이 부인의 소포 끈에 걸었다. 뜨개질한 양모 실만이 만들 수 있는, 단단히 묶인 부드러움이 손가락 관절을 파고들었다. 그녀가 자진해서 소포를 받아 왔다. 소포에는 기차에서 본 대로 〈크리스토퍼 로빈〉이라는 수신 인 이름이 한 번도 아니고 세 번이나 적혀 있었다. 「내일 출근길에 이걸 잊지 않고 **부치기만** 하면 돼. 당신은 안 할 거잖아. 어쨌거나 이 모든 일이 내가 여자라서 일어난 거야.」「그리고 엄마라서.」「그들은 그건 알지도 못하는 것 같던데.」「음, 내가 경고했잖아, 안 그래?」「그래, 내가 정말 신경 써서 잘 부칠게 — 그리고 부탁인데, 동전은 가지고 있어.」「어떻게 페니를 싫어할 수 있지?」 로버트가 다른 잔돈과 함께 페니를 중립적으로 잘랑거리며 말했다. 「어쨌거나 당신이 그걸 받지 않으려고 했다면 훨씬 소란스러워졌을 거야. 정말 대단했어, 그나저나 — 런던에 일요일에 여는 우체국이 **있나?**」「당신 어머니가 있다고 했으니 틀림없이 있을 것 같은데.」

이제 그녀는 발이 아팠다. 그녀는 랭엄 광장을 가로질러 자신이 사는 거리로 들어섰다. 여기서 이제 덜 익명으로 느껴지는 어둠을 통과하여 그녀의 집이 있어야 하는 곳으로 향하면서, 시선은 앞에서 달려갔고 걸음은 속도가 빨라졌다. 한 형체가 기다리며 서 있는 모습을 본 것 같아, 지금 자신이 돌아가고 있는 집이 감시를 받고 있다는 것을 대번에 알아차렸지만, 그것은 또 한 번 신경의 **기만일 수** 있었다. 그녀는 집으로 걸어오는 길에 수천 명의 억압받는 사람 중 하나로 녹아들었기에, 그 **누군가의** 존재를 보고 퍼뜩 든 생각은 무서운 예상이 실현되었다는 것 이상은 아니었다. 그 존재가 이제 그쪽으로 다가가는 그녀의 발걸음을 세고 있었다. 그녀가 본능적으로 멈칫하거나 멈춘 것도 아무 표시 없이 그냥 넘어가지 않았다. **그녀**가 할 일은 — 엿듣는 사람에게 귀를 기울이고 지켜보는 사람을 지켜보면서 — 아무런 내색을 하지 않고 계속 걸음을 옮기는 것이었다. 신경이 곤두서서 걸음이 빨라지고 발꿈치가 보도에 닿을 때 얼얼하게 느껴질 정도가 되면, 그녀는 다시 상식적인 감각으로 되돌아왔다. 하지만 아무도 없을 거라고 결론을 내린 시점이 누군가가 있다는 증거 — 성냥이 켜지고 손으로 가려졌다가 버려졌다 — 가 드러난 시점과 일치했다. 그 행동은 쓸데없는 허세였다 — 마지막 순간까지 흔적을 남기지 않는 것이 지켜보는 자의 목표가 아닌가? 그 행동은 처벌을 받지 않는다는 걸 떠벌리는 것이나 다름없었다. 그렇다면 이 사람은 해리슨일 수밖에 없었다 — 사실상 거의 성냥을 찾아보기 어려운 요즘 같은 시절에 이렇게 성냥을 낭비함으로써 〈내부〉 권력이 존재한다는 증거를 그렇게 과시하는 사람이 또 누가 있겠는가?

건물 현관문과 지켜보는 사람의 반경 안으로 들어오자, 스텔라는 열쇠를 꺼내려고 가방을 옮겨 들었다. 계단을 절반쯤 올라간 뒤, 그녀가 어깨 너머로 돌아보며 단조롭게 말했다.
「오래 기다렸어요?」

「곧 돌아올 때가 됐다고 생각했죠.」

「나를 만나고 싶어서요?」

「대화를 나누는 게 좋을 것 같군요.」

그가 계단을 올라와 공손하게 그녀 옆에 섰고, 그녀는 열쇠를 구멍에 넣고 돌렸다. 그는 흔히 길에 사는 개들이 그러듯 야단스럽지 않고 민첩한 동작으로 뒤에서 슬며시 문을 돌아 현관으로 들어왔다. 그녀는 어둠 속에서 무의식적으로 익숙한 계단을 올라가다가, 그가 무엇을 하고 있는지 보려고 고개를 돌렸다. 그는 당연히 손전등을 들고 있었고 — 탁자 위에 놓인 아치형 석고 가면 위로, 감탄이 나올 정도로 균형이 잘 잡힌 채 엎혀 있는 의사의 편지들 위로 조명이 나비처럼 펄럭였다 — 곧 그녀 뒤에 따라붙어 계단을 올라가기 시작했다. 「여럿이 있으면 적어도 **한 사람**은 이런 걸 가지고 있어야 한다고 말하고 싶군요.」 해리슨이 말했다. 그리고 그녀가 아파트 문을 여는 동안 그녀의 손가락 위로 손전등 불빛을 이리저리 옮겼다. 그들이 집 안으로 들어왔을 때, 그는 문 안쪽에서 그녀가 로버트와 함께 돌아올 때는 늘 바닥에 떨어진 채로 그냥 두는 편지를 집어 올렸다. 집에 혼자 돌아오는 것보다 더 나쁜 것은 없었다. 혼자 귀가하지 않는 형태가 괴이하게 연속적으로 달라졌지만, 심지어 지금 이 경우조차 혼자보단 나았다. 창문을 가리면서 그녀는 휘파람을 불었다. 그리고 생각했다 — 설마, 이게 같은 아파트라니! 여전히 아무 감정도 느끼지 못한 채 그녀는 램프와 난로의 스위치를 올렸다. 돌아보니, 그사이에 이미 해리슨이 의자에 앉아 있었다. 그가 말했다. 「저기, 여긴 아주 좋군요. 이 집에 대해 자주 생각하는데, 이렇게 말해도 된다면, 지금 마치 내 집에 와 있는 것처럼 편안합니다.」

　「그럼 나는 신발을 좀 갈아 신어야겠어요.」 침실에서 문을 통해 다시 나왔을 때, 그녀는 실내용 녹색 슬리퍼를 신고 있었다. 그녀가 다시 말을 시작했다. 「당신도 알고 있을 것 같은데, 시골에 갔었어요.」

「좋은 날씨의 마지막을 만끽했군요?」

「그건 무슨 뜻이죠?」

「〈좋은 날씨의 마지막을 만끽했군요〉라는 뜻입니다.」 해리슨이 참을성 있게 반복했다.

「오, 비가 올 것 같나요?」

「방금 바깥에서 두세 방울 떨어졌어요.」

「나도 오면서 한 방울 맞았어요.」

「네, 오늘 밤은 뭔가 변화가 일어나고 있는 분위기로군요. 음, 비는 의로운 사람들에게나 의롭지 않은 사람들에게나 공평하게 내린다고 하지 않습니까? 하하.」

스텔라는 몹시 피곤해서 안락의자에 앉아 몸을 뒤로 기댔고, 다리가 도금된 스툴에 발을 올린 뒤 쿠션에 머리를 굴렸다. 그러다가 이렇게 한마디 하지 않을 수 없었다. 「오늘 밤에 당신 웃는 거 처음 봐요.」

「내 웃음소리가 늘 좀 거슬리죠? 주로 불안할 때 웃어서 그럴 겁니다 ─ 오늘 저녁에는 우리가 서로를 이해한다는 느낌이 드는 걸 어쩔 수가 없군요. 일단은, 당신이 좀 더 편안해 보이고요.」

「지금 내가 어떤 **상태냐** 하면, 극도로 피곤해요.」

「힘든 하루였나 보군요.」 그가 다정하게 말했다. 「거기 간 건 어땠습니까?」

「모르겠어요. 왜 묻죠?」

「음, 너무 힘들면 말할 필요 없습니다. 나는 그저 여기 앉아 있는 것만으로 좋아요.」

「자주 그래요?」

「여긴 오는 일이 드물죠.」

「한 가지 궁금한 건 ― 오늘 저녁은 근무가 없나요?」

「나는 ―」

「여기 온 건 일 때문인가요, 아니면 본인이 좋아서?」

해리슨은 혀끝을 짧은 콧수염 아래 윗입술에 갖다 댔다. 그는 몸을 앞으로 내민 채 안락의자에 심긴 것처럼 앉아 있었다. 안락의자는 대체로 친밀한 두 사람만 사용하는 아주 많은 세 번째 의자가 그렇듯, 카펫 저 아래쪽으로 고립된 전초 기지처럼, 그녀를 향하게 ― 그녀의 의자는 지금은 비워진 로버트의 의자를 향하게 ― 주저하는 각도로 놓여 있었는데, 그래서 그는 스텔라에게 고개를 돌려 보라고 하지 않는 한 그녀의 옆모습밖에 볼 수 없었다.

그녀가 그렇게 옆모습을 보인 채, 심지어 평소보다 훨씬 더 무심히 삽입구처럼 질문을 했다 ― 하지만 잠시 뒤, 그럼에도 대답을 기다리고 있다는 듯 그를 돌아보았다. 그녀의 자리에서는 그의 이마만 보였다. 얼굴을 찡그린 채 고개를 숙여 무릎 사이로 카펫을 내려다보면서, 그는 그리 강하지 않은 세기로 한쪽 주먹으로 반대쪽 손바닥을 미심쩍게 밀기 시작했다. 그리고 계속해서 눈을 들지 않는 것으로, 그녀의 어색한 질문에 그녀를 대신해서 슬퍼하는 것 만큼 또한 당혹스럽다는 인상을 전달했다. 그가 마침내 속상한 듯 입을 열었다. 「그게 그러니까, 당연히 **당신**이 알 거라고 생각했나 봐요.」

「그렇다면 오늘 저녁에 내 머리가 잘 돌아가지 않나 보네요. 당신이 말해 주는 게 낫겠어요. 내가 또 뭘 하고 있었는지 말해 봐요.」

해리슨이 그 말에 웃었는데, 그녀가 그를 좋아할 수밖에 없게 만드는 너무도 솔직한 웃음이었다. 하지만 그는 재빨리 그 순간을 망쳤다 ──「당신이 하고 있었다고 생각되는 일 한 가지는, 스텔라, 당신은 뭔가를 곱씹어 생각하고 있었다는 거예요.」

그녀는 램프와 자기 눈 사이로 손을 들어 올렸다.

그가 덧붙였다. 「내가 당신을 그냥 이름으로 불러도 괜찮을까요?」

「뭘 곱씹어 생각해요?」

「당신과 나의 대화.」

그녀가 발끈해서 말했다. 「내가 혹시라도 그걸 다시 생각한다면, 차라리 꿈을 꿨다고 말하는 게 더 정확하겠네요!」

「하지만 그렇더라도 확인이 필요한 꿈이 있죠, 그렇게 생각하지 않아요? 그러니까 꿈에서 어떤 남자가 침대 발치에서서 내 주머니를 뒤지고 있는 걸 본 것 같다면, 아침에 일어나 가장 먼저 내 주머니를 살필 겁니다. 누구나 그러지 않겠어요? 당신도 그럴 거예요. 물론 골치 아픈 문제는, 전날 밤 내 주머니에 정확히 뭐가 들어 **있었느냐** 하는 거죠. 뭔가가 자꾸 머릿속에 불쑥불쑥 떠오르는 건 참 기이한 일입니다 ── **뭔가**

219

가 사라졌지만, 그게 뭔지 확실하지 않은 거죠.」

「나는 그런 꿈은 꾼 적이 없어요.」

「그렇죠, 당연히 ─ 당신과 나는 둘 다 그런 꿈이 없다는 걸 아주 잘 알고 있어요. 어떤 일이 일어난 것처럼 보인다면, 십중팔구 일어난 겁니다. 어떤 일이 〈가능할 것 같지 않다〉고 말한다면, 그냥 발뺌하는 거예요. 그야말로 증명하기가 불가능하거나 아니면 사실이라는 거죠. 한편으로 사실처럼 보이거나 사실이라는 냄새가 나지만, 여전히 증명이 불가능한 경우가 있어요. 당연히 그럴 수 있습니다. 당신이 이 일은 해결해야겠다고 결심할 때 그런 식이 되는 거죠 ─ 그렇지 않나요? 음, 당신에겐 내 말이 당신 생각과 충돌하는 경우가 그렇겠죠. 그럼에도 당신의 그 생각이란 건 어떻죠? 당신이 곱씹어 생각하고 있었다는 걸 내가 어떻게 아는지 궁금하다면, 내가 할 수 있는 말은, 당신이 확인하는 방식을 보라는 겁니다! 재미있는 건 말이죠, 반대로 보자면 당신은 내가 하는 방식대로 하고 있어요. 지난달을 돌이켜 보는 게 따분하다면, 예컨대 오늘을 보죠. 오늘 당신은 정확히 내가 당신이라면 했을 행동을 그대로 했어요.」

「날 치켜세우는 건가요. 하지만 여전히 이해되지 않아요.」

「당신은 타락이 시작된 최초의 장소를 보러 갔어요. 미리 말해 두는데, 당신이 뭘 알아냈는지 물어볼 생각은 전혀 없어요.」

「당신은 직접 알아볼 수 있을 테죠 ─ 어쩌면 이미 알아봤을지도? 기차로 가면 멀지 않으니까요.」

「오, 시간이 문제가 아닙니다.」 해리슨이 간단히 말했다. 「내가 알고 싶은 정보를 이미 다 가지고 있다는 것도 순전히 사실이 아니고요. 대체로 마지막으로 한 번 둘러보는 건 대 찬성이에요. 아니, 그보다 간단히 요약하면, 나는 여자가 아 니라는 거죠. **당신**은 자연스럽게 해당되는 나무를 올려다보 고 짖겠죠. 나는 다른 나무들을 올려다보며 짖습니다. 대부 분의 경우에 — 물론, 무엇보다 이 경우에 — 한 그루보다 뭔 가 더 있다고 가정할 수 있어요. 문제는 먼저 어느 나무를 올 려다보며 짖느냐는 겁니다. 그건 누군가가 어떤 유형의 사람 인가에 달렸죠. 모든 나무가 똑같다고 해도, 내 선택은 당신 의 선택과 같지 않을 거예요. 아니, 내가 말하고 싶은 건 당신 은 내가 했을 만한 일을 당신 위치에서 했다는 거예요.」

「집 안을 스파이처럼 돌아다니는 거요?」

「당신이 여자라는 사실이 양날의 검이네요.」 해리슨이 약 간 아쉬운 듯 말했다. 「나는 뭐든 당신이 아직 모르는 건 말 해 줄 수 없고, 당신이 알고 싶지 않은 건 내가 말해 준다 해 도 당신이 좋아하지 않을 거예요. 당신이 원하든 원하지 않 든, 당신은 한 가지도 놓치지 않을 겁니다 — 이렇게 말해도 된다면, 바로 당신 코밑에 있는 것만 제외하면 말이죠. 지난 번 그 일요일 저녁에 내가 여기 왔을 때, 당신에게 상황이 이 러저러하다고 정리해 줬죠. 그때 당신은 사실상 나보고 지옥 에나 가라고 말한 것과 다름없지만, 전적으로 그런 건 아니 었어요. 나는 당신이 그 상황을 불확실한 상태로 두겠다는 뜻으로 받아들였습니다. 당분간 나도 이 상황을 불확실한 상태로 두고 있는 거고요. 물론 무한정 그러겠단 건 아닙니다. 만약 당신이 그 일이 식을 거라고 생각했다면, 그런 일은 일어나지 않았어요.」

「당신을 다시 만나지 않기를 바란 건 아니었어요. 그러니까 당신이 다시 나타날 거라고 예상했어요.」

「그대로 됐군요. 그리고 보다시피, 내가 여기 있으니까요.」

「네.」

「하지만 느닷없이 들이닥치지는 않기로 했습니다.」

「로버트에게는 아무 말도 안 했어요 — 당신을 아는지 물어본 것 말고는.」

「그가 안다고 말했다면 아주 놀랐을 겁니다. 실제로 그가 아느냐 하면, 그럴 것 같지는 않아요…… 아니, 아직까진 누구도 그에게 겁을 주진 않은 게 분명하네요 — 모든 게 일반적인 수순으로 흘러가고 있습니다. 다만 당신이 밤에 통화할 때 평소와는 다르게 자연스럽지 **않다**는 거죠. 당신이 그의 전화가 도청되고 있다고 생각하는 걸 누구든 알 수 있을 거예요.」

「그런가요? 그러니까 그게 당신이 저녁에 하는 일이로군요?」

「그러면 그 다른 확인은 어떻게 한 거죠 — 나에 대한?」

「짐작했겠지만, 별로 진전은 없었어요.」

「이미 주의를 주었지만, 아주 많은 사람들이 정말로 내가 누군지 전혀 모릅니다.」 그가 그녀를 시선으로 좇으며 물었다. 「뭘 찾고 있는 건가요? 뭘 좀 갖다줄까요?」

「네. 우유 한 잔만 갖다주겠어요? 우유병은 주방 냉장고에 있어요.」그가 민첩하게 바퀴를 굴리면서 의자에서 벌떡 일어나자 스텔라가 물었다. 「당신은 우유는 안 마실 것 같은데요?」

「음, 간절하진 않군요. 혹시 뭐든 부족한 게 있으면 이틀에 한 번씩 가지고 올 수 있어요 — 오른쪽으로, 여기로 나가나요?」

「두 번째 문이에요. 첫 번째는 욕실 문이고.」

이렇게 빈 의자들만 있는 방에 남겨지니, 그녀는 그제야 숨을 돌릴 기회가 생긴 것 같았다. 그 순간 해리슨은 그녀가 내보내는 데 성공한 사람에 불과했다. 그녀는 로버트가 사용하는 안락의자를 쳐다보고, 해리슨이 징발한 안락의자로 시선을 돌렸지만, 두 사람 중 어느 쪽도 생각하고 있지 않았다 — 오히려 사라진 남편 빅터를 생각하고 있었다. 왜 지금 빅터가 떠오른 거지? 어떤 이야기의 시작이든 표면적으로는 잊힌 듯 보여도 잊을 순 없는 것이라고 생각할 수밖에 없었다. 당신은 계속해서 **어딘가에** 시작이 존재해야 한다고 느끼기 마련이다. 편지의 분실된 첫 장이나, 책의 사라진 첫 몇 페이지처럼, 시작은 그 본질이 무엇이었을지 끊임없이 암시한다. 누구도 맨 처음에 쓰인 것의 힘이 미치는 범위에서 결코 벗어날 수 없다. 무산된 사랑이라 부르건 뭐라 부르건, 그것은 대안의 성격이 어떤 것일지 알려 주고, 혹은 늘 알려 줄 준비가 되어 있거나 알려 줄 수밖에 없으며, 회복을 시도하고, 뒤따르는 두 번째 시작을 장려한다. 시작은 그 속에 끝이 잉태

되어 있고, 이야기의 중간은 계속 만들어 나갈 수밖에 없다. 그러므로 그 과정에서 실현되는 어떤 것도 애초에 기대한 대로 아주 완전하거나 최종적인 것은 아니다. 그 최초의 길, 그것이 잘못된 출발이었다면 ─ 결국 그 길이 어디로 향하지 않았을지 누가 알겠는가? 그녀의 눈앞에 잠시 로더릭의 아버지 얼굴이 나타나 허공에 모호하게 떠 있었다. 이 방에는 로버트라는 존재에 대한 사랑이 아주 생생히 살아 있어, 이 과거의 얼굴은 오늘 밤 이전에는 나타나지 않았었다 ─ 이제 그녀는 빅터의 죽음을 처음 알게 된 것보다, 오히려 그가 죽기 전에 모든 사랑을 무효화하고 부인함으로써 타락했다는 사실을 알게 된 것 때문에 가슴이 더 아팠다. 그녀는 정직한 여자로, 더 많은 아이를 낳을 수 있는 본성을 지닌 사람이었다. 그녀는 그 이후의 세월이 보여 줄 수 있었던 것보다 더 많은 도덕성을 갖춘 사람이었다. 어린 나이에 결혼했지만 그냥 한번 해본 것은 아니었다. 젊은 사람들은 그냥 한번 해볼 만한 여유가 없다 ─ 거기에는 모든 것의 성패가 달려 있다. 그녀가 결혼한 시점은 전쟁이 끝난 뒤였다. 삶의 포옹을 받고 싶은 욕망은 보편적인 것이었고, 그녀 역시 그 피조물인 세상과 시간 안에서 작용하고 있었다. 누군가가 고통받는 동료 인간을 비난할 수 없는 것처럼, 그녀는 속이는 행위에 대해 세상을 비난할 수 없었다. 세상과 자신의 지난 20년 동안, 그녀는 자기 안에서 느낀 것을 세상 안에서 보아야 했다 ─ 재앙을 향해 나아가는 투명하고 무력한 과정을. 그녀가 살아가는 운명론적인 세기의 운명적인 과정은 점점 더 그녀 자신의 것이 되어 갔다. 그녀는 그것과 같아졌다. 그녀와 세상은 함께 한낮의 힘겨운 극단에 다다라 있었다. 어느 쪽도 전에는 살아 본 적이 없었다……. 우유 잔을 들고 다시 나타난 해리슨을 보며, 그녀는 자신의 극한이 이 존재와의 거래에 달려 있다는 사실을 다시금 떠올렸다. 그가 분명히 말했듯이 지금은 그러저러한 상황이었다.

그녀 옆으로 작은 탁자에 잔을 놓을 자리를 만들기 위해, 그는 켈웨이 부인의 소포를 옮겨 놓아야 했다 ―「작고 깔끔하네요, 당신의 주방은.」 그가 무심하게 말했고, 그러는 사이 허리를 굽혀 세 번 쓴 주소를 읽었다.

그녀가 먼저 말해 주었다.「그건 로버트의 조카에게 보내는 거예요. 그 애 할머니가, 그러니까 로버트의 어머니가 내일, 일요일에 여기 런던에서 소포를 부쳐 달라고 해서요. 런던에는 문을 여는 우체국이 있다네요.」

「노부인들이 뭘 알고 있는지는 참으로 놀랍군요.」

「그런 것 같아요.」

「제가 대신 이 소포를 부쳐 줄까요?」

「이걸요? ― 오, 고마워요. 그러면 한 가지 일을 **덜겠네요**. 하지만 정말로 중요한 거예요. 잊어버리진 않겠죠?」

「사실 모든 것이 중요하죠.」해리슨이 그의 모자 옆에 소포를 놓으면서 말했다. 그가 작은 가구들 사이를 통과하고 넘어가는 모습을 보자, 그녀는 장례식에서 그를 처음 본 날이 떠올랐다. 그녀가 뒤를 돌아보았을 때, 그는 그녀보다 한참 뒤에서 무덤들을 넘어오고 있었다.

「당신도 엄마가 있겠지요?」 그녀가 불쑥, 우유 잔 너머로 그를 쳐다보며 말했다.

그는 몹시 놀란 듯했지만, 만족스러워 보였다. 「그렇다고 볼 수 있죠.」

「오 ─ 어떤 분이셨어요?」

그가 생각해 보았다. 「남아프리카 사람이었어요.」

「어떻게 되셨나요?」

「떠나셨죠.」

「마음 아팠어요?」

「나는 시드니에 있었어요.」

「거기서 뭘 했어요? ─ 당신이 오스트레일리아인은 아니 잖아요?」

「말하자면 깁니다.」 해리슨이 더 말하지 않겠다는 뜻을 분명히 드러내며 의자에 앉았다. 「우유는 괜찮아요?」 그가 진지하게 말하며 시선을 그녀에게 고정했다.

「완벽해요. 왜요?」 그녀가 말했다. 「안에 뭘 넣었나요?」

「설마 그런!」

「그런데 말이죠, 그 종이는 다시 **돌려받았어요?**」

「어떤 종이 말인가요?」

「커즌 프랜시스의 소지품이 있던 그 방에서 문이 잠겨 꺼내지 못한 거요. 중요한 거라고 했잖아요.」

「오, 그거. 음, 네. 그 문제는 다 해결됐습니다.」

「그렇군요. 당신은 그렇게 되리란 걸 이미 알았을 것 같네요 ─ 종이가 진짜로 있었다면 말이에요. 당신이 나를 알고 싶어 한 건 완전히 다른 이유에서였어요.」

해리슨은 그 말을 좋게 받아들였다. 「음, 이렇게 생각해 보죠.」 그가 매력적으로 말했다. 「내가 돌 하나로 두 마리의 새를 죽이려 한다고요. 하지만 나는 당신이 나를 한쪽으로만 오해하진 않길 바랍니다. 내가 프랭키 어르신에게 품은 감정은 아주 순수한 거였어요. 인정하는데, 내가 그 자리에 불쑥 찾아간 건 그 이유만은 아니었을 겁니다. 나는 할 일이 아주 많거든요.」

스텔라는 이제 빈 우유 잔을 내려놓았고, 거울을 꺼내 손수건으로 입을 톡톡 찍었다. 「이상하네요.」 그녀가 말했다. 「내가 서로 다른 두 가지 이야기에 모두 등장하잖아요. 당신은 그게 신기하다고 생각하지 않았어요?」

「네, 그건 정말 우연으로 생각되더군요. 하지만 그런 일이 얼마나 자주 일어나는지 생각하면 놀랍죠.」

「편리하기도 했겠군요.」

「하지만 그것과는 대조적으로, 세상사에는 종종 함정이 있죠. 그 점을 감안해야 합니다. 문제는, 어떻게 충분히 감안하느냐는 건데 ― 이 경우에 정말로 당혹스러웠던 건, 당신이 알고 보니 **당신**이었다는 겁니다.」

「내가 중요한 사람이어야만 하는군요.」

「하하, 네. 하지만 그 정도로 중요한 사람일 필요는 없었어요. 물론, 당신은 원래 이 일 전체의 틀을 짤 때 규정상 확인해야 하는 대상에 속했어요 ― 돈 때문이냐, 여자 때문이냐? 그리고 그게 누구냐의 문제에서, 당신이 그와 가장 자주 같이 있었고요. 물론 나는 당신을 여기저기서 자주 봤어요. 솔직히, 그걸 확인한 뒤 결과를 제출하고 당신을 지워 버렸습니다. 〈여자를 찾아라〉 항목을 죽죽 그어 버리고, 돈으로 옮겨간 거죠. 그렇게 변경한 건, 그 어르신을 묻기 몇 주 전이었다고 말할 수 있겠군요. 사실 그보다 한참 전이었고, 그 맥락에서는 얻어 낼 게 전혀 없다는 걸 알게 되었어요. 아니, 나는 완전히 난처한 상황에 처한 듯 보였죠.」

「난처한 상황이라니요?」

「당신이 그 부분에서 나를 도와줄 수 있을지 모른다고 생각했거든요.」

「당신은 뭔가가 행동으로 옮겨지는 이유를 알고 싶어 하는 것 같군요. 왜 그렇죠? 당신이, 그러니까 당신 같은 일을 하는 사람들 말이에요. 〈무엇을〉과 〈어떻게〉에 대해선 알 것 같아요. 하지만 〈왜〉는 언제부터 시작되죠?」

「아주 일찍부터죠.」 해리슨이 진지하게 말했다. 「거의 시작 단계. 〈왜〉에 대한 답을 알아내는 게 중요한 단계가 있어요. 〈왜〉는 가능한 것을 확실한 것으로 만들어 주죠. 내가 〈왜〉와 〈어떻게〉가 맞물려 있는 사례를 여럿 알고 있다는 사실은 말할 것도 없습니다 — 한 사람이 특정한 이유로 뭔가를 한다면, 특정한 방식으로 뭔가를 할 가능성 또한 있는 거죠. 이 경우에는 한 남자가 있습니다. 멋진 남자인데, 자기 나라를 팔고 있죠. 생각해 보면 멋진 남자가 그런 일을 아무 이유 없이 하지는 않아요.」

「예컨대, 당신이라면 왜 하겠어요?」

「그건 경우에 따라 다르겠죠.」그가 담배에 불을 붙이며 생각에 잠겼다.「어쨌거나 나는 그렇게 좋은 놈은 아니에요. 하지만 말하자면, 나는 지난 5월에 대한 이야기, 장례식이 있었던 그 무렵에 대한 이야기를 하고 있는 거예요. **그때**는 핵심은 피하고 있었죠. 여자와 돈을 제외하니 심리적인 각도로 접근하는 게 유일한 희망으로 보였어요. 솔직히, 그 당시 내 목표는 당신을 만나서 데이트를 하고 술을 한두 잔 하면서 대화를 나누는 **거였는데**…….」

「그렇게 했잖아요.」

「여름에 우리가 정말로 그랬을 때 — 당신이 그에 대해 아는 뭔가를 넘겨줄 만한 사람인지 살펴보는 거죠. 여자들은 대부분 일단 관계가 편안해지면, 자기가 열중하고 있는 남자에 대해서는 어떤 주제도 감추려 들지 않아요. 그리고 자신이 하는 말에서 뭐가 중요한 건지 전혀 모르죠. 그래서 그게 내가 처음 한 생각이었어요.」

「제대로 안 됐나요?」

「요점은, 그게 제대로 됐는지 안 됐는지가 더 이상 중요하지 않게 됐다는 거죠. 상황은 언제든 예상하지 못한 방향으로 흘러가 버리니까요. 한 가지 일에 뛰어들면 대번에 다른 뭔가가 나타나는 걸 종종 발견하게 됩니다. 이번이 그런 경우라고 봐야겠군요. 뭔가에 뛰어들었다 싶었더니, 우리의 친구에 대해 **내가** 알고 싶은, 결정적인 전부가 주어진 거죠. 그러니까 그게 그렇게 된 거예요. 유감스럽게도 심리적인 면을 배제했다고는 말하지 못하겠네요.」

「이제는 〈왜〉가 궁금하지 않은 건가요?」

그가 작고 가볍게 지워 내는 동작을 했다. 「당연히, 당신이 그게 끝난 문제라고 생각하지 않는다면.」 그가 말했다.

스텔라가 자리를 옮겼다. 스위치를 켜서 전기난로의 막대 하나에 불이 더 들어오게 했다. 그리고 가슴 앞으로 양팔을 꼭 감싸 몸이 떨리는 것을 억제했다. 혹은 감추려고 했다. 이런 자세로 잠시 생각해 본 뒤 그녀가 물었다. 「그럼, 당신이 그때 나를 만나려고 사전에 계획한 게 아니었다면, 지금 나를 만날 필요는 없었을 수도 있겠네요?」

「사실 그래요.」 그는 인정할 수밖에 없었다.

「그런 거라면, 유감이네요.」

「뭐가 유감이죠?」

「그게, 우리가 만났다는 게요.」

그가 그 말을 생각해 보았다. 「나라면 그렇게 말하지 않겠어요. 내가 그걸 바로 지옥이라고 불렀던 때도 있었지만요.」

「당신이 그렇게 불렀다고요?」 의자에 앉은 그녀가 깜짝 놀란 모습으로 몸을 돌려 그를 쳐다보았다. 잠시 해리슨이 그 모습을 빤히 보았다 — 조각처럼 꼿꼿한 자세, 가슴을 가린 두 팔, 색칠한 듯 동공이 도드라져 보이는 눈. 이어, 그는 손바닥으로 자신의 의자 팔걸이를 짚고 튀어 오르듯 거칠게 일어섰다. 그에게서는 더 이상 슬며시 퍼지고 있던 분홍빛의 생기 넘치는 깊이가 느껴지지 않았다. 그는 그 방의 아름다운 꿈을 물리쳤다. 더 이상 차분할 이유도, 곁길로 빠질 이유도 없어지자 그는 자기 주변에 있는 — 빛을 받았건 어둠 속에 있건 — 소소한 사물을 쳐다보는 외부인의 시선으로 스텔라를 파악했다. 그 물건들은 그녀의 것이 아닐 수도 있지만, 그럼에도 그녀가 사용하는 것이었다. 그가 그 상태에서 빠져나오며 불쑥 말했다 —「네, 내게는 지옥이었어요. 어떻게 생각해요?」

그녀도 나름의 공격성을 발휘했다.「그럴 필요 없었어요! 나를 개처럼 쫓아다닐 필요가 없었어요 — 여름의 언저리에 나타나서 물어뜯고 야금거릴 필요가, 그림자처럼 위협적일 필요가 없었다고요! 지난 5월부터 계속 그랬는데, 나는 몹시 싫었어요. 부자연스러우니까요. 당신이 그 만남을 억지로 만든 거잖아요. 그러고서 이제 결국 그게 의미가 없었다고 불평하는군요. 내가 아무것도 아닌 일로 괴롭힘을 당한 게 당신에겐 아무것도 아닌가요? 지금 내 집에 찾아와 내가 당신 시간을 낭비하게 했다고 말하는 걸로, 당신은 내 시간을 낭비하고 있어요. 그건 당신 사정이죠. 당신은 그럴 필요가 없었어요 — 앞으로도.」

「그럴 필요가 없다, 그럼에도 그럴 필요가 있다 — 그게 **지옥이었던** 겁니다.」

「강요는 없었어요.」

이번에는 **그가** 빤히 쳐다보았다.「그러면 뭐가 있었던 것 같습니까? 당신은 한 번도 생각해 본 적이 없었거나, 아니면 알고 있겠죠. 뭔가 실수가 일어났을 때 어떤 느낌인지 알잖아요. 걷잡을 수 없게 되죠. **나는** 따져 봅니다 — 그게 내가 사는 방식이니까. 내가 한 일이 마음에 든다는 게 아닙니다

─내겐 다 한가지예요. 그걸 하는 거죠. 줄곧 그랬어요. 당신이 그걸 분리시켰다는 걸 전혀 모르고 있겠죠. **당신의** 여름이라니 ─ 그럼 내 여름은요? 매달 에너지를 충전하지만, 헛돌기만 할 뿐 어디에도 가지 못해요 ─ 교착 상태인 거죠. 나는 그런 데 알맞은 사람이 아닙니다. 그런 데 쓸 시간은 없어요.」

「그럼 당신은 내게 쓸 시간도 없겠네요.」

「내가 말한 건, **이런** 데 쓸 시간이 없다는 겁니다.」

「하지만 여자는 시간이 걸려요. 나는 당신보다 두 배는 걸릴 거예요.」

「그런 거라면 나는 그 남자의 두 배겠군요.」

「그래도 여전히 내겐 아무 소용 없을 거예요.」

「당신은 아무런 노력도 하지 않았어요. 재미있는 건, 당신은 내가 하는 말을 안 듣는데도 나는 우리가 서로를 알아 가고 있다고 느끼죠. 당신과 나는 그렇게 다르지 않아요 ─ 네, 그게 재미있습니다.」

「뭐가요? 한 겹 벗겨 보면, 모두 끔찍하리만큼 똑같아요. 당신은 나를 스파이로 만드는 데 성공한 거네요.」

해리슨이 멈칫했다. 혹은 움찔했다. 그는 타이를 만졌고, 자기도 모르게 고개를 홱 돌렸다. 〈점잖은 척은.〉 그녀가 생각했다 ─ 하지만 그건 감정 때문으로도 해석될 수 있었다. 그가 지금까지 그녀에게 말하도록 한 어떤 말보다 더 심하거나 가혹한 것 같지 않았지만, 지금 여기서 그는 갑자기 충격을 받은 사람처럼 무방비하게 행동하고 있었다. 그녀가 너무 지나쳤던 것이다. 그녀가 한 말은 심지어 그를 물리적으로 그녀에게서 멀어지게 할 정도로 영향력을 발휘했다. 그는 그녀에게서 떨어져, 창문으로 걸어갔다. 그리고 창가에 서서 맹목적으로 방에서 나가려고 애쓰는 동물처럼 커튼 안으로 고개를 집어넣었다.

그녀는 스툴 위에 올린 발을 반대로 교차시킨 뒤 몸을 뒤로 기대고 눈을 감았다. 더 이상 어떤 말에도 반응할 수 없을 정도로 몹시 지친 여자의 자세였다.

「무슨 일이에요?」그녀가 마침내 가볍게 물었다.

그가 중얼거렸다.「비가 내리기 시작한 것 같군요.」

「오? 그렇군요.」

해리슨이 엄지로 커튼을 조금 벌리고 그 사이로 들어갔다. 그가 들어가자 커튼이 다시 제자리로 돌아갔다. 창문은 총안(銃眼) 구조로, 유리창과 벽의 간격이 깊었다. 거기 사람이 있었다는 흔적은 없었다. 스텔라는 퍼뜩 어느 밤이건 누구라도 거기 숨어 엿들을 수 있겠다는 생각이 들었다. 그녀는 그가 블라인드를 걷고 창문을 최대한 들어 올리는 소리를 들었다. 바깥에서 불어오는 숨결이 커튼을 부풀렸고, 그 안을 휘돌아 축축한 공기를 방 안으로 데려왔다. 그녀가 고개를 들고 귀를 기울였지만, 빗소리는 들리지 않았다 — 아무 소리도 들리지 않았다. 해리슨이 계속 창밖으로 걸어 나갔다면 이 고요함은 그보다 더 완전할 수 없었을 것이다.

그녀는 자리에서 일어나 커튼 사이로 그를 따라 들어갔다. 그녀를 뒤따라 들어간 불빛에 비쳐 빗방울이 반짝거리는 것이 보였다. 가는 빗방울 뒤에는 한숨 짓는 어둠이 있었다. 「주의해요.」 그가 날카롭게 말했다. 「조심해요! 들어올 때나 나갈 때나.」

그녀는 그 자리에 그대로 서서 잡고 있던 커튼 자락을 놓았고, 유령이 나올 것 같은 그 방에서 커튼으로 둘러싸여 있다는 데 안심했다. 열린 창문으로 마음을 누그러뜨리는 공백이 눈을 통해 그녀 안으로 들어오기 시작했다. 총안 같은 공간이 발코니처럼 느껴졌고, 몸을 앞으로 내밀고 높이 세워 올린 뒤 보이지 않고 소리가 나지 않는 비의 감각적인 세상으로 들어가는 것 같았다. 어두운 허공에는 암시만 가득했다. 빗방울의 부드러움이 주변 지붕과 아래 거리에서 간접적으로 느껴질 뿐이었다. 새롭게 씻긴 돌의 냄새만이 도시에 비가 내렸다는 것을 알 수 있게 해주었다. 밤은 따뜻하지도, 춥지도 않았다. 밤은 어느 계절에도 속하지 않았다. 그리고 이 밤은 비가 내리는 밤이었다.

얼마나 오래전부터, 얼마나 오랫동안 비가 내리고 있었는가? 아마 한 시간쯤 되었을 텐데, 그들이 나누고 있던 대화는 불필요한 것이 되어 있었다. 거친 말의 전투는 이미 잠잠해진 것 같았다. 런던 자체가 한동안 긴장이 완화된 느낌을 자아내고 있었다. 바깥에는 마음을 달래 주는 비와 한숨을 쉬는 고요를 제외하면 아무것도 없었고, 그 가슴께 아래로 늦은 밤 지나가는 차들이 더 깊고 억눌린 한숨을 내쉴 뿐이었다. 이 도시의 완전한 어둠은 오늘 밤 다른 데서 비를 맞는 바위와 숲과 언덕만큼 경계심 없고 자연스러운 것이 되어 있었다. 늦은 저녁 긴장된 호전적인 구름 덩어리가 만들어 낸 결과인 이 평화만이 단 한 가지 놀라운 것이었다. 이제 사실상 전쟁은 말다툼만큼이나 무의미하게 느껴졌다. 창가에 말없이 서 있던 두 사람은 그들이 바라보는 도시만큼이나 익명의 존재가 되었다. 이 두 사람은 다시 대화를 나눌 운명이었지만, 기본적으로 침묵이 요구되고 무엇보다 침묵을 지키는 것이 최선인 연극에 등장하는 비인격화된 화자들처럼 느껴졌다.

　한참을 물끄러미 들여다보자, 어둠은 해체되어 입자가 되고 일부는 좀 더 가벼워졌다. 공기와 고체는 분리되어 위로 올라갔다. 지붕들이 그리는 선은 모호한 형태를 띠었다. 하지만 이 안, 창틀과 커튼 사이의 총안에서 두 사람은 여전히 가려져 있었다. 스텔라와 규정할 수 없는 거리를 둔 채 해리슨이 말했다. 「네, 비가 마침내 제대로 내리기 시작했군요.」 그녀는 그가 손을 창밖으로 내밀었고 그 때문에 말을 하게 된 거라는 인상을 받았다.

　「이 비가 그치기를 기다리는 게 썩 좋지는 않군요.」 그가 말을 계속했다.

　「갈 길이 먼가요?」

　「다음에 어디로 가는지에 달렸죠.」

　「사는 곳이 정확히 어디죠? 나는 전혀 모르고 있군요.」

　「갈 수 있는 데가 늘 두세 곳은 있어요.」

　「그래도 예컨대, 면도기는 어디 두죠?」

　「면도기는 두세 개가 있죠.」 그가 무심한 어조로 말했다.

그것은 물론 그들이 함께 있지만 절대적으로 인간적인 관계가 아니라는 것을 보여 주는 핵심적인 장면었다. 그녀에 대한 그의 집중적인 관심은, 그가 인간적인 장면에서 그녀가 그에게 어떤 자리라도 내주게 하는 데 실패했기 때문에 더욱 억압적인 것이 되었다. 삶이 신뢰할 수 있는 것이 되려면 따라야 하는 허구의 법칙에 의하면, 그는 〈있을 법하지 않은〉 인물이었다 — 예컨대, 그들이 만날 때마다 그는 지난번 만남과 이어지는 맥락의 파편이나 흔적을 전혀 보여 주지 않았다. 그의 민간인 복장은 정장이나 셔츠, 타이에서 희미하게 변화를 눈치챌 수 있었지만, 로버트의 군복만큼이나 변화가 없는 것 **같았다**. 그의 차림새는 매력적이진 않아도 단정했는데, 손질을 잘했다기보다 — 먼지를 털고 다림질을 하고 리넨 셔츠를 갈아입고 — 그의 등장 사이에 그가 입은 모든 것이 물리적인 정지 상태에 있었던 것처럼 여겨졌기 때문이었다 — 그가 그런 것처럼. 유령이나 배우에게 쓰는 의미로서 〈등장〉은 그에게 번번이 참으로 적합한 단어였다. 진공 상태에서 느닷없이 나타나 자신의 욕망에 관해 늘어놓는, 반복적이고 연관성 없는 이야기는 무의미하게 느껴질 수밖에 없었다. 바로 지금 그 짧은 순간, 그가 입은 코트 색깔도 기억할 수 없는 어둠 속에서, 그녀는 그가 처음으로 손에 만져질 듯 가까운 **누군가**로 느껴졌다 — 그녀 옆에서, 연속적이고, 비밀스럽고, 밀도와 무게가 있고, 자기 안에 갇혀 있으며, 어떤 시계도 울리지 않는 무한한 밤과 마주하고 있는 존재로.

　「아니요, 저녁 내내 시계가 울리는 소리를 듣지 못했어요.」

그녀가 소리 내어 말했다. 「지금은 몇 시든 될 수 있겠죠.」

그가 자기 손목시계의 형광 문자반을 쳐다보았다. 그녀가 직접적으로 묻지 않아서인지, 습관 때문인지 몰라도 그는 시계가 알려 준 시간을 혼자만 보았다. 하지만 시간이 훌쩍 지났다는 사실, 그래서 앞선 그와 그녀의 이전 행동이 지금은 역사가 되었다는 사실을 언급하듯이 그가 이렇게 말했다. 「잠시 바람을 쐬고 싶었어요. 괜찮죠?」

당연히 그렇게 생각할 수 있으니, 그녀는 그 말을 그녀의 창문을 이용하겠지만 혼자서 숨을 돌리고 싶다는 뜻으로 받아들였다. 「괜찮아요, 그렇게 해요.」 그녀가 말했다. 「원하는 만큼 바람을 쐬어요.」 그러고는 방으로 돌아가려고 돌아서서 커튼 자락 사이를 손으로 더듬었다. 커튼이 움직이고 램프 불빛이 새어 들어오자 그가 말했다 ──「그냥 여기 있을 수 없어요? 같이 바람을 쐬면서? 그러고 있는 게 좋았어요. 지금 이 공기 ── 적어도 우리가 그건 공유하고 있으니까요. 당신이 말하는 대로 더 이상은 없지만.」

「아까 한 말은 미안해요.」

「당신이 〈끔찍하다〉라는 단어를 쓴 거 기억납니까?」 그가 마음을 또다시 다치게 될까 봐 염려하는 듯 약간 주저하며 그 단어를 입 밖에 냈다. 「아니, 당신이 말한 건 〈끔찍이 비슷하다〉였죠 ── 그건 내가 말하고 싶은 것과는 아무런 관련이 없어요.」

「미안해요 ── 나는 당신 말에 그보다 더한 의미가 있는 줄 알았어요. 네, 우리 둘 다 저마다의 본성이 있죠. 하지만 내가 참을 수 없는 건 당신이 내 본성에 뭔가를 하려는 것, 내 본성을 어떻게 해보려는 거예요. 단순히 당신이 나를 사랑하는 문제라면, 당신의 사랑에 대해 나 역시 당신을 사랑하지 않는 것보다 더 나쁜 일은 없겠죠. 하지만 뭔가 더 나쁜 게 있었어요 ─ 당신이 사랑을 얼마간 왜곡했다는 거죠. 당신은 스파이가 되는 게 어떤 기분인지 아마 모를 거예요. 나는 알아요 ─ 당신이 그 이야기를 듣고 나를 찾아온 뒤부터 줄곧. 당신은 내가 한 가지를 물어볼 용기조차 없을 거라 확신했고, 지금까지는 그 생각이 맞았어요. 하지만 그 이야기는 그만하기로 해요.」

「이 말은 해야겠군요. 오늘 저녁에 당신이 피곤했을 때가 나는 좋았어요. 당신이 나보고 우유를 한 잔 갖다 달라고 했죠.」

「하지만 나는 당신에게 먹을 것이든 마실 것이든 뭐든 대접하지 않았죠.」

「당신이 내가 여기 있는 걸 여전히 바라지 않는 한, 그건 아주 공평한 일 같습니다. 오늘 저녁에 우리가 함께 여기로 들어와 당신이 신발을 갈아 신었을 때만 해도 모든 것이 가능하게 느껴지기 시작했어요. 하지만 그러다 갑자기, 어쩌다가 내가 발을 잘못 디뎠죠 ─ 그 바람에 당신은 대번에 내게 다시 반감을 갖게 됐어요. **내게는** 오늘 밤 내가 뭘 하든 바깥에서 일어나는 일이 되는군요.」

오늘 밤 그녀에게 〈바깥〉이 의미하는 것은 해롭지 않은 세상이었다. 피해를 입은 모습은 그녀의 방에서도, 다른 방에서도 찾을 수 있었다. 신경을 파열하고 나무를 갈라놓는 전투에서 들리는 요란한 소리와 비명, 육신과 나라의 껍질을 벗겨 내는 기계화된 진보는 실내에서 구상된 것이었다. 이것은 창문 없는 벽 안에서 메마른 뇌를 굴려 일으킨 전쟁이었다. 어떤 행위도 신중한 계산의 일부가 아니었다. 자발성은 누더기가 되었다. 오로지 심장의 관점에서 보면, 어떤 행동이든 이제 적의 행동이었고…… 그리고 커튼을 풀고 밀어 올린 창문의 이미 축축해진 가장자리에 다시 이마를 댄 그녀는 해리슨과 관련해서, 신념과 진실 사이의 절망적인 부조화를 이해했다. 그는 자신이 말한 모든 것에 진지했다. 아마 그녀는 그런 말은, 존재 전체가 집약된 듯한 그 말은 다시는 듣지 못할 것이다. 한편으로 그는 매번 잘못된 말을 했다. 그의 사랑 어딘가에 괴물 같고 이단적인 면이 있었다. 심지어 그와 언쟁을 하는 것은 그만큼 그의 명예를 훼손하는 일이었다. 그의 영역 안에 있다는 것은, 그 힘이 오직 집착에서 나온다는 것을 영원히 인정하는 것과 같았다. 그가 그녀를 창가에, 그의 옆에 있게 하면서 어둠의 효과에, 감각 하나가 빠졌을 때 일어나는 감각들의 조화에, 앞이 보이지 않는 사람들에게 일어나는 일종의 그 조화에 의존하고 있는지조차 그녀는 알 수 없었다. 참으로 그의 심령적인 면, 도덕에 대한 맹목성은 제대로 보지 못할 때만 간신히 받아들일 만한 것이었다. 그녀를 만지지 않으려는 그의 금욕적인 면은 늘 표가 났고 조심스러웠는데, 이 비좁은 총안에서는 거의 만지는 것만큼이나 강력해지고 있었다. 그는 피곤한 상태의 그녀를 좋아할 때도 세심한 신경을 기울였다. 그녀의 근원에서 뭔가가, 그녀도 모르는 뭔가가 흘러나와 그들 사이의 공간을 **이미** 채우기 시작했다. 하지만 그만이 **그** 오해에 이름을 붙일 수 있을 터였다 — 오로지 그만이 이해와 그들이 실제로 서 있는 지점 사이에 존재하는 그 어마어마한 간극을, 그 사막을 표시할 수 있을 것이었다.

그녀가 창문에 대고 있던 고개를 휙 들었다. 「그만 갈래요? 난 이만 자야겠어요.」

「알겠습니다.」 그가 표정 없이 대번에 말했다.

그녀는 빈방으로 다시 들어갔다. 그가 따라갔다. 「당신의 소포.」 그가 말했다. 「내 모자……..」

「비가 와서 어쩌죠. 당신이 어디 사는지는 여전히 모르겠네요.」

「내게 연락하고 싶은가요?」

「난 그저 —」

「걱정 마요. 내가 다시 들르지요.」

8

루이는 공원에서 해리슨이 왔나 계속 살폈지만, 우려한 대로 그를 만나지 못했다. 그는 뭔가 특별한 이유가 있어서 그 일요일에만 왔을 게 분명했다. 그녀는 그의 다른 목적이 무엇이었을지 궁금했다. 이따금 그녀는 그와의 실망스러운 작별에 대해 생각해 보곤 했다. 다른 여자였다면 그걸 뺨을 후려 맞았다고 표현했을 것이다. 「요즘은 알 수가 없어요.」 그녀는 누구든 자기 말을 들어 주는 사람에게 이렇게 말하곤 했다. 「잘 지켜봐야 해요 — 예컨대 누가 옆에 앉을지 절대 알 수 없다니까. 의외로 이상한 사람일 수 있어요. 엊그제 이상한 남자를 만났거든요.」

「뭐야, 진짜 이상한 사람을 만났다는 거야?」 루이가 그렇게 말했을 때 친구 코니가 물었다.

「아니, 그게 아니라.」 누구라도 그녀의 말을 잘못 알아들으면 루이의 얼굴에는 곤경에 빠진 동물의 표정이 스쳤다. 그녀는 대화를 꼭 해야만 했고, 그녀에게 대화는 하고 싶은 말을 부드럽게 만드는 것이었다. 뭔가 더, 더 좋은 단어를 찾아야만

241

한다는 것은 차장이 쿵쿵거리며 그녀를 내려다보고 있는 데서 핸드백 안에 처박힌 달아난 동전을 찾는 것만큼이나 괴로운 일이었다 — 그랬다, 그것도 완전히 깜깜한 버스에서 말이다. 「아니, 그건 아니고. 좀 이상한 사람을 만났다고.」

「맙소사.」코니가 말했다. 「그런 상태의 남자를 그 남자 한 명밖에 안 만나 봤다는 말이니? 내가 보기엔 요즘 이렇게든 저렇게든 조금도 이상하지 않은 남자가 있다면 그게 오히려 놀라울 것 같은데.」

「아, 하긴 넌 온갖 남자를 다 만나니까.」루이가 존경스럽다는 듯 말했다.

「내 정신은 똑바로 박혀 있어. 너보다 더.」

「그가 뭐랬냐면, 나보고 조심하래!」

돌이켜 생각하니, 그녀는 해리슨이 자기를 아버지인 것처럼 대하고 이해해 준 것으로 느껴지기 시작했다.

「네가 런던 여자라면 모를까.」코니가 말했다.

루이가 고개를 끄덕였다 — 그랬다, 그건 사실이었다. 그녀는 켄트주 바닷가에서 자란 고아였다. 「어떤 면에서는 불안해.」그녀가 코니에게 말했다. 「내가 살던 곳으로 다시 돌아갈 수 없다는 것 말이야.」정확히 그랬다. 톰이 떠나 버리자, 그녀는 최근에 런던에서 집으로 가는 마지막 야간열차를 놓친 당일치기 여행자가 된 것 같았다.

겨울이 되어 모든 것이 망각되는 것은 두려운 일이었다. 이미 늦가을로 접어들어 해가 짧아지면서 새로운 모험도 일찌감치 끝내야 했다. 모험의 장면들이 사라지고 있었다 —

한낮의 햇살이 거리를 쫓아다니는 동안에는 막연한 희망 같은 것이 계속 그녀를 쫓아다녔다. 여름 내내 남편의 발걸음 소리는 여전히 들리지 않았고, 그가 발길을 돌려 돌아오는 일은 상상 속에서만 일어났다. 여름이 지속되는 동안에는 하루를 일찍 끝낼 필요가 없었다. 가을이 깊어 가면서, 믿을 수 없는 외로움에서 비롯한 충동이 그녀 안에서 사그라들었다. 그중에서 외로움을 빠르게 해결하려는 마음이 그녀로 하여금 다른 얼굴들에서 남편을 찾게 했다. 참으로, 그녀는 아무 남자도 없을 때보단 어느 남자라도 함께 있을 때 톰과 더 가까이 있는 것 같았다 — 진정한 사랑은 그 일탈로 인식되는 법이다. 그런 일탈이 아주 충격적일 수 있고 다른 사람에게는 설명이 불가할 수 있기에, 진정한 사랑은 좀처럼 인식되지 않는다.

이제 루이가 공장에서 나오면 어스름한 빛마저 사라진 뒤였다. 넝마 같은 어두운 하늘 아래에서는, 거리로 나와 집으로 돌아가는 모든 사람이 해리슨처럼 목적의식으로 가득한 듯 보였다. 루이는 서로 부딪히는 무관심한 그림자 무리 하나에 휩쓸려 걸어갔다. 순간적으로 버스 안에서 흘러나오는 희미한 푸른빛이나 열렸다가 닫히는 문에서 번쩍 새어 나오는 섬광이 그녀의 눈을 드러냈다 — 텅 비고 질문하고 무지하며 의심하는 눈을. 두 번째로 세상 사람들의 시선을 끌 만한 것 — 주트족[1]의 넓적한 생김새, 크고 얇은 입술 — 은 지

---

1 게르만족의 한 부족으로, 5세기 중엽 이후 영국으로 건너가 켄트를 중심으로 켄트 왕국을 건설했으며 앵글로·색슨의 일부를 구성했다.

워져 보이지 않았다. 어둠은 그녀를 사랑하지 않았다. 그녀
에게는 보인다는 것이 존재하지 않는 것이었다. 가장 수수한
여자들의 걸음걸이에서 도발적인 뭔가를 끄집어내는 것이
전시 도시의 밤에 나타나는 현상이었다. 자연은 신발의 굽으
로 보도에 불법적인 신호를 찍어 보냈다. 거의 누구도 접근
해 오는 사람이 없어 루이는 외로웠다. 그것이 **무엇이든**, 뭔가
가 그녀의 걸음에서 빠져 있었다. 그녀는 걸었고, 큰 보폭으
로 걸었으며, 성별을 따질 수 없는 납작한 신발을 신은 열 살
짜리 아이의 무심함으로 어둠 속을 통과해 큰 덩어리 같은
형체로 앞을 향해 걸어갔다. 아니, 지금은 실외에서 뭔가를
시작할 만한 계절이 아니었다. 햇빛 속에서 돌아다니며 자유
롭게 낮을 보낼 수 있는 일요일에도 더 이상 돌아오는 보상
은 없었다. 일요일의 공원에서 그 미혹적이고 감각적인 베일
이 벗겨졌다 — 잡목림 사이로 멀찍이 빈터가 선명하게 보였
다. 사랑을 나누던 호랑가시나무 언덕이 황폐해진 잔디밭 위
에 버려진 배처럼 떠 있었다. 모르는 사람들은 서로 시선을
마주치지 않았다. 오래된 연인들이 팔짱을 끼고 활기차게 공
원을 돌아다녔다. 컴컴한 길을 따라 좀 더 아늑한 의자들을
지나쳐 가면서, 그녀는 자신을 제외한 모두의 비밀인 그 존
재에 대해 속닥거리는 소리를 들었다 — 심지어 망명자들도
그들의 기억과 상처를 끌어안을 수 있었다. 그랬다, 이 환상
이 깨진 공원에서 루이에 대한 런던의 무심함이 가장 뚜렷하
고 노골적으로 드러났다.

하지만 바깥에 있다는 것에는 여전히 어느 정도의 소극적

인 도덕성이 존재했다. 실내는 칠컴 스트리트를 의미했다. 여기서는 그녀의 존재가 지금 이곳에 부재하는 사람에게만, 이 2인용 방에서 가장 끔찍하게 부재하는 한 사람에게만 의미가 있었다. 톰은 루이를 좀처럼 쳐다보지 않았다. 그는 한번 본 것은 뭐든 다시 쳐다보는 사람이 아니었다. 그는 집에서 얼굴을 찡그린 채 기술 서적을 보거나 뭔가 기술적인 문제에 대한 답을 고민하면서 저녁 시간을 보냈다. 루이는 한 시간이든 두 시간이든 수동적으로 — 의자를 뒤로 살짝 기울이고 혀로 입천장을 더듬으며 특별히 무엇을 염두에 두지 않은 채 — 톰을 응시했다. 그러니 왜 지금 그녀를 쳐다보는 것이 그의 의자여야 하는가? 의자를 어느 방향으로 밀고 당기고 돌려놓든, 그녀가 어느 방향을 돌아보든, 의자의 어딘가가 그녀를 향했다. 누군가를 앉게 해 의자를 무안하게 만드는 것이 그녀가 공원에서 만난 낯선 사람들을 여기로 데려오는 목적이었다. 이제 다시 생각해 보니, 이번 가을에는 그녀의 집에 왔던 사람 중 누구도 다시 찾아오지 않았다. 누군가는 런던을 가로질러 온 게 그저 한두 시간을 보내려고 그런 것 이상은 아니었을 것이다. 혹 그들 중 누군가가 런던에 아는 사람이 없어서 그녀를 다시 찾아왔다면, 엉뚱한 문을 두드렸을 가능성은 있었다. 그녀의 평판이라는 관점에서 본다면, 상관없었다 — 루이를 찾으러 온 육군이나 공군이 이상해 보였을 것이다. 한편 그녀의 라디오는 그들이 이리저리 만지작거린 바람에 지금은 완전히 고장 났다. 끝장난 것이다. 그녀는 무엇보다 자신이 라디오에 대해 매번 뭔가 말했다는

것 자체가 미안했다 ― 톰이 떠난 뒤로 라디오가 좀 이상해
진 것 같았는데, 그건 그녀의 상상이었을 가능성이 컸다⋯⋯.
이 10월의 저녁에, 라디오가 남긴 침묵은 가스난로의 기침으
로 채워졌다. 이제는 가스난로도 불만을 품은 모양이었다.
집으로 돌아오는 시간을 늦추기 위해, 그녀는 토트넘 코트로
드에 있는 카페에 들러 식사를 하는 습관을 들였다. 그곳에
는 거울이 있었다 ― 환하고 김이 자욱한 그곳에서 루이는
자신이 들어가고 둘러보고 앉는 모습을 보며 만족감을 느
꼈다.

하지만 이제 카페에 가는 습관은 중단되었다. 가을의 결핍
을 메워 줄 코니가 있었고, 코니가 근무하지 않는 저녁은 하
루도 허비되지 않았다. 코니에게 데이트 약속이 있긴 했지만,
사람 일은 모르는 것이다. 공습 감시원인 코니는 칠컴 스트
리트 집의 꼭대기 층 방 두 개 중 하나로 사는 곳을 옮겼다.
그녀는 서른을 한두 해 넘긴 나이였는데, 강하고 화를 잘 내
고 친절했으며, 파우더를 바른 눈 밑의 피부가 좀 처졌고 앞
머리는 눈썹 위로 올라가 있었으며 입이 붉은 벽돌색 우편함
같았다. 처음 봤을 때, 루이는 이 제복을 입은 전입자가 경찰
과 연관이 있을 것 같아서 겁을 먹었는데, 심지어 그 느낌이
완화된 지금도 진청색 제복 바지를 입고 가위처럼 성큼성큼
걸어가는 모습을 보면 여전히 뭔가 마음이 불안해지곤 했다.
각이 잡힌 제복 상의를 입은 코니의 모습에는 잘못을 훈계하
는 권한을 부여받은 또 한 명의 사람이 겹쳐 보일 수밖에 없
었다. 칠컴 스트리트는 코니가 꾸며 놓은 그 감시원 초소 구

역의 밖이었고, 따라서 그녀의 공식적인 활동 범위가 아니었다. 코니는 근무가 없는 날에 대한 생각이 확고했다. 그녀는 방해받을 위험 없이 두 발을 뻗을 장소가 필요해서 여기를 빌린 것이었다 — 사실, 코니가 다른 초소 구역에 떨어지는 폭탄에 관여하는 것은 규칙 위반이었다. 따라서 그녀가 칠컴 스트리트 10번지 지붕 아래에서 쉬고 있는 동안 바로 여기서 그런 일이 일어난다면, 그들은 자기를 찾으러 여기로 올 이유가 없다고 — 당연히 그녀를 파내야 하는 경우가 아니라면 — 그녀는 공언했다. 1942년 가을 이곳 런던에서, 코니가 일하는 구역에서는 마침 아무 일도 일어나지 않았다. 초소에서 보내는 긴 근무 시간 동안 코니는 턱이 빠질 정도로 하품을 하거나, 초소 전화로 다른 초소 사람들과 농담을 주고받았다. 게다가 처칠 총리의 사진 위에서 초소의 시곗바늘이 밤낮없이 돌아가는 것을 지켜보는 게 충분히 나쁘지 않다는 듯, 제복을 입고 근무하는 그녀의 모습을 본 외부인들은 그녀가 받는 급료를 점점 못마땅하게 여겼다. 하지만 **그녀**는 그게 터무니없이 부족하다고 생각했다. 시간제 급여를 받으며 그 모든 수고스러운 일을 하는 대가로 받는 보수가 높다고 주장하는 사람 중 누구도 시간제 급여를 받으며 그 모든 수고스러운 일을 하려고 하지는 않을 것이었다. 그녀가 꼬집어 말해 주었듯이, 그 일이 하찮은 일이라는 건 결코 사실이 아니었다. 본부는 코니가 계속 쉴 새 없이 움직이게 하려고 뭔가 새로운 일을 끊임없이 찾아냈다. 하지만 문제가 되는 건 사방에 있는 민간인이었다. 폭격이 멈추자마자 그들은 다시 자세를 바꾸었다. 이렇게 말해서는 안 되겠지만, 다시 폭격이 살짝 가해지면, 그들은 다시 한번 원점으로 돌아갈 것이었다. 런던에 살짝 가해지는 폭격, 지금은 사실상 그것이 그녀의 관심사였다. 모든 게 느슨하게 돌아가고 있는 지금은, 그들이 쳐들어와 코니를 민방위대에서 끌어낼 것 같았다. 한때 그녀가 군림한 담배 가게로 되돌아갈 수도 있겠지만 — 물론 그 것은 완전히 다른 문제였지만 — 기동 부대 소속의 여자는 요즘 다른 데 곁눈질을 할 수 없었다 — 언제 울버햄프턴에 갈지(그녀의 친구가 거기로 갔다), 광산의 밑바닥에 갈지, 아침 기상 시간에 일어날 때까지 암캐 같은 여자가 나팔을 불어 대는 A.T.S.[2]에 갈지 모르는 것이었다. 그녀는 루이가 군인의 아내가 된 건 잘한 일이라고, 머리가 조금이라도 똑똑하면 아이도 낳아야 한다고 말했다. 칠컴 스트리트에서 저녁에 두세 번 대화를 나눈 뒤, 루이가 코니에게 가졌던 경외심은 증발했다기보다는 그 근거가 바뀌었다. 코니는 확실히 용기로 보면 인류의 구원자가 될 자격이 있었지만, 또한 날카로운 줄 같은 혀를 갖고 있어 인류를 사랑하는 자로 볼 수는 없었다. 그녀는 1939년 9월 1일에 일주일 치 급료를 받지 못한 채로 담배 가게에서 걸어 나왔다. 이번에는 정말로 무슨 일이 일어날 것 같은 직감 때문이었고, 그녀는 그런 식으로 특이한 사람이었다. 이렇게 말해도 된다면, 그녀에게는 보스 기질이 있었다. 어린 시절부터 명령을 내리거나 호각을 불거

2 Auxiliary Territorial Service. 제2차 세계 대전 당시 영국 육군 여성 부대.

나 교통 지도를 하는 것에 대한 억압된 소망에 사로잡혀 있었다. 이전 직업들에서는 이 부분이 늘 문제를 일으켰다. 주도권이 요구되는 일. 그녀가 민방위대에 대해 알게 되면서 가장 먼저 파악한 것이 이것이었다. 그녀는 더 알아보기 전에 서명부터 했다. 배우는 것은 살면서 하면 된다.

톰이 루이에게 여자 친구가, 특히 같은 건물에 사는 친구가 생겼다는 사실에 기뻐하는 답장을 보내왔다. 톰이 보기에 코니는 친구로 삼아도 될 것 같은 사람이었다. 예전에 톰은 다른 세입자들과 스스럼없이 지내는 걸 좋아하지 않았는데, 처음에는 계단에서 이야기를 나누다가 다음에는 집에 들러 물건을 빌려 간다는 이유에서였다. 하지만 루이가 혼자 남겨진 지금은 — 그리고 루이가 말할 대상이 코니뿐이라면 — 상황이 달라졌다. 사실, 코니가 이 그림 속으로 들어오기 전에 그는 루이에게 공장에서 친하게 지낼 만한 조용한 여자는 없는지 한두 번 물은 적이 있었다. 그녀는 공장에 온갖 유형의 인간이 다 있는 게 문제라고 답했다. 그는 그녀가 까다롭게 고르는 것은 물론 잘하는 거라고 답장을 보냈다. 공장에서 겪는 진짜 문제는 말하거나 대화하거나 교환할 소재가 있어야 한다는 것이었다. 루이는 그런 것을 생각해 낼 수 없었다. 자신이 하는 말에 의미가 없는 것 같았고, 더욱 나쁜 것은 다른 사람들이 그걸 알아차린 것 같다는 사실이었다. 거기 여자들은 그녀가 학교를 졸업하지도 못한 줄 아는 모양이었다. 그들은 그녀가 지금까지 줄곧 어디에 있었는지 알고 싶어 했다 — 그런데 오, 그녀는 어디에 있었는가? 당신이 어느 유형이든, 어느 유형에 속하기라도 하면, 온갖 유형들 사이에 있다는 것은 유리한 일이 된다. 당신은 당신과 같은 유형에 끌린다. 그런데 자신이 어느 유형도 아니라는 사실을 알게 되면 위협을 느낀다 — 마지막 희망이 사라진다. 보호받는 계층의 진정한 특권은 독창적인 사람에게 주어지는 지위다. 루이에게는 그런 게 없었다. 한편 코니와 함께 있으면 모든 게 괜찮았다 — 코니는 친구의 공허함에 끌렸다기보다는 그것을 덜 알아차렸다. 그녀는 뭔가를 채우기 위해 기질적으로 밀어붙이는 식이어서…… 두 사람은 어쩌다 코니가 위층에서 넘어진 그날 서로 소개하고 친해지기까지 2분이 채 걸리지 않았다. 단단한 채소와 손전등이 날아서 한 계단씩 쿵쿵 굴러떨어지고 난간을 통해 현관으로 수직 낙하하는 소리에 코니는 문을 열고 급히 나와 보지 않을 수 없었다. 인색한 층계참 전등의 스위치를 켜고 위를 올려다보니, 그녀 위로 두꺼운 신발 밑창이 보였다. 그중 한 짝에 압정이 박혀 있었고, 코니가 계단 모서리의 리놀륨을 붙여 놓은 부분에 발을 고정하려고 안간힘을 쓰고 있었다. 다음으로 코니는 거무스름하고 빈약한 엉덩이를 들어 올렸다 — 몸을 완전히 일으키고 나서야, 그녀는 그 건물이 자기 것인 양 욕설을 내뱉기 시작했다. 그런 맥락에서 코니는 당당했다. 그녀가 바지 무릎에서 먼지를 털어 내려고 세 계단을 내려와 전등 빛 가까이에 섰고, 그러는 와중에 루이를 거슬린다는 듯 쳐다보았다.
「뭘 더 볼 게 있어요?」그녀가 말했다.

10번지 건물의 계단과 층계참 조명은 2분 뒤면 자동으로 꺼지는 것이었다. 이제 또 꺼졌을 뿐 아니라, 떨어진 것들을 찾는 내내 꺼졌다 켜지기를 반복했다 — 루이는 분홍색 잠옷을 입은 채 위아래로 야단스럽게 이동하며 코니가 감자와 순무와 당근을 줍는 것을 도와주었고, 손전등을 다시 찾은 것도 그녀였다. 굉장한 저녁이었다. 평소 아무 냄새도 나지 않고 뭐 하나 떨어진 것 없이 깨끗하고 공기가 통하지 않아 답답한 느낌을 주던 계단이 곧 분노로 달아오른 푸른색 서지천으로 만들어진 공무원 복장의 냄새를 풍기기 시작했다 — 더욱이 코니는 빨간 머리는 아니었지만, 거의 아무 때고 여우 같은 유형이었다. 그들이 모든 걸 다 끝냈을 때는 코니의 추정으로 23시 25분이었다. 따라서 그날 밤 불평이 뒤따랐고, 그다음 날에도 불평이 좀 더 이어졌다. 2층이라는 특권에 군인의 아내라는 특권이 보태져, 루이는 전에 이런 종류건, 어떤 종류건 간에 이 집의 다른 사람들과 말성이 일어난 적이 없었다. 그녀와 코니는 결국 같이 차를 마시게 되었다.

코니가 신문보다 더 좋아하는 것은 거의 없었다. 최근에는 거의 늘 한 종류의 신문만 읽고 있었다. 그녀는 거의 모든 시기의 신문을 가리지 않고 다 모았는데 다시 보려는 이유도 있었고, 뭔가를 포장할 때 쓰려는 이유도 있었다. 그녀는 어디에 있건 누가 잠시라도 내려놓은 신문이 있는지 늘 눈을 크게 뜨고 다녔고, 사지만 않을 뿐 모든 수단을 써서 신문을 손에 넣었다. 그리고 사람들이 얼마나 잽싸게 움직여 치사한 짓을 할 수 있는지 알기에, 앉을 때는 습관적으로 자신이 모은 신문을 깔고 앉았다. 초소에서 일 때문에 어쩔 수 없이 신문과 떨어져야 할 때는 어미 새처럼 **허둥댔다**. 신문은 그녀와 함께 바스락거리지 않고 흐늘흐늘해진 채 집에 도착했다. 10번지 건물 다락에서 인형 크기만 한 벽난로 화상(火床) 안에 불을 붙이려고 어쩔 수 없이 한 장을 희생해야 할 때면, 그녀는 쭈그리고 앉아 성냥을 갖다 댔고, 몸을 숙이고 매캐한 연기 속을 들여다보며 불길에 잡아먹힐 때까지 신문의 마지막 활자를 읽었다 — 어쩌다 읽지 않고 놓친 것이 있을지 누구도 모르는 것이다. 코니의 이런 중독은 루이가 모방할 수 있는 것이었고, 또한 모방했다. 처음에는 코니에게 잘 보이려고 시작한 일이었는데, 신문이 루이의 마음을 사로잡기 시작하더니 철저히 사로잡았다. 무슨 일이 일어나고 있는지 따라잡을 수는 없어도, 적어도 무슨 말을 하는지는 알아차릴 수 있었다 — 처음에 한 단어로 시작했고, 결국 그 단어로 되돌아왔다. 그것은 종이에 쓰인 어떤 것에도 적용되었다.

루이는 신문을 보기 시작하면서 마음의 평화를 찾았다 — 그러다 보니 이전에는 왜 톰이 신문을 읽으면 불안했는지가 궁금했다. 기사 자체는, 중간부터 읽기 시작했기 때문에 좀 불리했다. 누구에게, 심지어 코니에게도 그 모든 일의 시작이 어땠는지 물어볼 용기가 나지 않았다 — 삶이 그렇듯, 분명 한 가지 일이 다른 일로 이어졌을 것이다. 그리고 무엇보다 그게 누구의 실수인지, 또는 얼마나 오래전에 일어난 일인지는 말하지 않게 된다. 혼자 남겨졌을 때, 그녀는 뭐든 작년에 이렇게 끔찍한 일이 일어난 것은 어떤 면에서는 자신의 잘못 때문일 수도 있겠다고 생각했다 — 톰이 떠난 주에 싱

가포르가 함락되었다.[3] 일본의 공격에 극심한 공포를 느끼고 있던 오스트레일리아군이 곧장 달려갔다. 그리고 모든 노력에도 불구하고 이집트군뿐 아니라 우리도 밀리고 있었다. 러시아는 계속해서 우리에게 뭔가 하라고 잔소리를 해대고 있었다. 아주 행복하게 지내던 켄트 공작이 죽었다.[4] 캔터베리는 물론이고 무고하고 오래된 대성당들도 폭격을 맞았다. 그리고 마침내 비누와 사탕류가 동이 나자 **그들**은 쿠폰을 발행했다 — 또 하나의 골칫거리…… 하지만 신문에 실린 내용을 보면 어느 것도 보이는 것만큼 나쁘지는 않다고 되어 있었다. 겉모습만 보고 판단하는 것은 얼마나 큰 실수인가! 신문은 영국이 뭔가 최후의 수단을 숨겨 두고 있다는 것을 알고 있었다 — 영국은 달리 방법이 없을 때 늘 사실을 직시할 수 있었다.

신문에 대해서라면 루이는 아무리 많은 기사라도 견딜 수 있었다 — 헤드라인을 보면 1초도 안 되는 시간에 내용을 파악할 수 있었고, 모든 사건의 중요도는 그 활자의 크기로 판단할 수 있었다. 그녀가 파악한 바로는 같은 공식 발표가 발췌된 뒤 활용되고 또 활용되었다. 그와는 대조적으로, 이런저런 실화는 참으로 마음을 울렸는데, 그런 이야기가 전쟁을 인간적으로, 그녀 같은 사람들을 중요하게, 그리고 전반적인 삶을 예전처럼 느껴지게 했다. 하지만 진정한 건강 증진, 혹은 영양분 섭취는 신문 기사를 통해 이루어졌다. 신문이라는 식습관을 들이고 한두 주가 지나자 루이는 자신에게 관점이

3 일본군에게 1942년 2월 15일에 함락되었다.
4 던비스 항공기 추락 사고로 1942년 8월 25일에 사망했다.

형성된 것을 깨달았다. 단지 **하나의** 관점이 아니라 올바른 관점이었다. 그녀는 따스함과 소속감에 젖어 햇볕을 쬐는 기분이었을 뿐 아니라, 날마다 아침저녁으로 칭찬을 받았다. 심지어 러시아인들조차 그녀가 두려워한 만큼 그녀에게 불만을 품은 것 같진 않았다. 스탈린그라드[5]는 계속 버티고 있었고, 여기서는 그녀가 산업 전쟁의 최전선에 있었다. 지금 런던에 있는 미국인들은 그녀라는 인물에 대해 입을 다물지 못할 만큼 감탄했다. 그녀가 신문 안쪽 페이지에서 그녀에게 하는 말이나 그녀에 대한 이야기를 발견하지 못하는 날은 침울했지만, 그런 일은 드물었다. 그녀는 노동자이자 군인의 외로운 아내, 전쟁고아, 보행자, 런던 사람이었고, 집과 동물을 사랑하는 사람, 생각하는 민주주의자, 영화관에 가는 사람, 영국 여성, 편지를 쓰는 사람, 연료를 절약하는 사람, 가정주부가 아니었던가? 다만 어머니는 아니었으며, 뜨개질을 하거나 정원을 가꾸지 않았고, 도보 여행자나 누군가의 애인은 — 적어도 제대로는 — 아니었다. 루이는 이제 신문이 그려 내는 그림에 자신의 어느 부분도 맞지 않을 때 기분이 좋지 않았다. 그녀는 신문이 자신을 탐탁지 않게 보는 것을 견디기가 힘들었다. 예컨대 신문은 경박한 아내나 쾌락을 좇는 처녀들에게는 변명의 여지를 남기지 않았고, 그것은 참으로 옳았다. 그녀는 다소 특별한 열정으로 그 주제에 대한 열두어 편의 기사를 읽어 치우다가, 한 편을 더 읽어 나가는 중에 정신이 얼얼하면서 몸에 한기가 쫙 퍼졌다. 신문과 **루이**의 사

5 볼고그라드의 옛 이름으로, 제2차 세계 대전 당시 최대의 격전지였다.

이가 틀어진다는 게 가능한가! ─ 온몸에 소름이 돋으면서 하느님과 톰이 눈앞에 나타났다. 신문에 우리가 고립되지 않아야 한다는 관점을 강력히 지지하는 내용이 실린 다음 날 저녁이 되어서야 루이는 활기를 되찾기 시작했다 ─ 우리는 점점 덜 고립적이 되어 가는 것 같았다. 미국인들은 기분 좋게 놀란 것 같았다. 전쟁이 이제 우리를 하나의 큰 가족으로 만든 것이다⋯⋯. 그녀는 활기를 되찾았다. 다시 한번 영원한 품에 안겼다. 그랬다, 그녀는 활기를 되찾았다 ─ 그녀는 스스로가 아내든 아니든 경박한 사람은 아니라고, 미혼이든 아니든 자신이 쾌락이라고 여기는 것을 좇는 일은 좀처럼 없었다고 바라볼 수 있었다. 그녀가 남자들과 만나고 다니는 것도 아니었다. 일단 먼저 밖으로 나가 본 것이었다.

그것은 화해의 순간 중 하나였고, 그 뒤로 감정은 더욱 깊은 국면으로 접어들었다. 루이는 신문을 물리적으로 사랑하게 되었다. 신문이 당당한 모습으로 점점 야위어 가는 것 같으면 염려가 되었고, 뭔가를 몹시 먹이고 싶었다. 그녀는 인쇄기에서 막 나와 여전히 따뜻한 신문을 어루만지고 싶었지만, 그럴 수가 없었기에 인쇄된 신문에서 나는 냄새를 끌어내기 위해 불가에 쭈그리고 앉아 신문을 읽는 습관을 들였다. 집 안으로 들어온 신문은 어떤 것이든 코니가 만든 **주님의 율법**을 따랐지만, 코니가 신문을 감각적으로 거칠게 다루는 건 싫었다. 루이는 코니가 생선 한 토막을 신문지에 싸는 것을 지켜볼 때면 루이는 질투와 대리 만족적인 행복이 뒤섞인 복잡한 감정을 느꼈다. 공장에서 그녀는 기혼이거나 미혼이거나 상관없이 일하면서 같은 관심사에 흥분하는 여자들에게 끌렸다 — 또한 매일 교양을 쌓은 덕분에 자신이 덜 이상하게 느껴졌고, 따라서 겉으로도 그렇게 보였다. 뭔가가 그녀를 띄워 올렸다. 그녀는 이제 코니가 있어서 친구가 필요하지 않았지만, 심지어 친구를 사귈 가능성도 생겼다.

코니가 신문을 읽는 것은 대체로 신기했다. 놓치고 지나가는 것이 아무것도 없었다. 그녀는 모든 것을 다시 읽었고, 두 번째로 읽을 때는 행간을 읽고 있다는 것을 알게 될 텐데, 그래서 더욱 인상적으로 보였다. 이런 재능을 가진 사람은 얼마 없어서, 그녀는 그 재능을 사용하는 것이 자신에게 맡겨진 임무라고 느꼈고, 따라서 정보를 얻는 데 호랑이 같았다. 견해(루이가 지금은 〈기사〉라고 부르는)에 대해서는, 코니는 뭐든 흡수했고 사고가 열려 있었다 — 어떤 견해든 납득할 수 있는 것이면 다 받아들였다.

코니의 야간 근무가 없을 때 10번지 건물에서 이루어지는 대화는 이제 스스로 길을 내고 흘러갔다. 코니는 자기 집 벽난로에 쓰는 연료를 절약하려고 종종 2층에 와서 대화를 나누었다.

「그거 봤어?」 한번은 루이가 물었다. 「전쟁이 어떤 면에서는 우리의 인성을 더 좋게 한다는 거?」

「못 본 것 같은데. 그게 어디에 실려 있었어?」

「오, 네가 그 내용이 실린 부분을 네 방으로 가져갔어 — 농민인 여자[6]가 큰 말을 끌어당기는 그거.」

6 원문은 land girl로, 전시에 농업에 종사하는 젊은 부녀자를 말한다.

「오, 그 여자 ─ 전직 모델이잖아. 그게 그녀에 대한 요점이 었는데. 눈치챘겠지만, 사진에 찍히려면 지금 하는 일이 중요한 게 아니라, 전에 뭘 했는지가 중요하다는 거지. 내가 아는 한 그 여자는 말을 소유할 수도 있어. 하지만 그녀가 혜택이라고 말하는 그 신선한 공기를 나도 조금은 마실 수 있으면 좋겠긴 하다. 내가 일하는 우리 지하 초소는 늘 경계 태세고, 무슨 일이 연중 언제든, 밤이든 낮이든 터질 수 있으니까. ─ 그 새들에 대한 건 읽었어?」

「아니, 뭔데?」

「다시 아프리카로 날아갔대.」

「그럼 그 새는 철새겠다. 아빠가 그렇게 말했어. 아빠는 새를 몹시 좋아했거든. 봄에 뻐꾸기 소리를 가장 먼저 듣는 사람이 거의 늘 아빠였어. 그건 무엇보다 얼마나 주의를 기울이느냐의 문제라고, 아빠가 그러셨는데. 오, 아빠가 나한테 전선에 길게 늘어앉아 있는 그 새들을 보여 주곤 했어! 새들은 늘 그런다고 ─ 그런데 왜 새들 이야기가 실렸대?」

「내 생각에 새들은 하던 걸 늘 계속하니까. 그리고 그건 자연은 어떤 상황에서도 자기 길을 추구한다는 걸 보여 주는 걸 테고. 그런 새들은 전쟁이 일어난 것도 모를 거야 ─ 새들에게 지각이 없는 게 다행이라고 말할 수 있겠지. 어느 공군이 요전 날 자기가 어쩌다 날아가는 새 떼 사이로 들어가게 됐다고 불평했어. 새들 머리가 얼마나 많이 날아갔는지 모르겠다고. 하지만 이런 멋진 밤에 내 머리가 날아가지 않으리라고 누가 장담할 수 있겠어. 나는 지각이 있고 걱정거리도 있는데, 그렇다면 그건 나를 어디로 데려갈까?」

「하지만 넌 분명 독일인처럼 되진 않을 거야, 코니. 독일인은 들은 걸 그대로 받아들인다더라. 독일에도 신문이 있지만, 우리처럼 견해가 들어간 신문은 아니라고 어디서 본 것 같아. 거기 **그들**이 전쟁을 끝까지 치르게 하기 위해 어떻게 그들을 속이는지, 그리고 전쟁이 우리에게 어떤 생각을 유발하는지에 대해 쓰여 있었어.」

「나는 생각하는 거라면 자신 있어서 전쟁이 필요하지 않아. 늘 다른 무엇보다 먼저 생각부터 하거든. 하지만 누군가가 어디로 가게 되는지는 인성에 달렸어.」

「미국인들은 여기 와 있으면서 우리 인성에 감명받았어.」

「미국인이 감명받은 걸 본 적 있어?」

「음, 어디 그렇게 쓰여 있었는데.」

「미국인이 우리 술집에 가면 감명을 받긴 하지. 요전 날 저녁에 친구랑 같이 술집에 갔는데, 비집고 들어갈 틈이 없더라. 너는 이 전쟁이 **그들**이 시작한 그들의 전쟁이라고 생각하겠지. 그들하고 러시아하고 ―」

「오, 하지만 러시아는 ― 오, 코니, 너 어떻게 **그럴 수** 있어! 매 순간 스탈린그라드를 걱정해야 할 판국에…….」

두 사람 다 벽시계를 보았다.

「그들은 우리와 아주 많이 달라.」 루이가 말했다.

「오, 네 말이 맞다고 쳐 ― **그들**은 완전히 거인이야. 아니, 장담하는데, 여기 사방에 와 있는 게 러시아인이라면 내가 누구보다 불평하지 않는 사람일걸 ― 그들이 그렇게 싸우는 게 무엇보다 자기네 나라를 방어하기 위해서라면, 그들은 자기들 입장을 공개적으로 밝힐 권리가 있어. 내가 지적하고 싶은 건 오로지, 우리가 미국인과 러시아인 사이에서 간과되었다는 거야. 무엇보다 우리가 없었다면 그 어느 쪽도 전쟁에 가담하지 않았을 텐데 말이지.」

「하지만 나는 히틀러를 생각했는데 —」

「음, 누가 그의 인내심을 고갈시켰지? 아니, 내가 한 가지 동의하는 바는 — 인성이 우리를 어떻게 거기로 데려가는지에 대한 부분이야. 우리를 **어디로** 데려가는지는 나한테 묻지 마. 살면서 배워야 하는 거니까. 하지만 난 사느라 너무 바쁠 게 뻔해.」

「하지만 역사의 교훈에서 배울 것도 많지 않을까, 코니?」

「뭐 — 나폴레옹은 신통치 않았어. 카이저도 그랬고. 히틀러도 마찬가지일 거야. 우리가 배우지 못한 건 누가 이득을 봤느냐 하는 거지 — 후대가 조금이라도 똑똑하면 그걸 알고 싶어 할걸. 후대의 누군가가 내게서 역사의 교훈을 배운다면 얼마나 만족스럽겠어? 게다가 내 경험상, 우리가 배우지 못하는 건 어쨌거나 교훈으로 배우게 돼 있어. 우리가 알아야 **하는** 건 살아가면서 깨닫게 돼. 후대는 인간 본성을 따를 뿐이고, 자기들 일로 바빠. 아니, 너나 나나 지금 공을 인정받지 못한다면, 그때가 돼서도 인정받지 못할 거야.」

루이는 코니처럼 말하지 않으려고 애쓰는 듯 자기 입을 한 손으로 막았다. 그녀가 손가락 사이로 말했다. 「아니, 너 지금 못됐어!」

「누가?」

「나한테 이런 식으로 말하잖아.」

「뭐야, 너도 그 지각없는 새들처럼 되고 싶은 거야?」

「오, 그 새들은 그냥 내버려둬 — 나는 새들을 정말로 봤어. 내가 전쟁 전체에서 생각하고 싶지 않은 게 바로 그거야 — 새들이 아주 즐겁게 날아오르다가 공군과 뒤섞이는 것.」

루이는 피할 수 있는, 혹은 피하지 못할 수도 있는 압박감에 무겁게 이리저리 고개를 돌리기 시작했다. 그녀는 의자에 기대 벽난로 앞 러그에 앉아 있었지만, 의자가 자꾸 뒤로 미끄러져 손으로 바닥을 짚어야 했다. 앞으로 쭉 뻗은 그녀의 길고 튼튼한 다리에는 가을이 깊어지면서 어쩔 수 없이 스타킹이 신겨 있었고, 스타킹에는 이미 보풀이 가득했다. 코니는 두 다리를 벌리고 선 채 거울 앞에서 앞머리에 꽂은 실핀을 뽑고 있었다. 23시까지 일하러 가야 했고, 금방 그 시간이 될 것이었다. 그녀가 루이의 시계 밑에 실핀을 하나씩 밀어놓다가 마지막 하나를 러그 위에 떨어뜨렸다. 그녀는 동작을 멈추고 아래를 내려다보며 루이가 집어 주기를 기다리다가 곧 화가 나서 혀를 찼다. 얇은 눈구멍에 늘 불안하게 눈물이 고여 있는 친구의 동그란 눈에서 이번에는 눈물이 흘러넘쳤다. 결국 눈물이 축축하게 말라붙어 이 바보의 광대뼈가 번질거렸다 — 눈물도 맺히고 떨어지는 데 자유 의지가 필요한 모양이었다.

「잘 들어, 네가 꾸며 내지 않으면 내가 모를 줄 아니? 새들에 대해서도 그래! 네가 진짜로 죽은 사람과 내 반만큼이라도 관련이 있었다면 말이지! 먼저, 새가 즐거워하는 걸 본 사람이 누구지? 새가 노래한다면 그건 짝짓기를 위해서야. 네가 진짜로 그러는 새를 본 것처럼 말하는 게 난 이상해. 아니면 네 아버지가 네게 그런 사실은 전혀 말해 주지 않은 게 이상하고 — 내가 실핀 떨어뜨린 거, 넌 못 본 거야?」

「어디 떨어뜨렸어?」

「어디? — **거기**, 네 큰 발 옆에!」

루이가 발 주변의 러그에서 뭐든 닥치는 대로 잡아 올렸다 — 지금은 아무것도 살 수 없어서 뭐든 잃어버리는 건 **큰일이었다**. 그녀가 불쑥 말했다. 「솔직히 그렇게 깊이 생각한 건 아니었어, 코니. 하지만 새들 이야기를 하니까 아빠가 생각났어. 아빠가 그렇게 가버린 건 자연스럽지 않게 느껴졌어. 엄마도. 우린 그저 희박한 공기처럼 살았는데.」

「오, 그래서 그런 거였다면 실핀은 신경 쓰지 마. 그렇게 말하고 나니 나도 기분이 안 좋아. 하지만 내가 네 마음속을 어떻게 알겠어? 코 풀어. 난 이렇게 볼 수밖에 없어 — 네 아버지는 나이가 많았으니까, 자연의 순리에 따라 먼저 돌아가실 수밖에 없었던 거라고. 그러니 그 죽음이 부자연스러운 거라고 말할 순 없어. 그건 그냥 방식의 문제였어. 그리고 너는 어머니와 아버지가 어떻게 마지막을 같이할 수 있었는지 생각해 봐야 해, 안 그러니? — 그분들이 저세상으로 가면서 소중히 여겨 온 좋은 집과 모든 물건을 같이 가져갈 수 있었던 것도. 저기, 나는 모든 게 다 사라져 여기 아무것도 없이 남겨진 노인들을 봤어 — 무슨 말을 해야 할지 모를 정도로 너무 안타까운 상황인 거지. 너는 그런 상황을 모면했고 결혼도 했으니 얼마나 운이 좋아. 네가 그분들하고 같이 사라지는 건 아무 의미가 없어. 내 경우에는 자연사하기 전에 죽임을 당하는 일은 없을 거라고 확신하는 건 아니지만, 죽음에 관한 생각은 되도록 하지 않겠다는 거야. 그리고 내가 나 자신에게 바라는 게 있다면, 내게 소중한 사람들에게도 똑같이 바라겠어. 그런 사람이 있다면 말이지.」

「음, 고마워, 코니. 정말로.」

「하지만 그건 **나빴어**.」

제복 바지와 레이스 블라우스를 입은 뒤 코니는 마지못해 웃옷을 찾아 주위를 둘러보았다. 그리고 진주 귀걸이 한쪽을 빼고 발갛게 된 귓불을 문지른 뒤 티 나게 얼굴을 찡그리며 다시 끼우고 고리를 고정했다. 야간 근무를 하러 나가면서 일정한 스타일을 유지하기 위해 평소와 같이 꾸몄는데, 안 그럴 이유가 있겠는가? 당장 발령된 경보가 없고 황색경보조차 없다고 해도, 어느 순간 누가 길을 잃고 등화관제가 시행된 깜깜한 거리에서 초소 계단을 허둥지둥 내려올지 모르는 것이다 ─ 그들은 지금 있는 곳이 어디인지, 그렇다면 대체 어떻게 다른 곳으로 갈 수 있는지 물어볼 것이다. 지하철은 아직 운행하는지? 어느 쪽이 웨스트엔드인지? 워털루는 어디 있는지? 어디서 하룻밤을 묵을 수 있는지? 여기서 코니와 함께 있으면 안 되는지? 남자들을 받아 주는 이 세상 모든 장소가 닫혀 있었다. 밤새 열려 있다는 초소 안내판이 그들을 나방처럼 끌어들였다.

외부인은 초소에서 아무런 권리도 없었다 — 민간인이라면 다 아는 사실이었다. 지금은 외국인도 그 정도는 알고 있어야 하지만, 군대의 일원이라면 봐주어야 했다. 코니는 초소의 앞방에서 혼자 근무했는데, 그 방을 안내실로 바꾸지 않았다면 그건 오히려 그녀의 본성에 어긋나는 일이었을 것이다. 익명의 어둠에서 내려온 사람은 누구나 그녀가 이름을 물어봐 주면 기뻐했다. 코니가 초소를 지키는 밤은 담배 가게에서 일하던 시절의 낮과 다르지 않았다 — 전화기 옆에서 곤히 잠들었다가도 언제라도 억지로 눈꺼풀을 들어 올려야 했다. 밤에 귀가 부어올라서 귀걸이를 빼내야 해도 누구든 문을 열고 들어오기 전에 다시 귀걸이를 하지 않은 적은 한 번도 없었다. 「데일리 워커」[7]가 됐건 뭐가 됐건 다 내려오라고 해 — 그녀는 불리한 입장에서 당하지 않을 것이었다.

「음, 밤 동안은 괜찮을 거야, 친구.」 코니가 말했다 — 그러면서 비둘기처럼 가슴을 내밀고 상의를 몸에 꼭 맞게 잡아당겨 단추를 잠그고 벨트를 팽팽하게 조여 버클을 잠갔다. 코니는 루이의 벽난로 선반 위에 놓여 있는 담뱃갑을 자기 주머니로 옮기면서, 그걸 톰에게 건네려는 듯 그의 사진을 쳐다보았다. 그리고 다시 한번 쳐다보기 위해 되돌아왔고, 늘 말은 하지 않았다. 코니가 톰을 아주 조용히, 당돌하고 익숙한 태도로 의아하게 쳐다보는 모습이 루이는 처음부터 거슬렸다. 코니는 방에서 나가는 바로 그 시점에는 종종 일부러

7 Daily Worker. 1939년에 창간된 영국의 좌익을 대변하는 신문이다. 현재의 명칭은 〈Morning Star〉이다.

뭔가 특별한 말은 하지 않았다 — 자신이 걸어 나가고 문이 닫히면 남은 사람은 무슨 말을 하려 했는지 궁금해하리란 걸 잘 알았다. 이번에 하지 않은 말에 대해, 루이는 단념했다 — 자신은 거의 쳐다보지 않는 그 사진에 코니가 반복적으로 보란 듯이 관심을 두는 것에서, 루이는 코니가 자신을 책망하거나 악의적으로 본다는 느낌을 받았을 뿐이었다. 루이는 그 사진을 회피했다. 사진이 어떻게 우리를 위로해 주는지에 대한 글도 여러 번 읽었지만, 진실은 그 반대였다. 그녀가 그 사진을 꺼내 놓은 것은 관습을 존중해서였다. 사진 아래에는 분명 톰의 감정이었으리라 생각되는 것을 써놓았다. 더욱이 그에게 하는 말도 써놓았다. 〈나는 매일 당신의 사진을 봐.〉 사랑의 부인할 수 없는 진실에 대한 또 하나의 거짓된 표현이었다. 뻔한 거짓말은 아니었다. 다른 건 잊을지라도 그녀는 날마다 경건하게 벽난로 선반의 먼지를 닦았고, 그러려면 사진 액자를 들어 올려야 했다. 뭔가를 손으로 다룬다면 그것을 어떻게든 쳐다볼 수밖에 없다. 하지만 그냥 보는 것이 진짜로 보는 것은 아니다.

그 사진은 그가 떠나기 직전에 찍은 것이었다. 그녀는 그가 바이런 칼라[8] 셔츠를 입고 실의 바닷가에서 적당히 진지한 분위기로 찍은 확대된 스냅 사진을 이미 가지고 있었는데, 그는 그 사진은 좋아하지 않았다. 자발적으로 사진관을 찾아간 것은, 그가 떠나면서 한 마지막 작별 행위 중 하나였다. 결

---

8 앞깃의 끝이 길고 뾰족한 셔츠 칼라를 말하는데, 영국의 시인 바이런이 즐겨 입었다고 하여 생긴 명칭이다.

과적으로, 사진기가 기록한 것은 이미 떠나 버린 남자의 얼굴이었다. 무표정한 그의 얼굴이 사진관의 얼룩덜룩한 배경 앞에서 아주 멀리 선명하게 드러났고, 그의 시선은 아무 기대 없이 허공을 가늠하듯 정면을 향했다. 아무도 쳐다보지 않는 그 시선 안에 들어가려고 하거나 그 앞을 가로막으려고 하면 당신은 아무 존재도 아니게 된다. ― 그러고 나면 무엇이 다시 예전과 같은 것이 될 수 있겠는가? 연대 휘장이 들어간 그 액자 안에는 최고의 정지 상태가 담겨 있었다 ― 최악의 경우, 가슴 밑바닥에 이르는 경고가 담겨 있었다. 어떤 귀환도 떠남에 대한 보상은 되지 않으리라는 경고가. 안전을 모방할 수는 있지만 재개할 수는 없는 것이다.

9

「그런 남자에게 과거 이야기를 늘어놓다니 — 대단해! 그리고 이제 **당신**은 그 안에서 뒤섞여 버렸어. 안 돼, 그건 너무 바보 같아, 스텔라!」

「지금 당신은 폴 대령처럼 말하고 있는데 — 나는 당신이 로더릭의 유산을 좋게 생각하는 줄 알았어.」

「로더릭이 상속받은 재산?」

「그래, 로더릭이 상속받은 재산.」

「뭐든 없는 것보다는 낫지.」로버트가 한 가지 진실이 다른 진실에 방해가 될 때 종종 드러나는 조바심을 드러내며 인정했다. 「내가 이해가 안 되는 건, 당신이 왜 거기로 가야만 하는가야.」

「그래 봤자 일주일도 안 걸릴 텐데 뭘.」

「얼마나 오래 떠나 있는지가 아니라, 얼마나 멀리 떠나는지가 중요해 — 거기 가면 당신은 완전히 떠나 있는 거야.」

「말도 안 돼, 자기.」

「당연히, 내가 싫은 건 당신이 떠난다는 사실이야.」그가 자신의 감정을 대수롭지 않게 여기는 투로 말했다. 그는 낮은 의자에 앉은 채 팔걸이에 올려놓았던 손을 떨어뜨려 손끝을 바닥에 대고 느긋이 선을 그었다. 하지만 어느새 당신이 하고 싶은 대로 하라고 말하는 듯 그녀를 더욱 강렬하게 응시했고, 그의 입은 당장에라도 폭발할 듯 불안정해 보였다. 그가 불쑥 다시 말했다. 「이 모든 게 그 늙은 미치광이가 만든 소동이라고. 당신을 다시 불러들이려고.」

「어쨌거나 돌아가셨어 ── 당신이 말하는 사람이 커즌 프랜시스라면.」

「그는 그렇게 사소한 일엔 신경도 쓰지 않을 거야.」

그 말은 어떤 대화 장면을 연상시켜서 스텔라는 웃었다. 「그분을 알았던 것처럼 말하네.」

그가 말을 계속했다. 「하지만 확실한 건 그가 뭘 원하는지가 아니라, 당신이 정말로 뭘 원하는지야.」

「나는 그곳에 다시 가고 싶지 않아.」

로버트가 눈썹을 치켰다.

「솔직히 가기가 겁나.」 그녀가 말했다.

「잘 모르겠는데.」

「음, 정말 그래. 하지만 이번에 가는 건 일 때문이야. 감정의 문제가 아니라고.」

「하지만 당신은 겁이 난다고 말하잖아 ── 겁은 감정 아닌가? 그게 당신에게 아무 의미도 아니라면, 나도 이렇게까지 신경 쓰진 않을 거야.」

「당신이 이런 식으로 느낄지 전혀 몰랐어.」 그녀가 말했다.

「그게 뭐가 그리 대단한 일이라고? 그냥 일 때문에 가는 거야
— 로더릭이 마운트 모리스를 물려받은 일. 요즘 그들이 그
일로 나를 얼마나 걱정시키는지 알잖아. 이렇게 멀리서는 내
가 그게 무슨 일인지, 어떤 결과가 뒤따르는지 파악할 수 없
어서 내리기도 어려운 결정을 요구하면서, 그 집에서, 혹은
그 집에 관해 날아오는 편지들 말이야. 지붕, 농장, 추가 경
작, 나무 베기. 맙소사, 로더릭이 거기에 대처할 만큼 충분히
자유롭고 충분히 나이를 먹었다면 좋았을 텐데. 하지만 상황
이 이렇다 보니, 그 장소를 주인 없이 계속 내버려둘 수는 없
어. 누군가는 거기 가봐야 해. 로더릭은 못 가니까, 내가 가는
거야. 내가 가야 **한다면**, 빠를수록 더 좋은 거고 — 안 그래?
정말이지 로버트, 여권국을 찾아가 이 일이 얼마나 다급한
문제인지 설득하는 것도 이미 할 만큼 했어. 당신하고 그런
과정을 또 반복해야 해? 그들도 완벽히 납득한 일이야.」

「그들은 당신을 사랑하지 않잖아.」

「몇 주 전에, 당신은 내가 가야 한다는 데 동의했어.」

「내가? 그래, 그랬던 것 같군.」

그녀가 외쳤다. 「뭐 때문에 맘이 바뀐 거야?」

저녁 7시, 그녀의 아파트 안이었다. 내일 아침 일찍 그녀는
아일랜드 우편선을 탈 예정이었다. 로버트는 그녀의 침실에
있는 반만 꾸린 여행 가방을 못마땅하게 흘긋 쳐다보았다 —
그녀가 살짝 늦게 문을 닫은 것이었다. 다른 방 벽난로 앞에
서 그는 자신이 가져온 술병의 포장을 푸느라 바빠 보였다.

하지만 지금은 그의 기분이 또 바뀌어, 그는 즉시 어떻게

든 지금 분위기를 이렇게 만든 건 그가 아니라 그녀라는 인상을 주려는 듯했다 — 그는 포장 끈에 손을 뻗어 그 길이만큼 잡아당긴 뒤 감탄했고, 이어 느리고 유혹적인 부드러운 동작으로 끈을 감기 시작했다.「이 끈 당신에게 줄게.」그가 다 감고 나서 말했다.

「요즘 도대체 누가 아직도 끈으로 **묶지**?」

「내가 위스키를 사 오는 곳에서는 그래 — 내가 바라는 건 당신이 여행길에 추위에 떨지 않는 거야.」

⟨당신에게서 멀어져 가는 여정이 춥지 않은 길이 될 수 있을까?⟩ 그녀가 생각했다 — 하지만 이렇게 말했다.「그렇게 늦은 시기도 아닌걸. 난 좀 더 일찍 갔더라면 좋았을 것 같아. 그랬다면 지금쯤 돌아와 있을 텐데.」

「당신이 가 있는 동안 나는 뭘 하지?」

「날 더 불행하게 만들지는 마!」

「그건 절대 모르는 거지.」그가 손가락에 끈의 타래를 빙빙 감으며 말했다.「당신이 전에 거기 갔을 땐 어느 계절이었어?」

「이맘때. 가을.」

「20년 전?」

「21년 전.」

「그때 이후로 다리 아래에 물이 꽤 흘렀겠네.」[1] 로버트가 모호하게 말했다.「안 그래? 억수같이 흘러서 다리 대부분이 쓸려 갔겠어.」

마운트 모리스에서 강을 따라 1마일 위나 아래로는 다리

---

1 어떤 일이 일어난 뒤로 오랜 시간이 흘렀다는 의미의 관용적인 표현.

가 없었다. 강물이 계곡을 따라 집 쪽으로 부드럽게 흘러오
다가 옆으로 방향을 틀어 시야에서 사라졌고, 집이 서 있는
높고 험준한 바위 돌출부를 감아 돌았다. 저 멀리 각각 높이
가 다른 석회석 절벽이 하얀 반사상을 물속에 드리우고 있었
다. 나무들이 절벽 꼭대기에 자라 있었고, 어떤 곳에서는 가
파르게 절벽을 뒤덮었다. 강은 땅의 경계를 따라 흘렀다. 마
운트 모리스는 강가 목초지의 가장자리를 끼고 있었고, 그
안쪽으로 월계수 때문에 아래쪽이 검어 보이는 영지의 숲이
곳을 따라갔다. 멀리까지 펼쳐진 이 깊은 계곡은 앞쪽 창문
에 바치는 공물 같았다. 그 보답으로 집은 존재의 말 없는 열
정을 오롯이 쏟아 그것에 긴 시선을 보냈다. 다른 쪽에서는
숲을 이룬 언덕과 굽이치는 고지가 마운트 모리스를 휘감
았다.

　아래 강가에 서서 위를 올려다본 사람이라면, 하늘이 큰
유리창에 줄지어 반사된 것을 볼 수 있었을 것이다. 회갈색
치장 벽토를 바른 집의 전면부는 색조는 변해도 일몰 때가
아니면 색깔은 달라지지 않았다 ― 일몰이 계곡을 덮치면 치
장 벽토는 동양적인 분홍색으로 변했고, 창문에는 활활 불이
붙었다.

　집주인의 어머니가 도착한 시간에는 강에서 반사된 햇살
이 남아 있었다. 숲에서 불꽃 없이 타들어 가는 노란빛이 집
안으로 들어왔다. 그녀는 서쪽으로 이동하면 낮이 더 길어진
다는 사실을 잊고 있었다. 그녀가 방의 저 끝으로 멀리 하얀
대리석 안에서 타오르는 불을 바라보고 있는 이 시간은 세상

의 시간을 벗어난 것 같았다 — 불꽃이 펄럭이는 소리와 복
도에서 재깍거리는 시계 소리 말고는 아무 소리도 들리지 않
는 영원한 황혼의 빛이었다.

혹은 그녀가 피곤해서, 자신이 다른 나라가 아니라 다른
시대로 온 거라고 상상했을 수도 있었다. 서재의 실내 공기
는 바깥의 뭔가를 담고 있었다. 흙과 함께 새로 갈퀴질한 자
갈밭 위로 나 있는 창문은 조금 전에 닫은 모양이었다. 벽과
나부끼는 커튼의 붉은색이 흐릿해지면서, 빛은 공기 입자로
만 살아 있었다. 오래된 냄새 이상의 뭔가가 벽에 붙인 책장
에 꽂힌 책들에서도 느껴졌다 — 아마도 스쳐 지나가는 생각
에 대해 수백 권의 책들이 보이는 무관심이 그것이리라. 이
곳의 어둠 속에서 또 주의를 끄는 주요한 것은 불 위로 높이
걸려 있는 유화 한 점이었다. 한밤중에 말 탄 남자들이 근심
어린 표정으로 모여 있었다. 이 방은 본질적으로 에너지가
억류되어 있어, 이것을 알아차리지 못했다면 시적인 느낌은
없었을 것이다. — 커즌 프랜시스가 자신의 존재를 이어 간
곳이 여기였다.

그가 출발을 위해 꼼꼼히 준비한 흔적이 사방에 남아 있었
다. 상상할 수 없을 만큼 많은 잡지, 책자, 안내서, 광고지가
각각의 연도와 시기에 따라 각기 다른 갈색 가장자리를 드러
내며 꾸러미로 묶이고 견출지가 붙은 채 사이드보드나 소파,
탁자 위아래에 쌓여 있었다. 꾸러미 위에는 납작한 바구니들
이 균형감 있게 올려진 채 아주 꼼꼼히 분류된 내용물을 살
펴봐 달라는 듯 스텔라의 주의를 끌었다 — 색깔 없는 당구

271

공, 맹꽁이자물쇠, 온도계, 개의 목줄, 열쇠가 달리지 않은 열쇠고리, 백합 구근, 상아로 만들어진 퍼즐, 1927년 셰익스피어 달력, 보존 처리를 했으나 대에 올리지는 않은 큰 독수리의 발톱, 링컨 임프[2] 모양의 문 두드리는 데 쓰는 손잡이, 희한하게 생긴 박차, 수정 덩어리, 해어진 실크 끈에 달린 뭉툭한 작은 연필들…….

과거는 그만큼만이었고, 그는 미래를 생각하는 사람이었다. 어두운 액자 안쪽에 그림 카드가 여기저기 붙어 있었는데, 하얗고 여전히 새것이며 시선을 사로잡았다. 커즌 프랜시스가 고르지 않게 블록체로 써놓은 명령문, 권고문, 경고문은 어떤 곳에는 밑줄이 쳐져 있고, 또 어떤 곳에는 다급한 느낌을 주는 붉은색으로 동그라미를 쳐놓았다. **시계**, 태엽은 언제 어떻게 감는가…… **소화전**, 언제 어떻게 사용하는가…… **자물쇠와 경첩**, 내가 기름칠을 하는 방법…… 덫에 걸린 **산 쥐**, 주방 화로에 던져 넣지 **않고** 익사시켜 죽인다…… **팀 오키프**, **메이슨**, 저번보다 일을 더 잘하지 않으면 다음번엔 일을 주지 말 것. **거지**, 6펜스짜리 동전…… **늙은 군인은**…… **히스테리**, 만약…… **강아지들은**…… 만약 **홈통이 막히면**…… 만약 **낙하산 부대원이**…… 만약 **굴뚝에서 새들이**…… 만약 **전보가**…… 만약 강물이 **저지대 오두막**으로 흘러 들어가면…… 만약 **내가 죽으면** …… 만약 **C 여인**이 급한 전갈을 보내오면…….

그녀는 한동안 서서 그 카드를 몰입해서 읽었고, 이어 벽

2 영국의 링컨 대성당 내부에 걸린 기괴한 형상으로, 링컨시의 상징이다. 그곳에서 사탄이 보낸 생물이 천사에 의해 돌로 변했다는 전설이 있다.

난로 선반의 이쪽저쪽을 보았다 — 하지만 소리가 나지 않는 또 하나의 시계, 초가 없는 가지 촛대, 그리고 타고 남은 불쏘시개를 담는 돋을새김한 청동 꽃병을 제외하면 더 볼 것은 없었다. 그녀는 벽난로 대리석에 양손을 얹고 불을 내려다보았고, 자신의 인생에 분명한 방향성이 없었던 것을 후회했다 — 그것은 이 순간 런던보다 더 먼 것 같았지만, 런던으로 돌아가도 덜하지는 않을 것이었다. 오, 이 유령 같은 역할을 하면서 영원히 여기서 지낼 수 있다면! 그녀는 마지못해 뒤를 돌아보았다 — 그녀의 손 모양으로 형태가 잡힌 장갑, 그녀의 신분을 증명하는 모든 것이 담긴 가방이 여전히, 영원히 그럴 것처럼, 그녀가 놓아둔 중앙 탁자 위에 있었다.

몇 분 뒤 바로 그 탁자에 도너번이 등유 램프를 내려놓았다. 그가 허리를 숙여 심지를 두 눈금만큼 높이자 둥근 램프에서 노란 불빛이 강렬하게 부풀었고, 단테처럼 생긴 관리인의 얼굴은 책장을 배경으로 가면을 쓴 듯 뚜렷하게 보였다. 「다른 곳은 다 엉망입니다.」 그가 말했다. 「아무것도 손대지 말라는 지시 때문에 갈피를 잡을 수 없었어요. 최근에 우리는 어느 쪽 주인도 안 계셔서 좀 부족한 시기를 보냈습니다. 이렇게 초라한 환영밖에 해드릴 수 없지만, 정말로 환영합니다. 딸들이 부인을 위해 응접실을 정돈하려고 많은 시간을 들였지만, 어떤 방법을 써도 냉기를 몰아낼 수는 없었어요. 결국 포기하고 말았습니다. 그 방은 충분히 좋지만, 너무 오랫동안 사용하지 않았어요.」

메리 도너번은 아버지보다 더 숨을 씩씩거리며 두 번째 램프를 가져왔다. 하지만 전에는 이런 일을 해보지 않은 게 분명했다. 메리가 어떻게 할지 알려 달라는 듯 도너번을 흘끗 보았지만, 반응이 없자 그것을 첫 번째 램프 옆에 놓았다. 환영의 의식은 끝났다. 누구도 커튼을 치려는 움직임을 보이지 않았고, 완전히 검어진 유리창에는 둥근 램프 두 개와 도너번 가족과 스텔라의 모습이 머물러 있었다.

「고마워, 메리.」스텔라가 저만치 커다란 흰색 앞치마로 몸을 감싼 작은 소녀를 쳐다보며 말했다.

대답을 하려고, 메리의 입술이 움직였다. 하지만 외웠던 대사의 첫 문장에서 막힌 것처럼, 메리는 무겁게 내려온 앞머리를 손목으로 쳐서 넘겼다. 도너번이 설명했다. 「몹시 긴장했어요 — 뭔가 더 해야 할 것 같은데, 그게 뭔지를 몰라서요. 혹시 부인, 다음으로는 뭐가 필요할 것 같으세요?」

스텔라는 몇 달 전에 이곳과 멀리 떨어진 채, 커즌 프랜시스의 하인들을 돈을 주고 해고하는 것에 동의해야 했다. 이 땅에 불필요한 비용이 들어서는 곤란했다. 그녀는 이제 마운트 모리스에 나이를 먹지 않는 것 같고 아내가 없는 도너번과 놀랍도록 어린 두 딸 말고는 아무도 남지 않았다는 것을 알게 되었다. 그녀는 도너번을 기억하지 못했지만(그녀가 신혼여행으로 이곳에 왔을 때 그는 아마 마당이나 이 땅의 어딘가에서 일하고 있었을 것이다), 그가 그녀를 기억하고 있었기에 그 사실을 굳이 말하지는 않았다.

「저녁 식사로 작은 암탉을 잡았습니다.」그가 말했다.

스텔라가 말했다. 「아주 좋네요.」복잡한 생각이 오간 끝에 잠깐 망설이다 그녀가 물었다.「메리, 내 방은 어디니?」

「초!」도너번이 큰 소리로 외쳤다.「메리, 초가 있니?」아버지와 딸 사이에 빠르게 모종의 시선이 오갔다. 딸아이가 예상치 못한 깊고 단단한 목소리로 말했다.「위에 두 개 있어요.」

「어쩜담!」도너번이 말했다.「그럼 들고 다닐 초가 없겠구나.」

「계단에는 아직 빛이 들어와요.」스텔라가 끼어들었다.「그리고 나는 길을 알아요.」

스텔라는 정말로 이 집이 익숙한 데 깜짝 놀랐다. 그녀의 마음속에서 집 전체가 통째로, 그것을 바닥으로 내리누르고 있던 뭔가가 걷힌 것처럼 수면에 떠올랐다. 이제 기억보다는 예상이 그녀를 이끌었다 — 이곳으로 돌아오는 여정의 어느 시점에 감각의 열차가 다시 불붙어 달리기 시작했는지 알 수 없었다. 이제 그녀는 주변 사방에서, 눈을 위해 어둠이 감춘 모든 것을 환등상을 보듯 선명히 지각하게 된 것 같았다. 메리를 따라갈 때, 스텔라의 마음속에서는 계단 디딤판의 기울기, 계단의 베네치아식 창문에서 동그랗게 깜박이던 빛(아주 깜깜한 밤에만 완전히 소멸되었다), 밟으면 삐걱거리던 복도의 바닥, 가까이 혹은 멀리서 냄새를 풍기던 회반죽, 생가죽, 밀랍, 마모된 목공품, 기름칠한 자물쇠, 바깥 나무들의 냄새가 그녀보다 앞서 나타났다. 그때 알았던 모든 것이 그 세월 동안 그녀 안에 그대로 있다가 그 순간 떨어져 나온 것이었다.

한낮에도, 창문이 있는 계단 위쪽의 문이 많은 이 복도는 늘 어두컴컴했다. 이제 그녀는 주변의 문들을 느낌으로만 알 수 있었다. 아이가 어느 손잡이를 돌릴지 들으려고 기다리는 데서 오는 긴장감, 오래 고대한 데서 온 그 긴장감은 이제 그 순간에 다다르자 절반 이상은 허구가 되었지만, 결국 현실도 아니었고 깊지도 않았다. 도너번이 그녀를 위해 아무 과거가 없는 이 방을 **선택한** 것을 알게 되었음에도, 그녀는 거의 아무렇지 않았다. 앞장서서 씩씩하게 걸어가던 메리는, 두려워할 어떤 기억의 전율도 없는 절대적인 어둠 속에서, 자기 몸에서 희미하게 흘러나오던 빛마저 꺼버렸다. 안으로 들어가자 커튼과 덧창이 이중 효과를 냈다. 메리의 위치는 성냥이 눅눅한 성냥갑에 닿아 그어지고 부서지는 것으로만 감지되었다. 그러는 동안 쿠션을 댄 소파 머리와 침대 다리의 불룩한 장식 사이로 스텔라를 안내하는 것은 아무것도 없었다. 오래 비워둔 이 방의 온도는 신경을 쓴 덕에 일반적인 여름의 미지근한 수준으로 올라가 있었다. 불꽃 없이 타들어 가는 선홍색 불이 전신 거울인 듯한 것에 다시 비쳐 보이기 시작했다. 메리가 초에 불을 붙이는 데 성공하면서 침대 커튼, 옷장, 그것들의 그림자, 그리고 서 있는 여자와 진지하게 그녀를 향해 돌아서는 소녀의 그림자가 다시 흔들리며 나타났지만, 그 순간의 의미를 부여받았을 뿐 그 이상은 아니었다.

다른 어떤 순간과도 닮지 않았다는 데서 순수한 그 순간은 그 집의 불멸성과 융합되었다.

「도중에 여기저기 부딪히셨을 텐데 죄송해요.」 메리가 말했다. 「제가 부인에 비해 너무 빠르게 움직였나 봐요 — 성냥을 놓고 갈까요? 성냥갑이 말썽이지만요.」 메리는 불을 살피고 발로 능숙하게 한 번 찬 뒤 서둘러 세면대로 걸어갔다. 그러고는 터번처럼 두른 수건을 풀고 양 손바닥으로 놋쇠 수전의 뜨거운 정도를 확인했다. 「아직은 화상을 입을지도 모르겠어요!」 그녀는 자랑스럽게, 비밀을 털어놓듯 스텔라에게 말했다 — 스텔라는 거의 천진하게 외쳤다. 「오, 보살핌을 받으니 좋구나!」

「저 역시 이런 일은 처음이에요. 어떻게 해나갈지 더 지켜봐야 해요.」

메리가 가고, 스텔라는 로버트가 술을 마시라고 한 것을 떠올렸다 — 이 시간에, 마치 그들 두 사람을 위한 것처럼. 그녀는 물통과 큰 잔을 화장대로 가져왔고, 이틀 전 이 시간에 런던에서 그가 그녀를 위해 채워 준 플라스크의 뚜껑을 돌려 열었다. 초들 사이에서 잔을 들어 올리고, 물의 양을 측정해 위스키에 부으면서 그녀는 초가 새것이 아니라는 것을 알아차렸다. 두 개 다 이미 태웠던 것인데, 길이가 달랐다. 그녀는 이 사실이 놀랍고 어리둥절했는데 — 지금까지 도너번의 완벽주의와 정중한 태도가 너무나 훌륭했기 때문에 — 그것은 아래층에서 아버지와 딸 사이에 오간 모종의 눈빛, 그리고 도너번이 선 채로 딸이 두 번째 램프를 가져오는 것을 지켜보면서도 뭔가 말하거나 생각을 드러내지 않고 자제하려 한 묘한 분위기와 연결되었다. 스텔라는 에이레에는 어떤 것도 부족하지 않으리라고 짐작했었다. 전쟁을 벗어난

곳에 있다는 사실에서 비롯한 흥분이 두려움 없는 불빛 주위로 집약되었다 ─ 사실 어젯밤 배가 육지로 들어올 때 가장 강렬했던 인상은 지나친 풍요였다. 항구의 바다 주위나 항구 위 언덕에 보이는 창문들은 눈에 띄고 밝게 빛나는 정도가 아니라, 경이롭게 활활 타오르는 듯했다. 나중에는 비에 젖은 거리에 현란한 반사상들이 비쳐, 더블린은 카니발의 진통 한복판에 있는 것 같았다. 여기 오늘 밤, 아래층에서는 커튼을 치지 않은 창문을 통해 자갈밭에 오롯이 드리운 노란 직사각형 세 개가 편안함의 주술을 걸었다. 확실히 그랬다. 술이 땅을 흠뻑 적시듯, 야만적인 기쁨을 위해 더 많은 것이 준비되어 있었다. 하지만 **지금**은 마운트 모리스에 뜯지 않은 초 상자가 있는지, 기름은 충분히 있는지에 대해 생각해 봐야 한다는 사실이 깊은 충격으로 다가오면서, 그녀는 잠시 주춤했다. 도너번 가족이 물자를 제한한 걸 보면, 이 집에 돈이 부족한 걸까 ─ 아니면 단순히 그들이 비축해 두는 것을 소홀히 한 걸까? 오늘 밤, 아니면 아마 내일이라도 물어봐야 할 것이다. 실수를 알아차렸다는 최소한의 암시만 주고, 질문하는 건 미루어야 할 것이다. 아니면 적어도 이상적인 시점에 물어봐야 할 것이다. 결국 그녀는 물어보기로 한 것을 영영 기억해 내지 못했다 ─ 사실 그녀가 의심하고 싶어 하지 않았던 그것이 진실이었다. 여기 위층 침실에서, 그리고 아래층 서재에서, 앞으로 그녀는 몇 달 동안 비축해 둔 빛의 재료들을 태우게 될 것이었다. 스텔라가 떠나고 겨울이 깊어졌을 때 도너번 가족은 어둠 속에서 잠자리에 들었다.

저녁을 먹은 뒤 그녀는 커즌 프랜시스의 의자 옆에 놓인 라디오 다이얼을 아무렇게나 만지작거렸다 — 라디오는 그의 바로 옆에서 전쟁이 일어난다는 느낌을 주어 그를 만족시켰다. 그녀는 침묵이 서재에 조금씩 조금씩 의미심장하게 쌓여 가는 것에 만족했다. 분명 건전지가 다 되었을 것이다. 마운트 모리스에는 전화가 있었던 적이 없었다 — 완전히 외부와 단절되었다는 확신에 그날 밤 자신이 완전히 말소된 느낌까지 더해 그녀는 숙면을 취할 수 있었다. 아침에 창가에서 옷을 입으면서, 그녀는 백조 세 마리가 강물을 따라 내려가다 한복판에서 멈추더니 집과 그 안에 있는 그녀를 올려다보는 모습을 지켜보았다. 상상할 수 없을 정도로 이른 햇살이 모든 것에 내려앉아 있었다 — 풀이 무성한 비탈, 바위, 나무들이 마지막으로 보여 주는 히스테릭한 찬란함. 그녀는 이 빛의 에너지와 함께 첫날의 일을 시작했다. 심지어 그 시작부터 그녀는 아주 먼 들판까지 나가 보았고, 앞으로 여러 번 더 쳐다보게 될 풍경을 바라보았다. 그것은 앞으로 서서 나누게 될 — 다른 것은 다 제쳐 놓아도, 마운트 모리스 사람들이 아직 듣지 못했으나 마땅히 들어야 할 커즌 프랜시스의 마지막과 장례식에 대한 가슴 아픈 이야기 전체는 물론이고 — 많은 긴 대화 속으로 섞여 들어갈 것이었다. 그러느라 그녀가 앉아서 로더릭에게 편지를 쓰기 시작한 것은 저녁이 되고 아주 늦은 차를 마신 뒤였다.

그녀는 낡은 가죽이 깔린 — 아주 크고 양쪽에 층층 서랍이 달린 ── 커즌 프랜시스의 책상 앞에 앉아 편지를 썼다. 로더릭을 위해 위쪽에 〈마운트 모리스〉라고 날인된 편지지를 찾으려고 했지만 아쉽게도 찾지 못해, 자신이 가져온 종이 묶음을 한 장씩 채워 나갔다. 한번은 완성된 종이 한 장을 뜯어내 잉크스탠드 왼쪽에 놓인 다른 종이들 위에 휙 던지다가 편지 무게를 재는 놋쇠 기계를 탁 쳤다 ── 저울이 움직였고, 홈에서 추가 느슨해지면서 그녀 안의 어딘가가 풀어졌고, 마음에 걸리는 어떤 장면이 떠올랐다. …… 켈웨이 부인의 소포 ── 해리슨은 그걸 부쳤을까? 그녀가 다시 펜을 잡고 생각에 잠겼다가, 펜이 또르르 굴러가게 내려놓고 회전의자를 돌려 일어섰다. 그러고는 방에서 재빨리 달려 나가 지하실 계단 맨 위로 갔다.

「오, 도너번?」

「부인?」그가 계단 발치에 모습을 드러냈다.

「집주인이 특별히 알고 싶어 하는 게 하나 있는데 ── 여기 배가 있어요?」

그가 뻣뻣한 흰 머리칼 위로 손목 안쪽을 천천히 문질렀다.「그분이 알고 싶어 하는 게, 지금 배가 있느냐는 겁니까?」

「있기는 해요?」

「배의 등급은 상관없습니까?」

그녀는 어리둥절했다.「그냥 배면 돼요.」

「음, 평저선이 한 척 있었는데, 어르신이 가라앉힐 때까지 상태가 나쁘진 않았습니다. 어르신은 그 배의 상태가 최상일 때도 큰 만족감을 못 느끼셨고, 어느 날 아침 요즘 시대에는 언제 어떤 일이 생길지 모른다면서 남자들을 나오게 해서 배 안에 돌을 채워 가라앉히셨어요. 〈음, 저기 **배**가 가는구나.〉 불쌍한 어르신이 저와 둑에 선 신사분 사이에 서서 말씀하셨 습니다……. 배는 아직 강물 속에 있을 텐데 ── 그 배를 다시 건져 올려 너무 심하게 썩진 않았는지 볼까요?」

「그럴 수 있다면, 나쁠 건 없겠죠.」

「어쩌면 배에 역청만 조금 바르면 괜찮을 수도 있습니다.」 도너번이 그 일에 열의를 보이며 말했다.

스텔라가 한 계단을 내려갔고, 도너번은 두 계단을 올라왔 다. 「주인님을 실망시키지 않아야 할 텐데요.」 그가 덧붙였 다. 「그렇다면 주인님은 배 타는 걸 즐기시나요?」

「그건 아니고 ── 사진을 보여 줘야겠군요.」

「아, 그분의 사진 ── 하지만 군대에서 주인님이 직접 여기 로 오지 못하게 하다니 이상하지 않나요? 군대가 그런 신사 분을 방해한다는 이야기는 들어 본 적이 없군요. 하지만 그 분의 심장은 군대에 있다고, 그렇다면 전쟁이 큰 관심사일 거라고 추측해 볼 수 있겠군요 ── 제대할 때 장군이 되어 있 을지 누가 알겠습니까?」

「오, 아니요. 그러기엔 너무 어린 것 같네요.」

「하지만 어떻게 봐도, 이 전쟁은 긴 대규모 전쟁이 될 것 같군요.」 도너번이 기가 꺾이지 않고 말했다. 「주인님에게 편 지를 쓰고 계신가요?」

「네 ── 그 배는 언제 **가라앉혔어요**?」

「지난번 그 신사분이 여기로 오셨을 때였죠.」

「어느 신사분? ─ 오, 둑에 서 있던 그 사람 말인가요?」

「전쟁이 터지고 나서는 여기로 찾아오는 사람들이 많지 않았어요 ─ 주로 그분이 오셨는데, 잠시 있다 가셨죠. 바다를 건너왔어요. 요즘은 누구라도 그분처럼 여행한다는 것 자체가 경이로운 일 같군요 ─ 그분에게 뭔가 혜택이 있는 걸 수도 있고요. 하지만 그분이 그냥 신사인지 대위인지는 알아내지 못했습니다. 어쨌거나 주인어른의 기분을 환기시켜 주셨죠. 두 분은 한밤중이 되도록 대화를 나누곤 했어요. 그분이 일반인인지 신사분인지는 몰라도 눈이 매우 작았는데, 거기다 양쪽 눈이 짝짝이로 보여서…….」

이번에 가라앉은 것은 그녀의 심장이었다. 다시 편지를 쓰기 시작했을 때 그녀는 속도를, 혹은 처음의 집중력을 되찾지 못했다. 결국 끝을 맺지 못한 채 내일 더 쓰기로 했고, 봉투에 주소를 쓰다가 우표가 없다는 사실을 기억해 냈다. 그래서 의자를 뒤로 밀고 책상에 딸린 많은 서랍을 열어 보기 시작했고, 도둑질을 하는 묘한 기분으로 하나씩 살펴보았다. 모든 서랍이 겉보기처럼 잠겨 있었다. 바보같이 방 안을 서성이면서, 그녀는 열쇠를 찾아 상자나 캐비닛을 열고, 물건을 아무렇게나 옮기고, 심지어 책상 서랍 안을 들여다보려고도 했다. 그녀는 급기야 커즌 프랜시스가 음모를 꾸미기 좋아하고 악동 같은 늙은 영감이라고 비난하는 심정에 이르렀다. 분노가 빠져나가자 불편한 마음만 남았다 ─ 그녀는 서재가 점점 싫어졌다. 이제 서재는 그녀에게 주로 늦은 밤까지 이어졌다는 그 대화의 장소였다 ─ 그들은 여기서 무엇을 했던 걸까? 무슨 모의를 꾸미고 있었던 걸까? 해리슨이 아무 목적 없이 찾아오고 또 찾아왔을 남자는 분명 아니었다. 그게 무슨 일이었건, 해리슨은 이 집의 주인인 프랜시스 모리스가 그 일에 완전히 가담하고 있다는 인상을 줄 필요가 있다고 생각했을 것이다 — 그러므로 두 사람이 가진 마지막런던 회합은 아무리 헛수작이라 하더라도 **뭔가** 실제 이야기의 연장선에 있었던 게 틀림없었다. 늙고 광적인 아일랜드 남자가 런던에 다시 와서 보낸 첫날이 이 땅에서 보낸 마지막 하루가 되었다…… 그랬다. 해리슨은 그들이 만났다고 주장했고, 이제 그럴 가능성이 커 보였다. 가능성이 커 보이는 것 이상이었다. 어쨌거나 가능해 보였다. 죽은 남자의 짐 속에 들어간 채 보안이 되는 곳에 옮겨져 접근할 수 없게 되었다는 그 종이 이야기도 다시 생각해 보게 되었다 — 하지만 누가(그녀는 <u>스스로</u>에게 여러 번 물어보았고, 지금은 마지막으로 막연하게 물어보았다) 커즌 프랜시스에게 뭔가 중요한 것을 **맡기겠는가?** 그가 영예로운 사람으로 이름이 나 있긴 해도, 신중한 사람으로 유명한 건 아니었다. 무엇보다 그는 손대는 건 다 잃어버리는 걸로 유명했지 않은가? 그 종이의 존재, 어쨌거나 그 중요성에 대해 그녀는 회의적이었지만 유용한 가치가 있다고 판단했다 — 유용하다고 생각한 이유는 그것을 해리슨이 자기가 뭔가 가지고 있다, 자기가 뭔가였다, 자기가 뭔가 했다고 말한 모든 것에 확장해서 생각해 볼 수 있었기 때문이다. 그녀는 그 이야기를 그저 해리슨이 그녀에게 접근하려고 꾸며 낸 거라고 생각했다. 그는 그저 운이

나빴던 거라고…… 하지만 지금은 어떤가? 어떤 맥락에서든 그가 지금까지 말한 뭔가에 진실의 알갱이가 있을지도 모른다는 가능성이 그녀의 마음을 흔들었다. 이것 — 그가 거짓말을 했고, 거짓말이 틀림없고, 거짓말을 하지 않을 수 없었고, 처음부터 거짓말을 했다는 생각 — 말고 무엇이 그녀를 방어해 주었던가?

그가 거기 갔다고 말했는데, 정말로 거기 **간** 것이었나? 시간의 흐름이 눈에 띄지 않게 흘러가는, 이 책처럼 어둡고 점점 어두워 가는 이 방은, 강이 배를 끌어안고 있듯이 방 안 어딘가에 가라앉은 진실을 품고 있었다. 그 가능성 때문에 그녀는 다시 잠을 이룰 수 없을 것 같았다 — 하지만 지금 가만히 생각해 보면, 무엇이 가능했는가? 커즌 프랜시스는(로버트가 말했듯이 그는 미쳤을지언정 바보는 아닌 것이다) 해리슨이 믿을 만한 사람인지를 가장 가까이에서 보았고, 그렇다고 생각한 것이었다. 그에 반해, 커즌 프랜시스는 확실히 죽었으니 그에게 물어볼 수는 없었다 — 아니, 오히려 스텔라가 종종 그러듯 물어볼 **수 있었지만**, 대답을 들으리라는 기대는 할 수 없었다. 그녀는 자신이 죽은 사람에게만 이 질문을 할 마음의 준비가 되었다는 것을 깨닫고 놀랐다 — 왜? 그 대답은 너무 많은 것을 의미할 수 있었기 때문이다. 런던에서 그녀는 아직 해리슨에 대한 조사를 시작하지는 않았다. 그는 스스로 드러내 보인 그런 **사람이었을까**? 그는 자신이 안다고 말한 것을 아는 위치, 자신이 할 수 있다고 말한 대로 행동하는 위치에 있는 사람일까? 그녀가 그 세 가지 답을 모두 얻을 수도 있었을 것이다. 어떤 식의 회피하려는 마음이 그녀에게 그럴 수 없을 거라고 말한 것인가! 그녀는 해리슨에게 말한 것처럼, 어디로 찾아가야 하는지 모르는 사람이 아니었다. 최근 몇 년 사이 그녀는 전쟁을 일으킨 무리의 언저리에서 살았고, 누가 무엇을 알고 있는지 알았으며, 어떤 것도 정확히 말할 필요가 없는 종류의 언어를 썼다. 이제 그녀는 해리슨이 그 이야기를 듣고 찾아온 — 몇 주 전이었지? — 그 일요일을 돌이켜 보았다. 〈당신을 알아야 한다면, 당신은 누구죠?〉 그녀는 그 말을 아주 다양한 단어로 말했다. 그가 신중한 것 이상으로 눈을 치떴었나? — 그녀는 확신할 수 없었다. 아니, 감히 확신하지 못했다. 그녀는 자신이 느낀 것만 기억했다. 전반적으로 그날 저녁에 대한 기억은 왜곡되었다. 내면적이고 무시무시하고 폭력적인 장면을 경험한 뒤에만 남게 되는 흐릿함과 불일치와 타박상과 빈자리와 의문이 많은 기억이었다. 그 이후로 기억은 더욱더 진실 밖으로 밀려났을 것이다. 하지만 그녀는 어딘가에 한 가지 인상을 간직했다 — 해리슨이 그녀가 그에 대해 알아보는 것을 막으려고 했다기보다 오히려 부추겼다는 것이었다.

그는 그녀가 어떻게 하리라고 예상했는가? 혹은 그녀가 아무것도 하지 않으리라고 예상했는가? — 그렇다면 그는 옳았다. 그녀는 해리슨에 대해 누구에게도 아무것도 묻지 않았다 — 아니, 하지만 그녀는 당연히 물었다. 로버트에게 묻지 않았는가? 그녀는 로버트에게 로버트 자신에 대해서는 아무것도 묻지 않았다 — 하지만 다시 생각해 보면, 해리슨

에 대한 질문이 로버트 자신에 대한 질문이 아니었는가? 그
것은 — 경솔함, 권태, 사랑 때문이었다. 그 환기는 얼마나 달
콤하고 감사한 것이었는가! 답을 들으려는 게 아니라 환기
였다. 끝이 아니라 시작이었다 — 로버트의 문과 창문을 바
라보는 것, 그의 생각을 좇는 것, 그 마음의 간극을 탐색하는
것의 시작이었다. 그녀의 스파이 행위 — 그게 더 나아 보였
다. 그렇다면 무엇보다 더 나은가? 〈당신이 우리 나라를 팔
아넘기고 있다는 말을 들었어, 진짜야?〉라고 말하는 것보다.
로버트는 그녀가 지금쯤은 그게 가능한 소리인지 아닌지 스
스로 판단할 수 있어야 할 거라고 대답할 게 분명했다. 그리
고 그녀가 **당연히** 알아야 할 거라는 그의 말은 맞을 것이다
— 그녀가 그것에 대해 물어보면 그들 사이의 균등한 지위
는 끝난다. 그가 그녀에게 무죄임을 입증한다면 얼음장처럼
차가운 분위기만 감돌 것이다 — 그것이 더 결정적일수록
분명 모든 것에 더 결정적으로 작용할 것이었다. 폭발하기
쉬운 성격은 로버트의 큰 부분을 차지하지만, 그의 전체를
구성하지는 않았다 — 그가 웃어넘길 수도 있겠지만, 남자로
서 그녀를 용서하지는 않을 것이었다…… 혹은 그가 거짓말
을 할 수도 있었다. 아니, 그보다는 다시 거짓말을 할 수도 있
었다 — 대부분의 경우에 거짓말은 처음엔 말만 할 뿐이고
행동으로 나타나지 않는다. 〈그가 얼마간 연기를 하고 있는
걸까요?〉 해리슨은 알고 싶어 했었다. **만약** 배우라면, 그리고
그녀에게, 그녀를 위해 아주 훌륭한 연기를 하고 있다면, 사
랑하는 척하는 연기는 왜 못 하겠는가? 로버트는 지금까지

줄곧 계산할 수 없을 정도로 계산적이고, 은밀히 부정적이고, 알고 있으면서도 처음부터 드러내지 않았던 건가? 숨기고 있었나? 아니, 아니, 아니야. 그녀가 생각했다. 뭐든 그보다는 더 나은 것이어야 해! 그럼 더 나은 건 뭐가 있지? 〈당신이 나한테 물어보기로 **했으니까 — 맞아.**〉 그가 이렇게 말하는 걸 듣는 것보다 나아야 했다. 그것이 사랑일 것이다. 그것이 완성일 것이다. 사실 그들은 이미 서로의 공모자들이 아닌가? 깊은 사랑의 동맹을 맺고, 모든 것을 그 안에 연루시킨 공모자들? 멈춰라 — 그를 멈춰라? 해리슨이 덫을 닫아 버릴 때 그것은 멈출 것이다.

메리가 램프를 들고 열린 문 앞에 나타났다.

「메리, 그 램프를 응접실에 놓아줄래?」

「오, 거긴 불을 지피지 않았어요, 부인!」

「오래 있진 않을 거야.」

그 안은 그렇게 춥지 않았다. 덧창을 닫은 응접실은 그 자체의 온도를 유지하고 있었다. 도너번과 그의 딸들은 고요하고 싸늘한 공기 속에서 뭔가 흠잡을 곳을 찾아내는 데 스텔라보다 더 섬세한 감각을 지닌 게 분명했다. 무엇보다 자신 안에는 특정한 감각을 느낄 수 있는 능력이 결여되어 있는 것처럼 그녀는 뿌옇게 김이 서린, 방의 연장인 거울을 하나씩 바라보았다. 그녀는 그런 감각이 없는 사람이었다. 사물을 만져 보면서 그것이 반사상이 아니라는 것을 확인해야 했다. 그녀는 베니어 판과 몰딩, 끈으로 처리된 가장자리, 팽팽한 수직 실크를 손끝 신경으로 탐색했다. 그녀가 뭔가를 만

287

져 광택이 느껴지는 팅 소리를 냈고, 새들 위로 새장의 둥근 천장에 입김을 후 불었으며, 그런 다음 피아노 뚜껑을 열고 한 음을 쳤다. 그러는 내내 그녀는 스스로 즐거울 **수 있다면**, 그리고 유령들의 집단 밖에 있다면, 자신이 지금 하는 건 스스로를 즐겁게 해주는 것 이상은 아니라는 것을 알고 있었다. 하지만 응접실이 한 여성에게 발휘하는 힘이 그렇게나 적다는 것은 슬픈 일이 아닌가? — 그녀는 그 이유를 생각하며 램프를 들고 이동해 거울에 비친 자신의 여러 모습들 중 하나와 마주했고, 램프를 들어 올려 여전히 자신의 것인 그 낭만적인 얼굴을 유심히 보았다. 그녀는 그 순간 초상화처럼 불멸의 존재가 되었다. 잠시 그녀는 휘장처럼 드리운 어둠을 배경으로 미소를 지은 채 그 집의 안주인이 되었다. 그녀는 존재의 비밀을 잃고, 모든 것의 모습을 하고 있었다.

판단에는 뭔가 냉혹한 데가 있었다. 그녀는 그것을 외면했다. 결국 커즌 네티 모리스가 — 그리고 그녀 이전에 얼마나 더 있었을지 누가 알겠는가? — 시간 자체에 의해 시시각각 뒤로 밀려 공상의 구름 나라로 들어가 버린 것은 대체로 여기 이 방 안, 이런 환각에서가 아니었는가? 그 여인들은 점점 커지는 재깍거리는 시계 소리에 담긴 의미를 알고자 헛되이 귀를 기울이다가 그렇게 미친 건 아니었다. 심지어 완전히 미친 것도 아니었다. (그녀는 고개를 돌려 어깨 너머로 벽난로 선반을 쳐다보며 귀를 기울였다. 대리석 한복판에 침묵이 고여 있었다 — 도금한 님프의 두 팔이 받쳐 든 것은 얼굴 없는 공허일 뿐이었다.) 도덕은 더 쓸 것이 없고,

명예는 아무 말 하지 않지만, 그럼에도 둘은 그 둘을 드러내 보이고, 또한 그녀가 응접실에서 나올 때 일어서서 귀 기울인 자를 따라 나왔다. 그녀가 걸어온 어떤 길에서도 그들은 그녀와 동행하지 않았다. 그러했기에 그녀 같은 사람은 선택지에 대해 몰랐고, 결정을 내리지도 않았다 — 혹은 그들이 그러지 않았는가? 모든 것이 그들에게 말을 걸었다 — 그들이 바늘을 넣고 뺐던 자수 도안이, 그 가련하고 보드라운 가슴에 작은 발톱을 끌어당긴 채 죽은 새가, 멀리 숲에서 점점 빨라지던 도끼로 내려찍는 소리가, 그리고 쓰러진 나무가, 혹은 잠을 자다 무서워 울음을 터뜨린 아이가. 아니, 지식도 그들에게 감춰진 것이 될 수 없었다. 지식이 그들 안으로 스며들었고, 그들 뒤로 슬금슬금 다가왔으며, 암시를 통해 그들에게 주어졌다 — 그들은 의심했지만 증명하기를 거부했다. 그것이 그들의 결정이었다. 따라서 피신처인 그들의 머릿속에서 무지에서 비롯한 일이 벌어져 감당할 수 없을 만큼 너무 커지는 경우가 생겨났다. 또한 그들은 이 방에서 아무것도 보여 주지 않는 데서 기쁨의 절정을 누렸다 — 자신들의 드레스가 사각거리는 소리를 들으면서, 팔찌에서, 반지에서, 레이스 위에 자리 잡은 브로치에서 번쩍이는 빛을 용맹스럽게 가르면서, 그들은 등과 꽃과 신사들의 형체와 은쟁반에 담긴 꽃무늬 잔들을 둘러보았다. 사회가 승리해도, 승자들에게 평화는 뒤따르지 않는다 — 이 안에서 그들을 기다리는 것은 성찰밖에는 더 할 것이 없는, 끝낼 수 없는 시간이었다. 그리고 설사 치맛자락이 맞닿은 채 함께 앉아 있더라도, 여인들 각자는 자기 안에서 혼자 성찰하는 것을 결코 중단하지 않았다. 하지만 각자의 눈동자에 어린 솔직하고 투명한 표정은 서로에게 주는 경고였다. 그들의 대화는 깊은 침묵 위로 반짝이는 표면 같았다. 사실상 그들은 결코 아무 말 하지 않았다 — 길에 죽음을 끌어안고 크게 누워 있는 작은 새나, 잠에서 깨지 않고 악몽에서 위로받는 어린아이나, 쓰러진 나무에서 뜯겨 나온 채 여전히 몸을 떠는 잎에게가 아니라면.

덧창의 빗장이 수평으로 검은 유리창들을 배경으로 두드러져 보였는데, 그 방에서 쇠로 된 것은 그것 하나뿐이었다. 그녀는 무거운 램프를 탁자에 다시 내려놓았다. 그걸로 끝이거나 — 아니면, 뭔가 더 있을 수 있는가? 그녀의 삶이 이 책에서 빠진 한 장이 될 수 있다는 것이 이 이야기가 끝났다는 것을 의미하진 않는다. 잠시 중단되었으나, 어쩌면 전환점을 위한 휴지기일 수 있었다. 미래에 대해, 그 목적을 위해 로더릭을 상속자로 지명한 커즌 프랜시스의 자기 본위적이고 창의적인 대담함이 어떤 결과를 낳을지는 두고 봐야 했다. 신념이 있는 남자라면 늘 어딘가에 아들이 있다.

그녀로서는 로더릭이 희생양이 되었다는 생각에는 결코 동의할 수 없었다. 로더릭에게는 어떤 운명이 예정되어 있었다. 그녀에게는 아무것도 없는 자유보다 이것이 더 나아 보였다. 그녀는 다른 요소로 자신을 즐겁게 해주기로 하고, 이 방이 로더릭의 아내에게는 무슨 말을 해줄지 생각해 보았다. 결혼은 — 로더릭의 경우에는 아직 상상해 볼 수 없는 문제라, 굳이 며느리의 모습을 그려 보지는 않았다 — 로더릭이 읽기로 했던 커즌 프랜시스의 지침 안에 당연히 포함되어 있을 것이었다. 이 집에서는 아내를 데려오는 게 일반적이었다. 아직 로더릭에게 그런 일이 일어나지 않았다고 해도, 그렇게 될 것이었다. 태어났겠지만 지금까지 생각해 본 적 없는 미래의 그 인물이 어렴풋이 떠올랐다 — 사실 스텔라는 딸이 없어서 자신의 젊은 시절 모습 말고는 달리 떠올릴 게 없었기 때문에 며느리의 모습은 슬그머니 나타나 스텔라의 옆에 심령체처럼 형성되었다. 하지만 오해의 여지 없이, 신부의 액체 같은 몸에서 눈만큼은 두드러져 보였다 — 강렬하고 두려움 없는 눈빛이었다.

햇빛이 비쳤고, 처음 온 사람에게 여기 안쪽은 그저 오후일 뿐이었다. 바깥에서는 여름의 강이 창문을 향해 흘러 들어오고 있었다. 방은 감탄할 만했지만, 그 이상은 아니었다. 이 방에 웃으면서 처음 들어온 사람이 얼마나 많은 것에서, 무엇에서, 혹은 누구에 의해 당혹스러움에서 놓여났는지 그녀는 결코 모를 것이다 — 과거와 미래 사이의 그 치명적인 연결은 그녀의 시대 이전에 이미 끊어져 있었다. 그 연결 고리를 끊은 것은 스텔라, 그녀의 세대였다 — 그녀가 자신의 영혼 안을 긁고 있다고 느끼는 그것이 이 깨진 모서리가 아니라면 달리 무엇일 수 있단 말인가?

그렇다. 이 방은 처음에 신부의 감탄을 끌어낼 것이고, 이어 바뀔 것이다. 과거의 사물은 예전에는 지니지 않았던 의미를 지닐 것을 요구받으며 새 위치로 옮겨질 것이다. 그 요구에 순응하지 않는 것들, 새 노래의 주제를 받아들일 수 없는 것들은 사라져야 할 것이다. 예컨대 지금까지 한낮의 햇살이나 램프 불빛이 닿지 않는 구석에 걸려 있어, 스텔라가 성냥을 켜야 볼 수 있었던 그 그림은 추방될 것이다. 그것은 오래전에 잡지에서 찢어 낸 것이 분명해 보였다. 맞지 않는 액자에 욱여넣어 걸어 놓은 것이었다 — 여객선이 모든 조명을 다 켜고 불길에 휩싸인 채 가라앉고 있는 장면이었는데, 갑판과 현창은 환하게 빛났고 그 절반은 이미 검은 바닷속에 잠겼으며 다른 절반은 하늘을 향해 솟아 있었다. 〈**나의 하느님이 당신에게 더 가까이. 더 타이태닉 1912.**〉[3] 커즌 네티가 왜 이 그림을 응접실에 걸어 놓았는지는 결코 알 수 없을 것이었다.

다음 날 아침, 잠에서 깨어난 스텔라는 자신이 어디에 있는지, 지금이 언제인지 생각나지 않았다. 시간 속에서 그녀의 자리가 사라졌다. 분명 새로운 날이 커튼을 뚫고 들어왔는데, 무슨 날이지? 손목시계가 시간을 알려 주었지만, 그건 본능도 알려 주었다 — 그녀가 자신의 신원을 알아내야 하는 것처럼, 어떻게든 오늘이 무슨 요일, 무슨 달, 그리고 무슨 해인지 알아내야 했다. 그녀는 등을 대고 누운 채 옅은 노란색으로 변한 커튼의 무늬에서 뭔가를 읽어 내려고 애썼다. 어

---

3 Nearer, My God to Thee. 영국의 시인 세라 풀러 플라워 애덤스가 「창세기」에 영감을 받아 쓴 시에서 따온 구절로, 가톨릭에서는 〈주여 임하소서〉, 개신교에서는 〈내 주를 가까이하게 함은〉이라는 제목의 찬송가로 만들어졌다. 타이태닉호가 침몰하는 마지막 순간까지 악단이 이 곡을 연주했다는 이야기가 있다.

제는 집배원이 오지 않았고, 신문의 흔적도 없었다. 재 먼지가 라디오 다이얼에 또 내려앉아 있었다. 그녀는 손가락을 접으며 확실히 아는 마지막 날짜, 런던을 떠난 그 날짜까지 헤아리다가 갑자기 멈추었다. 또 다른 아침, 이런 날 눈을 뜨자 로버트의 얼굴이 보였던 것이 떠올랐다. 이런 깊은 잠은 주기적으로 일어나는 트랜스 상태인가, 그녀의 영혼이 또 하나의 계절로 넘어가는 것인가? 그것은 매번 뭔가 심오한 변화가 일어나는 새로운 탄생의 잠인가? 증명이 필요한 문제였다. 그녀는 일어나 커튼을 걷었다 — 오늘 아침에는 강에 백조가 보이지 않았다.

오늘은 10월로 보이는 달의 어느 하루, 모든 것과 묘하게 분리된 것 같은 날이었다. 11시에는 집사를 만나 그들의 문제를 처리하기로 했다 — 따라서 아침을 먹은 뒤 그녀는 자갈밭을 지나고 난간을 넘어 풀을 베지 않은 가파른 비탈을 따라 강으로 내려갔다. 서리의 첫 입김에 풀이 말라비틀어져 있었다. 여기 햇볕이 드는 강가에 서서, 그녀는 두 손을 주머니에 넣고 코트 깃을 세운 채 눈을 깜박이며 흘러가는 강물을 들여다보았다. 그리고 돌아서서 계곡을 따라 걷기 시작했다. 그랬다, 10월이 끝나려면 며칠 더 남았다 — 이 가을은 얼마나 길게 느껴지는가. 계절이 그녀의 결심을 기다려 주느라 좀 더 머물러 있는 모양이었다. 계곡에 들어서자, 아주 많은 발길이 방향을 바꾸지 않고 걸어갔을 이 길이 좁아지는 데서 결정적인 뭔가가 느껴졌다. 여기 그녀가 걸음을 멈추고 서 있는 곳, 태양이 굵은 빛줄기를 내려보내는 너도밤나무

사이에서, 대답은 그 자체로 이미 주어져 중요하지 않은 것 같았다. 이것은 잠시 자신을 잊고 세상을 보는 그런 순간에 느껴지는 평화였다. 계속 떨어져 있을 수는 없었다. 그녀가 고개를 들어 내리쬐는 햇살 속에서 승리한 듯 금빛으로 반짝이는 부채꼴 모양 나뭇잎을 올려다보는 동안, 그것을 보는 사람은 그녀라는 인식이 되돌아왔다. 하지만 그럼에도 이 순간은 특별한 하루의 이른 아침이었다. 뭔가가 그녀를 구해주려고 개입할 수도 있는 — 누가 알겠는가? — 바로 그런 날이었다. 그녀는 마운트 모리스 숲에서 가장 많이 돌출된 곳의 기슭에 있었는데, 안쪽 바위에서 앞으로 나아가면 강에 거의 다다르는 지점이었다. 경사면을 꽉 붙들고 뿌리를 내린 채 솟아 있는 나무 몸통과 쭉 뻗은 나뭇가지에서 황홀한 힘이 느껴졌고, 그 힘은 겹겹이 빛을 받거나 그늘이 지거나 듬성하거나 교차하는 잎들을 지나 아래로 방향을 틀어 숨이 멎을 만큼 찬란한 월계수 숲에 다다랐다. 그 고요함 속에서 죽은 자들이 모든 전쟁에서 돌아오는 것을 상상할 수 있었다. 나뭇가지들이 이룬 아치에서 아치로, 햇살에서 햇살로 시선을 옮기면서, 누군가는 어떤 기대감이 미완성된 사랑의 교향곡에 조율되는 것을 깨달았다.

이 경이로운 아름다움은 영원할 것이었다 — 그리고 마침내 잎사귀 하나가 천천히 떨어지더니, 그녀가 시간을 숲속에 데려온 것처럼 그녀의 시야 안으로 방향을 틀었다.

아무 일도 일어나지 않는 순간은 있을 수 없다. 그녀는 등 뒤로 집에서 자기를 부르는 소리를 듣거나 들은 것 같아, 다시 돌아서서 집을 향해 걷기 시작했다. 앞에서 도너번이 난간에 올라서서 손짓하며 그녀와의 사이에 있는 허공에 대고 뭐라고 외치는 모습을 봤지만, 소리가 들리지는 않았다. 그녀는 손짓으로 들리지 않는다고 말한 뒤 걸음을 재촉하면서 심장이 뛰는 것을 느꼈다. 그는 난간 위에서 다시 자세를 잡고 두 손을 확성기 모양으로 오므렸다. 모음들이 계곡으로 굴러떨어졌다. 도너번의 큰딸이자 키가 더 큰 아이가 난간 위로 올라섰고, 아버지 옆에 자리를 잡았다.

「……이집트에서!」

「잠깐만요, 내가 ─」

「몽고메리가 해냈어요!」

「몽고메리?」

「엄청난 승리예요!」

지붕 위에서 내리쬐는 햇살이 눈부셔, 그녀는 풀 더미를 잡으며 조심조심 올라가다가 걸음을 멈추고 손차양으로 눈을 가렸다. 그녀가 숨을 헐떡이며 말했다. 「하루 만에 승리했다고요?」

「전세가 바뀌고 있어요.」

「어떻게 알았어요?」

「그 소식이 나라 전역에 퍼졌어요. 올라오세요, 부인.」

도너번이 손을 내밀었다. 두 사람의 손이 닿고 손가락이 꽉 맞물리자 그가 그녀를 위로 힘껏 끌어 올렸다. 그는 그녀를 갓돌 위에 나란히 서게 했고, 조바심이 난 그의 예언자적인 시선이 그 위치에서 그녀에게 더 잘 고정되었다. 「제 머리를 가려 줄 모자를 얻기 위해서라면 뭐라도 줄 수 있을 것 같군요. 굉장한 날이네요.」

「어쨌거나 아름다운 날이에요.」 해나가 차분하게 말했는데, 처음으로 입을 연 것이었다.

도너번에게서 여자들 사이에 있는 유일한 남자의 쓸쓸함이 느껴졌다. 「모리스 어르신이 살아서 이걸 보셨어야 하는데 말입니다.」 그가 말했다. 도너번은 이날을 혼자 목격할 운명이었던 것이다. 죽은 자들이 어디에 있는지 몰라도 그들은 사라졌다. 스텔라와 해나 사이에 차려 자세로 서 있는 그의 옆모습은 바위를 보는 듯했는데, 그는 먼 곳에 골똘히 시선을 보낸 채 계곡 끝에서 이집트 병사가 묵시록적인 전투를 벌이며 구르는 모습을 보고 있는 것 같았다. 그의 입술이 조용히 움직였고, 그가 마침내 선언했다. 「우리가 장군을 속성으로 길러 냈군요. 그가 빠른 시일 내에 장군이 될 거라고 말씀드리지 않았던가요? 그가 그놈들을 도망치게 했죠?」

스텔라는 난간 위에 서 있으려니 현기증이 나기 시작했다. 그녀가 말했다. 「하지만 그렇게 갑자기?」

도너번이 고개를 돌리고 말했다. 「그가 완전히 돌파했습니다.」

해나는 그때까지 아버지의 자세를 순응적으로 모방해 이마를 치켜든 채 서 있었다. 아버지의 말이 끝나자 해나는 그 풍경과 그날의 아침 정경을 유심히 살펴보는 듯했는데, 그 반짝거림과 차분함은 그녀 자신의 그런 분위기만큼이나 변한 게 없었다. 승리에 대해 자신이 내보일 수 있는 찬사를 다 내보이고 나자, 해나는 난간에서 조용히 내려와 집을 향해 느릿느릿 걷기 시작했다. 아마도 햇빛을 벗어나 마운트 모리스의 서늘한 그늘로 돌아가는 게 싫었거나, 그저 아버지가 돌아보고 무슨 이유가 됐건 간에 오늘은 휴가라고 선언하기를 바라서였을 텐데, 다시 뒤를 돌아본 해나의 얼굴은 양쪽으로 가른 머리칼 사이로 낮에 뜬 달 같았다. 해나는 예뻤다 — 한 살이 더 많았지만, 동생인 메리보다 어쩐지 덜 성숙해 보였다. 스텔라가 낮의 햇살 속에서 해나의 모습 전체를 본 것은 이번이 처음이었다. 낯선 사람이 집에 들어오면 해나는 수줍어서 아래층에 남아 음식을 만들거나, 닭을 부르며 뭐라고 나지막이 주의를 주는 목소리만 들려줄 뿐이었다. 이제 해나는 이 저택 앞의 넓게 펼쳐진 땅에 서 있는 자신을 발견하고 놀란 것 같았다. 그녀는 오늘에야 밖으로 나온 꽃이었다. 열여섯 해 동안 어린아이처럼 지낸 해나에게는 동류에게서 보이는 진지한 면이 엿보였다. 뭔가 지금 벌어지고 있는 일과 동떨어져 있는 느낌이 그녀의 아름다움에 더해졌다. 산처럼 푸른 눈은 근심의 색깔을 물려받았지만, 사연은 물려받지 못했다. 자기 생각이 아닌 생각은 하지 않기에, 그녀에게는 아무런 생각도 없었다. 해나는 천국으로 가는 위협적이지 않은 길에 이미 들어선 어린 여자였다. 그녀의 거칠어진 두 손이 포개져 앞치마 위에 편안히 내려와 있었다.

스텔라도 집을 향해 걸음을 옮겼고, 해나의 시선이 머무는 궤도 안에서 마음이 차분해졌다. 그녀는 소녀를 보고 미소를 지었지만, 할 말은 없었다 — 무엇보다 이 순간에는 없었다.

훗날 마운트 모리스에서 본 완전한 승리의 신기루가 다시 떠오를 때마다, 스텔라는 햇볕 속에 지팡이처럼 무심히 서 있던 해나의 모습을 보게 될 것이었다.

10

「늦어지겠는데요.」승객들은 늦는다는 느낌이 주관적일 수 있다는 듯 서로 자신 없이 쳐다보면서 이따금 그렇게 말하고는 블라인드를 내린 객차 창문을 바라보았다. 「우리는 지금 어디쯤 왔을까요? 얼마나 더 가야 하죠?」구석 자리에 앉은 누군가는 때때로 블라인드 가장자리를 벌리고 그 틈새에 눈을 갖다 댔다 ― 하지만 소용없었다. 미들랜드의 운하와 산울타리는 시야에서 사라진 지 오래였다. 밤의 장막을 뚫고 모습을 드러낸 언덕이나 탑은 하나도 없었다. 모든 간선 철도의 주요 지형지물은 지워졌다. 그나마 시끄럽고 재앙적인 포효 소리만이 그들이 터널 안을 지나고 있다는 것을 알려 주었다. 하지만 이제 속도가 느려지기 시작했고, 언덕을 깎아 낸 철로를 지나가는 위축된 열차 소리가 점점 잦아지는 것으로 판단하건대, 런던에 진입하고 있는 게 틀림없었다. 어떤 도시에서도 건물이 빽빽하게 들어선 느낌이 이렇게 강하게 들지 않을 것이었다. 이제 기차는 소심한 침입자처럼 서서히 역으로 들어가면서 신경질적으로 삐걱거리는 소리를 냈고, 증기를 뿜어 올리며 멈춰 섰다 — 철제 다리 위로 차들이 지나가는 소리, 선로에 떨어진 쓰레기 때문에 열차가 선로를 바꾸는 소리가 들렸다. 아직 선반에서 가방을 내리지 못한 승객들이 이제 벌떡 일어나 가방을 내렸다. 스텔라도 그들 중 한 명이었다. 긴 하루의 여독이 그녀의 몸을 마비시켜 트랜스 상태로 데려갔지만, 그녀의 마음에는 오로지 한 가지 생각만 남았다. 그녀는 자신이 무슨 말을 하려고 했는지에 생각이 꽂혀 있었다. 로버트가 마중 나오리라는 희망은 곧 그녀가 말을 하게 될 거라는 희망으로 바뀌었다.

유스턴역 플랫폼에서 잉크처럼 검은 띠가 치워지는 동안 모든 열차의 문이 벌컥벌컥 열렸다. 열차가 멈출 때까지 기다릴 수 있는 사람은 아무도 없는 것 같았다. 마치 인간적인 결의가 사라지기 전에 그것에 따라 행동해야 한다는 듯, 모두가 서둘러 런던에 자신들을 던지고 있었다. 이제 그녀의 차례가 되었고, 그녀는 객차를 떠나는 마지막 승객이 되었다. 그녀가 걸음을 멈추더니 좌석 위의 거울 면에 비친 자기 모습을 마지막인 듯 쳐다보았다. 가방을 들고 플랫폼에 내려선 그녀는 좌우를 살피고 기차 옆으로 걷기 시작했다. 기차역의 몇 개 안 되는 푸르스름한 조명이 어둠 속에 잠긴 아치형 천장을 보여 주었다. 아슬아슬하게 짐을 쌓아 올린 손수레가 한숨을 쉬는 사람들, 밀치는 사람들, 넘어질 뻔하는 사람들, 빤히 쳐다보는 사람들 사이를 뚫고 지나갔다. 누가 누구를 알아보는 것이 불가능해 보였다 — 마중 나온 누군가가 있기를 바라는 사람들, 자신을 찾아 주는 누군가가 있기를 바라는 사람들이 모자를 뒤로 젖히고 물에 빠진 사람처럼 얼굴을 들었다. 하데스에서 유령들이 도착했다고, 전에 죽은 자들이 방금 죽은 자들을 미심쩍게 살피는 것 같다고 생각했을 수도 있겠다고, 그녀는 생각했다. 하지만 그녀는 아무것도 느끼지 못했다 — 그리고 마침내 키 큰 로버트가 고개를 돌리는 것을 본 그녀는 심장이 쿵 하면서 그 사랑의 충격에 자신의 존재가 빈 수문처럼 채워지는 것을 느꼈다.

감각이 완전히 돌아오면서, 그녀는 무거운 줄도 모르고 있던 가방의 무게에 갑자기 팔 근육이 찢어질 듯 아팠다. 그녀가 가방을 내려놓았다 — 「로버트!」

그 모습은 승전보를 알려 주려고 했던 도너번과 비슷했을 것이다. 로버트는 여전히 조명 아래 자신이 선 자리에서 꼼짝하지 않은 채 그를 향해 밀려오는 사람들을 흘끗흘끗 쳐다보며 얼굴들을 하나씩 지워 나갔다. 다른 사람들과 단절된 채 **몰두한** 그의 모습이 그 어느 때보다 뚜렷이 눈에 들어왔다. 그녀는 가방을 들고 나아가려고 허리를 굽혔다가 다시 들고 그가 서 있던 자리를 보았는데, 그가 사라지고 없었다. 실망한 그녀는 입을 꾹 다물었다. 어느새 그녀가 알아차리기도 전에, 그녀의 팔꿈치 아래에 그의 손이 와 있었다.

「건초 더미에서 바늘 찾긴데.」그가 말했다.

가방이 그들 옆에 툭 떨어졌다. 그는 그녀의 코트 깃을 잡고 트위드 무늬에 닿은 자기 엄지를 믿을 수 없다는 듯 쳐다보았다. 「**어디** 있었던 거야, 스텔라!」

「어쨌거나 돌아왔잖아.」

「그런데 지금 — 하지만 시간은 무서운 것일 수 있어. 자, 가자, 여길 벗어나자!」 그는 그녀를 이끌고 나가 아치형 구조물로 걸어갔다. 다수는 반대 방향으로 가고 있었다.

「왜 이쪽이야?」

「왜? 차를 가져왔어.」

「차는 어디서 났어?」

「차가 있는 곳에서.」

「생각도 못 한 일이야.」 그녀가 말했다. 「하지만 멋지긴 하다 — 차 말이야.」

「그런데 한 가지 문제가 있어 — 어네스틴이 타고 있어.」

「어네스틴!」 — 로버트, 맙소사, 왜?」

「한번 와봐야겠다고 생각했대.」 로버트가 모호하게 말했다. 「볼일이 있다고 했나, 그렇게 말했던 것 같아. 오늘 오후 해러즈에서 전화를 걸어와 말하길, 나보고 놀라지 말라고. 그리고 그게…… 그래, 나도 알아, 자기. 하지만 경황이 없었어. 어네스틴이 전화를 걸어왔을 때 나는 한창 다른 뭔가를 하던 중이었거든. 어네스틴이 하룻밤 묵고 갈 거라고, 오늘 저녁에 나보고 뭘 할 거냐고 해서, 역에 누굴 마중하러 나간다고 말할 수밖에 없었어. 〈맙소사.〉 어네스틴이 말했어. 〈최근에 그렇게 자기 감당이 안 되는 사람이 있는지 몰랐네. 그 누군가가 중요한 사람이 아니라면 말이지.〉 그래서 진실 말고 다른 것은 떠오르지 않았어. 〈그렇다면 나도 같이 가도 되겠다.〉 어네스틴이 말했어. 〈우리는 가는 길에 이야기를 나누면 되고. 나는 로드니 부인을 만나도 아무렇지 않아. 이미 만난 적도 있고⋯⋯.〉그래, 알아, 자기. 하지만 상황이 ─ 지금 어네스틴을 만나거나 아니면 나중에 어네스틴을 만나야 해. **지금**은 그냥 어네스틴을 친구 집에 데려다 주기만 하면 되고.」

「하지만 우리하고 같이 저녁을 먹어야 할 텐데, 안 그래?」

「아니, 그 이야긴 이미 끝냈어. 일찍 먹었대. 알다시피, 누나는 눈치가 좀 없지만 독립적이야. ─ 스텔라, 나를 사랑해?」

「그건 왜?」

「그럼 아무 문제 없어.」

흩뿌리는 비 속에서, 로버트가 손전등을 살짝 돌리며 빗방울이 맺힌 벽 아래로 은밀하게 주차된 몇 안 되는 차들의 번호판에 빛을 비추었다. 그 순간 창문을 기운차게 두드리는 소리가 들렸고, 차를 찾는 일은 끝났다. 운전기사가 담배를 휙 버리고 얼른 정신을 차린 뒤 잽싸게 문을 열자 한바탕 웃음소리가 들렸다. 「음.」어네스틴이 차 안에서 흰담비족제비처럼 웅크린 채 모습을 드러내지 않고 소리쳤다. 「안 오는 것보단 늦는 게 낫지! ─ 안녕하세요, 로드니 부인? 죽은 줄 알았어요.」

「아직은 아니네요. 다시 만나서 반가워요.」

「〈만난다〉는 건 좋은 거죠! ─ 에메랄드섬[1]은 어땠어요? 비프스테이크를 먹었겠죠? 달걀과 베이컨도 잔뜩 먹고?」

「죄송해요, 기차가 많이 연착했어요.」

1 아일랜드의 별칭.

「그러게, 런던에서 저녁을 보내는 많은 방법 중에, 그럼에도 이게 어니의 선택이었지.」로버트가 말했다.

「신경 쓰지 마요.」어니가 말했다. 「피는 물보다 진하니까. 게다가 나는 평소에 쉴 기회가 잘 없는데, 그 기회를 잡은 거니까요. 내일 아침에는 정신없이 바쁠 거예요. 9시 정각에 본부에 가야 하거든요. 우리는 지역 점검을 준비하고 있어요.」

「오, 네, 그렇군요.」

「**거기서는**, 아마 전쟁이 진행 중이라는 걸 실감하는 사람이 아무도 없겠죠?」

「오히려 우리가 승리했다고 생각하던걸요.」

「우리 편이 정말로 그렇게 못 하고 있는 것 같진 않아요.」 어네스틴이 겸허하게 인정했다. 차는 이미 출발하여 유스턴 로드로 가는 비밀 통로 같은 곳을 조심스럽게 따라가고 있었다 — 로버트는 젖힌 의자를 내려 두 사람과 마주 보고 앉았다. 그의 실루엣만 보이는 순간들도 있었다. 그는 스텔라의 무릎 위에 인조 모피 러그를 덮어 주고, 남은 부분으로는 어네스틴의 몸 바깥쪽 일부를 덮어 주었다 — 어네스틴이 우우 소리를 내며 기사도 시대가 저물지 않았다고 말했다. 「로버트가 이렇게까지 애를 쓰는 모습은 처음인데요.」그녀가 말했다. 「하지만 이 정도 크기의 차가 필요하다고 말하긴 좀 그렇죠 — 우리 다 알다시피, 휘발유가 이만큼만 더 있었어도 몽고메리는 완전히 다른 성과를 거두었을걸요. 하지만 물론 네가 정말로 저녁 시간을 위해 이 차를 빌렸다면 그런 생각을 하기엔 너무 늦었지. 로드니 부인에게 미안한데요. 좀 압도된 기분일 것 같거든요 — 나라면 그렇게 느꼈을 테니까요. 내가 늘 생각하는 건 말이죠. 누가 상대를 위해 너무 애를 썼다고 느끼지 않게 하는 게 더 친절한 거라고 생각해요. 하지만 로버트는 어떤 면에선 나와 다르니까.」

「뭐라고 했어?」 로버트가 놀라서 돌아보며 말했다.

「네가 어떤 면에선 나랑 다르다고. 내 말에 동의하지 않나요, 로드니 부인? 다들 외부인이 더 잘 본다고 하잖아요 — 우리가 지금 있는 데가 어디야, 로버트?」

「나도 모르겠어.」

「저분이 우리가 얼스코트로 간다는 건 알고 있는 거지? 그럼 됐어, 네가 **말했다면** 말한 거지. 내가 어떻게 알겠어? 너 아까 역에서 갈팡질팡하는 것 같더라…… 나는 네가 고양이처럼 런던 거리를 잘 알 거라고 기대했는데.」

「왜?」

「이런 상황에서는 그게 중요할 거라고 생각했거든.」 어네스틴이 낮고 의미심장한 어조로 말했다. 「하지만…….」 뭔가 생각이 났는지 그녀는 핸드백을 딸깍 열어 내용물을 더듬었고, 발작적으로 이것저것 만져 보았다. 한동안 눈을 감고 기대앉아 있던 스텔라가 마침내 말했다. 「뭔가 잃어버린 건 아니죠?」

「나도 그건 아니길 바라죠, 그럼요! — 이런, 나는 당신이 잠든 줄 알았어요!」

「누구라도 그렇게 생각했을 거야.」 그녀의 동생이 맞장구를 쳤다. 그의 손은 눈에 띄지 않게 스텔라의 무릎을 덮은 러

그 위에 가볍게 올려져 있었다. 「사실, 차에 스텔라가 타고 있다는 사실조차 몰랐을 거야 — 당신은 생각에 잠겨 있었던 것 같은데, 아닌가?」 그가 스텔라를 보며 말했다.

「그랬던 것 같아.」

「분명 틀림없이 **어딘가**에 있을 거야.」 어네스틴이 말을 계속했다. 「오, 눈으로 볼 수만 있으면 금방 찾을 텐데! 오늘 아침에 분명히 여기 넣어 뒀고, 그 뒤로 핸드백을 손에서 놓은 적이 없는데. 안 그래도 정신없는 와중에 이건 최악이다 — 아! 여기 있다! 그럴 줄 알았어! — 방금 무슨 이야기 하고 있었니, 로버트?」

「특별한 건 아니야. 궁금하면 스텔라에게 무슨 생각을 하고 있었는지 직접 물어보든가.」

로버트가 어네스틴에게 보이는 태도는 늘 말보다는 덜 무례했다. 오히려 그냥 내버려둘 수 없는 뭔가가 있는 것처럼, 일종의 도발적이면서도 무관심하지 않은 태도라고 할 수 있었다. 홈딘에 갔던 그날 오후처럼, 일부러 시비를 걸고 심술을 좀 부려도, 누나에 대한 애정 자체는 단단하게 뿌리내리고 있다는 걸 분명히 느낄 수 있었다. 이상하게 여겨질지도 모르지만, 스텔라는 오늘 저녁 드라이브에 분위기를 풀어 준다는 이유 말고 다른 이유가 없었더라도, 그가 정말로 이 드라이브를 기꺼이 포기하는 일은 없었으리란 걸 알 수 있었다. 어네스틴은 그가 짜증 — 스텔라와의 관계에서 비난받거나 회피되는 특성 — 을 배출하는 소중한 수단이 되어 주었다. 스텔라는 그의 표출되지 못한 짜증이 얼마나 멀리, 심지어 어느 방향으로 갈 수 있을지 궁금했다. 갑자기 그녀는 어네스틴에게 질투에서 기인한 일종의 매력을 느꼈다 — 만약 자신이 그의 누나에게 팔짱을 끼려고 하면 무슨 일이 일어날지 궁금할 정도였다. 어네스틴의 팔이 어떤 느낌일지도 궁금했다. 그녀는 너무 늦기 전에 어네스틴과 로버트에 대한 대화를 나누는 것에 대해서도 막연히 생각해 보았다 — 아주 충격적이고 아주 믿기 어려운 일에 대한 말도 나올까?

어네스틴이 핸드백을 딸깍 닫고, 양쪽 잠금 고리를 점검했다. 「걱정하지 말라는 게 내가 깨달아야 할 교훈이야!」 그녀가 말했다. 「뭐야, 로드니 부인이 생각한 것에 대해, 넌 내가 그녀에게 동전이라도 줘야 한다는 거니? 그런 건 아니길 바란다, 정말로. 누구든 평화롭게 생각에 잠겨 있는 것도 안 돼? 사람들은 마음을 완전히 비우는 게 가장 큰 휴식이 된다고 하지만, **내가** 알기론 말하기는 쉬워도 실행하기는 어렵지. 어쨌든, 질문하지 않으면 거짓말을 들을 일도 없어. 그게 황금률 같지 않아요, 로드니 부인?」

로버트가 갑자기 러그에서 손을 툭 떨어뜨렸는데, 대답은 스텔라에게 맡긴다는 의미 같았다. 차가 부드럽게 제동이 걸리면서 멈춰 섰다. 그녀가 눈을 뜨자 빨간 신호등이 바로 앞에 있었다. 그녀는 많은 수감자들이 그런 순간에 탈출을 감행했다는 사실을 떠올렸다. 그녀는 옆으로 뿌옇게 김이 서린 안전유리를 통해 바깥을 가늠하며 쳐다보려고 했다. 숲속에 있는 것 같은 느낌이 사라지고, 런던에 있을 법하지 않은 환영 같은 건축물 하나가 나타났다.

「**여기**가 어딘지 몰라도 전에 와보지 않았던 곳인 건 분명하네요.」스텔라가 가벼운 어조로 외치듯 말했다. 「아니요, 사실 깁 부인, 저는 그렇지 않아요. 저는 알고 싶은 게 있으면 늘 물어봐요. 거짓말을 들어도 그걸 알아차릴 만큼 현명하지 않은 것 같아요. 정말로, 제가 거짓말을 해달라고 하는 것처럼 느껴지죠. 안 그런가요? 얼마나 많은 거짓말을 들었는지도 잘 모르겠어요.」

「언제? — 왜? — 누구에게서?」로버트가 말했다. 「나는 아니었기를 바라.」

어네스틴이 내뱉듯이 말했다. 「또 시작이다! 로드니 부인이 이 순간만 두고 그런 말을 하는 거겠니? 로버트, 이 세상에 너만 있는 건 아닌 것 같은데?」

신호가 바뀌었다. 차가 앞으로 나아갔다. 로버트가 몸을 가운데로 모아 담배에 불을 붙이고 말했다. 「그래, 그렇진 않겠지.」

「맙소사.」어네스틴이 로버트의 친구를 돌아보며 외쳤다. 「유감스럽게도 **나는** 그 생각을 그렇게 차분하게 받아들일 수는 없을 것 같네요. 거짓말을 들었다? — 차라리 거미가 내 등을 타고 내려가거나, 판자나 결함이 생긴 배수구 밑에 쥐가 죽어 있는 걸 보는 게 낫지. 누구라도 **내게** 거짓말을 하려고 하면 참지 못할 거예요. 이건 우리가 자란 환경 때문일 수도 있지만, 유감스럽게도 그뿐이라고 말할 순 없겠네. 나는 그 문제에 민감하도록 키워졌고, 그런 사람이에요. 로버트도 그렇게 키워졌고. 우리 모두 그렇게 키워졌어요 — 우리보다 더 많은 진실을 말하고 살았던 가족은 얼마 없을걸요. 나는 내 여동생의 아이들을 여전히 아주 엄격하게 다뤄요. 내 아들에 대해서도, 그 애가 뭘 얼버무리기만 해도 얼굴색이 달라지는 걸 금방 알아채요. 우리 아버지는 늘 우리 눈을 똑바로 쳐다보곤 했는데 — 로버트가 기억할 거예요. 사소한 거짓말에도 아버지가 몹시 가슴 아파하리란 걸 우리는 알았어요. 우리 어머니에 대해서는, 물론 어머니는 실제로 생각을 읽을 수 있었어요. 아니, 어렸을 때 우리는 뭔가를 숨기겠다는 생각은 아예 꿈도 못 꿨어요.」

「그랬어도 성공하지 못했을 거야.」 로버트가 말했다.

「그렇게 하려고 한다는 게 부끄러운 일이지.」

「무엇에 대해 진실했나요?」 스텔라가 불쑥 물었다.

「그때그때 달랐죠.」 어네스틴이 좀 곤란한 듯 말했다. 「우리 가족은 대화가 그렇게 많진 않았어요.」

「그런 상황에서 우리가 과연 그 반대로 할 수 있었을까?」 로버트가 말했다. 「우리는 말은 안 해도 거짓말을 하는 애들에게 타오르는 질투심을 느꼈지 — 그리고 누나가 물어본다면, 아니, 누나는 지금도 그래. 누나가 거짓말쟁이들에게 화를 내는 것만 봐도 알지. 신경증적이야.」

어네스틴은 웃을 수밖에 없었다. 「그거 정말로 멋지구나!」 그녀가 말했다. 「하지만 제발 대화 주제 좀 바꾸자 — 누가 먼저 시작했지?」

「누나가 시작했지.」

「아니요, 누구도 먼저 시작하지 않았어요.」 스텔라가 말했다. 「이 주제가 **우리보다 더 강했어요.** 그게 그냥 허공에 있었던 거죠.」

「어쩌면 스텔라, 당신이 아일랜드에서 그 주제를 가지고 돌아왔을 수도 있겠네. 감기나 독감처럼? ……오, 알겠어. 설마 아니겠지. 그렇다면 이 차가 뭔가에 홀렸다는 건데.」

「이런 종류의 빌린 차에서 뭔가 아주 신기한 이야기가 전개될 수 있다는 거, 놀랍지도 않아요.」 어네스틴이 말했다. 「사실 이렇게 말해도 된다면, 요즘은 조금이라도 선량한 사람이라면 차를 빌릴 생각은 꿈에도 하지 않을 거예요. 그런데 로버트, 너하고 대화를 나눌 기회가 별로 없구나. 우리가 지난 시절 이야기를 좀 해도 로드니 부인이 우리를 용서해 줄 것 같은데?」 그런 다음 그녀는 자기 옆 창문에 온통 주의를 기울였다. 「저길 봐!」 그녀가 갑자기 소리쳤다. 「**저긴** 아마도 글로스터로드역 같아 보이는데! 그렇다면 기사가 지금 어디로 가야 하는지 알고 있단 거네?」

당연히 기사는 알고 있었다. 1, 2분 뒤에 그들은 어네스틴을 친구 집 계단 아래에 내려 주었고, 어네스틴이 현관 열쇠를 성공적으로 사용하는 것을 지켜보았다. 그리고 그들은 다시 떠났다. 로버트는 굿 나이트 인사를 한 뒤 다시 차에 올라타 어네스틴이 앉았던 자리에 앉았다. 어두운 분위기는 좀 걷혔지만, 여전히 불안정했다. 세 사람에서 두 사람이 된 것은 그리 단순한 일이 아니었다. 어네스틴이 맞은편에 있을 때는, 연인들은 전에는 쓰지 않던 날카롭고 직접적인 어투로 대화를 나누었다. 거의 스스로를 풍자했다 — 그랬다. 같이 차에 타고 있던 그 시간을 돌이켜 보면, 자신의 방식으로 가장 나무랄 데 없었던 사람은 어네스틴이었다. 이제 어떤 말도 즉시 나오지 않았고, 침묵도 언어가 되지 못했다. 스텔라가 물었다. 「어네스틴은 누구 집에서 지내지?」

「오, 지난 전쟁에서 알게 된 친구. 같이 구급 간호 봉사대에서 일했대. 어네스틴은 이유 없이 사람들 앞에 나타날 시간이 결코 없지.」

「그렇구나, 어네스틴의 친구들은 대부분 상황이 만든 친구일 것 같네.」

「우리도 그렇게 만난 거 아닌가?」 그가 말했다.

스텔라가 말을 계속했다. 「이제 실내로 들어갔으니, 어네스틴은 핸드백 안에 있는 걸 다 제대로 살펴볼 수 있을 거야. 모든 걸 고려해 볼 때, 당신 누나는 엄청난 자제력을 보여 줬어. 안 그래?」

「맞아 — 하지만 당신은 내 말은 무시하는군.」

「난 그게 말이 안 된다고 생각했어. 갑자기 당신하고만 살 수는 없어. 당신은 내가 이대로 계속 살게 해줘야 해. 어쩌면 우리가 다시 만난 것 자체가 놀라운 일이야. 거기 유스턴역에서 당신을 만났을 때 충격적이었어 — 당신이 어떤 사람인지 잊을 수 있었다는 게 믿기지 않아. 하지만 진짜로 그랬다면? 내가 당신에게 허락하지 않은 게 있었다고? ⋯⋯사랑? 우린 사랑이 어떻게 작용하는지 너무 쉽게 잊지.」

「정말로 당신은 사랑이 작용하는 방식이 좋지 않아? 행복하지 않아?」

「미쳤어! — 어처구니가 없어. 나는 내가 맑은 정신으로 집에 돌아온다고 생각했는데, 당신은 내게 그런 게 얼마나 필요한지 전혀 몰라.」

「나는 당신이 생각을 깊이 해보고 돌아올 줄 알았어. 당신이 그 집에서 혼자 지냈다는 건 알지만, 그래도 질투가 났어. 당신이 내 적이나 경쟁자와 시간을 보내고 있는 것처럼. 지금까지 가장 좋았던 건 당신 코트를 만진 거였어.」 그가 손을 내밀어 소맷동의 헤링본 무늬를 계속 만지면서 그 촉감을 따라갔다 — 그 접촉, 혹은 그 배타성에 대한 암시는 눈먼 사람의 경험처럼 오히려 그녀의 질투심을, 혹은 어쨌거나 외로움을 유발했다. 「이 문제에 대해선 나는 내가 어디 있는지 알아.」 그가 트위드 코트를 가볍게 어루만지며 말했다. 「당신 코트는 예전과 같아.」

「내 안에 당신의 적은 없어!」

그가 빠르게 말했다. 「왜 그런 이야기를 하는 거지?」

「왜 그러냐고? 자기, 누가 돌아와서 자기 코트보다 덜 환영받는 기분을 느끼고 싶겠어! 확신하는데, 우리는 서로를 완벽히 잘 알거나 전혀 모르는 걸 거야 — 어느 쪽인지 우리가 어떻게 궁금해할 수 있겠어? ……당신이 방금 한 말에서 한 가지는 옳아. 우리는 상황이 만든 친구들이야 — 전쟁, 이 고립, 모든 것이 진행 중이지만 아무것도 말하지 않는 이 분위기. 혹은 우리의 시작이 그랬던 거지. 그게 우리의 출발점이었다고 — 하지만 지금, 이 모든 폐허가 우리의 완벽함에 어떻게 기여했는지 봐! 이렇게 말해도 괜찮다면, 당신과 내가 만난 건 우연이야 — 같이 있을 때 우리는 둘 다 우리의 외부를 보지 않는 것 같아. 심지어 〈당신〉이나 〈나〉의 얼마만큼이 〈우리〉 외부에 **있지**? 내가 외부인에게서 들을 수 있는 당신에 대한 가장 사소한 이야기, 가장 뻔한 이야기도 **내가** 그걸 몰랐다면 터무니없는 소리로 들리겠지. 내겐 그걸 측정할 척도가 없으니까 — 당신, 무슨 말 하려고 했지?」

「아무 말도 — 왜? 나는 말한 게 없는데.」

「그럼 담배 한 대만 줘.」

로버트는 사용한 성냥을 버리려고 손잡이를 돌려 차창을 열었다. 차창으로 런던의 축축하고 고단한 체취가 흘러들었다. 「이런 차에는 말이야.」 그가 말했다. 「어네스틴은 이런 차를 타는 사람 중에 착한 사람이 없다고 했지만, 어쨌거나 재떨이는 많아야 해. 그런데 지금까지 하나도 찾지 못했어 — 당신 얼굴을 볼 수 있다면 더 행복할 것 같아.」

「우리가 서로 얼굴을 자주 보진 못했지 — 두 달 전에, 이제 거의 두 달이 다 돼가는데, 누군가가 (가령) 내게 접근해서 당신에 관한 이야기를 해줬어. 당신이 적에게 정보를 넘겨주고 있다고 했어⋯⋯.」

「내가 **뭘** 한다고?」 그가 멍하게 말했다.

그녀는 방금 한 말을 반복하고 덧붙였다. 「어떻게 생각해야 할지 모르겠더라.」

「놀랍지 않은데.」 하지만 그는 다시 생각해 보았다. 「아니, 차라리 놀라운데. 당신 말이야 — 정말 특별한 여자로군!」

「왜, 로버트? 특별하지 않은 여자라면 뭘 어떻게 할 것 같아?」

「음, 나는 정말로 모르겠어 — 아니, 전혀 모르겠어. 당신, 뭘 한 거지?」

「아무것도. 내가 지금 말하는 게 그거야. — 그건 사실이 아니잖아, 그렇지?」

「두 달 전이라……」 그는 놀란 모양이었다. 「두 달 전이라고 했나? 숙고하는 것만큼 좋은 건 없지. 아니면 그냥 오늘 밤까지는 당신 기억에서 지워졌던 건가? 아니, 하지만 그걸 숙고하지 않았다는 말을 나보고 그대로 받아들이란 건 아닐 거야. 그런 거라면 그냥 내게 직접 물어보지 그랬어? 그런다고 뭐가 잘못됐겠어? — 하지만 그건 너무 간단해 보였겠지. 왜, 사람 일은 모르니까?」

그녀는 말을 할 수 없었다.

그가 말을 계속했다. 「그 점이 당황스러워. 일부러 그런 수를 쓴 거였다면, 이렇게 어처구니없는 경우는 처음이야. 대체 무슨 생각을 한 거지? — 내가 불쾌하게 여길까 봐?」 그가 잠시 입을 다물고 무슨 말을 해야 할지 모르겠다는 표정으로 생각에 잠겼다가, 다시 입을 열었다. 「맙소사, 대단한 대화야! 그러고 보니 당신은 주목할 만한 사람은 만난 적이 없다고 했잖아 — 그럼 그 사람은 **누구였지**?」

「해리슨.」

「그게 누구지? — 해리슨 누구?」

「몰라, 그냥 해리슨이야. 장례식에서 만난 그 남자.」

「그렇다면 당신은 장례식은 되도록 안 가는 게 좋겠군. 물

314

론, 그래. 당신이 그 남자에 대해 이야기한 거 기억나. 하지만 당신은 그저 따분한 남자라고 한 것 같은데? 내겐 따분한 것하곤 거리가 먼 것처럼 들리는데.」

「하지만 그건 사실이 아니지, 그렇지?」

로버트가 천천히 돌아서서 자신을 휘감고 있던 무기력, 경솔, 관용, 그 무엇이든 간에 거기서 풀려나, 그녀가 보이지 않게 존재하는 그곳을 응시하는 게 느껴졌다. 의심은 그의 목소리를 흔들어 놓았을 뿐만 아니라, 더 이상 같은 차에 타고 있는 게 아닐지도 모른다고 느껴질 만큼 멀리까지 밀어 놓았다. 다시 말하기 시작했을 때, 그는 일반적으로 남자가 직면해야 하는 것보다 더 환상적이고 경험의 가능성들을 더 넘어서는 위기 상황에서, 무작위로 할 말을 찾고 그 말을 내뱉기 전에 무익함을 깨닫고 그럼에도 그 말을 내뱉고 마는 남자로서 말했다. 거부되더라도 다시 그 말을 던지는 것 말고는 방법이 없기에.

「하지만 당신이 내게 정말로 이런 걸 물어볼 리 없잖아? 정말로 그런 거였다면, 당신이라면, 내가 뭐라고 하는지가 그렇게 중요할까 — 그러니까 당신에게? 정말로 그런 거였다면, 중요한 건 아무것도 없겠지, 안 그래? 내가 무슨 말을 하길 **바라지?** 말할 건 아무것도 없어 — 말이 안 되는 상황에서 뭘 말하라고? 당신과 나 사이에서는 상상도 할 수 없는 일이야. 모든 게 내겐 너무 비현실적이라서, 당신에게는 비현실적으로 느껴지지 않는다는 걸 믿을 수가 없어. 단연코.」

「그래, 맞아. 하지만 —」

「당신이 **뭘** 묻는지는 중요하지 않아 — 그건 스릴러물에 등장하는, 실체 없고 광적이고 머리만 잔뜩 굴리게 만드는 그런 거야. 내가 그 문제를 떠넘기고 있나? 아니, 당연히 아니지. 내가 어떻게 그럴 수 있겠어? 왜 그러겠어? 당신은 나를 뭘로 생각하지? 나를 뭐라고 **생각하는** 거야? — 나는 한 번도 그렇게 물어본 적이 없었지. 나는 당신을 뭐라고 생각하지? — 당신으로. 한 가지, 우리는 서로를 결코 속일 수 없다는 걸 알아. 하지만 단지 그거야, 분명 — 당신이 걱정하는 그 부분에선 — 단지 그거. 아름답지만, 단지 그거. 나는 그걸 깨닫지 못했지만 — 내가 어떻게 깨달을 수 있었겠어? 지난 두 달 동안 — 두 달이라고 했나? — 당신이 내 앞에서 얼마나 연기를 잘했는지 누군가가 당신에게 어떤 이야기를 가지고 와. 그러면 당신에게 그 이야기가 시작되지 — 당신이 느끼던 우리 사이의 어떤 균열 안에 씨가 뿌려져. 균열 — 내가 그런 게 있다는 걸 알았겠어? 알다시피, 나는 그저 우리가 행복하다고 생각했어. 행복하다? — 심지어 그런 생각은 거의 하지도 않았어. 그냥 우리는 우리라고 생각했어. 그냥 당신이 불쑥 이렇게 말할 수 없었나? 응? 〈저기, 내가 이런 이야기를 들었는데?〉 하고.」

「당신은 이따금 발견될 수 있는 특정한 문제에서 누구나 뭐든 할 수 있다고 말했어.」

「내가 그랬다고? 기억이 안 나는데.」 그가 어리둥절해하며 말했다.

「난 당황했어. 뭐가 진실인지 내가 어떻게 알겠어?」

「정말로 어떻게 알겠어?」로버트가 냉담하고 빈정대는 투로 말했다.

「그는 당신에게 말하면 당신이 위험해질 거라고 했어.」

「당신하고 같이 있을 때 그가 하는 말이 어색한 분위기를 많이 깨주나?」

그녀는 침묵함으로써 그 말을 무시하려 했다.

그가 말을 계속했다.「그럼 당신은 그 말이 사실이라는 가정하에 연기를 한 건가?」

「당신을 사랑하는데, 내가 왜 그런 모험을 하겠어?」

「당신이 나를 사랑한다는 게 오히려 이상하게 느껴지는데.」

「오, 자기. 맙소사 — 그 말을 들으니 마음이 아파.」

「그 말을 내가 아니라 당신이 한다고?」그가 무표정하게 물었다.「이 시점에, 내가 진실이 뭔지 알 거라고 예상하는 거야? 지금 내 눈에 보이는 건, 당신이 얼마나 잘 숨기는가야 — 그 시간 내내 어쩌면 당신에겐 다른 애인이 있었을 수도 있지. 그리고 그게 전부였는지도 확신할 수 없어. 이 다른 뭔가가 더욱 차갑고, 내게 더 불리하게 느껴져. 그리고 그건 당신 안에 넣어진 채 자물쇠로 잠겨 있었어. 그래, 그렇지. 하지만 당신은 늘 몰래 꺼내서 봤겠지 — 그리고 내가 미치지 않고서야 어떻게 한순간이라도 그런 상상을 할 수 있었겠어? 밤에 베개 밑에서 당신의 손목시계처럼 재깍거리는 것을 내가 어떻게 듣지 못했지? 그 이유는 물론 아주 간단해 — 나는 당신에게 완전히 빠져 있었으니까, 완전히 빠져 있었지, 당신도 알잖아. 그러니까 우리가 함께 있는 동안 당신은 늘 나를 지켜보고 있었나? — 내가 당신에게 보여 준 모든 걸 생각하면, 그건 어렵지 않았을 거야. 내가 말하는 동안 당신은 내가 하는 말을 다 합산하고 있었겠지? 우리는 지난 두 달 동안 우리끼리 시간을 보낸 적이 없었어. 당신은 두 달 동안 그 사실을 가슴에 품고 멀리 떠나 있었지.」

「당신은 아무런 변화도 느끼지 못했어.」

「아마 분명 내 안의 뭔가가 눈이 멀었던 걸 거야.」

「아니, 아니, 아니. 내 안에서 느낄 수 있는 걸 당신이 느끼지 못할 수는 없어. 그래서 내가 이렇게 말하는 거야 — 당신은 어떤 변화도 느끼지 못했다고.」

「당신은 사랑의 외양을 아주 아름답게 유지하는군.」

그녀는 고개를 돌리고 차창을 통해 바깥을 보려고 애쓰면서 말했다. 「이러는 게 내 마음을 아프게 해. 제발, 로버트, 제발.」 그녀가 반복해서 말했다.

「음…….」

그녀는 마치 어네스틴이 차 안에 남기고 간 뭔가를 이용한 것처럼, 유령이 내뱉은 듯한 자신의 짧은 웃음소리를 들었다. 「먼저 — 당신에게 사과할게.」

「당신이 뭘?」 로버트가 이제 정신이 나간 사람을 달래려는 듯, 조금은 다정하게 말했다. 「오, 그거라면? 뭐, 그래 — 당신이 그러고 싶으면, 그러는 거겠지.」

「내가 무슨 말을 했는지도 잘 모르겠어.」

「그럴 수도 있겠지.」

「어떤 생각을 파악하지 못한 채 그 그림자 안에서 살 수도 있어. 정말로 생각할 수 없는 건 아무것도 없어, 사실 당신도 알고 있잖아. 하지만 더 깊이 생각할수록 외부 현실은 더 줄어들어 — 적어도 여자는 그래. 우리에겐 저울이 없어.」

그는 대답하지 않았다.

「그게 내가 말할 수 있는 전부야.」 그녀가 말을 끝냈다. 「내가 당신에게 큰 충격을 줬어 — 그건 나 자신에게도 큰 충격이었어! 내가 하는 말을 내가 듣고, 당신이 듣는 걸 내 귀로 들을 때까지, 나는 정말로 아무 생각이 없었어. 그 생각이 그 자체로 얼마나 끔찍하고, 또한 당신에게, 어느 남자에게도, 모욕이 될 수 있다는 걸. 그 생각은…… 로버트?」

「응?」

「여전히 너무 말이 없네.」

「당신 말을 듣고 있어.」

「하지만 뭐든 말해 봐. 이제 뭔가 말해야 해.」

「그냥 생각하고 있었어.」 그가 말했다. 처음으로 미소가 떠오르며 그의 목소리를 다시 적셔 놓았다. 「당신이 아주 대단한 애국자의 열정은 보여 주지 않는 것 같다고 생각하는 중이었어.」

「맞아.」 그녀가 그 말에 대해 생각해 볼 겨를도 없이 동의했다. 그 순간 그녀의 문제는 육체적인 것이었기 때문이다. 그녀는 기절할 것 같았다 — 모자를 뒤로 젖힌 손, 이마를 닦으려고 하는 그녀의 손이 떨렸다. 그리고 손가락은 어둠 속에서 누군지 모르는 죽은 이의 얼굴을 서툴게 더듬는 것 같왔다. 사방이 고요했지만, 그녀의 귓가에 뭔가 둥둥거리는 소리가 울렸다. 이것이 이른바 반작용이라는 것인가? 이래서는 안 될 것 같았다 — 애원처럼 보일 수도 있었다. 그가 그녀에 대한 사랑 안에서 이 정도로 화를 내고 혼란스러워하고 흔들릴 완전한 권리는 없지 않은가? 그녀는 그에게 그런 충격을 주었으면서 자신은 그런 충격을 받지 않기를 바라는가? 지금까지 그를 얼마나 쉽게 대했는가? 참으로 뻔뻔한 사랑이 아닌가…… 잠시 후 그녀는 차창을 내리고 숨을 깊이 들이쉬었다.

그는 그 숨소리를 들었다. 「그 문제에 대해 더 할 말 있어?」 그가 갑자기 아주 가볍고 이성적인 어조로 말했다.

「배가 고파서 힘이 좀 없어. 기차에서 샌드위치밖에 못 먹었거든.」

「그래서 그랬나 보네. 곧 식사를 할 수 있을 거야.」

「아직 연 데가 있어?」

「이 속도로 가다가는 못 먹을 수도 있지 — 도대체 이 사람은 뭘 하는 거지? 우리를 어디로 데려간다고 생각하는 거야?」 로버트가 몸을 앞으로 기울이고 운전석 가림막 뒤로 다가가 일부러 강하게 질문을 던진 뒤 덧붙였다. 「우리가 단지 구경하며 즐기려고 런던을 돌아다니는 건 아니라고…… 그건 단연코 아니지.」 그가 다시 기대앉으며 스텔라에게 말했다. 「식사를 하기 전에 나눈 대화치곤 참 어지간하다. 먼 길을 돌아와 나눈 대화치곤 더욱 그렇고! 나 역시 힘든 하루하루를 보냈어. 날이 갈수록 더 그랬지. 어네스틴은 우리가 중간에 잠깐 한잔할 거란 말은 들으려고 하지도 않았고. 그래, 어네스틴을 데려온 건 좋은 생각이 아니었어. 당황스러운 일이었어. 우리 둘 다 약간 어지러운 것 같은데 — 안 그래?」

「그래.」

「그래, 한잔하면 마음이 좀 진정될 거야.」

유명한 식당 특유의 예절이 그들의 테이블을 둘러쌌다 — 식사는 늦게 나왔다. 그들은 그 친절한 레스토랑에 자리를 잡고 앉았다. 지금은 사람들이 빠져나가는 시간이었다. 그들이 앉은 자리 바깥으로는 조명이 꺼지고 있었고, 멀리 반그림자가 진 곳에서는 종업원들이 유령처럼 다른 테이블보를 걷어 내고 있었다. 레스토랑은 점점 활기를 잃어 갔고, 무심히 그 환상을 내려놓고 휴식을 취하려 하고 있었다. 늦게 온 사람들에게는 그 자리가 사적인 환상으로 대체되었다. 그들의 테이블은 그들만의 카펫 위에 놓인 것 같았다. 그들은 여행을 끝내고 다시 집에서 식사를 하는 것처럼 습관, 평온, 작은 벽에 둘러싸인 느낌을 받았다. 그녀는 그에게 마운트 모리스에서 지낼 때 서재 한복판에서 혼자 식사한 나날에 대해, 쟁반 가장자리가 램프 아래쪽에 가까스로 닿지 않았던 것에 대해 이야기했다. 그녀는 방 저만치 메리가 드나드는 문 쪽을 향해 앉아 있었고, 등 뒤로는 불꽃이 스스로 만든 잿더미 속으로 조용히 떨어지고 있었다 — 아니, 그런 감정적인 것들 사이에서 외로움을 느낄 수도 없었다.

그녀는 로버트를 생각했지만, 그건 또 다른 문제였다. 그녀는 그 역시 거기 있었다면 어땠을지 생각했고—

—바로 그때, 그러면 모든 게 달랐을 거라고, 그가 끼어들었다. 그런데 메리는 누구인가? 그리고 그 일은 다 처리되었는가?— 시간은 충분했는가? 21년이 지나, 그 집은 그녀가 기억하는 **그대로였는가?**

그걸 말하기는 불가능하다고, 그녀가 말했다. 불가능하다고. 그 21년 동안 그녀는 마운트 모리스를 생각한 적이 거의 없었다— 그랬다, 그리고 내일 아침이면 다시 그곳을 생각하지 않는 생활로 돌아갈 것이었다. 그것은 그녀의 이야기가 아니었다. 하지만 그렇긴 해도 로더릭이 들어야 할 이야기가 많기에, 로더릭을 만나기 전까지는 아무것도 잊어서는 안 되었다. 로더릭의 일이 우선이지, 그녀의 느낌— 결국 도중에 사라져 버린 느낌—이 중요한 것은 아니었다. 그곳은 그의 미래였고, 그가 가져야 할 것이었다.

로버트가 말했다. 「맞아, 그것도 사실이야— 맞아, 로더릭은 행운아야. 이제 당신이 돌아왔으니 나도 이성적이 될 수 있겠어. 심지어 당신이 가는 게 옳은 일이었다는 것도 알겠고…… 나는 어땠냐고?— 오, 모든 게 거의 똑같았어. 아무 데도 안 갔고, 늦게까지 일했고. 그러니 내가 특정한 누군가를 보거나 그 사람의 이야기를 들었다는 생각은 하지 마.」

「나도 특정한 누군가가 있다고 생각하진 않아.」

「내가 이기적인 건가?」 그가 불쑥 물었다. 「이렇게까지 관계를 발전시킨 게? 당신을 처음 만났을 때 거기 사람들이 아주 많았어— 내가 당신을 고립시키고 있는 건가, 우리끼리만 있고 싶은 내 욕구가 너무 커서?」

「오, 나는 아주 잘 지내는 것 같은데, 로버트.」그녀가 막연히 커피를 따르기 시작하며 말했다. 하지만 그러다 말고 시선을 들었고, 그와 그녀는 다시 서로를 느긋이, 금테가 둘린 커피 잔을 가로질러 마법에 걸린 듯한 익숙한 눈빛으로 바라보았다.

하지만 그들은 둘만 있지 않았고, 그건 처음부터, 사랑의 시작부터 그랬다. 그들만의 시간은 그들에게 세 번째 순위였다. 그들은 역사의 피조물이었고, 그들의 만남은 그 성격상 다른 날에는 가능하지 않았다 ─ 그리고 그날은 자연 안에 내재되어 있었다. 지금까지 본 대로라면 연인들에게는 항상 그랬을 것이다. 사람들 간의 관계는 각자가 시간과 맺는 관계에, 지금 일어나고 있는 일과의 관계에 영향을 받는다. 그것이 늘 느껴지지는 않았다 하더라도 ─ 그것에 대해 누가 알겠는가? ─ 이미 느껴지기 시작했다면 돌이킬 수 없다. 지금부터 모든 순간이, 〈지금〉이었던 것이 뒤로 가고 누적되면서 더 큰 이야기가 될 것이다. 더 좋은 시대였다면 이 두 사람은 서로를 더 사랑할 수 있었을까? 어느 시대에도 그들은 그들 자신이었을 것이다. 그들의 세계를 그 시간으로 이끈 것은 이미 그들의 혈관 속에 있었다. 사랑이 절실할수록 존재에 대한 강요는 더욱 깊어져, 마침내 지금까지 그들을 구성한 모든 것을 장악하고, 그것이 무엇에 의지하는지에 따라 그 성질은 달라진다. 우리는 우리를 안심시켜 줄 변함없는 것에 연연하면서, 역사 속의 사랑이 당시에는 고통스러울 만큼 현대적인 사랑이었다는 것을 잊는다. 지금의 전쟁은 그 이것과 그 저것 사이의 막이 점점 얇아지도록 작용했고, 그 것은 점점 분명해지는 뭔가였는데 — 그렇다면 사랑이란 달리 무엇이겠는가?

아니, 둘만 함께 있다는 말은 성립하지 않는다. 낮의 햇살이 벽을 타고 돌아다닌다. 밤은 그 강렬함의 변화를 울려 퍼지게 한다. 모든 것은 어디론가 가고 있다 — 두 사람이 둘만의 시간에 빠져 아무리 가만히 있으려고 해도, 아무리 외부에 주의를 기울이지 않아도, 움직임이 존재하고, 제삼의 존재가 자리한다. 뭔가가 끊이지 않고 작용한다. 심지어 사랑하는 이의 심장도 한 번 박동할 때마다 알 수 없는 목적지에 가까워지고 있다. 그 심장이 박동하며 그곳을 향해 나아가고 있는 것이다. 어떤 강박으로, 어떤 강박의 작용으로? — 사랑한다는 것은 피할 수 없이 그 질문을 의식하는 것이다. 모든 것을 외면하고 한 얼굴만 바라보지만, 결국 모든 것과 대면하는 자신을 발견하는 것이다.

스텔라는 로버트의 잔을 테이블 맞은편으로 천천히 밀어 주며 말했다. 「아, 어느 날 저녁에 거기 응접실에 들어갔어.」

「거긴 어떤 곳이었어?」

「그냥 응접실이지, 뭐 — 거의 잊고 있었어. 언젠가 로더릭의 아내가 그 방 안에 있는 장면을 상상했어. 어쨌거나 그러지 않을 이유가 없잖아? 거기 한쪽 구석에 타이태닉호 사진이 걸려 있었어.」

「그런 게 여자에게 걱정거리가 된다는 게 난 상상이 안 돼.」그가 다른 생각에 골몰한 채 말했다.

「그건 오히려 내가 —」

하지만 그가 말을 잘랐다.「스텔라…….」

「응?」

「그 이야기가 나와서 하는 말인데, 우리 결혼하면 안 되나?」

그녀의 눈썹이 위로 올라갔다.「타이태닉호 이야기가 나와서?」

「아니, 아니 — 로더릭 이야기가 나와서. 다른 사람도 결혼하는데, 우리라고 못 할 거 없잖아?」

「당신하고 내가?」

「그렇게 말해 두지.」로버트가 용서할 수 있는 정도의 빈정대는 투로 말했다.「어쨌거나 못 할 거 없잖아?」

그녀는 그 말에 대한 답이 자신의 폐 맨 밑바닥 어딘가에 있다는 듯 숨을 아주 깊이 들이쉬었다.「우리는 결혼하지 않고 지내는 데 적응한 것 같은데. 결혼은 번거로운 일이 될 거야, 로버트. 상상할 수 없어. 당장은 결혼할 이유도 없어 보이고, 안 그래? 다음에 무슨 일이 일어날지 알게 될 때까지 기다리는 게 어떨까? 우리가 늘 해오던 대로.」

「그래, 나도 알아. 하지만 **내가** 말하려는 건 —」

「그래, 나도 알아. 하지만 그러려면 생각할 게 너무 많아.」

「난 이유를 모르겠어. 정말로 뭐가…… 당신은 내가 오늘 저녁에 아주 관습적으로 행동하고 있다고 생각하지?」

「로더릭은 좋아할 거야.」그녀가 테이블 위에 한쪽 팔꿈치를 올리고 손으로 관자놀이를 받친 채 눈으로 다마스크 테이블보의 소용돌이무늬를 좇으며 말했다. 「적어도 그럴 것 같아, 그렇지 않겠어? 어쨌거나 내가 마운트 모리스에서 깨달은 건 로더릭이 평판이 좋지 않은 엄마와 함께 계속 살아갈 수는 없겠다는 거였어. 그리고 로더릭은 가족을 특별하게 생각하고, 당신을 포함한 모든 사람이 가족 안에 속하길 바랄 거야. 로더릭에게 당신에 대해 어떻게 생각하는지 물어보는 건 우리에 대해 어떻게 생각하는지 물어보는 셈이라 아직 그렇게 물어본 적은 없어. 지금은 그 애가 무슨 생각을 하는지 잘 모르겠어. 하지만 기본적으로 그 애는 이 일에 전적으로 찬성할 거라고 확신해. 그러니 그건 문제가 아니고…….」

「음, 그러면?」

「모든 걸 고려해 보면……」 그녀가 미간을 좁히고 차 안에서의 즐겁지 않은 대화에 대해 처음으로 암시하며 말했다. 「내게 청혼한 거 ─ 아주 고마운 **일이라고** 생각해, 자기.」

「종종 한 것 같은데?」

「아니, 그런 것 같진 않아. 정말로 아니야. 그렇게 직접적으로 말하진 않았어. 우린 다른 이야기를 할 때처럼 그 이야기를 나눴을 뿐이야.」 그녀는 곰곰이 생각했다. 「내가 알기론 이번이 **처음이야** ─ 하지만 한편으론 오늘 밤을 택하지 않았다면 더 좋았을 텐데.」

「어째서? 지금이라고 문제 될 건 없는데. 뭐든 말할 게 있으면 가능한 한 빨리 말해야 해. 감정을 타이밍을 맞출 수 없어 ─ 당신도 알겠지만, 적어도 나는 그렇게 못 해. 대부분의 남자들이 여자에게 실수를 하는 게 그 지점이겠군. 아니, 당신도 똑바로 봐야 해. 나는 당신이 지금까지 줄곧 생각했던 것만큼, 아니 그 절반만큼도 똑똑하지 않아. 내가 당신하고 결혼하고 싶은 이유는, 당신하고 결혼하고 싶기 때문이야 — 그걸로 충분하지 않다면 더 좋은 이유는 없어. 당신이 그곳에 가 있는 동안 이런 생각이 떠올랐고, 이제 돌아왔으니 더 기다릴 이유가 없어. 당신이 피곤하다는 건 알아 — 하지만 당신은 여기 있어. 당신이 내 눈앞에 보이지 않으면 견딜 수 없다는 것, 그게 사실이야.」

「하지만 난 당신을 떠나 있었던 적이 거의 없어.」

「글쎄 — 없다고? 예전만큼 확신이 서지 않아.」

「당신은 내가 곤경에 빠질 거라고 생각해?」 그녀가 자기 손톱을 내려다보며 떠오르는 대로 말했다.

「음, 다소 특이하고 복잡한 상황에 말려 들어간 것 같은데.」 그가 부드럽게 말했다. 「안 그런가?」

「그럼 누가 나를 보살펴 줘야 하겠네?」

「당신 친구, 그 사람 이름이 뭐지? 그 사람은 그렇게 생각했을지도 모르지. 그가 당신이 누구와 사귈 때 더 조심해야 한다고 생각한다면, 나도 같은 생각이야.」

「그 사람 이름?」 그녀가 날을 세우며 말했다. 「해리슨 말하는 거야? 기억하기 쉬운 이름인데.」

「해리슨, 그렇다면…… 스텔라, 나도 누가 나를 보살펴 줘야 한다면? 방금 차 안에서 당신이 침착하게 나에 관한 한, 내 삶에 관한 한 뭐든 가능할 거라고 말했을 때, 나는 정신이 어질했어.」

「**침착하게**? — 오, 절대 그렇지 않았어, 로버트!」

「글쎄, 어쨌거나 그렇게 **말했지**. 2년 만에, 참 엄청나군!」

「이제 알겠어.」

「당신은 얼마나 적게 알고도 괜찮았던 건지…… 아니면 당신과 내가 결코 우리 나이만큼 성장하지 못했던 건가?」

그녀가 고개를 숙이고 말했다. 「나는 모든 게 완벽하다고 생각했어.」

그가 말했다. 「그래, 모든 게 완벽해 보였어.」 하지만 그는 동시에 고개를 천천히 돌려 저만치 어둠이 짙은 레스토랑의 어느 지점에 시선을 보냈다. 「하지만 당신은 두 달 전에 이미 알아차리기 시작한 거야. 오늘 밤 그 모든 이야기를 꺼낸 걸 보면, 그 시간 동안 분명 어딘가에 뭔가 계략 같은 게 있었을 거야. 우리가 이런 충격을 받는 건 예고된 일이었어.」 이제 숙고하는 분위기로 그가 그녀의 얼굴에 시선을 고정했다 — 하지만 왠지 모르게 **그녀**를 보고 있는 것 같지는 않았다. 그녀에게는 그 눈이 그의 눈처럼 보이지도 않았다 — 검푸른색에 무정부적이고 낯선 눈이었다. 「지금은 필요하다면, 모든 걸 조금 덜 완벽하게 해야겠어. 너무 큰 대가가 필요한 건 전부 — 그래, 아름다워. 하지만 믿음에 대한 문제는 결코 없었어. 믿음이 문제가 될 때, 당신은 기겁했지. 당신이 마음속에 아직 뭘 더 품고 있을지 내가 어떻게 알겠어? 내가 알 수 있는 방법은 한 가지뿐이야 — 나하고 결혼해 주겠어?」

「로버트, 그건 그저 강요와 다름없어!」

「그럼 당신은 결혼을 원하지 않는 거로군? 대체로 결혼은 하지 않는 게 낫다는 생각인 건가?」

그녀가 대답했다. 「내게 생각해 볼 시간을 조금이라도 주기는 했어?」

「오?」그가 감정을 억누르며 잽싸게 말했다 — 동시에 안심하면서 누그러지는 듯했다. 그는 덜 경직된 동작으로 눈을 깜박이다 감았다. 눈을 다시 떴을 때, 적어도 그 눈은 친숙하게 느껴졌다. 「내가 안 줬나?」그가 젊은이 특유의 확신 없는 어조로 물었다. 「그게 전부야? ……하지만 그게 새로운 생각이나 그냥 아무렇게나 던진 말은 아니잖아?」

「아무렇게나 말한 것처럼 들렸어.」그녀가 당장이라도 비난을 쏟아 낼 듯한 어조로 말했다. 「로버트, 나를 협박하고 스스로는 자가당착에 빠지고. 예전에 내가 어디 있었는지 확신할 수 없었다면, 지금은 내가 어디 있는지 아예 모르겠어. 당신은 나한테 청혼하겠다고 결심한 게 내가 아일랜드에 가 있는 동안이었다고 말했지. 어쨌거나 내가 돌아오면 말이야. **그러고는** 내가 조금 전에 차에서 말한 뭔가 때문에 그 생각이 확고해졌다고 말했어 — 한편으로는 갑자기 나를 당신 앞에 두어야 할 필요가 있다고 느꼈기 때문이고, 다른 한편으로는 내가 공격받은 당신의 명예에 연고를 발라 주어야 한다고 느꼈기 때문이고. 내 귀엔 이렇게 들렸는데 — 내가 할 수 있는 최소한이 당신과 결혼하는 거다, 내가 당신에 대해 들을 수 있는 어떤 말도 사실이 아닐 거라고 믿는다는 걸 당신에게 증명하려면 말이지. 내가 망설이고 마음이 두 갈래로 나뉜 이유는 뭐든 무시되어도 돼? 그럼 지금까지 중요하게 여겨 온 게 중요하지 않은 게 돼? 그럼 이게 뭐지 — 비상사태?」

그가 의심스러운 눈빛으로 쳐다보며 말했다. 「대단한 언변인데!」

「내가?」 스텔라가 깜짝 놀라 말했다. 「당신한테 이런 식으로 말하는 게 이상한 것 같긴 하네.」

「그래, 당신이 해리슨에게 그런 식으로 말하면 차라리 좋겠군.」

「용서해 — 하지만 당신은 정말로 무슨 말을 하고 싶었던 거지?」

그가 한숨을 쉰 것으로 비난받을 수는 없었다. 「나는 충분히 내 생각을 밝힌 것 같은데.」 그가 말했다. 「나는 당신에게 나하고 결혼해 달라고 했어. 내가 조리 있게 말하지 못했는지 모르지만 — 오해가 없도록 분명히 말할게. 내가 당신과 결혼하고 싶다고 말한 건 당신이 말한 어떤 것과도 관련이 없어. 그 차 안의 분위기가 그렇게 음울하지 않았다면 그때 청혼했을 거야. 사실 나는 역으로 출발할 때 완전히 흥분한 상태여서, 거기 앉아 우리를 기다리는 어니만 없었다면, 플랫폼에서 당신을 본 그 순간에 청혼했을 거야. 심지어 내가 어네스틴을 따라오게 한 이유가, 내가 당신에 대해 갖기 시작한 뭔가 새롭고 혼란스러운 감정 때문이었는지도 몰라 — 어쨌거나 어니는 누나니까……. 아니, 우리가 어니를 내려 준 뒤 일어난 일이 내게 아무런 영향을 미치지 않았다는 게 아니야. 그건 이런 영향을 줬어 — 우리가 결혼할 때가 됐다는 생각이 더욱 확고해졌어. 그러는 걸 즐기는 사람들이 당신에게 가서 겁을 준다는 건 생각만 해도 끔찍해, 스텔라 ─ 그래, 내가 상처를 입은 것도 맞아. 그걸 어떻게 숨길 수 있겠어? 당신은 나를 꿰뚫어 보잖아. 내가 어떻게 상처를 입지 않을 수 있겠어? 잠시라도 사랑이 당신을 그 환상적인 이야기로부터 지켜 줄 수 없다면, 사랑 전체가 무의미하게 느껴졌어.」

「그건 환상적이었어.」

「그럼, 당신은 겁이 났나?」

「단지 나는 ─」

「그래, 겁이 났겠군.」 로버트가 그 일 전체와 안녕을 고하겠다는 태도로 테이블에서 몸을 뒤로 기대며 말했다. 「나를 걱정해서 ─ 또 나에 대해서도 조금은 겁이 나서겠지?」

「그저 내가 ─」

「완벽한 사랑은 두려움을 몰아낸다.」 그가 생각에 잠기며 말했다. 「하지만 그 말은 잊어. 그건 당연히 불가능하지. ─ 당신은 나를 사랑해?」

그녀는 아무 말도 하지 않는 것으로 강하게 답했고, 심지어 고개도 들지 않았다. 「종업원이 우리 때문에 기다리고 있어.」 그녀가 잠시 뒤에 덧붙였다.

「어디?」 로버트가 한동안 그의 팔꿈치 옆으로 방해되지 않게 놓여 있던 계산서를 보며 말했고, 이어 접시 위에 지폐 몇 장을 놓았다.

「하지만 당신은 여전히 한 가지에 대해서는 틀렸어.」 그녀가 말했다. 「〈아무나〉 나를 겁줄 수는 없어 ─ 당신이 해리슨이 **누구인지** 알아내면 좋겠어.」

　「내 스파이들에게 물어보면 되나? 그러지 뭐 — 그런데 그
는 〈아무나〉인가?」

11

사랑하는 어머니. 며칠 전에 어머니가 오신 것만으로도 좋았지만, 시간이 더 많지 않아서 아쉬웠습니다. 어머니가 그곳에서 보고 오신 그 많은 것들은 정말 놀라웠어요. 짐작하시겠지만, 몇 번 중단되긴 했어도 그 뒤로 그곳 생각을 멈춘 적이 없습니다. 거의, 제가 정말로 마침내 거기 가 있는 것 같았지만, 물론 그건 아니었죠. 제가 묻고 싶었던 게 여러 가지가 있었는데, 한두 가지는 말했던 것 같지만, 어머니가 잘 이해하지 못한 것 같아요. 예컨대 어머니는 제가 커즌 네티에 대해 아주 많이 생각하고 있다는 걸, 그리고 그분에 대해 뭔가 해야 한다고 생각한다는 걸 확실히 이해하지 못한 것 같아요. 그분은 당연히 자신이 부당한 대우를 받았다고 생각할지 모릅니다. 어머니의 말씀으로 추론하면, 그분의 정신이 약간 이상했던 것도 정도 이상은 아니었고, 결국 마운트 모리스는 한때 그분의 집이었습니다. 어머니가 갑자기 어느 장소로 돌아가고 싶어졌는데, 거기가 다른 사람에게 넘어간 걸 알게 되면 기분이 어떨까요?

　제가 이 문제 전체에서 어머니의 입장을 알게 될 때까지 언급하지 않으려고 했었기 때문에 어머니가 몰랐던 걸 탓할 수는 없는 한 가지 사실은(그리고 우리에게 주어진 시간은 짧았고, 할 말은 아주 많았기에 아직 어머니의 입장은 모르겠습니다) 어머니가 아일랜드로 가기 직전에 제가 위스티리어 로지로 커즌 네티가 어떻게 지내고 있는지, 그분은 커즌 프랜시스가 돌아가신 걸 아는지 물어보는 편지를 보낸 것입니다. 그들의 답장은 다소 형식적으로 느껴졌고, 프레드도 거기에 동의했어요. 그들은 천국과 이제 커즌 네티에게는 모든 것이 아름다워 보이는 것 같다는 식으로 모호한 내용을 써 보내왔습니다. 문장이 단순한 것으로 볼 때 그 편지는 ─ 비록 〈아이올란시 트링스비〉라고 서명되어 있긴 했지만 ─ 그들의 환자 중 하나가 썼을 가능성도 있는 것 같아요. 그녀는 노골적이지는 않았지만 〈어쨌거나 그게 당신과 무슨 상관이죠?〉와 같은 태도를 보였고, 저는 그런 반응에 화가 났습니다. 어머니나 누군가가 그녀에게 편지를 써서, 결국 이제 제가 집안의 수장이 되었다는 걸 알려 주실 순 없을까요? 제가 중요한 사람이라는 느낌을 주지 않으면서 그것을 설명할 방법을 저는 잘 모르겠어요. 하지만 트링스비 부인이 그 사실을 알게 되면 문제는 더 간단해질 거예요. 프레드는 저보다 오히려 더 좋지 않게 보면서, 트링스비 부부가 수상한 사람들이 아니라는 걸 어떻게 확신하느냐고 말하더군요. 제가 할 수 있는 대답은 오로지 어머니의 말씀을 인용해 그들의 입장이 미묘하다고 말하는 것뿐이었어요. 커즌 네티가 거기 있는 건 사실이니, 가능한 한 빨리 그분을 만날 기회를 마련하고 싶다는 생각은 여전합니다. 이런 제 생각은 확고할 테니, 어머니가 제 뜻을 지지해 주면 좋겠어요. 보살필 책임이 있는 가까운 친척이 지금 정신 쇠약 상태라 제가 해결해야 한다고 말해서, 커즌 프랜시스의 장례식 때 신청할 기회를 얻지 못한 휴가를 신청할 생각입니다. 당일치기로 돌아올 수 있게 기차를 이용하면 될 거예요.

요전 날 이 커즌 네티 문제를 입 밖에 꺼냈을 때 어머니가 제가 느낀 것보다 더 많은 것을 이해했다면, 이 이야기를 다시 꺼내서 죄송해요. 저는 어머니에게 알리지 않고 이 중요한 단계를 밟고 싶지는 않습니다. 그러니까, 어머니가 마운트 모리스에 대해 이야기해 주실수록, 제가 그 집과 함께 커즌 네티를 물려받았다는 느낌도 더 강해집니다. 그분이 마운트 모리스를 싫어하고, 그곳에 다시 돌아가면 완전히 미쳐 버릴 거라고 말한다면 정말로 좋겠지만, 누가 그걸 알 수 있겠어요? 저는 정말로 그분을 뵙고 그분의 호의를 구해야 합니다. 제가 거길 강탈하는 거라면, 그 사실이 모든 걸 망칠 테니까요.

심지어 여기서도 이집트 소식은 인상적으로 듣고 있습니다. 도너번은 특히 기뻐한 것 같지만, 제가 장군이 될 가능성은 이제 없는 것 같아요. 하지만 이대로라면 정말로 곧 마운트 모리스에 가게 될 것 같습니다. 제가 만약 삼촌들 중 하나였다면 전쟁터에 나가기도 전에, 심지어 장교로 임관되기도 전에 전쟁이 끝난다는 사실에 실망했을 테지만, 이런 상황에서 무엇을 기대할 수 있을까요? 하지만 저도 그곳에서 살 때 〈대위〉로 알려지면 좋겠다는 말은 드려야겠군요. 프레드는 유럽 침공이 여전히 필요할 거라고 지적하네요.

프레드가 요전 날 어머니를 잠깐 만나 뵌 것이 아주 좋았다며, 안부를 전해 달라고 합니다. 어머니가 아주 젊어 보인다면서, 저보고 좋겠다고 말했어요. 그날 너무 늦게 귀가하지 않으셨기를, 너무 피곤하지 않으셨기를 바랍니다. 마운트 모리스와는 별개로, 어머니 이야기를 더 들을 시간이 없었던 것도 아쉽네요. 너무 무리하지 마시고, 걱정도 하지 마세요. 위스티어리어 로지 일에 깊이 관여하고 싶지 않다면, 그렇게 하세요. 하지만 저는 그래야 한다고 생각하고, 당연히 말씀드리고 싶었습니다. 사랑을 담아,

로더릭 올림

추신. 올해 경작지 면적이 정확히 얼마나 될 거라고 하셨죠? 그리고 총기 보관실이 있는지, 있다면 보유량이 대략 얼마나 되는지 물어본다는 걸 잊었습니다. 아니면 현재 규정에 따라, 하나도 없는지요?

이 편지를 보내고 며칠 뒤, 로더릭은 위스티어리어 로지의

현관문 초인종을 눌렀다. 그는 기대에 차 있었지만, 한편으로 온화하고 수용적인 분위기였다. 그가 서 있는데 집 건물과 정원이 진동했다. 보이지는 않았지만, 높은 정원 울타리 옆으로 대형 트럭 한 대가 지나갔다. 그것만 빼면 모든 것이 고요했다. 위스티리어 로지는 고풍스럽고 힘찬 아라베스크 양식의 하얀 기둥이 있는 현관과 내민창이 외관을 이루고 있었다. 유보된 인생들의 벌집인 이 쓸모없는 이들의 강력한 집은 로더릭에게는 여느 거주지와 별다를 게 없어 보였다. 전자 초인종의 놋쇠로 된 가장자리는 금빛이 날 정도로 반짝반짝 닦여 있었고, 벨을 누르는 즐거움을 자주 누리지 못했던 그가 엄지를 대고 다시 누르려던 찰나 문이 열렸다. 하녀가 그를 쳐다보았다. 실제로 과거에 식사 시중을 들던 하녀의 옷차림이라, 그녀가 옛 시절 저택 외관의 환상을 완성했다. 하녀가 그에게 누구를 만나러 왔는지 묻기도 전에, 홀 끝에서 의심스러운 눈초리를 한 여인이 형체를 드러냈다. 그리고 체념하듯 외쳤다. 「오, 이런!」 그리고 덧붙였다. 「안녕하세요……?」

「안녕하세요.」 로더릭이 진지하게 말했다.

「나는 트링스비예요. 로드니 씨는 아니죠?」

「오, 네, 맞아요.」

「오, 이런.」 트링스비 부인이 다시 말했다. 「나이가 좀 든 분일 거라고 예상했는데, 이렇게 일찍 올 줄도 몰랐고. 하지만 어쨌거나 응접실로 들어와요.」 그녀가 문을 향해 돌진하듯 나아갔다.

「오, 제 친척이 거기 계신가요?」

「아니요, 오, 맙소사, 아니, 아니에요. 그분은 자기 방에서 편안하게 있는 걸 좋아하시죠. **우리**는 그분이 어디든 앉고 싶은 곳에 앉아 있는 걸 좋아한답니다. 방금 잠시 들여다봤는데, 털실 자수에 열중해 계시더군요. 오늘 뭔가 특별한 선물 같은 일이 있으리란 걸 알지만, 뭔지는 잊어버리신 것 같아요. 내가 먼저 당신과 이야기를 나눠야 할 것 같은데요, 괜찮다면.」

「그러고 나면 올라가 볼 수 있나요? — 좋습니다.」 그가 문을 열어 두었다. 그녀가 앞장서서 성큼성큼 들어갔고, 문을 닫아야 한다는 뜻으로 흘끗 돌아보며 공모하는 듯한 시선을 보냈다. 응접실에서 로더릭은 솔직하고 관용적인 태도로 서서 무슨 일인지 묻는 표정으로 트링스비 부인을 쳐다보았고, 한편으로 그녀는 급하게 옷을 입은 사람처럼 복잡한 표정을 수습하며 그를 맞았다.

「우리가 문제를 일으키고 있다는 생각은 물론 하지 않으시겠죠.」 그녀가 말했다. 「지난번에 무슨 일이 있었는지만 기억하세요.」

「지난번이라니요?」

「지난번에 누군가가 그분을 찾아온 그때요.」

「하지만 그때는 제가 아니었는데요.」

「우리 모두에게 아주 큰 충격이었죠.」

「네, 알고 있어요. 죄송합니다. 커즌 프랜시스는 분명 제가 사과하기를 바랄 겁니다.」

「하지만 그는 그 상태로는 절대로, 절대로, 절대로 오면 안 됐어요! 그분의 의사들은 무슨 생각을 하고 **있었던** 걸까요?」

「글쎄요. 커즌 네티는 그분이 돌아가신 걸 아나요?」

「**이 소중한 방은요.**」 트링스비 부인이 방 안을 훑어보다가 어느 소파에 혐오스럽다는 눈빛을 보낸 뒤 시선을 거두고 말을 이었다. 「내겐 다시는, 다시는 예전처럼 느껴지지 않을 거예요. 하지만 물론 나는 다른 사람들도 생각해야 하니까요!」

「음, 우리 모두 아주 안타까워했죠. 하지만 그런 일이 두 번은 일어나지 않습니다. 군대에서 **제가** 완벽히 건강하다는 걸 말해 줄 수 있을 겁니다. 그게 아니라면 저를 그렇게 군대에 붙잡아 두려고 하지 않을 테니까요.」

하지만 그녀는 더욱 낙담한 듯 말을 이었다. 「네, 이건 또 다른 문제예요 ─ 그러니까, 당신이 여기 군복을 입고 나타난 것 말이죠. 여기서는 무서운 생각은 하지 않으려고 신중을 기하거든요. 우리는 보다시피 우리만의 세상에서 살고 있어요. 당신은, 어떤 경우에도 당신은……」 트링스비 부인이 위축된 눈빛으로 로더릭의 전투복을 흘끗 보며 덧붙였다. 「불쌍한 모리스 부인에게 전쟁 이야기는 하지 않을 거죠?」

「저는 전쟁에 대해선 아무것도 모릅니다.」 로더릭이 말했다. 그는 이제 조바심이 난 채 오로지 그 문에만 관심이 쏠려 있었다. 「하지만 여길 보세요, 트링스비 부인.」 그가 이제야 생각이 났다는 듯 순간적으로 돌아보며 말했다. 「저는 기차역에서 여기로 오는 길에 군인들이 여기저기 무리 지어 있는 걸 봤어요. 어떻게 여기서 지내는 사람들이 꼭대기 창문으로 그걸 보지 않게 막을 수 있죠? 대형 트럭은 말할 것도 없고요.」

「오, 하지만 그들은 친척이 아니죠.」

「음, 뭐 다른 할 말이 있으신가요? 아시다시피, 저는 시간이 많지 않습니다. 휴가를 받아 나왔거든요.」

「아무튼 너무 오래 있어서는 안 돼요. 그러지 않는 편이 좋겠어요.」

「그럴 생각은 없습니다만.」 그가 무의식적으로 거만하게 말했다.

「가벼운 대화만 조금 나누세요. 물론 과거에 대한 이야기는 **절대로** 하지 말고.」

「그러죠. 제가 이야기하고 싶은 건 미래니까요.」

「오, **그렇군요**…… 그리고 최근에 그분은 자기 모습을 아주 많이 되찾았어요.」

트링스비 부인이 과장되게 좋지 않은 일을 예견하듯 한숨을 쉬며 일어섰고, 원격 제어를 받은 것처럼 로더릭의 의지력에 의해 문으로 밀려났다. 「혹시 내가 같이 있으면 안 될까요?」 그녀가 희망을 드러내며 말했다. 「그분과 내가 대화를 나누고, 당신은 지켜보는 거죠. 그렇게 하면 훨씬 쉽게 그분의 상태를 판단할 수 있을 텐데요…… 우선 그분은 당신이 누군지 모를 수도 있잖아요?」

「트링스비 부인, 저는 부인이 그분에게 제 이야기를 하셨을 거라고 믿습니다.」

「오, 말씀은 **드렸죠**, 하지만 —」

「그럼 가보면 알겠죠 — 부탁인데, 이제 올라가 보면 안 될까요?」

위층 복도 끝에서 트링스비 부인이 똑똑 문을 두드렸고, 머리가 들어갈 만큼만 문을 연 다음 큰 소리로 말했다. 「우리가 왔어요!」

「그럼 들어와요.」 목소리가 주장했다.

트링스비 부인은 그 모든 일이 이 정도로 간단하리란 기대는 하지 말라는 듯이 경고의 뜻으로 로더릭을 흘끗 보았다. 그녀가 목을 큼큼 풀고 말을 계속했다. 「멋진 청년이 부인을 만나러 왔어요.」

「하지만 나는 빅터 로드니의 아들을 기다리고 있는데. 그는 아직 안 왔나요?」

「당연히 왔죠, 부인!」

「그러면 왜 들어오지 않고?」

로더릭은 왜 커즌 네티에게 꽃다발을 가져다줄 생각을 하지 못했는지 자문하며 방 안으로 들어갔다. 커즌 네티는 자신이 앉아 있는 창가 쪽으로 끌어다 놓은 소파 위에서 로더릭에게 눈길을 보냈고, 그 눈길에 따라 그와 그녀는 좀 더 기다렸다가 대화를 나누기로 즉시 결정했다. 커즌 네티는 다시 털실 자수를 집어 들었고, 두세 땀 더 수를 놓으면서 트링스비 부인이 나가기를 기다렸다. 트링스비 부인은 소파와 마주보고 있는 안락의자에 놓인 쿠션 프릴을 잡고 들어 올린 뒤 흔들었는데, 그것을 보면 어쩔 수가 없다는 듯 — 위스티리어 로지에 있는 모든 물건이 최고급품이라는 사실이 그녀는 다시 한번 감탄스럽고, 로더릭에게도 당연히 그래야 한다는 듯 — 잠시 감탄하며 서 있었다. 그리고 그에게 앉으라고 권했다. 그는 계속 서 있었다. 트링스비 부인은 무언의 손짓으로 종의 위치를 가리키며 자신을 위로했다. 「저는 아래층에 있을 거예요. **바로** 아래 응접실에.」그녀가 의미심장한 목소리로 말했다.

「고마워요, 트링스비 부인.」커즌 네티가 말했다.

트링스비 부인이 **가고**, 로더릭은 안락의자에 앉았다. 그가 손을 뻗어 바닥에서 색실이 감긴 꾸러미를 집어 올렸고, 그것을 커즌 네티 옆에 있는 소파에 다시 놓았다. 그는 옆으로, 그녀가 수를 놓고 있던 사각형의 캔버스를 유심히 보았다. 기계가 푸른 선으로 찍어 낸 도안이었는데, 그녀가 고른 것이 아닌 듯했다. 장미 한 송이와 배경의 4분의 1이 이미 수 놓여 있었다. 커즌 네티는 고개를 들지는 않았지만, 캔버스를 자기 쪽으로 끌어당기고 싶은 본능적이고 은밀한 동작을 억제하는 것이 느껴졌다 — 그녀가 아쉽다는 듯 캔버스 모서리를 잡고 들어 올려 그 전체를 쳐다보았다.

「자네는 이런 걸 할 인내심이 없을 것 같은데?」그녀가 말했다.

「네, 그럴 것 같아요.」

「하지만 여기로 올 만큼의 인내심은 **있었나** 보군. 여기까진 먼 길이야.」

「그렇게 멀지는 않았어요. 제가 출발한 곳에서는요.」

「난 멀다고 생각했어.」 그녀가 처음으로 염려하는 듯 말했다. 「누가 와도 너무 먼 길이지. 자네는 창밖을 내다보고 있군. 직접 보게.」

그는 그녀 옆으로 창밖을 보고 있었다. 멀리 들판과 숲과 엷은 11월의 하늘이 별다른 특징도 없이 드넓게 펼쳐져 있었다. 하늘과 땅이 마침내 지쳐서 만났다 ― 어떤 강한 효과도, 신비로움도, 지평선도 없었다. 그저 뭔가가 더 없었다. 이것은 마을 변두리에 있는 집 뒤편의 창문이었고, 로더릭은 커즌 네티가 지금까지 여러 해 동안 다른 창문은 내다보지 않았으리라고 추측했다. 그리고 오늘 창문을 등지고 단호하게 앉아 있는 것을 보면, 그녀는 아마 오래전에 이 창문을 내다보는 것도 그만두었을 것이다. 그녀가 좋아하는 것은 분명 방 안의 이쪽 끝, 그녀가 놓고 있는 자수 위에 비치는 빛, 등 뒤로 공허 말고는 아무것도 없는 공격적이지 않은 느낌일 것이다. 머리 위로는 단단히 잠가 둔 창틀이 하늘을 가로질렀다. 시간을 초월한 이 무채색의 오후는 그녀의 상반신 윤곽을, 위로 틀어 올린 부드러운 머리카락은 돌출된 얼굴선을 섬세하게 드러냈다. 바늘을 캔버스에 요령 있게 찔러 넣고 빼는 과정에서 손가락에 낀 반지의 오팔이 우유와 불의 색을 번갈아 보여 주었다. 왼쪽 손에는 결혼반지가 보이지 않았다.

그녀는 놀라워했다. 「그러니까 자넨 나를 한 번도 만나 본 적이 없지만 나를 기억하고 있었다는 거로군? 자네 이름도 빅터인가?」

「아니에요, 로더릭입니다.」

「그럼 자넬 로더릭이라고 부르면 되겠지, 로더릭?」 그녀가 흔들리는 목소리로 말했다. 「자네가 아기였을 때 자네 이야기를 들었는데, 이제 남자가 다 됐군.」

「제 이름은 조상 누군가의 이름을 딴 걸로 알고 있는데 — 혹시 누군지 아세요?」

「유감스럽게도 조상이 너무 많았지. 지금의 우리는 너무 많이 섞여서 우리가 뭔가일 수 있다는 게 오히려 놀라워. 나는 자네 이름이 빅터가 아니라서 기뻐 — 불쌍한 빅터. 정말이지 그 이름은 누가 가져도 너무 큰 기대를 받게 되지.」

「저는 언젠가 아들을 낳으면 이름을 프랜시스라고 지을 생각입니다.」

「오, 그이가 아주 **기뻐하겠는데!**」 커즌 네티가 처음으로 자신의 방문자를 흘끗 보는 것 이상으로 쳐다보며 외쳤다. 「안타깝게도 그이는 죽었지만.」

그녀의 시선은 스쳐 갔으나 머물렀고, 의도는 희미하고 한순간이었으나 그 여운은 길었다. 그녀의 옅은 회색 눈이 더 옅고 밝게 변했고, 심지어 눈동자의 반은 움직임을 멈춘 것 같았다. 로더릭을 계속 응시하는 그녀에게서 나약하고 흔들리고 방향이 너무 쉽게 바뀌는 인간의 시선이 느껴졌다 — 그 눈에는 낯선 것에 대한 우려 말고는 낯선 것이 전혀 없었다. 커즌 네티가 살아온 내내, 표면만 보는 것은 불가능했을 것이고, 보이는 것 이상을 봐야만 했을 것이다. 그 눈은 종종 비난받았을 투시자의 눈이었고, 다시 한번 감춰져 있어야 하는 것을 알아내는 것에 대한 두려움으로 커졌다 ―〈그럼에도〉 그 눈은 〈어쩔 수 없어, 나보고 어떡하라고?〉 하고 항의하는 것 같았다.

이날 오후 그녀의 시선이 자신과 대응 관계에 있는, 젊고 불안정하지 않은 로더릭의 시선과 만난 것은 일어났어야 할 일이었다. 「그분이 돌아가셨기 때문에 제가 온 겁니다.」그가 진지하게 말했다. 「모두 제가 어르신을 언짢게 할 거라고 생각하는 것 같았어요. 아니기를 바랍니다.」

「나는 내가 **자네**를 언짢게 하지 않기를 바라네.」커즌 네티는 그 보기 싫은 자수가 지금까지 일종의 방어나 위장이었던 것처럼 아래로 내리면서 답을 돌려주었다. 「내가 아주 이상해 보이겠지. 자네는 그렇지 않고.」그녀가 손동작으로 말했다. 「내가 이상하지 않다고 말해 줘. 아니면 진짜 그렇게 생각하게 될 것 같으니까.」

「커즌 프랜시스가 제게 마운트 모리스를 남긴 건 알고 계세요?」

「마운트 모리스.」그녀가 말했다. 「가엾고 불쌍한 집. 가여운 것! 그 모든 시간이 지나, 그건 거기 있어. 나는 여기 있고! 자네도 보다시피 나는 반(半)상중이야.」그녀가 자신이 입은 검은색 파이핑으로 장식된 얼룩덜룩한 무늬의 원피스 가슴 쪽을 흘끗 내려다보며 덧붙였다. 「사촌을 위한 애도지 ― 그는 내 사촌이었어, 알겠지만. 다른 이야기는 절대로, 절대로 존재하지 않았어야 했는데. 그를 탓할 수는 없지만, 나 자신을 탓하지 않으려고 노력하고 있어. 그러니 자네도 나를 탓해서는 안 돼.」

「그분이 제게 마운트 모리스를 남기셨어요, 커즌 네티.」

그녀가 그를 빤히 쳐다보고, 손가락을 입술에 댄 채 가만히 있었다.

「제가 여쭤보고 싶었던 건 ─」

「아니, 아니.」 그녀가 말을 막았다. 「**자네**는 내게 물어봐선 안 돼, 그건 안 될 일이야!」

「제가 여쭤봐도 되는지 여쭤보는 것도 안 되나요?」 로더릭이 처음으로 불확실한 믿음의 순간을 경험하며 말했다.

「나는 말이지.」 그녀가 여전히 동요된 채 말했다. 「그 모든 것이 다시 시작됐다고 생각하네. 자네가 주인이니, 이제 **자네**가 시작하는 거지. 아니, 나는 돌아갈 수 없어. 그에게 말했어. 말하고 또 말했지. 그리고 그들에게도 말했고 ─ 지금은 자네한테 말하고 있고. 어디든 내가 없는 게 더 나아. 그러니 그 많고 많은 장소 중에서 거기로 돌아갈 일은 없어. 자네가 마운트 모리스를 지금 그대로 최대한 활용해야 하네.」

「저는 특별히 누가 뭔가 하기를 바라지는 않습니다.」 로더릭이 말했다.

「오, 하지만 자네는 그들이 뭘 해야 하는지 생각해야 해. 그걸 떠올릴 때마다 용서가 안 될걸.」

「하지만…….」 로더릭이 생각해 보고 말했다. 「제가 정말로 그런 사람 같지는 않아요.」

「**나**는 알아, 용서받아 본 적이 없으니까. 자네는 그런 사람이 돼야 해 ─ 올바른 사람이 아무도 없다면 우리 잘못된 사람들은 뭐가 되겠는가?」

「음.」 그는 이렇게 말할 수밖에 없었다. 「저는 그런 사람이 아니에요.」

「아니지, 그이 같진 않아.」 그녀가 고개를 가볍게 흔들며 결론을 내렸다. 「오, 자네가 그의 젊을 때 모습을, 내 사촌이 었을 때의 모습을 봤으면 좋았을 텐데. 다른 부분도 다 그랬지만, 무엇보다 머리와 어깨에 지략과 생명력이 넘쳤지! 다른 이야기가 가능했다면, 그 이야기에서 무슨 이야기가 나오지 않았을지 누가 알겠나. 사정이 그랬으니, 그는 어딘가에서 아들을 찾아야 했지.」

로더릭은 불가피하게 마음에 상처를 입어 이렇게 외치려고 했다. 〈그분이 그렇게 잘못된 선택을 한 걸까요?〉 하지만 그 말은 하지 않기로 했다. 커즌 네티는 속내를 털어놓은 뒤로는 숙명론적이고 억양 없는 가벼운 어조로 일상적인 생각을 말할 뿐이었다.

그녀가 대화를 제한된 범위 안에서 이어 가려고 얼마나 애를 쓰는지가 모든 면에서 엿보였다. 그녀는 또 한 번 습관적인 한숨을 쉬며 자수 판을 집어 들었다 — 이번에는 캔버스를 뒤집어 들고 바늘땀을 유심히 살피더니 곧 그것을 팔 길이만큼 떼어 놓고 쳐다보았는데, 이제는 연속성의 비밀이나 주술이 사라진 것처럼 그 안에서 절대적인 단절이 드러났다. 그녀는 신경 쓰지 않는 것 같았지만, 아니, **그것**을 참을 수가 없었다 — 그녀는 즉시 황새 부리 같은 가위로 고르지 않은 뒷면에서 이리저리 뻗은 털실을 정성스럽게 자르기 시작했다. 하지만 가위는 자기만의 짓궂은 의지로 자꾸 되돌아와 완성된 부분을 쪼고 뜯고 맴돌았다. 그러자 그녀는 얼른 그만두고 가위를 무릎 위에 내려놓았다. 창문 아래로 자갈이 깔린 좁은 길을 주저하며 지나오는 발걸음 소리가 들렸다.

로더릭은 위기에 처한 것처럼 보이는 것이 싫었기에, 대화가 멈추지 않기를 바랐다. 뭔가 언급할 만한 게 있는지, 그가 방 안을 둘러보았다. 무슨 이유로든 주제를 바꿀 마음은 없었지만, 새로운 접근이 해가 되지는 않을 것이었다. 트링스비 부인이 애초에 골라 놓은 시골의 무해한 풍경을 담은 그림에 커즌 네티의 작은 갤러리가 추가되어 있었는데, 다소 단일한 분위기였다 — 자성(磁性)을 띤 푸른색의 이국적인 호수, 가는 구름이 길게 드리운 하늘을 배경으로 괴물 석상을 닮은 능선의 알프스산맥에 떨어지는 검푸른 달빛, 숨이 멎을 정도로 아슬아슬하게 균형을 잡고 선 알프스의 산양을 담은 엽서들이었다. 또한 아이들의 모습이 담긴, 색조를 입힌 엽서들도 모여 있었다. 아이들은 모두 파괴의 행위 — 데이지 꽃잎 떼기, 민들레 홀씨 불기, 프림로즈 숲을 뛰어다니기, 연약한 깃털이 달린 어른 모자를 쓰고 빙글빙글 돌며 소란 피우기, 공중을 날고 있는 요정들을 가로막기, 나뭇가지를 쳐서 사과 떨어뜨리기 — 에 해맑게 몰두해 있는 것 같았다. 이 엽서들은 오로지 그 중립적인 아름다움 덕에 트링스비 부인, 혹은 어쨌거나 트링스비 박사의 시선을 피할 수 있었을 것이다. 무겁지 않아서 — 모두 액자 없이 기껏해야 마분지에 붙여서 — 털실로 묶어 방 안 튀어나온 곳 어디에든 걸어 놓을 수 있었던 것이다. 벽에 핀을 꽂는 것은 분명 허락되지 않는 모양이었다. 로더릭은 그 엽서들 중에 사진은 한 장도 없다는 것을 알아차렸다. 하지만 로더릭이었기에, 그는 그 사실을 언급할 수 없었다.

「마운트 모리스 사진을 갖고 계신지 궁금해요.」

「오, 없어. 그 사진들은 너무 어두워 보여서. 게다가 이미 눈으로 본 걸 사진으로 갖고 있어야 할 이유가 있나? **자네**는 그렇게 생각하지 않나?」 그녀가 말했다. 「누구라도 그렇게 쉽게 잊을 거라고 생각하는 건 좀 이상하지 않은가?」

「하지만 사람들은 추억하는 걸 좋아하죠, 안 그런가요? 제가 군대에서 만난 사람들은 전부 사진을 들고 다녔어요. 그들은 사진을 다른 사람에게 보여 주지만, 그러면서 자기들도 보는 것 같아요.」

「나도 알지, 빅터 사진을 갖고 있었으니까.」 커즌 네티가 눈을 동그랗게 뜨고 로더릭을 빤히 쳐다보며 말했다. 「그가 학생이었을 때, 직접 보내 줬지. 그러니 내가 그걸 **어디다** 둔 건 분명한데, 어디에 뒀을까? 자네가 그 나이 때의 빅터 모습을 보지 못한 게 아쉬워 — 오.」 그녀가 처음으로 의자와 소파 사이 공간을 빤히 쳐다보며 외쳤다. 「그런데 차가 나오지 않았군. 뭔가 이상하다 했지.」

「곧 나오겠죠.」

「가엾은 트링스비 부인.」 커즌 네티가 말했다. 「그녀는 가끔 시계를 보지 않아서 몇 시인지도 모른다니까. 종을 칠까?」

그녀가 공모자처럼 로더릭을 쳐다보며 물었다.

「그렇게 하면 그 부인이 급하게 뛰어 올라오지 않을까요?」

「그렇겠군. 그녀가 적절한 휴식을 취하는 게 나을 것 같아. 차가 나오는지 더 기다려 볼까?」

「저는 몇 살 때 모습이든, 아버지 모습을 몰라요. 그러니까 아기 때는 봤겠지만, 그걸 봤다고 할 수는 없고요. 제가 아버지를 봤다고 해도 안다고 생각되지는 않아요 — 사진은 봤어요. 아버지를 잘 아셨나요?」

「오, 그럼.」 그녀가 말했는데, 그 질문에 너무 놀라서 동요한 듯 보였다. 「빅터? 나는 다들 그 사실을 알고 있다고 생각했어. 내가 그를 마지막으로 봤거든. 우리 둘은 가게에서 차를 마셨어.」

「그렇군요, 돌아가시기 전에요?」

「죽기 전이었지. 정확하게는, 네 어머니를 떠나기 전이었어.」

「오, 아니에요, 커즌 네티. 유감스럽게도 어머니가 아버지를 떠났어요.」

「뭐가 유감스럽나? 이미 **일어난** 일을 어떻게 유감스러워할 수 있지? 그건 내겐 별 도움이 되지 않아.」

「어머니를 생각하면 유감스럽다는 뜻이에요. 모두가 그렇게 생각해서 안타까웠어요. 제가 경험하기로 어머니는 결코 모진 사람이 아닌데, 그렇게 보였어요 — 어머니가 아버지를 떠나는 바람에.」

「그곳에 있지도 않은 사람을 떠날 수는 없지.」

「어디에 있지 않은 건가요 — 아버지가요? 그럼 아버지가 어디에 있었다는 거죠?」

「안타깝게도 그의 간호사가 어디 살았는지 기억이 안 나네. 그 여잔 작지만 자기 집을 갖고 있었고, 그는 거기가 아주 좋다고 했어.」

「아버지의 **나이 많은** 간호사 말인가요?」 로더릭이 이마에 주름을 잡으며 말했다.

「음, 아마 빅터보단 나이가 많았을 거야. 그 간호사가 전쟁 중에 그를 돌봤지. 그가 나보고 가게에서 차를 마시자고 한 건 그 때문이었어. 〈제가 지금 하고 있는 걸 누구에게도 **설명할** 수 없을 것 같아서요. 그래서 그 이야기를 털어놓고 싶었어요.〉 그가 말했어. 그래서 내가 〈내가 네가 하려는 그것만큼 이상한 사람 같아서?〉 하고 말했지. 그러자 그가 말했어. 〈그렇게 말해도 되겠네요.〉 내가 말했지. 〈음, 빅터, 이제 사람들은 우리 둘을 아주 이상하다고 생각할 거야.〉 작은 분홍색 슈거케이크가 담긴 접시가 놓여 있었는데, 그런 전쟁을 겪은 뒤라 다시 등장한 걸 보니 너무 예뻐 보였지. 그가 당황한 모습을 보는 게 너무 민망해서, 나는 그 빵을 빨리 먹어 버리는 게 좋겠다고 생각했어. 그런데 그 순간 그가 말했지. 〈그 케이크를 안 드시면 정말로 내가 뭔가 끔찍한 일을 하고 있다는 의미로 받아들여질 것 같아요.〉 그래서 내가 세 개를 먹었을 거야. 그리고 지금 또다시 그런 케이크는 보이지 않는군.」 커즌 네티가 로더릭의 군복을 책망하듯 쳐다보았지만, 어쨌든 조금도 떨지 않고 말을 끝냈다.

「그런데 아버지가 말한 〈끔찍하다〉는 게 무슨 의미인가요?」

「나는 그가 무슨 말을 하는지 이해했지. 그건 좋아 보이지 않아.」 커즌 네티가 목소리를 낮추며 덧붙였다. 「내 생각에 그 여잔 아주 평범했거든.」

그 순간 그보다 더 부적절할 수 없는 시점에 차가 나왔다. 하녀는 가져온 차를 일단 책상 위에 올려놓고, 세발 탁자를 앞으로 끌어낸 뒤 정확히 커즌 네티가 응시하고 있는 그 빈자리에 놓았다. 그리고 탁자 위에 쟁반을 내려놓았는데, 탁자가 아주 작아서 찻잔을 차곡차곡 놓으려면 상당한 기술이 필요했다. 하녀는 무너질 것 같은 다기 세트의 피라미드를 흔들리지 않게 한 다음 말했다. 「준비됐습니다, 부인.」

「고맙네, 힐다.」

「오늘 신사분에겐 샌드위치를 드리라고 하셨어요.」

「참 사려 깊기도 하지 ─ 트링스비 부인에게 감사하다고 말씀드려…… 트링스비 부인은 생각이 **깊지**.」 힐다가 나가고 문이 닫히자 커즌 네티가 말했다. 「누구든 자기 감정을 생각해야 하지만, 누군가는 모두의 감정을 생각해야 해. 그녀는 선한 영혼이야. 지금은 많은 사람들이 이곳에 오고 싶어 하지만, 그녀는 내가 다른 사람이 되길 바란다는 느낌을 한 번도 준 적이 없었어. 그녀는 여기가 내 집이란 걸 이해하니까, 절대 내 방을 빼앗지 않을 거야. 그러니 우리가 그녀를 화나게 만들어선 안 되지.」

「네, 커즌 네티, 네 ─ 하지만 아버지와 그 간호사는요?」

「오, **그** 이야기가 충분하지 않았군!」 그녀가 다시 흥미를

352

내비치며 외쳤다. 「그녀는 예전에 이미 그를 간호했고, 그는 이번에 그녀를 아내로 삼고 싶어 했지.」

「하지만 어머니가 계셨잖아요.」

「당연히 그랬지.」 커즌 네티가 말했다. 「그러니 자신이 뭔가 이상한 짓을 하고 있다고 느낀 것도 당연하지.」

「그럼 그게 두 분이 이혼한 이유였나요?」 음식을 무시할 수 없는 상황이었기 때문에 로더릭은 샌드위치를 하나 가져가 베어 먹었다. 그리고 자신이 베어 문 자국을 찾지 못하겠다는 듯 샌드위치를 바라보았다. 「그렇게 생각해도 될까요?」

「유감스럽게도 그 뒤에 무슨 일이 일어났는지는 몰라.」 그녀가 포개진 잔들을 내리고 스푼을 받침에 가지런히 놓는 일에 몰두한 채 말했다. 「누구도 내게 말해 주지 않았던 것 같아. 누구도 내게 물어보지 않아서, 나도 사람들에게 말해 주지 않았고. 그때는 내가 점점 이상해지고 있던 바로 그 무렵이었어. 그들은 오랫동안 이렇게 말해 왔어. 〈프랜시스가 가자고 하고 모두 당신이 돌아가야 한다고 생각하는데도, 계속 마운트 모리스로 돌아가지 않으면 사람들은 당신이 이상하다는 결론에 도달할 거예요.〉 그래서 마침내 내가 말했어. 〈그렇다면 내가 이상한 사람인 모양이네요.〉 일단 그렇게 알려지고 나면 더 이상 기대되는 게 없지, 안 그렇겠나? 그러자 그들은 그럼 조용히 살더라도 호텔에서 살아서는 안 되고, 민박 호텔에서 사는 건 더욱 안 된다고 말했어. 그건 내가 마운트 모리스로 가서 살 만큼 충분히 건강하다는 뜻이 되니까. 그래서 내가 말했지. 〈아주 잘 알겠어요, 그렇다면 가정집을

찾아 들어가야겠군요.〉 내겐 여기나 거기 말고 다른 선택지
는 없어 보였어 ─ 그런데 샌드위치는 **안** 먹나?」 그녀가 고통
스러운 표정으로 샌드위치를, 이어 그를 쳐다본 뒤 말을 마
쳤다.

「아버지가 무슨 이야기를 더 했는지는 기억 안 나세요?」

「자신이 하려는 게 최선이라고 말했어…… 저기, 자네가 샌
드위치를 다 먹지 않으면 나도 자네 아버지처럼 될지 몰라.
내가 케이크를 다 먹지 않으면 어떻게 될 거라고 그가 말했
다고 했잖아. 나도 **내가** 뭔가 끔찍한 일을 하고 있다고 생각
할지 몰라.」

하지만 그녀는 그렇게 생각하지 않았다. 그녀는 찻주전자
에 물을 채우고, 그 일에 점점 능숙해지는 사람의 만족스러
운 손길로 뚜껑을 덮었다. 「그래, 내가 그와 차를 같이 마셨
어. 그리고 지금 여기서 자네하고 차를 마시고 있고! ─ 정말
로 자네를 로더릭이라고 불러도 되겠나?」

「네. 물론입니다.」

「로더릭…….」

로더릭이 그 순간에 대한 존중을 표하느라 잠시 가만히 있
다가, 그 시간이 지나자 의자에서 조금 옮겨 앉은 뒤 더욱 진
지하게 질문했다. 「아버지가 지금 하려는 게 최선이라고 했
다고요?」

「오, 그래 ─ 내 친척은 모두 결정을 내리는 사람들이지.
나는 평생 그런 것에 익숙했어. 처음에 그들은 하나를 보지
만, 곧 다른 것을 보지. 내가 그렇게 한 건 나를 위해서였고,

그렇게 말고 할 수 있는 게 없었지. 자네도 내 친척이니까, 결정을 내리겠지?」

「지금 당장은 군 복무 중입니다.」

「하지만 자네는 여기 와서 나를 만나겠다고 결정했지.」

「제가 **결정한** 것이 마운트 모리스에서 사는 것이니까요.」

「오, 하지만 그건 내 사촌이 자네를 위해 결정한 거지.」

「저는 먼저 어르신께 그래도 괜찮은지 확인하고 싶었습니다.」

「빅터가 내게 찻집에서 차를 마시자고 한 이유도 그거였지.」

「저는 어르신이 말씀해 주신 내용을 지금까지 전혀 몰랐어요.」 로더릭은 젊음에 의해서만 덜 수 있는 무거움이 담긴 어조로 말했다.

커즌 네티는 컵을 내려놓고 자신의 어깨 너머로 창밖을 힐끔 보았다. 바깥 풍경이 변했을지 모른다는 생각이 떠올랐던 것일까?

「그러니까, 그럼 아버지가 어머니에게 떠나도 되겠느냐고 말했다는 거죠?」 로더릭이 말을 계속했다. 「저는 늘 반대로 알고 있었어요. 적어도 모두가 그렇게 생각했던 것 같은데, 모두가 그렇게 생각하면서 말은 하지 않았을 수도 있겠네요. 누구도 제게 어떤 이야기도 해주지 않았으니까요. 어머니는 더욱 그랬고요. 이 시점에는 누구도 신경 쓰지 않겠지만 — 어머니가 신경 쓰지 않는다면요. 제가 궁금했다면, 물어볼 수 있었겠죠. 하지만 물론 당연하게 여기는 것은 그냥 내버려두게 되니까. 어쩌면 어머니가 창피하다고 생각했을 수도 있겠네요.」

「아니면 그게 자네 마음을 아프게 할까 봐?」 커즌 네티가 말했다.

「그 일이 어머니의 삶에 영향을 미쳤을 것 같네요.」 로더릭이 커즌 네티를 조금 진지하게 바라보며 말했다.

「찻집에서 차를 마신 뒤로 나는 더욱 이상해졌어.」 그녀가 말을 계속했다. 「그리고 불쌍한 빅터는 죽었지. 그래서 나는 그 사실을 아무도 모른다는 게 놀랍지 않아. 참 이상하지.」

「그런데 그 간호사는 어떻게 됐나요?」

「유감스럽게도 그 여잔 좀 평범했어.」

「그렇군요, 지금 살아 있습니까?」

「누가 살아 있는지 나는 모르지. 하지만 무슨 이야기가 **진실일까?** 가끔 생각하는 건데, 뭔가 이야기가 있어야 한다는 게 참으로 안타까운 일이지. 우리는 우리 모습 그대로 행복했을지도 모르는데.」

「모두에게 무슨 일이든 일어나야 하나 봅니다, 커즌 네티.」

「아니, 나는 이유를 모르겠어. 내겐 어떤 일도 일어나지 않았어. 여기 내가 있고, 자넨 그것에서 더 만들어 낼 이야기가 없어. 그게 내가 반만 상중인 이유고.」 그녀가 손가락으로 검은 파이핑을 쓸고 내려와 검은 리본에서 멈춘 뒤 고개를 들지 않고 물었다. 「그런데 왜 나를 그렇게 쳐다보나?」

로더릭이 차를 더 마시려고 무의식적으로 찻잔을 내밀었고, 그것이 커즌 네티의 주의를 끈 모양이었다. 사실 그는 한

동안 그녀 **말고** 다른 데는 쳐다보지 않았다. 그의 시선은 흔들림 없이, 하늘을 배경으로 앉은 커즌 프랜시스의 사촌이자 죽은 그의 아내인 그녀의 얼굴에 고정되어 있었다. 아무리 무심해 보여도 그녀가 그 사실을 알고 있다는 것이 그들의 대화에 녹아 있었다. 사실 그녀가 진짜로 이상한 면을 내보였다면, 그것은 보이는 만큼 로더릭에게 영향을 받지 않는다는 점이었다. 그는 이제 그 봉쇄망을 어떻게 뚫고 들어갈지 고민하는 것이 아니라, 이미 뚫고 **들어갔다는** 것을 어떻게 드러내지 않을지 고민했다 ─ 그녀가 자기는 오로지 유일하게 가능한 길을 선택한 것이었다고 아주 솔직하게 말한 지금, **병약한 몽상가**라고 그녀를 책망하는 것은 단연코 무의미한 일이었다. 거기에 히스테리의 느낌은 없었다. 오히려 그것은 책략이었다 ─ 햄릿이 그 책략을 써서 모면했으니, 그녀라고 그러지 않을 이유가 있겠는가? 하지만 로더릭은 햄릿에 대한 의구심이 많았다는 것을 알고 있었다. 그리고 커즌 네티로 말하자면, 자발적으로 위스티리어 로지를 편드는 사람을 누가 **아주** 정상이라고 하겠는가? ─ 하지만 다시 생각해 보면 정상이었다. 정상이란 건 무엇이었는가? 그와 함께 있을 때의 적절한 모습에서, 그리고 그 전반적인 태도에서, 그녀는 〈오, 집어치워!〉 하고 말하는 것이 불가능한, 세상에서 말하는 영속적인 품위를 지니고 있었다. 스텔라의 아들은 그렇게 직접적으로 말할 리 없었다. 하지만 빅터의 아들은 어떻게든 그 문제를 꺼내려고 안달했을 것이다. 이날 오후의 대화에서는 반짝거리는 이성(理性)의 곁눈질과 묘한 암시를 주는 분별력이 로더릭을 흥분시키는 한편 유혹했다.

　누군가는 그녀의 선택이 잘한 것이었다고 주장할 수 있었다. 여기 이 방에 있는 그녀의 존재가, 순수한 물방울 안에 응축된 것으로 느껴질 수도 있었다. 이 닫힌 창문 안에 — 전쟁이 멈추면 뭔가가 더 있을 것이기에 — 세상이 결코 다시 듣지 못할 침묵이 존재했다. 땅을 뚫는 드릴들, 하늘을 날아가는 비행기들, 점점 높아지는 목소리들. 공기에서 소리가 들릴 것이다. 윙윙거리는 여름의 소리로 가득했던 숲이 파괴될 것이다. **이곳**에는 손닿는 범위 안이라는 가능성만 빼면 그녀를 괴롭힐 것이 없었다. 자신이 허무하다고 알아낸 것에 등을 돌린 채, 커즌 네티는 소파에 안전하게 자리를 잡고 있었다.

　「그럼에도, 커즌 네티.」 로더릭이 말했다. 「그 점에 관한 한 마운트 모리스에서도 아주 조용히 지낼 수 있으시잖아요 — **제가** 돌아오라고 부탁하는 건 아닙니다만.」 그가 얼른 해명했다. 「제가 하려는 말은, 저는 그 집을 제집인 만큼 어르신의 집으로 생각한다는 겁니다.」

　「생각이야 자네 마음대로지. 하지만 그러면 재미가 절반이 돼!」 그녀가 소파에 앉은 채 뒤로 조금 움직였고, 차에 대해서는 잊는 것으로 끝낸 뒤 색색의 털실을 다시 뒤적거리기 시작했다. 「보게.」 그녀가 실 꾸러미를 들어 올리며 말했다. 「이제 자주색 장미를 수놓을 텐데, 어떨 것 같나?」

　「글쎄요. 저라면 분홍색을 쓸 것 같은데요?」

　「아, 하지만 분홍색 털실은 남은 게 없어. 세상에는 자주색 장미도 **있으니까**. 아무도 내 말을 믿지 않지만, 자네를 정원 그 장소로 데려가 그 장미 관목을 보여 줄 수도 있어. 딱 한 그루뿐이야. 세상에 그런 장미가 더 없다고 해서 내 잘못은 아니야. 그 한 그루는 마운트 모리스에 있지 ― 오래된 페르시안 장미 나무인데, 단 일주일만 꽃을 피운다네. 꽃을 피우자마자 죽는 거지. 그러니 때맞춰 잘 찾아봐야 해.」

「마운트 모리스에 대해 여쭤보고 싶었던 다른 문제도 있는데요.」

커즌 네티가 탁자 위로 몸을 기울이고 로더릭이 앉은 안락의자의 팔걸이를 톡톡 쳤다. 그리고 가볍게 말했다. 「잠자는 개는 자게 내버려둬!」

「그리고 아버지에 대해……..」 그가 좀 더 단호한 목소리로 말했다. 「사실 **저는** 거기 가본 적이 한 번도 없어요.」

「정말인가?」 그녀가 장미에 모호하게 바늘을 꽂아 넣으며 호기심이 섞인 관심을 보였다. 「그렇다면 자네에게 깜짝 놀랄 일이 기다리고 있겠군. 자네가 예상한 것과는 다를 거야.」

「아마 그것과 견줄 수 있는 것은 없겠죠. 분명 뭔가 대단한 걸 거예요.」

「오, 그게 **뭔가**라는 걸 받아들이는 데는 어려움이 없을 거야. 늘 그랬으니까. 그게 늘 문제였지.」 자주색 실로 첫 땀을 완성한 뒤 그녀는 다시 한번 다 안다는 듯한 눈빛으로 그를 쳐다보았다. 「물론 고려해야 할 게 있지 ― 자네가 남자라는 사실. 그러니 계속 전진, 전진, 전진만 하다가는 알아차리지 못할 수 있어 ― 한 남자가 거의 그렇게 되는 걸 봤지. 완전히는 아니었지만. 내가 누굴 말하는지 짐작하겠나? — 프랜시스. 그는 그다지 성공적이지 않았어. 나는 하루하루 우물 안으로 더 가라앉는 것 같았지 — 그게 너무 큰 부담이 되었지만, 내가 어떻게 그렇게 말할 수 있었겠나? 내 눈에는 뭐가 문제인지 안 보일 수가 없었지 — 그가 나를 아내로 삼고 싶어 했다는 게 문제였어. 나는 이렇게도 저렇게도, 또 다르게도 노력해 봤지만, 그 결과는 내가 뭐든 생각하면 **그것** 역시 잘못될 거라는 생각이 들 만큼 지독한 우울감에 빠진 거였어. 자연은 우리를 미워했어. 거긴 집을 짓기엔 아주 위험한 위치였지 — 들판이 그와 내가 같이 있는 걸 알아차리자 농사가 엉망이 되기 시작했어. 그래서 나는 계단을 오르내리는 것 말고는 어디로도 가지 않게 되었고, 그러다 마침내 나 자신의 유령을 만났어. 정원에서 겁낼 건 전혀 없지만 — 지금쯤 정원은 아마 완전히 잡초 천지가 됐을걸.」

「어머니가 — 거기서 방금 돌아오셨는데 — 그렇게 말하지 않으셨어요. 물론 꽃이 필 무렵은 아니었지만요…… 응접실이 좋았다고 하셨어요.」

「방문객들은 늘 응접실을 좋아했지 — 왜 일어서나, 로더릭?」

「아쉽지만 이제 가봐야 해요.」

「내가 실수로 자넬 빅터라고 부른 건 아니었어 — 언짢았던 건 아니지?」

「아니에요. 저 때문에 어르신이 언짢지 않았기를 바랍니다 — 단지 기차를 타야 해서요.」

「오, 기차. 런던행인가?」

「그리고 다시 다른 기차로 갈아타야 해요 — 음, 커즌 네티.」그가 소파 옆에 서서 머뭇거리며 말했다. 「즐겁게 지내시길 바랍니다.」

「이렇게 말해서 미안하지만, 나는 지금 아주 즐겁다네 — 어머니가 아직 살아 있다고 했나?」

「오, 네.」

「그럼 내 안부를 전해 주게. 우리가 만나지 못한 건 그저 우연이었다고. 잘 가게, 로더릭. 차를 맛있게 마셨기를 바라네.」

「네, 감사합니다. 아주 맛있었어요. 그리고 여기서 아주 즐거운 시간을 보냈습니다. 다시 찾아와도 괜찮을까요?」

「오…… 음, 아마 언젠가. 두고 보기로 하지.」

로더릭은 자신이 그곳으로 간다는 의도를 분명히 밝히는 순간 커즌 네티가 다른 어딘가를 떠올리게 되어, 그때부터 그의 존재를 잠시도 더 참을 수 없게 되었다는 사실을 깨달았다. 문 앞에서 그는 뒤를 돌아보았고, 그녀는 방 길이만큼 떨어진 그에게 처음이었을지도 모르는 마지막 시선을 보냈다 — 누군가가 떠나야 하는 순간에 할 말로 가득한 공모자의 눈빛을. 그들은 출발점으로 되돌아와 있었다. 그는 방금 도착한 것일 수도 있었다. 그가 문을 닫고 계단을 천천히 내려갔다 — 어떤 연인의 퇴장이라 해도 그렇게 신중하지 않았을 것이다. 그는 응접실 밖으로 나갔다. 트링스비 부인은 더 이상 끼어들지 않았고, 그도 그녀에게 고맙다고 말할 필요를 느끼지 못했다.

흰색 기둥이 있는 아늑한 현관에서 나와, 그는 다시 한번 마지막으로 그곳을 뒤돌아보았다. 위스티리어 로지가 벽을 타고 오르는 덩굴 식물의 손아귀에 붙잡혀 약해지고 퇴색된 것처럼 느껴졌다. 그곳을 배경으로 그 주변을 둘러싼 난공불락의 벽은 더욱 높아 보였다. 로더릭은 아까 들었던 것과 같은 우유부단한 발걸음 소리를 들었다. 목도리를 한 남자가 크로케 나무망치를 끌면서 건물 모퉁이를 돌아 나타났고, 그곳의 방문객인 로더릭이 잠긴 대문을 열고 바깥세상으로 나가는 것을 가만히 서서 바라보았다.

로더릭이 커즌 네티에게 그만 가봐야 한다고, 기차를 타야 해서 그렇다고 말한 것은 어중간한 진실이었다. 사실 그에게는 가볼 곳이 또 있었다. 기차역에서 오는 길에 교회를 봐두었고, 이제 거기로 돌아갔다. 그는 교회 묘지 입구의 지붕이 달린 문으로 들어가 거기서부터 커즌 프랜시스를 찾기 시작했다. 어머니의 설명은 전혀 명확하지 않았다. 안내자도 없었다 — 본능이 그를 이끌어 줄 수 있을까? 이 순간에는 그 노인이 말을 하지 않는다는 것이 불가능하게 여겨졌다. 아직 묘석은 세워지지 않았을 것이다. 그 노인의 것이라기에는 너무 새것인 무덤에서 흙냄새가 피어올랐다. 새의 노랫소리는 들리지 않았다. 여기저기 썩은 화환이 보였다 — 노인을 위한 화환은 없을 것이다. 아니, 여기 누워 있는 모두에게 머리를 숙이는 것 말고는 할 수 있는 것이 없었다…… 지나가던 사람이 걸음을 멈추고, 11월의 황혼 속에서 담벼락 너머로 젊은 군인이 맨머리를 드러낸 채 무덤들 사이에서 서성이는 모습을 지켜보았다.

12

「오, 엄마?」

「맙소사, 로더릭! ─ 어디 있니?」

「숨이 가쁘신가 봐요.」

「미안하다. 방금 들어왔어 ─ 어디에 있니?」

「공중전화 부스에서 전화하는 거예요. 돌아가는 길이 에요.」

「돌아간다고? ─ 오, 아니겠지. 거기 갔단 말은 아니겠지! 내 편지 못 받았니?」

「받긴 받았어요. 하지만 그땐 모든 준비를 마친 뒤였어요. 그리고 가길 잘한 것 같아요. 성공적이었어요.」

「오. ─ 트링스비 부인을 괴롭힌 건 아니겠지? 그녀는 우리 모두를 정말 많이 참아 주었어.」

「네, 그녀도 그렇게 말하더군요. 요점은, 제가 커즌 네티와 대화를 나눴다는 거예요.」

「어떠셨어? 내가 이전에 그분에 대해 뭔가를 했어야 할까? 그래, 그랬을 것 같구나.」

「아니, 그건 괜찮았어요. 엄마가 살아 있는 것도 모르시던걸요. 하지만 안부를 전해 달라고 하셨어요…… 엄마, 그분이 한 가지 이상한 이야기를 하셨는데요…….」

「뭔데?」

「음, 지금 그 이야길 자세히 할 시간은 없는 것 같아요. 특히 이 공중전화 부스가 역 안에 있는 거라서요. 하지만 되도록 빨리 모든 걸 여쭤보고 싶어요. 그 일이 아주 많은 것을 다른 각도에서 보게 해서요.」

「얘야, 그 불쌍한 노인이 머리가 이상해졌다는 걸 기억해야 해.」

「오, 아니요. 저는 그렇게 생각하지 않아요.」

「오, 그럼, 로더릭, 아직 뭔가를 시작한 건 **아니지**? 그러지 말았으면 좋겠어. 모든 게 충분히 복잡해.」

「뭐가 복잡해요? — 잘 안 들려요. 지금 큰 기차가 들어오고 있어요.」

「모든 게!」

「모든 걸 고려하면 이상할 것도 없죠. 그런데 그 간호사 이야기는 왜 한 번도 안 해주셨어요?」

「무슨 간호사? — 커즌 네티의 간호사?」

「아니요, 아니, 그분에게는 간호사가 없어요. 아버지의 간호사요. 그러니까, 그 간호사가 아버지를 ―」

「네가 무슨 이야기를 하는지 잘 모르겠다.」

그는 수화기를 잡은 채 놀라서 아무 말도 하지 못했다.

「저기, 로더릭, 이리로 올 수 있니?」

「아니요. 사실, 곧 기차를 타기 위해 줄을 서야 해요. 제가 어떤 간호사를 말하는 건지는 아실 거예요.」

「오, 그 간호사? 그래. 아주 잘 알지 ─ 그래서?」

「당연히 그게 아주 다른 각도에서 보게 ─」

「오, 그게 그분이 말해 준 거니? ─ 아니. 이유를 모르겠다. 커즌 네티는 오래된 역사를 끄집어낼 만큼 시간이 많은가 보네. 나는 아니야. 나는 네가 마운트 모리스에 대해 물어보려고 거기 간 줄 알았는데? **이게** 전화로 할 이야기가 아닌 것 같다는 데는 나도 동의해.」

「특히 제가 지금 역에서 전화하는 거라서요. 하지만 원인은 아버지였어요.」

「그래…… 음, 저기, 가능한 한 곧 너를 만나러 갈게. 일요일 오후는 어때? ……그럼, 일요일 오후에 보자.」

「**걱정**은 안 하셨으면 좋겠어요.」

「잘 알겠다.」

「다만 그게 다른 각도에서 보게 한다는 걸 ─」

「그래, 그래, 로더릭 ─ 알았어.」

「음, 이제 기차를 타려면 가서 줄을 서야 해요 ─ 그럼 곧 뵙는 거죠? 안녕히 주무세요.」

「잘 자라.」 그녀가 말했다. 「곧 **너**를 보겠구나.」

스텔라는 수화기를 내려 놓은 뒤 공간 구분을 위해 만든 열려 있는 문으로 걸어갔다. 「로더릭이었어요.」 그녀가 같이 나가 식사를 하려고 다른 방의 난로 앞에 서서 기다리던 해리슨에게 말했다.

「그럴 것 같습니다 ─ 아들이 당신에게 걱정을 끼치고 있는 건 아니겠죠?」

「그건 이미 충분한 것 같은데요?」

「하하 ─ 하지만 아니, 저기, 우리가 굳이 그렇게 말할 필요는 없어요.」

「말하고 싶은 대로 말해요.」

「우리는 그저 대화를 나누어야 해요.」 그가 그녀를 곁눈으로 공손하게 쳐다보며 말했다.

「네, **나도 알아요, 나도 알아요, 나도 안다고요!**」 그녀가 다시 사라졌고, 유리판이 깔린 탁자 위에서 화장품들이 달그락거리는 소리가 들렸다 ─ 그녀는 찌릿한 아픔을 느끼며 침대 옆 전화기를 다시 돌아보았고, 로더릭이 정말로 어떤 마음으로 기차에 올라탔을지 생각해 보았다. 「내게 **그런 걸** 묻겠다고 2펜스를 써!」 그녀가 크게 외쳤다.

「뭐라고 했나요?」 해리슨이 다른 방에서 유쾌하게 외쳤다.

「아무것도 아니에요.」

다시 그에게 돌아갔을 때 그녀는 흐트러짐 없고 침울한 모습이었고, 앞서서 조용히 계단을 내려갔다. 그들은 함께 무작정 뛰어들듯 거리로 나섰고, 한동안 계속 그렇게 걸어갔다. 그러다 그녀가 걸음을 멈추고 지금 가려는 데가 **어디**인지, 자기는 어디에도 가고 싶지 않다는 마음을 거의 숨기지 않은 어조로 물었다.

「당신이 가고 싶다고 느끼는 곳일 수 있겠지요.」 그가 대답했다.

「요즘 **당신**은 늘 느낌에 대해 말하는군요.」

「아, 제가요 — 제가 그렇습니까?」 그가 놀라서 말했다.

「제가 느끼지 않는 건, 배고픔이에요.」

「그거 참 안타까운 일인데요. 우리가 가볼 만하다고 생각한 장소가 한두 군데 있어요.」

「그래요?」 그녀가 믿지 못하겠다는 듯 무심하게 말했다.

「아니면 그냥 잠시 걷는 건 어떨까요?」 그가 제안했다.

「지금 그렇게 하고 있는 것 같은데요.」 하지만 한두 걸음 옮긴 뒤 그녀가 태도를 바꾸었다. 「너무 심술궂게 굴어서 미안해요.」

「전혀요!」 그가 강하게 말했다. 「하지만 당신을 당황하게 한 문제가 뭔지 저도 알면 좋겠군요.」

「음, 정말로.」

「아니, 지금은 진심입니다.」 그는 그녀를 데리고 길을 건너면서 위기 상황을 건너갈 준비가 된 듯 그녀의 팔꿈치 아래에 손을 집어넣었다. 「예컨대, 그 청년, 아드님이 뭔가를 시작하려 하는 건가요? 혹은 그렇지 않거나?」

「로더릭이 — 왜요?」 하지만 그녀는 곧 마음을 바꾸어 초조하고 급하게 그 이야기를 쏟아 냈다. 「그 애가 오늘 오후에 위스티리어 로지에 가서 시간을 보냈나 봐요.」 (그녀는 해리슨이 알려고 하지도 않은 뭔가를 그에게 말하는 것은 대단한 일이라고, 그 자체로 아주 대단한 순간이라고 생각했다.)

「오호, 우리의 오랜 친구인 그 정신 병원에 갔다고요? — **참** 대단한 날이었군요. 그런 날 내가 당신을 만나다니! — 프랭키의 노부인을 찾아갔겠죠? 그런데 그는 거기 뭐 하러 간 거죠?」

「당신은 상상할 수 없는 일인지 몰라도, 그 애가 뭘 〈하려고〉 간 건 아니었어요. 사람들은 가끔 그래요. 그 애는 그저 답답해서 미칠 만큼, 고집스럽게 친절해요. 혹은 그 애의 신념에 따르면 공정하다, 공명정대하다 ─ 그렇게 말할 수 있겠네요. 누군가의, **누군가의** 생각이 행동으로 옮겨지기 전에 그 생각이 뭔지 어떻게 알 수 있겠어요? 그럼에도 그 애가 뭔가를 시작했다는 당신 생각은 맞아요 ─ 사실, 당신이 알고 싶다면, 그 애가 당신이었다면 더 이상 나타나지도 않았을 거예요. 커즌 네티가 말했대요 ─ 내가 무고한 쪽이었다고.」

「당연히 그건 늘 환영할 만한 일이겠죠?」해리슨이 무감정하게 말했다. 「대체로 유용하고? 하지만 무고한 쪽이었다는 게 언제를 말하나요?」

「아주 오래전에.」그녀가 조급하게 말했다. 「이혼했을 때. 당신도 다 알겠죠. 나와 관련된 자료가 있을 테니까. 그래요, 나는 빅터와 이혼했어요. 내가 공식적으로 무고한 쪽이었어요. 하지만 아무도 잠시라도 내가 무고하다고 생각하지 않았죠.」

「하지만 당신이 정말로 무고한 쪽이었고요?」

「음, 네. 하지만 그게 지금 뭐가 중요하겠어요?」

「중요하죠.」그가 차분하게 말했다. 「절대적으로 중요해요. 하지만 정말로 그렇다면, 뭣 때문에 당황한 거죠?」

「그 모든 걸 다시 *끄*집어냈잖아요. 불편하고, 어리석어요.

모든 게 흐트러졌어요. 로더릭이 이제 모든 게 다른 각도에서 보인다는 말을 세 번이나 했어요. 내 잘못 때문이라는 말을 내가 먼저 한 게 아니었어요. 그냥 그 말이 나왔어요. 그건 가능한 이야기였죠. 내가 늘 더 명랑한 쪽이었으니까. 빅터는 조용한 쪽이었고. 나는 가볍고, 그는 침착하고. 나는 다 드러나 보이게 제멋대로고, 그는 불평하지 않고. 누구라도 한 방향으로 보는 것만큼 간단한 일은 없죠 — **내가** 전혀 도덕적이지 않은 이유로 자유를 요구했고, 빅터는 나를 위해, 내게 그 고통을 겪게 하기에는 너무 결벽이 심해서(당시는 여전히 이혼 법정에 대해 〈진흙탕〉이라는 말을 하던 때였어요) 나하고 이혼을 해줬다고. 그는 그냥 돈키호테였던 거예요 — 사실 아닌데. 빅터가 나를 두고 나가 버렸어요.」

「그가 분명 미쳤던 거로군요.」 해리슨이 안도감이 더해진 확신에 차서 말했다 — 적어도, 마침내 한 가지 수정할 것이 생긴 것이다.

「어쨌거나 그렇게 된 거였어요.」 그녀가 말했다.

「저런, 저런.」 그가 갑자기 돌아보며 말했다. 「그러면 당신은 큰 타격을 받았겠군요?」

「뭐, 그랬어요.」

「그러니까, 당신은 그를 사랑했나요?」

「그는 내가 자기를 사랑하는 게 아니라고 했어요. 그걸 아는 사람은 자기라고. 내가 그를 사랑한다고 생각했다면 — 그가 한동안 의심한 것처럼 — 그건 단지 내가 사랑이 무엇인지 — 무엇일 수 있는지 — 에 대한 가장 희미한 개념조차 갖고 있지 않다는 증거라고 했죠. 내가 〈오, 내가 사랑이 뭔지 모른다고?〉 했더니 그가 그렇다고 했죠. 나는 모른다고. 내가 그에게 당신은 아느냐고, 안다면 어떻게 아느냐고 물었죠. 그가 그렇다고, 자기는 안다고 했죠. 자기는 사랑을 받아 본 적이 있고, 그걸 잊을 수 없었다고 말했어요. 그러면서 그 간호사에 대해 말해 줬죠. 내가 말했죠. 그 간호사가 늘 마음에 있었다면, 아마도 내 잘못은 뭐든 정말로 그리 크지 않았겠다고, 그렇지 않냐고. 그는 미안하지만 그게 자기가 말하고 싶은 요점이라고 했어요. 내가 언제라도 자기가 바란 모습인 적이 있었다면, 자기는 그 여자를 아주 쉽게 잊었을 거라고 — 그러려고 했고, 노력했다고. 그 여자는 어쨌거나 자기 취향이 아니었다고 — 빅터보다 나이도 몇 살 더 많고, 눈길을 끌 만큼 특별한 외모도 아니었다고요. 그 여자를 더 이상 생각하지 않게 될 줄 알았대요. 이미 헤어진 사이였으니까. 내가 자기 아내가 될 사람으로 보였대요. 그가 내게 아주 공정한 기회를 준 거였죠 — 그가 그렇게 말한 건 아니고 암시만 했어요. 어쨌거나 나는 그걸 해내지 못한 거죠. 그는 나만 아니었다면, 다른 어떤 여자와 결혼했더라도 아마 그 간호사를 잊을 수 있었을 거라고 했어요. 유감스럽게도 나와 내 단점이 역효과를 낸 거였죠. 사랑받는다는 게 어떤 **느낌이 었는지에** 대한 생각이 그를 사로잡았어요. 그가 말하길, 미안하지만 그건…… 물론 정말로 이런 결과까지 된 건 내가 그를 지루하게 했기 때문이었어요…… 자기 과거 이야기를 하면서 짜증스럽게 구는 여자는 늘 이렇게 말한다죠. 〈하지만 나는 그때 어렸어.〉하지만 나는 그때 진짜 어렸어요. 나는 — 나는 너무 놀랐어요. 강풍에 돛이 꺾인 것처럼 숨이 막혔죠.」

「아주 어렸으니……」

「아니요, 안타깝게도, 그 정도도 안 됐어요. 섣부르고, 여자로서 나 자신에게 무한히 자신이 없고, 미친 사람처럼 날뛰었죠. 나 자신을 찾지 못한 채, 그 시간이 — 얼마나 지루했는지, 지금은 얼마나 별일 아닌지! 뭐든 찾는다는 게 정말로 너무도 어려웠어요. 다른 사람들과 마찬가지로 빅터와 결혼하고 로더릭을 낳고, 그러면서 나는 내가 어디 있는지 **알 것 같다**고 생각했죠. 그런데 이런 일이 일어난 거였어요 — 그러니 아니요. 누가 봐도 아니죠.」

해리슨은 리젠트 스트리트에서 스텔라를 데리고 길을 건너 동쪽으로 몇 블록 더 이동한 뒤 그녀의 팔꿈치를 더 단단히 잡아 걷는 속도를 늦추었다. 그러고는 방향을 확인한 뒤 그녀를 남쪽으로 돌아서게 했다. 그녀는 그의 통제하에 모퉁이를 돌았다. 그는 자신의 주의력이 느슨해진 것을 만회하려는 듯 더욱 열정적으로 말했다. 「지옥 같은 시간을 보냈겠군요!」

「내가 말하고 싶은 건 체면을 잃었다는 거예요.」

「뭘 잃었다고요?」

「체면. 어떤 기분이었을 것 같아요? 세상이 다 알게 되는 거예요. 남겨진 사람이 되는 거예요 — 지루하고 비참한 피해자가 되는 거죠. 〈부상당한〉 자…… 다른 이야기, 그러니까 사실과 반대되는 이야기가 내 귀에까지 들어온 그날은 아주 웃긴 날이었어요 ─ 내가 빅터를 버리고 떠났다는 식으로. 내가 뭐라고 그 말에 아니라고 하겠어요? 왜 그러겠어요? 그때 내 나이라면, 누구든 바보로 보이느니 차라리 괴물이 되는 걸 선택하지 않겠어요?」

그는 바로 대답이 떠오르지 않아, 지혜롭게 그 질문을 수사학적인 것으로 받아들이고 그냥 넘겼다.

「처음에 그 이야기가 어디서 시작됐는지는 모르겠어요.」그녀가 말을 이었다. 「아마 빅터의 가족이었겠죠. 내게 중요한 건, 누가 그 이야기에 반박하느냐는 거였어요 ─ 간호사는 그 그림에서 완전히 밖에 있었어요. 빅터는 처음에 사라졌고, 그리고 알다시피 죽었어요. 그 이야기가 누구의 **이야기였건**, 나는 그걸 내 이야기가 되게 했어요. 그대로 퍼지게 냐두었고, 더욱이 ─ 그건 내 이야기가 되었고, 나는 그걸 붙잡았죠. 혹은 오히려 처음에 내가 그걸 붙잡았더니 그 이야기가 계속 내게 붙어 있었다고 해야겠네요. 그것이 내 모습을 취했고, 나도 마찬가지로 그것의 모습을 취했어요. 그러다 보니 나는 사실상 그것이 어디서 끝나고, 내가 어디서 시작하는지 모르겠어요 ─ 혹은 신경 쓰지 않았어요. 누가 신경 쓰겠어요? ─ 혹은 적어도 누가 신경이나 썼나요? ……하지만 **이제** 어떻게 됐는지 보세요!」

「여기.」해리슨이 끼어들었다. 「우리 다 온 것 같군요.」

「로더릭이 들은 이야기는 ─」

「30초만, 여기서 계단을 내려가요.」

그녀가 걸음을 멈추었다. 그가 〈OPEN〉이라고 쓰인 어둑한 간판이 붙은 문을 밀었다. 안으로 들어가니 빛이 돌계단 위를 비추었고, 그가 그 계단으로 그녀를 데리고 내려갔다. 다 내려가자 그가 또 하나의 문을 열어 주었고, 그녀는 그보다 앞서서 오늘 밤 이전에는 존재하지 않았을 것 같은 분위기의 바 혹은 그릴로 들어갔다. 그녀는 먼저 카운터에 서로 팔꿈치가 닿을 만큼 가깝게 한 줄로 자리를 잡고 앉아 뭔가를 먹는 사람들의 뒷모습을 물끄러미 쳐다보았다. 등 아래로 쭉 내려오는 지퍼가 달린 옷을 입은 여자는 척추가 양철로 된 것처럼 보였다. 녹색 염료 색깔의 양상추 잎 한 장이 얼룩덜룩한 고무 재질의 바닥에 떨어져 있었다. 핀 스트라이프 무늬 슈트를 입은 남자는 그 옆모습에서도 한쪽 어깨에 묻은 페이스 파우더의 얼룩이 충분히 보였다. 바 스툴 아래 개 한 마리가 앉아서 천천히 제 몸을 긁고 있었는데, 한 번씩 간격을 두고 부르르 떨 때마다 목줄이 돌아갔고, 귀밑에 있던 목줄의 황동 단추가 하나씩 보이지 않게 되면서 그 자리에 황동 이름표가 나타났다. 하지만 지금 그녀가 읽을 수는 없었다. 그녀가 시선을 돌릴 때마다 세부적인 부분이 묘하게 부각되었다 ── 그녀는 술이 가득 담긴 잔 두 개를 테이블로 가져가는 남자가 인상을 잔뜩 찡그린 채 입술 사이로 담배를 거의 다 타들어 갈 때까지 물고 있는 모습에 주목했다. 각자가 이런저런 눈에 띄는 특이함으로 인간이라는 사실을 저버리지 않았다. 이곳에 사람이 아주 많은 건 아니었는데도, 그녀가 북적거리는 듯한 위협적인 느낌을 받은 건 이 때문이었을 것이다. 조명이 굉장했는데, 낮고 하얀 천장에 꽉 박아 넣은 하얀 알전구로 묘사될 수 있는 것보다 훨씬 강렬했다 — 이 안에서 그림자는 하나도 살아남을 수 없었다. 모든 그림자가 샅샅이 색출되어 죽임을 당했다.

해리슨은 모자를 선반에 놓고 스텔라에게 돌아와 그녀를 작은 테이블로 데려갔다 — 벽을 따라 작은 테이블 몇 개가 놓여 있었는데, 상판은 모조 말라카이트로 되어 있었다. 그는 이 장소가 자신에게는 결코 나쁘지 않게 느껴졌고, 어쨌거나 조용하다고 말했다. 그 말은 사실이었다. 달그락거리는 소리조차 들리지 않았다. 입은 열심히 움직였지만, 침묵 이상의 것을 결코 내놓지 않았다 — 소리 자체가 강렬한 불빛에 납작하게 눌린 듯했다. 또한 여기 아래에는 열기가 실재한다기보다는, 눈에 그렇게 보일 뿐이었다. 스텔라는 코트를 벗는 게 어떻겠냐는 권유를 받았다 — 그녀는 해리슨의 도움 없이 코트를 벗었고, 그 짧은 시간 내내 해리슨은 깊고 짧은 상념에 빠져 있었다.「음, 이건 어때요?」그가 마침내 말했다.

「뭐가 어때요?」그녀가 눈꺼풀에 댔던 손가락을 뗐다.

「뭔가 조금 먹는 거요? ……콜드컷[1]과 샐러드? 생선 요리? 아니면 우리를 깜짝 놀라게 할 뭔가 특별한 요리가 있을지도 모를 일이죠.」

「당신은 뭘 먹을 거예요?」스텔라가 해리슨을 새로운 호기심이 담긴 눈빛으로 쳐다보며 말했다.

그는 그것을 인식하고 자기를 지우려는 듯, 혹은 허영에선

---

1 볼로냐햄, 간 소시지, 로스트비프, 살라미, 칠면조 고기 등의 냉육을 섞어 얇게 썬 것.

듯 — 둘 다인 경우는 드물었고, 어느 쪽인지는 알 수 없었다 — 머리 정수리 쪽을 쓱 만졌다. 그가 생각해 보았다. 「여기서 어떤 걸 먹을 수 있는지에 달렸겠죠. 물론 지금 시간이 **언제**인지도 어느 정도 고려해야 할 거고요.」 그러고는 그녀의 목을, 진주 목걸이가 닿아 있는 쪽을 얼마간 강렬하게 쳐다보았다. 「하지만 오늘 밤은, 그러니까, 뭔가 중요한 날이니까요 — 내게는 말이죠.」

「목이 마르네요.」 그녀가 말했다. 「나는 라거를 좀 마실게요.」

해리슨이 고개를 돌려 **작은 목소리로** 대화를 나누었고 나와야 할 모든 것이 순서대로 나왔다. 그중에서 가장 특별한 요리라고 주문했을 것이 분명한, 녹색 채소를 깔고 그 위에 칼로 흘러내린 리본 모양으로 가른 랍스터마요네즈도 포함되어 있었다. 유약을 바른 인공적인 노란색 접시가 나이프와 포크와 유리잔 사이에 놓여 빛을 받았다. 해리슨이 눈을 가늘게 뜨고 무표정하게 그것을 바라보았다. 「음, 다 나온 것 같군요.」 그가 말했다. 「당신이 무슨 이야기를 하고 있었죠?」

「그 이야긴 그 정도면 충분해요.」

「그와 반대로, 전혀 그렇지 않습니다. 내가 열심히 듣고 있었는데요. 우리가 여기로 들어온 건 당신이 뭔가 중요한 말을 하려는 순간이었어요.」

「여긴 거짓말을 탐지하는 곳이로군요.」 그녀가 자기 그릇 아래에서 포크를 찾으며 말했다. 「여기 자주 와요?」

「아니요.」 그가 이마를 씰룩이며 항의했다. 「지금 당신은 좀 나쁜데요! 당신이 모든 걸 말해 줘서 나는 정말로 감동했거든요. 그 이야기를 들은 사람은 그렇게 많지 않았을 것 같은데, 내 말이 맞지 않나요? 다시 생각해 보면, 이건 당신과 나 사이에만 일어난 일 같군요.」

그녀는 이렇게 말할 수밖에 없었다. 「유감스럽지만 이렇게 된 건, 내가 마침 심리적으로 동요한 상태였고, 당신이 마침 거기 있었기 때문이에요.」

「하지만 내가 거기 **있었다**는 건, 그 자체로 중요한 의미가 있죠, 그렇지 않습니까? 거기 당신 아파트에서 당신하고 같이 있었다는 것 말이죠. 결국 거기 있었던 사람은 **나**였어요.」

「네, 그런데…….」

「음, 그런데?」

「이 테이블이 흔들려요.」 그녀가 말했다.

「미안해요. 아마 내가 좀 무겁게 기댄 모양이네요 — 당신이 나를 쳐다봐 주기를 바라서요.」

「내가 그러지 않았어요?」 그녀가 그를 쳐다보며 말했다 — 그 명령을 수행하기 위해, 그녀는 평소보다 눈을 더 크게 떴고, 그러자 눈썹이 올라갔다. 그녀는 로버트가 거의 모든 경우에 인간의 눈은 당혹스러울 만큼 거부감이 느껴진다고 말한 것을 떠올렸고, 자신이 혹시 로버트의 감정에 장악된 건 아닌지 생각하며 호기심을 갖고 그의 눈을 쳐다보았다. 또한 그것은 해리슨이 던지는 시선에서 정확히 뭐가 이상하고 잘못되고 어긋나고 솔직하지 않은지를 확실히 알아낼 순간이었을 수도 있었다. 하지만 그녀는 그렇게 하는 데 실패했다. 아주 가까이 있어서 그녀는 다급한 그 표정이 어떻게 구성되어 있는지만 볼 수 있을 뿐이었다. 눈동자에서 보이는 소우주, 어떤 표정인지 알 수 없을 만큼 아주 내면적인 검고 작은 응축된 세상, 녹갈색 홍채 위에 가장자리로 가면서 둥근 적갈색 선들이 녹슨 빛깔로 변하는 각각의 눈동자. 하야스름한 흰자위에 깃털 같은 실핏줄이 드러나 보였다. 아마도 피곤이 눈꺼풀 안쪽을 붉게 만든 것 같았다. 그리고 속눈썹이 시작된 부분과 자라난 형태를 살펴보다가 — 일정하지 않았고, 짧지도 길지도 않았다 — 그녀는 연민에서 비롯한 일종의 충격을 경험했다. 아마 이런 속눈썹이 존재한다는 사실에 감정이 고양 되었을 것이다. 그것은 대체로 그의 속눈썹이 섬세해서였을까? 그녀가 보기에 그 속눈썹은 너무 가까이에서 조심성 없게 담배에 불을 붙이는데도 그 끝이 두껍게 그을려 있지 않았다. 아래쪽 속눈썹은 성겼다. 군데군데 하나가 빠져 있었다 — 생존한 나머지 속눈썹들은 어딘지 순진한 데가 있어 보였다. 그녀가 느낀 충격은, 다른 누군가로부터 전해진 것처럼 친밀한 메아리에 불과했다 — 하지만 그녀 안에서 반감을 형성하기에 충분했다. 그녀는 경직되었다.

「하지만 한편으로 그건 말이죠.」 그녀가 말했다. 「내가 당신에게 무슨 말을 하는지에 대해 단순히 신경을 쓰지 않는다는 거예요. 당신이 맞아요. 이 특정한 이야기를 들은 사람은 거의 없어요 — 아주 정확히는, 내가 좋아하는 누구도 듣지 못했어요. 알고 싶다면, 누구보다 로버트가 듣지 못했고 — 우선, 아무리 오래전 일이라도 내가 체면에 그렇게 신경을 썼다는 걸 알리는 게 부끄러웠어요. 다른 이유도 있을 수 있 겠죠. 있다고 해도 나는 몰라요. 지금까지는 몰랐어요 — 그 런 이유로 오늘 저녁에 그런 상황이 벌어진 거죠 — 로더릭 말이에요. 당신하고 나 사이는, 모든 게 처음부터 불가능했 어요 — 그래서 추할수록 더 좋은 것 같군요. 내겐 그래 보여 요. 당신하고는 처음부터 체면이란 게 없었어요. 잃을 게 전 혀 없는 거죠. 내 안에는 내가 싫어하는 면이 숨어 있는데, 당 신은 거의 내가 그걸 좋아하게 만들어요. 당신과 나는 불가 능한 대화 말고는 아무것도 나눌 것이 없군요. 다른 건 뭐든 불가능해요. 그러니 내가 이따금 그러듯, 오늘 밤처럼 말한 다고 해도 — 」그녀가 그에게서 시선을 거두고 실내를 둘러 본 다음 말했다. 「우쭐해하지는 **마세요**.」

짧은 침묵이 흘렀다. 「그렇죠.」해리슨이 부드럽게 말했다. 그리고 덧붙였다. 「이 랍스터 요리는 별로예요?」

「오, 아니에요.」그녀가 미안한 마음으로 말했다. 「좋아 요.」그녀가 양상추를 포크에 빙빙 감아 먹은 뒤 미소를 머금 은 목소리로 말을 이었다. 「**이제** 내가 스스로 아무 말도 못 하 도록 내 입을 막아 버린 것 같군요.」

「꼭 그렇진 않아요.」

「이제 당신은 네티 모리스가 — **그녀가** 그럴 줄 누가 생각 이나 했겠어요? — 로더릭에게 그런 말을 한 게 왜 이런 상황 을 만들었는지 알겠죠? — 당신은 극장에 가나요?」

「음, 가본 적이 있죠.」

「그러면 연극에서 아들이 엄마의 죄의식을 알아냈을 때 어떻게 —」

「아, 그런데, 잠깐, 잠시만요 — 이 경우는 완전히 반대라서. **당신** 아들은 지금 그 사정을 막연히 알게 됐고……」해리슨이 짧게 깎은 자신의 깨끗한 오른손 엄지손톱을 쳐다보면서 덧붙였다. 「그는 아마 당연히, 그 당시 무슨 이유로 당신이 좋은 평판을 포기했는지 물어볼 것 같은데요.」

「그걸 내가 왜 신경 써야 하죠?」 그녀가 말했다. 「내 형제들이 둘 다 죽은 마당에.」

「오, **나는** 신경을 쓰라고 말한 게 아니에요.」

「내가 이미 말한 것 같으니, 그렇진 않기를 — 오, 모르겠군요.」 그녀가 외쳤다. 「결백한 비밀이라는 게 존재하는지! 묻혀 있다 보면 뭐든 반드시 썩겠죠? 환한 햇살 말고는 어느 것도 결백한 것을 결백한 채로 두지 못해요. 먼저 진실은 그냥 진실일 뿐, 좋거나 나쁘거나 특정한 성질이 없어요 — 하지만 땅속에 파묻혔을 때 어떤 진실이든 썩어 **가지** 않을 수 없겠죠? 긴 시간이 지나 다시 파내서 멍석 위에 두면, 그건 불편하고 충격적인 것이 되죠 — 다른 건 일단 차치하더라도 더 이상 삶에 그것이 있을 자리는 없어요. 그들을 위해 다른 누구의 진실을 파내는 것은 내겐 순전히 악의적인 일로 보여요. 자신의 진실을 파내는 것, 그건 미친 거죠 — 나라면 절대 그러지 않아요.」 그녀가 고개를 들어 이글거리는 알전구 하나를 올려다보며 눈을 깜박인 뒤 말했다. 「로더릭도 나를 더 이상 좋아하지 않을 거예요. 그 애는 내가 했다고 생각하면서 그렇게 믿고 자랐어요. 그런 짓을 했다고 생각한 나를 용케 자신이 사랑하는 사람으로 만들었죠. 자라면서 나를 옹호해 주기도 했고요 — 심지어 때로는 자기 생각을 거스르는 일이기도 했겠죠. 그런데 **이제** 아들에게 나는 거의 모르는 사람이 된 거예요.」

「그가 마땅히 이래야 한다고 생각하는 것이, 당신에게는 아주 나쁜 걸로 받아들여지는군요.」 그러고는 해리슨이 희망적으로 말했다. 「아들은 당신에 대해 훨씬 더 안타까워할 것 같은데요.」

「하지만 맙소사 —」 스텔라가 그렇게 외치고는 말을 멈추더니 절제되고 생각에 잠긴 절망의 눈빛으로 해리슨을 쳐다보았다. 「그게 아니라면 내가 왜 아들한테 말하는 걸 미뤘겠어요? 너무 중요했던 게, 너무 중요하지 않게 되었어요. 아니, 아니, 아니. 나는 상황을 내게 유리하도록 정리한 거였죠. 내가 —」 그녀는 뒤로 기댔고, 손가락으로 테이블 위의 허공에 혼란스러운 무늬를 그리며 말했다. 「그러니까 내가 로더릭에게 겪게 한 그 많은 일들이 다 의미 없어진 거예요.」

「당신은 아들이 아버지가 아주 괜찮은 사람이라고 생각하게 했군요.」

「그건 모르겠지만…… 나는 그냥 그대로 둔 거예요. 하지만 그래서 무슨 소용이 있나요? 이제 그 애는 다른 극단으로 옮겨 가 빅터가 스컹크 같은 사람이라고 생각할 가능성이 아주 커졌어요. 그것 역시 사실은 아닌데. 어떤 쪽이든 빅터는 그 애 아버지예요. 정말로, 로더릭이 오늘 밤에 말한 대로. 중요한 건 그거예요. 그건 어쩔 수 없는 거고요. 나요? 나는 로더릭에게서 평범한 모든 걸 뺏었죠 ─ 살짝 정신이 돈 엄마, 그게 그 애가 받아들여야 했던 엄마였어요. 이제 누가 평범할 수 있죠? ─ 너무 늦었어요. 평범했던 시절은 모두 지나갔어요.」

해리슨이 무슨 말을 해야 할지 따져 보며 스텔라를 곁눈으로 쳐다보았다.

「음?」 그녀가 말했다.

「그가 당신과 로버트에 대해 어떤 식으로든 개입한 적이 없나요?」

그녀가 무시하듯 냉담하게 말했다. 「없어요.」

「그렇다면 전반적으로, 그게 당신에게 그리 나쁘게 작용하진 않았겠군요?」 그가 말했다. 「아들이 더 많은 환상을 품었다면, 당신은 더 힘들었을 테니까요.」

「네, 당신이 무슨 뜻으로 말한 건지 알겠어요.」 그녀가 잠시 말을 멈추었다. 「처음부터 아들이 엄마가 **뭐든 할 수 있는** 사람이라고 생각하지 않았다면, 지금 내 삶의 방식을 그렇게 침착하게 받아들이지 못했을 거란 말이죠?」 그녀가 극도의 경멸을 상냥한 말투로 포장하여 동의했다. 「그게 요점일 수 있겠네요.」

그는 그녀가 그렇게 말하는 걸 분명 싫어하는 것 같았다.

「당신 말은 이거로군요.」 그녀가 말을 계속했다. 「아들이 내가 더 잃을 게 없다고 느끼는 것에 뭔가 이점이 있었다는 거.」

「아니, 자, 이렇게 생각해 보죠 ─」

「정말로 당신이 그렇게 따지고 들면 우리는 대화를 나눌 수 없어요.」

「그럼에도 우리는 대화를 나누어야 합니다.」해리슨이 말했다.「기억이 난다면, 당신과 내가 전화로 오늘 저녁 약속을 정했을 때 내가 말했던 대로요. 당연히, 그런 일이 있었기 때문에 이런 일이 일어난 겁니다. 그리고 이렇게 말해도 된다면, 나는 이렇게 된 게 유감스럽다고는 말할 수 없어요 ─ 어쨌거나 그 일이 우리를 더 가깝게 해주었으니까. 당신은 내가 그런 말을 해서는 안 된다고 하겠죠. 그러면 이렇게 해둡시다. 그게 신뢰를 형성했다고.」

「우리가 지금 즐기려고 여기 온 게 아니라는 사실을 거의 잊을 뻔했네요.」

「**내** 기분을 알면서 또 그렇게 말하다니 당신은 아주 나쁘군요.」하지만 그는 적어도 얼마간 평정심을 유지한 채 뒤를 돌아보며 라거와 다음 요리를 갖다 달라는 신호를 보냈다. 꽤 많이 남아 있던 랍스터가 치워졌다. 종업원이 어두운 색깔의 테이블에서 부스러진 랍스터알, 채소 잎, 투명한 노란 물방울을 열심히 닦아 냈다. 과일플랜[2]이 두 조각씩 두 개의 그릇에 담겨 나왔다.「하지만 물론 또…….」해리슨이 두 번째로 자신감을 잃은 모습으로 말했다.「여기 치즈토스트는 맛이 결코 나쁘지 않다고 알려져 있는데…… 대체로 우리가 지금 제대로 주문하고 있는 건가요? ……그렇다면, 그걸로.」그가 흰색 상의를 입은 청년에게 말했다. 그는 그 일에 걸리는

---

2 과일, 달걀, 치즈 등을 넣은 파이.

시간을 재는 것처럼, 청년의 붉고 서툰 손이 테이블을 치우는 과정을 주시했다.

「그래요.」다시 둘만 남게 되었을 때 그가 말을 계속했다. 「지금이 기회 같군요 — 내가 당신을 나무라야 **한다면** 말이죠.」

「오.」그녀가 뼛속까지 한기를 느끼며 말했다. 「왜죠?」

「당신은 내가 하지 말란 걸 했으니까요.」

「무슨 뜻인지 모르겠네요.」

「원한다면 해도 좋습니다, 괜찮아요. 당신은 내 말을 듣지 않았으니까요.」

「정말로요?」

「네, 정말로.」그가 아주 부드러운 목소리로 말했다. 「게다가 경솔하고. 최근에 당신이 우리 중 몇몇을 곤란한 상황에 몰아넣고 있어요. 그렇게 아무것도 모른다는 표정은 짓지 마요. 당신이 뭘 했는지는 당신 자신이 더 잘 알 테니까.」

그녀가 포크로 플랜페이스트리를 뒤적거렸다.

「알다시피, 우리에겐 공통의 친구가 있죠.」

「로버트를 말하는 거라면.」그녀가 순간 발끈했다. 「그는 당신을 몰라요.」

「그가 그렇게 말하던가요?」해리슨이 그녀를 연달아 쳐다보며 말했다. 「이제 우리는 우리가 어디에 있는지 알아요. 그러니까 당신은 운에 맡기고 로버트에게 귀띔을 해줘야겠다고 생각했겠죠?」

「아니요.」그녀가 목소리를 진정시키며 말했다. 「그게 아니에요. 당신은 내가 당신 말을 지금보다 훨씬 심각하게, 그리고 지금 그럴 수 있는 것보다 더 심각하게 받아들이기를 기대하는군요? 당연히 나는 그에게 당신을 아는지 물었어요 — 우리가 그 사실을 조금이라도 숨겨야 하는 건가요?」

「좋습니다.」해리슨이 흔들림 없이 말했다.「일단 어쨌든 이 일을 좀 천천히 따져 봅시다. 그러니까 **그**가 모른다고, 나를 한 번도 본 적이 없다고 말했다는 거죠? (불가능한 일은 아니죠 — 그가 나를 보았다는 걸 기억하고 있었다면 내겐 참 다행이었겠죠!) 그 말을 듣고 **당신**은 그걸 그대로 받아들였다는 거고요?」

「솔직히 말해서, 내가 그걸 더 이상 생각하지 않았다는 뜻으로 말한 거라면, 아니, 아니에요. 그렇지 않아요.」

「솔직히,」해리슨이 반박했다.「우리가 특별히 **솔직한** 건 아니죠, 안 그런가요? 오히려 나는 당신이 사실상 다른 건 더 생각하지 않았을 거라고 추정합니다. 아니라면 왜 **나**보고 지옥에나 가라고 말하지 않나요?」

「내가 왜요?」그녀가 당당하게 말했다.「당신 말대로, 아마 나는 당신이 점점 좋아지고 있는 걸 텐데.」

그는 눈도 깜짝하지 않고 이 말을 들었다. 그리고 물었다. 「당신이 내가 생각했던 것만큼 똑똑하지 않은 건 알고 있나요?」

「오?」

「그래요. 내가 처음에 그랬죠, 그에게 귀띔할 거면 내가 먼저 알아야 한다고. 그때 당신은 그 말을 깊이 생각해 봐야 했습니다. 지금 생각해 봐요. 나는 당신이 그에게 귀띔한 걸 알고 있을뿐더러, 언제 했는지도 말할 수 있어요. 정확히 어떤 날에 했는지도 말할 수 있습니다. 정확히 어떤 밤이라고 해야겠군요.」

「당신이 그날 혹은 그 밤이었다고 말할 수 있는 근거는 뭐죠?」

「왜냐하면 로버트가 다음 날 아침부터 다니는 길을 바꿨기 때문이죠. 다니던 출몰지에서 철수했고, 몇몇 오래된 친구들은 갑자기 그를 못 보게 됐어요. 사실 그는 자기가 다니는 길에 자기를 지켜보는 사람이 있다는 걸 알게 된 그 순간부터 정확히 내가 당신에게 말한 그대로 행동했어요.」해리슨이 비밀스럽게 담배를 만지작거리면서, 불은 붙이지 않은 채 말했다.「그걸 내가 알아차리지 못할 리 없지요. 당신은 내가 뭘 하려는 것 같나요?」

스텔라는 핸드백을 열고 얼굴에 파우더를 바르기 시작했다. 혹 손이 떨릴까 봐 립스틱을 바르려는 시도는 하지 않았다. 거울을 치우기 전에 그녀는 눈썹을 살피고 새끼손가락 끝으로 그 모양을 가다듬었다.「글쎄요?」그녀가 상념에 빠진 채 말했다 — 하지만 그녀의 어조에는 표정이 들어가지 않아 생기가 없었다.

「음……」그가 대답했다.「이제 뭐가 더 필요합니까? 증거를 원한다면 이미 하나 가졌을 텐데요? 원한다면, 다시 떠올려 봐요. 몇 달 전에 내가 이 이야기를 처음 당신에게 꺼냈을 때, 한 가지는 귀가 아프도록 말하지 않았나요? — 그 말을 그에게 흘리면, 내가 그 사실을 알 거라고 말이죠. 어떻게? 당신이 그렇게 물었죠. 나는 그가 티를 낼 거라고 말했어요. 오늘 밤, 나는 그가 정말로 그런 티를 냈다고 말하는 겁니다. 그러니 이제 당신이 말했다는 사실을 내가 어떻게 알았는지 알 수 있겠죠. 당신이 그에게 뭐라고 말했는지 내가 알고 있다는 것도 알 테고.」

「내가 그에게 말한 건 언제였을까요?」

「아일랜드에서 돌아온 그날 밤.」

그녀는 실내를 둘러보았다. 사람들이 더 들어왔다. 아직 나간 사람은 없었다. 카운터에는 새로 들어온 사람들이 등을 돌린 채 앉아 뭔가를 먹고 있었다. 이제 개가 바닥을 킁킁거리며 돌아다녔고, 목줄은 질질 끌렸다. 이 시간에는 카운터와 테이블 사이의 공간이 무리 지어 서 있는 사람들로 발 디딜 틈 없이 붐볐는데, 그들은 잔을 든 채 서로의 얼굴을 망연히 어떻게 할지 생각하는 표정으로 쳐다보고 있었다(그녀에게는 그렇게 보였다). 그녀는 자신이 듣지 못한 뉴스가 이들 사이에서 희미하게 폭발한 듯한 인상을 받았지만, 조명이 깜박거리거나 누구에게도 충격을 주진 못한 것 같았다. 아마 모두가 서로를 그렇게 끔찍이 가까이서 뚜렷이 본다는 사실만으로 이미 충분했기 때문인지도 모른다. 그들은 세련되지도 남루하지도 않았고, 취한 것도 취하지 않은 것도 아니었으며, 구원을 받은 것도 저주를 받은 것도 아니었다 — 어느 쪽인가 하면, 타고나기를 엑스트라로 태어난 사람들이 너무 많은 것이었다. 하지만 아무리 작은 역할이라도, 누구도 아무런 대가 없이 해내도록 고용되지는 않는다. 그녀는 오늘 밤 이들을 이곳으로 유인한 것은 무엇이었을지 궁금했다 ─ 여기저기서 누군가 그 유인책이 무너지고 있다는 듯 불안하게 주위를 둘러보았다. 누군가 중요한 인물의 등장이 늦어진 것은 아닐까? 로버트가 걸어 들어오면 어쩌지?

「여기엔 아는 얼굴이 하나도 없네요.」 그녀가 말했다. 「이 사람들은 다 누구죠?」

그가 놀라서 그들을 눈으로 훑었다. 「일상적인 손님들.」

「이들 중 일상적인 손님이 아닌 사람이 있으면, 당신은 알아볼 수 있겠어요?」

그는 기분이 상한 듯 그럴 수도, 그렇지 않을 수도 있다고 말했다. 그는 이 시점에 이런 상황이 그녀에게 뭔가 더 부담을 준 것 같다고 느낀 것이 분명했다. 긴장과 불안이 느껴지는 멍한 모습에서, 그가 이 절정에 다다르는 순간에 집중하느라 상황이 이렇게 될 수 있다는 것은 미처 그려 보지 못했다는 걸 알 수 있었다. 그는 뭔가 속마음을 털어놓을 때의 일반적인 동작을 상징하려는 듯, 담배에 불을 붙였다. 하지만 담배를 피우는 표정은 만족스럽지 못했고, 재가 생기기도 전에 쳐서 떨어냈다 ─ 그 일부가 플랜의 끈적거리는 부분에 떨어졌다.

〈무엇보다 이건 참으로 저녁 시간을 낭비하는 거야.〉 그녀가 피상적으로 생각했다. 그러고는 반쯤 눈을 감고 다시 사람들을 훑어보기 시작했다. 「저기 보이는 여자의 스타킹 솔기가 삐뚤어졌어요.」 그녀가 말했다. 「그건 비일상적인 것 아닌가요?」

　스툴에 앉아 있던 루이가 그 말 — 혹은 그 말이 루이가 앉은 끝자리까지 전달되지는 않았을 테니 그 말이 만들어 낸 진동 — 에 빙그르르 돌았다. 루이는 한 손으로 카운터를 잡고 몸을 뒤로 젖혀, 그 말에 무슨 의미가 담겨 있을지 모른다는 듯 해리슨의 테이블을 가만히 쳐다보았다 — 그리고 곧 분명해졌다. 그녀의 표정이 밝아졌고, 열중한 얼굴에 홍조가 떠올랐다. 그녀가 고개를 까딱했고, 좀 무안해하면서도 계속 응시했다. 해리슨은 그녀를 보지 않았다. 「오, 내가 말한 여자가 당신 친구로군요!」 스텔라가 가볍고 다소 높은 목소리로 외쳤는데, 몇 분 전부터 그런 목소리로 말하고 있었다. 그녀는 자신의 영혼과 적당히 거리를 두고 있었다. 「적어도 쳐다봐 주긴 해요!」 그녀가 해리슨에게 말했다.

　그는 마지못해 쳐다보았다. 루이는 아주 반가워하며 다시 인사했다. 그는 고개를 까딱 숙인다기보다는 목 근육만 홱 움직였다 — 그러고는 곧 다른 곳을 보았다. 「오, 그러지 말고.」 스텔라가 말했다. 「그보단 더 잘할 수 있잖아요.」

　「나는 시간이 없어요.」 그가 말했다. 「당신도 시간이 없죠. **당신** — 당신은 우리 모두를 곤란하게 했어요, 멋지게. 이런 상황에서, 내가 이걸 얼마나 더 끌고 갈 수 있을 것 같습니까? 이제 내가 어떻게 하기를 바라죠?」

　「나도 그게 궁금했어요.」

　「그건 내가 뭘 **할 수 있는지**에 관한 문제예요. 당신 덕분에 우리 친구는 자신에 대한 정보를 멋지게 흘렸어요. 내가 말했잖아요, 우리가 그를 풀어 둘 수 있는 유일한 경우는, 그가 우리에게 더 큰 정보를 줄 가능성이 있을 때죠. 이제 그는 자기 정체가 탄로 난 걸 알게 됐어요. 그 시간 내내 우리는 그에게 많은 비용을 들였어요. 이제 그를 풀어 둘 유일한 가능성이 무너져 버린 거죠. 일이 애초의 계획대로 진행되지 말아야 할 이유가 더는 없습니다. 그러니까 이건 내가 보고해야 할 일이라는 거죠.」

「그래서 당신은 보고할 건가요?」

「내 입장을 생각해 봐야죠. ─ 그리고 당연히 나라를 생각해야 하고.」

「알겠어요. 지금까지 당신 말고 누가 이 사실을 알아요?」

그는 그 질문을 줄곧 기다려 왔을 터였다. 「지금까지는 ─ 전체적으로 밀착해서 아는 사람은 ─ **나**뿐이에요. 여전히 상부로 올라가야 하는…….」

「하지만…….」 그녀가 갑자기 그의 눈을 들여다보았다. 「알겠어요. 이미 **올라갔다면** 내게 이런 말을 하진 않았겠죠?」

「**저리 가!**」 해리슨이 개에게 공격적으로 말했다.

개는 인내심 있게 그들의 테이블 다리에 몸을 부딪치며 스텔라의 주의를 끌었다. 개는 **누군가**의 보살핌을 간청하며 그녀의 몸에 주둥이를 대고 위로 밀어 올렸다 ─ 바닥에 끌리는 이 목줄에는 뭔가 탯줄 같은 느낌이 있었다. 해리슨이 몸을 돌려 개를 발로 밀었다. 개의 척추에 피학적인 전율이 일었지만, 개는 꿋꿋이 일어서서 이제는 스텔라의 무릎에 머리를 갖다 댔다. 그녀는 개 목걸이에 손을 얹고 점자를 읽듯 손

390

끝으로 장식 단추의 개수를 헤아렸다. 「너를 해치려는 게 아니야.」 그녀가 말했다.

「개가 당신을 귀찮게 하는군요.」

「아니요, 그저 지루하게 할 뿐이에요. 물진 않을 거예요. 바라기론 개가…… 우리가 무슨 이야기를 하고 있었죠?」

「우리가 무슨 이야기를 하고 있었는지 알 텐데요. 아주 잘 알 것 같은데요.」

「당신이 무슨 이야기를 하려고 했는지는 알아요. 네. 내가 큰 실수를 해서 지금 당신이 담보권을 행사할 순간이 됐다는 거죠? 그리고 그 일은 이제 마침내 정말로 내게 달려 **있다는** 거고요? 내가 로버트를 조금 더 오래 매수하거나──아니면?」

그녀가 말을 중단했다──해리슨이 번개 같은 동작으로 그녀의 손 위에 자기 손을 탁 내려놓았다. 그녀는 순간적으로 모욕감을 느낀 정도를 넘어, 그가 그녀를 때린 걸 수도 있겠다고 생각했다. 그리고 그녀는 무슨 일이 일어났는지, 그리고 지금 일어나고 있는지 보았다──루이가 그들의 테이블로 다가오고 있었다. 「실례할게요.」 루이가 숨 가쁜 목소리로 말했다. 「내 개를 데려가려고 온 거예요.」 그녀가 허리를 숙이고 엄지와 다른 손가락을 맞부딪혀 딱 소리를 냈다. 「가자, 어서, 스폿, 이 나쁜 녀석! 사람들이나 귀찮게 하고!」

스텔라는 루이가 들어오기 한참 전부터 개가 앉아서 몸을 긁고 있던 장면을 생생히 기억하고 있었고, 그 때문에 놀라서 그녀를 쳐다보았다. 느슨하고 꾸밈없고 열정적이고 다급해 보이는 루이의 모든 면이 눈앞에 드러나 있었다. 그녀는 전반적으로 삐뚤게 신은 스타킹의 느낌을 주었다. 오늘 저녁을 위해 그녀는 당원 같은 복장을 포기하고, 암적색 투피스를 입었다. 자신이 바라는 만큼은 아니더라도 세련된 모습이었다. 팔꿈치 아래로 핸드백이 걸려 있었고, 한쪽 손에 화려한 장갑 한 켤레가 꽉 쥐어 있었다. 머리핀의 나비 리본이 조랑말처럼 거친 그녀의 머리칼 아래로 길게 내려와 있었다. 그녀의 큰 입은 벌어진 채 두껍게 바른 립스틱의 안쪽 가장자리를 보여 주고 있었다. 조명을 받아 불그스름한 얼굴에 눈은 굴처럼 옅은 색깔로 보였는데, 동공은 자기가 벌인 일 때문에 커진 채 자신의 동작을 곁눈질로 쳐다보고 있었다.

「당신을 꽤 오랫동안 그 공원에서 못 봤어요.」 그녀가 활기찬 목소리로 당돌하게 말했다.

「놀랄 일은 아니군요.」 그가 목줄의 한쪽 끝을 집어 그녀에게 건네며 말했다. 「나는 거긴 안 가니까.」

「하지만 내가 당신을 봤을 땐, 당신은 거기 있었어요 — 여기서 다시 만나리라곤 상상도 못 했는데! 방해해서 죄송해요. 개 때문에 — 스폿.」 그녀가 개에게 주저하며 말했다. 「이 나쁜 녀석, 사람들을 내버려두질 않는구나.」

「방해되지 않아요.」 스텔라가 루이를 고맙다는 눈빛으로 쳐다보며 말했다 — 루이는 테이블을 내려다보며 서서, 순진한 표정으로 한쪽 발에서 반대쪽 발로 무게를 옮겼다. 「왜 개 이름이 스폿인가요? 얼룩점이 하나도 없는데.」

루이가 머리를 빠르게 굴리는 게 보였다. 「친구의 개인데, 그게, 내가 봐주고 있는 거예요.」 그녀가 건성으로 목줄을 잡아당기며 말했다. 「여기 정말 좋은데요, 안 그래요?」 그녀는 계속해서 실내를 둘러보고 다시 스텔라를 쳐다보았다. 스텔라를 찬찬히 살펴본 뒤, 루이의 허세는 잦아들었다. 「여기 누가 오든 별로 관심은 없어요.」

「어쨌거나 당신은 여길 오는군요. 자주 오나요?」

「아니요, 전혀. 오늘 저녁에 여기 온 게 재미있는 이유는, 나는 여기로 올 생각이 전혀 없었던 것 같거든요. 그러니까, 오늘 약속이 있었는데, 지금 생각하면 정말로 여기 말고 다른 곳에 갔어야 해요. 친구들이 길을 계속 따라가다가 몇 계단만 내려가면 된다고, 못 찾을 리 없다고 했는데, 하지만 누가 뭘 할 수 있는지는 정말로 놀라워요. 여기가 아니라면 친구들이 어디를 말했는지 전혀 모르겠거든요. 어디에나 이름이 있지만, 어디든 읽을 수 있는 건 ⟨OPEN⟩뿐이잖아요. 그래서 나는 친구들이 실수한 걸 수도 있으니까, 한 시간은 기다려 보기로 했어요. 그러는 사이에 뭔가를 먹었고요. 하지만 내 여자 친구가 나보고 늘 아주 바보 같아 보인다고 해서, 막 나가려던 참이었어요.」

「그건 그렇죠.」루이가 말을 하는 내내 테이블 가장자리를 엄지로 두드리고 있던 해리슨이 끼어들었다. 「당신은 얼른 집으로 돌아가는 게 좋겠군요. 여기 있다간 더 큰 문제에 휘말릴 거예요. 그리고 개를 제자리에 돌려 두고 가는 것 잊지 말고.」

「저기, 이 개가 **당신**을 상당히 좋아하게 된 것 같은데요. 불쌍한 녀석, 그렇지 않니? 사람들은 늘 개는 다 안다고 하죠.

393

아무튼 난 이만 가봐야겠네요.」

「아니, 가지 마요!」 스텔라가 루이의 팔을 잡으려다 말고
외쳤다. 「잠시만 — 여기 앉지 그래요?」

「오, 그러면 안 될 것 같아요.」 루이가 해리슨을 흘끗 본 뒤
결정을 내렸다.

「잠시만…….」

「아니요, 그래서는 안 될 것 같아요.」 그녀가 옆 테이블에
서 빈 의자를 하나 가져와 방향을 돌려놓고 거기 앉았다. 그
녀는 스텔라를 보고 이어 해리슨을 보았다. 「우선, 두 분이
대화 중이었고요.」

「단지 뭔가 결정하던 중이었어요.」 스텔라가 말했고, 그 단
어들이 만드는 소리에 안색이 죽은 사람처럼 하얘졌다.

「그것도 시간이 걸리는 일인데.」

이 테이블에서 벌어진 익명의 위기는 루이에게 다른 어떤
일보다 더 이상해 보이진 않았다. 루이가 다리를 꼬고 무릎
이 가려지게 스커트 자락을 끌어 내린 뒤 다시 올라가지 않
게 손바닥을 올렸다. 여기 그녀가 그림처럼 앉아 있었다 —
다음 말은 누구를 대상으로 해야 할 것인가? 그녀가 개를 쳐
다보고, 고개를 옆으로 까딱 기울여 목줄에 적힌 주인의 주
소를 다시 읽었다. 그 순간 자신이 그걸 생각했어야 한다는
걸 떠올렸다. 그게 자신을 멍청해 보이게 만든다는 걸. 하지
만 뭐라도 해야 했고, 그렇게라도 하지 않으면 아무 일도 일
어나지 않았다. 해리슨의 무례한 태도에도 불구하고, 그들
중 누구도 그 개를 다시 쳐다보지 않았다. 「우리가 있는 여기

가 어딘지 알면 참 좋을 텐데.」 그녀가 마침내 말했다. 「왜냐하면 여긴 안주가 다양해요.」

「나도 우리가 어디 있는지 몰라요!」 스텔라가 말했고, 활기가 살아났다. 「우리가 있는 곳이 어디죠?」 그녀가 해리슨에게 질문을 던졌고, 그는 대답하지 않았다. 「어쨌거나.」 그녀는 이어 루이에게 약간 어지러울 정도로 빠르게 말했다. 「당신이 누군지 말해 줘요.」 그리고 그녀는 해리슨이 그냥 허수아비 인형에 지나지 않는다는 듯 아무렇지 않게 웃었다. 「그러니까, 서로 소개할 기회가 없었잖아요. 그러니 당신 이름을 말해 줘요. 나도 내 이름을 말할게요. 나는 미시즈 로드니예요.」

루이는 이야기를 꾸며 낼 때만 유창했다. 이제 그녀가 의심을 가라앉히는 듯 잠깐 멈춘 뒤에 마침내 말했다. 「나는 미시즈 루이스예요.」

「**그래요**?」 스텔라가 다시 놀라서 말했다 — 너무 놀라서 결혼반지를 낀 루이의 손가락을 흘끗 확인했다.

「네.」 루이가 이제 더 자신 있게 고개를 끄덕이며 말했다. 「하지만 짐작이 가죠 — 내 남편은 전기 기술자로 일하고 있어야 할 텐데, 지금은 인도에 붙들려 있어요.」 그녀가 해리슨에게서 고개를 돌리고 자기 말을 고쳤다. 「아니면 적어도 그렇게 보여요. 무슨 말이든 조심해야 하니까. 그가 어디 있든, 나는 이따금 아주 외로워요, 정말로. 하지만 그런 말이 있잖아요, 우리 여자들은 모두 같은 배를 탔다.」

「오, 난 아니에요. 내 남편은 죽었어요.」

루이는 깜짝 놀랐다. 「이미 전사했다는 말은 아니죠?」

「아니요, 그냥 죽었어요. 오래전 일이에요.」

「그래도……」 루이가 그 말을 곰곰이 생각한 뒤, 해리슨에게 시선을 돌려 손톱부터 정수리까지 오롯이 그를 새롭고 아마도 의미심장한 관점에서 다시 뜯어보았다. 그녀가 보기엔 스텔라가 더 잘해야 할 것 같았다. 그의 시선에 불안해진 루이는 다시 분위기를 띄우려고 했다. 「한 번 보고 당신이 나를 기억할 거라고 생각했다니.」 그녀가 말했다. 「하지만 나는 당신이 사람 얼굴을 좀처럼 잊지 않는다고 말한 걸 기억하고 있어요. 지금쯤 당신 머릿속에 몇 명의 얼굴이 있는지 생각해 본다면 아주 재미있겠네요.」

「당신이 맞아요.」 스텔라가 말했다. 「그의 머릿속은 아주 재미있어요.」 그 말을 들은 해리슨은 모호하거나 괴로운 표정으로 그녀를 빤히 쳐다보았다. 하지만 그녀는 루이에게 말하고 있었다. 「그럼 둘이 오래된 친구 사이는 아닌 거네요?」

「그럼요, 그의 이름도 모르는걸요! 그냥 공원 연주회에서 대화를 나누게 된 거였어요. 야외라 격식 없는 공연이었고요. 그런 공연은 온갖 종류의 사람들을 끌어들인다는 거 알잖아요. 고전 음악이지만, 멋진 골짜기에서 악단은 무엇보다 흥겨운 연주를 하죠. 하지만 오, 그 각다귀들이란. 그리고 우리가 어디 있는지 알기도 전에 밤은 아주 깊어져 있어요. 물론 연중 이맘때면 모든 것이 중단돼서 안타깝긴 해요 — 겨울이 되면 런던을 제외하곤 아무것도 남지 않죠…… 그런데 그가 얼마나 깊이 생각에 빠져 있었는지!」 그녀는 말하면서 그때가 생각나는지 얼굴이 퍼졌다. 「나는 결코 잊지 못할 거예요.」 그녀는 해리슨이 그 이야기에 개입하기를 기다렸지만 그는 그러지 않았고, 그녀는 그의 도움 없이 혼자 이야기를 이어 나갔다. 「거의 웃음이 터질 뻔했어요 — 그의 한 손이 그의 다른 손과 권투를 하고 있었죠. 그런 식으로 뇌를 쓰는 건 어디서도 본 적이 없을걸요. 내 옆자리는 비어 있었고, 그 빈 의자 옆에 그가 앉아 있었어요. 그날이 일요일이었다는 건 말할 필요가 없겠네요.」

「당신이 악단의 연주를 들었다는 날이 그날이었어요?」 스텔라가 해리슨에게 물었다.

「설마 **당신**이 그의 데이트 상대였던 건가요?」 루이가 그 사실을 깨닫고는 말했다. 「그렇게 보이진 않는데.」

「왜요?」

「음, 그렇게 보여서요. 그가 요령이 좋진 않을 거라는 의심이 막 들려던 참이었어요 — 그러니 이제 그의 용서를 구해야겠네요.」

그녀가 말을 멈추고 해리슨에게 반응할 기회를 넘겼다. 하지만 대답은 없었다. 「나는 평소에 사람을 주의해서 보는 편이 아니에요.」 그녀는 어쩐지 스텔라에게 계속 이야기를 해야 할 것 같았다. 「우리는 아주 많은 사람들을 만나잖아요. 아니, 내가 그를 눈여겨보게 된 건 그가 한 말 때문이었어요. 우리가 자주 듣지 못하는 말을 했거든요. 그가 내게 옛날 사람 같은 표정으로 말했어요. 〈내가 **의외로 이상한 사람일지도 모르죠**.〉」 그 말을 하고 나서 여느 때만큼 즐거워진 그녀는 자신의 말이 스텔라에게 미친 영향을 음미했다.

하지만 스텔라는 충분하지 않은 모양이었다 — 루이는 너무나 기분 좋게 개의 목줄을 끌어당기면서 고개를 돌려 해리슨을 똑바로 쳐다보았다. 「오, 맞아요, 당신이 그랬죠 — 기억나요? 당신 자신도 이상한 사람일 수 있다고 말했잖아요. 그리고 당신은 내가 런던 여자가 아니라는 것도 알았고요.」

「내가 보기에 당신은 그때도, **그리고** 지금도 귀찮은 존재예요. 그리고 조심해요 — 그 개를 목 졸라 죽일 참입니까?」 그러고는 스텔라를 쳐다보며 말했다. 「그리고 당신은, 정신이 나갔어요? 우리에게 이 밤이 전부 주어졌다고 생각하나요?」

스텔라가 말했다. 「네, 그렇게 생각했는데요?」

이 모든 것의 조용함이 루이에게 느린 반향을 일으켰다. 루이는 목줄을 다시 완전한 길이로 풀어 주면서 불쌍하다는 시선으로 개를 내려다보았다. 그러다 갑자기, 개가 멀리 떨어질수록 안전하다는 듯이 경고의 의미로 개를 발로 밀었다. 「세상에.」 그녀가 외쳤다. 「심장도 없는 사람이네!」

두 사람은 놀란 채, 루이가 허둥지둥 고무 바닥 위로 의자를 다시 끌고 가는 것을 지켜보았다. 그들은 일종의 경의를 표하는 느낌으로 그녀가 말을 계속하기를 기다렸다. 그녀는 말을 계속했다. 「오, 당신이 이 사람하고 같이 갈지 궁금하네요! 그럴 수 있다면 당연히 이 사람하고 둘만 있고 싶진 않을 것 같은데. 사람들이 서로에게 친절해지게 하려고, 전쟁은 그래서 하는 건데, 안 그래요? **내게** 이 불쌍한 개 말고 다른 동기는 결코 없었어요!」

「미안해요.」 스텔라가 허리를 숙여 바닥에 절망적으로 떨어져 있던 루이의 얇은 장갑을 집어 올리며 말했다. 그리고 장갑의 구겨진 손가락을 똑바로 편 뒤 후회하는 표정으로 장갑 손등의 분홍색 무늬를 잠시 바라보았다. 그녀가 그것을 루이에게 돌려주며 말했다. 「이 사람 태도는 신경 쓰지 마요.」

「당신은 그의 태도가 신경 쓰이지 않아요?」

「우리가 늘 선택할 수 있는 건 아니죠.」

「당신에겐 다른 기회도 많을 것 같은데요.」 루이가 생기 없는 목소리로 말했다. 그리고 목줄을 놓고 장갑을 손에 끼려고 애썼다. 「하지만 나에 대해서도 신경 쓰지 마세요.」 그녀가 덧붙였다. 「사람들이 그러는데, 나는 늘 쉽게 감정이 상한대요. 저기 내 집이 파괴된 뒤로, 누가 갑자기 공격하면 어떻게 해야 할지를 모르겠어요. 그러니 내가 어떤 말을 했더라도 용서해 줘요. 다만 나는 끝까지 우리 모두가 서로에게 친절했다고 생각했어요. 그러니까 그가, 차라리 내가 이 자리에 없기를 바랐던 것만 빼면 말이죠. 그가 이렇게 순식간에 못되게 굴 줄 누가 알았겠어요?」

「그를 탓해서는 안 돼요.」 스텔라가 말했다. 「그건 내 잘못이에요. 그도 곤경에 처해 있어요 — 내가 그녀에게 당신이 곤경에 처했다고 말하고 있어요.」 스텔라가 해리슨을 보며 말했고, 이어 다시 루이에게 말했다. 「우리가 바라는 대로 되는 것도 아니고, 그게 얼마나 힘든 일인지 알려면 직접 노력해 봐야 하는데 — 당신이나 나나 그러지는 않잖아요. 오늘 저녁은 축하하는 시간이자, 앞으로 있을 더 많은 저녁 중 처음이었어요. 앞으로 있을 더 많은 저녁 중 처음인 건 맞겠지만, 그런 저녁이 무슨 가치가 있겠어요? 이게 진실이에요.」그녀가 서로의 얼굴을 걱정스럽게 쳐다보고 있는 다른 사람들을 둘러보며 말했다. 「그는 그걸 견딜 수 없는 거예요. 그가 그걸 잊기를 바라기로 해요 ― 그걸 바랍시다. 그게 우리가 할 수 있는 최소한의 일이에요. 우리 셋 다 인간이에요. 그건 언제든 당신의 시간이, 혹은 내 시간이 될 수도 있어요 ― 당신이나 나나 어쩌면 우리가 알고 있다고 생각했던 모든 것을 무효화시킬, 인간에 대한 끔찍한 교훈을 배우고 있는 건지도 모르죠. 우리가 준비해야 할 것은 죽음이 아니라 그거예요 ― 우린 뭘 해야 하는 걸까요?」그리고 해리슨에게 말했다. 「가장 불가능해 보이는 게 뭐 같아요? 우린 다음에 어디로 가는 거죠?」

그 말에 압도된 루이는 남자를, 이어 여자를 쳐다보고, 의자에 밧줄로 묶여 있던 사람처럼 무겁게 몸을 움직여 풀려나며 자리에서 일어났다. 「난 그만 집에 가야겠어요.」

「하지만 당신의 집이 ―?」

「지금 지내는 곳으로 돌아가야죠. 그에게는 〈원래 위치로〉[3] 상황이라고 말해 줘요.」그녀가 말했다. 「사람들은 이따금 그냥 훌쩍 떠나죠.」

「그에게 작별 인사 정도는 해요.」

「내가요? 그의 이름도 모르는걸요.」

「해리슨 ― 떠나기 전에 내게 축하는 해줘야죠.」스텔라가

3 원문은 〈as you were〉로, 군대에서 쓰는 용어다.

여전히 루이의 팔을 잡은 채 말했다. 「좋은 소식이 있어요. 내 생각엔 그래요.」

「그런가요?」

스텔라가 고개를 끄덕였다. 「한 친구가 위험에서 벗어났어요.」

해리슨이 테이블에 교차해 올리고 있던 양팔을 풀자 쿵 소리와 함께 포크와 나이프가 번쩍하며 테이블이 평형 상태로 되돌아갔다. 그는 표면적으로 자세를 바꾸었지만, 실제로는 수북한 담배꽁초에서 나온 연기에 따끔거리는 눈을 수습하려고 그런 것이었다. 그가 그 눈, 그러니까 왼쪽 눈을 손끝으로 비비고 눈썹을 치켰다 내렸다. 「둘이 같이 가는 게 어때요?」 그가 손가락을 쳐다보며 말했다. 「내가 하는 말 안 들립니까?」 그가 더 크고 덜 공허한 목소리로 물었다. 「둘이 지금 같이 가는 게 좋겠군요.」

스텔라는 자신이 또 어리석었다는 사실에 창백해져 컵 받침에 있는 스푼을 만졌다. 마침내 그녀가 말을 꺼냈다. 「하지만…….」

「음, 뭡니까?」

스텔라는 이번에는 루이가 그다음 말을 해줄 수 있는 것처럼 루이를 쳐다보았다. 「하지만 — 그녀와 나는 우리가 어디 있는지도 몰라요.」

「계단을 다 올라가면 오른쪽으로 가요. 쭉 가다가, 첫 번째 왼쪽, 그리고 다시 계속 가요. 둘 중 누군가는 거기가 리젠트 스트리트라는 걸 알 겁니다.」

「그런데 나는 **그녀**가 어디 사는지 몰라요.」

「그녀가 알겠죠.」

그가 일어서서 테이블을 뒤로 당겼다. 스텔라는 강요에 의해 천천히 일어섰다. 「이해가 안 가요.」 그녀가 말했다. 「결정이 어떻게 난 거죠? 이제 당신은 어떻게 할 거예요?」

「계산서를 받아야죠. 계산은 저절로 된답니까?」

13

「그럴 줄 알았어.」코니가 말했다.「그만큼 시간이 흘렀고, 내 친구가 너를 위해 자기 친구를 데려오기까지 했는데. 그래서 저녁 내내 우리뿐 아니라 그도 함께 있었어.」

「어쨌거나 넌 일찍 돌아왔네.」

「넌 대체 무슨 생각을 했길래? 아니, 분명히 말해 두는데, 내가 이렇게 넘어가 주는 건 이번이 마지막이야. 자, 이제 평소에 하던 대로 해.」

「아무 생각 안 했어, 코니.」루이가 신발을 벗은 채 침대를 가로질러 누워 납작한 물고기처럼 몸을 뒤집으며 말했다. 「오, 내 발!」

코니가 나무랐다.「그 멍청한 구두를 신고 다니니까 그렇지!」

「내가 그렇지 뭐. 난 멍청하지 않은 데가 없으니까 ─ 자, 말해 봐. 그래도 네가 내가 있던 곳에 못 온 건 아쉬웠어. 비록 거기가 네가 말한 곳은 아니었지만. 거긴 안주가 정말로 다양했거든. 그리고 또 하나는 ─」

「음, 거긴 안주가 다양했다 — 다른 건 또 뭐야?」

「연극 같은 일이 일어났어.」

「오, 오늘 밤에 그런 건 이미 충분해. 사양할게.」 코니가 하품을 하며 잘라 말했다. 루이의 집 응접실 가스 벽난로 앞에 캐미니커스[1]를 입고 서서, 코니는 한쪽 발로 균형을 잡고는 스타킹 한 짝을, 이어 또 한 짝을 벗었다. 「그리고 잘 들어. 내가 네 침대에서 같이 자길 원한다면, 먼저 이불 속에 들어가 침대를 데워 봐. 내가 왜 추워서 소름이 돋는 일을 해야 하는지 모르겠으니까.」

「넌 친절해, 코니.」

「음, 알몸으로 두 개 층을 올라가는 것보단 그게 낫지. 나한테는 다 똑같아 — 하지만 기억해 둬, 난 이게 건강에 좋은지는 전혀 모르겠으니까. 알람은 잘 맞춰 놨어?」

「오늘 아침엔 안 울렸지.」

「그럼 네가 알람을 맞춰 놓지 않았다고 해도 놀라선 안 되겠다. 내가 한번 볼게 — 이리 줘봐.」

코니가 알람 시계를 힘껏 흔들었다. 「어쨌거나, 그건 무슨 뜻이니?」 그녀가 말을 계속했다. 「연극 같은 일? 네가 싸움에 휘말렸다는 이야기면, 하지 마 — 그 뻔한 이야기는 들을 만큼 들었으니까. 그게 아니라면, 무슨 일로 거기 그렇게 오래 있었어?」

머리 위에서부터 내려 입는 원피스 잠옷이 얼굴을 반쯤 가린 상태라, 루이는 작아진 목소리로 말했다. 「집에 걸어왔어.」

1 상의인 캐미솔과 하의인 니커스를 붙여 하나로 만든 여성용 속옷.

「전차가 다니는데, 왜 그런 거지? 네 발이 아픈 게 놀랄 일도 아니네.」

「누굴 집까지 데려다주라는 부탁을 받았어.」

「내가 보기에 **시계**엔 아무 문제가 없는데.」 코니가 시계를 침대 옆 의자에 다시 놓으려고 다가가면서 말했다. 「내가 말할 수 있는 건 그게 다야 ― 내 잠옷 거기 있어?」 요즘 코니가 입는 루이의 여벌 잠옷이 톰의 베개 밑에 있었다. 「음, 이리 던져 줘.」 그녀가 잠시 뒤에 말했다. 「그리고 명심해.」 그녀가 톰이 눕는 쪽의 스프링 상태를 확인하려는 듯 몸을 한두 번 튕기며 덧붙였다. 「네가 밤에 꿈을 꾸든 안 꾸든, 지난번처럼 발톱으로 나를 차지는 마. 그게 내가 결혼하지 않는 이유 중 하나니까. 아니면 네 남편이 예방 조치로 자기 자리를 이렇게 깊은 구유처럼 만들어 놓은 건가? 상황이 정상화되는 조짐이 보이면 이 매트리스는 한번 손봐야겠다 ― 물론, 다시 생각하면, 상황이 정상화되는 조짐 중 하나는 다행스럽게도 네 남편이 돌아오고 있다는 소식이겠지? 그 경우라면 내가 지시할 입장은 전혀 아니고. 나는 군말 없이 누워 자지만, 남자들은 좀 불안해할걸 ― 얼굴에 크림은 발랐어?」

「귀찮아서 안 바르려고, 코니 ― 하지만 내 크림 쓸래?」

「음 ― 됐어. 난 알고 싶어, 아름다움이라는 숙명적인 선물이 최근에 코니를 어디로 데려가고 있는지? ― 하지만 그거 아니, **너** 모공 관리는 잘해야 해. 그 때문에 네가 런던 피부를 못 갖게 될 수도 있어.」

그래서 루이는 전등을 껐다. 하지만 이내 〈오, **저기**〉 하고

405

그녀가 불평했다. 「코니, 벽난로 불을 계속 타게 놔뒀구나!」
—「음, 내가 너를 안 지 7년도 안 된 거니까, 응? 가서 그 일
을 하는 동안에는 창문을 열어·놓는 게 좋을 거야. 혹시 네 시
계의 알람이 울리지 **않을지도** 모르니까 말이지.」 루이가 체념
한 듯 침대에서 풀썩 내려서자 코니는 그 틈을 타서 자신의
누에고치를 만드는 데 필요한 담요를 더 가져왔다. 한편 루
이는 돌아올 때는 더듬더듬 가구를 짚어 가며 오느라 시간이
좀 더 걸렸다. 「얼른 와.」 코니가 툴툴거렸다. 「맥베스 부인!
그러니까 네가 누굴 집까지 데려다준 게 연극 같았다는 거야,
아니면 뭐야?」

루이에게 오늘 저녁은 해리슨이라는 미스터리 남자를 떠
나보내는 종이 울린 저녁이었다. 그녀는 지금 자신이 가장
원하는 것이 다시는 그에 대한 이야기를 하지 않는 것이라는
사실을 깨닫고 깜짝 놀랐다. 혐오감이 안개처럼 스멀스멀 퍼
져 이미 그의 얼굴에 내려앉았고, 그의 말을 지웠으며, 에일
듯 날 선 그의 조용한 어조를 덮었다. 심지어 그의 동반자가
고통의 특권이라고 그를 편들어 준 사실조차 부적절하게 여
겨졌다. 루이는 그가 결코 고통을 느낄 줄 모르는 사람이라
고 느꼈고, 그와 동시에 그가 고통을 느낄 수 있기를 바랐다.
그녀가 그를 용서할 수 없었던 것이 아니라, 그가 그녀에게
태생적으로 — 그 밖의 모든 것과 함께 — 용서받기를 거부
하는 것으로 보였다. 오늘 밤 가장 강렬했던 인상은, 해리슨
이라는 인물 전체에는 뭔가를 받아들일 자리가 없다는 것이
었다. 오, 그렇다면 그녀는 코니에게 무슨 생각으로 이야기

중에 그런 미끼를 던진 것일까? 사실 그녀는 스텔라에 대한 이야기를 훨씬 하고 싶었다 — 하지만 그 이야기라면 아마도 하지 않는 게 나을 것 같았다. 아주 많은 밤마다, 쪽문으로 악마가 들어오는 것처럼 훅 잠이 들어 버리는 게 코니의 방식이었다 — 지금 그녀는 코니가 그렇게 잠들기를 정말로 간절히 바랐다. 하지만 물론 그렇게 되지 않았다. 「응?」 코니가 계속 졸랐고, 한쪽 팔을 이불 위로 빼내 루이의 골반 쪽을 찰싹 때리며 어둠 속에서 코니가 늘 거기 있다는 것을 확인했다. 「그래서 뭔데?」

루이는 사자처럼 하품을 했다. 「오, 코니 — 나 — 너무 — 피곤하다!」

「넌 내가 뭐라고 생각해? 늘 망보는 사람? 오늘 저녁만 그런 게 아니라, 남은 이야기를 질질 끌기만 하잖아. 네 문제는, 점점 비밀이 많아진다는 거야!」

「오, 아니야, 정말로. 그게 아니라, 그 일은 오로지 내가 어느 개에게 반하면서 시작된 거였어. 그 개가 너무 슬퍼 보였어. 그래서 그 주인들하고 대화를 나누게 됐어.」

「그럼 그 사람들은 뭘 하고 있었는데? — 개를 학대하고 있었어?」

「오, 아니. 아니야, 그들은 테이블에 앉아 있었어. 〈음.〉 그들이 말했어. 〈개를 사랑하는 사람을 만나는 건 늘 의미 있는 일이죠.〉 내가 말했어. 〈이 개는 얼룩점이 하나도 없는데 스폿이라고 부르는 게 재미있어요.〉 그러니까 그들이 그 말을 좋게 받아들여서 나보고 합석하자고 하면서 나를 끼워 줬어.」

「그럼 부부였어, 그 사람들?」

「오, 아니야. 아니야, 여자의 남편은 죽었대. 아니, 부부가 아니었어.」

「그럼 둘이 어떻게 같은 개를 키울 수 있어? ……아니, 너는 두 팀의 저녁을 다 망친 것 같은데. 그러니까 네 말은, 네가 치명적인 매력을 과시하며 등장해서 그들의 사이를 깨놓고, 그 남자를 집까지 바래다줬다는 거지?」

「그 반대야, 코니. 그는 컨디션이 안 좋아져서 개하고 같이 남겠다고 했고, 내가 그녀를 집까지 바래다줬어. 여자의 집 앞까지 갔어. 그녀와 나는 친구가 되었고. 그 여잔 기품이 있었어.」

「그녀가 어쨌다고?」

「기품이 있었다고.」

「그 여자의 친구가 기절한 것도 놀랄 일이 아니네.」

「난 그런 말은 **안** 했어! 아니, 너 지금 너무 못됐다 — 내 말을 계속 그런 식으로 받아들일 거니! 계속 그럴 거면 나를 조용히 내버려둬!」 루이는 몸을 홱 움직여 반대쪽으로 돌아누운 뒤 가져올 수 있는 만큼 이불을 잡아당겼고, 그러자 이불 밑으로 그녀의 몸과 이불을 뺏기지 않으려는 코니의 몸 사이에 쌩한 바람과 함께 팽팽한 틈이 생겼다. 루이는 무릎을 끌어 올리고 얼굴을 베개에 묻어 자신의 형체를 뭉툭하게 만들었다. 이 모든 과정이 침대 스프링에 고스란히 옮겨졌고, 코니가 중얼거렸다. 「또 그러네 — 해봐, 해보라고!」 긴장과 침묵이 흘렀다. 코니는 더 이상 그것에 대해서는 생각하지 않는 사람처럼 행동했다. 하지만 그 순간 스프링이 삐걱거렸다 — 그녀가 다시 팔을 빼서 루이의 엉덩이를 찰싹 때렸다. 「나는 신경 안 써줘도 돼.」 그녀가 말했다. 「못된 계집애!」

「너만 그런 게 아니야. 내가 할 말이 없어지면 모두 내 뒤를 받아서 말하는 게 문제야. 넌 종종 내가 문법을 잘 구사할 수 있으면 도움이 될 거라고 말하지만, 그게 다가 아니야. 내가 **말할 수 있는** 것만 말하고, 정말로 말해야 하는 걸 말하지 못할 때 어떤 곤란한 일이 생기는지 보라고. 내 속은 복잡해서 미칠 지경이야 — 점점 더 많은 것들이 내 안으로 들어오고 있어. 내가 말만 잘할 수 있어도 더 잘 견딜 수 있을 텐데. 그러니까 오늘 밤 그 여잔 아름답게 말했어. 나는 그녀에게 연민을 느낄 필요가 없었어 — 할 말이 그녀의 가슴에 있다가 바로 거기서 툭 튀어나왔어. 나도 그녀처럼 말할 수 있다면 뭔가 숨기는 것처럼은 보이진 않을 거야. 정도를 조금 벗어난 것도 말할 수 있다면, 얼마나 더 벗어났는지가 뭐가 중요하겠어? 그는 그녀를 때릴 기세였는데, 그녀는 그걸 그냥 넘겨 버렸어 — 그녀의 그 방식 때문에 그가 그녀를 때리려고 한 거였다면 — 그래서 **나**는 그와 함께 추한 사람으로 남았고, 그걸 잊을 수 없을 거야…… 내가 늘 집에서 지내던 때에는 **말할** 필요가 전혀 없었어. 톰의 휴가 기간 동안 그와 같이 있을 때도 말할 필요가 없었고. 그들의 허락하에 톰이 잠시 같이 있었을 때도 나는 말할 필요가 없었어. 하지만 지금 봐 — 내가 뭐가 **되려고** 하건, 이제 말할 필요가 생겼잖아? 계속 이렇게 말을 잘할 수 없으면 나는 아무것도 되지 못할 테고, 이제 아무도 없어. 내가 스스로를 더 이해시킬 수 있다면, 나도 더 이해할 수 있을 거야. 그러니까 너도 그게 어떤 건지, 내가 모든 면에서 얼마나 노력하는지 알 거야. 미안해, 코니. 네가 나한테 잘해 줬는데, 하지만 네가 계속 추궁하면 나는 공격적으로 반응할 수밖에 없어. 어쨌거나 난 낯선 사람보다 네가 좋아. 나도 네가 맞다는 걸 알겠어 — 내가 살아온 대로 아무 걱정 없이 태평스럽게 사는 건 톰에게는 현실적으로 보이지 않았을 거야. 이 모든 게, 남자와 있을 때 늘 이렇다는 건데 — 말할 수 없는 걸 굳이 말할 필요가 없거든. 너만 거기 그대로 **있어** 준다면 나는 네가 있는 게 훨씬 좋아.」

코니는 대답하지 않았다.

「왜 그래, 코니?」

「나는 생각도 못 해?」

「오, 그게 다라면.」

「내가 말할 수 있는 건 오로지, 내가 너였다면 난 내 머리를 걱정하진 않았을 거라는 거야. 네가 다른 사람들보다 더 유별나게 특이하진 않아. 누가 뭘 해야 하는지 내가 말할 수는 없어, 정말로…… 그런데 늦었다.」

「그래, **그러네.** 그런 것 같아.」

「조용한 걸 보면 알 수 있지.」 그들은 좀 더 떨어져 들을 때는 분석해 봐도 그저 소리일 뿐인 소리에 귀를 기울인 채 누워 있었다. 메릴본 노선망에서 들리는 야간열차 소리 — 선로를 바꾸는 소리, 철컹거리는 소리, 쉭쉭거리는 소리. 「조차장에서 나는 저 소리를 들어 봐.」 코니가 투덜거렸다. 「차라리 독일에 있는 게 더 낫겠어.」 그리고 잠시 뒤 뭔가가 천장 위에서 흔들렸다. 탐조등이 꺼졌다. 「천장에 예전처럼 조명이 가만히 매달려 있는 걸 보면 이상할 것 같아.」 루이가 말했다. 「저 바깥 거리에 가로등도 있었어. 그러니 전에는 이 방이 한밤중에 얼마나 달랐는지 누가 알겠어. 그게 우릴 계속 깨어 있게 했을 수도 있지. 마당 뒤에 있는 저 나무만 봐도, 저 뒤에 불 켜진 창문이 있었을 땐 저 나무가 만드는 무늬가 바로 이 침대에 그려졌어. 아주 진짜 같아서 움직이는 게 보였다니까. 톰은 그게 플라타너스란 것도 알아볼 수 있다고 했어 — 탐조등이 무슨 의미가 있을까?」

「음 — 그들은 저걸 잠시도 가만히 안 둘 의무가 있는 거겠지.」

「그럼 우린 이제 자야겠다.」

「그래, 내가 말했잖아.」 코니가 마지막으로 겨드랑이 안쪽을 긁으려고 몸을 일으켰다가 다시 누웠다 — 죽은 것처럼 움직임이 없어서, 옆에 있는 게 수평으로 놓인 롯의 아내[2]처럼 느껴졌다. 정말로, 인격의 모든 힘을 잠자려는 의지에 쏟아붓는 것은 불안을 일으켰는데, 그것이 바로 옆에서 계속 진행되고 있었다. 루이는 다시 등을 침대에 대고 누워서 머리 밑에 손을 넣고 손깍지를 낀 채 허공을 올려다보았다 — 하지만 아주 많은 허공이 존재한다는 사실이 그녀를 짓눌렀다. 그녀는 잠시 뒤에 그 압박에서 벗어나 스텔라가 어떤 머

2 성경에서 롯의 아내는 소돔 땅을 빠져나오다 뒤를 돌아보았기 때문에 소금 기둥이 된다.

리 모양을 하고 있었는지 생각하기 시작했다. 하지만 그걸 어떻게 알 수 있겠는가? — 스텔라는 모자를 쓰고 있었다. 무엇보다 거기엔 분위기가 있었다 — 그 분위기는 모두가 추종해야 하는 것이라고 말하는 듯했다. 가장 좋은 건 검은색이고, 액세서리가 취향이면 곁들인다. 이 사람의 분위기는? ……티 나지 않게 바른 파우더, 반항, 충격, 상실. 검은색의 깔끔하고 딱딱해 보이는 어깨선 위에 반짝이는 장식 핀. 그녀 안 어딘가에서 떨어져 나온 얼음 조각처럼 부대끼는 공포. 나이를 콕 집어 말할 순 없지만 젊지 않은 얼굴. 푸르스름한 눈꺼풀 아래 강렬하고도 텅 빈 눈빛으로 바라보는 눈. 그 깊은 안쪽 어딘가에 그림자처럼 존재하는 젊음. 형태가 또렷하지만 지어서는 안 되는 모양을 만들고 있는 입매. 제대로 쓰지 않으면 아무것도 아니지만 제대로 써서 눈에 띄는 작은 모자. 이마에서 눌려 빠져나온 고뇌. 머리칼이 뒤로 넘어가는 곳에서 시작되는 흰 머리카락 몇 가닥 — 그녀에게 어떤 일이 일어났는지? 그녀는 어디에서 그런 모습을 얻게 되었는지? — 그녀가 떨어진 장갑을 주워 올리려고 아래로 손을 뻗었을 때 떼어 낼 수 없이 이어지던 가는 손목뼈와 고급 손목시계. 그녀는 좋은 사람이었다 — 하지만 그것에 그렇게 시간을 끈다? 누군가는 로드니 부인이 전에는 장갑을 본 적이 없는 사람이라고 생각했을지 몰랐다…….

루이는 낯선 세계로 들어선 느낌이었다. 아슬아슬하게 거의 들어간 순간에 그녀가 마음속으로 외쳤다. 〈오, 아니야, 나는 **그녀**가 될 수 없어!〉 지금 밤낮으로 대기를 채우고 있는 게 뭔지 보라 — 이해할 수 없는 언어들, 좋아하지 않는 음악, 질병, 세균! 무엇에 빠져들지 당신은 모르고, 무엇에 감염되지 않을지 당신은 말할 수 없다. 어디로 돌아서건 뭔가의 작용을 받고, 뭔가에 물든다. 수신기, 전도체, 매개체 — 그것이 루이였다. 루이는 무엇이 될 운명인가? 그녀는 스스로에게 물었지만, 입 밖에 내지는 않았다. 그녀는 전에 느껴 보지 못한 것을 느꼈다 — 심지어 그것을 느끼고 있는 사람이 그녀가 **맞는가**? 그녀는 스텔라의 집을, 어둠 속에서 작별 인사를 나눈 맨 아래 계단을 다시 찾을 수 있을지 궁금했다. 더 궁금한 것은 자신이 그러고 싶은가였다. 「이게 작별은 아니길 바라요.」 그녀는 그렇게 말했지만, 무슨 뜻으로 말했고 얼마나 진심이었나? 루이가 사로잡힌 이 환상, 이 집착은 이런 야릇한 기분 탓인가? 여기 지금 자신이 추구하던 그 모습을 정확히 갖춘 루이가 있었다. 몹시 원하던 것이라도 너무 원하게 되면 그것이 찾아올 때 움츠러드는 것이 본성이다. 칠컴 스트리트에서 루이는 침대에 누운 채 머리 아래로 깍지 낀 손에 힘을 주며 불신과 중독, 공포와 욕망이 뒤섞인 감정으로 스텔라에 대한 생각에 빠져들었다. 다시 웨이머스 스트리트로 지그재그로 걸어가면서 그들이 나눈 모든 대화에서, 해리슨에 대한 언급은 한 번도 나오지 않았다. 오히려 이야기를 하는 쪽이었던 스텔라는 자신의 과거 이야기를 중간중간 툭툭 던졌는데 — 한편으로는 자신의 말소리로 그것이 진짜인지 아닌지 스스로 확인하려는 것 같았고, 또 한편으로는 30분 전에 일어난 일을 멀리 뚝 떨어져 바라보지 못해 그러는 것 같았다. 그녀의 이야기는 군대에 있는 아들에게로 돌아가고 또 돌아갔다. 걱정될까? ─ 왜 아니겠는가? 아들은 외동이었다. 「당신에게 위로가 되겠네요.」 루이가 끼어들며 말했다. 「오, 그렇죠. **그 아이는 내게 위로가 되죠!**」 이미 빠르게 걷고 있었지만, 이야기를 하던 쪽인 스텔라는 그 시점부터 더욱 빠르게 걸었다. 일정하게 큰 보폭으로 걷기로 유명한 루이도 하는 수 없이 부지런히 스텔라를 따라잡아야 했다. 「빨라요?」 ─ 아니, 그 이상이었다. 로드니 부인은 길을 잃은 영혼처럼 걸었다.

그 표현이 누군가의 입을 통해 나온 듯 루이에게 명령처럼 내려졌다 ─ 지금까지의 기억은 가라앉은 문제가 들썩거릴 때마다 붙었다 떨어졌다 하는 표면의 사진들 같았다. 이제 그녀의 입술은 명령을 받은 듯했다. 「길을 잃은 영혼.」 그녀의 입술이 경외심을 일으키며 소리 내어 다시 말했다.

그 순간 그녀가 놀라서 귀를 기울였다. 침묵만이 흘렀다. 그녀는 보지 않은 채로 좀 더 귀를 기울였다. 코니가 돌처럼 죽어 있을지 몰랐다.

「**코니?**」

쌕 숨소리가 들렸다. 「음, 뭔데?」 코니가 날카롭고 잠기운이 묻지 않은 목소리로 대답했다.

「네 숨소리가 들리지 않아서.」

「네가 말 시킬 때까지 숨을 안 쉬고 있었어.」

「그럼 뭘 하고 **있었는데?**」

「인디언³이 한다는 걸 해보려는 중이었어.」

414

「어느 인디언? ─ 깜짝 놀랐잖아.」

「사기꾼들.」

「그게 뭐건 그들은 왜 그런 걸 한대?」

「의식의 일곱 번째 단계에 도달하려고.」

「누가 그런 걸 말해 줬어? 톰은 편지를 보낼 때 인도인에 대한 그런 말은 절대 옮기지 않아. 그는 그냥 관찰자야 ─ 어쨌거나 **넌** 왜 그런 걸 의식하려고 하는데?」

「나는 특이하니까.」 코니가 수수께끼 같은 모호한 어조로 말했다. 「내가 이런 존재가 될 수 없다면 차라리 백 퍼센트 다른 존재가 되겠어. 이렇게 잠이 안 온 적이 없었어 ─ 뭘 잘못 먹었나 봐. 요즘은 뭐든 깨끗하지 않잖아. 아니, 아프진 않아. 배가 더부룩하지도 않고, 가스도 안 찼어. 그저 우주가 열을 내며 내 머릿속에서 빙빙 돌고 있는 기분이야 ─ 중탄산염 약 있어? ─ 아니, 없겠지.」

「있었는데, 톰이 입대하면서 가져갔어 ─ 하지만 서랍 안을 보는 거야 언제든 할 수 있지.」

「약이 군대에 있다면서 서랍은 들여다봐서 뭐 하게? ─ 아니, 내 머릿속에 우주가 들었다면 눈으로도 그걸 볼 수 있겠네. 축소해서 보는 거니까 뭔가 이점이 있겠지. 필요한 건 그게 다야. 난 아무래도 괜찮아. 너도 해봐. 더 나빠질 건 없어.」

「심장이 멈출지도 모르잖아.」

「이봐, 너 다시 잠들려고 하네!」

---

3 이때는 인도 사람의 의미도 되고 아메리카 대륙 선주민을 말하기도 한다.

「난 잠든 게 아니었어.」

「그럼 무슨 말을 그렇게 했어? 막 그 상태에 도달하려고 했는데 너 때문에 깜짝 놀랐잖아.」

「정말 미안하게 됐어.」

「뭐, 네가 어떻게 알았겠어?」

「그래도 네가 안 그랬으면 좋겠어, 코니.」

「이제 다시 할 수 있을지 모르겠네…… 그리고 궁금한 게, 너 어디로 가려고 했어 ― 길을 잃은 영혼을 따라, 그 비슷한 말을 외친 것 같았는데.」

14

한 가지만큼은 할 수 없었다. 로버트에게 전화하는 것 말이다. 전화를 걸지 말지 고민하면서 전화기를 바라보는 것은 — 루이와 헤어진 뒤 스텔라가 집으로 들어가 다시 혼자가 되었을 때 — 고민할 필요가 없었다. 로버트는 오늘 밤 홈딘에 가 있었다. 그가 그날 아침 그녀에게 말하길, 가족회의가 소집되어 7시 기차를 타고 급히 그리로 가게 되었다는 것이었다.

그건 전에 없던 일이었다. 어떤 일이 일어났는가 — 켈웨이 부인이 집을 팔라는 제안을 받았다. 천둥 벼락 같은 그 소식은 우편으로 왔다. 그토록 많은 중개인 장부에 올라간 채로 그토록 오랜 세월 내버려져 있던 홈딘이었는데, 한 중개인이 예고도 없이 살 사람이, 적어도 구입하는 선까지 갈 준비가 된 고객이 있다는 내용의 편지를 보내왔다. 그 제안이 켈웨이 부인과 어네스틴을 불안하게 만들었다는 말로는 충분하지 않았다. 그 일은 그들을 혼란에 빠뜨렸다. 동시에 그들은 어느 쪽으로 결정을 내리든 꺼림칙할 거라고 선언했다. 마찬가지로 — 꺼림칙하든 그렇지 않든 — 로버트 없이 결정을 내리는 것도 그들에게는 동등한 정도로 부적절하다고 선언했다. 어네스틴이 그에게 보낸 그런 취지의 편지는 급한 티가 나고 길어서, 그는 어네스틴을 이해하는 기쁨은 누리지 못했다고 답할 수 있을 뿐이었다. 그녀는 부호(符號)같이 들리는 소리를 섞어 넣으면서 연속적인 신음이나 쉿 하는 경고성 소리, 광견병 환자 같은 웃음소리를 제외하고는 그 문제에 대해 전화로 이야기하는 것을 거부했다. 그리고 머티킨스와 자기는 전쟁과 로버트가 전쟁을 수행하는 일이 당연히 우선임을 잘 알고 있다고 반복해서 말했다. 하지만 한편으로 그가 가족 일을 돌볼 작은 자리를 만들 시간은 낼 수 없을까? 머티킨스가 잘하고 있긴 하지만, 부당해 보였다.

그래서 그들이 그를 거기로 부른 것이었다. 그리고 그가 왔다. 그들은 이미 한 시간째 그 문제를 상의하는 중이었다. 이제 거실 시계는 9시 15분을 가리키고 있었다 — 어네스틴은 이 상황의 심각성 때문에 뉴스는 건너뛰기로 했다. 아치형 출입구와 창문은 커튼으로 빈틈없이 가려져 있었다. 벽난로 옆 공간에 장식 목적으로 낸 작은 창은 검은색 면으로 된 안대 같은 것으로 가려져 있었다. 로버트를 위해 야단법석을 떨며 가져온 쟁반은, 켈웨이 부인과 어네스틴이 그가 먹는 모습을 지켜본 뒤 아주 조금 줄어든 야단법석과 함께 다시 치워졌다. 아이들은 아직 잠들지는 않았지만 잠자리에 든 뒤였다 — 한밤의 느낌이 벌써 거실을 가득 채웠다. 벽난로 불이 그날의 마지막 장작을 소진하면서 나지막이 타오르고 있었다. 켈웨이 부인의 의자 주변에는 벽감처럼 보일 만큼 가림막이 밀집되어 있었다. 여기서 의자에 앉아 부인은 스텔라를 깜짝 놀라게 했던 그 한결같은 속도로 뜨개질을 했다. 어네스틴은 벽난로 맞은편에 앉아 열심히 생각하는 것 말고 아무것도 하지 않고 있었다 ─ 그녀는 로버트의 짧은 체류 시간과 그 안에 **중요한 문제**를 결정해야 할 필요성 때문에 그녀뿐 아니라 모두가 열심히 생각해야 한다고 설명했다. 그녀는 제복과 모자를 갖추고 아버지가 골동품 가게에서 가져온 코핀스툴[1]에 똑바른 자세로 앉아 있었다. 그들은 굴하지 않고 로버트에게 계속 앉으라고 권했지만 소용없었다 ─ 그는 거실을 사방으로 이리저리 서성이고, 원래 있던 오크 가구와 옮겨 놓은 마호가니 가구 사이를 오가며, 걷고 멈추고 응시하고 서 있기를 반복했다. 벽난로 앞에 가만히 서 있을 때는 뭔가 결심이 선 분위기였지만, 번번이 말로 표현하지 않고 폐기했다. 그가 끊임없이 움직인 탓에 켈웨이 가족이 형성한 삼각형은 그 세 번째 꼭짓점이 고정되지 않았다. 로버트에게 말을 걸려면 계속 고개를 돌려야 했다 ─ 적어도 어네스틴의 자리에서는 그랬다. 켈웨이 부인은 다른 문제만큼 이 문제에 대해서도 양보할 이유를 찾지 못한 듯했다.

켈웨이 가족은 죽은 언어로 서로 어렵게 대화를 나누었다. 시간차를 두고 반복되는 발언은 그 주제로 또 한 번 완전한

─────────

[1] 다리가 네 개인 스툴로, 관을 올려놓는 데 사용되어 이렇게 부르게 되었다는 설이 있다. 코핀은 〈관〉이라는 뜻이다.

원이 그려졌다는 것을 보여 주었다.

「네가 여기 왔다는 건 그게 어쨌거나 **중요한 문제**라는 거야.」 어네스틴이 또다시 로버트에게 말했다. 「전화로 이야기하는 거랑 절대 같을 수가 없지. 그리고 계속 편지를 주고받다 보면 마지막에 우린 모두가 어떻게 느끼는지도 정확히 모르게 될걸.」

「그럼 지금은 어떤데?」 로버트가 피아노 위에 잠시 팔꿈치를 올려놓으며 말했다.

「내 생각엔 전보단 점점 분명해지고 있지 — 그렇게 말해도 되지 않을까요, 머티킨스?」 어네스틴이 희망에 찬 눈빛으로 다른 의자를 흘끗 보며 말을 이었다. 켈웨이 부인이 아무 말도 하지 않자 어네스틴이 단서를 달았다. 「이게 그렇게 어려운 문제가 아니라면.」

「정리해 보죠.」 로버트가 말했다. 「하나, 우리는 팔고 싶은지 아닌지 잘 모른다. 둘, 팔고 싶다면 제안가보다 얼마나 더 받고 싶은가? 셋, 그렇다면 누나와 머티킨스는 어디로 옮기는가?」

이 말에 어머니가 반응을 보였다. 「유감스럽게도 그게 그렇게 간단한 문제가 아니지.」

「급해서 좋을 건 없어, 로버트.」 어네스틴이 지적했다. 「모든 걸 하나씩 따져 보는 게 더 나아. 그리고 아이들을 빼놓을 수 없지. 애머벨이 그 생각을 좋아하지 않는다고 가정해 보면?」

「애머벨.」 켈웨이 부인이 그런 소리는 집어치우라는 듯한 어조로 말했다. 「그 애는 인도에서 못 빠져나와. 하지만 그것 말고도 더 있지.」

「머티킨스는 이 제안 이면에 뭔가 더 있다는 느낌을 지울 수가 없대.」 어네스틴이 말했다. 그리고 맞은편을 다시 흘끗 보았다. 켈웨이 부인이 맞다고, 자신은 그렇게 느낄 수밖에 없다는 표시를 해 보였다.

「이 제안 **이면**에 있는 건, 누군가가 이 집을 사고 싶어 한다는 거죠.」

「오, 내 생각을 밝히면, 로버트. 이번 일은 너무 갑작스러워. 심지어 여기가 안전한 지역도 아니고.」

「아직 무슨 일이 일어나진 않았어.」 켈웨이 부인이 기분 상한 투로 말했다.

「오, 물론 아니죠, 머티킨스. 정말로 일어나지 않았던 그런 일이 왜 일어나겠어요!」 어네스틴이 몇 초 동안 그 생각을 그냥 웃어넘기려고 애쓰다가 다시 말하기 시작했다. 「물론 대피하러 들어가는 곳도, 대피하러 나오는 곳도 아닌 아주 조용한 중립 지역에 있다면 좋겠지만, 그렇다고 해도⋯⋯ 보지도 않은 집을 누가 사겠다고 나서지?」

「아무도 보지 **않았다고** 확신해?」

「우리가 모르는 사람이 문 앞까지 온 적은 없었어.」

「음, 이맘때는 길에서도 보여. 어쨌거나 진입로로 좀 들어온 곳에서.」

「우리는 진입로로 들어와 보는 사람들은 좋아하지 않아.」 켈웨이 부인이 말했다.

「그게 정확히 우리가 이번 일을 반기지 않는 이유야.」어네스틴이 동의했다. 「집을 사고 싶으면, 왜 집 앞까지 와서 공개적으로 초인종을 누르지 않는 거지? 우리 몰래 스파이처럼 슬금슬금 다가와 살펴보고, 모든 것의 가치를 따져 본 뒤에 우리를 얼마나 빨리 내보낼지 계획을 세운다…… 여긴 잉글랜드야, 로버트. 누구든 사생활이 지켜지길 바라지.」

「누가 마음이 급했나 보지.」

「하지만 왜? 그게 의심스러운 점이야.」

「음, 어떤 식인지 알잖아.」

「그들이 우리를 급히 쫓아낼 수 있을 거라고 생각할 필요는 없겠지.」켈웨이 부인이 말했다. 「**우리는** 그들에게 집을 사라고 부탁하지 않았어.」

「하지만 우리는 중개인 장부에 오랫동안 〈매매〉라는 의사를 남겨 뒀잖아요.」로버트가 말했다. 「우리가 받아들여야 하는 건, 그걸로도 이런 결과가 생긴다는 거죠.」

「그들은 우리를 통해 이득을 보려고 하고 있어.」켈웨이 부인이 말했다. 「하지만 여긴 우리 집이야.」

「우리가 그렇게 느낀다면, 답은 간단하네요.」로버트가 성급하게 선언했다. 「거절하면 되죠.」

「하지만 액수가 너무 커.」

「그렇다면 받아들여야죠.」

「여기에 연관된 게 너무 많아.」어네스틴이 말했다.

「**그런** 거라면, 집값을 더 올려 받아야지.」

켈웨이 부인이 뜨개질을 하다가 순간적으로 얼어붙은 듯

동작을 멈추었다. 「유감스럽게도 그렇게 간단한 문제가 아니야.」 그녀가 앞서 한 말을 반복했다.

「머티킨스는…….」 어네스틴이 감정이 스민 침묵 뒤에 말했다. 「놀라신 거야. 그리고 그게 이상하지도 않지. 로버트, 너는 모든 것의 가치가 돈으로 환산될 수 있는 것처럼 말하고 있어. 이걸 그냥 사업상 거래인 것처럼 말한다고.」

「나보고 내려와서 상의하자고 한 게 당연히 그 때문 아닌가?」

「우린 거래를 바라는지 바라지 않는지도 아직 결정하지 못했어. 이 일은 충격이었어. 우리는 네가 우리 관점을 이해할 줄 알았어. 결국 우리 아버지가 이 집을 샀고, 우리 모두는 메도크레스트에서 이 집으로 옮겨 왔어. 여기가 더 나을 거라 생각해서. 그리고 어느 면에선 그랬지.」

「이 집은 늘 너무 컸어.」 켈웨이 부인이 말했다. 「그리고 요즘은 더욱 크게 느껴지고. 특히 우리에게는 사생활이 없는 것처럼 느껴져. 유지비가 많이 들어가. 너희 아버지가 실수를 했지만 어쩔 수 없었어. 우리는 최선을 다했어. 물탱크도 새로 설치했고, 거기 돈이 엄청 들어갔지. 그리고 이 방과 응접실은 1929년에 다시 꾸며야 했어. 그 모든 걸 고려해야 해.」

「아버지는 실수를 대번에 깨달았지.」 로버트는 어네스틴에게 이 부분을 지적했다. 「심지어 그 문제를 충분히 여유 있게 파악하기도 전에 ― 파악은 나중이었지. 이 집을 중개인에게 내놓은 건 아버지였어.」

「한때는 우리도 이 집을 판다는 생각에 익숙해져 있었어.」

켈웨이 부인이 동의했다. 「하지만 그건 오래전이지.」

「머티킨스는 더 작은 집에서 행복할 수 있을 것 같아요?」

「그건 행복에 관한 문제가 아니야.」 켈웨이 부인이 말했다. 「미래에 관한 문제지. 이 집은 너하고 어네스틴한테 물려줄 거야. 나는 살 만큼 살았고, 최선을 다했기를 바랄 뿐이야. 네 아버지는 불평할 게 많지 않다고 종종 말했지. 물탱크도 마련했고, 응접실도 개선했고, 정원도 퍼걸러와 요정 석상을 놓아 더 보기 좋게 가꾸었고. 그건 어네스틴이 〈이상적인 주택 박람회〉에 가서 주문한 건데, 배달료를 받아 가는 바람에 우리 예상보다 돈이 더 들었지. 나는 그 모든 게 고려되었으면 해. 아이들은 그걸 좋아해. 하지만 내가 너희와 오래 같이 살 수 있을 거라고 기대하는 건 곤란해.」

「머티킨스.」 어네스틴이 소리를 꽥 질렀다. 「그런 **끔찍한** 말은 하지도 마요!」

켈웨이 부인이 플로어 스탠드 불빛 아래 반짝거리는 작은 은발 머리를 들어 어네스틴을 한심하다는 눈빛으로 바라보았다. 「너 자신은 죽지 않을 것처럼 말하는구나. 아이들도 포함해, 우리 모두 그 길을 가게 돼 있어. 나는 사실을 있는 그대로 받아들이는 데 거부감이 없지만, 우리가 지금 결정해야 하는 건 변화에 대해서야. 그리고 우리는 그런 것들의 가치에 확신을 가져야 해. 이용당하는 건 좋지 않아. 내 방에 그 전부에 대한 영수증이 있어. 게다가 ―」

커튼을 친 아치형 출입구 반대편에서 전화벨이 울렸다. 로버트가 소스라치게 놀라며 그쪽을 돌아보았다. 그는 발걸음을 멈추고 귀를 기울였다 — 신경이 날카로워지고 안색이 파리해지고 얼굴이 수척해졌으며 궁지에 몰린 모습이었다. 코핀스툴에 앉아 있던 어네스틴이 체념의 분위기로 자기가 꼭 가서 받아야 한다는 듯 벌떡 일어서며 외쳤다. 「나한테 걸려온 여성 자원봉사단 전화일 거예요!」 그녀가 잽싸게 아치형 출입구를 통과했다. 로버트는 기다렸다. 켈웨이 부인은 뜨개질을 했고 — 어네스틴이 맞았다는 게 분명했다. 그는 대번에 긴장을 풀고 저만치 어머니에게 시선을 던지며 담배에 불을 붙였다. 그리고 어네스틴의 말이 길어지자 계단 쪽으로 걸어가 고개를 들었다.

계단 위로 홈딘은 고요했다. 삐걱거리는 소리도 없이, 건물 자체의 긴장감과 정작 집 자체는 무관심한 게 분명해 보이는 그 운명에 대한 불확실성을 이어 가고 있었다. 위층은 다른 데와 마찬가지로, 장난스럽게 우회하는 방식으로 설계되었다 — 복도, 아치형 출입구, 쑥 들어간 곳, 중간 층계참, 돌출부, 벽감, 난간동자가 결합되어 방향 감각을 흐리게 하고 방에서 방으로의 진행을 최대한 막았다. 통로에 까는 카펫과 목조물에 칠한 페인트 비용은 이 설계에서 가장 많은 지출을 차지한 부분이었다. 의문스러운 점은, 지금 밤이라 청각이 더 예민한데도 공간이 이렇게 넓은 데 비하면 반향음이 아주 작다는 것이었다. 위의 두 개 층은(반회전문 너머에 계단이 하나 더 있었는데, 올라가면 아주 넓은 공간이 나타나면서 로버트의 방과 다른 다락방들로 이어졌다) 사실 비어있지 않고, 억압, 의심, 두려움, 속임수, 거짓말 같은 것들로 가득 차 있었다. 적어도 그는 그렇게 느꼈다. 복도가 이리저리 꺾여 그 전체를 볼 수는 없었다. 가족 중 누군가는 자기 발걸음 소리를 듣고 조금 서둘렀고, 늘 늦지 않게 다음 모퉁이를 돌았다. 누구든 문을 열고 방에서 나오기 전에 바깥이 안전한지 확인하려고 잠시 멈춰 섰다. 켈웨이 가족에게는 어쩌다 마주쳐도 늘 스스로를, 혹은 서로를 당황스럽게 하지 않으려는 특징이 엿보였다. 개인 시간이 있으면, 식사 때처럼 어쩔 수 없이 가족과 마주치는 자리에서 스스로를 긴장시키거나, 요구되는 대로 아무것도 숨기지 않는 표정을 짓기 위해 열심히 표정을 가다듬는 데 사용되었다.

한편 정보 서비스는 훌륭했다. 모두가 다른 가족들이 어디에 있는지, 어디서 때맞춰 나타날지 알았다. 잠시 기다려도 나타나지 않으면 늘 누군가를 침실 앞으로 보내거나 그 방 창문 아래 정원에서 소리쳐 불렀다. 창밖을 내다보고 있으면 무엇을 보고 있는지 구체적으로 알려 달라는 요청을 받았다. 누구라도 보이지 않게 집을 떠나는 것은 불가능했다 ─ 잔디밭을 가로질러 질주하거나 진입로로 내려갈 때는 누가 물어보는 순간에 대한 마음의 준비를 해야 했다. 숲 경계를 어슬렁어슬렁 넘다가는 언제라도 〈숨는 것〉으로 간주되어 검은 낙인이 찍힐 수 있었다. 그리고 대문 우편함으로 슬그머니 걸어가는 건 무엇보다 비난받을 만한 일이었다 ─ 편지를 쓰더라도 현관에서 보여 준 다음에 모아서 부쳤다.

일찍이 성(性)의 외침을 들어 얼굴에 홍조가 번지고 본인만큼이나 본인의 옷장을 당혹스럽게 하면서 몸매가 둥글둥

글해진 애머벨이 순교자가 되었다. 그 문제에 대해서는 누구도 어네스틴만큼 즐거워하지 않았고, 자매들의 어머니는 누구보다 매정하게 얼음장 같은 태도를 보였다. (켈웨이 부인이 〈너희 아버지〉라고 말할 때는 목소리가 떨리면서 그 죄 많은 인간이 죽고 긴 세월이 지난 지금도 자기가 마음의 상처를 지녔다는 사실을 나타냈다. 거기 깔린 의미는 그가 그녀의 희생을 바탕으로 아버지가 되었다는 것이었다.) 청소년기에 로버트는 사진을 찍기 시작했고, 그 핑계를 알리바이 삼아 암실에 들어가 문을 잠가도 트집 잡는 사람은 없었다. 그리고 사진과 관련된 물품을 사러 가장 가까운 타운에 자유롭게 다녀올 수 있는 일종의 통행권도 받을 수 있었다.

중요한 사실은, 홈딘이 남자를 잡아먹는 집이었다는 것이다. 그러니까 1900년대 잉글랜드 남부에서 홈딘은 괴물이 부화되는 집 중 하나였다. 한 남자가 중산층 여인들을 즐겁게 해주고 환심을 살 생각에서 그 집을 샀는데, 그의 유일한 바람은 이것 — 홈딘이 집의 모델로서는 유행에 뒤떨어질 수 있으나, 집의 원형으로 남는 것 — 이었다. 군인이나 육체노동자의 신체적 당당함 없이 머리만 짧게 깎은, 호통을 치는 것도, 때려눕히는 것도 할 수 없었던 켈웨이 씨가 삶의 마지막 2년 동안 홈딘에서 종종 바깥을 내다보는 모습이 목격되었고, 그것이 조롱거리가 되었다. 엄청나진 않았지만 꾸준한 돈벌이에서 얻은 그의 명성은 아무것도 아닌 것이 되었다. 그의 남성성은 사회적 지위를 철저히 잃어, 그것으로 할 수 있는 최소한의 일은 관용을 사는 것이었다. 이곳으로 이사한 직후 홈딘을 다시 매물로 내놓게 한 그의 이상한 반사 작용 혹은 거부감만 봐도, 그가 결코 일반적인 유형은 아니었다는 것을 알 수 있었다. 그가 탐닉하던 시대착오적인 꿈이 무엇에 의해 해체되었는지는 누구도 알지 못할 것이었다. 아버지가 겪었지만 말하지 않은 모욕은 아들의 마음속에 깊이 들어가 화상의 흔적처럼 남았다 — 켈웨이 씨는 로버트에게 자꾸 자기 눈을 보라고 고집했는데, 그건 그가 아들에게 그 모욕을 하나라도 알아봐 달라고 부탁한 것이었는지도 몰랐다. 그의 지배력에 대한 허구는, 그가 바라던 대로 사후의 그의 아내와 딸들에 의해 지켜졌다.

로버트는 아버지의 손이 닿았다고 기억하는 자리에 — 계단 난간이 끝나는 지점의 반들반들하게 닦인 둥근 손잡이에 — 손을 내려놓았다. 아이들의 욕실에서 새어 나온 석탄산 비누 냄새 말고는 아무 냄새도 나지 않았다. 전쟁 이후 위층 생활은 몇 개 안 되는 방으로 압축되었다 — 카펫이 치워지고 소켓에서 전구가 빠진 만자(卍字) 모양의 복도 옆에는 열쇠로 잠가 놓은 문들이 있었다. 유폐된 광산처럼 몹시 어두운 밤의 불 꺼진 이 통로들이, 한낮의 햇살에는 그림자 하나 지나가지 않는 유령처럼 창백하고 희뿌연 모습을 보여줄 것이었다. 끝에서 끝까지 먼지에 정복된 채로. 요즘엔 출퇴근하는 고용인들도 미신에 사로잡힌 듯 어두워지기 한참 전에 도망치듯 홈딘을 떠났다. 앤과 피터는 빈 꼭대기 층을 독차지한 채 잠자리에 들었다. 그들은 애머벨의 아이들에게는 그런 기운이 침투하지 않기를 바랐다.

어네스틴이 통화를 마치고 돌아왔을 때, 켈웨이 부인이 말했다. 「로버트는 뭘 하고 있다니?」

「로버트, 너 뭘 하고 있니?」

「위층을 올려다보고 있었어.」

「왜, 무슨 문제라도 있어?」

「아니.」

「오 — 힘든 **하루였어!**」 그의 누이가 그 자세로 오래 있는 건 바라지 않는다는 듯 다시 의자에 앉으며 말했다. 「한 가지를 하고 나니 다음 일이 기다리고. 앞으로 무슨 일이 더 생길지는 궁금해하질 말아야지.」

「어네스틴은 모자를 벗을 새도 없었지.」 켈웨이 부인이 말했다.

「하지만 이제 우리에게 뭔가 보여 줄 게 생겼으니 다르죠.」 어네스틴이 말했다. 「누구도 그런 말을 하고 싶어 하진 않지만, 몽고메리를 보세요! 젭 부인이 방금 9시 뉴스에 뭔가 더 나왔다고 하던데요. 우리가 뉴스를 놓치는 날엔 늘 무슨 일이 일어나요. 하지만 오늘 밤은 그게 중요한 게 아니니까 — 우리 어디까지 **이야기했지?**」

「머티킨스가 당신이 언제까지나 여기 살아 있진 않을 거라고 말하고 계셨지.」

「머티킨스가 정말 심한 말을 했어! — 아니, 문제는 우리가 **팔아야** 하나 **말아야** 하나, 그거야.」

「다른 말로 하면, 우리는 그러고 싶은가?」

「요즘은 자기가 뭘 원하는지 생각해 볼 겨를이 없지.」

「나는 내가 뭘 원하는지 한 번도 생각해 본 적이 없구나.」 켈웨이 부인이 말했다. 「다른 사람도 그런 생각을 하지 않았다면 더 좋았을 것 같고.」

「모두가 머티킨스 같았다면 세상은 지금과는 아주 달랐겠지.」 어네스틴이 그 말을 듣고 한마디 했다.

「정말로 그럴 것 같지는 않은데.」 로버트가 갑자기 탁자에서 페이퍼 나이프를 집어 들었다가 다시 내려놓으며 말했다. 「많은 사람들이 머티킨스를 모방하더라도 성공하지 못할걸 ― 아니, 현실적인 관점에서, 어니, 그건 단지 지금 팔지 나중에 팔지에 대한 문제야. 집값이 오른다는 전제하에 더 기다려 볼 수도 있겠지. 하지만 누나가 한 말이 정말로 맞아. 변수가 너무 많아. 이 집은 다수가 원하는 그런 집이 아니야.」

그의 어머니가 말했다. 「그래, 여긴 그냥 우리 집이지.」

「그럼 다시, 당연히 이런 질문이 생기죠.」 그가 목소리를 높여 계속 말했다. 「집을 팔면 다음에 두 사람은 어디로 갈 것인가.」 그가 냉정함을 숨기지 못한 채 말했다. 「두 사람 다 어딘가에서 살아야 하잖아요.」

「우리는 **어디서** 살든 괜찮아!」 어네스틴이 아주 분명하게 말했다.

「당연히.」

「우리 둘이 바라는 건, 로버트, 네가 단지 우리가 하는 말에 동의하는 게 아니라 뭔가 다른 걸 생각해 내는 거야. 우리가 하는 말에 우리가 이미 동의하지 않았다면 그 말을 할 이유가 없겠지, 안 그러니? ― 큰 변수는, 전쟁이 끝나면 그때는 어떻게 하는 게 가장 좋을지 지금은 알 수 없다는 거야. 그리고 그때쯤 애머벨도 인도 생활이 지긋지긋해질 테고.」

「애머벨은 이 일에 대해 말할 자격이 없다.」어머니가 끼어들었다. 「그 애는 어떤 주장도 할 수 없어. 그 애가 결혼했을 때 너희 아버지가 할 만큼 해줬어. 그 애 부부가 더 많은 걸 바란다면 그건 그 애들이 완전히 착각한 거지. 그 애들은 당시에 이미 그걸 이해하고 있던 걸로 나는 늘 이해했어. 그 애들이 착각하고 있다면, 인도에 계속 머무르는 게 더 좋겠구나. 그 애들이 원해서 간 거니까. 그 애는 몹시 결혼하고 싶어 했고, 고민 없이 결혼했지. 우리는 상황이 좋지 않은데도 아이들을 떠맡았어. 아이들의 이해를 바랄 순 없겠지만, 그게 애머벨이 기대할 수 있는 최대한이지. 이 집은 너희, 어네스틴과 로버트의 공동 소유가 될 거야. 관심 없으면 미리 말하는 게 좋을 거다.」

「오, 관심이야 당연히 있죠.」어네스틴이 W.V.S. 글자가 찍힌 녹색 펠트 모자를 히스테릭하게 이마에서 뒤로 휙 젖히며 크게 외쳤다. 「여기가 내 집인 걸 어떻게 잊겠어요?」

「그리고 나는 또 어떻게 그걸 잊고?」로버트가 맞장구를 쳤다.

「네 남편이 죽지 않았다면 여긴 네 집은 아니었을 거다.」켈웨이 부인이 어네스틴을 무시하듯 바라보며 말했다.

「결코 그 사실을 잊은 적은 없죠, 어떤 경우에도.」남편을 잃은 어네스틴이 말했다.

「누구도 네게 잊으라고 하지 않아.」어머니가 뜨개질 가방에 손을 넣어 새 털실 꾸러미를 찾으며 말했다.「그런데 로버트가 한마디도 하지 않는구나.」

「오, **제가** 뭘 말해야 한다면, **저는** 이거죠.」그가 즐겁게 말했다.「팝시다!」

이어 침묵이 길게 울려 퍼졌다.「그럴 거라고 예상했어.」켈웨이 부인이 말했다.

어네스틴은 코핀스툴에 앉은 채 빙그르르 돌더니 처음 보는 사람인 듯 로버트의 표정을 살폈다. 그녀가 아주 새롭고 의기소침한 웃음을 터뜨렸다. 머리를 한쪽으로 숙인 채 그녀는 그 웃음소리를 경고음처럼 들었다. 그리고 이어 그녀가 불평했다.「음, 그렇게 거칠게 말할 건 없지!」

켈웨이 부인이 말했다.「로버트는 기억도 못 할걸.」

「그 부분은 엄마가 전적으로 틀렸어요, 머티킨스.」아들이 말했다. 켈웨이 부인은 한 번 더 침묵을 지켰다 — 뭔지 물어보기보다는 마음에 새기려는 의미의 침묵이었다.「그렇겠지…….」그녀가 말했다. 그러는 사이 어네스틴은 바깥에서 뭔가가 안으로 들어온 것처럼, 근심스러운 표정으로 거실 전체를 샅샅이 둘러보았다.

「그래, 로버트, 그렇겠지.」그는 다시 누이와 어머니 사이의 러그에 자리를 잡고 섰다 — 이번에는 불길한 느낌이 들었고, 정말로 그럴지도 몰랐다. 그는 그를 보지 않기가 불가능한 곳에 자리를 잡았다. 켈웨이 부인은 그걸 인정하면서, 그가 있는 쪽을 쳐다보았다 — 권총을 뽑아 든 것 같은 그와 맞서 위축되지 않은 눈빛으로. 그녀는 발에서부터 그의 키를 재는 듯했다. 「남자처럼 말하는구나.」 그녀가 작은 어깨를 움츠리며 말했다.

하지만 그 모습은 사라졌다. 그녀의 아들이 갑자기 돌아서서 가림막 너머 계단을 쳐다보고 있었다. 「안 – 녕!」 그가 외쳤다. 「거기 누구니?」

「저예요, 로버트 삼촌.」 앤이 내려오면서 말했다.

「앤!」 어네스틴이 그러면 안 된다는 듯 말했다.

「오, 어니 이모, **봐줘요!**」 줄무늬 파자마 위에 코트를 걸치고 슬리퍼를 딸깍거리며 바닥을 가로질러 온 앤은 로버트 앞에 이르자 키스해 달라고 얼굴을 들어 올렸다. 「위층에서는 깨어 있으면 안 돼요.」 앤이 말했다. 「그래서 제가 내려왔죠. 삼촌은 왜 그렇게 서 있어요? ─ 막 떠나려던 참이었어요?」

「너희 둘 다 깊이 잠들어 있어야 할 시간이야.」 어네스틴이 나무랐다.

「피터는 자요.」 앤이 당연한 소리라는 듯 말했다.

「할머니는 사람들이 몰래 돌아다니는 걸 좋아하지 않는단다.」 켈웨이 부인이 말했다.

「알아요, 하지만 ─」

「할머니에겐 〈알아요〉라는 말은 쓰지 마라.」

「음, 그건 알아요, 하지만 이렇게 늦게 온 로버트 삼촌의 잘못이에요.」

「너를 보러 온 게 아니야.」

「알아요, 하지만 왜 제가 삼촌을 보면 안 되는지 이유를 모르겠어요.」

「할머니와 어니 이모와 로버트 삼촌이 뭔가 결정할 게 있어서 그래.」

「알아요, 하지만 —」

「앤, 계속 〈알아요〉라고 말할 거면 당장 침대로 돌아가. 지금 그랬으니 당장 침대로 돌아가 — 로버트, 네가 좀 부추겨 봐!」

「아니, 앤이 저를 부추기는데요. **이제 좀 저녁 시간 같네요.**」 그는 안락의자에 털썩 앉더니 앤을 안아 올려 팔걸이에 앉히는 것으로 자기 말을 뒷받침했다. 「그럼에도 너는 참 똑똑하 – 지 않고, 참 재미있 – 지 않은 소녀야.」 그가 앤의 코트 벨트 뒤쪽을 꽉 잡고 전혀 다정하지 않게 앞뒤로 흔들어 불안정한 균형을 더욱 위태롭게 만들었다. 「아무 생각이라도 좀 떠올려 보는 건 어때? 자면서 걸어다니는 건 어때?」

「난 깨어 있는걸요.」 앤이 그를 쳐다보려고 바둥바둥 몸을 틀며 말했다. 하지만 너무 가까이 있어 눈이 삼촌의 이마를 향했고, 앤은 눈을 깜박이며 움츠러들었다. 그 순간 현실에 대한 의혹이 앤의 마음을 아프게 찌르고 지나가는 것 같았다. 앤은 부끄럽지 않은 방식으로, 태어나 처음으로 그를 강렬하게 사랑했다. 그러다 보니 아이의 모습을 한 앤이 앞으로 될 여인의 시선으로 그를 곁눈질했다. 앤이 따분하고 어린 소녀라는 그의 말은 맞았다 — 동물적인 우아함도 없고 교활함도 없었지만, 헌신에는 적합했다. 미성숙하고, 충실하고, 활력이 넘쳤다. 하지만 그 작고 탱탱한 젖가슴이 커지면서, 이따금 숨 막히는 소망이 불쑥불쑥 올라왔다 — 이제 앤은 물구나무를 서는 힘으로 처음부터 끝까지 자신이 가진 모든 것을 내놓고 있었다. 얼굴이 붉어진 채 삼촌이 신은 신발의 앞코를, 그것을 윤이 나게 닦은 사람이 자신이길 갈망하는 듯 내려다보면서, 앤이 말했다.「오늘 밤에 여기 있으면 안 돼요?」

「난 일찍 출발하는 걸 싫어해서 — 너는 잘 지내고 있니?」

「잘 지내요.」

「내게 말해 줄 건 없고?」

앤은 골똘히 생각했다.「암산에서 1등 했어요.」

「그 이야기는 다음에 로버트 삼촌에게 전부 해주렴. 이제 그만 —」

「오, **어니** 이모!」

「정말로 괜찮아, 어니.」로버트가 말했다.

「음, 그럼 앤, 한순간만. 한순간만이야, 알겠지.」

「한순간은 얼마만큼의 순간이에요?」앤이 로버트에게 말했다.「60초면 1분이고, 60분이면 한 시간인데, 한순간은 얼마만큼의 순간이에요?」

「그건 너한테 달렸지.」

「1분에 비하면 한순간은 얼마나 길어요?」

「**그것도** 너한테 달렸지.」그가 아이의 얼굴에서 다른 누구의 얼굴을 찾으며 다시 말했다.

「삼촌 너무해요.」앤이 말했다.「우리 이 집 팔 거예요?」

「바보 같은 질문은 하지 마.」이모가 끼어들었다.「로버트 삼촌은 피곤해. 그러니 너도 피곤하겠지.」

「하지만 삼촌이 말해 줄 거라고, 저는 이모가 그렇게 말해 줄 거라 생각했어요.」

「네 생각은 됐고.」

「너는 어떻게 생각하니, 앤?」 로버트가 무책임하게 돌아보며 말했다. 「팔까? 아니면 계속 갖고 있어?」

앤이 아랫니로 윗입술을 깨물었다. 「오, 저는 모르죠. 그냥 궁금해서요. 여기 말고 다른 데는 어떨까요? 이 집은 한참 더 살기에는 너무 늙어 가고 있어요. 손잡이가 문에서 자꾸 떨어지려고 해요. 새집에서 살아 볼 수도 있겠죠. 다른 방엔 들어가 보지도 못하는데 이 큰 집이 다 무슨 소용이에요? 우리가 이 집을 팔면 그 돈으로 부자가 되나요? 안 팔면, 아주 가난해질까요? 나하고 피터는 차라리 뭔가인 게 좋아요.」

「그건 그렇지.」 켈웨이 부인이 말했다. 「그런데 왜 그런지 말해 줄래?」

앤이 자기 무게를 삼촌의 어깨에 실었다 ― 그는 평소대로 유혹했는데, 앤이 너무 많이 나가 버린 것이었다. 「오, 모르겠어. 상관없어요.」 앤이 하품하는 시늉을 하며 말했다.

「앤, 요 배신자.」 로버트가 말했다.

「상관없어요.」 앤이 고집스럽게 다시 말했다.

앤이 왜 상관하겠는가? 앤에게 이곳은 중요한 순간들 없이 스쳐 가는 잠깐의 일생, 환희도 신비도, 우아함도 위험도 없이 탁자와 의자 사이에서 존재한 시간을 의미했다. 심장이 뛸 일도 없었다. 경박하고 무시하는 행동도, 아무렇게나 던지는 말이나 즉흥적인 키스도 없었다. 공간을 울리는 어네스틴의 웃음 말고는 웃음소리도 없었다. 분노는 늘 속으로 타들어 가고 결코 불꽃이 되지 않았다. 스스로는 인식하지 못했겠지만, 앤은 여기서 누구라도 행복해하는 것을 본 적이 없었다 ― 그들이 다 같이 다른 집으로 간다고 해도 더 나아지리라 바랄 것이 있겠는가? 이것은 비참한 가난이었다. 가난한 집의 아이들은 가엾다.

하지만 언제 트럼펫 소리가 울리지 않고 예리코[2]의 성벽이 무너지지 않을지 누가 알겠는가?

전화벨이 울렸다.

이번에는 로버트가 받으려고 곧바로 일어섰다 ― 그 바람에 앤은 그에게 떠밀린 것처럼 조그맣게 비명을 지르며 허공을 붙잡았다. 다시 균형을 잡았지만, 배신은 앤이 먼저 한 것이었다. 그의 어머니가 그들의 의자에 시선을 고정했다.

「전화는 어네스틴을 제외하면 누구에게도 오지 않아.」 켈웨이 부인이 말했다. 「왜 그러니, 로버트? 뭔가 기다리는 게 있니?」

「그게 네 전화라고 생각한다면, 로버트.」 어네스틴이 엄청난 자제심을 발휘해 의자에 털썩 앉으며 말했다. 「네가 받아도 좋아. 그래 주면 나야 너무 고맙지.」

「의자에서 애까지 떨어뜨리고.」 켈웨이 부인이 이어 말했고, 마거가 들린 듯 울려 대는 전화벨 소리보다 목소리를 더 높이려고 애써야 했다. 「그 애가 애초에 팔걸이에 앉아서는 안 됐지만 말이다.」

「저는 그냥 떨어졌어요, 할머니.」

2   요르단 서안에 있던 고대 도시로, 성경에 등장하는 히브리인과 가나안인의 전투가 벌어진 전장이다.

「삼촌이 불안정한 상태일 때는 삼촌 위에 앉아서는 안 된다 — 우리가 저 전화벨 소리를 계속 들어야겠니?」 부인이 자그마한 손을 관자놀이로 올리며 말했다. 「너무 시끄러운데 — 누가 좀 받으면 좋겠구나?」

「제가 가요 — 오, **제가 갈게요!**」 슬리퍼를 발꿈치에 맞게 제대로 신으려고 잠깐 멈춰 섰을 뿐, 앤이 아치형 출입구를 향해 튕기듯 뛰어갔다.

「어네스틴, 잠자리에 들어야 할 시간에 앤이 저 전화를 받아야겠니?」

「죄송, 죄송, 죄송해요 — 당연히 **아니죠** — 앤! ……이 시간에 도대체 누가 전화를 했을까 하는 생각에 빠져 있었어요.」

「뭔가 큰일이 일어났을지도 모르겠구나.」 켈웨이 부인이 격렬한 전화벨 소리에 아네모네처럼 몸을 움츠리며 말했다. 「로버트가 가서 받는 게 가장 좋겠는데.」

「됐어, 됐어, 로버트.」 어네스틴이 잽싸게 말했다. 그리고 코트 단추를 잠그며 로버트를 지나 성큼성큼 걸어갔다. 「내가 받아. 예외 없이 나지.」 그녀의 동생은 일어났지만 꾸물거리고 있었고, 큰 키 때문에 지체하는 모습은 더욱 과장되어 보였다. 그는 움직이려는 의사는 전혀 보이지 않으면서 그 자리에 우뚝 선 채 전화벨 소리를 가리는 커튼을 향해 고개를 반쯤 돌리고 있었다. 앤은 거실 중간쯤에 붙박인 듯 가만히 서서 뭐라 말할 수 없는 직관적인 눈빛으로 그에게 시선을 고정하고 있었다.

「잠깐.」켈웨이 부인이 관자놀이에 갖다 댔던 작은 손을 아주 잠깐 치우며 말했다.「로버트한테 걸려 온 전화면 어네스틴이 받는 게 의미가 없지. 로버트, 뭔가 기다리고 있니?」

「**이렇게** 늦은 시간에 별거 아닌 일로 전화하는 사람은 없어요.」어네스틴이 갈피를 잡지 못해 걸음을 멈추면서 말했다.「문제는, 로버트, 네가 어디 있는지 아는 사람이 있어?」

「아주 늦은 시간 같은데.」켈웨이 부인이 말했다.

로버트가 말했다.「10시 10분?」

「배려심이 깊은 사람은 아닌 것 같구나.」켈웨이 부인이 말했다.「물론, 정말로 뭔가 일이 터진 거라면 다르겠지만.」

「로버트 삼촌, 삼촌한테 온 거면, 제가 받아도 돼요?」

「뭐, 그래.」그가 조카를 물끄러미 바라보며 말했다.「안 될 것 없지.」

「받아서 뭐라고 말해요?」

「내가 여길 떠났다고 ― 런던으로 돌아가는 중이라고.」

「엄밀히 말하면 사실이 아니잖아.」어네스틴이 말했다.

전화벨이 저절로 멈추었다.

로버트는 다시 앉았다. 어네스틴은 아치형 주 출입구의 커튼을 잡고 크게 웃었다. 그러고는 그를 탓하듯 말했다.「이제 누군지 영원히 알 수가 없어졌네.」

「그렇지.」켈웨이 부인이 맞장구를 쳤다.

「뭔가 중요한 전화였다는 게 밝혀지면, 난 계속 내 탓을 하겠지. 하지만 중요한 전화였다면, 계속 전화를 걸어오지 않았다는 게 이상한 거지. 물론 그들은 당연히 다시 전화를 걸어올 수도 있고 — 어쨌거나 앤, **너는** 그만 자러 가야겠다. 난 네가 무슨 생각을 하는지 모르겠어!」

「난 누구라도 무슨 생각을 하는지 모르겠구나.」 어네스틴의 어머니가 말했다. 「대체로 이 집에서 우리는 너무 즉각적이지.」

「자, 앤, 이제 앤, 얼른 올라가!」

「제가 얼른 올라가면 로버트 삼촌이 올라와서 굿 나이트 인사를 해주나요?」

「아니. 오늘 밤은 충분히 흥분했어.」

「그게 다가 아니야.」 켈웨이 부인이 지적했다. 「앤은 이미 굿 나이트 인사를 받았잖아. 저 애가 저러는 게 놀랍구나.」

앤은 어떤 말도 듣지 않았다. 그저 팔을 최대한 높이 올려 양팔로 로버트를 와락 끌어안았다. 그가 허리를 숙였다. 앤은 자신의 뺨을 그의 아주 서늘한 뺨에 대고, 상상력이 부족한 자신의 몸을 통해 한동안 그의 심장이 뛰는 소리를 느꼈다. 「삼촌은 늘 가요.」 앤이 중얼거렸다. 「늘 가버려요.」 그가 아무리 무정하더라도 이 마지막 안식처에서 자신을 떼어 내는 데는 더뎠다 — 앤이 그를 더 잘 보려고 그의 얼굴에서 자기 얼굴을 떼어 냈다. 동시에 앤은 보기만 하는 게 좋을지, 만지는 게 좋을지에 대한 고민에 빠졌다. 어떤 문제도 저절로 해결되지 않았다. 침대에 누웠다 일어난 탓에 헝클어진 머리칼을 흔들어 뒤로 보낸 뒤 앤이 눈을 감았다.

「너 때문에 허리에 경련이 일어나는데.」 그가 아이를 떼어놓으며 말했다. 「키가 더 커야겠다.」

「한 번만 더⋯⋯.」앤은 그의 머리를 아래로 끌어당겨 이마를 그의 이마에 갖다 댔다. 그들의 머리가 닿았다 — 절대적으로 분리된 접촉, 앤은 그것을 결코 잊지 못할 것이었다. 앤은 돌아섰고, 슬리퍼가 끌리는 소리를 내며 계단으로 걸어간 뒤 위로, 어둠 속으로 올라갔지만, 단 한 번도 뒤를 돌아보지 않았다.

「앤이 완연한 처녀가 되어 가는구나.」켈웨이 부인이 가만히 쳐다보며 말했다. 「안타까운 일이지.」

「어느 쪽으로 결론을 내리든 우리가 내리는 결정에는 치명적인 문제가 있는 것 같아요.」어네스틴이 말했다. 「종이와 펜을 가져와서 요점을 적어 보면 어떨까요?」

「그리고 로버트의 기차 시간을 고려해야지.」

「그렇죠, 제 기차 시간이 있죠.」그가 시계를 보며 말했다.

15

「진짜 내가 그런 사람이라면 어쩔래?」 그가 다시 말했다.
「그게 진짜 내가 하는 일이라면?」

그 질문이 나온 뒤로, 그와 거리를 두고 누워 있는 그 자리
에서 그녀는 어떤 신호도, 소리도, 동작도 그냥 지나치지 않
았다. 그녀의 방은 전기난로에서 나오는 붉은 열기에 흠뻑
젖어 있었고, 그림자들이 날카롭게 돌출되어 있었다. 거울에
로버트가 앉아 있는 침대 끝이 비쳐 보였다. 그 한순간에 지
옥이 되어 버린 수많은 밤들의 이 붉고 어둑한 감각이 그녀
에게서 그에게로 전달된 것처럼 그는 손을 뻗어 난로를 껐다
— 열선의 붉은빛이 서서히 사그라들었다. 방은 마침내 완전
히 아무것도 보이지 않는 상태가 되었고, 이제는 여느 크기
의 여느 방이라 해도 될 것 같았다. 하나로 합쳐진 두 사람의
침묵만이 방 안을 채웠고, 그녀는 그의 입이 열릴 때까지 그
가 침묵의 어느 방향으로 철수했는지 알 수 없었다. 「계속 그
렇게 해왔어, 줄곧.」

「왜 그랬어?」

「궁금하겠지 — 그래, 당연히 궁금하지. 우리는 서로를 처음부터 다시 이해해야 해. 하지만 이제 너무 늦었군.」

「밤이 늦었다고?」

그는 대답하지 않았다.

자기 말을 좀 더 명확하게 전달하려고 몸을 일으키며 그녀가 말했다. 「궁금한 건 이것뿐이야. 왜 이 나라에 반대하게 된 거지?」

「나라?」

「여기, 우리가 있는 곳.」

「당신이 무슨 말을 하는지 모르겠어 — 대체 무슨 **말이야**? 나라라니? 나라는 더 이상 남지 않았어. 이름 말고는. 이 방에서 나가면 당신과 내게 무슨 나라가 있지? 지친 그림자들이 다시 몸을 이끌고 전투를 하러 나가지 — 그들은 이 전쟁을 얼마나 더 끌고 가려고 하는 걸까? 우리는 그 극단에 있는 거야.」

「우리라니?」

「다음 일을 위해 준비가 된 우리.」

「당신 그렇게 오만한 사람이었어? — 왜 나는 한 번도 그렇게 못 느꼈을까?」

「그건 오만한 게 아니니까. 내 안에 있는 뭔가는 오만이 아니야. 그건 완전히 다른 척도에 속한 거야. 내게 그것 말고 다른 면이 없었다면 당신이 나를 사랑했을까? 그 단어가 적용되는 척도에 대해 조금이라도 소용이 있는 측정 도구는 지금까지 하나도 없었어. 진실을 벗어나지 않은 말도 없고. 내가

〈비전〉이라고 말하면, 당신은 당연히 나를 과대망상이라고 생각할걸. 난 안 그래. 하지만 어쨌거나 비전은 내가 말하려고 하는 건 아니야. 내가 말하려고 하는 건 전망의 실행이야. 이제 나는 내가 본 대로 행동한다는 거지 — 당신에게 반감을 일으키는 건 〈배신〉이라는 개념 같은데, 안 그래? 당신 안에 그 단어의 잔재가 남은 건가? 모든 언어가 죽은 화폐라는 거 모르겠어? 그들은 그럼에도 그걸로 계속 물건을 사지. 단어들, 그런 단어들, 그래 — 그런 단어들이 마음속에서 여전히 엄청난 먼지를 일으켜. 심지어 당신의 마음에서도. 나는 그게 보여. 나 자신도, 심지어 나도 그것에 맞서 싸울 면역력을 키울 필요가 있었어. 그 단어들이 전혀 의미가 없다는 걸 완전히 확신하게 될 때까지, 나 자신도 스스로 반복해서 말함으로써 간신히 그렇게 할 수 있었어. 그 단어들이 한때 의미했던 건 사라졌어 — 당신에겐 충격이겠지, 스텔라? 그게 당신에게 충격이긴 한가?」

그녀는 대답하지 않았다.

「어쨌거나, 당신은 내 생각에는 반대인 거지?」

「반대하는 건 당신이지. 나는 당신이 반대한다는 건 알았지만, **무엇**에 반대하는지는 몰랐어. 이 나라에 반대하는 건 아니라고 당신은 말하지. 당신은 나라가 없다고 말하니까. 그럼 무엇에 반대하는 거지?」

「이 소란. 당신이 나라라고 부르는 그걸 팔아먹는 건 내가 아니야. 내가 어떻게 그럴 수 있겠어? — 나라는 이미 팔려 버렸는걸.」

「어떤 소란?」

「자유. 무엇이 되고자 하는 자유? ─ 혼란스럽고 평범하고 저주받은 것. 그걸 위해 죽어도 좋은 것, 자유. 바로 그게 살아가는 걸 불가능하게 만들었기 때문에 타당한 이유가 되는 거지. 그러니 대안은 없어. 자유롭다는 그 사람들을 봐 ─ 사하라 사막 한복판에 풀어놓은 쥐나 다름없지. 버틸 수 없어 ─ 그게 진공 상태가 아니고 뭐겠어? 한 남자에게 자유라고 말하면, 그게 그에게 어떤 영향을 미치지? 다시 자궁 속으로 뛰어들려고나 하겠지. 자유 때문에 벌어지는 일을 봐. 그 〈자유로운〉 멍청이 군중, 그 민주주의를 ─ 요람에서 무덤까지 착각하고 사는 거지. 〈요람에서 무덤까지, 구해 주세요, 오, 구해 주세요!〉 머리가 제대로 된 사람이라면 **자신**이 시작되는 곳은 자유가 멈추는 지점이라는 걸 누구라도 깨닫지 않겠어? 1천 명 중 한 명은 자유에 필요한 조건을 갖추고 있겠지 ─ 그렇다면 그는 더 나은 것이 될 수 있는 자질을 갖췄다는 말이고, 그는 그걸 알고 있어. 강할 수 있다면 누가 자유를 원하겠어? 자유 ─ 참으로 노예의 불평이지! 그들은 자기들이 뭐라고 생각하는 거지? 모든 사람에게는 정확히 자신이 감당할 수 있는 만큼의 자유가 주어진다고 장담해 ─ 당신도 자유가 우리를 아주 멀리 데려다주진 못한다는 걸 알 텐데. 그러니 어쩌라고? 아무것도 아닌 것이 뭐든 될 수 있다는 점에서 자유는 무기물이지. 힘의 일부라도 가질 수 있는 건 적어도 우리 중 소수 덕분인 거고. 우리는 앞날을 그려 볼 수 있는 뭔가를 가져야 하고, 행동해야 하고, 법이 존재해야 해. 우리에겐 법이 있어야 해 — 필요하다면, 법이 우리를 깰 수 있도록 해야 해. 깨졌다는 것은 뭔가가 되었다는 의미야.」

「하지만 법이라면 — 당신이 그걸 깨고 있잖아.」

「법은 내가 깰 수 있는 게 아니야!」

「그게 무슨 말이야!」

「당신은 내가 미쳤다고 생각하는 건가, 아니 정말로 미치기를 바라나?」

그녀는 대답하지 않았다.

「적어도 나는 이성을 잃진 않았어.」

방의 어둠보다 더 강력한 뭔가 안에서, 말을 하는 사람의 형체는 지워졌다. 듣는 사람의 머릿속에서는 기억의 정지가 일어나, 지금 이 사람의 얼굴에 떠오른 표정이 어떨지 상상하는 것뿐 아니라 지금까지 알아 온 얼굴을 하나의 **얼굴로** 떠올리는 것도 불가능했다. 목소리가 들리는 방향은 극지방만큼 멀리 떨어져 있는 듯했고, 목소리 자체는 점점 더 간헐적으로 들리는 음들로만 익숙했다. 그 안에 존재하지만 늘 금지되어 있거나 의도하지 않은 상황에서만 간신히 감지할 수 있었던 어떤 흐름이 수면 위로 올라온 것 같았다. 그는 빠르게 말하지 않았지만, 그것은 단어와 단어 사이에서 빛의 속도로 이동하는 뭔가의 효과를 냈다. 이제 그는 먼저 귀에 들리게 숨을 들이마셨고, 이어 몸을 움직였다. 몸의 움직임이 만들어 낸 소리는 충격으로 다가왔고, 결국 그녀에게 그가 이 방에 존재한다는 것을 일깨워 주었다 — 아무것도 신지 않은 맨발바닥이 두껍고 중립적인 카펫에 닿을 때마다 그 자리에서 들러붙는 소리가 났고, 창문을 향해 환각적인 정확성으로 걸어가는 발소리가 들렸다. 그는 커튼을 다시 걷었다. 새벽 2시의 하늘에는 별이 가득했다. 유리창에 윤곽을 드러낸 남자, 그와 정렬된 별들 사이의 소통은 인간적이지 않았다. 그녀는 몸을 일으키지 않은 채 베개에서 머리를 떼지 않고 고개를 돌려 복종이 아니라, 복종에 대한 두려움으로 타오르는 밝은 점들 사이 수학적 공간을 응시했다. 「그래, 나도 알아.」 그녀가 말했다. 「하지만 그게 그렇게 간단한 문제는 아니야.」

그녀는 자신과 별들 사이 어디쯤에서 자기 항로를 따라가고 있는 비행기 소리를 들은 것 같다고 생각했다. 혹은 들었기를 바랐다. 하지만 그게 정말로 소리였다면, 그 소리는 죽었다. 아무것도 끼어들지 않았다. 「어쨌거나 잠시 이리 와 봐.」 그녀가 소리쳤다. 「아니면 좀 더 가까이 와봐.」

그가 불안하게 침대 끝으로 돌아왔고, 다시 거기 앉았다. 「내 안에 있는 인간적인 감정은 남김없이 당신에게 다 줬어.」 그가 말했다. 「마지막인데, 지금은 싸우지 말자. 아니면 시작부터 모든 게 아무것도 아닌 게 돼. 당신은 나를 다시 거꾸로 읽어 가면서 나에 대해 알아내야 할 거고 — 당신이 원한다면 그럴 수 있겠지만, 여러 해가 걸리겠지. 상황은 내가 틀리지 않았다는 걸 보여 주는 방식으로 흘러갈지도 모르고 — 당신이 그걸 지켜봐야 하는 바로 그 사람이 되겠지. 하지만 당신은 그것 역시 싫을 거야. 그게 가장 싫겠지. 그러는 동안 내가 당신과 줄곧 떨어져 있었다고 느낄 테니까? 나는 그러

447

지 않았어. 내가 뭘 했든 그 모든 것에 당신과 내가 같이 있었어 ─ 그걸 모르겠어?」

그녀는 눈물은 흘리지 않았지만, 두 팔을 머리 위로 올리고 울부짖는 동작을 했다. 그는 기다렸다. 그녀가 마침내 말했다. 「그래도 말해 줘. 당신이 내게 더 많은 걸 말해 줬더라면!」

「다시 생각해 봐. 내가 어떻게 당신을 끌어들일 수 있었겠어? 내가 어떻게? 이 일이 다른 누구에게 알려 줄 만한 일이었을까? ─ 이건 게임 같은 거였어.」

「당신이 사랑한 게임.」

그가 그 말을 생각해 보고 말했다. 「그래 ─ 하지만 내가 말하고 싶은 건, 그게 보이는 것처럼 안전한 게임은 아니라는 거야. 당신은 아마 불안했겠지. 그리고 다시 말하지만, 그건 나 자신만의 문제는 아니고, 당신도 당연히 지켜봐야 해. 둥글게 둘러앉아서 누구 하나가 말하기 시작하면…… 아니, 내가 어떻게 당신에게 그토록 많은 단어들로 말할 수 있었겠어?」

「많은 단어들로 말하지는 않더라도 내게 뭔가 말해 줄 수는 있었어.」

그가 다시 그 말을 생각해 보았다. 「가끔 말한 것 같은데.」

「언제?」

「안 한 건 언제지? 어느 한순간도 안 하진 않았어 ─ 우리가 그런 사이였으니 당신이 모를 리가 없다고 생각한 적이더러 있었지. 내가 당신에게 나를 숨긴 건, 내가 냉담한 사람이기 때문은 전혀 아니야. 내가 나 자신을 견디는 방법을 ─ 그게 눈에 보이진 않았겠지만 ─ 찾지 못했다면, 당신이 나를 견딜 수 없었을 거라는 생각이 들지는 않았어? 난 당신이 나를 받아들일 때, 어쨌거나 당신의 방식으로 이 사실도 받아들이는 거라고 생각했어. 혹은 이따금 그런 생각이 들었어 ─ 이따금 그런 생각이 강하게 들어서 당신이 이야기를 꺼낼 때까지 나는 그저 기다리고 있었어. 당신이 말하지 않는다면, 침묵이 더 낫다고 생각하는 거라고 여겼어. 그래, 침묵이 더 **낫지**, 그렇게 생각했지. 분별력을 지닌 두 사람이 어리석고 무의미한 전투를 감수해야 할 이유가 있나? 우리는 서로에게서 법을 봤어…… 당신이 안다고 확신하기 어려운 때도 있었지. 하지만 당신이 내게 물어보기 전까지 몰랐다는 그 사실을 난 몰랐어.」

「내가 아일랜드에서 돌아온 그날 밤을 말하는 거야?」

「당신이 아일랜드에서 돌아온 그날 밤.」

「**그때** 당신은 모든 것에 대해 단도직입적으로 〈아니〉라고 말했어.」

「당신은 스스로 받아들일 수 없는 대답은 원하지 않았어. 당신이 받아들일 수 없다는 사실을 깨달은 게 그날 밤이었어.」

「당신은 내게 화가 나 있었어.」

「자기 존재가 의심받는 것과 그대로 받아들여지는 것 사이에는 차이가 있지.」

「그날 당신은 내게 결혼하자고 했어.」

「나는 당신이 두려워하는지 알고 싶었어.」

「두려워한 건 **당신**이었지.」

「내가 그걸 당신에게 보여 줬나?」

「다음 날 보여 줬지, 해리슨에게 — 당신은 왜 항상 그를 모른다고 말했지?」

「나는 그를 몰랐어. 하지만 누군가가 떠오르기 시작했어. 늘 익명의 존재가 있었고 — 그 사람은 늘 **누군가**여야 했지. 그러니 그 홍미로운 유형…… 당신은 그때, 처음에, 우리가 내 타이를 보고 있던 그날 밤에, 내게 그 사람 이야기를 흘려 본 거였지?」

그 작은 장면이 다른 장면들과 겹쳐지자, 그녀는 머리 위로 깍지 꼈던 손을 풀고 울기 시작했다. 모든 것이 끝에 다다른 순간과 직면하자 이제 하릴없이 흐르는 걷잡을 수 없는 눈물 때문에 울음은 더욱 걷잡을 수 없게 되었다. 이제는 시간의 마지막 순간들을 헤아리게 되어, 마지막 분(分)은 마지막 시(時)를 향해 달려갔고, 마지막 시는 내일을 향해 달려갔다. 하지만 내일은 이미 오늘이자 그들이 결코 갖지 못할 것이었다. 모든 사랑은 여전히 그것이 가져다 주는 평화라는 단 하나의 가슴 아픈 환상 속에 존재하지만, 이제 평화는 더 이상 없었다. 함께하지 않은 삶의 시간은 함께 나눈 삶의 시간만큼이나 아무 잘못이 없었다. 이제, 어쩌면 그를 창가에서 다시 불러와 누릴 수 있었을 마지막 강렬한 행복을, 그녀는 깨버리고 말았다. 그녀는 이미 뭔가가 문 앞에 바짝 다가와 있는 것처럼 더 낮고 다급해진 목소리로 말하기 시작했다.

「오, 왜 그랬어?」 그녀가 울먹이며 외쳤다. 「무엇 때문에 그렇게 해야 했지?」

「스텔라, 그러지 마.」 그가 날카롭게 말했다. 「그러지 마. 불안해지잖아!」

「뭔가를 해야 한다는 그런 생각은 — 왜?」

「내가 선택한 게 아니었어. 그 생각이 나를 표적으로 삼은 거지. 어쨌거나 그건 내 생각이 아니야. 내가 그 생각의 것이지. 당신은 내가 그냥 그 생각의 먹이가 되길 바라는 거야? 내가 그냥 하나의 사례가 되면 좋겠어? 내가 이 전쟁과 싸우지 않길 바라는 거야?」

「아니, 아니, 하지만······.」

「그럼 내겐 나 자신의 편에 설 권리가 없어?」 그가 갑자기 침대를 가로질러 누웠고, 그녀의 몸 옆에서 그녀의 손을 찾아 더듬거렸다. 그녀는 손을 내주고, 그의 차갑고 낯선 손가락이 추억을 돌이키듯 그녀의 손을, 그 늘어진 손가락을, 움찔하는 신경을, 혹은 그런 것이 삶에서 지닌 어떤 특성을 마음껏 느끼게 했다. 그런 다음 그는 그 손을 밀어 놓았다. 「잘못된 편에서 행동한 건 한 번으로 족했어.」 그는 말했다. 「됭케르크를 향해 한 걸음씩 다가갔지. 극한 — 그게 무슨 의미인지 몰랐다면 나도 잊어버릴 수 있었을 거야. 그것으로 **그** 전쟁은 끝이었어 — 유람선에 실려 이송되기 위해 줄을 서 있는 자유의 군대. 밤낮으로 생각에 빠져 지낼 수 있었지. 그때 했던 생각이 어떻게 됐는지, 혹은 앞으로 그들에게 어떤 일이 더 남았을지 아무도 궁금하지 않은 건가? 극한 — 그건 다시 돌아올 수 없는 지점을 뜻한다는 걸 그들은 생각하지 못하나? 우리 중 몇 명이나 거기서 돌아올 수 있었다고 그들은 생각하는 거지? 우리는 회피 대상이 되었어 — 우리 됭케르크에서 부상당한 남자들.」

「나는 당신이 부상당한 남자가 되기 전엔 당신을 전혀 몰랐어.」

「어떻게 생각하면 그건 가능하지 않은 일이었을 거야 — 나는 부상당한 채로 태어났으니까 — 내 아버지의 아들로. 됭케르크가 우리 안에서 기다리고 있었어 — 얼마나 대단한 민족이야! 중간 계층이 없는 계급, 나라가 없는 민족. 온전하지 않아. 결코 땅에 발을 붙인 적이 없었지 — 그리고 우리 같은 사람이 수천수만 명은 되고, 우리는 여전히 번식하고 있어 — 무엇을 번식시키고 있지? 당신은 묻겠지. 나도 의문이야. 잡을 것도 없고, 만질 것도 없어. 어떤 것에도 기원은 없어. 나는 한 나라를 사랑할 수도 있었겠지만, 당신을 사랑한다는 건 분명 — 당신이 내 나라였어. 하지만 당신만으로 충분하지 않았고, 그래서 버거웠어. 당신과 나는 아무것도 아닌 것, 이 방을 나가면 아무것도 아닌 것 때문에 지금까지 우리가 알고 있던 우리의 모습이 되지 못하는 건가?」

대답이 없었다. 로버트가 다시 자리를 옮겼고, 이제 마지못해 그녀의 발에 팔꿈치를 기댔다. 마침내 입을 연 그녀는 오로지 이 말만 했다. 「당신은 해리슨이 말한 그 일을 하고 있어?」

「그래 — 그러니 당신은 그 사실에서 달아날 수 없겠지?」

「**우리**는 그 사실에서 달아날 수 없어…… 당신, 겁이 났던 적은 없었어?」

「잡힐까 봐?」

「그러니까, 당신이 하고 있는 그 일에 대해?」

「내가? — 아니, 그 반대야. 그게 두려움을 전적으로 없애 줬지. 그 일이 내게서 아버지의 특성을 제거하고, 새로운 유전적 특성을 줬어. 처음에는 느리게 진행됐어 — 자신감이 어떤 것인지 알기 시작하면서 충격을 받을 만큼 놀랐어. 내가 알고 있었던 것을 아는 것, 내가 안다는 것을 알리지 않은 채, 줄곧 알리지 않은 채 그것에 따라 행동하는 것 — 이건 분명히 말할 수 있어, 내 주변의 모든 것이 제자리를 찾아갔어. 나 자신의 뭔가? — 아니, 아니, 그보다 훨씬 더 좋은 거야. 어떤 신경증 환자라도 자신에게 자신의 구석 자리는 만들어 줄 수 있어. 빠져나가는 길? — 아니, 그보다 더 좋은 거지. 이어지는 길이니까! **당신**은 생각하겠지, 내 안에 있는 그건 단순히 통제력을 쥐고 싶은 욕구라고.」

「그렇게 생각하는 것 같진 않아.」

「음, 그게 아냐. 그 문제가 아니야. 누가 원숭이처럼 빈둥거리고 싶겠어? 통제력을 느끼는 건 이미 충분해. 훨씬 더 큰 문제는 명령하에 살아가는 거지.」

「우리 모두 명령하에 살고 있어. 거기 뭐가 새로운 게 있지?」

「맞아, 그들이 전쟁을 좋아한다는 게 놀랍진 않지. 하지만 나는 구체적인 명령을 말하는 게 아니야, 명령 자체를 말하는 거지.」

「그래서 당신이 적의 편에 섰다는 거네.」

「당연히 그들은 적이야. 그들은 결론을 내려놓고 그것으로 우리와 대적하고 있어. 그들은 지속되지 않겠지만, 결론은 지속되겠지.」

「당신을 못 믿겠어.」

「당신은 믿을 수 있었어.」

「단지 그들이 적이어서가 아니라, 끔찍하기 때문이야 — 허울만 그럴듯하고, 생각하기도 싫고, 기괴해.」

「오, **그들** — 물론 그렇지! 당신은 그들을 보고 판단하는데, 기억해 봐, 뭐든 태어날 때는 기괴하지.」

「그들 역시 두려워해.」

「물론 그렇겠지. 그래서 뭔가를 시작한 거니까.」 그의 안에 있는 어떤 생각이 애초의 온전한 힘으로 되살아나려는 것처럼, 그가 진지하게 팔꿈치에 힘을 실으며 몸을 일으켰다. 「당신은 마음에 들지 않겠지만, 그건 하루의 시작이야. 우리 척도로 봤을 때 하루.」

그녀는 본능적으로 먼저 창문을, 이어 거울에 비친 창문의 반사상을 보았다. 둘 다 더 창백해 보였고, 그녀가 보기론 겁먹은 눈 같았다. 모든 두려움이 이 춥고 헐벗고 반박할 수 없는 순간으로 축소되었다. 그녀는 시트로 감싼 채 무심히 몸을 떨었다. 그것은 낯선 존재에 대한 공포였는데, 늘 그렇지 않았는가? — 그런데 그 존재가 여기 있었고, 그녀의 침대 발치에서 숨을 거두려 하고 있었다. 시효가 만료된 **그의** 숨을.

그는 자신에게 사랑 외에 다른 능력이 없었다면 그녀가 그를 사랑하지 않았을 거라고 말했고, 아마도 맞는 말이었을 것이다. 하지만 본능적인 모든 것을 부인하는 그의 태도가 이제 사랑을 원천에서 봉쇄해 버리는 듯했다. 바위와 돌과 나무와 함께 뒹구는 것은 — 하나가 된다는 게 달리 무엇이겠는가? — 포옹이 주는 소멸의 느낌에서 가장 강렬하지 않았던가? 「아니, 당신은 나라가 없다고 말할 수는 없어!」 그녀가 큰 소리로 외치며 말을 하기 시작했다. 그녀는 그와 함께 한 나라의 땅을 구석구석 밟고 다녔는데, 아마 혼자서는 그러지 못했을 것이다. 그 나라에 대해, 그녀는 얼마나 많은 부분이 장소이고 얼마나 많은 부분이 시간인지 알지 못했다. 그녀는 사각거리며 쓸려 가는 가을의 나뭇잎을, 그의 얼굴을 보면서 깨어난 그날 수정처럼 파괴된 런던의 아침을 생각했다. 그녀는 저녁마다 그 시간 속으로 사라져 가는 거리거리를 보았고, 반짝거리는 봄 햇살이 강물 위로 누군가가 서 있던 다리를 향해 달려가는 것을, 어리석게도 하늘을 담고 다니며 자칫하면 상처를 입을 것 같던 루이의 눈동자를, 5월의 그늘 속에서 커즌 프랜시스를 묻기 위해 갓 파낸 무덤 언저리와 그날 밤 나무에 매달린 분홍색 수술이 달린 꽃들을, 로더릭의 진영 근처에서 땅이 부풀고 균열이 일어나고 풀씨가 자라 지도처럼 풀밭이 만들어진 좁은 아스팔트 길을 보았다. 그녀는 그 이전의 일은 아무것도 기억할 수 없었고, 모든 것이 비통하리만큼 가슴이 아팠다 — 하지만 그들이 서로 사랑한 것은 겨우 2년이었다. 그녀는 그 2년 동안 그들이 주변에 있는 것의 미덕에, 그들이 있는 이곳 특유의 **그** 미덕에 의지하지 않았다고는 생각할 수 없었다 — 그녀가 그 없이 지낼 때도, 그가 없는 곳에, 애초에 존재하지 않았던 곳에, 아마도 결코 존재하지 않을 곳에 있었을 때도, 이 미덕을 결코 덜 느낄 수는 없었을 것이다. 그라는 존재가 있어서, 그녀는 보고 듣는 모든 것에 기쁨으로 영속적인 빛을 밝힐 수 있었다. 전쟁의 테두리 안에서, 그들은 많이는 아니지만 아주 평화롭게 돌아다녔다 — 함께 바다를 건넌 적도, 런던을 떠난 적도 없었다. 그래서 자연의 본성을, 그들의 돌 같은 나라에서 일어난 수천 번의 동요를 알게 되었다. 이 나라의 구성원이, 그 사람들이 적어도 걷는 나무보다 덜 존중받는 건 있을 수 없는 일이었다.

그럼에도 그 시간 내내 물살은 그의 얼굴에 부딪혔다. 전쟁으로 달아오른 사람들이 한 나라의 국민이고자 하는 충동은 그에게 하찮은 것이었다. 그는 군중의 혈류, 호기심 많은 동물의 심령적인 일체감, 인간 용암류(鎔巖流)를 혐오했다. 심지어 너무 흔하고 너무 깊이 공유되어 납덩이처럼 되어버린 무관심 상태도 그를 자극했다 — 조바심, 희망, 답할 수 없는 질문의 반복, 쏟아져 나오는 소문. 그는 그런 것들을 계산적인 눈으로 평가하고 있었을 것이다. 뉴스 시간에 창문으로 뚝뚝 끊어져 들려오는 진행자의 문장, 신문 가판대 구석 자리에서 물결처럼 펄럭이는 『그날의 최종판 신문』의 헤드라인 — 그것이 그의 안에서 어떤 신경을, 그것이 또 역으로 어떤 신경을 자극했는가? 자신이 알고 있다는 것을 알면서, 자신이 하는 것을 하는 것. 금방이라도 비가 내릴 듯한 저녁에, 거리에서 그녀와 함께 걸으며 여유롭게, 같은 일을 하는 다른 모든 이들보다 더 여유롭게, 대화를 중단하지도 않고, 그녀는 성큼성큼 내딛는 그의 긴 보폭에서 팔짱을 낀 상태로만 감지되는 아주 미세한 불균형을 느꼈을 뿐이었는데도, 그는 곁눈질로 헤드라인을 훔쳐보았던 것이다. 그녀는 이제 그의 미소가 웃을 줄 아는 사람의 미소라는 걸 알 수 있었다.

그녀에게는 줄곧 해리슨이었던 사람이 실상은 로버트였던 것으로 느껴졌다.

「그런 말은 당신을 좀 병적으로 보이게 해.」 그녀가 말했다. 「어떻게 감히 당신이 한 일에 내가 끼어 있었다고 말할 수 있는 거지? 더 알게 될수록 더 싫어져. 그럼 당신은 승리하는 쪽에 있기로 한 건가?」

「지금 당신 형제들을 생각하고 있어? 그들에게 명예가 충분히 좋은 것이었으니 내게도 충분히 좋을 거라고 생각해? 내가 좋아하는 건 당신의 웃는 사진들이야. 그들이 환상이 무너지기 전에 죽은 건 행운이었어 ── 이건 음유 시인들의 전쟁이 아니야, 스텔라. 그들은 자신들이 품었던 것을 간직한 채로 떠났어. 그들은 마지막 단계에 있었어. 하지만 이 사실을 직시해야 해 ── 남겨진 우리는 우리와 관계있는 모든 것이 달처럼 죽어 있는 세상에서 계속 살아가야 한다는 것. 당신 안에는 다른 모든 곳에서 꺼져 버린 불꽃이 타오르고 있을지도 몰라. 그게 아니면 내가 왜 당신을 사랑했겠어? 당신은 사랑을 통해 내게 불을 붙였어 ── 불꽃이 어느 쪽으로 향하는지를 놓고 지금은 싸우지 말자. 오늘 같은 바람이 불었던 적은, 혹은 그 방향에서 불어온 적은 한 번도 없었어.」

「로더릭이 죽을 수도 있어.」

그가 반사적으로 말했다. 「그럴 것 같진 않아.」

「오, 그럼 **그만큼** 빨리 끝나? 끝이 **그만큼** 빨라?」

그는 손목시계의 야광침을 보았고, 이어 말했다. 「그런 일은 내 소관이 아니야 — 지금 가면 될까?」

「왜 나한테 묻지?」 그녀가 물었다.

「그냥 궁금했을 뿐이야.」

「당신과 나는 프랑스가 함락된 그해에 만났어. 여기 우리에게, 여기 모두에게 **무슨** 일이 생길까 — 모든 일이 계획대로 진행된다면? 지금으로선 분명 침공은 없을 거야. 그럼 더 나쁜 일은, 그 대신 일어날 일은 뭐가 될까? 끝은 어떤 식일까?」

「내가 뭐라고 말할 수 있겠어?」

「당신은 당신이 아는 걸 안다고 말하면 돼.」

「하지만 그게 내가 아는 전부야 — 어디 가려고?」

그녀는 이미 침대에서 내려와, 바닥에 떨어져 있던 무거운 퀼트 실내 가운을 끌어 올린 뒤 불안정하게 끈을 허리에 묶었다. 그리고 대답도 없이 문짝을 더듬었다. 그러고는 그제야 생각났다는 듯 손잡이를 돌리고 열린 문을 지나 그가 없는 다른 방으로 갔다. 그녀는 전등 스위치를 켰고, 불빛에 움찔해서 손으로 눈을 가린 채 그 자리에 섰다. 그녀는 돌아서야 했고, 이곳에 켠 전등 불빛이 로버트가 커튼을 건 침실 창문을 통해 빠져나가지 않도록 문을 닫아야 했다. 그녀 안에 범죄에 대한 온갖 생각이 침투해 있었기에, 등화관제를 위반하는 어떤 범죄든 죽음에 이르는 벌까지 내릴 수 있을 것 같았다. 그것이 해리슨이 기다리고 있던 신호의 순간일 수도 있었다 ― 그녀가 상상해 보건대, 그는 여럿으로 증식되어 집 주변에 배치되어 있을 것 같았다. 로버트가 해리슨이 말한 그대로였기에, 해리슨도 그 자신이 말한 그대로일 것이었다 ― 그건 틀림없는 일이라고, 그녀는 방 안을 서성이면서, 얼음장처럼 차가운 두 손바닥을 비비면서 생각했다. 그 방은 시간이 존재하지 않는 모습이었다. 방 안에서, 그녀는 견딜 수 없이 불안하고 텅 빈 마음으로 자신을 둘러싼 모든 것을 생각했다.

로버트와 함께 있는 것은 로버트와 떨어져 있는 것만큼이나 불가능했다. 그녀는 사진 앞에서 걸음을 멈추었다. 그가 옳았다. 이곳에 가족 같은 것은 있을 수 없었다 ― 그녀의 형제들은 아무 흔적도 남기지 않았다. 그들은 상황이 단순했을 때 영웅이 되었다. 영웅이란 이제는 사라진 단순한 사람들이라고, 그는 말했다. 하지만 그들이 **아무** 흔적도 남기지 않았다면 ― 그녀가 느끼는 거부감은 그의 행위에 대한 것인가? 나라를 판 행위…… 그녀는 벽난로 선반에 있는 사진을 보았다. 지금 다른 방에 있는 남자의 사진을, 그녀를 위해 사랑의 특성 안에 영원히 녹아든 모습을 담은 그 흑백 사진을 ― 한편으로 그 형체 안에 담긴 것은 무엇인가? 뒤틀린 영감, 일종의 반항적인 에너지, 한때 너무 자주 불살랐던 로맨티시즘.

늦게 태어난 자의 얼굴. 그가 옳았다. 시간이 출생에서 가장 큰 운명의 차이를 만든다. 그가 옳았다. 그녀의 형제들이나 그들의 누이가 그를 심판할 수는 없었다.

그녀는 그가 없는 삶을 상상해 보려고 벽을 향하도록 사진을 돌렸다. 액자의 흰 뒷면을 쳐다본 순간 얼음이 깨졌다. 그녀는 빠르게 뛰는 심장을 진정시키려고 벽난로 선반을 짚고 몸을 가누었다 — 너무 격렬하게 뛰어서, 축적된 엄청난 힘으로 다시 뛰기 시작한 것 같았다. 그녀는 〈로버트!〉라고 부르려고 했지만, 목소리가 나오지 않았다. 그녀가 문을 쳐다보았다. 그렇게나 사랑하는 누군가가 여전히 그 너머에 있다는 것이 믿기지 않았다.

문이 열렸다. 그는 로더릭이 입었던 실내 가운을 입은 채 어둠을 배경으로 서 있었다. 「왜?」 그가 말했다 — 그리고 그녀가 대답하지 않자 〈당신이 나를 부른 줄 알았어〉 하고 말했다.

그들은 서로 끌어안았다.

집들이 잠든 거리에서 발걸음 소리가 들린다 해도, 이제 형체가 지워진 두 사람에게는 들리지 않을 것이었다. 누군가가 저 아래 거리에 말없이 지키고 서 있어도, 창백한 하늘을 비추는 창문의 대열은 모두 똑같아 보일 것이었다. 이 방 안에서 눈꺼풀이 세상을 가리며 내려왔다. 그들의 머리 뒤에서 익숙하지 않게 반대로 돌려져 있던 사진이 마침내 앞으로 고꾸라지며 바닥으로 추락했다. 하지만 스텔라가 시작하기까지는 시간이 좀 걸렸다. 그녀의 손이 그의 어깨에서 천천히 팔로 미끄러져 내려왔다.

「당신을 결코 여기 오게 해서는 안 됐어.」

「나는 왔어야 해.」

「여기가 그들이 당신을 찾는 첫 번째 장소가 ―」

「그래도 왔어야 해. 지난밤 홈딘에서 나는 공포에 휩싸였어 ― 당신을 다시는 못 볼지도 모른다는 공포. 그 집에 들어간 순간 그 공포가 대번에 나를 덮치기 시작했어. 전화벨이 처음 울렸을 때 절정에 달했지. 그때까지 나는 내가 위험하다는 걸 머리로만 알았을 뿐, 한 번도 실감하진 못했어. 그 집이, 그들이 일으킨 효과 때문이었을 거야! 그런 장소로 끌려들어가고, 그런 장소에서 끌려 나온다는 것 ― **그들**의 얼굴이 내가 보는 마지막 얼굴이 된다니! 나는 전에는 결코 체포되는 걸 상상해 본 적이 없었어. 그런데 갑자기 내 상상은 그 방향으로만 흘러갔어 ― 그 일이 일어난다면 오로지 그런 식일 것 같았을 뿐만 아니라, 그런 일이 일어나지 않는다는 게 전적으로 불가능해 보였어. 왜냐하면 거기 그 무대가 마련되어 있었으니까. 어머니는 줄곧 그걸 기다리고 있었어. 그걸 바랐지! 나를 이런 덫에 빠뜨린 게 그들이었을 테고. 내가 다시는 당신을 보지 못하도록. 내가 남자가 되는 걸 그들은 늘 마뜩잖아했으니까.」

「그들이 눈치를 챈 건가?」

「모르지. 나는 앤을 불안하게 했어.」

「앤? 하지만 늦은 밤이었을 텐데.」

「앤이 아래층으로 내려왔어.」

「가엾어라. 그런데 런던에 돌아왔을 때 왜 내게 곧바로 오지 않았어? 어젯밤엔 상황이 이보다 더 미쳐 돌아가진 않았을 텐데.」

「어떻게 그래? 내가 앤에게 어떻게 했는데. 그런 상태로 어떻게 당신을 찾아와? 나는 걷는 것으로 불안을 가라앉혔어 — **미행당했다면** 도망쳐서 따돌렸겠지만, 그랬을 것 같진 않아.」

「밤새 걸었어?」

「아니. 나는 〈오, 젠장!〉 그렇게 생각하고, 언제였는진 모르겠지만 집에 돌아갔어. 그리고 불안을 밀어내며 잠을 잤고, 자면서 불안이 없어졌을 거야. 왜냐하면 오늘 아침에 다시 목욕하고 커피를 마시고 면도를 하는데, 그 모든 일이 환각처럼 느껴졌거든.」

「당신은 그게 아니란 걸 알았어. 그럴 리 없다는 걸 알았잖아.」

로버트는 걸어와 로더릭이 잠을 잤던 소파에 몸을 던졌다. 로더릭이 그 종이를 발견했던 실내 가운 주머니에 손을 집어넣고, 뒤로 털썩 누워 천장을 응시했다. 「내가 해온 일은 미친 짓이 아니야.」 그가 말했다. 「하지만 한 가지 종류의 광기를 낳을 수 있지. 자신이 안전하다고 느끼는 광기. 어쨌거나 보호를 받는다고 느끼니까. 하지만 위험은 곧 당신에게 다가오려는 냄새를 풍기기 시작해 — 당신은 위험이 거기 있다는 걸 알지만, 위험은 거기 있을 수밖에 없으니 아는 거야. 방향을 바꾸는 건 위험이 할 일이라는 걸 알기에, 당신은 지켜보기만 하지. 하지만 위험이 새로워지는 것 같지도 않고, 당신에 대한 지배력 역시 바뀌지 않아. 사랑이 그렇듯. 무슨 일이 일어났는지 알기도 전에 그건 관념이 돼버려 — 그리고 역시 한편으로, 위험이 누군가의 행동에 내재되어 있다면 그건 그 사람의 속성처럼 보이게 돼 — 늘 활성화되어 있는 일종의 은밀한 특성. 비밀스러운 남자가 되는 건 역으로 일종의 유명 인사가 되는 것과 같아. 사람들과 분리되는 데 익숙해지고…… 그래, 물론 나도 이론적으로는 또 다른 머리 좋은 사람들, 나와는 생각이 반대면서 머리 좋은 사람들이 **있다**는 걸 알아 — 내가 해온 일의 핵심은 신중을 기하는 거였어. 그리고 나도 신중을 기했지. 신중? — 그건 내 두 번째 본성이 됐어. 결코 긴장을 늦추지 않았어, 밤낮으로. 결코 방심한 적이 없었어 — 내가 그런 적이 있었어?」

「내가 아는 한은 없었지.」 그녀가 방 한복판에 놓인 의자에 앉으면서 말했다.

「나도 그렇게 생각했어. 그런데 한편으로, 그 시간 내내 이런 일이 **일어날 수** 있다는 걸 점점 더 상상할 수 없게 됐지 — 이걸 현실감을 잃은 거라고 말할 수 있겠지? 어떤 면에서는 그게 맞을지도 몰라 — 내가 해온 일은 아주 집중해서 할 수밖에 없었기 때문에 그 일 외에는 아무것도 없게 됐어. 그 일을 다른 방식으로 더 **잘할 수도** 있고, 그렇게 되고 있기도 하지만, 내가 그렇게 하지는 않아. 이 일이 제대로 진행되려면, 돈을 위해서 하는 일이 되어야 할지도 모르겠어 — 돈으로 매수할 필요가 없는 사람은 믿지 않아야 하는 건가. 나는 냉

혹하게 행동했어, **나**는 내가 냉혹하게 행동했다고 생각했어
— 하지만 아니었어. 충분히 차갑지 않았나 봐. 혹은 따뜻해
졌거나. **매료되지** 않는 것, 매료되지 않는 절대적인 능력 —
그걸 시험해야 해. 그래, 그들은 답을 찾으려는 남자도 차단
해야 해. 뭔가를 위해서건, **자신**을 위해서건 이런 일에 손을
대려는 남자에게는 반드시 뭔가 바위 같은 면이 있어야 해.
그는 자신만 위험해지면 상관없을 거라고 생각하겠지. 하지
만 상관이 있어. 그들도 나중에 알게 될 거야……. 나는 내가
뭘 했는지, 뭘 생각하지 못했는지 알고 싶어.」

「어딘가에서 다른 실수가 있었을 수도 있잖아. 다른 누구
의 실수 때문일 수도 있고 — 다른 사람들도 있다고 했지? 당
신이 다른 누군가와 같이 있는 모습이 목격됐을 수도 있고.」

「절대 그런 모습을 보였을 리 없어 — 해리슨은 어때?」

「내가 그 사람과 잤다면, 그가 당신을 이 일에서 제외해 줬
을까?」

「뭐, 그가 그렇게 말했어? 당연히 그렇게 말하겠지. 당신이
시도하진 않았어?」

「그럴 생각은 했어. 지난밤에. 하지만 그가 나를 집으로 돌
려보냈어.」

「꽤 늦게까지 있었군.」 그가 그녀를 망연히 쳐다보며 말
했다.

「그를 믿을 수 없었어.」

「믿을 수 없었다고?」

「마음을 정할 수 없었어. 어젯밤 전까지는. **게다가** 내가 왜

그래야 하지? 어젯밤에 그는 당신을 위한다면 하지 말라고 경고한 일을 내가 했다고 나를 탓했어. 내가 당신에게 그 이야기를 했다고. 이미 다 알기에 언제, 왜 그런 생각을 하게 됐느냐고 물었어. 오, 그는 그렇게 생각한 게 아니라고, 확신한다고 말했어. 어떻게? 내가 당신에게 주의를 주면 당신이 하리라고 — 당신이 스스로 정체를 드러낼 거라고 — 자기가 말한 그 행동을 정확히 당신이 하는 걸 — 그것도 곧바로 하는 걸 보고 알았다고. 우리가 이야기를 나눈 다음 날, 당신은 평소 다니던 길에 뭔가 특정한 변화를 준 것 같아. 순간적으로 겁이 났을 때 일어나는 변화 말이야. 그러니 당신을 지켜보면서, 당신이 감시당하고 있다는 걸 깨달았다는 걸 확인한 거지. 그는 내가 말한 게 그날 밤이었다는 것도 먼저 밝혔어. 그래서 그를 인정하게 됐지. 내가 아일랜드에서 돌아온 그날 밤이었다고 하더라. 그래서 그때 알았어.」

「알겠어. 그렇게 멍청한 사람은 아니군, 그렇지? 누군가는 그가 나를 알고 있다고 생각했을 수도 있겠어 — **그**는 어떤 사람이지?」

「점점 더 모르겠어.」

「그리고 무슨 돈을 받는지도 궁금하군. 그렇게 많은 돈을 받는 건 아닐 테니까. 그들 중 누구도 그렇게 많이 받진 못해. 그 대신 더 안전한 편이지 — 하지만 다시 우리가 알고 있는 걸 고려하면 — 결국 그는 그들에게 받는 액수만큼 가치가 **있는** 거 아닌가? 그는 추락을 향해 달려가는 무모하고 미친 사람 같아. 내 말은, 당신에게 그렇게 접근한 것 말이야. 운에 맡긴 모험이었지! 뭐가 당신이 그 이야기를 밀고하지 않게 막을 수 있지?」

「그는 나에 대해서도 알고 있었던 것 같아.」

「하지만 만약 당신이 밀고했다면, 그게 그의 끝이 될 수도 있었어.」

「그래. 하지만 그는 그게 당신의 끝이 될 거라고 말했어.」

「여기 담배 있어?」 그가 불쑥 말했다. 「내 건 당신 침대 위에 두고 왔어.」

그녀가 자리에서 일어나 기대하지 않는 표정으로 상자 안을 들여다보았다. 대체로 그녀는 거기 담배를 두지 않았지만, 오늘 밤은 그 안에 플레이어스 한 갑이 들어 있었다 — 해리슨이 그녀를 찾아왔을 때 두고 간 것인 듯했는데, 다음 날 아침에 청소부가 이 안에 넣어 둔 모양이었다. 빈 갑이 아닌지 흔들어 본 뒤, 그녀는 그 전리품을 소파로 가져왔다. 로버트가 그녀를 위해, 그리고 자신을 위해 한 개비씩 불을 붙였다. 그들은 조용히 서로를 쳐다보면서 연기를 들이마셨고, 말은 전혀 하지 않았다. 그는 실내 가운을 입은 채 몸을 완전히 뻗고, 비잔틴 양식의 인물처럼 좁게 앉아, 그녀가 옆에 앉자 한 손을 그녀의 무릎 위에 툭 얹었다. 한번은 그가 거리를 내려다보는, 커튼을 치지 않은 창문으로 고개를 돌렸다. 하지만 아무런 낌새도 없었다.

「당신은 그럼 뭐지?」 그녀가 마침내 말했다. 「혁명가? 아니, 반(反)혁명가? 당신은 세상에 혁명이 이어져 내려온다고 생각하겠지? 한때는 혁명이 매번 진보처럼 보였지만 — 지금은 더 이상 그렇게 생각하지 **않는** 거고? 혁명이 일어날 때마다 처음에는 전에 얻은 것을 잃고, 그다음에는 더 많은 것을 잃고? 그러니 앞으로 일어날 혁명은 지금까지 일어난 혁명 중에서 가장 큰 격변이겠지만, 의미는 가장 없을 테고? 하지만 누구든 **뭔가**가 일어나려 한다는 생각은 지울 수가 없는 거야. 그렇다면 지금 세상이 처해 있는 이 상황은 뭘까? — 상상 임신 같은 건가?」

「아니.」

「아니, 나는 당신이 그런 생각을 할 수 없었거나 생각하지 않으려 했다는 걸 알겠어……. 저기, 로버트, 그런 분명한 일을 **하는** 사람치고 당신은 모호하게 말해. 거친 야생과 이미지들. 내가 감정을 이입하는 대상은 그런 걸 거야. 하지만 내가 보기엔 당신에게 여전히 명확하지 않은 부분이 있는 것 같아.」

「내가 이런 이야기를 한 건 이번이 처음이야.」

「다른 사람들과 이런 이야기를 해본 적이 없다고? — 같이 일하는 사람들하고도?」

「당신은 우리가 만나서 생각을 교환할 것 같아?」

「하지만 그런 거라면, 당신은 더더욱 많이 생각했겠군.」

「더더욱 많이 생각했지. 절대 말할 수 없기 때문에 생각의 결론은 결코 말하지 않는다는 거야. 당신을 고립시키는 것이 그 자체를 고립시키고. 그건 당신이 어떻게든 저절로 깨지길 바라지만 당신 스스로는 절대 깰 수 없는 긴장을 형성시키지. 당신은 생각이 어디에서 시작했는지 몰라. 생각은 빙빙 도니까. **말**에는 반드시 시작이 있어야 해 — 어디에서? 그렇게 많은 생각을 한 뒤에 어떻게 말할지 내가 어떻게 알겠어? 어떤 처음이든, 처음이라는 사실로 아주 좋지 않아? 명확하지 않다 — 뭐가 그렇지 않단 거지?」

「글쎄. 그게 아니면 뭔가가 빠졌을 수도 있겠지?」

「내 생각에서 뭐가 빠졌는지 내가 어떻게 알지? 나는 그 생각에 몰입한 상태인데. 그럼 당신은 뭘 바란 거지 — 실질적인 내용?」

그녀는 확신이 서지 않는 듯 고개를 반쯤 흔든 다음, 고쳐 말했다. 「하지만 거기엔 늘 뭔가가 있지.」 그녀가 자기 질문이 순진했다는 사실에 당황해하며 말했다. 「당신은 그들에게 뭔가가 있다고 생각해서 적이 이기길 바라는 쪽에 선 건가? 그게 뭐지?」

「그들에겐 뭔가가 있어. 이 전쟁은 단지 이미 결정된 뭔가에 트집을 잡아 그토록 많은 피를 흘리는 것에 지나지 않아. 어느 쪽이 이기든 전쟁은 멈출 테고, 그들 쪽이 이겨야만 이 트집 잡기가 끝날 거야. 나는 그 시끄러운 소리를 끊어 버리고 싶은 거고 — 음, 내가 아직 말하지 않은 건 뭐지?」

「난 여전히 모르겠어.」 그녀가 손가락 사이에서 다 태운 담배꽁초를 빼내며 말했다. 「신경 쓰지 마.」

「그럼 신경 쓰지 마, 자기.」

「우리가 잠을 잘 수 있으면 좋겠어.」 그녀가 말했다.

「해리슨은 뭘 하고 있을까?」 로버트가 갑자기, 그가 알았거나 알아야 하지만 잊어버린 뭔가를 물어보는 사람의 어조로 말했다. 「그는 뭘 하려는 걸까? 방금 당신이 뭔가 말했는데. 다시 말해 줘. 결국 그가 추구하는 건 뭘까 — 당신을 어떻게 해보려는 것 말고는 없나? 나는 그가 이해가 안 돼.」

「그는 왜 모든 것이 정리될 수 없는지 그 이유를 이해하지 못하는 것 같아. 그게 그에게는 아주 중요한 것 같고, 그는 그 것에 사로잡혀 있어 — 혹은 사로잡혀 있었어. 그가 거기서 뭘 얻기를 기대하는지, 나는 짐작할 수가 없어. 그는 자기가 뭘 원하는지 안다고 말하지만, 나는 그가 자신이 모르는 걸 원하는 것 같아. 그는 여기 있는 걸 좋아해.」 그녀가 불이 꺼진 아름다운 방을 둘러보며 덧붙였다. 「예컨대 재떨이 같은 것. 그는 늘 뭔가를 만지작거려. 그건 아마 정말로 그가 여기 살고 싶어 한다는 의미일 수 있겠지.」

「당신하고 같이 산다?」

「여기서 나하고 같이 사는 것. 그는 불안할수록 더 행복할 거야. 여기엔 그가 싫어할 만한 건 보이지 않아. 혹은 그는 내가 싫어할 수 있다는 걸 이해하지 못해. 그리고 맞아, 그 이상이야 — 그는 내가 그에게 〈노〉라고 말하거나, 어쨌거나 〈예스〉라고 말하지 않으면, 내가 당신에게 정말로 비열하고 나쁜 짓을 하는 거라 확신하고 있지. 그는 당신에게 상당한 감정을 가지고 있어.」

「그럴 수도 있겠군.」

「그는 당신을 마음에 두고 있어. 남자가 여느 여자보다 면 책권을 갖고 싶어 하지 않는다는 건, 남자가 자신이 원하는 것을 이룰 수 있게 하는 깨끗한 이력을 갖고 싶어 하지 않는다는 건 그에게는 생각조차 할 수 없는 일이야. 어떻게 내가 이따금 그가 옳지 않을 수도 있다고 자문하지 않을 수 있겠어? 하지만 한편으론 얼마나 모순적이야 — 그는 나를 가지려는 목적에서, 자신을 노출시키면서까지 끊임없이 자신의 안전을 내놓고 거래를 하려고 했어……. 오늘 밤에야 알겠어, 내가 그 기회를 **잡았어야 한다**는 걸. 하지만 그는 그건 당신과 나의 관계가 완전히 끝나야 한다는 의미라는 걸 처음부터 너무도 분명히 밝혔지. 그때 내게 확신이 있었다면, 확신이 있었다면! 지난밤에야 확신이 생겼는데, 내가…… 하지만 그러고 나서 그는 나를 돌려세우고 집으로 보냈어.」

「우리가 그 이유를 알면 좋겠군. 무슨 일이 일어나려고 했던 걸까?」

「내가 그의 감정을 다치게 했어.」

「말도 안 돼. 그에게 뭔가 다른 할 일이 있었을 거야.」

그녀는 침묵했다.

「그가 어디서 당신을 집으로 돌려보냈다는 거지?」 그가 그녀를 탐색하듯 쳐다보며 말했다. 「그자하고 어디에 갔지? 당신 어디 있었어?」

「나도 몰라, 로버트!」 그녀가 정신이 나간 사람처럼 소파에서 미끄러져 내려와 그 옆에 무릎을 꿇었다. 「물어본다는 걸 잊었어. 어딘가였을 텐데. 심지어 우리가 거기서 만난 여자도 자기가 다른 어딘가에 있는 것 같다고 했어. 나는 로더릭이 갑자기 전화를 걸어온 바람에 초저녁부터 몹시 불안정했어. 하지만 해리슨이 어떤 이야기를 꺼낼지 짐작이라도 했다면, 나는 침착함을 유지할 수 있었을 거야. 나는 침착함을 유지할 수 있는 사람이니까 — 그런 상황이었으니, 당신은 그가 나를 집으로 돌려보낸 뒤 내가 여기 돌아와 뭘 했을 거라고 생각해? 나는 밤새 누워서 그가 무엇을 할 생각이었는지, 내가 다르게 행동했다면 그는 뭘 하거나 하지 않았을지, 그가 그런 다음엔 뭘 하려고 할지 생각했어. 그가 정말로 그 상황이 진행되려는 걸 멈출 생각이 있었는지도 모르면서, 그런 일이 정말로 그의 힘이 미치는 범위 안에 있었는지도 모르면서. 그가 처음에 이야기를 꺼냈을 때는 그 일이 그가 지닌 힘의 범위 안에 있었는데, 지금은 더 이상 그렇지 않은지 궁금해하면서. 지난 두 달 동안 그는 정말로 뭘 하려고 **했는지**, 내가 늘 대답을 얼버무리고 회피해서 그를 보이는 것보다 더 화나게 했는지 자문하면서. 나를 대놓고 차버린 게, 그가 갑자기 화가 나서 그 일을 진행시키기로 결정했다는 의미는 아닌지. 해리슨이 어떤 결정을 내리는지, 혹은 내리지 않는지가 정말로 중요한지, 정말로 중요한 적이 있었는지? 지난밤에 그 일이 그의 통제력을 벗어나 진행되기 시작했고, 그 사실을 알게 된 그가 자기 체면을 살려야겠다고 생각한 건지? 그가 나와 관련된 이 일에 매료된 건, 내가 차지하는 비중보단 그 자신, 그 자신의 전능한 힘이 차지하는 부분이 훨씬 더 컸을지 몰라 — 일방적인 사랑은 부자연스럽지. 어딘가에 악이 개입될 수밖에 없어. 그렇다면 그는 **그** 시점에 내 〈예스〉를 한 방향으로만 봤을 거야. 내가 그의 허세를 자극한 걸로. 그가 거래가 깨질까 봐 주저한 걸지 모른다는 게 아니

라. 그러니까 내가 그의 것이 되는 거래, 당신의 안전을 위한 새 계약 말이야. 하지만 그가 자기 말을 지킬 수 없다는 걸 내가 봤고, 그가 그 사실을 아는데, 내가 그에게 남겨둘 가치가 얼마나 될까? 거의 없겠지. 지독히 없겠지. 전혀 없겠지…….
그런데 그 순간 내가 다시 원점으로 되돌아갔어. 내가 그의 감정을 다치게 **했어**. 그의 감정을 모르겠다면, 당신은 그가 어떤 사람인지 상상할 수 없어. 결국 그를 위험인물로 만드는 게 그거야.」

스텔라는 소파 옆 카펫 위에서 몸을 틀고 두툼한 퀼트 실내 가운에 주름이 잡히게 몸을 웅크린 뒤 로버트의 머리 아래에 쌓인 쿠션에 얼굴을 묻었다. 그는 조금만 더 있다 움직이기로 마음먹은 사람의 축적된 고요함으로 잠시 더 누워 천장을 응시했다. 그녀는 작아진 목소리로 말을 끝맺었다. 「그러니까 그게, 우리가 어떻게 거길 나왔는지 전혀 모르겠어.」

「뭐라고? — 안 들려.」

그녀가 반복했다. 「우리가 어떻게 거길 나왔는지 난 전혀 모르겠다고.」

그녀의 입술에 떠오른 표정은 익숙한 것이었다 — 일정하지 않고 사회적이고 그리 중요하지 않은 맥락이 그가 헤아리기에는 너무 많았다. 그것은 아주 많은 나날의 끝에 이르러 아주 많은 이야기의 마지막으로, 아니, 차라리 페이드아웃으로 다가왔다. 혹은 그녀가 많은 이야기를 해버린 지금, 왜 그 이야기들에 결말이 없는지에 대한 일종의 고백으로 다가왔다. 아주 많은 이야기가 허공에 남았고, 그런 일이 아주 잦았

472

으며, 그 이야기를 할 때 그녀의 어조는 매번 같았다 — 순간적이지만 진심으로 후회하는 운명론의 어조. 그녀가 또 한 번 빠져나간 것이다. 「우리가 어떻게 거길 나왔는지 전혀 모르겠어.」 권태와 유감이 섞인, 영향력을 잃은 그 작은 표현은 관습적인 것이 되어 버렸다. 하지만 한편으로 연인들의 대화가 일종의 관습이나 속기가 되면, 기질이라는 낙인이 찍히고 자주 사용되어 사랑스러운 것이 된다. 그녀는 이 말을 아주 여러 번 했다. 그리고 오늘 밤에 다시 한번 했다 — 그래서 오늘 밤의 맥락과 다른 모든 밤의 맥락 사이에 존재하는 생사가 걸린 이 무시무시한 비중의 차이는 그 상황에 어울릴 만큼 두드러져 보이지 않았고, 그럴 수도 없었다. 따라서 그녀가 지금까지 느낀 것보다 훨씬 더 부적절하게 느끼고 있는 것 같지도 않았고, 그녀의 말이 그렇게 들리지도 않았다. 그 사실은 로버트를 웃게 하기에 충분했다.

그는 미끄러지는 쿠션에 팔꿈치를 꽂아 넣으면서 그녀를 향해 몸을 던지듯 돌아누웠고, 그렇게 울 수도 있을 것처럼 웃음을 터뜨렸다. 그것은 온 존재의 웃음이었고, 그 진동이 몸에 불규칙하게 흡수되면서 그를 고통스럽게 했고, 그의 얼굴은 감긴 눈과 일그러진 입술의 가면처럼 되었으며, 이 상황에 대한 절망과 그녀로 인한 기쁨이 이루어 낸 일종의 조화 속에서 그의 나머지 부분은 발작을 일으켰다. 소파가 흔들렸다 — 그녀는 강풍에 휩쓸린 것처럼 소용돌이 장식을 단단히 붙잡았다. 「왜 그래?」 그녀가 외쳤다. 「무슨 문제 있어 — 뭐지?」 그녀가 소파를 놓지 않고, 다른 쪽 손을 내밀었다.

그는 즉시 그 손을 잡아 손목을 자기 가슴에 가져갔는데, 그것은 그가 종종 농담처럼, 혹은 짓궂은 장난처럼 해오던 일종의 회로 같은 과정이었다. 이런 강요에 이끌려 그녀 역시 웃기 시작했지만, 그 웃음은 어리둥절하고 불확실하며 저항적이었다. 그녀는 순전히 자기 무게로 그 웃음을 꺼버리거나, 그의 안에 있는 불온한 원인을 끌어내 자기 안으로 집어넣으려는 듯 그의 뺨에 자기 뺨을 갖다 댔고, 그러면서 그를 이해했다. 그러자 그녀도 진심으로 웃음이 터졌다. 「알겠어.」 그녀가 흐느끼듯 숨을 들이마시며 인정했다. 「그 말이 어떻게 들리는지 알겠어. 하지만 그땐 진짜 그랬어.」

그가 대번에 웃음을 그쳤다. 「어쨌거나 내가 당신을 아주 곤란한 입장에 빠뜨렸어!」 그가 소파에서 벌떡 일어났다 ── 「아무튼 옷을 입어야겠어!」

「가려고?」 그녀가 무덤덤하게 말했다. 「하지만 누가 문밖에 있을지 몰라. 그 가능성도 생각해야 해.」

「계속 생각하고 있었어. 발걸음 소리가 들렸어.」

그녀가 자신의 흰머리 몇 가닥을 손으로 넘기며 말했다. 「언제 들렸지?」

「들렸다가 안 들렸다가 했어.」

「들렸다가 안 들렸다가?」 그녀가 가까운 창문으로 가서, 하얀 얼굴을 하얀 커튼에 대고 말했다. 「나는 못 들었어. 그의 발걸음 소리였다면 내가 들었을 거야. 솔직히 난 그 소리가 들리기도 전에 알았을걸. 글쎄……..」

「스텔라! 커튼에 손대지 마!」

「그럴 생각은 없었는데 ― 내가?」

「나는 당신이 그러려는 줄 알았어.」

「그러고 싶었지. 창문을 깨부수고 불을 환하게 켜고 싶었어. 그를 생각하면 화가 나 ― 나는 이렇게 말하고 싶었어. 〈그래요, 우리가 여기 함께 있어요. 그게 아니면 달리 뭐겠어요?〉」

「그가 저 아래에 있다면, 그게 그가 저 아래에 **있는** 이유겠지. 그에게는 자기 생각에 빠진 채 거기 있는 게 즐거운 일인지도 모르겠군?」

「생각을 해야 하는 건 우리야.」 그녀가 창문에서 돌아서며 말했다.

「그럼 생각해.」 로버트가 어깨를 으쓱하며 말했다. 그의 옷이 의자 위에 걸쳐져 있었다. 그는 이미 빠르게 옷을 입고 있었다. 그녀는 팔짱을 끼고 벽난로 선반 모서리에 몸을 기댄 채 맹목적일 만큼 강렬하게 그를 지켜보며 말했다. 「뒤쪽으로 나가면 1층을 통해 마당으로 나가는 길이 있어. 거긴 담벼락이 둘러 있고, 꽤 높을지도 모르겠네? 관리인들이 있겠지만, 잠들어 있을 거야.」

「건물 앞에 누가 있으면 뒤에도 있겠지.」 그가 무관심해 보일 정도로 기계적으로 옷을 입으며 말했다.

「아니. 그건 앞에 있는 사람이 누구인지에 따라 달라지겠지. 해리슨인지 아닌지.」

「왜?」

「그는 사랑에 빠졌어. 나는 여기 살고. 그가 여기까지 당신

475

을 따라왔을 수도 있어. 그는 이 집을 자기만의 이유로 지켜 보는 걸 수도 있지. 사람들은 스스로를 괴롭히니까.」

「그렇다고 해서 그가 그런 사람이라는 사실이 바뀌지는 않아.」

「사람이란 어떤 존재지? 미쳐 있고, 분열되어 있고, 자기 일을 자기가 망치지. 당신이 여기 온 건 미친 거야. 내가 전화 로 말했잖아. 말로 표현할 수 있을 만큼 분명히 — 오지 말라 고, 어떤 일이 있어도 오지 말라고.」

「하지만 당신은 내가 오길 기대했어.」

「나는 당신이 어떻게든 내게 연락해서 다른 어딘가에서 만 나자고 말해 주길 기다리고 있었어. 우린 어딘가 다른 곳에 서 만날 수 있었을 거야.」

「내가 꼬리를 밟히고 **있다면**, 어디로 가든 뭐가 달라지지? 다른 어디라 — 여기 말고 어디? 어느 거리 모퉁이?」

「같이 상의할 수 있었어.」

「그래, 같이 상의할 수 있었지. 당신은 내가 어머니의 집에 서 무슨 생각을 했을 것 같아? — 다시는 당신에게 안기지 않 겠다고 생각했어. 내가 무엇을 다짐했을 것 같아? 그것. 그것, 그리고 당신에게 말해야 한다는 것. 왜냐하면, 그래 맞아. 어 머니 집에서 나는 그것 역시 깨달았으니까 — 당신은 그 이 유를 결코 모르면서 궁금해하고, 듣고, 믿지 않고, 믿어야 하 는 거지. 그래서 당신에게 말하려고. 심지어 당신이 묻지 않 았는데도 나는 말하려고 왔어. 왜 먼저 말하지 않았냐고? 그 때문에 내가 다른 걸 잃지 않으리라는 걸 어떻게 알겠어? 사랑이 없는 것보다, 알고서 사랑이 없는 것보다, 모르고서 사랑의 마지막을 누리는 게 더 나으니까.」

「하지만 사랑이 있었을 수도 있잖아.」

「그래? 오늘 밤은 그렇지. 어떤 건 알면서 계속 나아가기엔 너무 버거운 것도 있어. 애초에 알려지지 않아야 하는 것 — 너무 버거워서 그 영원한 무게에 짓눌려서는 살아갈 수 없고 그 무게에 직면해서는 사랑할 수 없는 것. 우리 둘 다 이게 그거라는 걸 몰랐나? 몰랐다는 걸 우리가 어떻게 알았겠어? 우리가 이게 작별이란 걸 몰랐다면 과연 침묵을 깨는 순간까지 올 수 있었을까? 우리에게 결코 주어지지 않은 그 시작의 시간에 작별을 말하는 편이 더 나았을 거야. 그러면 끝은 없었을 텐데 — 당신이 결코 일어나지 않았던 일을 기억하고, 우리에게 결코 주어지지 않은 그 한 시간 안에서 최대한으로 살 수 있다면, 스텔라, 그게 무엇보다 좋겠지 — 왜냐하면 이제 나는 가야 하니까.」 그가 옷을 다 입고, 자신이 뭐가 놓고 가는 것이 없는지 확인하려고 재빨리 주위를 둘러보며 말했다. 그녀는 한 가지 사실을 기억해 내고, 그의 실내 가운을 집어 올려 주머니에서 그의 라이터를 꺼내 건넸다. 그가 고쳐 말했다 —「아니면, 가려는 시도는 해야 하니까. 난 정말 해내고 싶어. 해내고 싶어 —내 생각, 그게 이렇게 죽기엔 너무 아까워. 내 생각은 살기를 원해 — 저번에 지붕에 출구가 있다고 말했었나?」

「응, 층계참에 천창이 있어. 내가 이 아파트로 이사 온 뒤에는 줄곧 문으로 이용됐어. 화재로 출입구가 막혔거나 소이

477

탄의 불을 끄려면 거기로 나가면 된다고 그들이 방법을 알려 줬어. 거기 도르래가 달려서 내릴 수 있는 사다리가 있어. 오, 로버트, 당신도 매일 밤 그걸 봤을 텐데!」

「길을 알려 줘.」

「하지만……」그녀가 참을 수 없다는 듯 입을 열었다.

「알겠어, 왜?」그가 홱 돌아서며 외쳤다.

「우리가 확실히 아는 게 뭐가 있지? 그가 입을 열지 않았을 지도 몰라. 이게 다 사실이 아닐 수도 있어.」

「그러니 해로운 일은 아무것도 일어나지 않는다, 지붕 위 에서 웃을 소리로군! 이게 아무것도 아니거나, 아니면 그게 보상이겠지. 나는 그게 아무것도 아니라고 생각하지 않아 ─ 당신이 **옳았어**, 여기 와서는 안 됐어. 당신을 생각했어야 해. 이게 아니면 달리 뭐였어야 할까? 내 시간은 이제 다 됐어. 나는 감시당하고 있고, 그들은 내가 지혜롭다는 걸 알아. 당 신이 나보다 더 잘 알겠지 ─ 잘 판단해 봐. 마음대로 생각하 되 부탁인데, 아직 어두울 때 내가 여기서 나갈 수 있게 해줘 ─ **당신**은 내가 붙잡히길 바라?」

「그런데 우리가 떠올릴 수 있는 방법은 그들도 다 생각하 지 않을까?」

「그래, 그건 그들에게 달린 문제지. 왜?」

「그럼 지붕에 누가 있을지도 모르잖아.」

「지붕에는 정말로 좋은 점이 하나 있어. 거길 빠져나가는 방법이 하나라는 거야.」

그녀는 2, 3초 동안 가만히 서 있다가 말했다. 「지붕은 경사가 심해. 당신 무릎에 문제가 없었다면 좋았을 텐데.」

「나도 내 무릎에 문제가 없었다면 좋았겠군. 예컨대 우리는 한 번도 같이 춤을 춘 적이 없었지…… 혹시라도 이게 그런 식으로 끝나야 한다면, 당신은 이 방법 말고 다른 건 바라지 않았을 거야, 그렇지? 이게 그런 결말에 이른다면 다른 방법, 대안은 오로지 하나였으리란 걸 당신도 알겠지?」

「상황을 직면하는 것…….」

「나는 그럴 수 있었어. 그래야 했을까? 당신은 나를 부끄러워할까? 내가 나 자신을 부끄러워하지 않는 동안은 아니겠지……. 하지만 참으로 역겨운 일이야, 스텔라 — 생각해 봐, 스텔라. 모두에게 얼마나 역겨운 일인지!」

「어네스틴이 너무 안됐어.」 그녀가 고개를 돌리며 말했고, 무엇보다 불쌍한 그 어린아이들은 누구도 건드려서는 안 된다고 생각했다.

「지붕에는 아마 아무도 없을 거야. 반반의 확률이지. 어쨌거나 해낼 수 있을 것 같아. 지붕으로 가고 싶어.」

「내려가면 어디로 갈 생각이야?」 그녀가 자신의 자연스러운 목소리에 갑자기 호기심을 불어넣으며 말했다.

그가 반복했다. 「나는 지붕으로 가고 싶어 — 밖으로 달려 나가고 싶지 않아. 당신이 나를 배웅해 주면 좋겠어.」

「가자, 그럼.」 그녀가 숨을 들이쉴 새도 없이 빠르게 말했다. 「사다리를 내리자.」 그들은 작은 현관을 통해 서둘러 복도로 나가 계단통 위에 걸려 있는 층계참 전등을 켰다. 그리고 벽에 고정되어 있던 사다리에 걸린 도르래 밧줄을 풀기 시작했다. 사다리는 가려진 천창 아래 경첩에서 그들을 향해 천천히 내려왔다. 로버트가 그것을 올려다보았다. 「이제 곧 알게 되겠지.」 그가 뻣뻣한 무릎의 불균형한 동작이 감당할 수 있는 정도의 속도로 아주 진지하게 사다리를 타고 올라갔고, 어깨로 천창을 밀어 열었다. 창이 열렸다. 그는 그녀에게 키스할 수 있을 만큼 다시 내려왔다. 「조심해.」 그가 급히 말했다. 「이제 불을 끄고, 다시 아파트로 돌아가 문을 닫아.」

그녀가 불을 껐다. 「굿 나이트.」 그녀가 어둠 속에서 말했다.

「굿 나이트.」

그녀는 아파트로 돌아가 문을 닫았다.

아래 거리에서는 발걸음 소리라기보다는 누군가가 위치를 바꾸고 한참 서 있다가 풀썩 쓰러지는 것 같은 소리만, 처음으로 그녀에게 들렸다.

16

그날 하루는 어둠 속에 로버트가 지붕에서 추락한, 혹은 뛰어내린 사실이 덮인 채 시작되었고, 날이 완전히 밝지 않았을 때 연합군이 북아프리카에 상륙했다는 뉴스가 보도되었다. 다른 이야기는 없었다. 몽고메리가 제8군에 내린 그날의 시달 —〈우리는 독일군과 이탈리아군을 완전히 격파했습니다〉— 이 런던에 주는 그날의 시달이 되었을 때도 들뜬 분위기는 가라앉지 않았다. 일요일이 되자 승리의 종을 울릴 준비가 되었다. 나라 전체의 모든 첨탑이 침묵을 깰 것이었다. 마침내 종소리가 울렸을 때, 그 소리는 예상했던 것만큼 이상하거나 기념비적이지 않았다. 그 모든 일을 겪은 뒤에도 새로운 종소리는 여전히 전 시대의 종소리와 같았고, 상승하고 분투하고 공중을 빙빙 돌며 아직 발견되지 않은 새 음을 헛되이 찾았다. 도시에서 눈에 띄는 것은 교회가 사라져 버린 자리에 남은 반향 없는 공백뿐이었다. 처음에는 댕댕 울리는 종소리가 지나가면서 쳐다보는 구경거리인 양, 기쁨에의 초대가 11월의 햇빛 없는 아침 거리로 몇 사람을 끌어냈

481

다. 잠시 동안 눈은 특별한 밝기를 알아보는 것 같았다. 하지만 곧 종소리가 절정에 이르기도 전에 사람들은 그 환상을 외면하기 시작했는데, 소리가 이미 사라지기 시작했거나 사라질 수밖에 없다는 것을 알았기 때문일 것이다. 다시 실내에서 기척이 느껴졌다. 문과 창문이 닫혔다.

루이는 종이 울릴 거라는 이야기를 들은 뒤로 못내 종소리를 기다렸지만, 그 시간이 되어 울려 퍼진 종소리는 가짜였다 — 그녀는 눈물 없이 들었다. 그녀는 집에서 들려오는 종소리, 탁 트인 습지와 바다 위로 실 언덕에서 들려오는 종소리를 들었어야 했다. 그날 이른 아침에 코니는 우체국으로 가는 길에 일요판 신문을 가로챘고, 그 바람에 루이는 어떤 감정을 느낄지에 대한 지침을 찾을 수 없었다 — 루이는 거리로 나가 사람들이 어느 쪽이든 한 방향으로 이동하기를 바라면서 여기저기 두리번거리며 위안을 얻었다. 그래 봤자 느껴지는 것은 고립감 이상은 아니었고, 메릴본 로드 한복판에 있는 교통섬에 이르자 더욱 갈피를 잡을 수 없었다. 스텔라에게 작별 인사를 한 그 거리를 낮에 둘러보기로 결심한 것이 그때였다 — 그곳에 가면 런던에 **누군가**가 살고 있다고 믿을 수 있을 것 같았다. 그녀는 자기가 무슨 생각을 하는지도 정확히 알지 못한 채 그쪽으로 걸음을 옮겼다. 하지만 웨이머스 스트리트에 들어서자 그 부유한 길이만큼의 고요함에 주눅이 들었다. 그녀는 로드니 부인의 집이 자기 집에서 그렇게 먼 줄 미처 몰랐고, 더욱 나쁘게는 그들이 작별 인사를 나눈 현관 계단 아래가 어디 있는지 확실히 알 수 없었다 —

작별 인사를 나눈 것 말고는 아무것도 없었다는 걸, 그녀는 그제야 알 수 있었다. 집집이 수다스럽게 차이를 드러내는 건축물들이 그 자체로 그녀를 속이고 조롱하는 것 같았다 — 그녀는 네덜란드식 박공을, 청동 대문을, 납으로 된 여닫이 창을, 고딕풍의 돌출부를, 발코니를, 어울리지 않게 높은 난간을 한 걸음 앞선 시선으로 바라보았다. 한 걸음 앞섰다는 건, 단지 여기서 기억될 만한 것은 어떤 것도 결코, 결코 잊지 않으리라는 의미에서였다. 오늘 아침 텅 빈 일요일 거리는 위아래로 그 길이만큼 하나의 단일한 분위기를 내고 있었다 — 먼 평지에서 승리의 종이 햇빛 없고 음조 없는 반향음을 울리고 있었다. 그 소리가 들리지 않을 수 없었는데, 로드니 부인은 이 많은 창문 중 어느 창문들 뒤에서 그 소리를 듣고 있는 걸까? 루이는 함께, 다시 들으려고 가만히 서 있었다.

그녀는 몸의 기억 안에 영원히 그 소리와 장면을 이어 다리를 놓으려는 것처럼, 얼굴을 들고 한 손으로는 한 구역에 설치된 철책의 창끝 하나를 본능적으로 움켜잡았다. 하지만 바로 그 순간 격한 통증에 두들겨 맞거나 찔린 듯 앞으로 떠밀리며 비틀비틀 달리는 자세가 되었다 — 난데없이 날아온 **어떤** 격통. 그녀는 공격자를 찾아 주위를 맹목적으로 둘러보았지만 보이지 않았다. 달아나야 하나? — 아니, 그녀는 붙들리고 강제되어 그 자리를 떠나는 것이 금지되었다. 그녀는 아직 살아 있으리라 여겨지는 누군가를 찾는 마지막 수색자처럼 그 자리에서 서성였고, 마침내 종소리는 멈추었다.

거리는 다시 몇 시간 동안 텅 비었고, 그런 다음 스텔라는 문밖으로 나와 루이가 서 있던 자리에서 그리 멀지 않은 계단을 내려왔다. 이날 오후에 그녀는 로더릭을 찾아가기로 되어 있었는데, 계획을 바꿀 이유는 없어 보였다. 그녀는 런던을 가로질러 기차역을 제대로 잘 찾아가 기차를 제대로 잘 탔다. 옛 기차로 만든 한 등급뿐인 완행열차였는데, 멀리 떨어진 플랫폼에서 출발하여 더 중요한 기차가 다니는 선로에서는 비켜나 병행선으로 달렸고, 심지어 여러 역 사이에서 우유부단하게 멈추는 일도 더러 있었다. 일요일 단거리 여행자들은 스텔라가 탄 열차에 타고 내리고, 또 타고 내리면서 구석에 앉은 그 여인이 보내는 빤히 쳐다보는 듯 얼어붙은 시선을 느꼈다. 그들은 그 여인이 어떤 이유에선가 그들의 얼굴을 익히려고 한다는 불편한 느낌을 공유했다. 그녀는 인간 세상에 처음으로 혼자 나온 사람처럼 보였다. 한편으로 그녀의 시선이 한 사람에게서 다음 사람의 얼굴로 옮겨 가는 것은 살아 있음의 한 가지 표지로 받아들여질 수 있었다. 그게 아니면 이 사람은 장갑을 낀 죽은 손을 무릎 위에 교차하여 올리고 손바닥을 위로 향한 채, 때에 찌든 객실 태피스트리를 배경으로 초상처럼 똑바른 자세로 앉아 있었다. 시선이 얼굴에서 얼굴로 옮겨 갈 때 움직임이 있었고, 곧 다시 시선이라 할 수 없는 시선이 되었다. 그러고는 예외 없이 그 정지 상태에 움찔 놀란 듯이 그녀는 차창으로 시선을 돌렸고, 시선과 함께 고개도 돌아갔다. 역과 역 사이, 헤아릴 수 없이 많고 무의미하게 운명적인 정차의 순간에는 늘 그랬다. 가끔 색이 희미해지고 흙이 드러난 채 이미 겨울의 풀밭이 된 둑

말고는 이렇다 할 풍경이 보이지 않았다. 하지만 이따금 스텔라는 운 좋게 철책 사이나 담장 너머로 마당과 정원뿐 아니라 집들의 뒤쪽 창문까지 들여다볼 수 있었다. 돌출되게 지은 주방에는 일요일 식사를 마치고 다시 개수대 앞에 돌아와 선 여자들의 숙여진 머리가 보였고, 물러나게 지은 거실에는 집안의 생계를 책임지는 사람이 다리를 뻗고 손을 눈 위에 얹은 채 안락의자에 누워 자고 있었다. 위층 창가에서는 여자아이들이 거울을 들여다보며 남자아이들을 만나러 나갈 준비를 하고 있었다. 종일 잠자다 죽을지도 모르는 자리로 밀려난, 쓸모를 다한 늙은 여인이 이번에는 달아날 가능성이 있는지 따져 보려는 듯 레이스 커튼 자락을 조금 벌려 잡고 기차를 쳐다보았다. 밖으로 놀러 나온 아이들은 채소를 심을 수 없는 짧고 좁은 길에서 뭔가를 끌거나 서로를 밀면서 기차놀이를 했다. 지나가거나 잠시 멈춘 기차에 탄 사람들의 눈에 여지없이 노출된 이런 집에서의 삶 — 삶이 이것이 아니면 무엇이겠는가? — 이 얼마나 생기 없고 야망 없고 솔직한지 참으로 놀라웠다. 사람들이 다른 생각에 사로잡혀 시선을 보내지 않을 거라고, 사람들의 눈에는 그들의 모습이 보이지 않을 거라고, 누군가는 추측할 것이다. 하지만 어느 기차에든 다른 생각에 사로잡히지 않고 어딘가에 시선을 두지 않고 아무것도 하지 않고서 그들을 쳐다보는 한 쌍의 눈이 있다는 사실은 고려하지 않았을 것이다. 눈 자체가 영원히 자신이 본 것에 노출되어 있었고, 무엇이든 그 눈에 보이기로 한 것에 종속되어 있었다.

그녀는 여러 번 이 기차를 탔지만, 이 노선의 어느 지점에 이르렀을 때 얼마나 빠르게 내릴 준비를 해야 하는지 잘 알 수 없었다. 그래서 역의 이름이 안내될 때마다 귀를 쫑긋 세웠다. 열차에 타고 있던 누군가는 종을 다시 울릴 수 있는데 이름은 왜 써놓지 않는지 모르겠다고 말했다 — 우리가 지금 누군가를 피해 숨어 다니는 거냐고? 그것은 수치스러운 일이었다. 결국 스텔라는 로더릭이 키가 더 큰 프레드와 함께 플랫폼에 나와 있는 것을 보고 나서야 자신이 도착했다는 것을 알아차렸다. 그녀의 열차가 그들 앞을 천천히 지나갔고, 그들이 그녀를 보았다. 프레드가 로더릭에게 고개를 까딱한 뒤 곧바로 자리를 떴다. 기차가 섰다. 스텔라가 내렸고, 아들의 키스를 받았다.

「프레드는 어디 가는 거니?」 그녀가 물었다.

「그냥 역까지만 나온 거예요.」 로더릭은 그들이 플랫폼을 걸어가는 동안 계속 그녀의 팔을 잡고 있었다. 「엄마가 와서 정말 기뻐요.」 그가 말했다. 「저는 엄마가 정말로 오는지 궁금했어요. 엄마가 와서 정말 좋아요.」

「왜, 로버트가 죽어서?」 그녀가 개찰구에서 표를 보여 주며 말했다.

「엄마에게 뭔가 할 게 있으면 더 좋겠다고 생각했거든요. 엄마는 **제가** 어떻게 하길 가장 바라는지가 궁금했어요. 하지만 그 문제는 그냥 놔뒀다가 오늘 엄마가 오면 알아보기로 했죠. 하지만 엄마가 오지 못하면, 그땐 런던으로 엄마를 만나러 가기로 했고요. 엄마가 몹시 걱정됐어요. 그 소식을 들었을 때, 가장 하고 싶었던 건 엄마를 당장 만나러 가는 거였어요. 그랬다면 엄마는 **좋아했을까요?** 엄마가 정말로 좋아할지 잘 몰라서 참았어요. 남자는 나쁜 소식 때문에 집으로 돌아갈 때는 늘 비교적 가볍게 출발하잖아요. 물론 사람들은 경황없이 자기 마음대로 결정해서 움직이기보단 특별 휴가를 신청하면 되지 않느냐고 예외 없이 말하겠지만요. 그런 상황에서라면 거의 확실히 휴가를 받았을 테고요.」

「내 아들 로더릭…… 이런 상황이라면 허락을 받지 못했을 것 같구나.」

「어떻게 말하면 되는지 알아요. 사실, 말해야 하는 순간이 되면 이렇게 말하려고 했어요 ─ 엄마와 로버트는 약혼한 사이였다고. 제 생각에, 엄마는 언제든 그럴 수 있었을 테니까요 ─ 제가 그렇게 했더라면 **좋았을까요?**」

「아니.」스텔라는 고개를 저으면서도, 아들의 사랑에 갑자기 떠오른 미소를 감추지 못하고 말했다. 「먼저, 나는 출근해서 일해야 해. 아프지 않으면 오래 쉴 수 없어. 그리고 아니. 아니, 네가 해줄 수 있는 건 없었을 거야.」

「엄마는 뭔가 할 게 있었나요?」

「아니, 없었어. 아니, 내가 기억하는 한 아무것도 없었어.」

「저는 이게 너무 걱정됐는데…… 엄마를 찾아와 귀찮게 한 사람은 없었나요?」

그녀가 핸드백을 열고 손수건을 꺼낸 뒤 그것을 입술에 갖다 댔다. 그런 다음 말했다. 「우리 어디로 갈까?」

「네, 저도 그 생각을 하고 있었어요.」로더릭이 기차역 바깥에 뭐가 있는지 둘러보았지만, 지금까지는 해답이 보이지 않았다. 「그냥 카페에 가서 조용히 앉아 있는 건 어떨까요? 딱히 차 마실 시간은 아니지만, 우리는 거기 자주 갔으니까, 그리고 제 생각에는 차 마시는 시간이 **될** 때까지 우리 말고 거기 앉아 기다릴 사람은 없을 것 같으니까, 우리가 그냥 앉아 있어도 거기선 신경 쓰지 않을 것 같아요.」

「아니, 먼저 좀 걷자.」 그녀가 말했다. 그리고 그녀가 여전히 로버트와 함께였을 때, 마음으로만 봐둔 들판 사이 아스팔트 길로 로더릭의 시선을 돌렸다. 「저 길로 가자.」

그 길은 건물 부지로 내놓은 황폐한 풀밭을 비스듬히 가로지르고 있었는데, 아직 매매 가능성은 열려 있었다. 판자가 내려와 있었다 ― 여기가 건물이 들어설 자리라는 데는 결코 의심의 여지가 없었다. 시야에 들어오는 이 모습은 전쟁이 없었다면 지금쯤은 사라졌을 풍경의 한낱 유령 같은 잔영이었다. 땅이 고집스레 부풀어 길에 균열을 일으켰지만, 그것이 얕든 그렇지 않든 지반 공사를 하는 일꾼들에게는 잠깐의 어려움에 불과할 것이었다. 한편으로 길가에는 보행자들보다 앞서 포플러 나무가 가느다랗게 한 줄로 이어졌고, 그들 중 한 사람은 그 너머에 다리가 있는 개울이 있었다는 걸 기억할 것이었다. 어떤 이유에선가 그녀는 그 길이 달리고 **있다**고 생각되었기에, 나머지 전부는 가만히 서 있는 듯 보였다. 그래서 다리를 반쯤 건넜을 때, 아래로 흐르는 진흙탕 같은 물 위로 지저분한 원형의 거품과 부글거리는 거품 조각 속에서, 느려서 더 치명적인 어떤 움직임을 포착하고 그녀는 깜짝 놀랐다. 잠시 멈춰 서서 난간에 손을 얹고 흘러가는 종이 배에 어떤 위험이 기다리고 있을지 생각했고, 순간적으로 하나를 접어 띄우고 싶은 충동이 일었지만, 이제 종이배의 행운이 전조가 되기를 바랄 만한 뭔가가 한 가지도 없다는 사실이 떠올랐다. 그럼에도 입술을 벌리고 로더릭을 돌아보며 아들의 어린 시절을 자신의 시선 안에 다시 조합해 보았다. 하지만 다리 위의 그녀 옆에서 로더릭은 이 순간에 아주 다른 감각을 경험했다 — 아주 잠시, 심지어 이 알 수 없는 나무 난간에 그녀가 오로지 손만 얹었을 뿐인데도 그는 마음이 누그러지고 만족스러워졌다. 그녀는 고요한 얼굴로 말하고 있는 아들의 연민을 느끼며 아들이 자기보다 더 큰 고통을 받는 사람인 양 경외심이 차올랐다 — 어떤 연민도 무지에서 나오지 않는다는 것, 그것이 연민이 치러야 하는 대가다. 스스로는 자신의 작은 일부보다 더 적게 느끼는 그 슬픔을, 아들은 전체로 알고 있다는 것을 그녀는 인지했다. 로더릭의 얼굴에는 로버트의 죽음보다 더 깊은 것이 있었다. 그 순간 세상이 그 무게를 이 한 영혼에게 내려놓은 듯했다. 그녀는 도움이 되지 못하는 친구가 그러듯 아들 앞에서 움츠러들었다 — 그리고 다리 밑에서 천천히 물속으로 빨려 드는 원형의 거품을 헤아리기 시작했다.

그녀가 물었다. 「오늘 아침에 이곳에서 종소리를 들었니?」

「그런 것 같진 않은데요. 여기 어디에 종이 있는지도 몰라요. 어제저녁에 프레드가 종이 울릴 거란 소문이 돈다는 말은 해줬어요. 그렇다면 자기 누이의 아기에게 완전히 새로운

의미가 될 거라고요 — 프레드가 역에 온 게 마음에 걸리진
않으셨죠? 존경의 표시로 오고 싶다고 한 거였거든요.」

「너와 프레드는 일요일 신문은 안 봤니?」

「네, 안 본 것 같은데요. 왜요?」

스텔라는 대답하지 않았다.

「제가 당연히 프레드에게 뭔가 말했지만, 정확히 말하지는
않았어요.」로더릭이 말을 이었다. 「그는 전쟁터에서 죽은 사
람이 있다고 생각하는 것 같아요.」

「음, 저기 — 로더릭, 내가 오늘 여기 온 건, 네가 아버지 이
야기를 듣고 싶어 했기 때문이었어.」

「맞아요. 하지만 오늘, 지금은 아버지 이야기를 들을 필요
가 없을 것 같네요.」

「네가 하고 싶은 대로 하자. 하지만 나는 무슨 이야기를 하
든 상관없어. 오히려 이제 내가 그 이야기를 이해하기 시작
한 것 같아서 지금 하고 싶기도 해.」

「엄마가 하고 싶은 대로 하세요. 뭐든 엄마가 하고 싶은 대
로요 — 하지만 오늘 아버지 이야기는 안 **하면 좋겠어요**.」그
는 불안하게 고개를 돌려, 이어지는 초라하고 좁은 길을 쳐
다보았다. 그리고 뭔가를 기각할 때의 권위적이고 유치한 제
스처로 다리 난간을 탁 쳐서 그녀의 손에 화들짝 진동이 느
껴지게 했다. 「**아버지**는 죽었어요.」그가 말했다. 「결국 제게
집을 주신 분은 커즌 프랜시스였고, 저는 어머니를 로버트와
연결시킬 수 있을 뿐이에요. 커즌 네티가 아버지의 이야기를
그런 식으로 꺼낸 건 아마 자신이 미쳐 있기로 얼마나 단단

히 결심했는지 보여 주려고 그런 걸 거예요. 심지어 아버지가 그걸 원했는지 누가 알겠어요? 심지어 그가 내 아버지라는 걸 내가 어떻게 알겠어요? 이미 돌아가신 분인걸요.」

「잘 알았어. 그렇다면 로더릭, 그 이야기는 그냥 두자.」

「위스티리어 로지는 정말이지, 누가 됐건 중요하지 않은 것을 아주 많이 아는 사람을 위한 유일한 장소예요. 제가 어리석게도 저와 그 이야기를 뒤섞어 버렸어요.」 그리고 그가 슬프게 말했다. 「엄마한테 그렇게 전화를 건 저 자신한테 화가 났어요 — 하지만 그 뒤에 무슨 일이 일어날지 제가 어떻게 알았겠어요?」

「잘 알았어, 로더릭.」

「엄마?」 그가 갑자기 말했다.

「응?」

「우리가 무슨 이야기를 하든 정말로 상관없어요?」

「그래, 상관없어.」

「로더릭은 지붕에서 뭘 하고 **있었어요?**」

그녀는 다시 한번 손수건을 입술에 갖다 댔다 — 혼자된 뒤 그날 오후부터 나타난 소심한 습관이었다. 케임브릭 소재의 흰색 천에는 분홍 빛깔의 붉은 얼룩이 조금씩 묻어 있었는데, 찍을 때마다 더 희미해져 더 이상 묻어 나올 립스틱도 거의 없었다. 그러고 나서 그녀는 그러자고, 이제 이 다리를 떠나는 게 좋겠다고, 동의의 표시로 로더릭의 팔에 자신의 팔을 걸었다. 그들은 앞서 그런 것처럼 침묵의 동의하에, 돌아서서 왔던 길로 말없이 몇 걸음을 옮겼다. 저만치 황무지에 있는 단층집에서 일요일 오후의 라디오 소리가 흘러나왔다. 편히 기대 누워 무심함에 자신을 내맡기고 모든 것이 끝났음에 감사할 수 있다면 좋았겠지만, 아직 그럴 때는 아니었다. 세상의 나머지는 아직 침묵할 준비가 되지 않았다. 대답을 미루는 것은 대답에 너무 많은 무게를 싣는 것이었다. 「그게 그가 내 아파트에서 빠져나가는 최선의 방법 같았어.」 그녀가 말했다. 「그는 당장이라도 체포될 거라 예상했거든.」

「오. 왜요? 그가 **체포될 수도** 있었어요?」

「그래, 반역자로 체포될 수 있었어.」

로더릭이 이맛살을 찌푸리며 그녀를 돌아보고 생각에 잠겼다가, 이윽고 말했다. 「하지만 정말로 체포됐을까요?」

「그날 밤에? 그건 사실 잘 모르겠구나. 그는 그렇게 생각했어.」

「하지만 그들이 왜 그를 **체포해야** 했죠 ─ 엄마가 말한 대로라면?」

「모든 증거가 있었으니까.」 그녀가 회한 없는 표정으로 고개를 돌려 아들의 얼굴을 살폈다.

「오.」 로더릭이 딱딱하게 말했다. 그는 놀라서 서서히 얼굴색을 바꾸며 덧붙였다. 「네, 그렇군요.」 그들은 라디오 음악이 들리지 않는 곳까지 걸어갔고, 그녀는 손에 쥔 손수건을 무심결에 구겼다. 「그분은 아주 용감했겠죠?」 아들이 그렇게 물은 뒤 확인을 구하며 그녀를 쳐다보았다. 「반대로 했다면, 아마 빅토리아 훈장도 받을 수 있었을 텐데요. 아주 그럴듯한 일이죠? ……어떤 면에서는 저도 그분을 알았다면 좋았을 것 같네요.」

그녀는 아무 말 하지 않았다.

「저는 그런 사람을 한 번도 만나 본 적이 없거든요······ 그는 이 전쟁에서 반대편이었나요?」

「응.」

「그가 특정한 어느 장소에 산다는 느낌은 전혀 들지 않았어요.」 로더릭이 말했다. 「엄마가 그와 결혼했으면 그가 이 나라에 더 마음을 붙였을 거라고는 생각하지 않으시죠?」

그녀가 웃음과 비슷한 소리를 냈다. 젊은 여자들과 군인들이 느슨한 대열을 이루어 맞은편에서 길을 따라 완만한 곡선을 그리며 걸어오다가 그들을 빤히 쳐다보았다. 로더릭은 뺨이 붉어졌지만 고개를 들고 당당히 마주 보았고, 그 무리는 좌우로 갈라져 풀밭으로 들어간 뒤 거기 남았다. 그가 계속 말했다. 「제가 뭐라고 해도 다 바보 같은 소리로 들릴 것 같아서, 아니, 당연히 바보 같은 소리로 들리겠죠? 그러니까, 정말로 제가 **할 수** 있는 말이 아무것도 없네요. 아주 유감스러워요, 엄마. 분명 중요한 뭔가가 있었을 거예요.」

「아니, 없었을 거야. 있었다고 해도, 내겐 말할 권리가 없었어. 말할 게 아무것도 없는 것에 대해서는 누구에게도 뭐든 말할 권리가 없다고, 로버트는 그렇게 느꼈어. 하지만 너는 그가 왜 지붕에 올라갔는지 물었지.」

「혹 물어보면 안 되는 거였나요? 저는 그걸 알고 싶었어요.」

「아니, 물어봐 줘서 기뻐 ─ 당연히 말을 해야만 하는 뭔가

493

가 있어. 있을 수밖에 없고. 말을 해야만 하는 **뭔가**가 있어.」

「알아요.」 로더릭이 다시 이마에 주름을 잡으며 말했다. 「하지만 제가 들어야 하나요? 왜 저죠? 결국 저는 누군가요?」

「내가 말할 수 있는 유일한 사람.」 길 끝에 다다라, 기차역으로 가는 샛길로 갈라지는 지점에서 그들은 잠시 걸음을 멈추었다. 스텔라는 저만치 어쨌거나 이 타운 혹은 마을을 구성한 건물들이 모여 선 풍경을 보았는데, 로더릭의 진영 근처에 있다는 것 말고는 다른 특징이 전혀 없었다. 「나는 네게 뭔가 기대할 수밖에 없어. 그래야 하고.」

그녀는 누구든 감당할 수 없는 말은 중단할 자유가 있다고 생각했기에, 거기서 말을 멈추었다. 하지만 로더릭은 근심스러운 한숨을 들이쉬고, 동시에 그녀의 팔에서 자기 팔을 **빼**냈다.

「제가 신이라면 좋겠네요.」 그가 말했다. 「그러기는커녕 너무 어려서 — 하지만 그게 제 장점이겠죠. 유일한 바람은 제가 우연히 영감이 될 만한 말을 하는 거였을 텐데, 지금 그런 건 없으니 앞으로 50년쯤은 제가 쓸모없을 것 같아요. 이제 제가 할 수 있는 일은 이걸 알아내려고 애쓰는 것이고, 그러는 데는 아마 제 평생이 걸릴 테니까요. 하지만 그때쯤 엄마는 돌아가셨겠죠. 엄마가 뭔가를 계속해서 기다리고 또 기다린다는 생각을 하면 참을 수 없어요. 그 뭔가는 셰익스피어의 연극처럼, 로버트가 한 일과 일어난 일에 곧바로 엄청난 의미를 부여하는 그런 건가요 — 하지만 그래야 한다니요? 말을 해야만 하는 뭔가가 **있다면**, 저절로 말해지지 않을까요?

아니면 심지어 그게 정확히 뭔지 모르는 채로 이미 그걸 말했다고 생각하게 되지 않을까요? ……그것도 아니면 제가 **어리기** 때문에, 그리고 나중에도 계속 살아야 하니까, 엄마는 제게 말하고, 그리고 묻는 건가요? 제가 후대의 전달자가 되기를 바라세요? 그렇다고 해도 로버트가 그런 일을 하다가 죽은 사실이 영원히 남지는 않을 테고, 책이나 사진처럼 오래가지도 않을 거예요. 사람들이 그걸 이해할 수 있을 때가 되면 그 일은 이미 잊혔고, 따라서 평가받지도 못할 거예요. 왜냐하면 뭔가가 더 이상 상처를 주지 않게 됐을 때에도 계속 의미가 있는 건 예술뿐이니까요……. 엄마, 오늘 저는 엄마에게 위로가 되는 말이면 뭐든 다 할 거예요. 제가 충분한 경험을 해봤으면 좋았을 거예요 — 제가 상황을 전체로 볼 수 있다면 좋았을 거예요, 신처럼! 하지만 그렇지 않으니까, 저는 정말로 엄마가 엄마에게 가장 좋은 게 뭔지 알고 있기를 바라요.」

「나도 내가 알면 좋겠구나. 나도 내가 알아야 한다는 걸 알아. 그래야만 하고 ― 사실, 너는 제삼자였지.」

「엄마는 정말로 저라는 사람을 한 인격체로 생각하세요?」 로더릭이 물었다. 그리고 그들은 샛길을 통해 큰길로 들어섰고, 카페를 향해 걸어갔다.

17

살다 보면 지반 침하가 일어날 수 있다 — 그리하여 지면이 눈에 띄게 갈라지지는 않더라도 경사가 변하고 수직선이 조금 기운다. 따라서 사람들, 영혼의 무리 — 어쩌면 지금까지 같은 동네에서도 서로 의식하지 못하고 살았던 — 가 한 사건에 모두 영향을 받을 수 있다. 이번 사건에서 로버트의 결말 이후 몇 가지 표면적인 변화가 일어났다 — 스텔라가 런던을 가로질러, 빅토리아 스트리트의 길가에서 조금 떨어진 곳에 있는 다른 아파트로 옮겨 갔다. 해리슨은 런던에서 사라졌다. 그와는 대조적으로 켈웨이 부인과 어네스틴은 홈딘을 팔라는 제안을 거절하고 거기 그대로 머물렀다. 로더릭은 분발하여 1943년 가을에 장교로 임관했다. 루이는 작은 공장에 계속 다니면서, 코니의 감독하에 칠컴 스트리트에 그대로 살았고, 코니는 민방위 대원으로서 1944년 초반에 런던 공습이 재개되었을 때 다시 전면에 나섰다.

내부적으로 긴장 상태가 바뀌었다. 그날 밤 웨이머스 스트리트에서 정점을 찍은 뒤 해리슨은 더 이상 스텔라에게 연락해 오지 않았고, 그녀는 그에게 연락할 방법을 몰랐다. 그들의 이상한 관계는 어정쩡하게 끝나 버렸고, 그녀는 자신이 그때를 그리워하고 있다는 것을 깨달았다 — 해리슨은 그녀에게 다시 만날 수 있다면 뭐라도 할 수 있는 유일한 사람이 되었다. 결국 **그**의 침묵과 부재로 그녀에게는 아무것도 남지 않게 되었다. 그렇다면 그녀는 정말로 무슨 일이 일어났는지 결코 알 수 없게 되었는가? 로버트와 관련하여, 그 이면의 침묵은 결코 깨지지 않았고, 그의 죽음에 대해 가장 주목해야 할 것은 편의성이었다 — 이 나라는 사기를 꺾는 이야기를 피할 수 있었다. 모든 것은 이제 침묵 속에 잠길 수 있었고, 그렇게 되었다. 그의 사인은 검시관이 밝혀낸 대로 공식 기록에 남았다 — 사고사, 한밤중에 일어난 지붕 위에서의 광적이고 무모한 행위의 결과. 대중의 마음은 런던 W1[1] 지구의 어느 부분이든 〈메이페어〉[2]와 동일시하면서, 그 일에 스캔들과 유사한 색깔과 냄새를 부여했다. 그들은 스텔라를 고급 아파트에 사는 여자 친구로 대하며, 사인을 규명하는 데 설득력 있는 증거가 될 만한 것을 캐물었다. 스텔라는 사다리, 천창의 위치 등에 대한 질문에 대답하고, 다른 대답도 했다.

「그는 지붕을 통해 나가겠다는 생각이 확고했어요.」그녀가 진술했다. 「이름은 말해 주지 않았는데, 누군가가 우리를

---

1 런던의 우편 지구를 구분하는 기호로, 메이페어, 메릴본, 소호가 여기 해당된다.
2 첼시, 켄싱턴 지역과 함께 런던의 고급 주택지를 말하며, W2 지구에 속한다.

여기까지 미행했고, 거리에서 말썽을 일으키려 기다리고 있다고…… 그는 그 사람의 질문에 답하는 걸로 그 사람을 만족시키고 싶지 않았거나, 내 집 앞에서 싸우면 내가 곤란해질 거라고 생각한 것 같아요…… 네, 내겐 다른 남자 친구들도 있겠죠…… 뭐라고 하셨죠? 네, **있다**는 말이에요, 다른 남자 친구들도 있어요…… 아니요, 그런 유의 사건은 전혀 없었어요…… 아니요, 켈웨이 대위가 누구를 염두에 뒀는지 나는 모르죠. 전혀 몰라요. 뭔가 다른 이유로 그와 싸우려고 벼르던 누군가겠죠…… 아니요, 다른 이유는 모르지만, 사람 일은 누구도 모르잖아요…… 2년요 — 2년하고 두 달. 우리는 1940년 9월에 만났어요…… 네, 자주 만났어요…… 네, 나는 집에 술을 준비해 놓으려고 했고, 술이 떨어지는 날은 없었어요. 누가 마시고 싶다고 하면…… 네, 당연히 — 뭐라고 하셨죠, 그렇다고요…… 아니요, 결코 많이 마시지는 않았어요 …… 그건 말할 수 없네요. 다른 사람들이 얼마나 마시는지는 전혀 몰라요…… 아니요, 싸운 기억은 없어요…… 아니요, 다른 날에도 안 싸웠지만, 그날 밤에도 안 싸웠어요…… 우리는 전쟁 이야기를 하고 있었어요…… 늦은 시간? 그랬던 것 같아요. 시간이 얼마나 흘렀는지 몰랐어요. 전쟁은 아주 흥미로운 주제였어요…… 네, 제가 보기에 켈웨이 대위가 흥분하기 쉬운 상태긴 했어요. 아마 우리가 전쟁 이야기를 나누고 있었기 때문이겠죠. 그는 됭케르크 철수 이후에 현역 명단에서 배제됐어요…… 유감스럽지만 말할 수 없어요. 보지 못했어요…… 아니요, 평소보다 더 많이 마신 기억은 없어요…… 내가 아는 한 무엇보다 확실해요. 전부 다 기억해요…… 그게 이상한가요? 나는 기억력이 좋아요…… 이따금. 그날 저녁이 흘러가면서, 그는 바깥 거리에 누군가가 있다고 점점 확신하게 됐어요. 그리고 밤이 깊어지면서, 그리고…… 네, 내가 내려가서 확인해 보겠다고 했지만, 그는 그러지 말라고 했어요…… 말할 수 없어요. 언제라도 그가 환영을 본다거나 망상에 빠지기 쉬운 사람이라는 생각은 해본 적이 없어요…… 있었을 수도 있고, 없었을 수도 있죠. 나는 몰라요. 내가 말할 수 있는 건 오로지 내가 나중에 내려가서 봤을 때 거리에 아무도 없었다는 거예요 — 그의 시신은 별개로…… 아니요, 아무 소리도 듣지 못했어요. 그냥 내려간 거였어요. 아니요, 뭐가 있어서 그런 게 아니었어요. 그저, 내려가서 문을 열고 바깥을 한번 봐야겠다고 생각한 거였어요. 이유는 몰라요. 뭔가를 하는 데 이유가 있어야 하나요? ……뭐라고 하셨죠? …… 아니요, 얼마만큼 시간이 지난 뒤였는지는 몰라요. 시계를 보지 않았어요. 2분, 5분, 10분? 모르겠어요. 그 전에는? 그냥 기다렸어요…… 아니요, 특정한 뭔가를 기다린 게 아니라…… 알겠어요, 그럼 기다린 게 아니었네요. 그가 가고 나는 그냥 방 안에 있었어요…… 네, 물론 나는 그가 위험한 일을 하려고 한다는 건 알았죠. 무릎이 좋지 않은 남자가 하기엔 특히 위험한 행동이었어요…… 오히려 나는 그를 말리려고 최선을 다했어요…… 네, 하지만 내가 뭘 할 수 있었겠어요? ……그 말은 이미 했어요 — 그가 흥분하기 쉬운 상태였다고 이미 설명했어요…… 다른 특정한 사건이 있었던 건 아니지만, 누구나 가끔은 흥분하기 쉬운 상태가 되잖아요? ……흥분하기 쉬운 상태라는 건, 그가 다른 어떤 것을 고려하지 않았다는 뜻이에요…… 어둠, 지붕의 경사, 집들의 높낮이, 그리고 앞서 말한 것처럼 그의 무릎…… 아니요, 그가 손전등을 들고 있었는지는 기억나지 않아요. 평소엔 안 가지고 다녔어요…… 네, 미안해요. 그게 중요하다는 데 동의해요. 내가 모든 걸 기억한다는 말은 취소해야겠군요…….

내가 그를 발견했을 때요? 무슨 일이 일어났다고 생각했느냐고요? 지금도 내 생각은 ─ 그가 발을 헛디뎠을 거라는 거예요…… 네, 나 자신도 불안한 상태였다고 해야겠네요.

네, 1940년, 1940년 9월부터…… 한 친구의 인생사를 2년 동안 알 만큼이겠죠…… 당신이 〈기밀한 성격의 문제〉라고 말하는 게 뭔지 잘 모르겠어요. 당연히 우리는 그가 하는 일에 대해서는 대화를 나눈 적이 없었어요. 내가 그걸 기대하진 않았어요…… 개인적인 문제에 비밀스러운 분위기는 없었어요, 단연코. 그가 내게 뭔가를 숨기고 있다는 인상을 받진 않았어요…… 아니요, 그가 적을 만들 사람으로 보인다고 생각해 본 적은 없어요. 그는 싸움을 일으키는 성격이 아니었어요…… 그런 것 같네요. 그건 이상해 보이네요. 이유는 모르겠어요. 아니요, 그는 설명하지 않았어요. 그는 그저 문 앞에 누군가가 있다는 말만 했어요…… 아니요, 그가 겁을 먹었다는 낌새는 없었어요. 그러면 자신과 관련된 문제는 내려가서 해결하는 걸 선호했을 텐데, 그렇게 늦은 시간에 내 집 밖에서 소란을 피우거나 말썽을 일으키고 싶지 않았던 것 같아요…… 그럼요. 그랬다면 최선이었겠지만, 그가 그런 생각은 못 한 모양이네요…… 내게 그 생각이 떠올랐었는지도 기억나지 않네요. 그 사람이 누구건, 누구라고 생각했건 사라지기 전까지 그가 내 아파트에 조용히 있지 않을 이유는 없었어요. 나는 그가 그러고 싶어 하지 않았다는 말만 할 수 있을 뿐이에요…… 아마. 언쟁은 어떤 것이든 동요를 일으키죠…… 그가 하려는 일을 하지 못하게 설득하려고 하는 한은 말이죠. 그건 싸움이 아니었어요…… 네, 그걸 흥분하기 쉬운 상태에 놓인 한 남자의 결정이라고 부르는 데는 동의해요…… 아니요, 전혀. 켈웨이 대위의 행동이 언제건 비정상적으로 느껴진 적은 없었어요. 그날 밤은 그가 평소와 달랐다는 데서 비정상적이었다고 말할 수 있겠네요. 평소 같았으면 그는 잘못된 판단을 할 사람이 절대 아니에요…… 네, 몇 달 동안. 사실 그를 처음 만났을 때 그는 병원에서 퇴원한 지 얼마 되지 않았을 때였어요…… 오로지 무릎 때문에. 아니요, 정신과 치료가 필요할지 모른다는 의문은 들지 않았어요…… 눈치챌 만한 건 전혀 없었어요. 중압감이나 충격이 뒤늦게 나타난 결과라고 생각할 이유는 없을 것 같은데요…… 아니요, 돈 문제가 있었다고 생각할 만한 이유는 전혀 없었어요…… 이미 말했잖아요. 마음속에 어떤 문제가 있을 거라는 인상은 전혀 주지 않았다고요…… 그 질문의 뜻을 잘 모르겠어요 — 그가 스스로 목숨을 끊을 의도로 지붕 위에 올라갔다고 생각하는지 알고 싶은 거라고 받아들여도 될까요? ……죄송해요. 당신의 질문이 그런 뜻이라고 생각했어요…… 그의 의도가 뭐였는지 나는 몰라요. 다른 집 뒤편에 있는 비상계단을 찾고 싶었던 걸 수도 있죠. 다른 집의 천창을 열고 거기로 내려가려고 한 걸 수도 있고, 그렇게 밖으로 나가서…… 그는 그 전부를 좋은 아이디어로, 농담으로, 말썽을 일으키려는 사람을 따돌리는 한 가지 방법으로 생각했던 것 같아요…… 그렇죠, 그가 밖에서 기다리며 문제를 일으킬 거라고 상상했던 그 사람…… 아니요, 난 그러지 않았어요. 그러지 않았다고 이미 말했어요…… 그가 먼저 떠났고, 나는 아파트에 있다가 나중에 아래층으로 내려간 거였어요. 아래층으로 내려가서 문을 열고, 거리로 나갔어요. 그때 그가 쓰러져 있는 걸 봤어요…… 기억나지 않아요…… 감사합니다.」

그녀는 훌륭한 목격자였다는 평판을 들으며 검시관 법정을 떠났다.

종이 울린 그 일요일 오후, 루이는 온종일 일요일 자 신문들을 낱낱이 읽으면서 시간을 보냈다. 코니가 잠을 자러 꼭대기 층 자기 집으로 올라가는 길에 루이의 문 앞에 던져 놓고 간 것이었는데, 심하게 너절해져 있었다. 한 신문에는 사인에 대한 짧은 보고만 실렸지만, 나머지 두 신문에는 그 사건을 광범위하게 다룬 기사가 났다. 루이는 스텔라의 이름을 보고 그녀의 주소를 다시 읽은 뒤, 참을 수 없을 정도로 짧은 순간에 자신이 그날 아침에 갔던 그 거리의 중요성을 깨달았다. 잠시 그녀는 추락한 사람이 다른 이름을 쓴 해리슨이 아닐지 생각했다. 기사 내용을 보면, 그 불운한 장교의 행동은 그녀가 보기로 광적이고 수상한다는 점, 무정하고 무자비하다는 점, 기괴하다는 점에서 정확히 해리슨이 했을 법한 행동이었다 — 그래서 루이는 해리슨이 죽었다는 생각과 관련해 자기 안에 떠오르는 모든 느낌을 살펴보았다. 죽은 자는 불쌍히 여겨야만 한다는 생각에, 그녀는 혼자 연주회장에 앉아 있던 그 첫날에 광적인 생각에 헛되이 빠져 있던 그의 모습을 떠올렸다. 그녀는 다시 신문을 집어 들었다 — 아니, 하지만 해리슨의 무릎은 뻣뻣하지 **않았다**! 아니, 그의 모든 관절이 재미없을 만큼 부드럽게 잘 구부려졌다. 삐딱하고 픽픽거리고 뻣뻣한 건 그의 태도였다 — 그녀는 얼른 그를 다시 살려 냈고, 그러고 보니 그런 태도는 만성적인 것이었다. 아니, 그는 사랑을 해보지 않은 만큼 절름거리지도 않았다. 그녀는 그날 저녁 연주회장에서 나온 다음, 소리 나지 않게 계산적으로 조용조용 활기 없이 옮기던 그의 고른 걸음걸이를 잊을 수 없었다. 그의 완고함과 더불어 어느 여자의 신경도 건드렸을 것이 그의 신체적 단조로움이었다.

그럼에도 그녀는 어느 밤 테이블에 앉아 있던 남자와 그다음 날 밤 지붕에서 떨어진 남자 사이의 연관성을 물리칠 수 없었다.

루이에게 지반 침하는, 이제 스텔라가 도덕적인 여자가 아니라는 사실에서 일어났다. 도덕은 스텔라에게 불가능한 것으로 보였기에 이제 덜 가능한 것이 되었고, 스텔라가 충분히 바라지 않았기에 덜 바람직한 것이 되었다. 루이가 왜 자기 안에 떠도는 소망을 한 시간밖에 보지 않은 얼굴에 결부시켰는지 그 이유는 알 수 없다. 어떤 얼굴들을 보면 감각적인 꿈에 집중하게 되듯, 어떤 얼굴들은 열망을 불러일으킨다 — 해리슨의 경우는 애초에 어떤 일이 일어났던 것인가? 루이는 그때 자신이 어떤 존재감 안에 있다고 느꼈었다. 그러므로 이제 그녀에게 거리로 추락한 사람은 스텔라가 되었다.

　루이의 영혼에 내적으로 작용한 것은, 그녀가 잘 쓰는 말로 〈빈칸〉이었다. 그녀는 자신이 이름 붙일 수 없는 그것의 저류(底流)를 아주 강하게 느꼈다. 겸허하고 모호해진 그녀는 도덕에 대해, 해리슨의 동행인 스텔라가 갑자기 나타나기 전까지 그려 보던 대로는 그 이름을 붙일 수 없게 되었다. 그녀가 생각했던 두 단어, 〈세련됨〉과 〈존경받을 만함〉은 어딘가 주변부에 있는 것이었다. 완전함에 기여하고 두려움을 몰아낼 것을 찾다가, 그녀는 막연히 도덕을 섹스의 반대로 여겼다. 한편으로 그것에는 그 숭고한 특권에 따른 이런저런 고뇌가 있었다. — 루이도 스텔라가 해리슨 때문에 괴로워하는 것을 느끼지 않았는가? 이제 돌이켜 보며 그녀는 깨달았다. 거기에는 두려움, 아니 공포 또한 **있었다** — 하지만 공포의 질적인 순수함이 그녀에게는 도덕적으로 순수한 것으로 여겨졌었다. 어둠 속에서 함께 집으로 걸어가면서, 스텔라는 길 잃은 영혼이라는 인상을 주었다 — 환상에 빠져 있는 동안은 그렇게 보였는데, 어떻게 그렇지 않았겠는가? 그렇다면 정말로 스텔라는 무엇이었는가? 그녀는 자신의 별에서 떨어져 나와 어리둥절한 채 여기 와 있는, 더 좋은 별에서 온 방랑자일 수밖에 없었다. 이 세상에서, 이 세상에 살기에는 너무 훌륭한 한 사람을 찾는다는 것은 너무 어려운 일이었다.

스텔라는 그렇게 훌륭하지 않았다. 이 신문에, 그리고 다른 신문에도 그녀에 대한, 그리고 술병과 애인과 호사스러운 웨스트엔드 아파트에 대한 내용이 실려 있었다. 그녀에게는 다른 남자 친구들도 있었다. 거의 싸움이 벌어질 뻔했다. 모든 것이 경제적인 부의 문제로 이어졌다. 세련됨은 없었다. 더 멋진 외모와 더 멋진 목소리를 가졌지만, 그녀는 결혼하지 않은 남자와 함께 있었다 ─ 지붕 위로 뛰쳐나가지 않았다면 여전히 그 자리에 변함없이 있었을 남자와 ─ 실에서 본, 지금은 사라진 얼굴 중 하나만큼 아주 존경받을 만하게 보였지만 ─ 법정에 서서 모든 것을 말하고 있었다. 그게 전부였다. 다시 말해도, 단순히 그뿐이었다. 존경받을 만한 사람은 아무도 없었다. 대안은 없었다. 결국 아무리 멀리서 봐도, 창문으로 꺼지지 않고 타오르는 등불이 보이는 곳은 남아 있지 않았다. 그렇다면 어떤 희망에서 인간은 헛되이 믿고, 또 헛되이 믿는가? 돌이켜 보면, 그것은 얼마나 오래 이어져 왔는가 ─ 그 끈질기고 소심하고 불성실하게 뒤좇는 희망은!

11월의 일요일은 안개 속에서 시작된 만큼 안개 속에서 사라졌다 ─ 루이는 갑자기 몸에 소름이 돋아, 러그에 앉아 있다가 힘겹게 몸을 일으키고 불 위에 주전자를 올렸다. 루이가 두 손으로 찻잔을 들고 있는데, 코니가 낮잠에서 덜 깬 멍한 모습으로, 신문을 굽어보고 있는 루이를 향해 걸어왔다. 바닥에는 〈장교의 한밤중 장난〉이라는 헤드라인이 실린 신문들이 나뒹굴고 있었다. 「조심.」 루이가 홀린 듯 돌아보며 외쳤다. 「조심해!」 나중에 코니는 한 장을 집어 들어 치아 빠는 소리를 내며 다시 읽었다. 하지만 루이가 요전 날 저녁에 만났다는 세련된 새 친구와 이 비극의 수상쩍은 여주인공을 연관시킬 수 있는 게 하나도 없었다 — 그때 그 여자 이름을 듣지 못했다. 이제는 어떤 이름도 듣지 못할 것이었다. 오, 코니가 그때 자기에게는 차단된 비밀이 있다는 걸 짐작했더라면! ……이 첫 번째 비밀이 마지막 비밀이 되지도 않을 터였다 — 스텔라의 타락은 루이에게 오래도록 영향을 미쳤고, 뒤따르는 시간 내내 예상치 않은 조심스러움으로 숨겨졌다. 루이가 정처 없이 떠도는 습관으로 되돌아간 것도 알려지지 않았다. 어쨌거나 그렇게 많은 것을 숨길 필요는 없었다. 마침 코니의 감시가 느슨해졌기 때문이다 — 한동안 코니를 짜증 나게 만들던 친구가 있었는데, 그가 자기 주제도 모르고 그녀에게 귀찮게 굴기 시작한 것이었다. 그 친구보다는, 어느 남자가 얼마나 가치 있는지를 판단할 수 없다는 평소답지 않고 지속적인 무기력 상태가 코니를 사로잡아, 코니를 변덕스럽게 만들고, 근무지에 없을 때는 늦게까지 집 밖에 붙들어 놓고, 오랜 벗으로서 루이의 집에 들러 이야기할 때는 지루하고 강박적인 독백만 늘어놓게 했다, 코니는 더 이상 다른 데 신경 쓸 겨를이 없었다. 또한 그해 겨울은 이제 북아프리카로 이동해야 해서 더 이상 인도에 없던 톰의 휴가에 대해서는 희망적인 말 한마디 듣지 못한 채 지나갔다.

1942년이 여전히 제2전선[3]의 구축 없이 지나갔다. 다음 해 전쟁에 대한 준비가 서서히 가동될 때까지 계속되는 장비 개

선말고는 달리 느껴지는 것이 없었다. 1943년의 새 달력은 날짜 한 장 한 장이 암호 같았다. 2월에는 독일군이 스탈린그라드에서 항복했다. 3월에는 제8군이 마레스 전선[4]을 돌파했다. 북아프리카의 봄을 채운 것은 추격과 천문학적인 항복, 그럼에도 여전히 적과 연관 짓지 않을 수 없는 승리감이었다. 7월에는 시칠리아 상륙 작전이 펼쳐졌다. 녹음이 우거진 오룔[5]에서 러시아의 여름 대공세가 시작되었다. 무솔리니가 퇴출되었다. 9월에 이탈리아군이 쫓겨났지만, 이탈리아는 이탈리아로 남았다. 상륙 작전, 해안 교두보, 런던에서 차폐물을 밀고 지나가는 러시아 탱크. 11월에 우리는 이탈리아 강들을 무력으로 건넜다. 독일군이 겨울 전선을 깨부수면서, 사람들은 겨울이 왔다고 말했다. 무솔리니가 돌아왔다. 베를린이 런던에 어떻게 했는지를 알게 해주는 사진들은 기대만큼 호응을 얻지 못했다. 테헤란에서 빅스리[6]가 웃으면서 사진을 찍었다. 유럽 요새에 대한 아이디어가 등장했다. 크리스마스 다음 날 우리는 샤른호르스트호[7]를 침몰시켰고, 러시아군이 키예프 돌출부에서 닷새 동안 60마일을 진격하면서,

---

3 제2차 세계 대전 당시 소련이 미국과 영국에 제2전선의 구축을 강력히 요구했으나, 제2전선이 구축된 것은 대규모 지상군이 갖추어진 1944년 6월, 아이젠하워 장군의 지휘로 영국군이 노르망디에 상륙했을 때였다.

4 튀니지 남부에서 3월 16일부터 3월 31일까지 일어난 전투의 전선을 말한다.

5 모스크바 남쪽에 있는 도시.

6 영국의 윈스턴 처칠 총리, 소련의 이오시프 스탈린 공산당 서기장, 미국의 프랭클린 루스벨트 대통령을 말한다.

7 독일의 순양 전함.

그와 동시에 108마일 전선에 뚫린 틈을 확장하는 것으로 1943년이 끝났다.

전쟁이 세계로 확산된다는 것은 지도의 가장자리를 벗어났다는 것을 의미했다. 전쟁이 지도에 다 담기지 않았다. 예컨대 일본을 상대로 벌어지는 전쟁 이야기는, 런던에서도 소식은 들리지만 결코 파악은 되지 않았다. 전쟁의 무대가 너무 많았다.

1944년은 제2전선이 구축될 수밖에 없는 해였다. 스뮈츠 장군은 그해를 〈운명의 해〉라고 불렀다. 폭격기들이 계속해서 준비 작업을 해나갔다. 1월 초순에 우리는 구스타프 방어선[8]을 돌파했다. 러시아는 레닌그라드 봉쇄를 해제하겠다고 선언했다. 2월에 이탈리아에서 우리는 적군의 열 개 사단을 포위했지만, 독일군이 안치오[9] 해안 교두보를 향해 발포했고, 안치오는 버텼다. 몬테카시노[10] 소탕은 영화 산업에 불안정하게나마 숨을 돌리게 해주었는데, 이 모든 것이 필요한 것, 그리고 그 이상이 될 터였다. 이런 성찰은 런던에 대한 공습이 재개되면서 갑자기 끝이 났다 — 2월의 그 닷새 간의 밤은 리틀 블리츠[11]로 알려졌다.

8 독일군이 이탈리아 중남부 지역에 설치한 방어선.
9 로마 남쪽의 항구 도시로, 제2차 세계 대전 때 연합군의 이탈리아 상륙 거점이다.
10 로마 남동쪽의 고지로, 연합군이 독일군을 상대로 네 차례에 걸쳐 군사 공격을 가한 격전지다.
11 블리츠는 제2차 세계 대전 당시 1940년에서 1941년에 걸쳐 독일 공군이 영국에 가한 일련의 폭격 및 공습을 영국 측에서 일컬은 말이다.

그 주 동안 로더릭은 허락을 받아, 처음으로 자신의 사유지를 보고 행정 절차를 처리하러 마운트 모리스에 와 있었다. 그는 공기에서 습기가 느껴지는 늦겨울 저녁에 사복을 입고 혼자 도착했다. 어머니는 일 때문에 런던에 있어야 했다. 그는 아쉽기도 했고 아쉽지 않기도 했지만, 스텔라는 아쉽지 않았다. 도너번이 마차가 오는지 계속 귀를 기울이며, 계단 맨 위 높은 출입문 앞에 램프를 들고 서 있었다. 그리고 현관으로 앞장서서 들어가 램프를 탁자에 내려놓고 이런저런 사항을 알려 주었다. 로더릭은 대답은 하면서도, 말소리보다는 자신의 집에 울려 퍼지는 메아리에 더 귀를 기울였다. 나중에 서재에 혼자 남았을 때, 그가 처음으로 한 행동은 커즌 프랜시스가 벽난로 위로 걸어 놓은 사진 주위에 나붙은 카드 지침을 읽는 것이었다. 로더릭은 도너번이 돌아오기를 기다렸다가 그에게 물었다. 「〈C 부인〉이 누구죠?」

「콘디 부인이셨죠.」

「지금은 돌아가셨나요? — 그런 거라면.」 로더릭이 말했다. 「**그분**에게 더 이상 연락받을 일은 없겠군요.」 그는 그 카드를 뽑아 찢은 뒤 불 속에 던져 넣었다.

「올겨울에 강물이 범람했나요?」 그가 계속 말했다. 「강물이 저지대 오두막까지 침범했나요?」

「지금까지는 아닙니다.」 도너번이 대답했다. 「하지만 가능성은 있어요. 모리스 어르신은 늘 오두막을 다른 어딘가로 옮길 계획을 세우셨죠. 그들이 제8군에서 몽고메리를 빼내다니 흥미롭지 않습니까, 주인님?」

하지만 로더릭은 다시 카드를 읽고 있었다. 「강아지였던 개들은 어떻게 되었나요? 어머니가 개 이야기는 해주지 않으셨어요. 설마 물에 빠뜨려 죽인 건 아니겠죠?」

「아닙니다, 주인님. 그 지침은 유감스럽네요. 그 강아지들은 혈통이 좋은 작은 개들이었죠 — 제가 여기 시골 땅에 풀어놓았어요. 언제라도 한 마리 데려올 수 있습니다. 주인 어르신이 잉글랜드로 가기 전에 쏘아 죽인 개는 늙고 큰 개 한 마리뿐이었어요 — 혹 주인 어르신을 다시 여기로 모셔 올 생각이 있으신가요?」

「결국에는 그러지 않을 이유가 없죠.」로더릭이 놀라서 말했다. 「그분의 뼈를 거기 묻어야 했죠. 하지만 당연히 모든 것이 혼란스러웠어요 — 저는 무슨 일이 일어나고 있는지에 대해 전혀 듣지 못했고요.」

도너번이 뒤로 물러서서 문을 활짝 열어 메리가 저녁 식사가 담긴 큰 쟁반을 들고 들어올 수 있게 해주었다. 로더릭은 어머니가 말한 두 여자아이 중 어린 쪽을 멍하니 쳐다보았다. 「지금이 너무 늦지 않은 시간이면 좋을 텐데!」그가 갑자기 외쳤다. 「좀 돌아보고 싶어요 — 곧 밤이 깊어질까요? 나가서 모든 걸 둘러보고 싶어요 — 지금까지는 여기 도착했다는 걸 깨달을 겨를도 거의 없었군요. 물론 여기가 별로 좋지 않다는 뜻은 아닙니다.」그가 경의를 표하는 표정으로 천장을 올려다보며 덧붙였다. 「오히려 상상한 것보다 더 크고 더 높군요. 하지만 집 밖이 어떻게 돌아가고 있는지 모르면 곤란하니까 — 지금이 아주 깊은 **밤인가요?**」

「중간쯤인 것 같습니다. 손을 내밀었을 때 손이 보여야 해요. 그러면 빗장을 지르지 말까요?」

「빗장을 지를 필요는 결코 없어요. 그건 제가 할 겁니다.」

말없이 로더릭을 쳐다보고 있던 메리가 마지막으로 쟁반을 살핀 뒤 방에서 나갔다. 도너번은 딸을 따라 나갈 준비를 하면서 한 번 더 말했다. 「여기서 강까지 가는 길에는 생각보다 훨씬 더 땅이 기만적으로 쑥 꺼지는 곳이 많아요.」 그가 아주 초연하게 말했다. 「심지어 우리가 난간을 설치하기 전에, 한번은 어둠 속에서 말 두 마리가 마차와 함께 고꾸라진 적도 있었다고 들었어요 — 다시 말씀드리지만, 앨파인 워크 쪽으로 갈 생각이시면, 거기엔 바위가 많아 울퉁불퉁한 급경사면도 있습니다. 나머지 부분은 미끄럽긴 해도 다칠 일은 없을 거예요 — 제가 들은 바로는, 신중하게 이동하는 훈련도 받으셨다고요. 이런 종류의 전쟁에서는 정확성이 필요하죠.」

「오, 일단 나가면 내가 어떤 곳에 있는지 알게 될 것 같군요.」 로더릭이 자신 있게 말하며 의자를 쟁반 쪽으로 당겼고, 뚜껑을 들어 올리고 저녁을 먹기 시작했다. 「거기 뭐가 있는지는 들었어요. 그게 **맞는지** 확인만 하면 될 것 같아요.」

그날 밤 그는 늦은 시간에 집으로 돌아와 빗장을 질러 문을 잠근 뒤 사슬을 채웠다. 동작은 경건했지만, 소리가 덜커덩거려 숙련된 느낌은 아니었다 — 도너번이 그를 위해 현관 서랍장 위에 두고 간 작은 램프가 신성한 등불처럼 활활 타올랐고, 그 불빛에 그의 그림자가 확대되어 보였다. 그는 깜박 잊고 묻지 않았는데, 그들도 너무 경황이 없어 그에게 위층 어느 방에서 자면 되는지 알려 주지 않았다. 따라서 그는 문을 하나씩 열어 보아야 했다. 어둠은 그에게 자신과 내일 사이의 베일에 불과할 뿐이었고, 그의 코는 회반죽 냄새에서 새로운 유혹적인 냄새를 걸러 낼 뿐이었다. 그로서는 그 집이 꼭 알맞은 시점에 오늘 밤 여기 생겨난 것 같았다. 어머니가 여기서 그를 가졌다고 말한 것이 기억났지만, 어느 방이었는지는 형식적으로만 궁금할 뿐이었다. 마침내 호박색 불꽃과 이불을 펴놓은 침대 발치에 놓인 자기 가방을 보고 그는 다른 방은 더 보지 않고 그 방으로 들어갔다. 큰 수납장 위에 놓인 부트잭[12]과 고리에 걸려 있는 끈, 벽난로 선반 위에 일렬로 놓인 통증을 완화해 주는 도찰제[13] 병이 그가 커즌 프랜시스의 계승자라는 것을 말해 주었다. 주인의 침실에는 진홍색 장식이 걸려 있고 벽지가 발려 있었으며, 그것을 배경으로 마호가니로 만든 신전처럼 보이는 것이 세워져 있었다. 로더릭은 휘파람을 불면서, 가방에서 물건들을 획획 꺼내기 시작했다.

그가 야외의 기운을 담뿍 받고 들어와 램프를 끄고 노인의 베개에 머리를 대고 눕자, 바깥 기운이 그의 안에서 샘물처럼 솟구쳐 올랐다. 특별한 감각을 거치지 않고 그 존재를 드러낸 형체들, 그가 다시는 그 존재를 의심하지 않을 형체들이 그의 안에서 피어올라 눌러앉았다. 그는 자신을 둘러싼

12 장화를 벗기 쉽게 해주는 기구.
13 살갗에 발라 통증을 완화하는 데 쓰는 외용제.

사방에서 밤의 무게에 짓눌린 언덕을, 신비한 내리막을, 움직이지 않는 공기를 통해 움직이는 물의 호흡을 느꼈다. 나뭇잎을 다 떨군 나무 꼭대기에서 잠든 까마귀가 뒤척이는 소리도 들리지 않았고, 긴장이 풀린 숲 전체에서 큰 가지가 부대끼거나 작은 가지가 부러지는 소리도 들리지 않았지만, 뭔가 침묵 이상의 소리가 들렸다. 보이지 않으나 탁 트인 들판에는 썩은 양치식물이 만든 구덩이 못지않은 고요함이 감돌았다. 그는 습하고 돌이 많은 정원 담벼락 쪽에도 가보았다. 균일하지 않은 금속으로 만든 수렛길 위에서 마음을 안정시켰고, 대문에 손을 대보았으며, 철조망을 손으로 튕겼고, 바위와 골함석과 나무 몸통의 서로 아주 다른 비인격적인 느낌을 손으로 만져 확인했다. 그는 모든 지점에서 돌아서고 또 돌아서서, 그 아래로 어느새 달아나는 강물의 반짝임을 추적했다. 어둠이 언덕의 윤곽선을 먹어 치우고 멀리 끊어져 보이는 계곡물을 마셨듯, 그 집의 윤곽선도 먹어 버렸다. 공기는 그의 동작 하나하나에 의해 그의 얼굴과 손에 다시 새겨진 밤 자체였다 ─ 그리고 집 안으로 들어와 잠자리에 누운 지금도, 공기는 몸이 감각적으로 닿지 않았던 모든 부분에 스며들고 있었다. 그는 공기에 대한 이 기억이 남아 있는 동안은 잠을 이룰 수 없었다.

춥지는 않았다. 오늘 밤 이 절대적인 무(無)의 감각에서 겨울이 멈춘 것을 가장 잘 느낄 수 있었다. 자연이 철수하면서 마운트 모리스의 정체성을 제외하고 모든 것이 아무것도 아닌 채로 남겨졌기 때문일 수 있었다. 마운트 모리스의 존재가 로더릭에게 집중되어 있었다. 이 시간은 전에는 결코 존재하지 않았던 시간이었다 ─ 순수한 꿈은 뭐든 그 꿈이 그에게 품었던 것, 그림 같고 달콤하고 편안하고 거친 그것과 함께 사라졌다. 그는 이제 사로잡히고 압도되고 경외심에 휩싸였다. 그는 베개에 눌린 관자놀이가 뛰는 것을 느꼈다. 자신의 땅을 밟는 자신의 발걸음 소리가 그를 쫓아왔다. 완성이라는 느낌이 그의 안에서 처음으로 죽음에 대한 개념과 그것이 일으키는 두려운 생각을 일깨웠다 ─ 그의 죽음. 앞으로 여기서 보낼 시간이 닷새 더 남았다. 생각해 보면 그가 다시 돌아오지 못할 가능성 또한 존재했다. 오늘 밤까지는 전쟁에 나가 돌아오지 못하리라는 생각을 해보지 않았었다.

그는 성냥을 켜고, 다 타기까지 걸리는 시간에 감탄했다. 그리고 높은 침대에서 더 높이 몸을 일으켜 세우고 날카로운 소용돌이 장식이 있는 침대 머리에 어깨를 기댄 다음 팔짱을 낀 채 계승에 대해 생각하기 시작했다. 추상적 사고에 대한 본능적인 반감이 그의 생각을 세 명의 아버지에게로 흘러가게 했다 ─ 패배한 빅터, 결단력 있는 커즌 프랜시스, 인정받지 못한 채로 남은 계부 로버트. 그 순간 그의 안에서 동등하지 않은 세 명의 융합이 일어났다. **그들은** 어떻게 살아 나갔는가? 세 사람의 죽음에 너무 이른 면은 없었는가, 마지막 그 고집 센 노인의 죽음은 빼더라도? 아니면 각자 어느 시점이 되었을 때 끝내는 게 불가능해진 뭔가를 내려놓았는가? 그것과는 반대로, 어떤 것도 끝내기가 불가능할 수 있다는 것을 받아들였는가 ─ 정말로 누가 마지막 사람이 되기를 열망하겠는가? 그것은 연속성의 문제였다 — 하지만 무엇, 무엇의 연속인가? 그것에 대해서는 바위 안에, 머무르는 자들 안에 갇혀 있는 생각할 필요가 없는 지식에 접근할 수 있어야 했다. 한편으로 유럽의 요새는 로더릭의 기습을 기다리고 있었다. 모든 것, 모든 것, 모든 것이 그것에 달려 있었다 — 다른 2월도 지켜보았을 이 집에서, 이 2월 밤의 깨어 있는 존재를 제외한 모든 것이. 로더릭은 돌아가지 말아야 할까…….

유언장을 써야겠다는 생각을 떠올리며, 그는 속으로 쓰라고 재촉하지 않은 어머니를 조금 탓했다. 유언장에 의해 누군가는 다른 누군가에게 종속된다 — 그는 세상에 대해, 자신에 대해 가장 큰 영향력을 발휘하는 것은, 죽은 자들의 파악될 수 없는 내면의 유언이라는 것을 깨달았다. 죽음 뒤에 무엇이 남는지는 예측할 수 없었다. 로버트의 죽음은 슬픔을 남겼다 — 더 남긴 것이 있다면 그게 무엇인지, 어머니는 로더릭에게 말해 주지 않았다. 로더릭은 그렇다면 **자신**의 상속인이 될 사람은 어머니 말고는 없겠다고 생각했다. 그런 생각을 하자, 그는 자신과 어머니가 모두 애달프게 느껴졌다 — 그들 사이라면, 그 이상의 뭔가가 되어야 했다. 그는 반란을 일으켰고, 그것은 작은 램프에 다시 불이 붙을 때까지 성냥을 켜고 또 켜는 형태로 나타났다. 불이 붙자, 그는 다시 네 개의 벽 안으로 돌아왔고, 몸을 끌어 내려 침대에 누운 채 곧바로 잠들었다.

다음 날은 볼 것도 많고 할 것도 많았다. 「오코넬 씨에게도 말했는데요.」 그가 도너번에게 말했다. 「당분간 우리가 바랄 수 있는 건 그저 제가 돌아올 때까지 이곳을 계속 돌아가게 하는 겁니다. 물론 그 뒤에는 당연히 다시 수익을 내야겠지요. 마운트 모리스는 제 생계 수단이 되어야 합니다. 우선은 배워야 할 테고 ─ 2, 3, 4년은 농사용 장비를 하나씩 마련해 나갈 거예요. 요즘은 모든 걸 과학적으로 해요. 아마추어가 농사를 망칠 수는 없죠. 그리고 투자를 해야 돌려받을 수익이 생기는 거고요.」

「그렇게 했다가 엄청나게 많은 돈을 탕진할 수도 있어요.」

「잘 준비하면 그럴 리 없어요. 그리고 내겐 **탕진할** 만큼 엄청난 돈이 있을 리 없고요.」 그가 도너번을 강렬하게 쳐다보며 덧붙였다.

「모리스 어르신도 개량에 관심이 많은 분이셨어요. 그분이 하려고 한 것들은 다 굉장했습니다 ─ 제게 기계 사진들을 보여 주셨는데, 계속해서 집을 드나들며 기계에 대해 설명해 주는 사람들이 있었어요. 나중에 전쟁이 더 큰 관심사가 되기 전까지는 말이죠 ─ 참, 우리가 그 배를 다시 끌어 올렸는데, 상태가 별로 좋지 않네요. 썩었어요.」

「무슨 배 말인가요?」 로더릭이 뭔지 모르겠다는 표정으로 물었다. 그러고는 다시 기억해 내고는 말했다. 「오, 그거요, 물론 알죠. **그** 배. 음, 안타까운 일이지만, 신경 쓰지 마세요. 고맙습니다. 많이 힘들었겠네요. 그런데 애초에 왜 가라앉혔는지 모르겠군요.」

「예방책이었어요. 로버트슨 씨의 입김이 작용했다고 해야겠군요.」

「로버트슨 씨가 누구죠?」

「주인님은 모르실 겁니다. 그가 모종의 시선으로 이 나라를 계속 지켜보고 있었던 것 같아요. 독일군의 방향을 돌려놓기 전까지는 수상한 시대였죠.」 도너번이 무덤덤하게 화덕에 장작을 집어넣으며 말했다 ― 그들은 주방에 있었다. 탁자 가장자리에 앉아 있던 암탉 두 마리가 로더릭이 휙 움직이자 그의 발을 피해 달아났다 ― 그가 들어왔을 때, 여자아이들은 둘 다 이미 찻주전자 옆에 타오르는 촛불을 내려놓고 주방에서 빠져나가고 없었다. 해나와 메리의 얼굴이 이따금 문간의 어둠 속에 나타났지만, 어느새 돌로 된 복도를 조용히 걸어가는 발걸음 소리만 들릴 뿐이었다. 「그 모든 시간 끝에 결국 보여 준 건 아무것도 없었어요.」 도너번이 말했다. 「하지만 주인어른은 이런저런 생각을 나누며 좋은 시간을 보내셨죠.」

「말씀하시는 걸로 보아, 이 로버트슨이라는 사람은 어리석은 사람이었겠군요.」 로더릭이 말했다. 「이름을 들어 본 적도 없는 것 같은데, 놀랄 일도 아니네요. 제가 보기에는 정보 요원입니다. 그는 독일군을 어떻게 생각했나요? 독일군이 이곳에 상륙하지 않은 건 정말로 다행스러운 일이었다고 볼 수 있죠.」

도너번은 편파적이지 않은 표정으로, 화덕에서 장작이 이글이글 타오르는 소리를 들었다.

「장례식에 한 남자가 나타났다고 했어요.」 로더릭이 말을 이었다. 「하지만 그의 이름은 해리슨이었습니다.」

「그 사람일 수도 있겠네요. 그런 이름이었던 것 같습니다 ─ 런던 소식을 들은 게 있으신가요?」 도너번이 침울하게 불쑥 돌아보며 물었다.

「아니요, 왜요?」

「그들이 다시 폭격을 시작했다고 하네요. 어머니가 거기 계시지 않던가요?」

「네, 왜요?」

「아주 위험한 곳에 두고 오셨군요.」

「네, 도너번, 맞아요. 하지만 어머니는 늘 당신이 하고 싶은 대로 하고 사셨죠.」

「어머니는 늘 자신이 할 수 있는 것을 하면서 살아오셨군요. 어떤 일을 경험하셨는지 몰라도, 어머니는 아주 온화한 분이십니다. 그럼에도 그분에게 이곳에서 기다리자고 설득하지 못한 것은 안타깝군요.」

「여기서 무엇을 기다리죠?」

「더 좋은 시대를요.」

「오.」

다시 돌아온 해리슨은 그가 없었다면 텅 비어 있었을 길 한복판에 서 있었고, 조명탄이 샹들리에처럼 거리를 비추고 있었다. 머리 위로 규칙적으로 진동하는 소리와 탕탕 총성 사이로 침묵의 파동이 흘렀고, 그러는 동안 거리는 거울로 된 응접실처럼 보였다. 해리슨이 봉투에 적힌 뭔가를 들여다 보며 서 있는 곳 위로, 아름답고 형태가 잘 잡힌 상징에서 백

록색 백열광이 흘러나와 천천히 떨어지면서 죽어 갔다 — 동쪽 하늘은 누구도 새벽의 색깔로 보지 않을 플라밍고 분홍색으로 물들어 있었고, 서쪽에는 불꽃들이 제멋대로 선을 그어 놓았다. 표면적으로 런던 주민들은 지하에 있었다. 이따금 소방대나 구급차가 울리는 의미심장한 종소리가 들렸다. 한두 번 자가용이 쏜살같이 지나갔다. 폭격은 해리슨이 스텔라의 새 아파트가 있는 쪽으로 완강하게 걸음을 옮길 때 재개되어, 언제라도 폭탄에 맞아 무너질 수 있는 건물들을 손대지 않고 자동으로 방향을 틀어 지나갔다.

그녀가 살고 있는 블록은 그 높이만큼 위험한 밤 속에 무너질 듯 위태롭게 서 있었다. 건물의 관리 사무소에 경비원은 없었다. 해리슨은 스스로 고딕풍 엘리베이터를 작동시켰다. 그녀의 아파트가 있는 층에서 덜컹하고 문이 열리는 사이, 그녀는 초인종이 울리기 전에 잠시 의아해했다. 초인종이 울리자 그녀는 이건 분명히 실수일 거라고 이미 결론 내린 분위기로, 하지만 신속하게 문으로 걸어갔다. 그녀는 코트를 입은 채 고양이를 안고 있었다. 그들은 서로를 응시했다. 그녀가 외쳤다. 「어디 갔었어요?」 고양이가 깜짝 놀라 그녀의 어깨 위로 뛰어오르려 했다.

「지금이 방문하기에 곤란한 시간은 아니길 바랍니다.」

「아니, 괜찮아요.」 그녀가 예의 바르게, 하지만 어떻게 할지 모르겠다는 듯 말했다. 「특별히 하는 일은 없었고 — 총성을 들으면서 책을 읽고 있었어요. 들어와요.」 그녀가 앞장서서 다른 문으로 들어가 고양이를 내려놓았다. 그러는 사이 그는 역시 작은, 이 다른 현관이 익숙지 않아 모자를 내려놓는 옛 습관에 새삼 어려움을 겪었다. 「네, 우리가 마지막으로 만난 뒤로 시간이 꽤 흘렀군요.」 그가 마침내 그녀를 따라 안으로 들어가며 동의했다. 「그래요.」 그가 첫인상을 확인하고 싶었던 것처럼 카펫을 흘끗 둘러보며 말했다. 「이제 고양이를 키우시는군요.」

「아, 아니에요. 내 고양이가 아니에요. 이 집의 어느 것도 역시 내 것은 아니죠.」 그녀가 방랑자 같은, 메아리를 일으키는 미소를 지으며 말했다. 「옆집 고양이예요. 하지만 그 집 사람들은 멀리 떠났고, 고양이가 불안해하는 것 같아서요.」

「야옹아, 이리 와봐, 야옹아 — 어디 있니?」 해리슨이 손가락 두 개로 딱 소리를 내며 말했다. 아무것도 나타나지 않자 그는 눈을 찡그리고 주위를 둘러보다, 검은색 모피로 된 벽난로 앞 러그 위에 시선을 두었다. 거기 펼친 쪽이 아래로 가게 놓인 책의 제목을 읽었다. 「참으로 지난 시절로 돌아온 것 같네요.」 그가 말했다. 「참으로 뿌연 밤입니다. 동물들은 이런 걸 좋아하지 않죠.」

「참으로 지난 시절로 돌아온 것 같네요.」 그녀가 벽난로 앞에서 그에게 등을 돌리고 무릎을 꿇으며 말했다. 「심지어 당신을 만나기 전 같아요.」 그녀는 손을 녹였다. 「여기 안이 추운가요? 그렇진 않을 텐데 — 앉아요.」 그녀가 뒤를 돌아보며 덧붙였다. 「그사이 어떻게 지냈어요?」

「이런저런 일을 했죠. 사실 이 나라를 떠나 있었습니다. 그건 긴 이야기가 되겠네요.」

「네, 그럴 것 같군요. 그럼 일자리를 잃진 않은 건가요? 한 두 번 그런 거 아닌가 생각했는데.」

「뭐, 내가요? 오, **그** 사건 때문에? 오, 아닙니다 ─ 아니, 아니에요. 하지만 그런 일이 일어나서 유감이었죠. 그 일로 내게 안 좋은 감정이 남아 있나요?」

그녀가 대답하지 않자, 그는 그래도 될 것 같거나 어쨌거나 그러기엔 민감할 수 있는 마지막 순간을 이용해 안락의자 두 개 중 하나에 재빨리 앉았다. 그녀는 고개를 돌리지 않고도 뒤에서 무슨 일이 일어났는지 알아차렸다. 그는 그런 반응이 아무리 부정적일지라도 대답으로 기꺼이 받아들이고 기뻐하는 것 같았다. 뭐든 다음 말이 있을까? 그녀는 분명 더 말하지 않을 것이었다 ─ 뭐든 다음 말이라면 그가 해야 할 것 같았다. 안락의자에서 몸을 앞으로 숙이고 얼굴을 찡그린 채 그는 주먹으로 손바닥을 치기 시작했다. 「네, 그건 안타까운 일이었어요.」 그가 동의했다. 「내 식으로 말하면 큰 타격을 입었죠.」

「당신이요?」 스텔라가 손을 계속 녹이면 뭔가 마음이 약해질 것처럼 벽난로 앞 러그에서 몸을 일으키며 말했다. 그녀는 벽난로 선반에서 그에게 권할 담배를 찾으며, 그녀와 로버트가 그에게 담배 한 갑에서 남은 만큼을 여전히 빚지고 있다는 사실을 떠올렸다. 가까운 데서 터진 총성과 함께 건물이 흔들렸다 ─ 그러자 그녀는 고양이를 찾아 가구 아래를 살피며 이리저리 돌아다니기 시작했다. 총성 이후 말이 없어진 해리슨은 한편으로 자신이 몰래 시선으로 그녀를 좇고 있

었다는 사실을 더는 비밀로 하지 않아도 된다고 느끼는 것
같았다 ― 심지어 그녀가 그의 의자 뒤로 이동하고, 그가 고
개를 오른쪽으로 돌려 그녀가 있는 곳을 확인했을 때도 그랬
다. 그녀는 고양이를 들어 올려 자신의 품에 안았다. 길쭉한
폭탄이 대각선으로 중간 지점을 가로질러 떨어지자 고양이
의 털이 수축하고 축축해지는 것 같았다. 그리고 그 모든 것
이 잠잠해졌다. 「아주 오랜만이군요. 우리가 이런 시간을 보
낸 게 말이에요.」 그녀가 말했다. 「지금은 달라졌을까요?」

　고양이를 잡은 그녀의 손이 떨리는 것을 눈여겨보며, 그가
친밀하면서도 거만하게 말했다. 「그러니까 내가 돌아온 게
그렇게 나쁘지는 않은 모양이로군요?」

　「더 일찍 오기를 바랐어요. 당신에게 할 말이 아주 많은 순
간이 있었어요. 한때는 알고 싶은 게 아주 많았거든요. 당신
을 다시 만나야 한다는 생각을 포기한 뒤에도 여전히 속으로
는 당신에게 이야기를 하고 또 했어요 ― 그러니 나는 당신
이 죽었다고는 느끼지 않았던 것 같네요. 내 생각에, 누구든
죽은 자와는 이야기를 하고 또 하지는 않으니까요. 오히려
그들이 하는 말을 계속 듣게 되죠. 당사자가 말할 시간이 없
었던 뭔가를, 어쩌면 당사자도 뭔지 알아낼 시간이 없었던
뭔가를 알아내려고 애쓰며 짜맞추고 다시 짜맞추면서요. 잊
어버린 것 중에 분명 중요한 게 있을 거예요. 그때는 그게 얼
마나 중요한지 깨닫지 못해서 잊어버린 뭔가. 하지만 무엇
보다 잊어야 하는 뭔가도 있어요 ― 그러니까 삶이 지속되려
면. 더 많은 전쟁을 겪을수록 살아남는 법을 더 많이 배우게

될 테죠 ─ 네, 당신이 그리웠어요. **당신**이 발길을 끊은 뒤로 내게는 아무것도 남지 않았어요. 무슨 일이 있었던 거예요?」

「그건 긴 이야기가 ─」

「사연을 말해 달라는 건 아니에요. 무슨 일이 있었어요?」

「일단은 근무지가 변경됐어요.」

그녀가 그를 빤히 보았다.

「그래서 그렇게 된 거였어요.」 그가 받아들이거나 말거나의 느낌으로 어깨를 으쓱했다. 「기억이 난다면, 그 당시에 아주 많은 일이 일어나고 있었죠. 요약하면 그런 겁니다. 근무지가 변경됐다.」

「알겠어요.」 그녀가 그렇게 말하고 나서 잠시 가만히 있다가 고양이를 내려놓았다. 「음, 나는 여전히 그대로예요.」 그녀가 달라진 어조로 말했다. 「비록 지금은 보다시피 **여기** 있지만.」

「이곳에서, 당신은 여전히 꽤 편안한가요?」 그가 그 모든 것을 순전히 주변 환경이 〈달라진 것〉 이상으로 보려고 명백한 노력을 기울이면서 방 안을 둘러보았다. 빛을 반사하지 않는 갈색 벽면을 빙 둘러 옛 런던의 판화들이 걸려 있었다. 업라이트 피아노 한 대, 그리고 잠긴 듯 보이는 번쩍거리는 책장이 있었다. 독서용 램프의 목이, 지금 그녀가 앉아 있지 않은 빈 안락의자의 회녹색 쿠션 위로 빛이 향할 정도로 심하게 비틀려 있었다. 글을 쓰는 종이가 접이식 탁자 위에 놓여 있었고, 그 위에는 스노드롭 꽃송이들 ─ 훼손된 것을 보니 아마 그녀의 코트에 핀으로 꽂았던 것을 뺀 모양이었다

— 이 꽂힌 와인 잔 하나가 놓여 있었다. 두툼한 커튼의 길이가 짧은 것을 보니 창문을 높이 낸 모양이었다. 그는 자신이 지금 8층에 있다는 것을 알고 있었다. 무광의 포금으로 만든 작은 재떨이가 그의 시선을 사로잡았다 —「재미있군요. 그게 그러니까,」 그가 고백했다. 「나는 지금도 그 다른 집을 보고 있는 것 같아요. 당신이 살았던 그 집 말이죠.」

「네?」

「나는 우리가 거기서 보낸 시간을 종종 떠올리곤 했어요.」

「우리가 무엇 때문에 **싸웠죠**?」 그녀가 이렇게 물은 다음 망설이다가, 빛을 오롯이 받고 있는 회녹색 의자에 당당하게 앉았다. 「내가 뭘 했죠?」

「당신은 멋졌습니다. 사실 오늘 밤에도 멋지고요 — 당신은 언제든 멋져요. 어떻게 그런지 모르겠어요!」

「그만!」 그녀가 한 손을 휙 들며 외쳤다. 「내가 당신에게 질문을 던졌어요. **무슨** 일이 일어난 거죠? 어쨌거나 당신이 로버트를 죽였어요.」

「그 일이 어떻게 된 거라고 생각하는 거죠?」

「무슨 일이 일어났는지는 당신만이 알겠죠.」 그녀가 냉담하게 그 사실을 제시하며 말을 계속했다. 「당신은 내가 모르는 걸 알아요. 이 이야기 전체를. 당신은 그것을 혼자만 알기로 선택했어요. 그리고 사라져 버렸죠. 오랫동안 내가 묻고 싶었던 게 그거였어요. 이제 당신은 돌아왔는데 — 하지만 왜 **지금**이죠? 왜 묻느냐고요? 아마 시간이 지났으니까.」

그가 난로 앞에 깐 검은색 러그 위에서 모호하게 발의 위치를 옮겼다.

「네, 전적으로 그렇진 않다고요?」 그녀가 그 동작에 대한 답인 듯 말했다. 「잘 알겠어요. 그런 거라면, 말해 봐요 — 로버트가 그날 밤 체포되리란 걸 알고 있었나요? 당신은 그 문제에 발언권을 얼마나 갖고 있었죠? 그 일은 언제 결정된 거였어요? — 아니면 결정된 적이 없었나요?」

「나는 줄곧 오히려 이렇게 생각했어요.」 해리슨이 말했다. 「그가 게임은 끝났다는 걸 받아들인 거라고. 그 경우라면, 솔직히, 그는 내가 아는 만큼 알고 있었어요. 그건 당연히 그에게 달린 문제였죠 — 나는 그 일에서 빠졌어요.」

「언제부터요?」

「그 전날 밤부터.」

「우리가 언쟁을 한 날?」

「언쟁?」 그가 말했다. 「언제 그랬죠?」

그녀는 한 손을 내밀어 램프 불빛이 자신을 비추지 않게 구부렸다. 「기억이 나지 않는다면.」 그녀가 말했다. 「그런 일은 결코 없었던 거겠죠. 어쩌면 내 생각이 너무 지나쳤거나.」

「나는 아무렇지 않았는데요.」 그가 말을 멈추고 엄지손톱을 보며 얼굴을 찡그렸고, 이제 그림자가 드리운 그녀의 얼굴을 바라보았다. 「그런데 우리 사이에 있었던 대화 — 그게 어째서 〈언쟁〉이 되죠?」

총성이 다시 울리는 바람에 그녀는 휴식을 취했다. 그녀가 수긍한다는 듯 쿠션에 기대 그 소리를 들었다. 그것만 아니면 이 방은 조명탄이 만든 희미한 색깔과 울려 퍼지는 소리로 뒤덮인 하늘 아래, 어두운 선이 그어진 침묵의 알갱이에 불과했다. 총성의 충격이 잦아들자 폭격기가 투투투투 높이 날아가는 소리가 들렸다. 이 공습이 지속되는 동안에는 한 종류의 완전한 해법이 이제라도 실행될 것 같았다 — 하지만 아니, 그런 식으로 되지는 않을 것이었다. 어떤 것도 낙하하지 않았다. 조롱거리가 된 총들은 다시 어물어물 사라졌다. 「결국 그것에 대해 옳다 **아니면** 그르다, 말할 수 없는 걸까요?」 그녀가 마침내 말했다.

해리슨은 아무것도 듣지 못하는 듯 한동안 집중한 표정으로 앉아 있다가 말을 이었다. 「네, 당신을 생각했어요 — 좀 기이한 장소들에서.」

「그 시간 내내 잉글랜드를 벗어나 있었다는 말이군요?」

「알다시피 — 당연하게도?」

「그런데도 나를 어디서 찾으면 되는지 알았군요.」

「오, 실마리를 찾는 건 금방입니다…… 음, 지금 우리는 다시 그때로 돌아왔군요. 그렇게 생각하지 않아요?」 그가 확신이 아주 약간 흔들리는 듯 그녀에게 시선을 고정했고, 그건 어떻게 할지 알려달라는 뜻일 수 있었다.

「아니 — 누구든 결코 과거로 돌아가지 못해요. 예전에 있던 곳으로는 결코 돌아가지 못해요. 어쩌면 당신 말이 맞았을 거예요. 그때 당신과 나 사이에 뭔가가 **있었다**는 걸 알겠어요 — 뭔가가 **있지** 않았다면, 오늘 밤 우리 두 사람 다 그것이 더는 존재하지 않는다는 걸 어떻게 알겠어요? 당신이 그 일이 일어난 직후에 찾아왔다면 — 당신이 그렇게 사라지지 않았다면 ─ 누가 알겠어요? 당신이 그에게 마지막 사람이었어요. ─ 아니, 그게 아니고, 내가 그에게 마지막 사람이었어요. 그럼 당신은 뭐죠? 그럼 당신은 어떤 의미에서, 사랑에 필수적이지만 빠진 부분인 건가요? 당신이 그를 죽였다면, 그걸 우리 안으로 가져온 거예요. 하지만 지금 당신과 나는 더 이상 세 명 중 두 명이 아니에요. 우리 사이에서 핀 같은 것이 빠져나왔어요. 우리는 떨어져 나왔어요. 우리는 과거 그 자리에 있지 않아요 ─ 그러니까, 우리는 더 이상 예전의 그 방에 있는 게 아니에요. 패턴이 사라졌다면, 의미는 어디에 있죠? 생각해 봐요!」

그는 그저 같은 말을 반복했다. 「하지만 나는 당신을 생각했어요.」 물러서지 않는 어조로.

「그 밤에 ─ 네, 우리가 마지막으로 만난 밤에 ─ 내가 말했어요. 〈잘 알겠어요, 그렇다면 그러죠.〉 하지만 당신은 나를 집으로 돌려보냈어요.」

「그래요. 그건 내가 원한 게 아니었어요.」

「그럼 그 시점이 되었을 때, 당신은 뭘 **원했죠?**」

그가 양 엄지손톱을 맞댄 채 말은 하지 않았다.

「당신은 몰랐어요. 당신은 어떻게 해야 할지 몰랐던 거예요.」

「뭐, 내가요?」 그가 유도된 대로 말했다. 그러더니 느닷없이 일어서서 스노드롭이 있는 탁자로 걸어갔다. 그가 스노드롭을 굽어보았다. 「예쁘군요.」 그가 나직이 말하고, 그 멍든 꽃잎을 무의식적으로 만졌다. 「당신이 그날 저녁에 개가 있었다고 말하려는 거라면, 나는 기억이 나지 않아요.」그가 덧붙였다. 「더욱이, 그날 저녁에 비가 왔는지도. 내가 아는 건 오로지, 내가 줄곧 당신을 생각했다는 겁니다. 단지 작별 인사를 하러 이 먼 길을 오진 않았어요 ― 그렇겠죠?」

「당신은 작별 인사에 뭔가 도덕적인 면이 있다고 생각하지 않는군요? 나는 있다고 생각해요. 나는 당신에게 작별 인사를 할 수 있기를 바랐어요. 그게 가능해질 때까지 당신이 계속 떠올랐어요. 끝나지 않은 것은 계속 나타나죠. 치유되지 않은 것은 누군가에게 계속 나타나요 ― 해리슨?」

「당신이 뭐라고 부르건 나를 이렇게 불러 준 건 이번이 처음인 것 같군요.」

「나는 당신의 다른 이름이나 세례명은 몰라요.」

「당신이 그걸 그렇게 알고 싶어 하는지는 모르겠네요.」그가 탁자 뒤로 드리워진 커튼 안으로 어깨를 밀어 넣으며 말했다.

「왜요, 이름에 문제 있어요? ― 이름이 뭐죠?」

「로버트.」

「오, 알겠어요……. 음, 어쨌거나 당신을 계속 해리슨이라고 생각해야겠네요. 내가 말하려던 건…….」

그녀는 구부려 놓은 램프가 여전히 불빛을 그녀에게 쏟아 내는 것처럼, 손목을 눈 위에 얹었다. 「나는 어떤 방식으로든 당신이 원하는 대로 작별 인사를 할 생각이었어요. 그러고 싶으면, 오늘 밤은 여기 있어요. 그렇게 해서 당신의 생각이 정리된다면.」

그가 스노드롭이 꽂힌 잔을 들어 올렸다가 다시 내려놓았다.

「아니, 그건 아니에요.」 그녀가 말했다. 「과거를 위해 뭔가를 한다는 게 무슨 의미가 있겠어요?」

「아니, 그게 더 의미가 있어요.」 그가 그녀를 등진 채 말했다. 「오히려 나는 당신이 아무것도 아닌 일로 뭔가 하는 건 바라지 않았다는 걸 기억해 줘요.」

「〈아무것도 아닌 일〉이 뭐죠?」

「전에 말했듯이, 나는 한 번도 사랑을 받아 본 적이 없어요 — 없습니다.」 그가 탁자에서 멀어져 활기차게 돌아왔고, 난로 앞 러그에 자리를 잡고 그녀가 앉아 있는 의자를 그 어느 때보다 더 분명한 태도로 내려다보며 덧붙였다. 「내 강점은, 오히려 늘 계획을 세우는 데 있었던 것 같아요 — 예컨대 최근에 당신의 계획은 어떤 거죠? 이곳에서 계속 지내는 겁니까?」

「일단은 결혼할 생각이에요.」

「그렇군요. 정말인가요?」 그는 말을 멈추었고, 표정이 바뀌는 것을 — 격하지만 근본적으로는 안도의 표정으로 바뀌는 것을 — 막기 위해 온 힘을 다해야 했다. 「그렇군요, 그렇다면?」 하지만 그는 이제 알지 못하는 다른 누군가를 대신해 심각하고 친밀하게 그녀를 다시 쳐다보기 시작했다. 「그런데 그럴 〈생각〉이라는 건 무슨 뜻이죠? 그런 유의 일이라면 분명 **알아야** 하는 거겠죠?」

「음, 알아요 — 지금은.」

「하하. 훨씬 낫군요 ─ 누군지 물어봐도 될까요?」

그녀가 그에게 말했다. 「친척의 친척이에요.」

「그보단, 당연히 준장[14]이겠죠?」

「음, 나도 알아요.」 그녀가 해묵은 짜증이 묻은 목소리로 말했다. 「당신은 이게 그 사람이 하기엔 특별한 일이라는 거죠?」

「아니요, 나라면 그러지 ─」

「나도 같은 생각이에요. 그가 착한 사람인 거죠.」

「아니요. 자, 스텔라, 내가 말하려는 건 이거예요. 만약 **사실이라면**, 이건 완전히 다른 문제예요. 당신은 자신을 보살펴야 해요. 사방에 이런 무거운 것들이 떨어져 내리는 이런 밤에 아파트 꼭대기 층에서 경쾌하게 돌아다니면서 자신이 뭘 하고 있다고 생각해요? 그 남자에게 전혀 공평하지 않아요. 그 사람 생각을 해야 합니다. 당신은 **무슨** 일이 일어났는지는 전혀 신경을 쓰지 않는 것 같아요 ─ 먼저, 그게 내가 받은 인상이라고 말해야겠군요. 이제 당신에게 전망이 생겼으니, 내말이 이해되나요?」

「전망엔 대안이 있죠.」

「고양이를 데려와야 한다면, 데려와요. 공습이 계속되면, 복도로 나가는 길을 막아야 할 겁니다.」

「나는 늘 모든 상황을 열어 둬요 ─ 하지만 사실상 공습은 끝난 것 같은데요.」

「그런 거라면……」 해리슨이 자신의 손목시계를 보며 말

14 군대 장성 계급의 하나.

했다. 「공습경보가 해제될 때까지 여기 있어도 되겠습니까?」

그런 밤이 이어진 한 주가 끝나 갈 무렵, 루이와 코니는 웨스트엔드 어느 카페의 대리석으로 된 지하 화장실에 길게 수평으로 달린 거울 앞에 나란히 서서 머리와 얼굴을 매만지고 있었다. 저녁 10시쯤이었다. 코니는 단장을 끝냈다. 루이는 나비 모양 핀을 꽂는 일에 정신이 빠져 있었고, 그것을 끝내자 거울에 비친 자기 모습에서 고개를 돌리고는 아기를 낳을 거라고 말했다.

코니는 계속해서 앞머리를 만지고 있었다.

「오, 넌 내 말은 절대 안 듣지?」

「넌 늘 뭔가 말하잖아.」 그녀의 친구가 사라진 머리핀을 찾아 세면기 주변을 더듬더듬 만지면서 퉁명스럽게 말했다. 「지금은 뭐니?」

「내가 말했어 ─ 아기가 생긴 것 같다고.」

코니가 쉿 소리를 냈다. 「조용히 해! ─ 우리가 어디 있다고 생각하니?」 그녀는 경계의 눈빛으로 잽싸게 주변을 둘러보았다. 하지만 루이가 그렇게 잘못된 순간을 고른 것은 아니었다 ─ 마침 거기 내려와 있는 다른 여자들은 없었다. 「넌 어쩜 그런 생각을! 아무리 그래도 ─ 」 그럼에도 코니는 천천히 빗을 내려놓았다. 그들의 시선이 거울 속에서 마주쳤다.

코나는 절망적이라기보단 운명론적으로 외쳤다. 「음, 너 바보같이 **굴었지**…… 안 그래?」

루이가 변명처럼 말했다. 「음, 나도 그 생각을 했어.」

「내가 몇 번이나 말했어! 자연은 정말로 봐주지 않는다니까!」

루이는 품위가 없지는 않은 모습으로 동의했다. 그녀가 고개를 숙였다.

놀란 코니는 기계적으로 남은 머리핀을 주워 모아 컬이 진 앞머리 뭉치 안으로 찔러 넣었다 — 하지만 그러다 말고, 그 지극히 일상적인 행동이 그녀를 불안하게 만들었다는 듯 갑자기 멈추고 두 손을 올린 채로 외쳤다. 「이제 우리는 곤경에 **빠졌어!** — 예컨대 네 남편은 뭐라고 할 것 같니?」

「내가 궁금한 게 그거야.」 루이가 얼굴을 찡그리고는 더운 물을 틀었다. 그녀는 증기가 올라오는 물이 세면기 안을 빙글빙글 세차게 도는 것을 지켜보았다. 「상황이 달랐다면, 그는 기뻐했을지도 몰라. 그와 내가 함께 겪은 모든 걸 생각해 보면, 그가 모른다는 건 자연스럽지 않은 것 같아, 코니.」

「**내가** 어떻게 해주길 바라니?」

「음, 나도 정말로 모르겠어. 내가 어떻게 해야 할지 더는 모르겠고.」

「그래도 넌 내게 물어보러 오지. 너도 알잖아, 물어보러 오는 거. 다들 나한테 물어보러 와.」 코니가 손을 쑥 뻗어 화난 듯 수도꼭지를 잠갔다. 낭비된 수증기가 사라졌다. 「너 미쳤니?」 코니가 외쳤다. 「국왕도 자기 욕조에서 물을 아낄 판에? 이 기회를 틈타 네 정신을 **전부** 보내 버리려고? 이 일로 네가 어떻게 될 것 같아? — 너는 그냥 많은 사람 중 하나일 뿐이야.」

그 말이 루이를 사로잡았다. 「음, 나는 그냥 많은 사람 중

하나다, 맞지?」루이의 얼굴에 일종의 빛이 퍼졌다 — 서서히, 하지만 확신이 엿보였다. 누군가는 그 모습을 보고 이것이 그들에게 새로운 화제는 아닐 거라고 의심했을 것이다. 더욱 곤란하게는, 코니가 보기에 그 표정은 내면의 만족, 심지어 숭고함의 표정으로 굳어 갔다. 루이가 인정했다. 「나도 이따금 그렇게 생각했었어.」

「오호.」코니가 날카롭게 말했다. 「그러니까 기분은 괜찮은 거니? 그럼 됐어.」

루이는 대번에 움찔했고, 양 입술을 붙였다가 뗐다. 그리고 단지 몸을 지탱하기 위해서일 뿐 다른 의미는 없다는 듯, 대리석 상판 모서리를 잡았다. 거울에 비친 루이의 얼굴, 거울에 비친 코니의 얼굴, 실제 코니의 얼굴 중에서, 이제 마주할 얼굴은 더 이상 없었고, 루이는 그저 어느 쪽을 돌아봐야 하는지 모르는 것처럼 보였다. 「너 화내지 마. 너한테 가장 먼저 말했어! 그런데 나는 어때 보여? — 아주 끔찍한가? 절반쯤은 이 일이 현실로 느껴지지 않아, 코니. 그냥 남 이야기 같아. 내가 어떻게 느껴야 할지 모르겠어. 웃고 싶은 마음과 울고 싶은 마음이 반반이야. 이건 도대체 뭐지? — 너를 만나면 알 것 같았어. **화났어?**」

「아니, 이 계집애야. 난 널 그냥 포기한다.」

「널 화나게 할 마음은 전혀 없었어 — 아마 내가 잘못 생각했나 보지?」

「선택의 시간이야.」코니는 그 점을 지적해 주지 않을 수 없었다. 「밤마다 적의 작전이 이어져. 그럼에도 아기는 태어나야 하지.」 그녀가 콤팩트, 빗, 그 외 다른 것들을 핸드백 안에 챙겨 넣기 시작했다. 그녀는 딸깍 소리를 내며 단호하게 핸드백을 닫았고, 그러자 할 말이 좀 더 생각난 모양이었다. 「누구였어? — 짐작 가는 데 있어?」

루이는 오로지 혼란스럽지만은 않은 심정으로 장갑을 찾아 여기저기 살피기 시작했다 — 한 짝이 대리석 상판에서 바닥으로 떨어져 있었다. 2년 전에 본 스텔라의 우아한 모습이 떠올랐다. 이건 당연히 그때 그 장갑이 아니었다. 손목에 술이 달려 조금 더 화려했지만, 거칠게 다룬 티가 훨씬 더 많이 났다. 그녀가 떨어진 장갑을 주워 올리려고 허리를 굽혔다. 「내가 만났던 친구 누구겠지…… 너한텐 그 이름이 중요할 것 같진 않은데, 코니?」

「나한테 **어떤** 이름이 중요하지 않다는 거니?」

「지난해에 너하고 나는 거의 얼굴을 보지 못했어.」

코니가 핸드백을 팔꿈치 아래에 끼고 아무런 표정 없이 세면기가 내려다보이는 방향으로 루이를 흘끗 쳐다보았다. 「그건 그랬지.」 삶은 스스로 흘러가는 방법을 선택하는 것처럼 보였다. 「무엇보다 먼저.」 그녀가 말했다. 「우리가 하려고 했던 걸 하는 게 좋겠다. 뭘 좀 먹자 — 맞다, 그렇지, 한두 번은 더 찾아봐. 그래, 그러자. 한두 번 더 잘 찾아봐. **이번**엔 또 뭘 두고 갈지 궁금한데? — 저녁을 먹고 나서 생각해 보는 게 어떨까? 우리한텐 그게 필요해.」

그녀가 루이를 계단 쪽으로 단호하게 이끌었고, 거기서 그들은 아래로 내려오고 있는 두 여인을 스쳐 지나갔다.

아기는 7월 중순에 태어난다고 했다. 「그때쯤엔 제2전선도 만들어져 있겠지.」 루이가 말했다. 그녀의 크고 건장한 골격 덕에 임신한 티가 타려면 시간이 한참 더 흘러야 할 것이었다. 코니는 가능한 한 공장에는 다닐 수 있는 만큼 오래 다니라고 충고했다. 임신한 이후 유일하게 힘든 증상은 고향이, 실온시가 그리운 것이었다 ─ 하지만 매달 유럽 침공이 점점 임박해지고 있었고, 따라서 민간인이 그 지역에 들어가는 것 또한 점점 엄격히 통제되고 있었다. 그녀가 보기에 지금 런던에서는 **모든** 눈이 해안으로, 바다로 향하고 있는 것 같았다. 봄은 하루하루 길어지고 더 완연해졌다. 달의 밝기가 계산되었다. 런던은 밤낮없이 도시를 통과해 어딘지 모를 항구로 요란스럽게 이동하는 침공 차량으로 흔들렸다. 기대가 그 정점에 다다른 뒤 멈춰 있었다. 모두가 기다렸다. 루이는 한때 처다보기가 꺼려졌던 톰의 사진을 끊임없이 바라보고 있는 자신을 발견했다. 자제심과 미래상이 담긴 그 시선이 그녀를 그 안으로 손짓해 부르는 것 같았다. 하지만 그녀 또한 자기만의 방식으로 앞으로 일어날 일과 함께 나란히 나아가고 있지 않은가? 톰은 이탈리아에서 싸우고 있었다. 그녀는 편지를 쓸 때마다 진짜 감정을 속이는 것이 점점 불편하게 느껴졌다 ─ 그는 왜 이대로의 그녀에게 손을 내밀면 안 되는가? 그녀는 그의 아내였다. 자신이 더 이상 혼자라고 느끼지 않는다는 것을 그에게 말할 필요가 있었다. 어떻게 해야 하는가에 대한 이 고집스러운 시각과 그에게 버림받을 거라고 경고하는 이 학습된 두려움이 나란히 존재할 수 있다는 것은 기적과도 같았다. 어떤 것도 힘이 되어 주지 않았다. 루이를 위한 말은 어디에도, 어디에도 없었다. 그는 뭐라고 말할 **것인가?**

그가 어떤 말을 할 권리를 가졌는지에 대한 내용을 보게 될까 봐 두려워서, 그녀는 신문을 멀리하기 시작했다 — 신문 1면에는 임신의 비밀에 관련된 내용이 가득했다. 코니가 칠컴 스트리트 주민들이 눈치챌 것 같다고 판단한 시점이 되었을 때 — 그렇다면 거기 사는 누군가가 톰에게 고자질하는 편지를 쓰지 않으리라는 걸 누가 알겠는가? — 코니는 루이를 반 마일쯤 떨어진 곳에서 찾아낸 다른 방으로 옮기게 했다. 이제 두 집에 대한 집세를 내야 하니, 그녀에게 그만큼의 돈이 있는 것은 다행이었다. 칠컴 스트리트의 집은 우편물 주소로 유지했다. 이탈리아로 보내는 편지는 그곳에서 쓴 것처럼 해서 보냈다. 코니는 지금은 비어 있는 칠컴 스트리트 2층의 더블룸 아파트를 자기가 쓰는 게 최선이라고 생각했다 — 그러지 않으면 누가 그 집 문을 열고 들어가지 않는지, 누가 알겠는가? 톰이 돌아와도 갈 곳이 없으면 어떻게 하겠는가? — 그러면 모든 문제가 해결될 것이었다. 코니는 처음에 오로지 바람직하게 보이는 제안을, 당연히 출구가 **하나** 있는 제안을 한 것이었다. 바로 그녀가 늘 그 주소를 쓰는 것이었다. 하지만 코니는 루이가 정말로 그만큼의 지각이 있거나 필요한 자질을 가졌을 거라고는 기대하지 않았다. 「알았어.」 그래서 코니는 그 문제에서 빠졌다. 「네가 그렇게 고집을 부릴 줄 알았어. 사실 나는 이게 네가 원한 일일 수 있다는 의심이 들기 시작했어.」

「내가 **원한** 게 아니었어.」

「너는 그렇게 말하지. 하지만 지금 그 일에 네가 어떻게 붙잡혀 있는지 봐.」

「상황이 이대로 흘러가면, 나는 곧 엄마가 될 거야. 이젠 보여. 내가 전과 같아지길 바라는 건 어쨌거나 불가능해.」

「네가 무슨 도움을 바라는지가 내겐 종종 미스터리였어.」 코니는 그 사실을 인정할 수밖에 없었다.

「늘 이게 마음에 걸려. 톰이 모른다는 사실.」 루이는 고민이 깃든 눈동자를 움직이며, 늘 이 말을 반복했다. 「코니 네가 제대로 표현할 방법을 찾아내 주면 좋겠어 — 내가 뭐라고 말하면 될까?」

그 질문은 자동적으로 반복되었고, 루이의 수동적인 태도가 몸과 함께 커지면서 코니를 더욱 괴롭혔다. 현실 세계에서 빠져나갈 길이 없어진 코니는 제2전선이 구축되면 모든 것이 유예 상태가 되리라는 일반적인 믿음에 얼마간 의지했다. 제2전선은 경주를 하듯이, 성령 강림절[15] 이후 하루 이틀 만에 구축될 것으로 여겨졌다. 성령 강림절은 경주가 열리는 날씨처럼 나무랄 데 없는 눈부심 속에서 흘러갔다. 여전히 아무 일도 일어나지 않았다. 마침내 코니는 근무가 없는 어느 오후 칠컴 스트리트에서 펜을 집어 들었다 — 하지만 저녁마다 톰이 루이의 시선을 받으며 기술 서적을 공부하던 그 테이블에 깔린 보를 몇 분 더 바라보았을 뿐이었다. 읽던 것

15 부활절 뒤 일곱째 일요일과 그 전후의 날들.

을 멈추고 생각에 빠진 채 책의 페이지에서 들어 올린 그의 시선이 지금의 코니만큼이나 몰입해 따라갔을 그 테이블보의 무늬 안에 그의 자아, 그의 정신 안으로 들어가는 열쇠를 남겨 두었을 가능성도 존재했다. 그녀는 천천히 편지를 쓰기 시작했다.

톰에게. 아마 저에 대한 얘기를 들으셨을 텐데, 당신의 아내 루이의 가까운 친구로서 펜을 듭니다. 곧 알게 되시겠지만, 루이가 어떻게 말해야 할지 모르겠다고 해서 제가 외람되게 알려 드리는 점 양해 바랍니다. 이제부터 제가 말할 내용을 당신이 진실한 관점에서 보는 것이 루이에게는 아주 중요합니다. 루이는 당신을 그리워하고, 보고 싶어 조바심을 내고, 주인 없는 개처럼 떠돌아다닌다는 점에서 알 수 있듯 호기심이 많은 여자입니다. 또한 부모님이 전쟁 통에 돌아가시면서 루이가 불안정해진 것도 고려해야 합니다. 남자에게 요구하기에는 너무 지나친 문제라는 걸 알지만, 제가 드릴 수 있는 말은 최근에 저 또한 이상하게 보일 수 있는 많은 일을 고려해야 했다는 겁니다. 당신이나 제가 그 일을 판단하는 것은 소용없는 일일 테고, 그저 관용을 지니고 어떤 일이 한 사람을 어떤 식으로 끌어가는지 보면 될 텐데, 그건 직접 보기 전까지는 모릅니다. 루이가 당신을 아주 존경하고 있으니, 힘들겠지만 그 일이 다 어떻게 된 것인지 이해하고, 그녀가 당신을 위해 겪고 있는 그 모든 일을 생각해서, 지금은 그녀를 좋게 생각해 준다면 도움이 될 것입니다. 우리 중 다수는 혼자 남게 되면 이상해지고, 한 가지 실수가 다른 실수로 이어진다는 사실을 숨길 수는 없습니다. 그러니 비난받을 일을 마주하게 되리라는 데에는 의심의 여지가 없습니다. 유감스럽지만 본론으로 들어가 알려 드리려고 하는 것은, 결과적으로 루이가 이제 곧 ─

코니는 거리로 난 문에서 들리는 다급한 종소리에 쓰던 손을 멈췄고, 이어 누군가가 손잡이로 문을 탁탁 두드리는 소리가 들렸다. 펜촉을 종이에 댄 채, 그녀는 박해받는 사람처럼 고개를 숙이고 기다렸다. 소리 공격이 재개되었다. 이 오후의 건물 안 어디에서도 문을 열기 위해 나가는 발걸음 소리는 들리지 않았다. 그녀는 엄지 두 개로 귀를 막고 자신이 쓴 분량만큼 편지를 읽다가 갑자기 이런 생각이 느리게 떠올랐다. 〈이 편지를 끝내지 못하면 어쩌지?〉 그녀는 문 쪽으로 가서 전보를 집어 들었다 ─ 그것은 정말로 루이에게 온 것이었다.

전보를 펼친 코니는 그 자리에서 경외감을 느꼈다. 〈내가 주제넘은 짓을 할 뻔했네.〉 그녀가 생각했다. 우리가 답을 찾을 수 없는 질문은 스스로 답을 찾는다. 그녀는 느른하고 눈부신 5월의 오후에 거리를 지나 선로 바로 건너에 루이가 사는 그 다른 방을 향해 걸음을 옮기기 시작했다.

「그러니까 내가 걱정을 했더라도 의미 없는 괜한 걱정이었던 거네.」 그것이 나중에, 루이가 처음으로 한 말 중 하나였다.「지금은 내가 더 지혜롭게 행동하지 않은 것에 대해 나를 탓해야겠지만 ─ 오히려 내가 한 일은 정말 훌륭했어. 내가 그럴 수 있었던 건, 그가 아주 고지식한 사람이지만, 처음부터 끝까지 나를 참아 준다는 걸 알았기 때문이었어 ─ 그 내용이 쓰여 있는 그거, 어쨌어? 그거 가지고 싶어. 간직하려고.」

「전보 ─ 그래?」

「응, 그래야지. 아기를 위해서.」

「그들이 **건너편**까지 다다랐습니다!」

그 일은 겁이 날 만큼 매서운 바람이 불고 현실에 있을 것 같지 않은 6월의 어느 밤에 일어났다. 그 이야기의 전체를 루이에게 한정된 것으로 좁히면, 루이는 **자신**의 시간을 앞둔 채 무거운 몸을 이끌고 창문으로 걸어갔다. 아래 거리에서 목소리들이 들려왔다. 수십 개의 열린 창문을 통해 수십 대의 라디오에서 흘러나와 증폭된 하나의 목소리가 검을 휘두르듯 공기를 가르며 퍼졌다. 루이가 몸을 밖으로 빼고 소리쳤다. 「어머나 ─ 그거 사실이에요?」 사실이었다. 하지만 그녀로서는 다시 앉아 7년 전부터 하고 있는 바느질로 돌아갈 수밖에 없었다 ─ 그러다 가만있을 수 없어, 바느질감을 내려놓고 양쪽 뺨을 양쪽 손바닥으로 누른 채 기도를 올리기 시작했다. 그와 동시에 교회 안으로 이동하는 통제되지 않은 움직임이 있었다. 예상치 못했으나 예상된 그날은 다른 곳에 와 있는 느낌을 일으키며 방송의 반향음 속에서 흘러갔다. 이미 벌어진 일은 돌이킬 수 없었다. 밖에서 일어나는 일을 주시하며 밤새 전투기 소리에 깨어 있는 시간이 열흘 더 지속되었고, 마침내 비밀 무기가 가동되었다. 수치스럽게도 공포는 생각을 철저히 제거했다 ― 붕붕거리는 **것들**이 빽빽하고 빠르게, 밤낮으로, 당신을 향해 무심히 다가와, 런던의 옥양목 시트를 찢고, 음울한 마음의 밑바닥에서 음란한 먼지를 일으켰다. 평범한 시간은 없었다. 코니는 처음에 루이를 다시 칠컴 스트리트로 데려왔고 ― 그게 더 이상 뭐가 중요한가? ― 이어 런던 밖으로 보내려고 시도했다. 하지만 어디로? 해가 없는 악몽 속에서 사이렌 소리가 간헐적으로 울렸다. 코니는 끊임없이 근무지로 달려가야 했다.

「난 모르는 사람들이 사는 동네로 가도 괜찮아.」루이가 땀을 흘리면서, 크고 익숙한 침대 끝을 단단히 잡은 채 반복해서 말했다. 또다시 길고 높은 소리가 공중으로 올라갔다.「또 사이렌 소리 ― 그들은 대체 무슨 생각을 하는 거지?」「모든 게 너무 분명하잖아, 친구 ― 넌 아직도 모르겠니, 응?」「크게 달라질 것도 없는데, 안 그래, 코니?」

아기는 아들이었고, 예정일보다 조금 일찍 태어났다.

이름은 토머스 빅터라고 지었고, 아이는 아무것도 알아차리지 못했다 ― 하지만 이제 루이는 갓 태어난 아기를 데리고 런던을 떠나는 것에 동의했다. 그래서 아이와 루이는 병원 문을 나오자마자 미들랜드의 어느 카운티로 가 잠시 머물면서 운 좋게 아직 쓸 만한 중고 유아차를 구했다. 그녀는 유아차를 밀고 제동을 걸고 젖히는 법을 배웠고, 심지어 쇼핑

가의 가게들 앞을 한가로이 지나가면서 뒤로서 끄는 법도 익혔다. 아기의 생존 의지가 그녀에게 전달되어 그녀에게 현실 감각을 일깨워 주었다. 바다 건너 반대편인 채널 제도 항구에서 적의 마지막 군대가 철수한 덕에, 그녀는 실온시로 돌아가 차분한 어머니가 될 수 있었다.

그곳의 바다는 아무 일도 일어나지 않았던 것처럼 반짝거렸다.

그녀는 하숙집에 거처를 정했다. 그리고 그곳에 돌아온 바로 그날 오후에 더 기다리지 못하고 곧바로 아이의 조부모가 살았던 곳으로 톰을 데려갔다. 희박한 공기가 집이 있던 자리를 메우고 있었고, 이제 그녀는 마침내 오늘과 햇빛으로 가득한 그 집의 공기를 들이마셨다. 토대만 들쑥날쑥 남은 집터를 깃털처럼 뒤덮은 풀이 빛과 그림자 속에서 흔들리고 있었다. 9월이었고, 달리아와 과꽃이 다른 정원 한두 곳만큼 떨어진 정원에서 꽃을 피우고 있었다. 이 길은 늘 그랬듯 아주 조용했고, 해안에서 내륙으로 들어와 있었으며, 보도에는 라임 나무가 줄지어 심겨 있었다. 아기는 집으로 이어지는 좁은 길의 평평한 곳에 둔 유아차 안에서 잠들어 있었다. 언덕 위에서 교회 시계가 울렸고, 그녀는 그 소리에 고개를 들었다.

다음 날, 태양은 하얗고 조용한 빛에 자리를 내주었다. 저녁 6시 직후에 루이는 유아차를 밀고 타운 밖으로 나갔고, 늪지를 향해 운하 길을 따라 걸어갔다. 갈대가 잔잔한 물속으로 자라 있었다. 시선이 닿는 곳까지는 거리가 꽤 멀었다 ─

이제는 완성된 그녀의 삶이 생각할 것 없이 펼쳐져 있었다. 운하 건너 헐벗은 언덕들이, 맞은편 둑의 반사된 오크 나무 위로 솟아 있었다. 지나가는 사람은 없었다. 심지어 근처에서 풀을 뜯는 양도 없었다. 1, 2분 전에는 귀향하는 우리 편 폭격기들이 보이지 않게 높이 떠서 붕 소리를 내며 상공을 지나갔다. 아기는 뒤척이지 않았다 ─ 매일 자라면서 아기는 점점 톰을 닮아 가는 것 같았다. 하지만 이제 다른 소리가 들리기 시작했다 ─ 그녀는 고개를 뒤로 돌려 허공을 올려다보았다. 그리고 아이 역시 그것을 보기를, 그리고 기억하기를 바라는 마음으로, 톰을 얼른 유아차에서 안아 올렸다. 백조 세 마리가 일직선으로 날아가고 있었다. 새들은 머리 위를 지나 서쪽으로 사라졌다.

역자 해설

백조 세 마리가 있는 풍경

    엘리자베스 보엔의 『한낮의 열기』를 읽고 옮기는 과정은 처음부터 거의 끝까지 안개가 자욱하고 포연이 묻은 런던의 거리를 걸어가는 느낌이었다. 그 안개는 열린 결말에 이르러서야 비로소 걷히는 듯 느껴졌다. 길이 있다는 것은 알고 있어 걸음을 옮기지만 앞이 보이지 않는 그 막막하고 막연한 느낌을, 우리는 안다. 멈추고 돌이켜 보면 평범했건 고통스러웠건 한 개인으로서 살아가는 우리의 모든 시기가 그랬다. 그것에 더해, 세상에 태어나는 순간 필연적으로 한 세대에 속함으로써 경험하는 막막하고 막연한 집단 감정 또한 우리는 안다. 시대마다 특유한 사건이 있고 세대마다 고유한 감정이 있을 텐데, 한편으로 그 특유함과 고유함도 인류 역사 전체로 보면 결국 보편의 범위에 포함된다. 오로지 평온하기만 했던 시대는 단언컨대 없었다. 전쟁이란 이름으로, 전염병이란 이름으로, 기근이란 이름으로, 혁명이란 이름으로, 혹은 그 어떤 이름으로든 우리에게는 〈큰일〉이 일어났다.

    이 소설은 그 보편적이면서 특유한 사건인 제2차 세계 대전을 배경으로, 1940년 6월 독일군 대공습의 피해를 받고 2년이 지난 시점의 런던에서 그 시기를 살아간 사람들에게 일어났을 법한 이야기를 들려준다. 큰 사건이 일어나면 그나마 예측이 가능하게 느껴졌던 삶이 한순간도 예측 불가능한 것으로 바뀌어 버린다. 무엇이든 확실하지 않은 세상에서는 아침에 일어나 숨 쉬고 있음을 확인하고 다시 삶의 걸음을 옮길 수 있다는 게 신기하게 느껴지기도 한다. 당시 런던에 살던 사람들은 어땠을까.

삶이었던 일상에서 제외된 그들은 자신들의 부재를 그 일상에 낙인처럼 찍었다 ─ 죽은 사람이 누군지 모른다면 당신은 어떤 계단이 오늘 아침 누군가가 더는 오르지 않게 된 계단인지, 혹은 거리 모퉁이의 신문 가판대에 어떤 얼굴이 나타나지 않았는지, 혹은 귀가하는 인파 속에서 오늘 저녁 적어도 한 사람이 타지 않아 더 가벼워진 기차나 버스가 어떤 것인지 알지 못하는 것이다. (158면)

엘리자베스 보엔은 당시 런던의 분위기를 관찰자처럼 거리를 두어 묘사하고, 우리는 직접적인 감정 언어 없이도 런던에 있는 사람들의 심리를 감각적으로 경험한다.

걷는다고 할 때는 대체로 방향성과 목적지에 대한 의문이 떠오른다. 어느 곳으로? 어느 방향으로? 목적지와 방향성은 비슷해 보여도 엄연히 다른 단어다. 우리가 지각하는 시간은, 그 흐름의 방향성은 느끼되 목적지는 알지 못한다. 시대의 이동이 그러할 것이다. 필연적으로 큰 사건이 일어나고, 그러면 기존의 사회 구조가 강하게 흔들리는데, 그 끝은 혁명 같은 사회 구조의 변화다. 『한낮의 열기』는 그 과정의 한복판에 있는 사람들의 모습과 생각, 선택, 표정, 그리고 사랑을 보여 준다. 이 소설의 결말 이후에는 시대가 달라질 것이고, 중심에 서는 세대가 바뀔 것이다.

제2차 세계 대전이 일어난 기간이 공식적으로 1939년에서 1945년까지니 1942년은 그 한복판이다. 주인공 스텔라와 연인 로버트가 처음 만난 것이 그 2년 전인 1940년, 그러니까 이 이야기는 1942년부터 시작되지만, 우리가 엿볼 수 있는 것은 1940년에서 소설이 끝나는 1944년 9월까지의 시기다. 한복판이란 건 어쩌면 그 안에 있는 사람에게는 가장 막막하고 막연한 시기겠지만, 한참 지나 돌이켜 보거나 제삼자로서 바라보거나 후대가 바라보기에는 더없이 분명한 시기인지도 모른다. 지금 우리는 이 소설의 시간을 훌쩍 건너왔고, 따라서 제2차 세계 대전 이후의 변화상을 알고 있으며, 그 안개가 걷히면 어떤 모습의 세상이 기다리고 있는지도 안다. 그런 의미에서 스텔라의 죽은 남편의 친척인 폴 대령의 말은 인상적이다.

로더릭에게 — 그나 그의 세대에게 감상은 아무 쓸모가 없을 겁니다. 앞으로 그들이 원하는 건 가벼운 여행 같은 걸 거예요. 어쨌거나 미래는 그들의 손안에 있죠. (……) 음, 미래는 그들의 것이죠. 그들이 미래를 어떻게 만들어 갈지

볼 때까지 나는 여기 살아 있지 못하겠지만.(143~144면)

엘리자베스 보엔은 우리에게 대체로 생소한 이름이다. 영문학계에서는 지명도가 꽤 있지만 어떤 이유에선지 보엔의 작품이 우리나라에서는 번역되어 소개되지 않았다. 하지만 보엔의 소설을 심도 있게 들여다보면 지금까지 묻혀 있던 것이 의아할 정도로 문학사에서 그만의 특유한 위치와 탁월한 작품성이 엿보인다. 특히 전쟁의 한가운데에 있는 도시의 분위기 묘사나 그 안에서 살아가는 사람들의 직업적·관계적·심리적인 면을 다룬 문장들은 때때로 우리의 추측과는 다른 의외의 놀라움을 일으키고, 조금 더 찬찬히 들여다보면 집단적이고 어느새 만성적이 된 불안과 그 상황에 처한 인간, 그리고 그 삶의 양상에 대한 이해가 깊어진다.

문학 작품이 분명하거나 실제적이지 않은 것은 당연한 일이겠으나 보엔의 작품을 읽는 경험은 문장 구성, 문체, 내용 모두에서 그것이 작가의 의도였던 것처럼 더 모호하다. 느리게 읽히지만, 그 모호한 제2차 세계 대전의 한 시기 속으로 들어갔다 나오면, 우리는 전쟁에 전투와 죽음만 있는 것이 아니라 살아남은 자의 삶이 있다는 것을 다시금 깨닫는다. 전쟁 와중과 전후는 그야말로 휴머니티가 생생하게 살아나는 시기다. 전후에 실존주의 철학이나 문학이 성행할 수밖에 없었듯이 이 휴머니티는 전쟁의 목적이나 결과는 단연코 아닌, 전쟁의 부산물이다. 『한낮의 열기』의 등장인물 중 전쟁 통에 부모를 여의고 남편은 전쟁터에 있고 자신은 런던에서 생계를 유지하며 살아가는, 후반부로 가면서 세상에 대한 견해를 대부분 신문을 통해 형성하는 루이가 말한다. 〈사람들이 서로 친절해지려고, 전쟁은 그래서 하는 건데, 안 그래요?〉

　보엔의 작품을 이해하기 위해서는 그녀의 삶을 살펴보지 않을 수 없다. 많은 부분이 작품 속에 녹아 있기 때문이다. 『한낮의 열기』로 범위를 좁혀 보면, 아일랜드에서 태어난 영국인이라는 것(이 소설의 무대가 영국과 아일랜드다), 전시에 리젠트 파크에 살았다는 것(스텔라가 살고 있는 동네가 바로 그곳이다), 아일랜드에 가족의 집 보엔스 코트가 있었다는 것(스텔라의 아들 로더릭이 물려받는 집 〈마운트 모리스〉는 보엔스 코트를 연상시킨다), 아버지의 정신 질환과 어머니의 이른 죽음으로 안정과 정착보다는 늘 떠날 준비를 하는 삶을 살았다는 것과 그 사실이 보엔의 태생과 더불어 정체성과 소속감의 문제로 연결된다는 것(스텔라가 런던에서 거주하는 집은 타인의 집이고, 그 집의 내용물은 스텔라의 취향과는 어긋난다)이 그렇다. 또한 보엔은 1899년에 태어나 1973년에 숨을 거두었으니 양차 대전에서 전쟁이 일상의 지반을 흔들어 놓는 경험을 했고, 그 또한 작중 인물들의 정착하지 못하는 모습(같은 집에서 계속 살지 못하는 스텔라, 일정한 집이 있는지조차 알 수 없는 해리슨, 〈영원히 매매 예정〉인 집에서 성장한 로버트)에 반영되었다.

　보엔은 많은 작품을 남겼는데, 「아침 식사」, 「수선화」 등이 수록된 단편집 『조우』가 가장 먼저 출간되었고, 장편소설로는 이탈리아 리베라 호텔에 머무는 영국 여행자들 사이에서 벌어지는 일을 주된 내용으로 하는 『호텔』이 처음이었다. 제 1차 세계 대전 이후 프랑스와 영국을 배경으로 파리의 어느 집에서 2월의 하루 동안 일어난 사건을 주요 내용으로 하는 『파리의 집』 등 모두 열 편의 장편소설을 썼고, 그중 『한낮의 열기』는 일곱 번째 작품으로, 10년 앞서 발표한 『마음의 죽음』과 함께 보엔의 수작으로 손꼽힌다. 『마음의 죽음』은 포샤 퀘인이라는 16세 고아 소녀가 런던에 와서 절반의 피를 나눈 오빠와 함께 살면서 일어나는 일과 사춘기 소녀의 내면을 다룬 소설로, 유머 감각과 인간의 동기 파악에 있어서 탁월한 역량을 보여 준 것으로 평가받는다. 제1차 세계 대전에서 죽은 남자가 쓴 연애편지가 발견된 뒤 산 사람만큼 실재하는 존재가 된 그를 중심으로 아일랜드 시골의 낡은 저택 몬티포트에서 지내는 친척들 사이에서 벌어지는 일을 쓴 『사랑의 세상』은 보엔의 마지막 장편소설로, 보엔을 거론할 때 자주 언급되는 〈유령〉을 연상시키는 소설이기도 하다. 보엔은 『담쟁이덩굴이 계단을 장악했다, 그리고 다른 이야기들』 등 여러 권의 단편집을 출간했고, 『보엔스 코트』, 『일곱 번의 겨울』 등 논픽션도 다수 발표했다.

엘리자베스 보엔의 작품에서는 〈유령〉 혹은 〈심령적〉인 특성이 다른 작가보다 더 부각되어 보이는데, 그 이유로 작품이 집필된 시기가 죽음이 일상인 시기였다는 점을 생각해 볼 수 있을 것이다. 이 소설에서 〈심령적psychic〉이라는 단어는 총 여섯 번 등장한다. 〈그녀는 그것의 걸음걸이가 일정하지 않은 데는 말을 더듬는 사람들처럼 심령적인 원인이 있음을 알아냈다〉, 〈그 특별하고 심령적인 런던은 영원히 사라질 것이었다〉, 〈그들이 창문으로, 거의 심령적으로도 보이지 않는 자리로 나왔을 때 그가 말했다〉, 〈그들 사이에 놓인 다기와 다과가 준비된 켈웨이 부인의 차 탁자보다 더 심령적인 것은 없었다〉, 〈참으로 그의 심령적인 면, 도덕에 대한 맹목성은 제대로 보지 못할 때만 간신히 받아들일 만한 것이었다〉, 〈그는 군중의 혈류, 호기심 많은 동물의 심령적인 일체감, 인간 용암류(熔岩流)를 혐오했다〉. 이처럼 〈심령적〉이라는 단어가 소설의 중간중간 배치됨으로써 생사가 혼재하고 그 경계가 사라진 듯한(〈산 자와 죽은 자 사이의 벽이 얇아지듯, 산 자와 산 자 사이의 벽이 덜 단단해졌다.〉), 다시 말해 언제 유령이 출몰해도 이상하지 않을 듯한 런던의 분위기(〈무대 위에서 검은색 옷을 입고 앉아 한 덩이를 이룬 연주자들의 모습이 유령의 얼굴과 손을 붙여 놓은 것 같았다〉)는 더더욱 심령적인 색채를 띠게 된다. 심지어 켈웨이 부인의 차 탁자는 사물임에도 심령적인 특성을 부여받아 만물이 살아 숨 쉬는 듯한 느낌을 자아내고, 느닷없이 울리는 전화벨도, 해리슨이 담뱃재를 털고 간 재떨이도, 루이가 듣는 라디오도 심령적인 감시자가 되어 세상의 표면에서 살아가고 있던 우리에게 표면 이면의 세계를 보여주는 것 같다. 사물은 생명을 입고 생명은 생사의 경계가 없는 듯하다. 그리하여 구체적인 말로 분명히 전달되지 않는, 안개처럼 드리운 그 모호한 느낌이 작품 전반에 흐른다. 더욱이 〈심령체ectoplasm〉라는 단어도, 아들이 물려받은 저택 마운트 모리스에서 머물던 스텔라가 미래의 며느리 모습을 상상할 때 한 번 등장하여, 보엔이 만들어 낸 심령적인 세상은 과거와 현재, 미래를 모두 아우르게 된다.

이 소설에 대해 가장 먼저 접하는 설명은 〈전시 런던 스파이물〉이라는 것이다. 하지만 〈첩보 활동〉에 대한 내용이 주가 되리라는 예상은 어긋난다. 이야기는 주인공 스텔라, 스텔라와 연인 사이인 로버트, 스텔라에게 이성적인 관심을 느껴 접근하는 해리슨, 그리고 도입부에서 해리슨과 함께 등장하여 소설의 전반적인 분위기를 만들고 끊임없이 뭔가를 찾고(역할 모델을 찾고, 참전한 남편을 대체할 남자를 찾고, 세상을 바라보는 관점을 찾고, 궁극적으로 자아를 찾고 있다. 뭔가를 찾는다는 행위는 세상이 상실로 가득하고 혼란스러우며 모호하다는 것의 반증일 것이다) 결말에서 전쟁 중에 잉태된 아이를 낳음으로써 세대를 잇는(아버지를 알 수 없다는 점에서 지난 세대와의 단절과 새로운 세대의 시작을 암시하는 듯도 하다) 루이, 루이의 친구이자 전시 보엔의 모습을 연상시키는 공습 감시원 코니, 미래에 대한 뚜렷한 계획 없이 군에 입대했고 일부를 제외하고는 사람에 대한 애착이 없으나 커즌 프랜시스에게서 아일랜드에 있는 저택 마운트 모리스를 물려받으면서 다음 세대의 상징이 되는 스텔라의 아들 로더릭, 소설이 시작할 즈음 급사하여 구시대의 상징으로 보이는(그러나 새로운 문물에 열려 있다는 점에서 관습적인 구세대와 차별화되는) 커즌 프랜시스, 그리고 커즌 프랜시스의 아내이자 사촌이며 로더릭에게 스텔라의 남편이었던 빅터에 관한 비밀을 알려 주는 커즌 네티를 중심으로 흘러간다.

스파이로 산다는 것은 결국 삶이 곧 비밀이 된다는 것과 같다. 영국과 독일의 대립이라는 시대적 배경에서 로버트와 해리슨은 각기 다른 편에서 스파이 활동을 하며 비밀스러운 삶을 유지한다. 암시적으로 스텔라도 스파이 역할을 한다고 추정해 볼 수 있다. 〈그래서 지금 그녀는 Y.X.D.라는 이름으로 더 잘 알려진 기관에 고용되어 비밀스럽고 까다로우며 중요하지 않은 것은 아닌 일을 하고 있었다.〉 이 설정은 영국 정부를 위해 일한 보엔의 삶이 반영된 부분이기도 하다. 이 세 사람은 각기 정부와 기관을 위해 일하지만, 스텔라와 해리슨의 스파이 활동은 전쟁 정보에 대한 것보다는 오히려 그들이 사랑한다고 생각하는 대상에 대해 펼쳐지는 듯 보인다. 스텔라는 로버트가 정말로 스파이인지 아닌지, 해리슨의 말이 맞는지 그렇지 않은지를 추적하고, 해리슨은 로버트의 행적을 추적하지만 실제로는 욕정을 품은 대상인 스텔라의 심리를 추적한다.

한편으로 로버트의 스파이 활동은 사회 분위기에 의해 형성된 집단적인 감정에 따른 신념이 아닌, 자유와 국가에 대해 개인적으로 구축한 사상에 따른 것이다. 엄밀히 말해, 로버트는 적의 편에서 스파이 활동을 한 것이라기보다는 자신의 신념에 따라 반(反)스파이 활동을 한 것뿐이다. 그러나 개인의 사유는 새 시대의 탄생에 방해물이라도 되는 것처럼, 로버트의 신념은 그와 함께 추락한다. 그럼에도 로버트 자신이 그냥 죽어 묻히는 것을 안타까워한 그의 생각, 그가 정의한 자유, 엘리자베스 보엔 자신이 품었을 법한 자유에 대한 그 의문은 우리도 그 자체로 시간을 들여 생각해 볼 만한 가치가 있는 것이다.

이 소설에서 끊이지 않고 제기되는 또 하나의 문제의식으로 〈진실〉이 있다. 진실은 큰 역사뿐 아니라 작은 개인사에도 해당된다. 그런데 진실의 효용성은 과연 무엇일까? 이 소설에서 로버트의 누이 어네스틴은 히틀러를 동물 학대자로 예상하는데, 아이러니하게도 역사적 진실로 알려진 것은 히틀러가 동물을 사랑했고 동물 보호법을 처음 제정한 사람이었다는 것이다. 하지만 그 이유에 대해서도 이편과 저편의 해석이 다를 수 있어 어떤 사실이 진실인지는 결국 알 수 없는 것이 된다. 개인에 대해서도, 당연한 것으로 예상하고 믿어 버리는 것이 전혀 진실이 아닐 수 있다. 스텔라의 과거는 주체와 객체가 뒤바뀐 채로 어린 아들이 청년이 될 때까지 오해의 상태가 이어지지만 오랜 시간이 지나 밝혀진 진실은 심지어 아들에게도 중요하지 않은 것이 되어 버린다. 커즌 네티는 미치지 않았으나 미친 채로 살아가는 것이 편리하고, 커즌 프랜시스의 죽음에 대한 진실은 끝끝내 밝혀지지 않지만 밝혀지더라도 달라질 것은 없다. 로버트의 경우 진실은 밝혀질 때 오히려 당사자를 위험에 빠지게 하는 것이 된다. 루이의 임신에 대한 진실은 그 진실을 밝히려는 순간 밝히는 행위 자체가 무의미해진다. 그렇다면 진실은 진실을 알고 싶다는 인지적인 욕구 외에 무엇을 충족시키는가.

지금까지 이 소설이 스파이 이야기라는 점, 경계가 흐릿하다는 점, 모든 대상에 대해 심령적이고 심리적이라는 점, 문장과 내용이 모호하다는 점을 다루었다. 이런 점들은 이 소설의 분위기를 전반적으로 안개처럼 모호하게 만드는데, 그와는 반대로 유일하게 분명한 것은 오히려 시간적 개념이다. 소설의 시작점과 끝점이 분명하고, 해리슨이 스텔라의 집에 오고 가는 시간 또한 분명하다. 그리고 소설 속에서 제2차 세계 대전의 굵직한 전투나 승전보가 시간이 흘러가고 있다는 사실을 분명히 알려 준다. 보엔의 이런 미시적인 시간 장치는 한 세대에서 다음 세대로의 이동이라는 거시적인 시간 장치와 더불어, 세상에서 그나마 확실한 것은 시간의 거대한 흐름과 밤이 가고 낮이 오는 하루라는 작은 시간 단위밖에 없다는 생각이 들게 한다. 하지만 설사 그것이 엄연한 사실이라 해도 시대의 물결 안에서 흔들리는 사람에게 시간은 혼란스러운 것일 뿐이다.

　세대의 이동과 시간의 개념에 대해 조금 더 확장해 보면, 전자에 대해서는 집과 이름이 특히 상징적인 의미를 지니는 듯하다. 아일랜드에는 마운트 모리스라는 저택이 있다. 커즌 네티는 위스티리어 로지에 사는데, 뭔가 정신적인 문제가 있는 사람들이 지내는 곳이자 커즌 프랜시스가 죽음을 맞이하는 곳이다. 홈딘은 가장 기괴한 느낌을 주는 집인데, 로버트의 어머니와 누이가 사는 곳이자 로버트의 〈가짜 순간들〉, 즉 〈범죄 기록〉(사진은 이 소설의 여러 장면에서 의미 있는 장치로 삽입되어 그 자체로 하나의 키워드가 된다)이 보관되어 있고, 영원히 다른 주인을 기다리지만 팔린다면 기필코 허물어져야 할 〈진짜가 아닌〉 것들로 이루어진 곳이다. 세 집 다 심령적인 분위기를 띠지만, 그중 마운트 모리스만이 새 시대에 살아남을 집이며, 그것은 〈미래를 생각하는 사람〉이었던 커즌 프랜시스의 유언에 의해 이루어진다. 그 집행은 스텔라의 방문을 통해 구체성을 띠게 되고 로더릭의 결심과 방문에 의해 확정된다. 〈그(로더릭)는 세상에 대해, 자신에 대해 가장 큰 영향력을 발휘하는 것은, 죽은 자들의 파악될 수 없는 내면의 유언이라는 것을 깨달았다.〉

세대 간의 이동이 단절이 아니라 연속적이라는 것은 주인공들의 이름에서도 드러난다. 로버트와 해리슨을 〈도플갱어처럼〉 같은 로버트라는 이름으로 묶은 것은 이 작품에 대해 자주 이야기되는 부분인데, 개인적으로는 그들이 아마도 한 세대의 두 모습을 나타내기 때문은 아닌가 한다. 커즌 네티는 스텔라의 아들이 찾아왔을 때, 로더릭을 일부러 로더릭의 아버지 이름인 빅터로 부른다. 루이는 톰의 아이가 아닌 아기를 낳지만 이름을 톰으로 짓는다. 마지막에 루이는 톰을 데리고 고향인 바닷가 마을로 돌아가는데, 그 또한 마운트 모리스의 상징과 함께 회귀를 통한 연속적인 새 출발이라는 이름으로 묶을 수 있을 것 같다.

스텔라의 마운트 모리스 방문에서는 시간의 경계마저 흐려지고, 모든 것이 뒤죽박죽되는 듯한 혼돈의 시간이 온다. 새로운 창조에 앞서 필연적으로 파괴가 일어나고 새 시작을 위해서는 먼저 모든 것이 와해되어야 하는 것처럼 말이다.

다음 날 아침, 잠에서 깨어난 스텔라는 자신이 어디에 있는지, 지금이 언제인지 생각나지 않았다. 시간 속에서 그녀의 자리가 사라졌다. 분명 새로운 날이 커튼을 뚫고 들어왔는데, 무슨 날이지?(292면)

이렇듯 흔들리고 혼란스러웠던 시간은 결말에서 제자리를 찾은 듯 보인다. 시간이 그 동요된 상태를 가라앉히고 제자리를 찾으면 세상 역시 평온해진다. 전쟁은 끝나지 않았지만 아기 톰은 루이의 보호를 받으며 평화롭게 유아차에 타고 있고, 로더릭은 당장 마운트 모리스에서 지낼 수는 없지만 이미 미래에 대한 구상을 시작했다. 여전히 폭격의 위험이 있지만 해리슨과 조우한 스텔라의 모습은 불안하지 않다.

끝으로 인상적이었던 마지막 장면을 옮겨 본다. 이 백조 세 마리는 마운트 모리스에 간 스텔라가 어느 아침 창가에서 바라본 백조 세 마리와 묘하게 겹쳐 하나로 합쳐진다.

매일 자라면서 아기는 점점 톰을 닮아 가는 것 같았다. 하지만 지금 다른 소리가 들리기 시작했다 ─ 그녀는 고개를 뒤로 돌려 허공을 올려다보았다. 그리고 아이 역시 그것을 보기를, 그리고 기억하기를 바라는 마음으로, 톰을 얼른 유아차에서 안아 올렸다. 백조 세 마리가 일직선으로 날아가고 있었다. 새들은 머리 위를 지나 서쪽으로 사라졌다.(543면)

이 작품의 번역 원본으로는 Elizabeth Bowen, *The Heat of the Day* (Vintage, 1998)를 사용했다.

2025년 1월
정연희

엘리자베스 보엔 연보

1899년 출생 6월 7일. 아일랜드 더블린에서 아일랜드 상류층 가문의 수장인 법정 변호사 헨리 찰스 콜 보엔Henry Charles Cole Bowen과 더블린에서 존경받는 영국계 아일랜드 가문 출신인 플로렌스 이저벨라 포메로이Florence Isabella Pomeroy 사이에서 외동으로 태어남. 출생 후 세인트 스티븐 교회에서 세례받음. 어린 시절에 코크 카운티에 있는 집안의 저택인 보엔스 코트에서 여름을 보냄. 훗날 화가가 되는 메이니 젤렛Mainie Jellett, 실비아 쿡콜리스Slyvia Cooke-Collis와 친구가 되어 오랫동안 우정을 나눔.

1906년 7세 보엔의 아버지가 정신 질환 진단을 받음. 이후 어머니가 보엔을 데리고 잉글랜드 켄트 카운티의 하이스로 이주.

1912년 13세 어머니가 9월에 암으로 사망. 잉글랜드 켄트에 사는 이모들을 보살핌을 받았고, 이모 릴리가 가장 안정적인 가정을 제공함. 이때의 상실과 불안정한 환경이 보엔의 작품 속에서 상실, 집, 정체성이라는 주제로 반영됨. 하펜덴홀 학교, 허트퍼드셔 학교에 다님.

1914~1917년 15~18세 켄트에 있는 다운 하우스 학교에 다님. 이때부터 문학에 관심이 생겨 글을 쓰기 시작함.

1920~22년 21~23세 런던에 있는 LCC(런던 카운티 카운슬) 미술 학

교에 다니다가 학업을 중단하고 이탈리아로 여행을 떠남. 보엔은 처음에는 화가가 되려고 했으나 글쓰기에서 자신의 재능을 발견했고, 자신의 가장 잘 쓴 글을 〈말로 그린 그림〉이라고 표현하기도 함.

1923년 24세   런던으로 이주하여 블룸즈버리 그룹과 어울리면서 작가 로즈 매콜리와 친구가 됨. 매콜리의 도움으로 첫 단편집 『조우*Encounters*』를 출간, 전도유망한 젊은 작가로 평가받음. 교육 행정가(그 뒤에는 BBC에서 근무함) 앨런 찰스 캐머런과 결혼했고, 남편은 보엔을 작가로서 지지해 줌. 두 사람 사이에 자녀는 없었음. 결혼한 뒤 7세 연하의 캐나다 외교관 찰스 리치를 만났고 그 관계는 30년 넘게 이어짐.

1925년 26세   남편과 함께 옥스퍼드로 이사함.

1926년 27세   단편집 『앤 리스, 그리고 다른 이야기들*Ann Lee's and Other Stories*』을 출간.

1927년 28세   이탈리아 호텔에 머무는 영국 여행자들에 관한 내용을 담은 첫 장편소설 『호텔*The Hotel*』 출간.

1929년 31세   아일랜드 독립 전쟁 동안 영국계 아일랜드 사회가 보여준 긴장을 다룬 장편소설 『마지막 9월*The Last September*』 출간. 단편집 『찰스에게 가서 같이 살기, 그리고 다른 이야기들*Joining Charles and Other Stories*』 출간.

1930년 31세   아버지의 사망 이후 보엔스 코트를 물려받음. 작가 버지니아 울프, 유도라 웰티, 카슨 매컬러스, 아이리시 머독, 역사학자 베로니카 웨지우드를 비롯한 여러 지인이 보엔의 삶과 작품에서 중요한 역할을 하는 보엔스 코트를 방문함.

1931년 32세   복잡한 가족 역동과 그 관계를 탐구하는 소설 『친구와 친척*Friends and Relations*』 출간.

1932년 33세 1920년대 런던을 배경으로 남편과 사별한 여자와 남편의 누이의 삶을 다룬『북쪽으로*To the North*』를 출간, 뛰어난 심리적 통찰로 평단의 인정을 받음. 발표 후 남편과 함께 런던의 리젠트 파크로 이사함.

1934년 35세 단편집『고양이 점프, 그리고 다른 이야기들*The Cat Jumps and Other Stories*』출간.

1935년 36세 하루라는 시간 안에 전개되는 등장인물들의 얽힌 삶을 보여 주는 장편소설『파리의 집*The House in Paris*』출간.

1937년 38세 아일랜드 문학 아카데미Irish Academy of Letters 회원이 됨.

1938년 39세 복잡한 어른의 세계에서 소녀의 감정적 각성을 다룬『마음의 죽음*The Death of the Heart*』출간. 이 작품은 보엔의 가장 유명한 작품 중 하나가 됨.

1940~1945년 41~46세 영국 정보부를 위해 일하면서 영국 정부에 아일랜드의 중립성에 대한 보고서를 작성함. 보엔 자신이 스파이였을 것으로 추정되며, 공습 감시원으로 활동함.

1941년 42세 단편집『그 모든 장미를 보라*Look at All Those Roses*』출간.

1942년 43세 보엔스 코트의 역사와 의미를 담은 회고록『보엔스 코트*Bowen's Court*』출간. 논픽션『영국 소설가들*English Novelists*』출간. 회고록『일곱 번의 겨울: 더블린에서 보낸 어린 시절의 기억*Seven Winters: Memories of a Dublin Childhood*』출간.

1945년 46세 런던 대공습과 전쟁의 경험에 영감을 받아 쓴 단편 모음

집인 『악마 연인, 그리고 다른 이야기들*The Demon Lover and Other Stories*』 출간. 이 책에서 트라우마와 혼란, 초자연적인 주제가 다뤄짐.

1946년 47세   『담쟁이덩굴이 계단을 장악했다, 그리고 다른 이야기들 *Ivy Gripped the Steps and Other Stories*』(미국에서 출간). 논픽션 『앤서니 트롤로프: 새로운 평가*Anthony Trollope: A New Judgement*』 출간.

1948년 49세   런던 대공습 기간에 런던을 배경으로 스파이가 등장하는 장편소설 『한낮의 열기*The Heat of the Day*』 출간. 보엔의 가장 뛰어난 소설 중 하나로 비평계의 호평을 받음. 논픽션 『나는 왜 글을 쓰는가?: 엘리자베스 보엔, 그레이엄 그린, V.S. 프리쳇의 서신 교환*Why Do I Write?: An Exchange of Views between Elizabeth Bowen, Graham Greene and V.S. Pritchett*』 출간. 대영 제국 훈장 수여.

1949년 50세   트리니티 대학에서 영문학 명예박사 학위 수여.

1950년 51세   미국에 자주 방문하며 뉴욕의 바드 대학 등지에서 학생들을 가르침. 문학계와 학계에서 잘 알려지게 됨. 논픽션 『수집한 인상 *Collected Impressions*』 출간.

1951년 52세   논픽션 『셸본*The Shelbourne*』 출간.

1952년 53세   은퇴한 남편과 함께 보엔스 코트로 이주. 그해 8월 남편이 급사함.

1955년 56세   몰락하는 영지를 배경으로 대가족의 복잡한 관계를 다루는 『사랑의 세상*A World of Love*』 출간.

1956년 57세   옥스퍼드 대학교에서 명예박사 학위 수여.

1957년 58세   화가인 친구 패트릭 헤네시Patrick Hennessy가 보엔스 코트에서 보엔의 초상화를 그림.

1958년 ^{59세} 러시아계 미국인 언어학자 로만 야콥슨의 추천으로 노벨 문학상 후보로 지명됨. 이탈리아로 여행을 떠남.

1959년 ^{60세} 미국에서 강의하는 등 보엔스 코트의 유지를 위해 노력 했으나 경제적인 어려움으로 매각. 보엔은 잉글랜드로 돌아감. 단편집 『이야기들*Stories*』 출간.

1960년 ^{61세} 보엔스 코트 철거. 저택 내부의 내용물이 경매에서 매각 됨. 로마 여행의 기록을 담은 개인 회고록인 『로마에서의 시간*A Time in Rome*』 출간. 보엔의 최고 단편을 선별하여 수록한 『엘리자베스 보엔 단 편선』 출간. 다큐멘터리 「아일랜드: 눈물과 미소*Ireland: the Tear and the Smile*」의 내러티브 집필, 카메라맨이자 보조 프로듀서인 밥 몽크스와 공 동으로 제작.

1961년 ^{62세} 보엔스 코트의 서재에 있던 책이 경매에서 매각됨.

1962년 ^{63세} 논픽션 『뒤늦은 생각: 글쓰기에 대한 소고*Afterthought: Pieces About Writing*』 출간.

1964년 ^{65세} 어린 시절 기억과 비밀에 대한 소설 『소녀들*The Little Girls*』 출간.

1965년 ^{66세} 잉글랜드의 하이스에 정착. 아동 도서 『착한 호랑이*The Good Tiger*』 출간. 단편집 『어둠 속에서의 하루, 그리고 다른 이야기들*A Day in the Dark and Other Stories*』 출간. 영국 문학에 기여한 바를 인정받 아 왕립 문학회 회원으로 선출.

1968년 ^{69세} 억압적인 사회적 규범하에서 자유를 갈망하는 젊은 여성 의 격동적인 삶을 탐구하는 『에바 트라우트: 또는 변하는 장면들*Eva*

Trout: or Changing Scenes』 출간, 마지막 작품이 됨. 제임스 테이트 블랙 미모리얼상을 받음.

1970년 [71세] 『에바 트라우트』로 부커상 후보로 지명됨.

1972년 [73세] 자신의 삶, 작품, 글쓰기에 대한 견해를 보여 주는 자전적인 스케치와 에세이 모음집인 『사진과 대화*Pictures and Conversations*』 출간. 1972년 부커상 심사 위원으로 참여(존 버거의 『G』가 수상』). 카운티 코크 킨세일에서 친구들과 크리스마스를 보내고 돌아오자마자 병원에 입원.

1973년 [74세] 2월 22일 런던의 유니버시티 칼리지 병원에서 폐암으로 사망. 남편이 묻혀 있는 아일랜드 카운티 코크 파라히에 있는 세인트 콜먼스 교회(보엔스 코트 근처)에 묻힘. 세인트 콜먼스 교회 입구에서 매년 보엔을 기념하는 행사가 열림.

1977년 빅토리아 글렌디닝이 최초의 엘리자베스 보엔 전기 『엘리자베스 보엔*Elizabeth Bowen*』 출간.

2009년 빅토리아 글렌디닝이 보엔의 일기와 편지를 근거로 보엔과 찰스 리치의 관계에 대한 책 『사랑의 내전: 엘리자베스 보엔과 찰스 리치*Love's Civil War: Elizabeth Bowen and Charles Ritchie*』를 출간.

열린책들 세계문학 **293** 한낮의 열기

옮긴이 정연희 서울대학교 영어교육과를 졸업하고 미국 펜실베이니아 대학교에서 석사 학위를 받았다. 전문 번역가로 활동하고 있으며, 옮긴 책으로 『나디아 이야기』, 『바닷가의 루시』, 『오, 윌리엄!』, 『다시, 올리브』, 『내 이름은 루시 바턴』, 『디어 라이프』, 『착한 여자의 사랑』, 『소녀와 여자들의 삶』, 『작가와 연인들』, 『매트릭스』, 『운명과 분노』, 『플로리다』, 『엘리너 올리펀트는 완전 괜찮아』, 『그 겨울의 일주일』, 『헬프』, 『정육점 주인들의 노래클럽』 등이 있다.

지은이 엘리자베스 보엔 **옮긴이** 정연희 **발행인** 홍예빈
발행처 주식회사 열린책들 **주소** 경기도 파주시 문발로 253 파주출판도시
전화 031-955-4000 **팩스** 031-955-4004
홈페이지 www.openbooks.co.kr **이메일** literature@openbooks.co.kr
Copyright (C) 주식회사 열린책들, 2025, *Printed in Korea.*
ISBN 978-89-329-1293-6 04840 **ISBN** 978-89-329-1499-2 (세트)
발행일 2025년 1월 10일 세계문학판 1쇄

열린책들 세계문학
Open Books World Literature